KB020342

중고생이 꼭 읽어야 할

한국단편소설 40

1판 1쇄 발행 2012년 11월 26일
5판 5쇄 발행 2024년 8월 20일

지은이 김동인 외
엮은이 성낙수, 박찬영, 김형주
펴낸이 박찬영
편집 안주영, 김지은, 김솔지, 박민정, 황민지, 이호영
디자인 박민정, 이재호, 이은정
삽화 이고은, 윤이슬, 박민정
마케팅 조병훈, 박민규, 김도언, 이다인
낭송 MBC 성우 채의진

발행처 리베르
주소 서울특별시 성동구 왕십리로 58 서울숲포휴 11층
등록신고번호 제2013-17호
전화 02-790-0587, 0588
팩스 02-790-0589
홈페이지 www.liber.site
커뮤니티 blog.naver.com/liber_book(블로그)
www.facebook.com/liberschool(페이스북)
e-mail skyblue7410@hanmail.net

ISBN 978-89-6582-047-5 (44810)
978-89-6582-046-8 (세트)

리베르(Liber 전원의 신)는 자유와 지성을 상징합니다.

중고생이 꼭 읽어야 할

한국 단편 소설 40

김동인 외 지음 | 성낙수 · 박찬영 · 김형주 엮음

리베르

머리말

현대인들은 대체로 규격화된 생활을 한다. 집, 학교, 직장이라는 울타리를 맴돌며 틀에 맞춘 공부와 일을 한다. 여행을 할 때도 정해진 코스를 거친다. 편리한 생활을 누리되 사무치는 경험이 없다. 그만큼 우리 사회가 안정되었다는 증거이다. 하지만 안정이란 보호막은 다양한 인생 경험의 통로를 막기도 한다. 과잉 보호와 대학 입시라는 틀에 매여 있는 청소년들이 부조리한 국면에 처했을 때 혼란에 빠지거나 도덕적으로 해이해지는 현상을 보일 수 있다.

청소년들이 경험의 세계를 확대하는 가장 좋은 방법은 한국인의 정신적 고향을 담고 있는 한국 단편 소설을 읽는 것이다. 청소년들은 자신과 밀접한 관계를 맺고 있는 부모와 조부모 세대의 이야기를 읽음으로써 세대 간의 격차를 뛰어넘는 성숙한 정신세계를 가꿀 수 있을 것이다. 소설 읽기를 통한 다양한 간접 경험은 눈앞의 논술 고사나 수능 시험에 도움을 줄 뿐 아니라 과거와 미래의 삶을 통찰하는 데도 큰 도움을 줄 것이다. 청소년은 물론 성인들도 반드시 읽어야 할 『한국단편소설 40』의 선정 기준과 장점을 밝혀 둔다.

1. 『한국단편소설 40』은 문학사적 의의, 예술성, 대중성을 작품 선정의 준거로 삼았다.

   발표 시기를 기준으로 삼아 1920년대에서 2000년대까지의 작품을 선정했다. 일반적으로 춘원 이광수의 『무정』이 발표된 1917년을 한국 현대 소설의 시작으로 잡지만, 1921년에 발표된 김동인의 「배따라기」로도 볼 수 있다. 「배따라기」는 현대 소설의 특징을 고루 갖추었으며 내용 대부분이 한글로 집필되었다는 의미가 있다. 한국 소설은 일제 강점기와 전후 상황을 거쳐 1960년대에 와서 완숙기에 접어든다.

2. 문학 교과서에 수록된 작품을 면밀히 검토했다.

수능 출제 가능성이 높은 작품들을 한 권으로 압축하기 위해 작품 선정에 고민을 거듭했다. 선정 위원들이 여러 차에 걸쳐 재검토 작업에 들어가기도 했다. 한 작가의 작품 중에서도 시대성과 예술성을 지닌 대표작을 고르되 기준에 부합되면 여러 작품을 골랐다.

3. 해설은 '작가와 작품 세계, 작품 정리, 구성과 줄거리, 생각해 볼 문제'로 나누어 작품의 완전한 이해를 도모했다.

소설 구성 단계(발단, 전개, 위기, 절정, 결말)에 따라 줄거리를 구분해 작품을 빠르고 정확하게 파악하도록 했다. '생각해 볼 문제'는 수능 시험, 수행평가, 논술 고사에 대비해 창의적인 생각을 유도한다. 40편이란 최다 작품을 수록하면서도 전문을 실어 완전한 감상을 할 수 있도록 했다.

4. 작중 등장인물의 관계를 한눈에 확인할 수 있는 '인물 관계도'를 넣었다.

소설 40편을 모두 읽다 보면 작품마다 어떤 인물이 어떤 모습으로 등장했는지 기억하기 어려울 수 있다. 소설 내용이 간략히 정리된 그림, 등장인물의 시점으로 요약된 줄거리는 작품을 보다 쉽게 이해하도록 돕는다. 또한 인물 간의 관계가 소설 전개에 어떤 영향을 주었는지 생각해 보도록 유도한다.

5. 어려운 어휘는 간략한 주석을 달아 내용을 바로 이해할 수 있도록 배려했다.

기존의 현대 소설 작품집은 고전 문학보다 쉽다는 선입견 때문에 주석에 소홀한 면이 있었다. 그러나 문학 작품에는 일반인이 잘 모르는 토속어, 방언, 전문어 등이 자주 나온다. 이러한 어휘를 모르고 보면 감상의 중요 포인트를 놓쳐 버릴 수 있다.

엮은이 씀

시대별 주요 작품 소개

이 책에 수록된 작품의 개요를 살펴본다. 아울러 시대별 소설의 경향도 간략하게 소개한다. 수록 작품 40편의 해설을 통해 한국 단편 소설의 흐름을 한눈에 살펴볼 수 있을 것이다.

〈1920년대〉

3 · 1 운동 이후 일제의 유화적인 문화 정책에 힘입어 문학 창작 활동이 활발해지면서 한국 문학은 큰 전환점을 맞는다. 이 시기의 작품들은 주로 일제 강점기의 암울한 현실을 배경으로 한다. 1920년대 초반에는 감상적이고 퇴폐적인 낭만주의 소설이 유행했고, 후반기에는 러시아 혁명의 영향으로 신경향파 문학이 주류를 이룬다.

김동인 배따라기, 감자 | **현진건** 술 권하는 사회, 운수 좋은 날, B사감과 러브레터, 빈처, 할머니의 죽음, 고향 | **염상섭** 표본실의 청개구리, 만세전 | **나도향** 벙어리 삼룡이, 물레방아, 뽕 | **전영택** 화수분 | **최서해** 탈출기, 홍염

• 배따라기 김동인(1921)

유토피아를 꿈꾸는 '나'는 '배따라기'를 부르는 '그'를 만나 사연을 듣는다. 그는 쥐를 잡다 옷매무새가 흐트러진 동생과 아내의 관계를 오해한다. 결국 아내는 죽고 동생은 유랑에 나선다. 액자 소설의 형태를 갖춤으로써 한국 현대 소설사에서 단편 소설의 미학을 본격적으로 보여 준 작품이다.

• 감자 김동인(1925)

왕 서방의 정부 노릇을 하던 복녀는 왕 서방이 어떤 처녀를 아내로 사 오자 강한 질투심을 느낀다. 복녀는 신방에 뛰어들어 덤벼들다 도리어 왕 서방의 손에 죽고 만다. 인간의 존엄성이 극빈한 삶 속에서 파괴될 수밖에 없다는 환경 결정론이 작품을 받쳐 주고 있지만, 일제 강점기하의 민족의 빈곤에 대한 구체적 대안은 제시하지 못하고 있다.

• **술 권하는 사회** 현진건(1921)

동경 유학을 다녀온 지식인 남편은 식민지 조선의 현실에 절망해 술을 벗 삼아 살아간다. 그런 그에 대해 전통적 사고방식을 지닌 아내는 "그 몹쓸 사회가 왜 술을 권하는고!"라며 한탄한다. 사회의 모순에 저항하는 방식이 좌절과 자조로 일관된 점이 한계로 지적되지만 남편의 소극적인 모습은 당시의 억압적인 상황을 대변한다.

• **운수 좋은 날** 현진건(1924)

인력거꾼 김 첨지는 오랜만에 많은 돈을 벌게 되었지만 뜻하지 않은 행운에 불안해한다. 김 첨지는 아내를 위해 설렁탕을 사 가지고 집으로 돌아가지만 싸늘한 시신만이 그를 맞이한다. 일제 강점기 도시 하층민의 궁핍상을 사실적으로 그려 낸 작품으로 반어적 기법을 통해 비극성을 고조시킨다.

• **B사감과 러브레터** 현진건(1925)

B사감은 기숙사로 면회 오는 남자와 학생들에게 오는 연애편지를 극도로 싫어한다. 어느 날 세 학생은 B사감이 러브레터를 읽으며 감미로운 연애 장면을 혼자 열연하는 장면을 목격한다. 반어적 대립과 사건의 반전을 통해 인간의 이중성을 희극적으로 묘사한 심리주의 소설로, 아이러니의 이원적 대조는 현진건 문학의 구조적 미학으로 평가된다.

• **벙어리 삼룡이** 나도향(1925)

주인에게 철저히 복종하는 벙어리 삼룡이는 오 생원의 아들이 주인아씨를 학대하고 자신에게 가혹한 행위를 하자 점차 반항하게 된다. 끝내는 주인집에 불을 지른 뒤 주인아씨를 안고 지붕으로 올라간다. 삼룡이는 타오르는 불꽃 속에서 행복한 미소를 짓는다. 주인아씨를 향한 벙어리의 사랑과 극적인 죽음은 작품의 낭만성을 고조시킨다.

• **물레방아** 나도향(1925)

방원은 욕심 많은 지주인 신치규 집에서 막일을 하며 살아간다. 어느 날 신치규와 아내의 간음을 목격한 방원은 주인 신치규를 구타한다. 그로 인해 감옥살이를 한 방원은 출옥한 뒤 자신을 배신한 아내를 살해하고 자결한다. 인간의 욕망과 애정 관계에까지 뿌리 깊이 스며 있는 봉건 사회의 모순이 비극적으로 형상화되어 있다.

• **화수분** 전영택(1925)

'나'는 행랑채에 살게 된 화수분 내외의 궁핍한 삶을 관찰한다. 화수분은 다친 형을 돕기 위해 양평으로 간다. 아내는 돌아오지 않는 남편을 찾아 나서고 서울로 향하던 화수분은 고개에서 딸과 아내를 발견하고 끌어안는다. 이튿날 지나가던 나무장수가 얼어 죽은 화수분 내외를 발견하고 딸만 데리고 길을 떠난다. 절망적인 상황을 그리면서도 작가의 인도주의적 정신이 빛을 발한다.

〈1930~1944년〉

1930년대는 조선을 대륙 침략을 위한 병참 기지로 삼으려는 일제가 억압과 수탈을 일삼았던 때다. 일제가 조선문학가동맹을 해체하고 이와 관계된 작가들을 검거함으로써 현실 비판적인 소설 창작은 급격히 위축된다. 이 과정에서 작가들은 순수 소설, 농촌 소설, 역사 소설을 집필해 활로를 모색한다. 하지만 태평양 전쟁의 발발과 함께 한국 소설은 암흑기로 접어든다. 우리말 말살 정책으로 인해 1940년대 초반에는 한글 소설이 거의 발표되지 못했다.

김동인 붉은 산, 광염소나타, 광화사 | **이태준** 달밤, 꽃나무는 심어 놓고, 돌다리, 까마귀, 복덕방 | **박영준** 모범 경작생 | **계용묵** 백치 아다다 | **주요섭** 사랑손님과 어머니 | **유진오** 김 강사와 T교수 | **김유정** 만무방, 금 따는 콩밭, 봄봄, 동백꽃, 소낙비, 땡볕 | **이효석** 메밀꽃 필 무렵, 산, 돈(豚), 사냥 | **이상** 날개, 종생기 | **심훈** 상록수 | **이광수** 흙 | **김동리** 바위, 무녀도 | **김정한** 사하촌 | **박태원** 소설가 구보씨의 일일, 천변풍경 | **현덕** 하늘은 맑건만, 고구마, 나비를 잡는 아버지 | **채만식** 치숙, 레디메이드 인생, 왕치와 소새와 개미, 탁류, 태평천하 | **황순원** 별

• **붉은 산** 김동인(1932)

'나'는 조선인들이 모여 사는 만주의 한 마을에서 '삵'이라는 별명으로 불리는 청년을 알게 된다. 마을 사람들은 험상궂게 생기고 행동이 불량스러운 '삵'을 쫓아내려고 한다. 어느 날 아침, '삵'이 지주의 부당한 폭행에 항의하다 피투성이가 되고, 마을 사람들은 죽어 가는 '삵'을 위해 애국가를 부른다. 1인칭 관찰

자인 '나'의 눈을 통해 '삵'의 극적인 성격 변화를 묘사한 이 작품은 민족의 동질성과 조국에 대한 사랑을 그린다.

• **달밤** 이태준(1933)

성북동으로 이사 온 '나'는 정식 신문 배달원이 되길 원하는 보조 신문 배달원 '황수건'을 안쓰럽게 여긴다. 천진하고 순박하지만 어수룩해서 하는 일마다 실패하기 때문이다. 1930년대 서울 성북동을 배경으로 각박한 현실을 그리면서도, 따뜻한 인정미의 소중함을 강조한 작품이다.

• **꽃나무는 심어 놓고** 이태준(1933)

방 서방네 가족은 지주의 착취를 견디지 못해 무작정 서울로 향한다. 사흘 만에 겨우 서울에 도착한 방 서방 내외는 다리 밑에 임시 거처를 정한다. 방 서방의 아내는 일자리를 구하던 중에 어느 노파의 꾐에 빠져 술집으로 팔려 가고 어린 딸은 죽는다. 1930년대 일제의 잔혹한 수탈과 이로 인해 파괴된 한 가정의 비참한 삶이 사실적으로 그려진다.

• **돌다리** 이태준(1943)

의사인 '창섭'은 병원을 확장하기 위해 아버지에게 땅을 팔고 서울로 올라올 것을 권유한다. 아버지는 창섭의 제안을 거절한다. 창섭은 자신과 아버지의 세계가 결별함을 실감하고 서울로 올라간다. 아버지는 장마 때 무너진 돌다리를 고치고, 그 돌다리에 나가 세수를 하면서 땅을 지키는 삶을 되새긴다. '돌다리'와 '땅'을 통해 물질 중심주의에 대한 비판적인 시각을 보여 준다.

• **백치 아다다** 계용묵(1935)

백치이자 벙어리인 아다다는 지참금을 가지고 시집을 가지만 집안 사정이 좋아지자 남편이 새장가를 든다. 노총각 수롱이와 함께 외딴 섬으로 가게 된 아다다는 돈이 불행을 가져다준다고 생각한 나머지 남편의 돈을 바다에 던져 버린다. 이에 화가 난 수롱이는 아다다를 바다에 밀어 넣어 죽게 만든다. 제대로 저항도 할 수 없는 아다다를 죽음으로 몰고 감으로써 물질 만능의 세태를 통렬히 비판한다.

• **사랑손님과 어머니** 주요섭(1935)

어느 날 '우리 집'에 낯선 손님이 나타나 사랑방에서 하숙을 하게 된다. 손님은 돌아가신 아버지의 친구였다고 한다. 옥희라는 여섯 살 난 어린아이의 눈을 통해 사랑방 손님과 어머니가 나누는 절제된 사랑이 섬세하게 묘사된다.

• **만무방** 김유정(1935)

원래 성실한 농군이었던 형 응칠은 소작 빚 때문에 떠돌이가 된 만무방이다. 동생 응오 역시 농군이었지만 지주의 착취에 분노해 추수하기를 거부하고, 급기야 자기 논의 벼를 훔치는 아이러니한 상황을 연출한다. 동생을 도둑으로 알고 몽둥이로 때리는 형과 그런 형에게 대드는 동생의 모습이 표면적으로는 웃음을 유발하지만, 이면적으로는 일제 치하의 잔혹한 참상을 고발한다.

• **금 따는 콩밭** 김유정(1935)

홀로 김을 매고 있는 영식에게 수재가 콩밭에 금이 있으니 파 보자고 제안한다. 몇 차례 거절 끝에 응낙을 하지만 콩밭 하나만 망치고 만다. 별 소득이 없자 수재는 황토 흙을 보이며 금줄이 터졌다고 거짓말을 한다. 일제 강점기 농촌 사회의 열악성과 일확천금을 꿈꾸는 헛된 생각을 우회적으로 꼬집고 있다.

• **봄봄** 김유정(1935)

데릴사위인 '나'는 점순과의 결혼을 조건으로 머슴살이를 하지만 장인은 혼례를 자꾸 미룬다. 참을 수 없게 된 '나'는 장인과 몸싸움을 벌이지만, 내 편을 들 줄 알았던 점순이 아버지의 편을 든다. 결국 장인은 가을에 혼례를 시켜 주겠다고 약속한다. 김유정의 단편 가운데 가장 해학성이 넘치는 작품이다.

• **동백꽃** 김유정(1936)

'나'에 대한 관심을 감자로 표현하려다 실패한 점순은 닭싸움으로 애정과 복수가 뒤엉킨 행동을 시도한다. 화가 난 '나'가 점순네 닭을 죽이고 울어 버린다. 점순이 '나'를 달래 주고 함께 동백꽃 속으로 쓰러진다. 짧고 간결한 문장, 속도감 있는 사건 전개, 토속적인 어휘 구사가 돋보이는 김유정의 대표작이다.

• **메밀꽃 필 무렵** 이효석(1936)

조 선달을 따라 충줏집에 간 허 생원은 충줏댁과 수작을 벌이는 동이의 뺨을 때린다. 달빛 환한 산길을 세 사람이 동행하게 되고 허 생원은 물레방앗간에서 성 서방네 처녀와 함께 지냈던 추억을 이야기한다. 냇물에 빠져 동이의 등에 업히게 된 허 생원은 동이가 자신과 같은 왼손잡이라는 점을 발견한다. 메밀꽃이 핀 밤길에 대한 묘사는 한국 현대 소설의 백미로 꼽힌다.

• **산** 이효석(1936)

김 영감 집에서 머슴살이를 하던 중실은 첩을 건드렸다는 의심을 받아 쫓겨나게 된다. 사람이 귀찮아진 중실은 산으로 들어간다. 이 소설의 등장인물은 중실 한 명뿐이다. 서정성에 치중하고 있는 이 작품은 소설보다는 수필식 묘사를 하고 있다. 자연 회귀라는 주제는 시대 상황을 고려할 때 현실 도피적이라는 비판을 받기도 한다.

• **날개** 이상(1936)

삶의 의욕을 상실한 '나'는 방 안에서 뒹굴며 지낸다. 아내는 내객이 찾아온 후에는 '나'에게 은화를 준다. 어느 날 '나'는 외출을 나갔다가 비를 맞고 감기에 걸린다. 아내가 아스피린을 주지만 '나'는 그 약이 수면제라는 것을 알고 충격에 빠진다. '나'는 미쓰꼬시 백화점 옥상에 올라가서 날개가 돋기를 염원한다. 여기서 날개는 자유와 이상을 상징한다.

• **무녀도** 김동리(1936)

딸 낭이와 함께 살고 있는 무당 모화에게 예수교를 믿는 아들 욱이가 돌아온다. 서로 신앙을 강요하는 과정에서 모화는 아들을 죽이게 된다. 나중에 자신은 굿을 하는 도중 물속에 잠겨 버린다. 전통적 무속 신앙과 외래 종교인 기독교의 갈등을 그린 작품으로 한국인의 숙명적 세계관을 담고 있다.

• **하늘은 맑건만** 현덕(1938)

문기는 거스름돈으로 열 배에 달하는 돈을 받아 수만과 함께 써 버린다. 문기는 곧 잘못을 뉘우치지만, 수만이 돈을 가져오지 않으면 소문을 낸다며 문기를 괴롭힌다. 문기는 학교 선생님에게 자신의 잘못을 고백하려고 갔다가 돌아오는 길에 교통사고를 당한다. 정신을 차린 문기는 작은아버지에게 속을 털어 놓는다. 성장기의 내적 갈등이 도둑질과 양심의 가책이라는 소재를 통해 잘 드러난다.

• **고구마** 현덕(1939)
가난해서 도둑으로 몰리는 수만에 관한 이야기를 담았다. 농업 실습용 고구마가 몇 개 없어지자 아이들은 수만을 의심한다. 수만이 점심시간에 양복 주머니에 무언가를 숨긴 채 밖으로 나가자, 아이들이 따라 나가 수만의 양복 주머니를 뒤진다. 하지만 고구마가 아닌 누룽지가 나온다. '용서해라'라는 기수의 마지막 말은 극적 반전의 효과를 극대화시킨다.

• **나비를 잡는 아버지** 현덕(미상)
바우는 서울로 공부하러 갔다가 방학 때 집에 내려온 경환이 영 못마땅하다. 경환이 나비를 잡겠다고 바우네가 부쳐 먹는 참외밭을 망쳐 놓자, 화가 난 바우는 경환과 몸싸움을 벌인다. 바우는 아버지에게 크게 혼이 나고 나비를 잡아 경환에게 갖다 주라는 말을 듣는다. 바우는 부모에게 야속함을 느끼지만, 자신 대신 나비를 잡고 있는 아버지를 보자 마음이 풀린다. 고달픈 삶을 살아가는 소작농 아버지의 자식에 대한 사랑이 잘 나타난 작품이다.

• **치숙** 채만식(1938)
일본인 상점의 종업원인 '나'는 사회주의 운동을 하다 옥살이를 하고 나온 오촌 고모부의 생활 방식을 비판한다. 이 소설은 '나'를 통해 '아저씨'를 희화적으로 묘사하지만 실제로 풍자의 대상은 '나' 자신이다. 일제의 검열을 피하기 위한 수단이었던 것으로 추측된다.

〈1945~1949년〉
광복 직후에서 6·25 전쟁까지 우리 문학계는 민족 문학의 건설이란 공동의 목표를 설정했지만 극심한 이데올로기의 갈등 양상을 보인다. 계급 이념 문학을 주도하던 임화 중심의 조선문학가동맹과 민족주의 이념을 내세운 박종화, 김동리 중심의 전조선문필가협회 사이의 대립이 표면화되었다. 하지만 1947년 조선문학가동맹 작가들이 월북함으로써 양대 진영의 대립은 종료된다. 이 시기에는 광복 이후의 사회적 혼란상을 다룬 작품들이 주류를 이룬다.

채만식 이상한 선생님, 논 이야기, 미스터 방 | **김동리** 역마 | **염상섭** 두 파산, 임종
황순원 목넘이 마을의 개 | **박종화** 홍경래 | **이태준** 해방 전후

• 이상한 선생님 채만식(1949)

박 선생님은 조선말을 하는 학생을 보면 혼내고, 일본을 추앙한다. 반면에 강 선생님은 조선말을 하는 학생을 혼내지 않고, 조선말을 사용하기도 한다. 광복이 되자 박 선생님은 일본 대신 미국을 찬양한다. 강 선생님은 교장이 되지만 빨갱이라는 소문 때문에 파면되고, 박 선생님이 교장이 된다. 학생들은 미국을 찬양하는 박 선생님을 이상한 선생님이라고 여긴다. 일제 강점기와 광복을 거치면서 기회주의적 면모를 보인 당시 지식인들을 비판한 소설이다.

• 두 파산 염상섭(1949)

광복 직후 정례 모친은 생계를 유지하기 위해 은행 빚을 얻어 문방구를 차린다. 장사가 여의치 않자 옥임에게 빚을 얻어 가게를 운영하지만 이자도 못 갚는 지경에 이르자 가게를 처분하고 빚을 갚는다. 김옥임의 정신적 파산과 정례 모친의 물질적 파산을 극명하게 대비하면서 물질 만능 풍조가 만연한 당시 사회의 구조적 모순을 비판한다.

〈1950~1959년〉

1950년부터 1953년까지 벌어진 6 · 25 전쟁은 남북한 양측에게 많은 피해를 주었다. 또한, 전쟁에 대한 체험은 인간에게 정신적 · 육체적으로 씻을 수 없는 상처를 남겼다. 1950년대는 6 · 25 전쟁을 배경으로 민족 분단의 비극적 상황과 전쟁 후의 가치관 혼란을 형상화한 작품들이 많이 발표되었다. 전후의 혼란으로 야기된 부조리한 상황과 현실 참여 문제가 주로 다루어졌지만, 인간의 본질적 문제를 형상화한 순수 소설이 창작되기도 했다.

황순원 독 짓는 늙은이, 소나기, 학, 카인의 후예 | **오상원** 유예, 죽음에의 훈련 **하근찬** 수난이대 | **박경리** 불신 시대 | **이범선** 학마을 사람들, 오발탄 | **안수길** 제3인간형, 북간도 | **손창섭** 비 오는 날, 잉여 인간 | **김성한** 바비도 | **선우휘** 불꽃 **오영수** 갯마을 | **장용학** 요한시집

• 독 짓는 늙은이 황순원(1950)

아내가 젊은 조수와 도망치자 송 영감은 어린 아들 당손이와 살아갈 길이 막막해진다. 아픈 몸을 이끌고 독 짓기에 나서 보지만 마음대로 되지 않는다. 어느 날 앵두나무 집 할머니가 송 영감을 찾아와 당손이를 좋은 집에 보내자고 제안한다. 처음에 송 영감은 고함치며 할머니를 쫓아낸다. 그러나 죽음을 예감한 송 영감은 결국 당손이를 양자로 보내기로 결심한다. 당손이를 보내고 송 영감은 가마 속에 들어가 죽음을 맞이한다. 독 짓는 늙은이의 죽음은 위대한 장인상의 구현이기도 하지만 전통적 가치 체계의 패배를 상징하기도 한다.

• 소나기 황순원(1953)

소년은 서울에서 온 윤 초시의 손녀딸을 우연히 만난다. 소년과 소녀는 함께 놀다가 소나기를 만나게 되고, 소년은 소녀를 업고 개울물을 건넌다. 그 뒤 소년은 소녀가 부모님을 따라 이사 간다고 하자 상심한다. 소녀가 이사 가기 전날, 소년은 아버지로부터 소녀가 죽었다는 이야기를 듣는다. 향토적인 배경 묘사와 절제된 문체를 통해 소년 소녀의 풋풋한 사랑 이야기를 아름답게 그린 작품이다.

• 학 황순원(1953)

치안대원 성삼은 인민군에 협조한 혐의로 잡혀 온 단짝 친구 덕재의 호송 임무를 맡는다. 덕재는 농민 동맹 부위원장까지 지냈지만, 대화를 통해 오해를 풀게 된다. 덕재는 공산주의에 동조한 것이 아니라 단지 빈농이라는 이유만으로 이용당했던 것이다. 어린 시절 학 사냥의 추억을 떠올린 성삼은 덕재를 풀어 준다. 그리고 학은 우정과 자유를 의미하듯 유유히 날아간다. 이 작품에는 이데올로기의 대립이나 전쟁이 인간의 보편적 가치까지 훼손할 수 없다는 휴머니즘이 깔려 있다.

• **수난이대** 하근찬(1957)

일제의 징용에 끌려가 왼팔을 잃은 만도는 6 · 25 전쟁에서 돌아온 아들이 한 다리를 잃은 것을 보고 절망한다. 팔을 잃은 아버지와 다리를 잃은 아들이 서로를 의지해 외나무다리를 건너는 모습은 전후 소설의 비극적 미학이 돋보이는 장면이다. 이 작품은 2대에 걸친 수난을 통해 우리 민족이 겪은 역사적 비극과 이를 극복하려는 우리 민족의 의지를 형상화한다.

〈1960~1970년대〉

1960년대와 1970년대는 독재 정권의 경제 성장 정책으로 인간 소외와 빈부 격차가 심화되었다. 산업화에 소외된 민중의 삶을 그린 작품이 주류를 이루는 가운데 감각적 문체의 새로운 작품들도 대거 선보였다.

강신재 젊은 느티나무 | **김동리** 등신불 | **전광용** 꺼삐딴 리 | **김승옥** 무진기행, 서울, 1964년 겨울 | **김정한** 모래톱 이야기, 수라도 | **최인훈** 광장 | **이청준** 병신과 머저리, 서편제, 눈길 | **황순원** 나무들 비탈에 서다 | **황석영** 아우를 위하여, 삼포 가는 길 | **이범선** 표구된 휴지 | **윤흥길** 장마 | **최일남** 노새 두 마리 | **조세희** 뫼비우스의 띠, 난장이가 쏘아 올린 작은 공 | **이문구** 관촌수필

• **서울, 1964년 겨울** 김승옥(1965)

'나'와 '안'은 포장마차에서 우연히 만나 대화를 나눈다. 그러던 중 한 사내가 끼어들어 오늘 아내가 죽었다고 고백한다. 그들은 통금 시간이 다 되어 여관에 들고 각자 다른 방으로 들어간다. 혼자 있기 싫다던 사내는 다음 날 결국 목숨을 끊는다. '나'와 '안', '사내'의 만남을 통해 현대인의 심리적 방황과 연대감의 상실을 그린다.

• **뫼비우스의 띠** 조세희(1976)

수학 교사는 학생들에게 '뫼비우스 띠'에 관해 이야기한다. 앉은뱅이와 꼽추는 아파트 재개발 때문에 헐값에 집을 뺏기게 되자 부동산 업자에게 복수하기로 결심한다. 그들은 부동산 업자를 포박한다. 돈을 빼앗은 앉은뱅이는 부동산 업자를 살해하게 되고, 꼽추는 약장수를 따라가겠다고 한다. 교사는 우화를 통해

1970년대 도시 빈민 계층의 삶과 산업화 사회의 모순을 질문한다. 그리고 '뫼비우스의 띠'를 통해 사물과 현실에 대한 고정 관념이 가진 문제점을 비판했다.

• **난장이가 쏘아 올린 작은 공** 조세희(1976)

낙원구 행복동에 사는 난장이인 아버지 그리고 어머니, 영수, 영호, 영희는 아파트 재개발 사업으로 집이 철거될 위기에 처한다. 마을 사람들이 투기업자에게 입주권을 팔고 동네를 떠나자, '난장이' 가족도 결국 입주권을 판다. 하지만 입주권을 팔아도 가족에게 남은 돈은 없고 끝내 아버지는 자살한다. 소외된 도시 빈민을 상징하는 '난장이'는 계층 간의 대립 구조를 극명하게 보여 주기 위한 장치로 볼 수 있다.

〈1980~2000년대〉

정치적 · 사회적으로 급변하는 시기였던 1980년대는 5 · 18 민주화 운동 이후 분노와 죄의식, 원한 등을 내용으로 하는 작품들이 주로 발표되었다. 산업화 속에서 소외된 노동자를 그린 작품과 6 · 25 전쟁의 원인을 밝히려는 내용의 분단 문학도 나왔다. 1990~2000년대에는 1980년대를 거치면서 정치적 · 사회적 이념을 상실한 허무에서 출발하는 후일담 문학이 등장했다. 또한, '이념' 대신 문화와 취향의 문제를 중요시해 작품의 양상이 보다 다원화되었다.

정화진 쇳물처럼 | **방현석** 새벽 출정 | **조정래** 태백산맥 | **이문열** 영웅시대 | **김원일** 불의 제전 | **임철우** 사평역 | **박완서** 엄마의 말뚝, 그 여자네 집, 해산 바가지 | **윤후명** 돈황의 사랑 | **양귀자** 원미동 사람들 | **오정희** 바람의 넋, 소음 공해 | **신경숙** 풍금이 있던 자리 | **윤대녕** 은어낚시통신 | **은희경** 새의 선물 | **윤흥길** 종탑 아래에서 **성석제** 아무도 모르라고

• **사평역** 임철우(1983)

추운 겨울, 작은 시골 간이역에서 농부와 아버지, 중년 사내, 대학생, 서울 여자, 춘심이 등이 기차를 기다리며 각자 자신의 사연을 회상하는 이야기이다. 펄펄 내리는 눈은 춥고 쓸쓸한 느낌을 주어 산업화 시대 속에서 힘들게 살아가는 서민들의 모습을 형상화한다.

• **해산 바가지** 박완서(1985)

'나'는 치매에 걸린 시어머니를 모실 요양원을 보러 가던 길에 초가지붕 위에 열린 박을 보고 해산 바가지를 떠올린다. 시어머니는 손주가 태어날 때마다 정성껏 해산 바가지를 준비하고 한결같이 사랑을 주는 아름다운 정신을 지닌 분이셨다. 감동한 '나'는 좀 더 편안해진 마음과 태도로 시어머니를 돌보며 임종 때까지 곁을 지킨다. 해산 바가지에 얽힌 이야기를 통해 인간의 생명은 그 자체로 소중하다는 깨달음을 준다.

• **소음 공해** 오정희(1993)

심신장애인 시설에 자원 봉사 활동을 다녀온 '나'는 위층에서 들리는 소음에 신경이 날카로워진다. '나'는 경비원을 통해 항의해도 소음이 멈추지 않자 슬리퍼를 들고 위층에 직접 찾아간다. '나'는 위층 여자가 휠체어를 타는 장애인임을 알게 되어 부끄러움을 느낀다. 대외적으로 품위와 예절을 지키고자 하지만 정작 이웃에게는 무관심한 현대인의 모순적인 태도를 비판하는 작품이다.

• **종탑 아래에서** 윤흥길(2003)

'나'는 익산 군수 관사의 철책 안에서 노는 시각 장애인 소녀 명은을 만난다. '나'가 전쟁 이야기를 들려주자 명은은 소리를 지르며 고통스러워한다. '나'는 교회에서 명은에게 종소리를 들려주고 다음 날 명은을 데리고 밤에 종지기 몰래 종을 친다. '나'는 종지기에게 맞으면서도 밧줄을 놓지 않고 명은에게 소원을 빌라고 말한다. 6 · 25를 직접 경험한 작가가 6 · 25 당시의 어린이 시점으로 이야기를 그린다.

• **아무도 모르라고** 성석제(2010)

'나'의 고등학생 시절, 어느 날 한 친구가 뛰어난 노래 실력으로 모두를 놀라게 하였다. 알고 보니 대학을 가고 싶어 하는 그 친구를 위해 음악 선생님이 대가 없이 노래 실력을 키우도록 도와준 것이었다. '나'는 간절히 바라면 밝은 미래가 찾아온다는 음악 선생님의 말씀을 여전히 곱씹으며 살아가고 있다. 삶의 인상적인 한 장면을 통해 교훈이 담긴 주제 의식을 드러낸 작품이다.

차례

* 표시된 작품은 줄거리와 해설을 담은 MP3 파일이 제공됩니다. 리베르 출판사 블로그(http://blog.naver.com/liber_book)에서 다운받으실 수 있습니다.

배따라기

작가와 작품 세계

김동인(1900~1951)

호는 금동(琴童). 평안남도 평양 출생. 일본 메이지학원대학 중학부를 졸업하고, 화가가 되기 위해 가와바타 미술 학교를 다니다 중퇴했다. 1919년 주요한, 전영택 등과 함께 최초의 문학 동인지 〈창조〉를 발간하고, 창간호에 최초의 자연주의 작품으로 알려진 「약한 자의 슬픔」을 발표했다.

자연주의적 사실주의 계열에 속하는 「배따라기」, 「감자」, 「태형」, 「발가락이 닮았다」 등과, 탐미주의적 계열에 속하는 「광염소나타」, 「광화사」, 민족주의적 색채를 보이는 「붉은 산」 등 다양한 단편 소설을 발표했다. 『젊은 그들』, 『운현궁의 봄』, 『대수양』 등 후기의 장편 소설들은 상업적이면서 통속적인 경향을 보여 준다. 이는 방탕한 생활과 사업 실패로 가산을 탕진한 후 생활고를 해결하기 위해 소설 쓰기에 진력한 것과 무관치 않다. 평론에도 일가견이 있었는데, 특히 「춘원 연구」는 역작으로 평가된다.

김동인은 문학에서의 계몽주의의 청산, 소설의 구어체 문장 확립, 순수 문학 정신 및 근대 사실주의의 도입, 근대적 문예 비평 개척 등 한국 문학사에 큰 공적을 남겼다. 시점의 도입, 과거 시제의 사용, 액자 형태의 스토리 구성 등을 통해 한국 단편 소설의 한 전형을 이룩했다는 평가를 받는다.

작품 정리

갈래: 액자 소설, 낭만주의 소설, 유미주의 소설
배경: 시간 – 일제 강점기 / 공간 – 평양과 영유
시점: 외화 – 1인칭 관찰자 시점
내화 – 1인칭 관찰자 시점, 전지적 작가 시점
주제: 오해와 실수가 빚은 비극적 운명
출전: 〈창조〉(1921)

구성과 줄거리

도입 (외화) **'배따라기'를 부르는 그를 만나 사연을 듣게 됨**

어느 화창한 봄날, '나'는 대동강으로 봄 경치를 구경 갔다가 유토피아의 꿈에 젖는다. 그때 영유 배따라기의 애절한 가락이 들려온다. 노랫소리가 들리는 곳으로 가 보니 어떤 사내가 있었다. 그는 '나'에게 고향에 가지 않고 떠도는 사연을 이야기한다.

발단 (내화) **그에게는 예쁜 아내와 착한 아우가 있었음**

그의 부모는 모두 돌아갔고 남은 사람이라곤 곁집에 딴살림하는 아우 부처와 아내뿐이었다. 그의 아내는 촌에서는 드물도록 예쁘게 생겼다. 늙은이들은 계집에게 혹하지 말라고 그에게 권고한다.

전개 (내화) **그는 아우에게 질투심을 느낌**

그는 아내와 사이가 좋았지만 아내를 시기했다. 아내의 성격이 쾌활해 아무에게나 말 잘하고 애교를 잘 부렸기 때문이다. 아내는 아우에게도 친절했다. 그럴 때마다 그는 질투심에 못 이겨 아내를 때리거나 사다 준 물건을 빼앗았다.

위기 (내화) **그는 아우와 아내가 쥐 잡는 것을 보고 오해함**

아내에게 줄 거울을 사 들고 집에 온 그는 놀라운 광경을 목격한다. 동생은 옷매무새가 흐트러져 있었고, 아내는 옷고름이 풀려 있었던 것이다. 아우가 쥐를 잡느라고 그렇게 되었다고 말했지만 그는 아내를 때리고 동생과 함께 내쫓는다.

절정 (내화) **아내는 스스로 목숨을 끊고 아우는 집을 나감**

저녁 때 방에 들어와 불을 켜려고 성냥을 찾던 그는 옷 뭉치에서 쥐가 튀어나오는 것을 본다. 그는 자신이 옹졸한 행동을 했다는 것을 깨닫는다. 집을 나간 아내는 그다음 날 시체로 발견된다. 아내의 장사를 지낸 이튿날 동생은 집을 나가 자취를 감춘다.

결말 (내화) **그는 10년 후 아우를 보게 되지만 아우는 다시 떠남**

그는 뱃사람이 되어 유랑하는 동생을 찾아 나선다. 10년 뒤 어느 날, 그는 배가 난파하는 바람에 물 위에 떠돌고 있었다. 그가 밤에 정신을 차려 보니 곁에서 아우가 자신을 간호하고 있었다. 아우는 "형님, 그저 다 운명이외다."라는 말만 남기고 떠난다. 그 후 그는 동생을 만나지 못한다.

종결 (외화) 그는 다시 배따라기를 불러 줌

그는 다시 한 번 '나'를 위해 배따라기를 불렀다. 그날 밤 집에 와서도 그의 숙명적인 경험담이 귀에 쟁쟁했다. 배따라기가 들릴 때마다 그곳으로 가 보았지만 그는 없었다.

생각해 볼 문제

1. 이 작품에 나타난 자연주의적 특징과 유미주의적 특징을 지적해 보자.

등장인물의 야수성, 성격 결함에 따른 비극적 파국, 간음이라는 비도덕적 모티브 등은 자연주의의 특징을 잘 보여 주고 있다. '나'는 진시황이야말로 가장 인간다운 인간이었다고 생각한다. 진시황이 인간의 욕망을 극단적으로 발현한 사람이었다는 점에서 '나'의 생각은 유미주의 또는 예술 지상주의와 밀접한 관련이 있다.

2. '배따라기'라는 민요는 어떤 역할을 하고 있는가?

'배떠나기'의 방언으로 알려져 있는 '배따라기'는 평안도 민요의 하나다. 뱃사람들의 고달픈 생활을 노래한 배따라기는 외화와 내화를 매개해 주는 역할을 한다. '그'의 비극적 운명이 배따라기의 애절한 곡조 속에 아름답게 승화되고, '나'의 '미의 낙원'에 대한 추구도 함께 어우러진다.

3. 이 작품의 서사 구조는 어떻게 이루어져 있는가?

내용은 자연주의적 특징을 보이고, 형식은 액자 소설의 구조를 갖추고 있다. 액자 형식을 취하면서도 외화인 '나'의 이야기와 내화인 '그'의 이야기가 동시에 존재한다. 서술자는 '나'이며 '그'의 이야기 역시 '나'의 시점을 통해 전달되고 있다. 외화는 도입부의 역할을 할 뿐 아니라 내화의 주제와 대응하고 있다.

인물 관계도

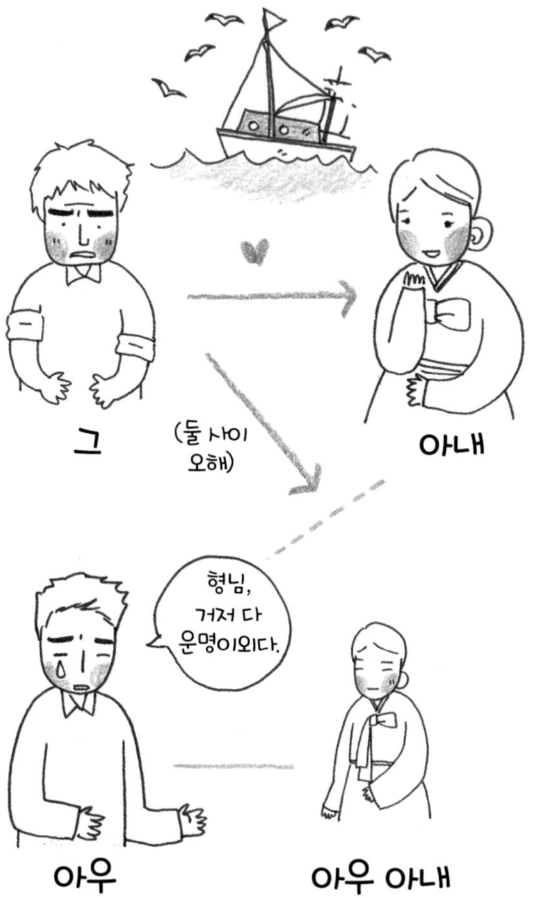

부모님이 돌아가시고 저(그)에게 남은 사람은 아내와 아우 부부뿐이었어요. 저는 아우에게 친절한 아내를 보면 질투가 났지요. 어느 날, 아우와 아내가 쥐 잡는 것을 오해한 저는 둘을 내쫓았어요. 다음 날 아내는 시체로 발견되었지요. 10년 뒤 아우를 만났지만 아우는 "형님, 그저 다 운명이외다."라는 말만 남기고 떠났답니다.

배따라기

좋은 일기이다.

좋은 일기라도, 하늘에 구름 한 점 없는―우리 '사람'으로서는 감히 접근 못할 위엄을 가지고, 높이서 우리 조고만 '사람'을 비웃는 듯이 내려다보는, 그런 교만한 하늘은 아니고, 가장 우리 '사람'의 이해자인 듯이 낮추 뭉글뭉글 엉기는 분홍빛 구름으로서 우리와 서로 손목을 잡자는―그런 하늘이다. 사랑의 하늘이다.

나는, 잠시도 멎지 않고 푸른 물을 황해로 부어내리는 대동강을 향한, 모란봉(牧丹峰) 기슭 새파랗게 돋아나는 풀 위에 뒹굴고 있었다.

이날은 삼월 삼질(음력 삼월 초사흗날. 강남 갔던 제비가 돌아온다는 따뜻한 날), 대동강에 첫 뱃놀이하는 날이다. 까맣게 내려다보이는 물 위에는, 결결이 반짝이는 물결을 푸른 놀잇배들이 타고 넘으며, 거기서는 봄 향기에 취한 형형색색의 선율이, 우단보다도 부드러운 봄 공기를 흔들면서 날아온다. 그러고 거기서 기생들의 노래와 함께 날아오는 조선 아악(雅樂)은 느리게, 길게, 유창하게, 부드럽게, 그러고 또 애처롭게, 모든 봄의 정다움과 끝까지 조화하지 않고는 안 두겠다는 듯이, 대동강에 흐르는 시커먼 봄물, 청류벽에 돋아나는 푸르른 풀어음, 심지어 사람의 가슴속에 봄에 뛰노는 불붙는 핏줄기까지라도, 습기 많은 봄 공기를 다리 놓고 떨리지 않고는 두지 않는다.

봄이다. 봄이 왔다.

부드럽게 부는 조고만 바람이, 시커먼 조선 솔을 꿰며, 또는 돋아나는 풀을 스치고 지나갈 때의 그 음악은, 다른 데서는 듣지 못할 아름다운 음악이다.

아아, 사람을 취케 하는 푸르른 봄의 아름다움이여! 열다섯 살부터의 동경(東京) 생활에, 마음껏 이런 봄을 보지 못하였던 나는, 늘 이것을 보는 사람보다 곱 이상의 감명을 여기서 받지 않을 수 없다.

평양성 내에는, 겨우 툭툭 터진 땅을 헤치면 파릇파릇 돋아나는 나무새기와 돋아나려는 버들의 어음으로 봄이 온 줄 알 뿐 아직 완전히 봄이 안 이르렀지만, 이 모란봉 일대와 대동강을 넘어 보이는 가나안 옥토를 연상시키는 장림(長林 길게 뻗쳐 있는 숲)에는 마음껏 봄의 정다움이 이르렀다.

그러고 또 꽤 자란 밀보리들로 새파랗게 장식한 장림의 그 푸른빛! 만족한 웃음을 띠고 그 벌에 서서 내다보는 농부의 모양은, 보지 않아도 생각할 수가 있다.

구름은 자꾸 하늘을 날아다니는 모양이다. 그 밀 위에 비치었던 구름의 그림자는 그 구름과 함께 저편으로 물러가며, 거기는 세계를 아까 만들어 놓은 것 같은 새로운 녹빛이 퍼져 나간다. 바람이나 조금 부는 때는 그 잘 자란 밀들은 물결같이 누웠다 일어났다 일록일청(一綠一靑 한 번은 녹색으로, 한 번은 청색으로)으로 춤을 춘다. 그리고 봄의 한가함을 찬송하는 솔개들은, 높은 하늘에서 동그라미를 그리면서 더욱더 아름다운 봄에 향기로운 정취를 더한다.

"다스한 봄 정에 솟아나리다. 다스한 봄 정에 솟아나리다."

나는 두어 번 소리 나게 읊은 뒤에 담배를 붙여 물었다. 담뱃내는 무럭무럭 하늘로 올라간다.

하늘에도 봄이 왔다.

하늘은 낮았다. 모란봉 꼭대기에 올라가면 넉넉히 만질 수가 있으리만큼 하늘은 낮다. 그리고 그 낮은 하늘보다는 오히려 더 높이 있는 듯한 분홍빛 구름은 몽글몽글 엉기면서 이리저리 날아다닌다.

나는 이러한 아름다운 봄 경치에 이렇게 마음껏 봄의 속삭임을 들을 때는 언제든 유토피아를 아니 생각할 수 없다. 우리가 시시각각으로 애를 쓰며 수고하는 것은, 그 목적은 무엇인가? 역시 유토피아 건설에 있지 않을까? 유토피아를 생각할 때는 언제든 그 '위대한 인격의 소유자'며 '사람의 위대함을 끝까지 즐긴' 진나라 시황(始皇)을 생각지 않을 수 없다.

우리가 어찌하면 죽지를 아니할까 하여, 소년 삼백을 배에 태워 불사약을 구하러 떠나보내며, 예술의 사치를 다하여 아방궁을 짓고, 매일 신하 몇 천 명과 잔치로써 즐기며, 이리하여 여기 한 유토피아를 세우려던 시황은, 몇 만의 역사가가 어떻다고 욕을 하든, 그는 참말로 인생의 향락자이며 역사 이후의 제일 큰 위인이라고 할 수가 있다. 그만한 순전한 용기 있는 사람이 있고야 우리 인류의 역사는 끝이 날지라도 한 '사람'을 가졌었다고 할 수 있다.

"큰사람이었었다."

하면서 나는 머리를 흔들었다.

이때다. 기자묘 근처에서 무슨 슬픈 음률이 봄 공기를 진동시키며 날아오는 것이 들렸다.

나는 무심코 귀를 기울였다.

'영유 배따라기'다. 그것도 웬만한 광대나 기생은 발꿈치에도 미치지 못하리만큼, 그만큼 그 배따라기의 주인은 잘 부르는 사람이었다.

> 비나이다, 비나이다.
> 산천후토(山天后土 하늘과 산의 신령) 일월성신(日月星辰 해와 달과 별) 하나님전 비나이다.
> 실날 같은 우리 목숨 살려 달라 비나이다.
> 에—야, 어그여지야.

여기까지 이르렀을 때에 저편 아래 물에서 장고 소리와 함께 기생의 노래가 울리어 오며 배따라기는 그만 안 들리게 되었다.

나는 이 년 전 한여름을 영유서 지내 본 일이 있다. 배따라기의 본고장인 영유를 몇 달 있어 본 사람은 그 배따라기에 대하여 언제든 한 속절없는 애처로움을 깨달을 것이다.

영유, 이름은 모르지만 ×산에 올라가서 내다보면 앞은 망망한 황해이니, 그곳 저녁때의 경치는 한 번 본 사람은 영구히 잊을 수가 없으리라. 불덩이 같은 커다란 시뻘건 해가 남실남실 넘치는 바다에 도로 빠질 듯 도로 솟아오를 듯 춤을 추며, 거기서 때때로 보이지 않는 배에서 '배따라기'만 슬프게 날아오는 것을 들을 때엔 눈물 많은 나는 때때로 눈물을 흘렸다. 이로 보아서, 어떤 원의 아내가 자기의 모든 영화를 낡은 신같이 내어던지고 뱃사람과 정처 없는 물길을 떠났다 함도 믿지 못할 말이랄 수가 없다.

영유서 돌아온 뒤에도 그 '배따라기'는 내 마음에 깊이 새기어져 잊으려야 잊을 수가 없었고, 언제 한번 다시 영유를 가서 그 노래를 한 번 더 들어보고 그 경치를 다시 한 번 보고 싶은 생각이 늘 떠나지를 않았다.

장고 소리와 기생의 노래는 멎고 배따라기만 구슬프게 날아온다. 결결이 부는 바람으로 말미암아 때때로는 들을 수가 없으되, 나의 기억과 곡조를 종합하여 들은 배따라기는 이 대목이다.

강변에 나왔다가
나를 보더니만
혼비백산하여
꿈인지 생시인지
와르륵 달려들어
섬섬옥수로 부쳐잡고
호천망극(昊天罔極 하늘이 드넓어 끝이 없음과 같이 어버이의 은혜가 크고 다함이 없음을 이름)하는 말이
'하늘로서 떨어지며
땅으로서 솟아났나
바람결에 묻어 오고
구름길에 쌔여 왔나'
이리 서로 붙들고 울음 울 제
인리제인(隣里諸人 이웃 마을 모든 사람들)이며
일가친척이 모두 모여

여기까지 들은 나는 마침내 참지 못하고 벌떡 일어서서 소나무 가지에 걸었던 모자를 내려 쓰고, 그곳을 찾으러 모란봉 꼭대기에 올라섰다. 꼭대기는 좀 더 노랫소리가 잘 들린다. 그는, 배따라기의 맨 마지막, 여기를 부른다.

밥을 빌어서
죽을 쑬지라도
제발 덕분에
뱃놈 노릇은 하지 마라.
에—야, 어그여지야.

그의 소리로써 방향을 찾으려던 나는 그만 그 자리에 섰다.

"어딘가? 기자묘? 혹은 을밀대?"

그러나 나는 오래 서 있을 수가 없었다. 어떻든 찾아보자 하고, 현무문으로 가서 문밖에 썩 나섰다. 기자묘의 깊은 솔밭은 눈앞에 쫙 퍼진다.

"어딘가?"

나는 또 물어 보았다.

이때에 그는 또다시 배따라기를 시초부터 부른다. 그 소리는 왼편에서 온다.

왼편이구나 하면서, 소리 나는 곳을 더듬어서 소나무 틈으로 한참 돌다가, 겨우, 기자묘치고는 그중 하늘이 넓고 밝은 곳에 혼자서 뒹굴고 있는 그를 찾아내었다. 나의 생각한 바와 같은 얼굴이다. 얼굴, 코, 입, 눈, 몸집이 모두 네모나고 그의 이마의 굵은 주름살과 시커먼 눈썹은 고생 많이 함과 순진한 성격을 나타낸다.

그는 어떤 신사가 자기를 들여다보는 것을 보고 노래를 그치고 일어나 앉는다.

"왜? 그냥 하지요."

하면서 나는 그의 곁에 가 앉았다.

"머……."

할 뿐 그는 눈을 들어서 터진 하늘을 쳐다본다.

좋은 눈이었다. 바다의 넓고 큼이 유감없이 그의 눈에 나타나 있다. 그는 뱃사람이라 나는 짐작하였다.

"고향이 영유요?"

"예, 머, 영유서 나기는 했디만 한 이십 년 영윤 가 보디두 않았시요."

"왜, 이십 년씩 고향엘 안 가요?"

"사람의 일이라니 마음대로 됩데까?"

그는, 왜 그러는지, 한숨을 짓는다.

"거저, 운명이 데일 힘셉디다."

운명의 힘이 제일 세다는 그의 소리는 삭이지 못할 원한과 뉘우침이 섞여 있다.

"그래요?"

나는 다만 그를 건너다볼 뿐이다.

한참 잠잠하니 있다가 나는 다시 말하였다.

"자, 노형의 경험담이나 한번 들어 봅시다. 감출 일이 아니면 한번 이야기해 보소."

"머, 감출 일은……."

"그럼, 어디 들어 봅시다그려."

그는 다시 하늘을 쳐다보았다. 그러나 좀 있다가,

"하디요."

하면서 내가 담배를 붙이는 것을 보고 자기도 담배를 붙여 물고 이야기를 꺼낸다.

"십구 년 전 팔월 열하룻날 일인데요."

하면서 그가 이야기한 바는 대략 이와 같은 것이다.

그의 살던 마을은 영유 고을서 한 이십 리 떠나 있는, 바다를 향한 조고만 어촌이다. 그의 살던 조고만(서른 집쯤 되는) 마을에서 그는 꽤 유명한 사람이었다.

그의 부모는 모두 열댓에 났을 때 돌아갔고, 남은 사람이라고는 곁집에 딴살림하는 그의 아우 부처와 그 자기 부처뿐이었다. 그들 형제가 그 마을에서 제일 부자이고 또 제일 고기잡이를 잘하였으며 그중 글이 있었고 배따라기도 그 마을에서 빼나게 잘 불렀다. 말하자면 그 형제가 그 동네의 대표적 사람이었다.

팔월 보름은 추석 명절이다. 팔월 열하룻날 그는 명절에 쓸 장도 볼 겸, 그의 아내가 늘 부러워하는 거울도 하나 사 올 겸, 장으로 향하였다.

"당손네 집에 있는 것보다 큰 것이요. 잊디 말구요."

그의 아내는 길까지 따라 나오면서 잊지 않도록 부탁하였다.

"안 잊어."

하면서 그는 떠오르는 새빨간 햇빛을 앞으로 받으면서 자기 마을을 나섰다.

이렇게 말하기는 우습지만 그는 아내를 고와했다. 그의 아내는 촌에는 드물도록 연연하고도 예쁘게 생겼다. 그는 나에게 이렇게 말하였다.

"성내(평양) 덴줏골(갈보촌)을 가두 그만한 거 쉽디 않갔시요."

그러니까 촌에서는, 그리고 그 당시에는 남에게 우습게 보이도록 그 내외의 새는 좋았다. 늙은이들은 계집에게 혹하지 말라고 흔히 그에게 권고하였다.

부처의 새는 좋았지만, 아니 오히려 좋으므로 그는 아내에게 샘을 많이 하였다. 그리고 그의 아내는 시기를 받을 일을 많이 하였다. 품행이 나쁘다는 것이 아니라, 그의 아내는 대단히 천진스럽고 쾌활한 성질로서 아무에게나 말 잘하고 애교를 잘 부렸다.

그 동네에서는 무슨 명절이나 되면, 집이 그중 정결함을 핑계삼아 젊은 이들은 모두 그의 집에 모이고 하였다. 그 젊은이들은 모두 그의 아내에게 '아즈마니'라 부르고, 그의 아내는 '아즈바니, 아즈바니' 하며 그들과 지껄이고 즐기며, 그 웃기 잘하는 입에는 늘 웃음을 흘리고 있었다. 그럴 때마다 그는 한편 구석에서 눈만 힐근거리며 있다가 젊은이들이 돌아간 뒤에는 불문곡직(不問曲直 옳은지 그른지를 묻지 않음)하고 아내에게 덤벼들어 발길로 차고 때리며, 이전에 사다 주었던 것을 모두 걷어올린다. 싸움을 할 때에는 언제든 곁집에 있는 아우 부처가 말리러 오며, 그렇게 되면 언제든 그는 아우 부처까지 때려 주었다.

그가 아우에게 그렇게 구는 데는 이유가 있었다. 그의 아우는, 시골 사람에게는 쉽지 않도록 늠름한 위엄이 있었고, 맨날 바닷바람을 쏘였지만 얼굴이 희었다. 이것뿐으로도 시기가 된다 하면 되지만, 특별히 아내가 그의 아우에게 친절히 하는 데는, 그는 속이 끓어 못 견디었다.

그가 영유를 떠나기 반 년 전쯤, 다시 말하자면 그가 거울을 사러 장에 갈 때부터 반 년 전쯤, 그의 생일날이었다. 그의 집에서는 음식을 차려서 잘 먹었는데, 그에게는 괴상한 버릇이 있었으니, 맛있는 음식은 남겨 두었다가 좀 있다 먹고 하는 것이 습관이었다. 그의 아내도 이 버릇은 잘 알 터인데 그의 아우가 점심때쯤 오니까, 아까 그가 아껴서 남겨 두었던 그 음식을 아우에게 주려 하였다. 그는 눈을 부릅뜨고 '못 주리라'고 암호하였지만 아내는 그것을 보았는지 못 보았는지 그의 아우에게 주어 버렸다. 그는 마음속이 자못 편치 못하였다. '트집만 있으면 이년을……' 하고 그는 마음먹었다.

그의 아내는 시아우에게 상을 준 뒤에 물러오다가 그만 그의 발을 조금 밟았다.

"이년!"

그는 힘껏 발을 들어서 아내를 냅다 찼다. 그의 아내는 상 위에 거꾸러졌다가 일어난다.

"이년, 사나이 발을 짓밟는 년이 어디 있어!"

"거 좀 밟아서 발이 부러졌쉐까?"

아내는 낯이 새빨개져서 울음 섞인 소리로 고함친다.

"이년! 말대답이……."

그는 일어서서 아내의 머리채를 휘어잡았다.

"형님! 왜 이리십니까."

아우가 일어서면서 그를 붙잡았다.

"가만있거라, 이놈의 자식."

하며 그는 아우를 밀친 뒤에 아내를 되는 대로 내리찧었다.

"죽일 년, 이년! 나가거라!"

"죽에라, 죽에라! 난, 죽어도 이 집에선 못 나가!"

"못 나가?"

"못 나가디 않구. 뉘 집이게……."

이때다. 그의 마음에는 그 '못 나가겠다'는 아내의 마음이 푹 들이박혔다. 그 이상 때리기가 싫었다. 우두커니 눈만 흘기고 있다가 그는,

"망할 년, 그럼 내가 나갈라."

하고 그만 문밖으로 뛰어나와서,

"형님, 어디 갑니까?"

하는 아우의 말에는 대답도 안 하고, 곁동네 탁주집으로 뒤도 안 돌아보고 가서, 거기 있는 술 파는 계집과 술상 앞에 마주 앉았다.

그날 저녁 얼근히 취한 그는 아내를 위하여 떡을 한 돈어치 사 가지고 집으로 돌아왔다.

이리하여 또 서너 달은 평화가 이르렀다. 그러나 이 평화가 언제까지든 계속될 수가 없었다. 그의 아우로 말미암아 또 평화는 쪼개져 나갔다.

오월 초승부터 영유 고을 출입이 잦던 그의 아우는, 오월 그믐께부터는 고을서 며칠씩 묵어 오는 일이 많았다. 함께, 고을에 첩을 얻어 두었다는 소문이 퍼졌다. 이 소문이 있은 뒤 아내는 그의 아우가 고을 들어가는 것을 벌레보다도 더 싫어하고, 며칠 묵어나 오는 때면 곧 아우의 집으로 가서 그와 담판을 하며 심지어 동서 되는 아우의 처에게까지 못 가게 하지 않는다고 싸우는 일이 있었다. 칠월 초승께 그의 아우는 고을에 들어가서 열흘쯤 묵어 온 일이 있었다. 이때도 전과 같이 그의 아내는 그의 아우며 제수와 싸우다 못하여, 마침내 그에게까지 와서 아우가 그런 못된 데를 다니는 것을 그냥 둔다고, 해보자 한다. 그 꼴을 곱게 보지 않았던 그는 첫마디로 고함을 쳤다.

"네게 상관이 무에가? 듣기 싫다."

"못난둥이. 아우가 그런 델 댕기는 걸 말리디두 못하구!"

분김에 이렇게 그의 아내는 고함쳤다.

"이년, 무얼?"

그는 벌떡 일어섰다.

"못난둥이!"

그 말이 채 끝나기 전에 그의 아내는 악 소리와 함께 그 자리에 거꾸러졌다.

"이년! 사나이에게 그따윗 말버릇 어디서 배완!"

"에미네 때리는 건 어디서 배왔노! 못난둥이."

그의 아내는 울음소리로 부르짖었다.

"상년 그냥? 나갈, 우리 집에 있디 말구 나갈."

그는 내리찧으면서 부르짖었다. 그리고 문을 열고 아내를 밀쳤다.

"나가디 않으리!"

하고 그의 아내는 울면서 뛰어나갔다.

"망할 년!"

토하는 듯이 중얼거리고 그는 그 자리에 주저앉았다.

그의 아내는 해가 져서 어두워져도 돌아오지 않았다. 일단 내어 쫓기는 하였지만 그는 아내의 돌아옴을 기다리고 있었다. 어두워져서도 그는 불도 안 켜고 성이 나서 우들우들 떨면서 아내의 돌아오기를 기다렸다. 그러나 그의 아내의 참 기쁜 듯이 웃는 소리가 그의 아우의 집에서 밤새도록 울리었다. 그는 움쩍도 안 하고 그 자리에 앉아서 밤을 새운 뒤에, 새벽 동터 올 때 아내와 아우를 죽이려고 부엌에 가서 식칼을 가지고 들어와서 문을 벌컥 열었다.

그의 아내로서 만약 근심스러운 얼굴을 하고 그 문밖에 우두커니 서서 문을 들여다보고 있지 않았다면, 그는 아내와 아우를 죽이고야 말았으리라.

그는 아내를 보는 순간 마음에 가득 차는 사랑을 깨달으면서, 칼을 내던지고 뛰어나가서 아내의 머리채를 휘어잡고, 이년 하면서 들어와서 뺨을 물어뜯으면서 함께 이리저리 자빠져서 뒹굴었다.

그런 이야기를 다 하려면 끝이 없으되 다만 '그', '그의 아내', '그의 아우' 세 사람의 삼각관계는 대략 이와 같았다.

각설(화제를 돌릴 때 말 첫머리에 쓰는 접속부사)—

거울은 마침 장에 마음에 맞는 것이 있었다. 지금 것과 대 보면 어떤 때는 코도 크게 보이고 입이 작게도 보이는 것이지만, 그 당시에는, 그리고 그런

촌에서는 둘도 없는 귀물이었다.

거울을 사 가지고 장을 본 뒤에 그는 이 거울을 아내에게 주면 그 기뻐할 모양을 생각하며, 새빨간 저녁 햇빛을 받는 넘치는 듯한 바다를 안고, 자기 집으로, 늘 들러 오던 탁주집에도 안 들러서 돌아왔다.

그러나 그가 그의 집 방 안에 들어설 때에는 뜻도 안 하였던 광경이 그의 눈에 벌리어 있었다.

방 가운데는 떡상이 있고, 그의 아우는 수건이 벗어져서 목 뒤로 늘어지고 저고리 고름이 모두 풀어져 가지고 한편 모퉁이에 서 있고, 아내도 머리채가 모두 뒤로 늘어지고 치마가 배꼽 아래 늘어지도록 되어 있으며, 그의 아내와 아우는 그를 보고 어찌할 줄을 모르는 듯이 움쩍도 안 하고 서 있었다.

세 사람은 한참 동안 어이가 없어서 서 있었다. 그러나 좀 있다가 마침내 그의 아우가 겨우 말했다.

"그놈의 쥐 어디 갔니?"

"흥! 쥐? 훌륭한 쥐 잡댔구나!"

그는 말을 끝내지도 않고 짐을 벗어던지고 뛰어가서 아우의 멱살을 끌어잡았다.

"형님! 정말 쥐가……."

"쥐? 이놈! 형수하고 그런 쥐 잡는 놈이 어디 있니?"

그는 아우를 따귀를 몇 대 때린 뒤에 등을 밀어서 문밖에 내어던졌다. 그런 뒤에 이제 자기에게 이를 매를 생각하고 우들우들 떨면서 아랫목에 서 있는 아내에게 달려들었다.

"이년! 시아우와 그런 쥐 잡는 년이 어디 있어!"

그는 아내를 거꾸러뜨리고 함부로 내리찧었다.

"정말 쥐가……. 아이 죽겠다."

"이년! 너두 쥐? 죽어라!"

그의 팔다리는 함부로 아내의 몸 위에 오르내렸다.

"아이, 죽갔다. 정말 아까 적온이(시아우)가 왔기에 떡 먹으라구 내놓았더니……."

"듣기 싫다! 시아우와 붙은 년이 무슨 잔소릴……."

"아이, 아이, 정말이야요. 쥐가 한 마리 나……."

"그냥 쥐?"

"쥐 잡을래다가……."

"샹넌! 죽어라! 물에래두 빠데 죽얼!"

그는 실컷 때린 뒤에, 아내도 아우처럼 등을 밀어 내어 쫓았다. 그 뒤에 그의 등으로,

"고기 배때기에 장사해라!"

하고 토하였다.

분풀이는 실컷 하였지만, 그래도 마음속이 자못 편치 못하였다. 그는 아랫목으로 가서 바람벽을 의지하고 실신한 사람같이 우두커니 서서 떡상만 들여다보고 있었다.

한 시간……, 두 시간…….

서편으로 바다를 향한 마을이라 다른 곳보다는 늦게 어둡지만, 그래도 술시(戌時 십이시의 열한째 시. 오후 일곱 시부터 아홉 시까지)쯤 되어서는 깜깜하니 어두웠다. 그는 불을 켜려고 바람벽에서 떠나서 성냥을 찾으러 돌아갔다.

성냥은 늘 있던 자리에 있지 않았다. 그래서 여기저기 뒤적이노라니까, 어떤 낡은 옷 뭉치를 들칠 때에 문득 쥐 소리가 나면서 무엇이 후덕덕 뛰어나온다. 그리하여 저편으로 기어서 도망간다.

"역시 쥐댔구나!"

그는 조그만 소리로 부르짖었다. 그리고 그만 그 자리에 맥없이 덜썩 주저앉았다.

아까 그가 보지 못한 때의 광경이 활동사진과 같이 그의 머리에 지나갔다.

아우가 집에를 온다. 아우에게 친절한 아내는 떡을 먹으라고 아우에게 떡상을 내놓는다. 그때에 어디선가 쥐가 한 마리 뛰어나온다. 둘이서는 쥐를 잡노라고 돌아간다. 한참 성화시키던 쥐는 어느 구석에 숨어 버린다. 그들은 쥐를 찾느라고 뒤룩거린다('두리번거리다'의 방언). 그럴 때에 그가 집에 들어선 것이다.

"샹넌, 좀 있으믄 안 들어오리……."

그는 억지로 마음먹고 그 자리에 드러누웠다.

그러나 아내는 밤이 가고 날이 밝기는커녕 해가 중천에 올라도 돌아오지를 않았다. 그는 차차 걱정이 나서 찾아보러 나섰다.

아우의 집에도 없었다. 동네를 모두 찾아보아도 본 사람도 없다 한다.

그리하여, 낮쯤 한 삼사 리 내려가서 바닷가에서 겨우 아내를 찾기는 찾았지만 그 아내는 이전 같은 생기로 찬 산 아내가 아니요, 몸은 물에 불어서 곱이나 크게 되고, 이전에 늘 웃음을 흘리던 예쁜 입에는 거품을 잔뜩 문, 죽은 아내였다.

그는 아내를 업고 집으로 돌아오기까지 정신이 없었다.

이튿날 간단하게 장사를 하였다. 뒤에 따라오는 아우의 얼굴에는,

"형님, 이게 웬일이오니까."

하는 듯한 원망이 있었다.

장사를 지낸 이튿날부터 아우는 그 조그만 마을에서 없어졌다. 하루 이틀은 심상히 지냈지만, 닷새 엿새가 지나도 아우는 돌아오지 않았다. 그래서 알아보니까, 꼭 그의 아우같이 생긴 사람이 오륙 일 전에 멧산자 보따리를 하여 진 뒤에 시뻘건 저녁 해를 등으로 받고 더벅더벅 동쪽으로 가더라 한다. 그리하여 열흘이 지나고 스무 날이 지났지만 한번 떠난 그의 아우는 돌아올 길이 없고, 혼자 남은 아우의 아내는 매일 한숨으로 세월을 보내게 되었다.

그도 이것을 잠자코 보고 있을 수가 없었다. 그 불행의 모든 죄는 죄다 그에게 있었다.

그도 마침내 뱃사람이 되어, 적으나마 아내를 삼킨 바다와 늘 접근하며 가는 곳마다 아우의 소식을 알아보려고, 어떤 배를 얻어 타고 물길을 나섰다.

그는 가는 곳마다 아우의 이름과 모습을 말하여 물었으나, 아우의 소식은 알 수가 없었다.

이리하여 꿈결같이 십 년을 지내서 구 년 전 가을, 탁탁히 낀 안개를 꿰며 연안(延安 황해도에 있는 읍) 바다를 지나가던 그의 배는, 몹시 부는 바람으로 말미암아 파선을 하여, 벗 몇 사람은 죽고, 그는 정신을 잃고 물 위에 떠돌고 있었다.

그가 겨우 정신을 차린 때는 밤이었었다. 그리고 어느덧 그는 뭍에 올라와 있었고 그를 말리느라고 새빨갛게 피워 놓은 불빛으로 자기를 간호하는 아우를 보았다.

그는 이상히도 놀라지도 않고 천연하게 물었다.

"너, 어떻게 여기 완?"

아우는 잠자코 한참 있다가 겨우 대답하였다.

"형님, 거저 다 운명이외다."

따뜻한 불기운에 깜빡 잠이 들려다가 그는 화닥닥 깨면서 또 말했다.

"십 년 동안에 되게 파랬구나."

"형님, 나두 변했거니와 형님두 몹시 늙으셨쉐다."

이 말을 꿈결같이 들으면서 그는 또 혼혼히(정신이 아뜩해 가물가물한 모양) 잠이 들었다. 그리하여 두어 시간, 꿀보다도 단 잠을 잔 뒤에 깨어 보니, 아까같이 새빨간 불은 피어 있지만 아우는 어디로 갔는지 없어졌다. 곁엣사람에게 물어 보니까, 아우는 형의 얼굴을 물끄러미 한참 들여다보고 있다가 새빨간 불빛을 등으로 받으면서 터벅터벅 아무 말 없이 어둠 가운데로 스러졌다 한다.

이튿날 아무리 알아보아야 그의 아우는 종적이 없어지고 알 수 없으므로 그는 하릴없이(어찌할 도리 없이) 다른 배를 얻어 타고 또 물길을 떠났다. 그리하여 그의 배가 해주에 이르렀을 때, 그는 해주 장에 들어가서 무엇을 사려다가 저편 맞은편 가게에 얼핏 그의 아우 같은 사람이 있으므로 뛰어가서 보니 그는 벌써 없어졌다. 배가 해주에는 오래 머물지 않으므로 그의 마음은 해주에 남겨 두고 또다시 바닷길을 떠났다.

그 뒤 삼 년을 이리저리 돌아다녔어도 아우는 다시 볼 수가 없었다.

그리하여 삼 년을 지내서 지금부터 육 년 전에, 그가 탄 배가 강화도를 지날 때에, 바다를 향한 가파른 뫼켠에서 바다를 향하여 날아오는 '배따라기'를 들었다. 그것도 어떤 구절과 곡조는 그의 아우 특식으로 변경된, 그의 아우가 아니면 부를 사람이 없는, 그 '배따라기'였다.

배가 강화도에는 머무르지 않아서 그저 지나갔으나, 인천서 열흘쯤 머무르게 되었으므로, 그는 곧 내려서 강화도로 건너가 보았다. 거기서 이리저리 찾아다니다가 어떤 조그만 객줏집에서 물어 보니, 이름도 그의 아우요 생긴 모습도 그의 아우인 사람이 묵어 있기는 하였으나, 사나흘 전에 도로 인천으로 갔다 한다. 그는 곧 돌아서서 인천으로 건너와 찾아보았지만, 그 조그만 인천서도 그의 아우를 찾을 바가 없었다.

그 뒤에 눈 오고 비 오며 육 년이 지났지만, 그는 다시 아우를 만나 보지 못하고 아우의 생사까지도 알 수가 없다.

말을 끝낸 그의 눈에는 저녁 해에 반사하여 몇 방울의 눈물이 반득인다.

나는 한참 있다가 겨우 물었다.

"노형 계수는?"

"모르디요. 이십 년을 영유는 안 가 봤으니깐요."

"노형은 이제 어디루 갈 테요?"

"것두 모르디요. 덩처가 있나요? 바람 부는 대로 몰려댕기디요."

그는 다시 한 번 나를 위하여 배따라기를 불렀다. 아아, 그 속에 잠겨 있는 삭이지 못할 뉘우침, 바다에 대한 애처로운 그리움!

노래를 끝낸 다음에 그는 일어서서 시뻘건 저녁 해를 잔뜩 등으로 받고 을밀대로 향하여 더벅더벅 걸어간다. 나는 그를 말릴 힘이 없어서 멀거니 그의 등만 바라보고 앉아 있었다.

그날 밤, 집에 돌아와서도 그 배따라기와 그의 숙명적 경험담이 귀에 쟁쟁히 울리어서 잠을 못 이루고, 이튿날 아침 깨어서 조반도 안 먹고 기자묘로 뛰어가서 또다시 그를 찾아보았다. 그가 어제 깔고 앉았던, 풀은 모두 한 편으로 누워서 그가 다녀감을 기념하되, 그는 그 근처에 보이지 않았다. 그러나, 그러나 배따라기는 어디선가 쟁쟁히 울리어서 모든 소나무들을 떨리지 않고는 안 두겠다는 듯이 날아온다.

"모란봉이다. 모란봉에 있다."

하고 나는 한숨에 모란봉으로 뛰어갔다. 모란봉에는 사람이 하나도 없다. 부벽루에도 없다.

"을밀대다."

하고 나는 다시 을밀대로 갔다. 을밀대에서 부벽루를 연한, 지옥까지 연한 듯한 골짜기에 물 한 방울을 안 새이리라고 빽빽이 난 소나무의 그 모든 잎잎은 떨리는 배따라기를 부르고 있지만, 그는 여기도 있지 않다. 기자묘의, 하늘을 향하여 퍼져 나간 그 모든 소나무의 천만의 잎잎도, 그 아래쪽 퍼진 천만의 풀들도, 모두 그 배따라기를 슬프게 부르고 있지만, 그는 이 조고만 모란봉 일대에서 찾을 수가 없었다.

강가에 나가서 알아보니 그의 배는 오늘 새벽에 떠났다 한다.

그 뒤에 여름과 가을이 가고 일 년이 지나서 다시 봄이 이르렀으되, 잠깐 평양을 다녀간 그는 그 숙명적 경험담과 슬픈 배따라기를 남겨 두었을 뿐, 다시 조고만 모란봉에 나타나지 않는다.

모란봉과 기자묘에 다시 봄이 이르러서, 작년에 그가 깔고 앉아서 부러졌던 풀들도 다시 곧게 대가 나서 자줏빛 꽃이 피려 하지만, 끝없는 뉘우침을 다만 한낱 '배따라기'로 하소연하는 그는, 이 조고만 모란봉과 기자묘에서 다시 볼 수가 없었다. 다만 그가 남기고 간 '배따라기'만 추억하는 듯이, 기념하는 듯이 모든 잎잎이 속삭이고 있을 따름이다.

감자

작품 정리

작가: 김동인(21쪽 '작가와 작품 세계' 참조)

갈래: 순수 소설, 사실주의 소설, 자연주의 소설

배경: 시간 - 1920년대 식민지 치하 / 공간 - 칠성문 밖 빈민굴

시점: 3인칭 작가 관찰자 시점

주제: 가난이 빚어 낸 한 여인의 비극

출전: 〈조선문단〉(1925)

구성과 줄거리

발단 **복녀가 홀아비에게 시집을 가게 됨**

복녀는 가난하지만 정직한 농가에서 반듯하게 자란 처녀이다. 열다섯 나던 해 복녀는 홀아비에게 팔십 원에 팔려 시집을 간다. 그녀는 남편의 게으름과 무능력 때문에 칠성문 밖 빈민굴에서 살게 된다.

전개 **송충이 잡이에 나간 이후 복녀의 타락이 시작됨**

복녀는 당국에서 벌인 송충이 잡이에 나선다. 감독이 복녀에게 딴짓을 한 이후 복녀는 일하지 않고도 삯을 받는다. 복녀의 남편은 복녀가 돈을 벌어 오는 것을 반긴다.

위기 **복녀가 왕 서방의 새 아내에게 질투를 느낌**

칠성문 밖 사람들은 중국인 채마밭의 감자를 도둑질하곤 한다. 복녀도 감자를 훔쳤는데, 어느 날 왕 서방에게 들켜 그의 집으로 끌려간다. 그 후 왕 서방은 수시로 복녀를 찾는다. 그러던 어느 날 왕 서방이 처녀를 아내로 사 오자 복녀는 강한 질투를 느낀다.

절정 **복녀가 왕 서방에게 덤벼들다 죽임을 당함**

왕 서방의 신방에 뛰어든 복녀가 왕 서방을 잡아끌자 왕 서방은 복녀를 뿌리친다. 복녀는 낫을 들고 덤벼들다 오히려 왕 서방의 손에 죽는다.

결말 복녀는 뇌일혈로 죽었다는 진단을 받고 공동묘지로 실려 감

복녀가 죽은 지 사흘이 지나자 시체 앞에 왕 서방, 복녀 남편, 한의사가 둘러앉는다. 왕 서방은 복녀 남편과 한의사에게 돈을 건넨다. 이튿날 복녀는 뇌일혈로 죽었다는 진단을 받고 공동묘지로 실려 간다.

생각해 볼 문제

1. 이 작품은 어떤 자연주의적 특징을 보여 주고 있는가?

과학적 태도로 세밀한 묘사를 하는 자연주의 소설의 주된 특징으로 '환경 결정론'을 들 수 있다. 김동인은 환경 결정론을 나름대로 소화해 '인형 조종술'이란 소설 작법을 고안해 냈다. 작가는 신의 위치에서 인물의 운명과 행동을 인형을 조종하듯 결정한다. 가난으로 인한 인간의 타락을 그린 이 작품은 자연주의적 경향을 잘 드러내지만, 일제 강점하의 민족의 궁핍과 그 원인을 그리는 데는 부족함이 있다.

2. '감자'는 소설의 주제와 어떤 연관성이 있는가?

복녀는 가난 때문에 감자를 훔치고 그로 인해 타락의 수렁으로 빠져든다. 감자는 복녀의 타락을 상징적으로 보여 주는 매개물이다.

3. 복녀라는 이름은 무엇을 상징하는가?

복녀는 한자로 '福女'이므로 '복이 있는 여자'를 의미한다. 복녀의 비극적 운명을 생각하면 복녀라는 이름이 반어적 성격을 띠고 있음을 알 수 있다. 가난한 삶 때문에 결국 죽음을 맞는 복녀는 복이 있는 여자가 아니라 오히려 박복한 여자이다.

4. 칠성문이란 공간적 배경이 지닌 의미는 무엇인가?

칠성문 밖은 평양으로부터 멀리 떨어져 있어 통제가 어려운 공간이다. 싸움, 간통, 살인 등 부도덕한 일이 연이어 일어나는 범죄의 온상이다. 칠성문은 이 작품의 비극적 결말을 이끌어 내는 데 중요한 배경이 된다.

인물 관계도

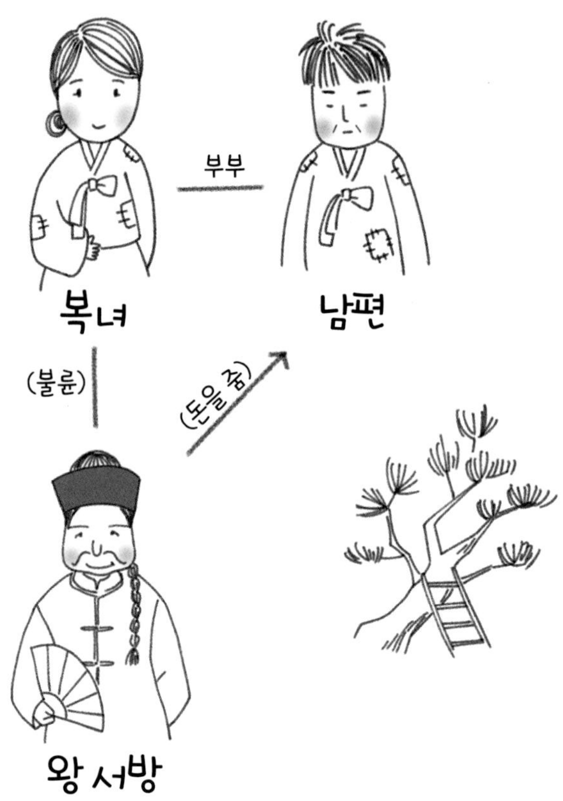

저(복녀)는 나이 열다섯에 가난한 홀아비에게 시집을 갔답니다. 송충이 잡이를 갔다가 인생관이 변했고, 중국인 지주인 왕 서방과 인연을 맺었어요. 그런데 왕 서방이 돈을 주고 새 색시를 데려온다고 하지 뭐예요? 화가 난 저는 신방에 뛰쳐 들어갔어요. 도대체 어떻게 해야 할까요?

감자

싸움, 간통, 살인, 도적, 구걸, 징역 이 세상의 모든 비극과 활극의 근원지인, 칠성문 밖 빈민굴로 오기 전까지는, 복녀의 부처는 사농공상의 제2위에 드는 농민이었었다.

복녀는, 원래 가난은 하나마 정직한 농가에서 규칙 있게 자라난 처녀였었다. 이전 선비의 엄한 규율은 농민으로 떨어지자부터 없어졌다 하나, 그러나 어딘지는 모르지만 딴 농민보다는 좀 똑똑하고 엄한 가율이 그의 집에 그냥 남아 있었다. 그 가운데서 자라난 복녀는 물론 다른 집 처녀들과 같이 여름에는 벌거벗고 개울에서 멱 감고, 바짓바람으로 동리를 돌아다니는 것을 예사로 알기는 알았지만, 그러나 그의 마음속에는 막연하나마 도덕이라는 것에 대한 저품('두려움'의 옛말)을 가지고 있었다.

그는 열다섯 살 나는 해에 동리 홀아비에게 팔십 원에 팔려서 시집이라는 것을 갔다. 그의 새서방(영감이라는 편이 적당할까)이라는 사람은 그보다 이십 년이나 위로서, 원래 아버지의 시대에는 상당한 농군으로서 밭도 몇 마지기가 있었으나, 그의 대로 내려오면서는 하나둘 줄기 시작하여서 마지막에 복녀를 산 팔십 원이 그의 마지막 재산이었었다. 그는 극도로 게으른 사람이었었다. 동리 노인들의 주선으로 소작 밭깨나 얻어 주면, 종자만 뿌려 둔 뒤에는 후치질(극젱이질. 극젱이는 쟁기와 흡사한 농기구의 일종)도 안 하고 김도 안 매고 그냥 내버려 두었다가는, 가을에 가서는 되는 대로 거두어서 '금년은 흉년이네' 하고 전주집에는 가져도 안 가고 자기 혼자 먹어 버리고 하였다. 그러니까 그는 한 밭을 이태를 연하여 부쳐 본 일이 없었다. 이리하여 몇 해를 지내는 동안 그는 그 동리에서는 밭을 못 얻으리만큼 인심을 잃고 말았다.

복녀가 시집을 간 뒤 한 삼사 년은 장인의 덕택으로 이렁저렁 지나갔으나, 이전 선비의 꼬리인 장인은 차차 사위를 밉게 보기 시작하였다. 그들은 처가에까지 신용을 잃게 되었다.

그들 부처는 여러 가지로 의논하다가 하릴없이 평양성 안으로 막벌이로 들어왔다. 그러나 게으른 그에게는 막벌이나마 역시 되지 않았다. 하루 종일 지게를 지고 연광정에 가서 대동강만 내려다보고 있으니, 어찌 막벌이인들 될까. 한 서너 달 막벌이를 하다가, 그들은 요행 어떤 집 막간(행랑. 대문간에 붙어 있는 방)살이로 들어가게 되었다.

그러나 그 집에서도 얼마 안 하여 쫓겨 나왔다. 복녀는 부지런히 주인집 일을 보았지만 남편의 게으름은 어찌할 수가 없었다. 매일 복녀는 눈에 칼을 세워 가지고 남편을 채근하였지만, 그의 게으른 버릇은 개를 줄 수는 없었다.

"벳섬 좀 치워 달라우요."

"남 졸음 오는데. 님자 치우시관."

"내가 치우나요?"

"이십 년이나 밥 먹구 그걸 못 치워!"

"에이구, 칵 죽구나 말디."

"이년, 뭘."

이러한 싸움이 그치지 않다가, 마침내 그 집에서도 쫓겨 나왔다.

이젠 어디로 가나? 그들은 하릴없이 칠성문 밖 빈민굴로 밀리어 나오게 되었다.

칠성문 밖을 한 부락으로 삼고 그곳에 모여 있는 모든 사람들의 정업(직업, 생업)은 거라지요, 부업으로는 도적질과 자기네끼리의 매음, 그밖에 이 세상의 모든 무섭고 더러운 죄악이었었다. 복녀도 그 정업으로 나섰다.

그러나 열아홉 살의 한창 좋은 나이의 여편네에게 누가 밥인들 잘 줄까.

"젊은 거이 거랑질은 왜."

그런 소리를 들을 때마다 그는 여러 가지 말로, 남편이 병으로 죽어 가거니 어쩌거니 핑계는 대었지만, 그런 핑계에는 단련된 평양 시민의 동정은 역시 살 수가 없었다. 그들은 이 칠성문 밖에서도 가장 가난한 사람 가운데 드는 편이었다. 그 가운데서 잘 수입되는 사람은 하루에 오 리짜리 돈뿐으로 일 원 칠팔십 전의 현금을 쥐고 돌아오는 사람까지 있었다. 극단으로 나가서는 밤에 돈벌이 나갔던 사람은 그날 밤 사백여 원을 벌어 가지고 와서 그 근처에서 담배 장사를 시작한 사람까지 있었다.

복녀는 열아홉 살이었었다. 얼굴도 그만하면 빤빤하였다. 그 동리 여인들의 보통 하는 일을 본받아서 그도 돈벌이 좀 잘하는 사람의 집에라도 간간 찾아가면 매일 오륙십 전은 벌 수가 있었지만, 선비의 집안에서 자라난 그는 그런 일은 할 수가 없었다.

그들 부처는 역시 가난하게 지냈다. 굶는 일도 흔히 있었다.

기자묘 솔밭에 송충이가 끓었다. 그때, 평양'부'에서는 은혜를 베푸는 뜻으로 그 송충이를 잡는 데 칠성문 밖 빈민굴의 여인들을 인부로 쓰게 되었다.

빈민굴 여인들은 모두 다 지원을 하였다. 그러나 뽑힌 것은 겨우 오십 명 쯤이었다. 복녀도 그 뽑힌 사람 가운데 한 사람이었었다.

복녀는 열심으로 송충이를 잡았다. 소나무에 사다리를 놓고 올라가서는, 송충이를 집게로 집어서 약물에 잡아넣고 잡아넣고, 그의 통은 잠깐 새에 차고 하였다. 하루에 삼십이 전씩의 공전이 그의 손에 들어왔다.

그러나 대엿새 하는 동안에 그는 이상한 현상을 하나 발견하였다. 그것은 다른 것이 아니라, 젊은 여인부 한 여남은 사람은 언제나 송충이는 안 잡고 아래서 지절거리며 웃고 날뛰기만 하고 있는 것이었다. 뿐만 아니라, 그 놀고 있는 인부의 공전은 일하는 사람의 공전보다 팔 전이나 더 많이 내어 주는 것이다.

감독은 한 사람뿐이지만 감독도 그들의 놀고 있는 것을 묵인할 뿐 아니라, 때때로는 자기까지 섞여서 놀고 있었다.

어떤 날 송충이를 잡다가 점심때가 되어서, 나무에서 내려와서 점심을 먹고 다시 올라가려 할 때에 감독이 그를 찾았다.

"복네, 얘 복네."

"왜 그럽네까?"

그는 약통과 집게를 놓은 뒤에 돌아섰다.

"좀 오나라."

그는 말없이 감독 앞에 갔다.

"얘, 너, 음…… 데 뒤 좀 가 보디 않갔니?"

"뭘 하레요?"

"글쎄, 가야……."

"가디요, 형님."

그는 돌아서면서 인부들 모여 있는 데로 고함쳤다.

"형님두 갑세다 가레."

"싫다, 얘. 둘이서 재미나게 가는데, 내가 무슨 맛에 가갔니?"

복녀는 얼굴이 새빨갛게 되면서 감독에게로 돌아섰다.

"가 보자."

감독은 저편으로 갔다. 복녀는 머리를 수그리고 따라갔다.

"복네 좋갔구나."

뒤에서 이러한 고함 소리가 들렸다. 복녀의 숙인 얼굴은 더욱 발갛게 되었다.

그날부터 복녀도 '일 안 하고 공전 많이 받는 인부'의 한 사람으로 되었다.

복녀의 도덕관 내지 인생관은 그때부터 변하였다.

그는 아직껏 딴 사내와 관계를 한다는 것을 생각하여 본 일도 없었다. 그것은 사람의 일이 아니요 짐승의 하는 짓으로만 알고 있었다. 혹은 그런 일을 하면 탁 죽어지는지도 모를 일로 알았다.

그러나 이런 이상한 일이 어디 다시 있을까! 사람인 자기도 그런 일을 한 것을 보면, 그것은 결코 사람으로 못 할 일이 아니었었다. 게다가 일 안 하고도 돈 더 받고, 긴장된 유쾌가 있고, 빌어먹는 것보다 점잖고…….

일본 말로 하자면 '삼박자(三拍子)' 같은 좋은 일은 이것뿐이었었다. 이것이야말로 삶의 비결이 아닐까. 뿐만 아니라, 이 일이 있은 뒤부터, 그는 처음으로 한 개 사람이 된 것 같은 자신까지 얻었다.

그 뒤부터는, 그의 얼굴에는 조금씩 분도 바르게 되었다.

일 년이 지났다.

그의 처세의 비결은 더욱더 순탄히 진척되었다. 그의 부처는 이제는 그리 궁하게 지내지는 않게 되었다.

그의 남편은 이것이 결국 좋은 일이라는 듯이 아랫목에 누워서 벌신벌신 웃고 있었다.

복녀의 얼굴은 더욱 이뻐졌다.

"여보, 아즈바니. 오늘은 얼마나 벌었소?"

복녀는 돈 좀 많이 번 듯한 거라지를 보면 이렇게 찾는다.

"오늘은 많이 못 벌었쉐다."

"얼마?"

"도무지 열서너 냥."

"많이 벌었쉐다가레, 한 댓 냥 꿰 주소고래."

"오늘은 내가……."

어쩌고 어쩌고 하면, 복녀는 곧 뛰어가서 그의 팔에 늘어진다.

"나한테 들킨 댐에는 뀌구야 말아요."

"난 원 이 아즈마니 만나문 야단이더라. 자, 꿰 주디. 그 대신 응? 알아 있디?"

"난 몰라요. 해해해해."

"모르문, 안 줄 테야."

"글쎄, 알았대두 그런다."

그의 성격은 이만큼까지 진보되었다.

가을이 되었다.

칠성문 밖 빈민굴의 여인들은 가을이 되면 칠성문 밖에 있는 중국인의 채마밭에 감자며 배추를 도적질하러 밤에 바구니를 가지고 간다. 복녀도 감자깨나 잘 도적질하여 왔다.

어떤 날 밤, 그는 감자를 한 바구니 잘 도적질하여 가지고, 이젠 돌아오려고 일어설 때에, 그의 뒤에 시꺼먼 그림자가 서서 그를 꽉 붙들었다. 보니, 그것은 그 밭의 소작인인 중국인 왕 서방이었었다. 복녀는 말도 못 하고 멀진멀진 발아래만 내려다보고 있었다.

"우리 집에 가."

왕 서방은 이렇게 말하였다.

"가재문 가디. 훤, 것두 못 갈까."

복녀는 엉덩이를 한번 홱 두른 뒤에 머리를 젓히고 바구니를 저으면서 왕 서방을 따라갔다.

한 시간쯤 뒤에 그는 왕 서방의 집에서 나왔다. 그가 밭고랑에서 길로 들어서려 할 때에, 문득 뒤에서 누가 그를 찾았다.

"복네 아니야?"

복녀는 홱 돌아서 보았다. 거기는 자기 곁집 여편네가 바구니를 끼고 어두운 밭고랑을 더듬더듬 나오고 있었다.

"형님이댔쉐까? 형님두 들어갔댔쉐까?"

"님자두 들어갔댔나?"

"형님은 뉘 집에?"
"나? 눅 서방네 집에. 님자는?"
"난 왕 서방네……. 형님 얼마 받았소?"
"눅 서방네 그 깍쟁이놈, 배추 세 페기……."
"난 삼 원 받았디."
복녀는 자랑스러운 듯이 대답하였다.
십 분쯤 뒤에 그는 자기 남편과, 그 앞에 돈 삼 원을 내어놓은 뒤에, 아까 그 왕 서방의 이야기를 하면서 웃고 있었다.
그 뒤부터 왕 서방은 무시로 복녀를 찾아왔다.
한참 왕 서방이 눈만 멀진멀진 앉아 있으면, 복녀의 남편은 눈치를 채고 밖으로 나간다. 왕 서방이 돌아간 뒤에는 그들 부처는, 일 원 혹은 이 원을 가운데 놓고 기뻐하고 하였다.
복녀는 차차 동리 거지들한테 애교를 파는 것을 중지하였다. 왕 서방이 분주하여 못 올 때가 있으면 복녀는 스스로 왕 서방의 집까지 찾아갈 때도 있었다.
복녀의 부처는 이제 이 빈민굴의 한 부자였었다.
그 겨울도 가고 봄이 이르렀다.
그때 왕 서방은 돈 백 원으로 어떤 처녀를 하나 마누라로 사 오게 되었다.
"흥."
복녀는 다만 코웃음만 쳤다.
"복녀, 강짜(질투)하갔구만."
동리 여편네들이 이런 말을 하면, 복녀는 흥 하고 코웃음을 웃고 하였다.
"내가 강짜를 해?" 그는 늘 힘 있게 부인하고 하였다. 그러나 그의 마음에 생기는 검은 그림자는 어찌할 수가 없었다.
"이놈 왕 서방, 네 두고 보자."
왕 서방의 색시를 데려오는 날이 가까웠다. 왕 서방은 아직껏 자랑하던 기다란 머리를 깎았다. 동시에 그것은 새색시의 의견이라는 소문이 쫙 퍼졌다.
"흥."
복녀는 역시 코웃음만 쳤다.
마침내 색시가 오는 날이 이르렀다. 칠보단장에 사인교를 탄 색시가, 칠성문 밖 채마밭 가운데 있는 왕 서방의 집에 이르렀다.

밤이 깊도록, 왕 서방의 집에는 중국인들이 모여서 별한 악기를 뜯으며 별한 곡조로 노래하며 야단하였다.

복녀는 집 모퉁이에 숨어 서서 눈에 살기를 띠고 방 안의 동정을 듣고 있었다.

다른 중국인들은 새벽 두 시쯤 하여 돌아갔다. 그 돌아가는 것을 보면서 복녀는 왕 서방의 집 안에 들어갔다. 복녀의 얼굴에는 분이 하얗게 발리어 있었다.

신랑 신부는 놀라서 그를 쳐다보았다. 그것을 무서운 눈으로 흘겨보면서, 그는 왕 서방에게 가서 팔을 잡고 늘어졌다. 그의 입에서는 이상한 웃음이 흘렀다.

"자, 우리 집으로 가요."

왕 서방은 아무 말도 못 하였다. 눈만 정처 없이 두룩두룩하였다. 복녀는 다시 한 번 왕 서방을 흔들었다.

"자, 어서."

"우리, 오늘 밤 일이 있어 못 가."

"일은 밤중에 무슨 일."

"그래두, 우리 일이……."

복녀의 입에 아직껏 떠돌던 이상한 웃음은 문득 없어졌다.

"이까짓 것."

그는 발을 들어서 치장한 신부의 머리를 찼다.

"자, 가자우, 가자우."

왕 서방은 와들와들 떨었다. 왕 서방은 복녀의 손을 뿌리쳤다.

복녀는 쓰러졌다. 그러나 곧 다시 일어섰다. 그가 다시 일어설 때는, 그의 손에는 얼른얼른하는 낫이 한 자루 들리어 있었다.

"이 되놈, 죽어라, 죽어라. 이놈, 나 때렸디! 이놈아, 아이구, 사람 죽이누나."

그는 목을 놓고 처울면서 낫을 휘둘렀다. 칠성문 밖 외딴 밭 가운데 홀로 서 있는 왕 서방의 집에서는 일장의 활극이 일어났다. 그러나 그 활극도 곧 잠잠하게 되었다. 복녀의 손에 들리어 있던 낫은 어느덧 왕 서방의 손으로 넘어가고, 복녀는 목으로 피를 쏟으면서 그 자리에 고꾸라져 있었다.

복녀의 송장은 사흘이 지나도록 무덤으로 못 갔다. 왕 서방은 몇 번을 복녀의 남편을 찾아갔다. 복녀의 남편도 때때로 왕 서방을 찾아갔다. 둘의 새에는 무슨 교섭하는 일이 있었다. 사흘이 지났다.

밤중에 복녀의 시체는 왕 서방의 집에서 남편의 집으로 옮겨졌다.

그리고 그 시체에는 세 사람이 둘러앉았다. 한 사람은 복녀의 남편, 한 사람은 왕 서방, 또 한 사람은 어떤 한방 의사. 왕 서방은 말없이 돈주머니를 꺼내어, 십원짜리 지폐 석 장을 복녀의 남편에게 주었다. 한방의의 손에도 십 원짜리 두 장이 갔다.

이튿날 복녀는 뇌일혈로 죽었다는 한방의의 진단으로 공동묘지로 실려갔다.

붉은 산

작품 정리

작가: 김동인(21쪽 '작가와 작품 세계' 참조)
갈래: 민족주의 소설, 액자 소설
배경: 시간 - 일제 강점기 / 공간 - 만주
시점: 1인칭 관찰자 시점
주제: 민족의 동질성과 조국에 대한 사랑
출전: 〈삼천리〉(1932)

구성과 줄거리

도입 **질병 조사차 만주로 간 '여(余)'가 ××촌에서 겪은 일을 적음**

여는 만주의 풍속을 살피고 그들에게 퍼져 있는 병도 조사할 겸 만주를 돌아본 적이 있다. 그때 ××촌에서 겪은 일을 수기로 적는다.

발단 **'삵'이란 별명을 가진 부랑자 정익호가 ××촌에 찾아옴**

광막한 만주 벌판에 자리 잡은 ××촌에는 정직하고 글깨나 읽은 조선인 소작인이 이십여 호 모여 산다. 이 마을에 '삵'이라는 별명을 가진 정익호가 찾아든다. 익호의 고향이 어딘지는 아무도 모르지만 여러 지방의 사투리를 쓰고, 중국 말, 일본 말, 간단한 러시아 말까지 할 줄 아는 것으로 보아 그가 여러 곳을 전전해 왔음을 짐작할 수 있다. 그는 독하고 민첩하게 생긴 외모 때문에 남의 미움을 산다. 그는 투전을 일삼고 싸움 잘하고 트집 잘 잡고 칼부림 잘하고 색시에게 덤벼들기를 잘한다.

전개 **마을 사람들이 '삵'을 내쫓고자 하나 속수무책임**

'삵'이 아무리 행패를 부려도 마을 사람들은 두려워서 대항하지 못한다. 아무리 인손이 부족한 때라도 젊은 사람 몇 명은 '삵'으로부터 동네의 부녀자를 지키기 위해 마을 안에 머물러 있는다. 동네 사람들은 그를 쫓아내기로 여러 번 결의하지만, 정작 나설 사람이 없어 삵은 별 탈 없이 동네에 머무른다.

위기 지주에게 갔던 송 첨지가 죽지만 누구 하나 나서지 않음

여가 ××촌을 떠나기 전날의 일이다. 그해 소출을 나귀에 싣고 만주인 지주 집에 간 송 첨지가 소출이 좋지 못하다는 이유로 초주검이 되어 돌아와 끝내 죽는다. ××촌 젊은이들은 흥분했지만 누구 하나 앞장서지 않는다.

절정 지주에게 항거하러 갔던 '삵'이 초주검이 되어 돌아옴

여는 의사로서 송 첨지의 시체를 부검한다. 돌아오는 길에 '삵'을 만나자 여는 그에게 송 첨지의 죽음을 알린다. 이야기를 들은 '삵'의 얼굴에는 비장함이 감돈다. 이튿날 '삵'이 죽어간다고 깨우러 온 마을 사람들의 소리에 여는 눈살을 찌푸리면서 일어난다. 여는 허리가 기역 자로 부러져 동구 밖에 버려져 있는 '삵'을 응급조치한다. '삵'은 지주에게 항거하다가 그 지경이 된 것이다.

결말 마을 사람들이 애국가를 부르는 가운데 '삵'이 죽어 감

'삵'은 죽어 가면서 붉은 산과 흰옷을 찾으며 애국가를 불러 달라고 간청한다. 밥버러지 '삵'의 죽음을 애도하는 노래가 엄숙하게 울려 퍼지는 가운데 '삵'의 몸은 점점 식어 간다.

✐ 생각해 볼 문제

1. '삵'이란 명칭과 '익호'와의 관련성에 대해 설명해 보자.

익호는 독하고 교활한 성격을 가진 데다 몸놀림도 민첩하다. 작가는 '쥐 같은 얼굴, 날카로운 이빨, 발룩한 코에 긴 코털' 등 외양 묘사를 통해 성격을 암시하는 간접 묘사 방법을 쓴다. 살쾡이를 의미하는 '삵'이란 말은 익호의 겉모습을 표현하기에 적절하다. 이렇게 소설에서 인물의 성격이 이름과 밀접히 연관되는 명명법을 사용하는 일은 흔하다.

2. '삵'과 '붉은 산'은 무엇을 상징하는가?

'삵'은 정익호의 별명이지만 '고국을 떠나 유랑하는 우리 민족'을 상징하기도 한다. '삵'은 죽음을 앞둔 순간에 '붉은 산'과 '흰옷'을 보고 싶다는 말과 함께 애국가를 불러 달라고 간청한다. '삵'이 보고 싶다는 '붉은 산'은 우리 국토를, '흰옷'은 겨레를 상징한다.

3. 이 작품은 민족주의적 경향을 보이면서도 감상적 측면이 강하다. 주인공 정익호가 밥버러지에서 민족주의자로 바뀌는 과정을 통해 그것을 설명해 보자.

소설의 전반부에서 정익호는 싸움 잘하고 트집 잘 잡고 칼부림 잘하고 색시에게 덤벼들기를 잘하는 '암종'으로 묘사된다. 그런데 후반부에서는 송첨지의 죽음을 계기로 정익호에게 극적인 성격 변화가 일어난다. 이는 조국과 민족에 대한 애정이라는 주제 의식을 부각하기 위한 장치로 볼 수 있다. 그러나 변화를 가져온 실마리나 개연성이 제시되지 않아 감상적이고 작위적이라는 지적을 받기도 한다.

4. 이 작품은 실제 있었던 사건이 창작 동기라고 추측된다. 당시의 어떤 사건이 토대가 되었는가?

이 소설은 1931년 7월 2일 중국 지린성 만보산 지역에서 일어난 조선인과 중국인 사이의 유혈 사태인 만보산 사건이 창작 토대가 되었다. 일제 강점기 때 조선인 농민들이 만주 등지로 이주했고, 일제는 이주한 조선인을 중국 침략에 이용하기 위한 구실로 삼았다. 일제는 만주 지방에 세력을 형성한 중국 민족 운동 세력과 조선 민족 운동 세력의 반일 공동 전선 투쟁을 분열시키려 했다. 이러한 일제의 음모로 인해 중국 농토를 사이에 둔 조선인과 중국인 사이의 감정이 점점 악화되어 만보산 사건이 일어났다. 작가는 조선인 '삵'의 행동을 통해 일제에 대한 분노와 나라를 잃은 상실감을 표출했다.

인물 관계도

의사인 저(여)는 질병 조사차 만주의 한 마을에 갔어요. 조선인 소작농들이 모여 사는 그 마을에는 '삵'이라 불리는 무법자 정익호가 있었어요. 어느 날 중국인 지주에게 갔던 송 첨지가 두들겨 맞아서 죽고 말았어요. '삵'이 지주에게 항의하러 갔다가 자신도 초주검이 되어 돌아왔지요. 마을 사람들이 애국가를 부르는 가운데 '삵'의 몸은 점점 식어 갔지요.

붉은 산

그것은 여(余 '나'를 뜻하는 1인칭 대명사)가 만주를 여행할 때의 일이었다. 만주의 풍속도 좀 살필 겸 아직껏 문명의 세례를 받지 못한 그들의 새에 퍼져 있는 병(病)을 좀 조사할 겸 해서 일 년의 기한을 예산하여 가지고 만주를 시시콜콜히 다 돌아온 적이 있었다. 그때에 ××촌이라 하는 조그만 촌에서 본 일을 여기에 적고자 한다.

××촌은 조선 사람 소작인만 사는 한 이십여 호 되는 작은 촌이었다. 사면을 둘러보아도 한 개의 산도 볼 수가 없는 광막한 만주의 벌판 가운데 놓여 있는 이름도 없는 작은 촌이었다.

몽고 사람 종자(從者 남에게 종속되어 따라다니는 사람)를 하나 데리고 노새를 타고 만주의 촌촌을 돌아다니던 여가 그 ××촌에 이른 때는 가을도 다 가고 어느덧 광포(狂暴 미치광이처럼 매우 거칠고 사나움)한 북국의 겨울이 만주를 찾아온 때였다.

만주의 어느 곳이나 조선 사람이 없는 곳은 없지만 이러한 오지(僻地)에서 한 동리가 죄(모두) 조선 사람뿐으로 되어 있는 곳을 만나니 반가웠다. 더구나 그 동리는 비록 모두가 중국인의 소작인이라 하나 사람들이 비교적 온량하고 정직하며 장성한 이들은 그래도 모두 천자문 한 권쯤은 읽은 사람들이었다. 살풍경한(메마르고 스산한) 만주, 그 가운데서 살풍경한 살림을 하는 중국인이며 조선 사람의 동리를 근 일 년이나 돌아다니다가 비교적 평화스러운 이런 동리를 만나면 그것이 비록 외국인의 동리라 하여도 반갑겠거든 하물며 우리 같은 동족의 동리임에랴. 여는 그 동리에서 한 십여 일 이상을 일없이 매일 호별(戶別) 방문을 하며 그들과 이야기로 날을 보내며 오래간만에 맛보는 평화적 기분을 향락하고 있었다.

'삵'이라는 별명을 가지고 있는 정익호라는 인물을 본 것이 여기서이다.

익호라는 인물의 고향이 어디인지는 ××촌에서 아무도 몰랐다. 사투리로 보아서 경기 사투리인 듯하지만 빠른 말로 죄죄거릴(빠르게 지껄일) 때에는 영남 사투리가 보일 때도 있고 싸움이라도 할 때에는 서북 사투리가 보일 때도 있었다. 그런지라 사투리로써 그의 고향을 짐작할 수가 없었다. 쉬운 일본 말도 알고 한문 글자도 좀 알고 중국 말은 물론 꽤 하고 쉬운 러시아 말도 할 줄 아는 점 등등 이곳저곳 숱하게 주워 먹은 것은 짐작이 가지만 그의 경력을 똑똑히 아는 사람은 없었다.

그는 여가 ××촌에 가기 일 년 전쯤 빈손으로 이웃이라도 오듯 후덕덕 ××촌에 나타났다 한다. 생김생김으로 보아서 얼굴이 쥐와 같고 날카로운 이빨이 있으며 눈에는 교활함과 독한 기운이 늘 나타나 있으며 바룩한(밖으로 벌어져 있는) 코에는 코털이 밖으로까지 보이도록 길게 났고 몸집은 작으나 민첩하게 되었고 나이는 스물다섯에서 사십까지 임의로 볼 수가 있으며 그 몸이나 얼굴 생김이 어디로 보든 남에게 미움을 사고 근접지 못할 놈이라는 느낌을 갖게 한다.

그의 장기는 투전이 일쑤며 싸움 잘하고 트집 잘 잡고 칼부림 잘하고 색시들에게 덤비어들기 잘하는 것이라 한다.

생김생김이 벌써 남에게 미움을 사게 되었고 게다가 하는 행동조차 변변치 못한 일만이라, ××촌에서도 아무도 그를 대척하는(마주 응하거나 맞서는) 사람이 없었다. 사람들은 모두 그를 피하였다. 집이 없는 그였으나 뉘 집에 잠이라도 자러 가면 그 집주인은 두말없이 다른 방으로 피하고 이부자리를 준비하여 주고 하였다. 그러면 그는 이튿날 해가 낮이 되도록 실컷 잔 뒤에 마치 제집에서 일어나듯 느직이 일어나서 조반을 청하여 먹고는 한마디의 사례도 없이 나가 버린다.

그리고 만약 누구든 그의 이 청구에 응하지 않으면 그는 그것을 트집으로 싸움을 시작하고 싸움을 하면 반드시 칼부림을 하였다.

동리의 처녀들이며 젊은 색시들은 익호가 이 동리에 들어온 뒤로부터는 마음 놓고 나다니지를 못하였다. 철없이 나갔다가 봉변을 한 사람도 몇이 있었다.

'삵.'

이 별명은 누가 지었는지 모르지만 어느덧 ××촌에서는 익호를 익호라 부르지 않고 '삵'이라고 부르게 되었다.

"삵이 뉘 집에서 묵었나?"

"김 서방네 집에서."

"다른 봉변은 없었다나?"

"요행히 없었다네."

그들은 아침에 깨면 서로 인사 대신으로 삵의 거취를 알아보고 하였다.

'삵'은 이 동리에는 커다란 암종(癌腫 악성 종양)이었다. '삵' 때문에 아무리 농사에 사람이 부족한 때라도 젊고 든든한 몇 사람은 동리의 젊은 부녀를 지키기 위하여 동리 안에 머물러 있지 않을 수가 없었다. '삵' 때문에 부녀와 아이들은 아무리 더운 여름 저녁이라도 길에 나서서 마음 놓고 바람을 쏘여 보지를 못하였다. '삵' 때문에 동리에서는 닭의 가리(싸리나무로 엮어 둥글게 만든 닭장)며 도야지(돼지) 우리를 지키기 위하여 밤을 새우지 않을 수가 없었다.

동리의 노인이며 젊은이들은 몇 번을 모여서 삵을 이 동리에서 내쫓기를 의논하였다. 물론 합의는 되었다. 그러나 내쫓는 데 선착수(先着手 남보다 먼저 손을 댐)할 사람이 없었다.

"첨지가 선착수하면 뒤는 내 담당하마."

"뒤는 걱정 말고 형님 먼저 말해 보시오."

제각기 삵에게 먼저 달려들기를 피하였다.

이리하여 동리에서는 합의는 되었으나 삵은 그냥 태연히 이 동리에 묵어 있게 되었다.

"며늘 년들이 조반이나 지었나?"

"손주 놈들이 잠자리나 준비했나?"

마치 그 동리의 모두가 자기의 집안인 것같이 삵은 마음대로 이 집 저 집을 드나들었다.

××촌에서는 사람이라도 죽으면 반드시 조상(弔喪 남의 상사에 대해 조의를 표함) 대신으로,

"삵이나 죽지 않고."

하는 한마디의 말을 잊지 않고 하였다.

누가 병이라도 나면,

"에잇, 이놈의 병 삵한테로 가거라."

고 하였다.

암종. 누구든 삵을 동정하거나 사랑하는 사람이 없었다.

삵도 남의 동정이나 사랑은 벌써 단념한 사람이었다. 누가 자기에게 아무런 대접을 하든 탓하지 않았다. 보이는 데서 보이는 푸대접을 하면 그 트집으로 반드시 칼부림까지 하는 그였었지만 뒤에서 아무런 말을 할지라도, 그리고 그것이 삵의 귀에까지 갈지라도 탄하지 않았다.

"흥……."

이 한마디는 그의 가장 커다란 처세 철학이었다.

흔히 곁 동리 중국인들의 투전판에 가서 투전을 하였다. 때때로 두들겨 맞고 피투성이가 되어 돌아오는 일도 있었다. 그러나 그 하소연을 하는 일이 없었다. 한다 할지라도 들을 사람도 없거니와, 아무리 무섭게 두들겨 맞은 뒤라도 하루만 샘물에 상처를 씻고 절룩절룩한 뒤에는 또 그 이튿날은 천연히 나다녔다.

여가 ××촌을 떠나기 전날이었다.

송 첨지라는 노인이 그해 소출(所出 논밭에서 나는 곡식)을 나귀에 실어 가지고 중국인 지주가 있는 촌으로 갔다. 그러나 돌아올 때는 그는 송장이 되었다. 소출이 좋지 못하다고 두들겨 맞아서 부러져 꺾어진 송 첨지는 나귀 등에 몸이 결박되어서 겨우 ××촌으로 돌아왔다. 그리고 놀란 친척들이 나귀에서 몸을 내릴 때에 절명되었다.

××촌에서는 왁작하였다.

"원수를 갚자!"

명 아닌 목숨을 끊은 송 첨지를 위하여 동리의 젊은이며 늙은이는 모두 흥분되었다. 제각기 이제라도 들고 일어설 듯하였다.

그러나 그뿐이었다. 누구든 앞장을 서려는 사람이 없었다. 만약 이때에 누구든 앞장을 서는 사람만 있었다면 그들은 곧 그 지주에게로 달려갔을지 모른다. 그러나 제가 앞장을 서겠노라고 나서는 사람은 없었다. 제각기 곁 사람을 돌아보았다.

발을 굴렀다. 부르짖었다. 학대받는 인종의 고통을 호소하며 울었다. 그러나 그뿐이었다. 남의 일로 지주에게 반항하여 제 밥자리까지 떼이기를 꺼림인지 어쩐지는 여로는 모를 배로되(모르는 바이지만) 용감히 앞서서 나가는 사람은 없었다.

의사라는 여의 직업상 송 첨지의 시체를 검분(檢分 검시)을 한 뒤에 돌아오는 길에 여는 삵을 만났다. 키가 작은 삵을 여는 내려다보았다. 삵은 여를 쳐다보았다.

'가련한 인생아. 인종의 거머리야. 가치 없는 생명아. 밥버러지야. 기생충아.'

여는 삵에게 말하였다.

"송 첨지가 죽은 줄 아우?"

여의 말에 아직껏 여를 쳐다보고 있던 삵의 눈이 아래로 떨어졌다. 그리고 여가 발을 떼려는 순간 얼핏 삵의 얼굴에 나타난 비창(悲愴 마음이 몹시 상하고 슬픔)한 표정을 여는 넘길 수가 없었다.

고향을 떠난 만 리 밖에서 학대받는 인종의 가엾음을 생각하고 그 밤은 여도 잠을 못 이루었다. 그 억분(抑憤 억울하고 분한 마음)함을 호소할 곳도 못 가진 우리의 처지를 생각하고 여도 눈물을 금치를 못하였다.

이튿날 아침이었다. 여를 깨우러 달려오는 사람의 소리에 여는 반사적으로 일어났다. 삵이 동구(洞口) 밖에서 피투성이가 되어 죽어 있다는 것이었다.

여는 삵이라는 말에 눈살을 찌푸렸다. 그러나 의사라는 직업상 곧 가방을 수습하여 가지고 삵이 넘어진 데까지 달려갔다. 송 첨지의 장례 때문에 모였던 사람 몇은 여의 뒤로 따라왔다.

여는 보았다. 삵이 허리가 기역 자로 뒤로 부러져서 밭고랑 위에 넘어져 있는 것을. 여는 달려가 보았다. 아직 약간의 온기는 있었다.

"익호! 익호!"

그러나 그는 정신을 못 차렸다. 여는 응급수단을 하였다. 그의 사지는 무섭게 경련되었다.

이윽고 그가 눈을 번쩍 떴다.

"익호! 정신 드나?"

그는 여의 얼굴을 보았다. 끝이 없이 한참을 쳐다보았다.

그의 동자가 움직였다. 겨우 의의(意義 말이나 글의 속뜻)를 깨달은 모양이었다.

"선생님, 저는 갔었습니다."

"어디를?"

"그놈, 지주 놈의 집에."

무얼? 여는 눈물이 나오려는 눈을 힘 있게 닫았다. 그리고 덥석 그의 벌써 식어 가는 손을 잡았다. 잠시의 침묵이 계속되었다. 그의 사지에서는 무서운 경련이 끊임없이 일었다. 그것은 죽음의 경련이었다.

듣기 힘든 작은 그의 소리가 또 그의 입에서 나왔다.

"선생님."

"왜?"

"보구 싶어요. 전 보구 시……."

"뭐이?"

그는 입을 움직이었다. 그러나 말이 안 나왔다. 기운이 부족한 모양이었다. 잠시 뒤 그는 또다시 입을 움직이었다. 무슨 소리가 그의 입에서 나왔다.

"무얼?"

"보구 싶어요. 붉은 산이…… 그리구 흰옷이!"

아아, 죽음에 임하여 그는 고국과 동포가 생각난 것이었다. 여는 힘 있게 감았던 눈을 고즈넉이 떴다. 그때에 삵의 눈도 번쩍 띄었다. 그는 손을 들려 하였다. 그러나 이미 부러진 그의 손은 들리지 않았다. 그는 머리를 돌이키려 하였다. 그러나 그 힘이 없었다.

그의 마지막 힘을 혀끝에 모아 가지고 그는 다시 입을 열었다.

"선생님!"

"왜?"

"저것…… 저것……."

"무얼?"

"저기 붉은 산이, 그리고 흰옷이…… 선생님 저게 뭐예요."

여는 돌아보았다. 그러나 거기는 황막한 만주의 벌판이 전개되어 있을 뿐이다.

"선생님, 창가 불러 주세요. 마지막 소원…… 창가를 해 주세요. 동해물과 백두산이 마르고 닳도록……."

여는 머리를 끄덕이고 눈을 감았다. 그리고 입을 열었다. 여의 입에서는 창가가 흘러나왔다. 여는 고즈넉이 불렀다.

"동해물과 백두산이……."

고즈넉이 부르는 여의 창가 소리에 뒤에 둘러섰던 다른 사람의 입에서도 숭엄한 코러스는 울리어 나왔다.

"……무궁화 삼천리 화려 강산……."

광막한 겨울의 만주 벌 한편 구석에서는 밥버러지 익호의 죽음을 조상하는 숭엄한 노래가 차차 크게 엄숙하게 울리었다. 그 가운데서 익호의 몸은 점점 식었다.

술 권하는 사회

작가와 작품 세계

현진건(1900~1943)

호는 빙허(憑虛). 경북 대구 출생. 일본 도쿄 독일어학교를 졸업하고 중국 상하이 외국어학교에서 수학했다. 1920년 〈개벽〉에 단편 소설 「희생화」를 발표하면서 등단했다. 1921년 자전적 소설 「빈처」에 이어 「술 권하는 사회」를 발표해 작가로서 주목받기 시작했다. 1922년 〈백조〉 동인으로 활동하며 「타락자」, 「운수 좋은 날」, 「불」 등을 발표했다. 김동인과 함께 근대 단편 소설의 선구자로 꼽히고, 염상섭과 함께 사실주의를 개척한 작가로 평가받는다. 1935년 〈동아일보〉 사회부장 재직 당시 일장기 말살 사건으로 1년간 복역하기도 했다.

대표작으로 「할머니의 죽음」, 「B사감과 러브레터」 등의 단편과 『적도』, 『무영탑』, 『흑치상지』(미완) 등의 장편이 있다. 현진건의 소설에는 식민지 치하에서 핍박받는 우리 민족의 참상과 일제에 대한 저항 의식이 은연중에 담겨 있다. 그는 사실주의 작가로서 정확하고 섬세한 묘사체의 문체를 구사했으며 긴밀한 극적 구성법과 탁월한 반전의 기법으로 단편 소설의 기교를 확립했다.

작품 정리

갈래: 사실주의 소설

배경: 시간 - 1920년대 / 공간 - 서울

시점: 3인칭 작가 관찰자 시점

주제: 일제 강점기의 부조리한 사회를 살아가는 지식인의 고뇌

출전: 『개벽』(1921)

구성과 줄거리

발단 아내가 바느질을 하며 남편을 기다림

바느질하던 아내는 바늘에 찔려 손가락에서 피가 나오자 화가 치밀어 오른다. 새벽 1시가 넘었는데도 남편은 돌아오지 않는다.

전개 아내는 결혼 후 남편과 같이 있을 시간이 거의 없었음(아내의 회상)

7, 8년 전 남편은 결혼하자마자 곧 동경으로 유학을 갔다. 남편이 일본에서 대학을 마치고 돌아왔지만 아내와 같이 있을 시간은 거의 없었다. 남편이 돌아오면 잘살 수 있을 것이란 생각으로 오랜 시간을 기다려 온 아내는 지금도 기다리며 살아간다. 남편은 돈벌이는커녕 오히려 집에 있는 돈을 쓰며 돌아다니기만 한다. 집에 있을 때는 책을 읽거나 밤새 글을 쓴다. 때때로 한숨을 쉬며 책상머리에서 울기도 한다.

위기 남편이 만취가 되어 돌아옴

새벽 2시께 행랑 할멈이 부르는 소리에 나가 보니 남편은 만취가 된 상태로 돌아와 있다. 남편은 행랑 할멈의 도움을 거절하며 간신히 방에 들어와 벽에 기대어 쓰러진다.

절정 남편은 부조리한 사회가 술을 권한다고 한탄함

아내는 남편의 옷을 벗기려 하지만 잘 벗겨지지 않자 남편에게 술을 권하는 사람들을 원망한다. 남편은 사회가 자신의 머리를 마비시키지 않으면 안 되게 하므로 술을 마신다고 말한다. 자신에게 술을 권하는 것은 현재의 부조리한 조선 사회라는 것이다. 그러나 아내는 남편의 말을 이해하지 못한다.

결말 남편은 아내가 말 상대가 되지 않는다며 집을 나감

남편은 아내가 말 상대가 되지 않는다고 답답해 하며 아내의 만류에도 불구하고 집을 나간다. 아내가 절망스럽게 중얼거린다. “그 몹쓸 사회가 왜 술을 권하는고!”

생각해 볼 문제

1. 이 작품에서 '술'은 어떤 의미를 지니고 있는가?

주인공은 서울에서 중학교를 마치고 일본 유학을 다녀온 지식인이지만 막상 조국에서는 뜻을 펼칠 만한 곳이 없다. 주인공은 사회에 진출할 준비는 갖추었지만 자아를 실현할 출구를 찾지 못하자 술에 의존해 울분을 달랜다. 아내의 말을 빌리면 몹쓸 사회가 술을 권하고 있는 것이다.

2. 남편을 통해 나타난 무기력한 지식인상을 비판해 보자.

소설 속의 남편은 사회 모순의 원천이 일제의 식민지 수탈 정책에 있다는 점을 알고 있지만 그 모순을 타개할 의지가 부족하다. 주인공은 사회의 부조리에 저항하는 방식으로 울분을 터뜨리거나 좌절하는 소극적인 모습만 보여 주고 있는 것이다. 작가는 당시의 검열을 의식해 조선 지식인 사회를 비판함으로써 일제 식민 정책을 간접적으로 비판하고 있다.

3. 아내와 남편의 대화가 서로 겉도는 이유는 무엇인가?

아내와 남편은 교육 수준의 차이로 원활하게 의사소통하지 못한다. 아내는 사회의 구조적 모순을 이해하지 못하고 구체적인 대상으로만 바라본다. 이런 상황에서 독자는 아내의 생각과 일정한 거리를 두고 남편의 말과 행동을 해석해야 한다.

4. 작가 현진건의 자전적 체험이라고 할 수 있는 부분을 지적해 보자.

「술 권하는 사회」의 주인공은 일본에서 공부하고 귀국한 후 무위도식하며 생활한다. 현진건 역시 중국에서 독문학을 공부하고 귀국한 후 어려운 생활을 하는 가운데 이 작품을 썼다. 따라서 이 작품은 「빈처」와 마찬가지로 작가의 체험이 드러난 대표적인 소설이라고 할 수 있다.

인물 관계도

새벽 1시가 넘었는데 남편은 왜 오지 않을까요? 남편은 새벽 2시가 넘어서야 만취해서 돌아왔어요. 저(아내)는 남편에게 술을 권하는 사람들을 원망했지요. 남편은 자신에게 술을 권하는 것은 현재의 부조리한 조선 사회라고 말했어요. 제가 말을 이해하지 못하자 남편은 답답해하며 집을 나가더군요. 저는 몹쓸 사회가 왜 술을 권하느냐며 중얼거렸지요.

술 권하는 사회

"아이그, 아야."

홀로 바느질을 하고 있던 아내는 얼굴을 살짝 찌푸리고 가늘고 날카로운 소리로 부르짖었다. 바늘 끝이 왼손 엄지손가락 손톱 밑을 찔렀음이다. 그 손가락은 가늘게 떨고 하얀 손톱 밑으로 앵두 빛 같은 피가 비친다. 그것을 볼 사이도 없이 아내는 얼른 바늘을 빼고 다른 손 엄지손가락으로 그 상처를 누르고 있다. 그러면서 하던 일가지를 팔꿈치로 고이고이 밀어 내려놓았다. 이윽고 눌렀던 손을 떼어 보았다. 그 언저리는 인제 다시 피가 아니 나려는 것처럼 혈색이 없다. 하더니, 그 희던 꺼풀 밑에 다시금 꽃물이 차츰차츰 밀려온다. 보일 듯 말 듯한 그 상처로부터 좁쌀낟 같은 핏방울이 송송 솟는다. 또 아니 누를 수 없다. 이만하면 그 구멍이 아물었으려니 하고 손을 떼면 또 얼마 아니 되어 피가 비치어 나온다.

인제 헝겊 오락지(오라기. 새끼나 종이 따위의 좁고 긴 조각)로 처매는 수밖에 없다. 그 상처를 누른 채 그는 바느질고리에 눈을 주었다. 거기 쓸 만한 오락지는 실패 밑에 있다. 그 실패를 밀어내고 그 오락지를 두 새끼손가락 사이에 집어 올리려고 한동안 애를 썼다. 그 오락지는 마치 풀로 붙여 둔 것 같이 고리 밑에 착 달라붙어 세상 집혀지지 않는다. 그 두 손가락은 헛되이 그 오락지 위를 긁적거리고 있을 뿐이다.

"왜 집혀지지를 않아!"

그는 마침내 울듯이 부르짖었다. 그리고 그것을 집어 줄 사람이 없나 하는 듯이 방 안을 둘러보았다. 방 안은 텅 비어 있다. 어느 뉘 하나 없다. 호젓한 허영(虛影 빈 그림자)만 그를 휩싸고 있다. 바깥도 죽은 듯이 고요하다. 시시로 퐁퐁 하고 떨어지는 수도의 물방울 소리가 쓸쓸하게 들릴 뿐, 문득 전등불이 광채를 더하는 듯하였다. 벽상에 걸린 괘종의 거울이 번들하며, 새로 한 점(셈이나 계산의 단위. 여기서는 시간을 나타냄)을 가리키려는 시침이 위협하는 듯이 그의 눈을 쏜다. 그의 남편은 그때껏 돌아오지 않았었다.

아내가 되고 남편이 된 지는 벌써 오랜 일이다. 어느덧 7, 8년이 지났으리라. 하건만 같이 있어 본 날을 헤아리면 단 일 년이 될락 말락 한다. 막 그의 남편이 서울서 중학을 마쳤을 제 그와 결혼하였고, 그러자마자 고만 동경에 부급(負笈 유학)한 까닭이다. 거기서 대학까지 졸업을 하였다. 이 길고 긴 세월에 아내는 얼마나 괴로웠으며 외로웠으랴! 봄이면 봄, 겨울이면 겨울, 웃는 꽃을 한숨으로 맞았고 얼음 같은 베개를 뜨거운 눈물로 데웠다. 몸이 아플 때, 마음이 쓸쓸할 제, 얼마나 그가 그리웠으랴! 하건만 아내는 이 모든 고생을 이를 악물고 참았었다. 참을 뿐이 아니라 달게 받았었다. 그것은 남편이 돌아오기만 하면! 하는 생각이 그에게 위로를 주고 용기를 준 까닭이었다. 남편이 동경에서 무엇을 하고 있나? 공부를 하고 있다. 공부가 무엇인가? 자세히 모른다. 또 알려고 애쓸 필요도 없다. 어찌하였든지 이 세상에서 제일 좋고 제일 귀한 무엇이라 한다. 마치 옛날이야기에 있는 도깨비의 부자 방망이 같은 것이려니 한다. 옷 나오라면 옷 나오고, 밥 나오라면 밥 나오고, 돈 나오라면 돈 나오고……, 저 하고 싶은 무엇이든지 청해서 아니 되는 것이 없는 무엇을, 동경에서 얻어 가지고 나오려니 하였었다. 가끔 놀러 오는 친척들이 비단옷 입은 것과 금지환(金指環 금가락지) 낀 것을 볼 때에 그 당장엔 마음 그윽이 부러워도 하였지만 나중엔 '남편만 돌아오면……' 하고 그것에 경멸하는 시선을 던지었다.

남편이 돌아왔다. 한 달이 지나가고 두 달이 지나간다. 남편의 하는 행동이 자기의 기대하던 바와 조금 배치(背馳 반대쪽으로 향해 어긋남)되는 듯하였다. 공부 아니 한 사람보다 조금도 다른 것이 없었다. 아니다, 다르다면 다른 점도 있다. 남은 돈벌이를 하는데 그의 남편은 도리어 집안 돈을 쓴다. 그러면서도 어디인지 분주히 돌아다닌다. 집에 들면 정신없이 무슨 책을 보기도 하고, 또는 밤새도록 무엇을 쓰기도 하였다.

"저러는 것이 참말 부자 방망이를 맨드는 것인가 보다."

아내는 스스로 이렇게 해석한다.

또 두어 달 지나갔다. 남편의 하는 일은 늘 한 모양이었다. 한 가지 더한 것은 때때로 깊은 한숨을 쉬는 것뿐이었다. 그리고 무슨 근심이 있는 듯이 얼굴을 펴지 않았다. 몸은 나날이 축이 나 간다.

"무슨 걱정이 있는고?"

아내는 따라서 근심을 하게 되었다. 하고는 그 여윈 것을 보충하려고 갖가지로 애를 썼다. 곧 될 수 있는 대로 그의 밥상에 맛난 반찬가지를 붙게 하며 또 고음(膏飮 고기나 생선을 진한 국물이 나오도록 푹 삶은 곰국) 같은 것도 만들었다. 그런 보람도 없이 남편은 입맛이 없다 하며 그것을 잘 먹지도 않았다.

또 몇 달이 지나갔다. 인제 출입을 뚝 끊고 늘 집에 붙어 있다. 걸핏하면 성을 낸다. 입버릇 모양으로 화난다, 화난다 하였다.

어느 날 새벽, 아내가 어렴풋이 잠을 깨어, 남편의 누웠던 자리를 더듬어 보았다. 쥐이는 것은 이불자락뿐이다. 잠결에도 조금 실망을 아니 느낄 수 없었다. 잃은 것을 찾으려는 것처럼, 눈을 부시시 떴다. 책상 위에 머리를 쓰러뜨리고 두 손으로 그것을 움켜쥐고 있는 남편을 보았다. 흐릿한 의식이 돌아옴에 따라, 남편의 어깨가 덜석덜석 움직임도 깨달았다. 흑, 흑 느끼는 소리가 귀를 울린다. 아내는 정신을 바짝 차리었다. 불현듯이 몸을 일으켰다. 이윽고 아내의 손은 가볍게 남편의 등을 흔들며 목에 걸리고 나오지 않은 소리로,

"왜 이러고 계셔요."

라고 물어 보았다.

"……."

남편은 아무 대답이 없다. 아내는 손으로 남편의 얼굴을 괴어 들려고 할 즈음에, 그것이 뜨뜻하게 눈물에 젖는 것을 깨달았다.

또 한 두어 달 지나갔다. 처음처럼 다시 출입이 잦아졌다. 구역이 날 듯한 술 냄새가 밤늦게 돌아오는 남편의 입에서 나게 되었다. 그것은 요사이 일이다. 오늘 밤에도 지금까지 돌아오지 않았다. 초저녁부터 아내는 별별 생각을 다 하면서 남편을 고대고대하고 있었다. 지루한 시간을 속히 보내려고 치웠던 일가지를 또 꺼내었다. 그것조차 뜻같이 아니 되었다. 때때로 바늘이 헛되이 움직이었다. 마침내 그것에 찔리고 말았다.

"어데를 가서 이때껏 오시지 않아!"

아내는 이제 아픈 것도 잊어버리고 짜증을 내었다. 잠깐 그를 떠났던 공상과 환영이 다시금 그의 머리에 떠돌기 시작하였다. 이상한 꽃을 수놓은, 흰 보 위에 맛난 요리를 담은 접시가 번쩍인다. 여러 친구와 술을 권커니 잡거니 하는 광경이 보인다. 그의 남편은 미친 듯이 껄껄 웃는다. 나중에는 검은 휘장이 스르르 하는 듯이 그 모든 것이 사라져 버리더니 낭자한(여기저기 흩어져 어지러운) 요리상만이 보이기도 하고, 술병만 희게 빛나기도 하고, 아까 그 기생이 한 팔로 땅을 짚고 진저리를 쳐 가며 웃는 꼴이 보이기도 하였다. 또한 남편이 길바닥에 쓰러져 우는 것도 보이었다.

"문 열어라!"
문득 대문이 덜컥하고 혀가 꼬부라진 소리로 부르는 듯하였다.
"네."
저도 모르게 대답을 하고 급히 마루로 나왔다. 잘못 신은, 발에 아니 맞는 신을 질질 끌면서 대문으로 달렸다. 중문은 아직 잠그지도 않았고 행랑방에 사람이 없지 않지마는 으레 깊은 잠에 떨어졌을 줄 알고 자기가 뛰어나감이었다. 가느름한 손이 어둠 속에서 희게 빗장을 잡고 한참 실랑이를 한다. 대문은 열렸다.
밤바람이 선득하게 얼굴에 안친다. 문밖에는 아무도 없다! 온 골목에 사람의 그림자도 볼 수 없다. 검푸른 밤빛이 허연 길 위에 그믈그믈 깃들었을 뿐이었다.
아내는 무엇에 놀란 사람 모양으로 한참 멀거니 서 있었다. 문득 급거히 대문을 닫친다. 마치 그 열린 사이로 악마나 들어올 것처럼…….
"그러면 바람 소리였구먼."
하고 싸늘한 뺨을 쓰다듬으며 해쭉 웃고 발길을 돌리었다.
"아니 내가 분명히 들었는데…… 혹 내가 잘못 보지를 않았나? ……길바닥에나 쓰러져 있었으면 보이지도 않을 터야……."
중간 문까지 다다르자 별안간 이런 생각이 그의 걸음을 멈추게 하였다.
"대문을 또 좀 열어 볼까? ……아니야, 내가 헛들었지. 그래도 혹…… 아니야, 내가 헛들었지."
망설거리면서도 꿈꾸는 사람 모양으로 저도 모를 사이에 마루까지 올라왔다. 매우 기묘한 생각이 번개같이 그의 머리에 번쩍인다.
"내가 대문을 열었을 제 나 몰래 들어오지나 않았나……?"
과연 방 안에 무슨 소리가 나는 것 같았다. 확실히 사람의 기척이 있다. 어른에게 꾸중 모시러 가는 어린애처럼 조심조심 방문 앞에 왔다. 그리고 문간 아래로 손을 대며 하염없이 웃는다. 그것은 제 잘못을 용서해 줍시사 하는 어린애 같은 웃음이었다. 조심조심 방문을 열었다. 이불이 어째 움직움직하는 듯하였다.
"나를 속이려고 이불을 쓰고 누웠구먼."
하고 마음속으로 소곤거렸다. 가만히 내려앉는다. 그 모양이 이것을 건드려서는 큰일이 나지요 하는 듯하였다. 이불을 펄쩍 쳐들었다. 빈 요가 하얗게

드러난다. 그제야 확실히 아니 온 줄 안 것처럼,

"아니 왔구먼, 안 왔어!"

라고 울듯이 부르짖었다.

남편이 돌아오기는 새로 두 점이 훨씬 지난 뒤였다. 무엇이 털썩 하는 소리가 들리고 잇달아,

"아씨, 아씨!"

라고 부르는 소리가 귀를 때릴 때에야 아내는 비로소 아직도 앉았을 자기가 이불 위에 쓰러져 있음을 깨달았다. 기실, 잠귀 어두운 할멈이 대문을 열었으리만큼 아내는 깜박 잠이 깊이 들었었다. 하건만 그는 몽경(夢境 꿈속)에서 방황하는 정신을 당장에 수습하였다. 두어 번 얼굴을 쓰다듬자마자 불현듯 밖으로 나왔다.

남편은 한 다리를 마루 끝에 걸치고 한 팔을 베고 옆으로 누워 있다. 숨소리가 씨근씨근한다. 막 구두를 벗기고 일어나 할멈은 검붉은 상을 찡그려 붙이며,

"어서 일어나 방으로 들어가세요."

라고 한다.

"응, 일어나지."

나리는 혀를 억지로 돌리어 코와 입으로 대답을 하였다. 그래도 몸은 꿈쩍도 않는다. 도리어 그 개개풀린 눈을 자려는 것처럼 스르르 감는다. 아내는 눈만 비비고 서 있다.

"어서 일어나셔요. 방으로 들어가시라니까."

이번에는 대답조차 아니 한다. 그 대신 무엇을 잡으려는 것처럼 손을 내어젓더니,

"물, 물, 냉수를 좀 주어."

라고 중얼거렸다.

할멈은 얼른 물을 따라 이취자(泥醉者 술이 많이 취한 사람)의 코밑에 놓았건만, 그 사이에 벌써 아까 청(請 부탁)을 잊은 것같이 취한 이는 물을 먹으려고도 않는다.

"왜 물을 아니 잡수셔요."

곁에서 할멈이 깨우쳤다.

"응, 먹지, 먹어."

하고, 그제야 주인은 한 팔을 짚고 고개를 든다. 한꺼번에 물 한 대접을 다 들이켜 버렸다. 그러고는 또 쓰러진다.

"에그, 또 눕네."

하고, 할멈은 우물로 기어드는 어린애를 안으려는 모양으로 두 손을 내어민다.

"할멈은 고만 가 자게."

주인은 귀찮다는 듯이 말을 한다.

이를 어찌해 하는 듯이 멀거니 서 있는 아내도, 할멈이 고만 갔으면 하였다. 남편을 붙들어 일으킬 생각이야 간절하였지마는, 할멈이 보는데 어찌 그럴 수 없는 것 같았다. 혼인한 지가 7, 8년이 되었으니 그런 파수(破羞 기간)야 되었으련만 같이 있어 본 날을 꼽아 보면 그는 아직 갓 시집온 색시였다.

"할멈은 가 자게."

란 말이 목까지 올라왔지만 입술에서 사라지고 말았다. 마음 그윽히 할멈이 돌아가기만 기다릴 뿐이었다.

"좀 일으켜 드려야지."

가기는커녕 이런 말을 하고 할멈은 선웃음을 치면서 마루로 부득부득 올라온다. 그 모양은 마치 '주인 나리가 약주가 취하시거든, 방에까지 모셔다 드려야 제 도리에 옳지요' 하는 듯하였다.

"자아, 자아."

할멈은 아씨를 보고 히히 웃어 가며, 나리의 등 밑으로 손을 넣는다.

"왜 이래, 왜 이래. 내가 일어날 테야."

하고, 몸을 움직이더니, 정말 주인이 부스스 일어난다. 마루를 쾅쾅 눌러 디디며, 비틀비틀, 곧 쓰러질 듯한 보조(步調 걸음걸이의 속도나 모양 따위의 상태)로 방문을 향하여 걸어간다. 와지끈 하며 문을 열어젖히고는 방 안으로 들어간다. 아내도 뒤따라 들어왔다. 할멈은 중간 턱을 넘어설 제, 몇 번 혀를 차고는, 저 갈 데로 가 버렸다.

벽에 엇비슷하게 기대어 있는 남편은 무엇을 생각하는 듯이 고개를 숙이고 있다. 그의 말라붙은 관자놀이에 펄떡거리는 푸른 맥을 아내는 걱정스럽게 바라보면서 남편 곁으로 다가온다. 아내의 한 손은 양복 깃을, 또 한 손은 그 소매를 잡으며 화(和 부드러운)한 목성으로,

"자아, 벗으셔요."

하였다.

남편은 문득 미끄러지는 듯이 벽을 타고 내려 앉는다. 그의 쭉 뻗친 발끝에 이불자락이 저리로 밀려간다.

"에그, 왜 이리 하셔요. 벗자는 옷은 아니 벗으시고."

그 서슬에 넘어질 뻔한 아내는 애달프게 부르짖었다. 그러면서도 같이 따라 앉는다. 그의 손은 또 옷을 잡았다.

"옷이 구겨집니다. 제발 좀 벗으셔요."

라고 아내는 애원을 하며 옷을 벗기려고 애를 쓴다. 하나, 취한 이의 등이 천 근같이 벽에 척 들러붙었으니 벗겨질 리가 없다. 애를 쓰다 쓰다 옷을 놓고 물러앉으며,

"원 참, 누가 술을 이처럼 권하였노."

라고 짜증을 낸다.

"누가 권하였노? 누가 권하였노? 흥, 흥."

남편은 그 말이 몹시 귀에 거슬리는 것처럼 곱씹는다.

"그래, 누가 권했는지 마누라가 좀 알아내겠소?"

하고 낄낄 웃는다. 그것은 절망의 가락을 띤, 쓸쓸한 웃음이었다. 아내도 따라 방긋 웃고는 또 옷을 잡으며,

"자아, 옷이나 먼저 벗으셔요. 이야기는 나중에 하지요. 오늘 밤에 잘 주무시면 내일 아침에 알으켜 드리지요."

"무슨 말이야, 무슨 말이야. 왜 오늘 일을 내일로 미루어. 할 말이 있거든 지금 해!"

"지금은 약주가 취하셨으니, 내일 약주가 깨시거든 하지요."

"무엇? 약주가 취해서?"

하고 고개를 쩔레쩔레 흔들며,

"천만에, 누가 술에 취했단 말이오. 내가 공연히 이러지, 정신은 말뚱말뚱하오. 꼭 이야기하기 좋을 만해. 무슨 말이든지……, 자아."

"글쎄, 왜 못 잡수시는 약주를 잡수셔요. 그러면 몸에 축이 나지 않아요."

하고 아내는 남편의 이마에 흐르는 진땀을 씻는다.

이취자는 머리를 흔들며,

"아니야, 아니야. 그런 말을 듣자는 것이 아니야."

하고 아까 일을 추상하는 것처럼, 말을 끊었다가 다시금 말을 이어,

"옳지, 누가 나에게 술을 권했단 말이요? 내가 술이 먹고 싶어서 먹었단 말이요?"

"자시고 싶어 잡수신 건 아니지요. 누가 당신께 약주를 권하는지 내가 알아낼까요? 저…… 첫째는 화증이 술을 권하고, 둘째는 하이칼라(high collar 서양식 유행을 따르는 일 또는 그런 사람)가 약주를 권하지요."

아내는 살짝 웃는다. 내가 어지간히 알아맞혔지요 하는 모양이었다.

남편은 고소(苦笑 어이없는 웃음)한다.

"틀렸소, 잘못 알았소. 화증이 술을 권하는 것도 아니고, 하이칼라가 술을 권하는 것도 아니오. 나에게 술을 권하는 것은 따로 있어. 마누라가, 내가 어떤 하이칼라한테나 홀려 다니거나, 그 하이칼라가 늘 내게 술을 권하거니 하고 근심을 했으면 그것은 헛걱정이지. 나에게 하이칼라는 아무 소용도 없소. 나의 소용은 술뿐이오. 술이 창자를 휘돌아, 이것저것을 잊게 만드는 것을 나는 취할 뿐이오."

하더니, 홀연 어조를 고쳐 감개무량하게,

"아아, 유위유망(有爲有望 일을 할 만한 능력이 있고 앞으로 잘될 싹수나 희망이 있음)한 머리를 알코올로 마비 아니 시킬 수 없게 하는 그것이 무엇이란 말이오."

하고, 긴 한숨을 내어 쉰다. 물큰물큰한 술 냄새가 방 안에 흩어진다.

아내에게는 그 말이 너무 어려웠다. 고만 묵묵히 입을 다물었다. 눈에 보이지 않는 무슨 벽이 자기와 남편 사이에 깔리는 듯하였다. 남편의 말이 길어질 때마다 아내는 이런 쓰디쓴 경험을 맛보았다. 이런 일은 한두 번이 아니었다. 이윽고 남편은 기막힌 듯이 웃는다.

"흥, 또 못 알아듣는군. 묻는 내가 그르지, 마누라야 그런 말을 알 수 있겠소. 내가 설명해 드리지. 자세히 들어요. 내게 술을 권하는 것은 화증도 아니고 하이칼라도 아니요, 이 사회란 것이 내게 술을 권한다오. 이 조선 사회란 것이 내게 술을 권한다오. 알았소? 팔자가 좋아서 조선에 태어났지, 딴 나라에 났더면 술이나 얻어먹을 수 있나……."

사회란 무엇인가? 아내는 또 알 수가 없었다. 어찌하였든 딴 나라에는 없고 조선에만 있는 요릿집 이름이려니 한다.

"조선에 있어도 아니 다니면 그만이지요."

남편은 또 아까 웃음을 재우친다(빨리 몰아치거나 재촉하다). 술이 정말 아니 취한 것같이 또렷또렷한 어조로,

"허허, 기막혀. 그 한 분자(分子 어떤 특성을 가진 인간 개체)된 이상에야 다니고 아니 다니는 게 무슨 상관이야. 집에 있으면 아니 권하고, 밖에 나가야 권하는 줄 아는가 보아. 그런 게 아니야. 무슨 사회란 사람이 있어서 밖에만 나가면 나를 꼭 붙들고 술을 권하는 게 아니야…… 무어라 할까…… 저 우리 조선 사람으로 성립된 이 사회란 것이, 내게 술을 아니 못 먹게 한단 말이오. …… 어째 그렇소? ……또 내가 설명을 해 드리지. 여기 회(會)를 하나 꾸민다 합시다. 거기 모이는 사람놈 치고 처음은 민족을 위하느니, 사회를 위하느니 그러는데, 제 목숨을 바쳐도 아깝지 않으니 아니 하는 놈이 하나도 없어. 하다가 단 이틀이 못 되어 단 이틀이 못 되어……."

한층 소리를 높이며 손가락을 하나씩 둘씩 꼽으며,

"되지 못한 명예 싸움, 쓸데없는 지위 다툼질, 내가 옳으니 네가 그르니, 내 권리가 많으니 네 권리 적으니…… 밤낮으로 서로 찢고 뜯고 하지, 그러니 무슨 일이 되겠소. 회뿐이 아니라, 회사이고 조합이고…… 우리 조선 놈들이 조직한 사회는 다 그 조각이지. 이런 사회에서 무슨 일을 한단 말이오. 하려는 놈이 어리석은 놈이야. 적이 정신이 바로 박힌 놈은 피를 토하고 죽을 수밖에 없지. 그렇지 않으면 술밖에 먹을 게 도무지 없지. 나도 전자에는 무엇을 좀 해 보겠다고 애도 써 보았어. 그것이 모두 수포야. 내가 어리석은 놈이었지. 내가 술을 먹고 싶어 먹는 게 아니야. 요사이는 좀 낫지마는 처음 배울 때에는 마누라도 알다시피 죽을 애를 썼지. 그 먹고 난 뒤에 괴로운 것이야 겪어 본 사람이 아니면 알 수 없지. 머리가 지끈지끈 아프고 먹은 것이 다 돌아 올라오고…… 그래도 아니 먹은 것 보담 나았어. 몸은 괴로워도 마음은 괴롭지 않았으니까. 그저 이 사회에서 할 것은 주정꾼 노릇밖에 없어……."

"공연히 그런 말 말아요. 무슨 노릇을 못해서 주정꾼 노릇을 해요! 남이라서……."

아내는 부지불식간(不知不識間)에 흥분이 되어 열기 있는 눈으로 남편을 바라보고 불쑥 이런 말을 하였다. 그는 제 남편이 이 세상에 가장 거룩한 사람이려니 한다. 따라서 어느 뉘보다 제일 잘될 줄 믿는다. 몽롱하나마 그의 목적이 원대하고 고상한 것도 알았다. 얌전하던 그가 술을 먹게 된 것은 무슨 일이 맘대로 아니 되어 화풀이로 그러는 줄도 어렴풋이 깨달았다. 그러나 술은 노상 먹을 것이 아니다. 그러면 패가망신하고 만다. 그러므로 하루

바삐 그 화가 풀리었으면, 또다시 얌전하게 되었으면 하는 생각이 그의 머리를 떠날 때가 없었다. 그리고 그날이 꼭 올 줄 믿었다. 오늘부터는, 내일부터는…… 하건만, 남편은 어제도 술이 취하였다. 오늘도 한 모양이다. 자기의 기대는 나날이 틀려 간다. 좇아서 기대에 대한 자신도 엷어 간다. 애달프고 원통한 생각이 가끔 그의 가슴을 누른다. 더구나 수척해 가는 남편의 얼굴을 볼 때에 그런 감정을 걷잡을 수 없었다. 지금 저도 모르게 흥분한 것이 또한 무리가 아니었다.

"그래도 못 알아듣네그려. 참, 사람 기막혀. 본정신 가지고는 피를 토하고 죽든지, 물에 빠져 죽든지 하지, 하루라도 살 수가 없단 말이야. 흉장(胸腸 가슴)이 막혀서 못 산단 말이야. 에엣, 가슴 답답해."

라고 남편은 소리를 지르고 괴로워서 못 견디는 것처럼 얼굴을 찌푸리며 미친 듯이 제 가슴을 쥐어뜯는다.

"술 아니 먹는다고 흉장이 막혀요?"

남편의 하는 짓은 본체만체하고 아내는 얼굴을 더욱 붉히며 부르짖었다.

그 말에 몹시 놀랜 것처럼 남편은 어이없이 아내의 얼굴을 바라보더니 그 다음 순간에는 말할 수 없는 고뇌의 그림자가 그의 눈을 거쳐 간다.

"그르지, 내가 그르지. 너 같은 숙맥(菽麥 콩과 보리. 콩과 보리도 구별하지 못하는 사람)더러 그런 말을 하는 내가 그르지. 너한테 조금이라도 위로를 얻으려는 내가 그르지. 후후."

스스로 탄식한다.

"아아, 답답해!"

문득 기막힌 듯이 외마디 소리를 치고는 벌떡 몸을 일으킨다. 방문을 열고 나가려 한다. 왜 내가 그런 말을 하였던고? 아내는 불시에 후회하였다. 남편의 저고리 뒷자락을 잡으며 안타까운 소리로,

"왜 어디로 가셔요? 이 밤중에 어디를 나가셔요? 내가 잘못하였습니다. 인제는 다시 그런 말을 아니 하겠습니다. ……그러게 내일 아침에 말을 하자니까……."

"듣기 싫어. 놓아, 놓아요."

하고 남편은 아내를 떠다 밀치고 밖으로 나간다. 비틀비틀 마루 끝까지 가서는 털썩 주저앉아 구두를 신기 시작한다.

"에그, 왜 이리 하셔요. 인제 다시 그런 말을 아니 한대도……."

아내는 뒤에서 구두 신으려는 남편의 팔을 잡으며 말을 하였다. 그의 손은 떨고 있었다. 그의 눈에는 단박에 눈물이 쏟아질 듯하였다.

"이건 왜 이래, 저리로 가!"

배앝는 듯이 말을 하고 홱 뿌리친다. 남편의 발길이 뚜벅뚜벅 중문에 다다랐다. 어느덧 그 밖으로 사라졌다. 대문 빗장 소리가 덜컥 하고 난다. 마루 끝에 떨어진 아내는 헛되어 몇 번,

"할멈! 할멈!"

하고 불렀다. 고요한 밤공기를 울리는 구두 소리는 점점 멀어 간다. 발자취는 어느덧 골목 끝으로 사라져 버렸다. 다시금 밤은 적적히 깊어 간다.

"가 버렸구먼, 가 버렸어!"

그 구두 소리를 영구히 아니 잃으려는 것처럼 귀를 기울이고 있는 아내는 모든 것을 잃었다 하는 듯이 부르짖었다. 그 소리가 사라짐과 함께 자기의 마음도 사라지고, 정신도 사라진 듯하였다. 심신(心身)이 텅 비어진 듯하였다. 그의 눈은 하염없이 검은 밤안개를 물끄러미 바라보고 있다. 그 사회란 독한 꼴을 그려 보는 것같이…….

쏠쏠한 새벽바람이 싸늘하게 가슴에 부딪친다. 그 부딪치는 서슬에 잠 못 자고 피곤한 몸이 부서질 듯이 지긋하였다.

죽은 사람에게서나 볼 수 있는 해쓱한 얼굴이 경련적으로 떨며 절망한 어조로 소곤거렸다.

"그 몹쓸 사회가, 왜 술을 권하는고!"

운수 좋은 날

작가와 작품 세계

작가: 현진건(61쪽 '작가와 작품 세계' 참조)
갈래: 사실주의 소설
배경: 시간 - 일제 강점기 어느 비 오는 겨울날 / 공간 - 서울 빈민가
시점: 3인칭 전지적 작가 시점(일부는 3인칭 작가 관찰자 시점)
주제: 일제 강점기 하층민의 비참한 생활상
출전: 〈개벽〉(1924)

구성과 줄거리

발단 **인력거꾼 김 첨지는 돈을 많이 벌게 되어 기뻐함**

비가 추적추적 오는 어느 날, 김 첨지에게 행운이 잇달아 찾아온다. 아침부터 손님을 둘이나 태운 것이다. 김 첨지는 아픈 아내에게 설렁탕 국물을 사줄 수 있다는 생각에 기뻐한다.

전개 **잇단 행운에 불안해진 김 첨지는 귀가를 서두름**

집으로 돌아 가려던 김 첨지는 많은 돈을 받고 학생 손님까지 태운다. 엄청난 행운에 신나게 인력거를 끌면서도 아픈 아내 생각에 사로잡힌다. 내친 김에 손님 한 명을 더 태우게 된다.

위기 **김 첨지는 술자리에서도 불안함을 감추지 못함**

잇단 행운에 불안해진 김 첨지는 선술집에 들른다. 취기가 오른 김 첨지는 불길한 생각을 떨쳐 버리려고 미친 듯이 울고 웃는다.

절정 **설렁탕을 사들고 왔지만 아내는 아무런 반응이 없음**

김 첨지는 설렁탕을 사들고 집에 왔지만 집에는 정적만이 감돈다. 김 첨지는 문을 왈칵 연다. 그는 마냥 누워만 있을 거냐며 아내를 발로 걷어차지만 반응이 없다. 불길한 침묵에 맞서 아내의 머리를 흔들며 말을 하라고 고함을 지른다.

결말 **아내의 죽음을 확인하고 눈물을 흘림**

김 첨지는 아내가 죽었다는 것을 확인한 뒤 닭똥 같은 눈물을 흘리며 오늘 괴상하게 운수가 좋았다고 한탄한다.

생각해 볼 문제

1. 이 작품의 제목인 '운수 좋은 날'의 속뜻은 무엇인가?

표면적으로는 여느 날과 달리 돈을 많이 번 날을 의미하지만 심층적으로는 병든 아내가 세상을 떠난 날을 의미한다. '운수 좋은 날'이란 제목은 병든 아내가 죽은 슬픈 날에 대한 반어적 표현이다.

2. 설렁탕이 지니는 상징적 의미는 무엇인가?

설렁탕은 하층민의 가난한 현실을 극적으로 보여 주는 상징물이다. 아픈 아내는 설렁탕이 먹고 싶다고 했지만 김 첨지는 돈이 없어서 설렁탕을 사 주지 못했다. 김 첨지가 설렁탕을 사 올 수 있게 되자 이제는 아내가 이 세상에 없다. 설렁탕은 이 작품에서 비극적 상황을 더욱 고조시키는 역할을 하고 있다.

3. 이 소설에서 죽음과 돈은 어떤 관계를 맺고 있는가?

돈은 죽음을 초래하는 가난을 극복하게 해 주는 도구다. 그러나 김 첨지는 정작 돈을 많이 벌자 오히려 아내의 죽음을 예감한다.

4. 김 첨지가 집으로 빨리 돌아가지 않고 선술집에 들러 돈을 쓴 이유는 무엇인가?

김 첨지는 아내의 죽음에 대한 불안감을 떨치기 위해 오히려 술을 마시는 데 돈을 쓴다. 아내의 죽음과 돈의 관계가 무의식적으로 떠올랐을지도 모른다.

인물 관계도

인력거꾼인 저(김 첨지)는 아침부터 손님을 둘이나 태웠어요. 아픈 아내가 먹고 싶어 한 설렁탕을 드디어 사 줄 수 있게 되어 기뻤지요. 그런데 행운이 계속되자 불안해진 저는 선술집에 들러 친구 치삼과 술을 마셨어요. 설렁탕을 사 들고 집에 들어갔는데 누워있는 아내는 죽었는지 대답이 없어요. 어쩐지 오늘 운수가 좋더라니, 눈물이 나네요.

운수 좋은 날

새침하게 흐린 품이 눈이 올 듯하더니 눈은 아니 오고 얼다가 만 비가 추적추적 내리는 날이었다. 이날이야말로 동소문 안에서 인력거꾼 노릇을 하는 김 첨지에게는 오래간만에도 닥친 운수 좋은 날이었다.

문안에, 거기도 문밖은 아니지만 들어간답시는 앞집 마나님을 전찻길까지 모셔다 드린 것을 비롯하여 행여나 손님이 있을까 하고 정류장에서 어정어정하며 내리는 사람 하나하나에게 거의 비는 듯한 눈길을 보내고 있다가 마침내 교원인 듯한 양복쟁이를 동광학교까지 태워다 주기로 되었다.

첫 번에 삼십 전, 둘째 번에 오십 전—아침 댓바람(아주 이른 시간)에 그리 흉치 않은 일이었다. 그야말로 재수가 옴 붙어서 근 열흘 동안 돈 구경도 못한 김 첨지는 십 전짜리 백동화 서 푼, 또는 다섯 푼이 찰깍 하고 손바닥에 떨어질 제 거의 눈물을 흘릴 만큼 기뻤었다. 더구나 이날 이때에 이 팔십 전이라는 돈이 그에게 얼마나 유용한지 몰랐다. 컬컬한 목에 모주 한잔도 적실 수 있거니와 그보다도 앓는 아내에게 설렁탕 한 그릇도 사다 줄 수 있음이다.

그의 아내가 기침으로 쿨룩거리기는 벌써 달포가 넘었다. 조밥도 굶기를 먹다시피 하는 형편이니 물론 약 한 첩 써 본 일이 없다. 구태여 쓰려면 못 쓸 바도 아니로되 그는 병이란 놈에게 약을 주어 보내면 재미를 붙여서 자꾸 온다는 자기의 신조에 어디까지 충실하였다. 따라서 의사에게 보인 적이 없으니 무슨 병인지는 알 수 없으나, 반듯이 누워 가지고 일어나기는커녕 새로 모로도 못 눕는 걸 보면 중증은 중증인 듯. 병이 이대도록 심해지기는 열흘 전에 조밥을 먹고 체한 때문이다. 그때도 김 첨지가 오래간만에 돈을 얻어서 좁쌀 한 되와 십 전짜리 나무 한 단을 사다 주었더니 김 첨지의 말에 의지하면 그 오라질 년이 천방지축(天方地軸 못난 사람이 종작없이 덤벙대는 일)으로 냄비에 대고 끓였다. 마음은 급하고 불길은 달지 않아 채 익지도 않은 것을 그 오라질 년이 숟가락은 고만두고 손으로 움켜서 두 뺨에 주먹덩이 같은 혹이 불거지도록 누가 빼앗을 듯이 처박질하더니만 그날 저녁부터 가슴이 당긴다, 배가 켕긴다 하고 눈을 홉뜨고 지랄병을 하였다. 그때 김 첨지는 열화와 같이 성을 내며,

"에이, 오라질 년, 조랑복(짧게 타고난 복력)은 할 수가 없어, 못 먹어 병, 먹어서 병! 어쩌란 말이야! 왜 눈을 바루 뜨지 못해!"
하고 앓는 이의 뺨을 한 번 후려갈겼다. 홉뜬 눈은 조금 바루어졌건만 이슬이 맺히었다. 김 첨지의 눈시울도 뜨끈뜨끈하였다.

이 환자가 그러고도 먹는 데는 물리지 않았다. 사흘 전부터 설렁탕 국물이 마시고 싶다고 남편을 졸랐다.

"이런 오라질 년! 조밥도 못 먹는 년이 설렁탕은. 또 처먹고 지랄병을 하게."
라고 야단을 쳐 보았건만, 못 사 주는 마음이 시원치는 않았다.

인제 설렁탕을 사 줄 수도 있다. 앓는 어미 곁에서 배고파 보채는 세 살 먹이 개똥이에게 죽을 사 줄 수도 있다. 팔십 전을 손에 쥔 김 첨지의 마음은 푼푼하였다(모자람이 없이 넉넉하다).

그러나 그의 행운은 그걸로 그치지 않았다. 땀과 빗물이 섞여 흐르는 목덜미를 기름 주머니가 다 된 왜목(倭木 광목) 수건으로 닦으며, 그 학교 문을 돌아 나올 때였다. 뒤에서 "인력거!" 하고 부르는 소리가 난다. 자기를 불러 멈춘 사람이 그 학교 학생인 줄 김 첨지는 한 번 보고 짐작할 수 있었다. 그 학생은 다짜고짜로,

"남대문 정거장까지 얼마요."
라고 물었다. 아마도 그 학교 기숙사에 있는 이로 동기 방학을 이용하여 귀향하려 함이리라. 오늘 가기로 작정은 하였건만 비는 오고, 짐은 있고 해서 어찌할 줄 모르다가 마침 김 첨지를 보고 뛰어나왔음이리라. 그렇지 않으면 왜 구두를 채 신지 못해서 질질 끌고, 비록 '고구라' 양복일망정 노박이로 비를 맞으며 김 첨지를 뒤쫓아 나왔으랴.

"남대문 정거장까지 말씀입니까."
하고 김 첨지는 잠깐 주저하였다. 그는 이 우중에 우장도 없이 그 먼 곳을 철벅거리고 가기가 싫었음일까? 처음 것, 둘째 것으로 고만 만족하였음일까? 아니다, 결코 아니다. 이상하게도 꼬리를 맞물고 덤비는 이 행운 앞에 조금 겁이 났음이다. 그리고 집을 나올 제 아내의 부탁이 마음에 켕기었다. 앞집 마나님한테서 부르러 왔을 제 병인은 그 뼈만 남은 얼굴에 유월의 생물 같은 유달리 크고 움푹한 눈에 애걸하는 빛을 띠며,

"오늘은 나가지 말아요. 제발 덕분에 집에 붙어 있어요. 내가 이렇게 아픈

데…….”
라고, 모기 소리같이 중얼거리고 숨을 걸그렁걸그렁하였다. 그때에 김 첨지는 대수롭지 않은 듯이,

“아따, 젠장맞을 년, 별 빌어먹을 소리를 다 하네. 맞붙들고 앉았으면 누가 먹여 살릴 줄 알아.”
하고 훌쩍 뛰어나오려니까 환자는 붙잡을 듯이 팔을 내저으며,

“나가지 말라도 그래, 그러면 일찍이 들어와요.”
하고, 목메인 소리가 뒤를 따랐다.

정거장까지 가잔 말을 들은 순간에 경련적으로 떠는 손, 유달리 큼직한 눈, 울 듯한 아내의 얼굴이 김 첨지의 눈앞에 어른어른하였다.

“그래 남대문 정거장까지 얼마란 말이오?”
하고 학생은 초조한 듯이 인력거꾼의 얼굴을 바라보며 혼잣말같이,

“인천 차가 열한 점에 있고 그다음에는 새로 두 점이던가.”
라고 중얼거린다.

“일 원 오십 전만 줍시오.”

이 말이 저도 모를 사이에 불쑥 김 첨지의 입에서 떨어졌다. 제 입으로 부르고도 스스로 그 엄청난 돈 액수에 놀랐다. 한꺼번에 이런 금액을 불러라도 본 지가 그 얼마 만인가! 그러자 그 돈 벌 용기가 병자에 대한 염려를 사르고 말았다. 설마 오늘 내로 어떠랴 싶었다. 무슨 일이 있더라도 제일 제이의 행운을 곱친 것보다도 오히려 갑절이 많은 이 행운을 놓칠 수 없다 하였다.

“일 원 오십 전은 너무 과한데.”

이런 말을 하며 학생은 고개를 기웃하였다.

“아니올시다. 잇수로 치면 여기서 거기가 시오 리가 넘는답니다. 또 이런 진 날은 좀 더 주셔야지요.”
하고 빙글빙글 웃는 차부의 얼굴에는 숨길 수 없는 기쁨이 넘쳐흘렀다.

“그러면 달라는 대로 줄 터이니 빨리 가요.”

관대한 어린 손님은 이런 말을 남기고 총총히 옷도 입고 짐도 챙기러 갈 데로 갔다.

그 학생을 태우고 나선 김 첨지의 다리는 이상하게 거뿐하였다. 달음질을 한다느니보다 거의 나는 듯하였다. 바퀴도 어떻게 속히 도는지 구른다

느니보다 마치 얼음을 지쳐 나가는 스케이트 모양으로 미끄러져 가는 듯하였다. 언 땅에 비가 내려 미끄럽기도 하였지만.

이윽고 끄는 이의 다리는 무거워졌다. 자기 집 가까이 다다른 까닭이다. 새삼스러운 염려가 그의 가슴을 눌렀다.

'오늘은 나가지 말아요. 내가 이렇게 아픈데…….'

이런 말이 잉잉 그의 귀에 울렸다. 그리고 병자의 움쑥 들어간 눈이 원망하는 듯이 자기를 노리는 듯하였다. 그러자 엉엉하고 우는 개똥이의 곡성을 들은 듯싶다. 딸국딸국하고 숨 모으는 소리도 나는 듯싶다.

"왜 이러우, 기차 놓치겠구먼."

하고 탄 이의 초조한 부르짖음이 간신히 그의 귀에 들어왔다. 언뜻 깨달으니 김 첨지는 인력거를 쥔 채 길 한복판에 엉거주춤 멈춰 있지 않은가.

"예, 예."

하고, 김 첨지는 또다시 달음질하였다. 집이 차차 멀어갈수록 김 첨지의 걸음에는 다시금 신이 나기 시작하였다. 다리를 재게 놀려야만 쉴 새 없이 자기의 머리에 떠오르는 모든 근심과 걱정을 잊을 듯이.

정거장까지 끌어다 주고 그 깜짝 놀란 일 원 오십 전을 정말 제 손에 쥠에, 제 말마따나 십 리나 되는 길을 비를 맞아 가며 질퍽거리고 온 생각은 아니하고 거저나 얻은 듯이 고마웠다. 졸부나 된 듯이 기뻤다. 제 자식뻘밖에 안 되는 어린 손님에게 몇 번 허리를 굽히며,

"안녕히 다녀옵시오."

라고 깍듯이 재우쳤다(빨리 몰아치거나 재촉하다).

그러나 빈 인력거를 털털거리며 이 우중에 돌아갈 일이 꿈밖이었다. 노동으로 하여 흐른 땀이 식어지자 굶주린 창자에서, 물 흐르는 옷에서 어슬어슬 한기가 솟아나기 비롯하매 일 원 오십 전이란 돈이 얼마나 괜찮고 괴로운 것인 줄 절절히 느끼었다. 정거장을 떠나는 그의 발길은 힘 하나 없었다. 온몸이 옹송그려지며 당장 그 자리에 엎어져 못 일어날 것 같았다.

"젠장맞을 것, 이 비를 맞으며 빈 인력거를 털털거리고 돌아를 간담. 이런 빌어먹을, 제 할미를 붙을 비가 왜 남의 상판을 딱딱 때려!"

그는 몹시 화증을 내며 누구에게 반항이나 하는 듯이 게걸거렸다. 그럴 즈음에 그의 머리엔 또 새로운 광명이 비쳤나니, 그것은 '이러구 갈 게 아니라 이 근처를 빙빙 돌며 차 오기를 기다리면 또 손님을 태우게 될는지도 몰

라'란 생각이었다. 오늘 운수가 괴상하게도 좋으니까 그런 요행이 또 한 번 없으리라고 누가 보증하랴. 꼬리를 굴리는 행운이 꼭 자기를 기다리고 있다고 내기를 해도 좋을 만한 믿음을 얻게 되었다. 그렇다고 정거장 인력거꾼의 등쌀이 무서우니 정거장 앞에 섰을 수는 없었다. 그래 그는 이전에도 여러 번 해 본 일이라 바로 정거장 앞 전차 정류장에서 조금 떨어지게 사람 다니는 길과 전찻길 틈에 인력거를 세워 놓고 자기는 그 근처를 빙빙 돌며 형세를 관망하기로 하였다. 얼마 만에 기차는 왔고 수십 명이나 되는 손이 정류장으로 쏟아져 나왔다. 그중에서 손님을 물색하는 김 첨지의 눈엔 양머리에 뒤축 높은 구두를 신고 망토까지 두른 기생 퇴물인 듯, 난봉 여학생인 듯한 여편네의 모양이 눈에 띄었다. 그는 슬근슬근 그 여자의 곁으로 다가들었다.

"아씨, 인력거 아니 타시랍시오?"

그 여학생인지 뭔지가 한참은 매우 태깔(거만한 태도)을 빼며 입술을 꼭 다문 채 김 첨지를 거들떠보지도 않았다. 김 첨지는 구걸하는 거지나 무엇같이 연해연방 그의 기색을 살피며,

"아씨, 정거장 애들보담 아주 싸게 모셔다 드리겠습니다. 댁이 어디신가요?"

하고 추근추근하게도 그 여자가 들고 있는 일본식 버들고리짝에 제 손을 대었다.

"왜 이래, 남 귀찮게."

소리를 벽력같이 지르고는 돌아선다. 김 첨지는 어랍시오 하고 물러섰다.

전차는 왔다. 김 첨지는 원망스럽게 전차 타는 이를 노리고 있었다. 그러나 그의 예감은 틀리지 않았다. 전차가 빡빡하게 사람을 싣고 움직이기 시작하였을 제 타고 남은 손 하나가 있었다. 굉장하게 큰 가방을 들고 있는 걸 보면 아마 붐비는 차 안에 짐이 크다 하여 차장에게 밀려 내려온 눈치였다. 김 첨지는 대어 섰다.

"인력거를 타실랍시오?"

한동안 값으로 승강이를 하다가 육십 전에 인사동까지 태워다 주기로 하였다. 인력거가 무거워지매 그의 몸은 이상하게도 가벼워졌고 그리고 또 인력거가 가벼워지니 몸은 다시금 무거워졌건만 이번에는 마음조차 초조해 온다. 집의 광경이 자꾸 눈앞에 어른거리어 인제 요행을 바랄 여유도 없

었다. 나무등걸이나 무엇 같고 제 것 같지도 않은 다리를 연해 꾸짖으며 갈팡질팡 뛰는 수밖에 없었다. 저놈의 인력거꾼이 저렇게 술이 취해 가지고 이 진땅에 어찌 가노, 라고 길 가는 사람이 걱정을 하리만큼 그의 걸음은 황급하였다. 흐리고 비 오는 하늘은 어둠침침하게 벌써 황혼에 가까운 듯하다. 창경원 앞까지 다다라서야 그는 턱에 닿은 숨을 돌리고 걸음도 늦추잡았다. 한 걸음 두 걸음 집이 가까워 올수록 그의 마음조차 괴상하게 누그러졌다. 그런데 이 누그러움은 안심에서 오는 게 아니요 자기를 덮친 무서운 불행을 빈틈없이 알게 될 때가 박두한 것을 두려워하는 마음에서 오는 것이다.

그는 불행에 다닥치기(일이나 사건 따위가 가까이 이르기) 전 시간을 얼마쯤이라도 늘리려고 버르적거렸다. 기적에 가까운 벌이를 하였다는 기쁨을 할 수 있으면 오래 지니고 싶었다. 그는 두리번두리번 사면을 살피었다. 그 모양은 마치 자기 집, 곧 불행을 향하고 달려가는 제 다리를 제 힘으로는 도저히 어찌할 수 없으니 누구든지 나를 좀 잡아다고, 구해다고 하는 듯하였다.

그럴 즈음에 마침 길가 선술집에서 그의 친구 치삼이가 나온다. 그의 우글우글 살찐 얼굴에 주홍이 덧는 듯, 온 턱과 뺨에 시커멓게 구렛나룻이 덥였거늘 노르탱탱한 얼굴이 바짝 말라서 여기저기 고랑이 패이고 수염도 있대야 턱밑에만 마치 솔잎 송이를 거꾸로 붙여 놓은 듯한 김 첨지의 풍채하고는 기이한 대상을 짓고 있었다.

"여보게 김 첨지, 자네 문안 들어갔다 오는 모양일세그려. 돈 많이 벌었을 테니 한잔 빨리게."

뚱뚱보는 말라깽이를 보던 맡에 부르짖었다. 그 목소리는 몸집과 딴판으로 연하고 싹싹하였다. 김 첨지는 이 친구를 만난 게 어떻게 반가운지 몰랐다. 자기를 살려 준 은인이나 무엇같이 고맙기도 하였다.

"자네는 벌써 한잔한 모양일세그려. 자네도 오늘 재미가 좋아 보이."

하고 김 첨지는 얼굴을 펴서 웃었다.

"아따, 재미 안 좋다고 술 못 먹을 낸가. 그런데 여보게, 자네 왼몸이 어째 물독에 빠진 새앙쥐 같은가. 어서 이리 들어와 말리게."

선술집은 훈훈하고 뜨뜻하였다. 추어탕을 끓이는 솥뚜껑을 열 적마다 뭉게뭉게 떠오르는 흰 김, 석쇠에서 빠지짓빠지짓 구워지는 너비아니 구이며 제육이며 간이며 콩팥이며 북어며 빈대떡……. 이 너저분하게 늘어놓인 안주 탁자에 김 첨지는 갑자기 속이 쓰려서 견딜 수 없었다. 마음대로 할 양이면 거기 있는 모든 먹음 먹이를 모조리 깡그리 집어삼켜도 시원치 않았다 하되 배고픈 이는 위선 분량 많은 빈대떡 두 개를 쪼이기로 하고 추어탕을 한 그릇 청하였다. 주린 창자는 음식 맛을 보더니 더욱더욱 비어지며 자꾸자꾸 들이라 들이라 하였다. 순식간에 두부와 미꾸리 든 국 한 그릇을 그냥 물같이 들이키고 말았다. 셋째 그릇을 받아 들었을 제 데우던 막걸리 곱빼기 두 잔이 더웠다. 치삼이와 같이 마시자 원원이(원래부터, 처음부터) 비었던 속이라 찌르르 하고 창자에 퍼지며 얼굴이 화끈하였다. 눌러 곱배기 한 잔을 또 마셨다.

김 첨지의 눈은 벌써 개개풀리기 시작하였다. 석쇠에 얹힌 떡 두 개를 숭덩숭덩 썰어서 볼을 불룩거리며 또 곱배기 두 잔을 부어라 하였다.

치삼은 의아한 듯이 김 첨지를 보며,

"여보게 또 붓다니, 벌써 우리가 넉 잔씩 먹었네, 돈이 사십 전일세."

라고 주의시켰다.

"아따 이놈아, 사십 전이 그리 끔찍하냐. 오늘 내가 돈을 막 벌었어. 참 오늘 운수가 좋았느니."

"그래 얼마를 벌었단 말인가."

"삼십 원을 벌었어, 삼십 원을! 이런 젠장맞을 술을 왜 안 부어……. 괜찮다, 괜찮아. 막 먹어도 상관이 없어. 오늘 돈 산더미같이 벌었는데."

"어, 이 사람 취했군, 그만두세."

"이놈아, 그걸 먹고 취할 내냐, 어서 더 먹어."

하고는 치삼의 귀를 잡아 치며 취한 이는 부르짖었다. 그리고 술을 붓는 열다섯 살 됨직한 중대가리에게로 달려들며,

"이놈, 오라질 놈, 왜 술을 붓지 않어."

라고 야단을 쳤다. 중대가리는 희희 웃고 치삼을 보며 문의하는 듯이 눈짓을 하였다. 주정꾼이 이 눈치를 알아보고 화를 버럭 내며,

"에미를 붙을 이 오라질 놈들 같으니, 이놈 내가 돈이 없을 줄 알고."

하자마자 허리춤을 훔칫훔칫하더니 일 원짜리 한 장을 꺼내어 중대가리 앞에 펄쩍 집어던졌다. 그 사품에 몇 푼 은전이 잘그랑하며 떨어진다.

"여보게 돈 떨어졌네, 왜 돈을 막 끼얹나."

이런 말을 하며 일변 돈을 줍는다. 김 첨지는 취한 중에도 돈의 거처를 살

피는 듯이 눈을 크게 떠서 땅을 내려다보다가 불시에 제 하는 짓이 너무 더럽다는 듯이 고개를 소스라치자 더욱 성을 내며,

"봐라 봐! 이 더러운 놈들아, 내가 돈이 없나, 다리 뼉다구를 꺾어 놓을 놈들 같으니."

하고 치삼이 주워 주는 돈을 받아,

"이 원수엣 돈! 이 육시(戮屍 이미 죽은 사람의 시체에 다시 목을 베는 형벌)를 할 돈!"

하면서 풀매질을 친다. 벽에 맞아 떨어진 돈은 다시 술 끓이는 양푼에 떨어지며 정당한 매를 맞는다는 듯이 쨍하고 울었다.

곱배기 두 잔은 또 부어질 겨를도 없이 말려 가고 말았다. 김 첨지는 입술과 수염에 붙은 술을 빨아들이고 나서 매우 만족한 듯이 그 솔잎 송이 수염을 쓰다듬으며,

"또 부어, 또 부어."

라고 외쳤다.

또 한 잔 먹고 나서 김 첨지는 치삼의 어깨를 치며 문득 껄껄 웃는다. 그 웃음소리가 어떻게 컸던지 술집에 있는 이의 눈은 모두 김 첨지에게로 몰리었다. 웃는 이는 더욱 웃으며,

"여보게 치삼이, 내 우스운 이야기 하나 할까. 오늘 손을 태우고 정거장에 가지 않았겠나."

"그래서."

"갔다가 그저 오기가 안됐데그려. 그래 전차 정류장에서 어름어름하며 손님 하나를 태울 궁리를 하지 않았나. 거기 마침 마나님이신지 여학생이신지(요새야 어디 논다니와 아가씨를 구별할 수가 있던가) 망토를 잡수시고 비를 맞고 서 있겠지. 슬근슬근 가까이 가서 인력거 타시랍시오 하고 손가방을 받으랴니까 내 손을 탁 뿌리치고 홱 돌아서더니만 '왜 남을 이렇게 귀찮게 굴어!' 그 소리야말로 꾀꼬리 소리지, 허허!"

김 첨지는 교묘하게도 정말 꾀꼬리 같은 소리를 내었다. 모든 사람은 일시에 웃었다.

"빌어먹을 깍쟁이 같은 년, 누가 저를 어쩌나, '왜 남을 귀찮게 굴어!' 어이구 소리가 처신도 없지, 허허."

웃음소리들은 높아졌다. 그러나 그 웃음소리들이 사라지기도 전에 김 첨지는 훌쩍훌쩍 울기 시작하였다.

치삼은 어이없이 주정뱅이를 바라보며,

"금방 웃고 지랄을 하더니 우는 건 또 무슨 일인가."

김 첨지는 연해 코를 들이마시며,

"우리 마누라가 죽었다네."

"뭐, 마누라가 죽다니, 언제?"

"이놈아 언제는, 오늘이지."

"예끼 미친놈, 거짓말 말아."

"거짓말은 왜, 참말로 죽었어, 참말로…… 마누라 시체를 집에 뻐들쳐 놓고 내가 술을 먹다니, 내가 죽일 놈이야, 죽일 놈이야."

하고 김 첨지는 엉엉 소리를 내어 운다.

치삼은 흥이 조금 깨어지는 얼굴로,

"원 이 사람이, 참말을 하나 거짓말을 하나. 그러면 집으로 가세, 가."

하고 우는 이의 팔을 잡아당기었다.

치삼이 끄는 손을 뿌리치더니 김 첨지는 눈물이 글썽글썽한 눈으로 싱그레 웃는다.

"죽기는 누가 죽어."

하고 득의가 양양.

"죽기는 왜 죽어, 생떼(당치도 않은 일에 억지를 부리는 떼)같이 살아만 있단다. 그 오라질 년이 밥을 죽이지. 인제 나한테 속았다."

하고 어린애 모양으로 손뼉을 치며 웃는다.

"이 사람이 정말 미쳤단 말인가. 나도 아주먼네가 앓는단 말은 들었는데."

하고 치삼이도 어느 불안을 느끼는 듯이 김 첨지에게 또 돌아가라고 권하였다.

"안 죽었어, 안 죽었대도그래."

김 첨지는 화증을 내며 확신 있게 소리를 질렀으되 그 소리엔 안 죽은 것을 믿으려고 애쓰는 가락이 있었다. 기어이 일 원어치를 채워서 곱배기 한 잔씩 더 먹고 나왔다. 궂은 비는 의연히 추적추적 내린다.

김 첨지는 취중에도 설렁탕을 사 가지고 집에 다다랐다. 집이라 해도 물론 셋집이요 또 집 전체를 세든 게 아니라 안과 뚝 떨어진 행랑방 한 칸을 빌려 든 것인데 물을 길어 대고 한 달에 일 원씩 내는 터이다. 만일 김 첨지가 주기를 띠지 않았던들 한 발을 대문에 들여놓았을 제 그곳을 지배하는 무시무시한 정적, 폭풍우가 지나간 뒤의 바다 같은 정적에 다리가 떨렸으리라. 쿨룩거리는 기침 소리도 들을 수 없다. 그르렁거리는 숨소리조차 들을 수 없다. 다만 이 무덤 같은 침묵을 깨뜨리는, 깨뜨린다느니보다 한층 더 침묵을 깊게 하고 불길하게 하는, 빡빡하는 그윽한 소리, 어린애의 젖 빠는 소리가 날 뿐이다. 만일 청각이 예민한 이 같으면 그 빡빡 소리는 빨 따름이요, 꿀떡꿀떡하고 젖 넘어가는 소리가 없으니 빈 젖을 빤다는 것도 짐작할는지 모르리라.

혹은 김 첨지도 이 불길한 침묵을 짐작했는지도 모른다. 그렇지 않으면 대문에 들어서자마자 전에 없이,

"이 난장(亂杖 고려 · 조선 시대에, 신체의 부위를 가리지 아니하고 마구 매로 치던 고문) 맞을 년, 남편이 들어오는데 나와 보지도 않아, 이 오라질 년."

이라고 고함을 친 게 수상하다. 이 고함이야말로 제 몸을 엄습해 오는 무시무시한 증을 쫓아버리려는 허장성세(虛張聲勢 실력이 없으면서 허세로 떠벌림)인 까닭이다.

하여간 김 첨지는 방문을 왈칵 열었다. 구역을 나게 하는 추기(추깃물. 송장이 썩어서 흐르는 물), 떨어진 삿자리(갈대를 엮어서 만든 자리) 밑에서 나온 먼지내, 빨지 않은 기저귀에서 나는 똥내와 오줌내, 가지각색 때가 켜켜이 앉은 옷내, 병인의 땀 썩은 내가 섞인 추기가 무딘 김 첨지의 코를 찔렀다.

방 안에 들어서며 설렁탕을 한구석에 놓을 사이도 없이 주정꾼은 목청을 있는 대로 다 내어 호통을 쳤다.

"이런 오라질 년, 주야장천(晝夜長川 밤낮으로 쉬지 않고 연달아) 누워만 있으면 제일이야! 남편이 와도 일어나지를 못해."

라는 소리와 함께 발길로 누운 이의 다리를 몹시 찼다. 그러나 발길에 채이는 건 사람의 살이 아니고 나무등걸과 같은 느낌이 있었다. 이때에 빡빡 소리가 응아 소리로 변하였다. 개똥이가 물었던 젖을 빼어 놓고 운다. 운대도 온 얼굴을 찡그려 붙여서 운다는 표정을 할 뿐이다. 응아 소리도 입에서 나는 게 아니고 마치 뱃속에서 나는 듯하였다. 울다가 울다가 목도 잠겼고 또 울 기운조차 시진(澌盡 기운이 쑥 빠져 없어짐)한 것 같다.

발로 차도 그 보람이 없는 걸 보자 남편은 아내의 머리맡으로 달려들어 그야말로 까치집 같은 환자의 머리를 꺼들어 흔들며,

"이년아, 말을 해, 말을! 입이 붙었어, 이 오라질 년!"

"……."

"으응, 이것 봐, 아무 말이 없네."

"……."

"이년아, 죽었단 말이냐, 왜 말이 없어."

"……."

"으응, 또 대답이 없네. 정말 죽었나 버이."

이러다가 누운 이의 흰 창을 덮은 위로 치뜬 눈을 알아보자마자,

"이 눈깔! 이 눈깔! 왜 나를 바라보지 못하고 천장만 보느냐, 응."
하는 말끝엔 목이 멨다. 그러자 산 사람의 눈에서 떨어진 닭의 똥 같은 눈물이 죽은 이의 뻣뻣한 얼굴을 어룽어룽 적시었다. 문득 김 첨지는 미친 듯이 제 얼굴을 죽은 이의 얼굴에 한데 비벼대며 중얼거렸다.

"설렁탕을 사다 놓았는데 왜 먹지를 못하니, 왜 먹지를 못하니…… 괴상하게도 오늘은 운수가, 좋더니만……."

B사감과 러브레터

작품 정리

작가: 현진건(61쪽 '작가와 작품 세계' 참조)
갈래: 사실주의 소설
배경: 시간 - 1920년대 / 공간 - C여학교 기숙사
시점: 3인칭 전지적 작가 시점
주제: 이율배반적인 인간성 풍자
출전: 〈조선문단〉(1925)

구성과 줄거리

발단 **못생긴 노처녀 B사감은 학생들에게 엄격함**

C여학교 기숙사 사감 B여사는 못생긴 노처녀다. 독신주의자이자 기독교 신자인 그녀는 학생들에게 매우 엄격했다.

전개 **B사감은 러브레터와 남학생의 면회를 가장 싫어함**

B여사가 제일 싫어하는 것은 여학생들에게 오는 '러브레터'다. 그녀는 하루에도 수십 통씩 배달되는 러브레터를 대할 때마다 해당 여학생을 불러 추궁한다. 그녀의 문초는 하학 후에 대개 두 시간 이상 계속된다. 그녀가 두 번째로 싫어하는 것은 남학생의 면회다. 가족을 포함해 남자들의 면회를 허용하지 않자 학생들은 동맹 휴학을 한다. 교장이 타이르기도 했으나 B사감의 버릇은 고쳐지지 않는다.

위기 **새벽에 난데없는 웃음과 속삭이는 말이 새어 나옴**

가을 들어 기숙사에서 이상한 일이 발생한다. 학생들이 곤히 잠든 새벽 1시경에 난데없이 깔깔대는 웃음소리와 속삭이는 듯한 말소리가 새어 흐른다. 어느 날 한방을 쓰는 세 학생이 함께 깨어나 이 소리를 듣는다. 세 학생은 사내 애인이 사랑을 호소하기 위해 기숙사 담을 넘어 온 것이라고 생각한다. 세 학생은 현장으로 다가간다.

절정 결말 **세 학생은 B사감이 러브레터를 읽는 장면을 목격함**

소리 나는 곳은 놀랍게도 B사감의 방이었다. 방 안에서는 여전히 사내의 사랑 고백이 되풀이되고 있었다. 한 처녀가 대담스럽게 그 방문을 빠끔히 열었다. 그렇게 엄격하던 B사감이 여학생에게 온 러브레터를 품에 안고 남녀가 사랑을 고백하는 장면을 연출하고 있었던 것이다. 첫째 처녀가 놀라자, 둘째 처녀는 미쳤다고 말한다. 셋째 처녀는 때 모르는 눈물을 씻는다.

생각해 볼 문제

1. B사감이 가진 두 개의 자아를 비교해 보자.

B사감은 낮 시간의 자아와 밤 시간의 자아를 동시에 지니고 있다. 타인과의 관계를 맺는 낮에는 사회적 자아가 발동하고, 자신만의 시간을 가지는 밤에는 개인적 자아가 발동한다. 이 두 자아의 상이성이 아이러니를 유발한다. 권위 의식에 사로잡혀 본능을 억누르고 사는 B사감은 혼자 있는 밤에는 애정을 원하는 본능을 드러낸다.

2. B사감의 이율배반적 심리 상태는 어디에서 기인하는가?

못생긴 B사감은 남자들 앞에 나설 자신도 없고 남자들의 구애도 받지 못하자 본의 아니게 독신주의자가 되었다. 반면 젊고 생기 있는 기숙사 여학생들은 뭇 남학생들로부터 러브레터를 받는다. B사감은 자신의 열등감과 질투심을 감추기 위해 육체적 순결과 정신의 고매함을 강조한다. B사감은 열등감 때문에 자신의 본능과 배치되는 위선적 모습을 보이는 것이다.

3. 이 작품의 휴머니즘에 대해 말해 보자.

B사감의 위선적 심리 상태는 보통 사람들에게도 나타날 수 있다. B사감은 이성에 대한 표현을 억누르는 우리의 모습이기도 하다. B사감의 기괴한 행동을 본 세 여학생은 조소하기보다는 오히려 동정과 연민을 보인다. 이는 이율배반적인 한 인간의 심리를 단순히 매도하지 않고 감싸 안는 작가의 인간적인 면모를 보여 주는 것이라고 할 수 있다.

인물 관계도

저(처녀)는 한밤중에 화장실에 가려다가 이상한 소리를 들었어요. 친구들을 깨워 함께 들어보니 남녀가 연애하는 소리였어요. 호기심이 일어 소리가 나는 곳으로 찾아갔어요. 그런데 평소에 학생들이 연애하는 것을 싫어한 B여사의 방이 아니겠어요? B여사가 학생들에게 온 러브레터를 자신이 받은 러브레터인 것처럼 하나하나 소리 내어 읽고 있더라고요. 그 모습이 참 안타까웠어요.

B사감과 러브레터

C여학교에서 교원 겸 기숙사 사감(舍監) 노릇을 하는 B여사라면 딱장대(온화한 맛이 없고 성질이 딱딱한 사람)요, 독신주의자요, 찰진 야소꾼(예수꾼, 기독교인)으로 유명하다. 사십에 가까운 노처녀인 그는 주근깨투성이 얼굴이 처녀다운 맛이란 약에 쓰려도 찾을 수 없을 뿐 아니라, 시들고 거칠고 마르고 누렇게 뜬 품이 곰팡 슬은 굴비를 생각나게 한다.

여러 겹 주름이 잡힌 훌렁 벗겨진 이마라든지, 숱이 적어서 법대로 쪽찌거나 틀어 올리지를 못하고 엉성하게 그냥 빗어 넘긴 머리꼬리가 뒤통수에 염소 똥만 하게 붙은 것이라든지, 벌써 늙어 가는 자취를 감출 길이 없었다. 뾰족한 입을 앙다물고 돋보기 너머로 쌀쌀한 눈이 노릴 때엔 기숙생들이 오싹하고 몸서리를 치리만큼 그는 엄격하고 매서웠다.

이 B여사가 질겁하다시피 싫어하고 미워하는 것은 소위 '러브레터'였다. 여학교 기숙사라면 으레 그런 편지가 많이 오는 것이지만 학교로도 유명하고 또 아름다운 여학생이 많은 탓인지 모르되 하루에도 몇 장씩 죽느니 사느니 하는 사랑 타령이 날아들어 왔었다. 기숙생에게 오는 사신을 일일이 검사하는 터이니까 그 따위 편지도 물론 B여사의 손에 떨어진다. 달짝지근한 사연을 보는 족족 그는 더할 수 없이 흥분되어서 얼굴이 붉으락푸르락, 편지 든 손이 발발 떨리도록 성을 낸다.

아무 까닭 없이 그런 편지를 받은 학생이야말로 큰 재변이었다. 하학하기가 무섭게 그 학생은 사감실로 불리어 간다. 분해서 못 견디겠다는 사람 모양으로 쌔근쌔근하며 방 안을 왔다 갔다 하던 그는, 들어오는 학생을 잡아먹을 듯이 노리면서 한 걸음 두 걸음 코가 맞닿을 만치 바싹 다가들어 서서 딱 마주선다. 웬 영문인지 알지 못하면서도 선생의 기색을 살피고 겁부터 집어먹은 학생은 한동안 어쩔 줄 모르다가 간신히 모기만한 소리로,

"저를 부르셨어요?"

하고 묻는다.

"그래 불렀다. 왜!"

팍 무는 듯이 한마디 하고 나서 매우 못마땅한 것처럼 교의(交椅 의자)를 우

당퉁탕 당겨서 철썩 주저앉았다가 학생이 그저 서 있는 걸 보면,

"장승이냐? 왜 앉지를 못해."

하고 또 소리를 빽 지르는 법이었다.

스승과 제자는 조그마한 책상 하나를 새에 두고 마주 앉는다. 앉은 뒤에도,

"네 죄상을 네가 알지!"

하는 것처럼 아무 말없이 눈살로 쏘기만 하다가 한참만에야 그 편지를 끄집어내어 학생의 코앞에 동댕이치며,

"이건 누구한테 오는 거냐?"

하고 문초를 시작한다.

앞 장에 제 이름이 쓰였는지라,

"저한테 온 것이야요."

하고 대답 않을 수 없다. 그러면 발신인이 누구인 것을 채쳐(재촉해) 묻는다.

그런 편지의 항용(恒用 항상. 드물거나 귀할 것 없이 보통임)으로 발신인의 성명이 똑똑지 않기 때문에 주저주저하다가 자세히 알 수 없다고 내대일 양이면,

"너한테 오는 것을 네가 모른단 말이냐."

하고 불호령을 내린 뒤에 또 사연을 읽어 보라 하여 무심한 학생이 나즉나즉하나마 꿀 같은 구절을 입술에 올리면, B여사의 역정은 더욱 심해져서 어느 놈의 소위인 것을 기어이 알려 한다. 기실 보도 듣도 못한 남성의 한 노릇이요, 자기에게는 아무 죄도 없는 것을 변명하여도 곧이듣지를 않는다. 바른대로 아뢰어야 망정이지 그렇지 않으면 퇴학을 시킨다는 둥, 제 이름도 모르는 여자에게 편지할 리가 만무하다는 둥, 필연 행실이 부정한 일이 있으리라는 둥…….

하다 못해 어디서 한번 만나기라도 하였을 테니 어찌해서 남자와 접촉을 하게 되었느냐는 둥, 자칫 잘못하여 학교에서 주최한 음악회나 바자에서 혹 보았는지 모른다고 졸리다 못해 주워댈 것 같으면 사내의 보는 눈이 어떻더냐, 표정이 어떻더냐, 무슨 말을 건네더냐, 미주알고주알 캐고 파며 어르고 볶아서 넉넉히 십년감수는 시킨다.

두 시간이 넘도록 문초를 한 끝에는 사내란 믿지 못할 것, 우리 여성을 잡아먹으려는 마귀인 것, 연애가 자유이니 신성이니 하는 것도 모두 악마의 지어 낸 소리인 것을 입에 침이 없이 열에 띄어서 한참 설법을 하다가 닦지

도 않은 방바닥(침대를 쓰기 때문에 방이라 해도 마룻바닥이다)에 그대로 무릎을 꿇고 기도를 올린다. 눈에 눈물까지 글썽거리면서 말끝마다 하느님 아버지를 찾아서 악마의 유혹에 떨어지려는 어린 양을 구해 달라고 뒤삶고 곱삶는 법이었다.

그리고 둘째로 그의 싫어하는 것은 기숙생을 남자가 면회하러 오는 일이었다. 무슨 핑계로 하든지 기어이 못 보게 하고 만다. 친부모, 친동기간이라도 규칙이 어떠니, 상학(上學 학교에서 그날의 공부를 시작함) 중이니, 무슨 핑계를 하든지 따돌려 보내기가 일쑤다. 이로 말미암아 학생이 동맹휴학을 하였고 교장의 설유(說諭 말로 잘 타이름)까지 들었건만 그래도 그 버릇은 고치려 들지 않았다.

이 B사감이 감독하는 그 기숙사에 금년 가을 들어서 괴상한 일이 '생겼다'느니보다 '발각되었다'는 것이 마땅할는지 모르리라. 왜 그런고 하면 그 괴상한 일이 언제 '시작된' 것은 귀신밖에 모르니까.

그것은 다른 일이 아니라 밤이 깊어서 새로 한 점이 되어 모든 기숙생들이 달고 곤한 잠에 떨어졌을 제 난데없는 깔깔대는 웃음과 속살속살하는 말낱이 새어 흐르는 일이었다. 하룻밤이 아니고 이틀 밤이 아닌 다음에야 그런 소리가 잠귀 밝은 기숙생의 귀에 들리기도 하였지만, 자던 잠결이라 뒷동산에 구르는 마른 잎의 노래로나, 달빛에 날개를 번뜩이며 울고 가는 기러기의 소리로나 흘려들었다. 그렇지 않으면 도깨비의 장난이나 아닌가 하여 무시무시한 증이 들어서 동무를 깨웠다가 좀처럼 동무는 깨지 않고 제 생각이 너무나 어림없고 어이없음을 깨달으면, 밤소리 멀리 들린다고, 학교 이웃집에서 이야기를 하거나 또 딴 방에 자는 제 동무들의 잠꼬대로만 여겨서 스스로 안심하고 그대로 자 버리기도 하였다.

그러나 이 수수께끼가 풀릴 때는 왔다. 이때 공교롭게 한방에 자던 학생 셋이 한꺼번에 잠을 깨었다. 첫째 처녀가 소변을 보러 일어났다가 그 소리를 듣고, 둘째 처녀와 셋째 처녀를 깨우고 만 것이다.

"저 소리를 들어 보아요. 아닌 밤중에 저게 무슨 소리야."

하고, 첫째 처녀는 호동그래진 눈에 무서워하는 빛을 띤다.

"어젯밤에 나도 저 소리에 놀랐었어. 도깨비가 났단 말인가?"

하고, 둘째 처녀도 잠 오는 눈을 비비며 수상해 한다. 그중에 제일 나이 많을 뿐더러(많아 보았자 열여덟밖에 아니 되지만) 장난 잘 치고 짓궂은 짓

잘하기로 유명한 셋째 처녀는 동무 말을 못 믿겠다는 듯이 이윽히(한참) 귀를 기울이다가,

"딴은 수상한걸. 나도 언젠가 한번 들어 본 법도 하구먼. 무얼 잠 아니 오는 애들이 이야기를 하는 게지."

이때에 그 괴상한 소리는 깩때굴 웃었다. 세 처녀는 으쓱하며 귀를 소스라쳤다. 적적한 밤 가운데 다른 파동 없는 공기는 그 수상한 말마디를 곁에서나 나는 듯이 또렷또렷이 전해 주었다.

"오, 태훈 씨! 그러면 작히(오죽이나) 좋을까요."

간드러진 여자의 목소리다.

"경숙 씨가 좋으시다면 내야 얼마나 기쁘겠습니까! 아아, 오직 경숙 씨에게 바친 나의 타는 듯한 가슴을 인제야 아셨습니까!"

정열에 뜨인 사내의 목청이 분명하였다. 한동안 침묵…….

"인제 고만 놓아요. 키스가 너무 길지 않아요. 행여 남이 보면 어떡해요."

아양 떠는 여자 말씨.

"길수록 더욱 좋지 않아요. 나는 내 목숨이 끊어질 때까지 키스를 하여도 길다고는 못 하겠습니다. 그래도 짧은 것을 한하겠습니다."

사내의 피를 뿜는 듯한 이 말 끝은 계집의 자지러진 웃음으로 묻혀 버렸다.

그것은 묻지 않아도 사랑에 겨운 남녀의 허물어진 수작이다. 감금이 지독한 이 기숙사에 이런 일이 생길 줄이야! 세 처녀는 얼굴을 마주 보았다. 그들의 얼굴은 놀랍고 무서운 빛이 없지 않았으되 점점 호기심에 번쩍이기 시작하였다. 그들의 머릿속에는 한결같이 로맨틱한 생각이 떠올랐다. 이 안에 있는 여자 애인을 보려고 학교 근처를 뒤돌고 곰돌던 사내 애인이, 타는 듯한 가슴을 걷잡다 못하여 밤이 이슥하기를 기다려 담을 뛰어넘었는지 모르리라.

모든 불이 다 꺼지고 오직 밝은 달빛이 은가루처럼 서리인 창문이 소리 없이 열리며 여자 애인이 흰 수건을 흔들어 사내 애인을 부른지도 모르리라.

활동사진에 보는 것처럼 기나긴 피륙을 내리어서 하나는 위에서 당기고 하나는 밑에 매달려 디룽디룽하면서 올라가는 정경이 있었는지 모르리라.

그래서 두 애인은 만나 가지고 저와 같이 사랑의 속살거림에 잦아졌는지 모르리라……. 꿈결 같은 감정이 안개 모양으로 부시게 세 처녀의 몸과 마

음을 휩싸 돌았다.

그들의 뺨은 후끈후끈 달았다. 괴상한 소리는 또 일어났다.

"난 싫어요. 난 싫어요. 당신 같은 사내는 난 싫어요."

이번에는 매몰스럽게 내어대는 모양.

"나의 천사, 나의 하늘, 나의 여왕, 나의 목숨, 나의 사랑, 나를 살려 주어요, 나를 구해 주어요."

사내의 애를 졸리는 간청…….

"우리 구경 가 볼까?"

짓궂은 셋째 처녀는 몸을 일으키며 이런 제의를 하였다. 다른 처녀들도 그 말에 찬성한다는 듯이 따라 일어섰으되 의아와 공구(恐懼 몹시 두려움)와 호기심이 뒤섞인 얼굴을 서로 교환하면서 얼마쯤 망설이다가 마침내 가만히 문을 열고 나왔다. 쌀벌레 같은 그들의 발가락은 가장 조심성 많게 소리 나는 곳을 향해서 곰실곰실 기어간다. 컴컴한 복도에 자다가 일어난 세 처녀의 흰 모양은 그림자처럼 소리 없이 움직였다.

소리 나는 방은 어렵지 않게 찾을 수 있었다. 찾고는 나무로 깎아 세운 듯이 주춤 걸음을 멈출 만큼 그들은 놀랐다. 그런 소리의 출처야말로 자기네 방에서 몇 걸음 안 되는 사감실일 줄이야! 그렇듯이 사내라면 못 먹어 하고 침이라도 뱉을 듯하던 B여사의 방일 줄이야. 그 방에 여전히 사내의 비대발괄(딱한 사정을 하소연하면서 간절히 청해 빎)하는 푸념이 되풀이되고 있다…….

나의 천사, 나의 하늘, 나의 여왕, 나의 목숨, 나의 사랑, 나의 애를 말려 죽이실 테요. 나의 가슴을 뜯어 죽이실 테요. 내 생명을 맡으신 당신의 입술로…….

셋째 처녀는 대담스럽게 그 방문을 빠끔히 열었다. 그 틈으로 여섯 눈이 방 안을 향해 쏘았다. 이 어쩐 기괴한 광경이냐. 전등불은 아직 끄지 않았는데 침대 위에는 기숙생에게 온 소위 '러브레터'의 봉투가 너저분하게 흩어졌고 그 알맹이도 여기저기 두서없이 펼쳐진 가운데 B여사 혼자—아무도 없이 제 혼자 일어나 앉았다. 누구를 끌어당길 듯이 두 팔을 벌리고 안경을 벗은 근시안으로 잔뜩 한곳을 노리며 그 굴비쪽 같은 얼굴에 말할 수 없이 애원하는 표정을 짓고는, 키스를 기다리는 것같이 입을 쭝긋이 내어 민 채 사내의 목청을 내어 가면서 아깟말을 중얼거린다. 그러다가 그 넋두리가 끝날 겨를도 없이 급작스레 앵돌아지는 시늉을 내며 누구를 뿌리치는 듯이

연해 손짓을 하면서 이번에는 톡톡 쏘는 계집의 음성을 지어,

"난 싫어요. 당신 같은 사내는 난 싫어요."

하다가 제물에(저 혼자 스스로 하는 김에) 자지러지게 웃는다. 그러더니 문득 편지 한 장(물론 기숙생에게 온 '러브레터'의 하나)을 집어 들어 얼굴에 문지르며,

"정(정말로, 참으로) 말씀이야요. 나를 그렇게 사랑하셔요. 당신의 목숨같이 나를 사랑하셔요? 나를, 이 나를."

하고 몸을 추스르는데 그 음성은 분명히 울음의 가락을 띠었다.

"에그머니, 저게 웬일이야!"

첫째 처녀가 소곤거렸다.

"아마 미쳤나 보아, 밤중에 혼자 일어나서 왜 저리고 있을꾸."

둘째 처녀가 맞방망이를 친다…….

"에그 불쌍해!"

하고 셋째 처녀는 손으로 고인, 때 모르는 눈물을 씻었다…….

벙어리 삼룡이

작가와 작품 세계

나도향(1902~1926)

본명은 경손(慶孫). 호는 도향(稻香). 서울 출생. 배재고등보통학교를 졸업하고 경성의학전문학교에 다니다가 일본으로 건너갔으나 학비를 마련할 길이 없어 귀국했다. 1922년 〈백조〉 창간호에 「젊은이의 시절」을 발표하면서 등단했다. 이상화, 현진건, 박종화와 함께 〈백조〉 동인으로 참가했다. 1923년 〈동아일보〉에 19세의 나이로 장편 『환희』를 연재해 주목받았다. 「벙어리 삼룡이」, 「물레방아」, 「뽕」 등을 발표함으로써 초기의 주관적 감상을 극복하고 객관적인 사실주의적 경향을 보여 준다. 작가로서 완숙의 경지에 접어들려 할 때 25세의 나이로 아깝게 요절했다.

그에 대한 평가는 김동인의 논평이 잘 말해 준다. "젊어서 죽은 도향은 가장 촉망되는 소설가였다. 그는 사상도, 필치도 미성품(未成品 완성되지 못한 물건)이었다. 그러면서도 그에게는 열이 있었다. 예각적으로 파악된 인생이 지면 위에 약동했다. 미숙한 기교 아래는 그래도 인생의 일면을 붙드는 긍지가 있었다. 아직 소년의 영역을 벗어나지 못한 도향이었으며 그의 작품에서 다분의 센티멘털리즘을 발견하는 것은 아까운 가운데도 당연한 일이지만, 그러나 그 센티멘털리즘에 지배되지 않을 만한 침착도 그에게는 있었다."

작품 정리

갈래: 낭만주의 소설, 사실주의 소설
배경: 시간 - 일제 강점기 / 공간 - 남대문 밖 연화봉 마을
시점: 1인칭 관찰자 시점 →3인칭 전지적 작가 시점
주제: 육체적 불구자인 벙어리의 사랑과 분노
출전: 〈여명〉(1925)

✎ 구성과 줄거리

발단 인심 많은 오 생원은 헌신적인 벙어리 하인을 두고 있음

남대문에서 바로 내려다보이는 연화봉에서 살던 오 생원은 마을 사람들로부터 존경받는 인물이다. 그는 삼룡이라는 헌신적인 벙어리 하인 하나를 두고 있었다. 오 생원은 삼룡을 아낀다.

전개 오 생원의 아들이 삼룡이와 새색시를 괴롭힘

열일곱 살 된 오 생원의 아들은 삼룡이를 심하게 학대한다. 삼룡이는 스물세 살이 되기까지도 이성과 접촉할 기회가 없었다. 그해 가을 오 생원은 거금을 주고 자기 아들을 영락한 양반의 딸과 결혼시킨다. 버릇없이 자란 새서방은 아름답고 착한 새색시를 시기해 학대하기 시작한다. 삼룡이는 매를 맞고 지내는 주인아씨를 동정한다.

위기 주인아씨가 만들어 준 부시 쌈지 때문에 삼룡이가 내쫓김

어느 날 삼룡이는 술에 만취해 길에 자빠진 어린 주인을 업어다가 누인다. 이를 본 주인아씨는 삼룡이의 충직한 마음에 감동해 비단 헝겊으로 부시 쌈지 하나를 만들어 준다. 새서방은 이 비단 쌈지를 보고 삼룡이와 새색시의 관계를 오해한다. 그는 새색시를 마당에 내동댕이치고 부시 쌈지를 갈가리 찢는다. 분개한 삼룡이는 새서방을 내던지고 주인아씨를 둘러맨 채 주인 영감에게 달려가 하소연을 한다. 이튿날 아침 새서방은 삼룡이를 채찍으로 마구 갈긴다. 어느 날 삼룡이는 안방으로 뛰어들어 자살하려던 주인아씨를 말리다 오해를 산다. 그 이튿날 어린 주인은 쇠몽둥이로 피투성이가 될 정도로 삼룡이를 때려서 밖으로 내쫓는다.

절정 불길 속으로 뛰어든 삼룡이가 주인아씨를 안고 지붕 위로 올라감

삼룡이는 믿고 의지한 모든 것이 자기의 원수라고 생각한다. 그날 밤 오 생원의 집이 화염에 휩싸인다. 삼룡이는 주인을 구한 뒤에 주인아씨를 구하기 위해 불길 속으로 뛰어든다. 마침내 불 속에서 주인아씨를 찾은 삼룡이는 나갈 곳이 없어 지붕 위로 올라간다.

결말 주인아씨를 안은 삼룡이는 화염 속에서 행복한 미소를 지음

주인아씨를 가슴에 안았을 때 그는 처음으로 살아난 듯했다. 자신의 몸이 자유롭지 못한 것을 알게 된 삼룡이는 주인아씨를 내려놓는다. 그의 입가에는 평화롭고 행복한 웃음이 엷게 나타난다.

✎ 생각해 볼 문제

1. **착하고 충직한 삼룡이가 어린 주인에게 반항하게 되는 계기는 무엇인가?**
   삼룡이는 자신의 불행한 처지를 남의 탓으로 돌리지 않고 신분적 굴레를 인정하는 충직한 하인이다. 삼룡이는 주인 아들에게 학대를 받으며 살아오는 동안 정욕 또한 억제되어 있었다. 주인아씨의 출현으로 삼룡이는 이성에 대해 눈뜰 뿐 아니라 주변의 부당한 대우에 반항하게 된다.

2. **이 소설의 낭만적 경향은 어디에서 나타나는가?**
   벙어리 삼룡은 추한 외모를 지녔지만 영혼만은 순결하다. 그런 삼룡이와 주인아씨 사이에는 엄연한 신분적인 벽이 존재한다. 하지만 삼룡이의 순결한 사랑은 이 벽을 넘는다. 삼룡은 불속에서 타 죽으려고 이불을 쓰고 있는 주인아씨를 구해 내고 행복한 미소를 띤 채 죽는다. 그의 죽음에는 일반적인 죽음이 갖는 고통 대신 사랑이 완성되는 짧은 희열의 순간이 존재한다. 찰나의 희열은 짧은 만큼 짙은 낭만성을 띠게 된다.

3. **주인아씨와 삼룡에게는 어떤 동질성이 있는가?**
   두 사람 모두 오 생원의 아들로부터 학대당하는 피해자이며 순결한 영혼의 소유자다. 두 사람 사이의 동류의식은 인간적 애정으로 이어질 가능성이 높다. 주인아씨가 시집을 옴으로써 두 사람은 주인과 하인의 관계가 되고, 주인아씨가 부시 쌈지를 만들어 줌으로써 두 사람은 친밀감을 느끼게 되며, 삼룡이 주인아씨를 안고 죽어 감으로써 사랑의 합일에 이른다.

4. **이 작품에서 '불'은 어떤 상징성을 지니는가?**
   삼룡의 가슴속에 타오르는 열정은 휴화산처럼 잠재하고 있다. 나중에 이 불길은 걷잡을 수 없는 연모의 감정으로 번진다. 현실에 절망한 삼룡은 억압된 감정을 불로 해소한다. 불은 연정과 울분, 생성과 소멸, 불행과 해탈의 의미를 동시에 지니고 있다.

인물 관계도

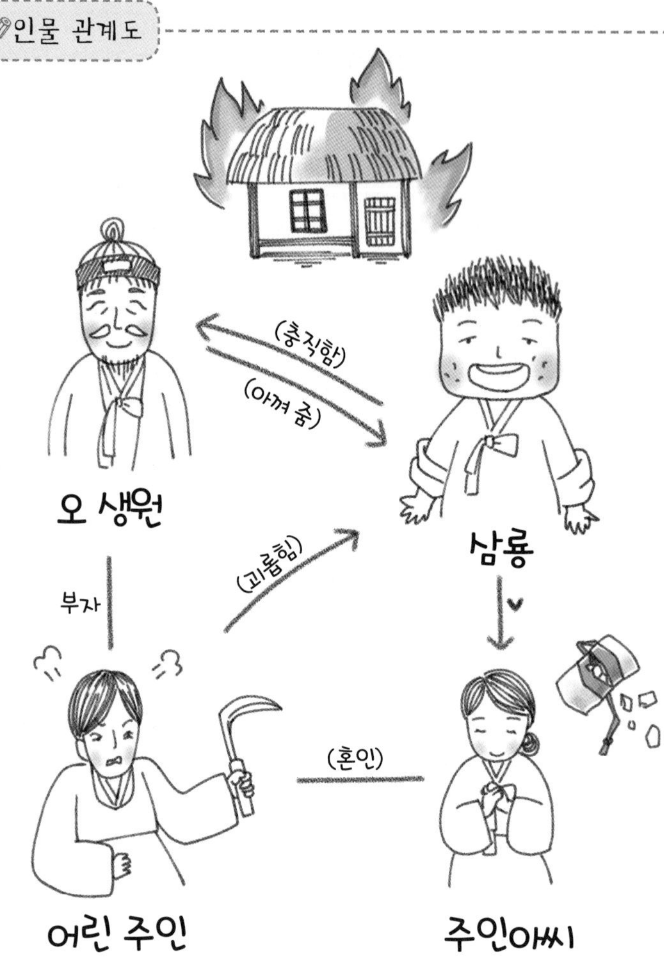

저(삼룡)는 오 생원 댁에서 하인으로 일을 하고 있었어요. 오 생원의 아들인 어린 주인님은 성품이 나쁘기로 유명하답니다. 어린 주인님의 새색시인 주인아씨는 제게 부시 쌈지를 만들어 주실 정도로 곱고 착하답니다. 어린 주인님은 저와 주인아씨 사이를 오해해서 주인아씨를 학대하고 저를 쫓아냈어요. 그날 밤 집에 불이 났을 때 저는 불길 속에서 아씨를 찾아 안아 들었답니다.

벙어리 삼룡이

1

내가 열 살이 될락말락 한 때이니까 지금으로부터 십사오 년 전 일이다.

지금은 그곳을 청엽정이라 부르지만 그때는 연화봉이라고 이름하였다. 즉 남대문에서 바로 내려다보면은 오정포(吾正砲 낮 열두 시를 알리는 대포)가 놓여 있는 산등성이가 있으니 그 산등성이 이쪽이 연화봉이요, 그 새에 있는 동네가 역시 연화봉이다.

지금은 그곳에 빈민굴이라고 할 수밖에 없이 지저분한 촌락이 생기고 노동자들밖에 살지 않는 곳이 되어 버렸으나 그때에는 자기네 딴은 행세한다는 사람들이 있었다.

집이라고는 십여 호밖에 있지 않았고 그곳에 사는 사람들은 대개 과목밭(과수원)을 하고, 또는 채소를 심거나, 아니면 콩나물을 길러서 생활을 하여 갔었다.

여기에 그중 큰 과목밭을 갖고 그중 여유 있는 생활을 하여 가는 사람이 하나 있었는데, 그의 이름은 잊어버렸으나 동네 사람들이 부르기를 오 생원이라고 불렀다.

얼굴이 동탕하고 목소리가 마치 여름에 버드나무에 앉아서 길게 목 늘여 우는 매미 소리같이 저르렁저르렁하였다.

그는 몹시 부지런한 중년 늙은이로 아침이면 새벽 일찍이 일어나서 앞뒤로 뒷짐을 지고 돌아다니며 집안일을 보살피는데 그 동네에는 그가 마치 시계와 같아서 그가 일어나는 때가 동네 사람이 일어나는 때였다. 만일 그가 아침에 돌아다니며 잔소리를 하지 않으면 동네 사람들이 이상하여 그의 집으로 가 보면 그는 반드시 몸이 불편하여 누웠었다. 그러나 그와 같은 때는 일 년 삼백육십 일에 한 번 있기가 어려운 일이요, 이태나 삼 년에 한 번 있거나 말거나 하였다.

그가 이곳으로 이사를 온 지는 얼마 되지는 아니하나 언제든지 감투를 쓰고 다니므로 동네 사람들은 양반이라고 불렀고, 또 그 사람도 동네 사람들에게 그리 인심을 잃지 않으려고 선달이면 북어쾌(북어 스무 마리를 한 줄에 꿰어 놓은 것), 김 톳(김을 묶어 세는 단위. 한 톳은 김 100장임)을 동네 사람에게 나눠 주며 농사 때에 쓰는 연장도 넉넉히 장만한 후 아무 때나 동네 사람들이 쓰게 하므로 그 동네에서는 가장 인심 후하고 존경을 받는 집인 동시에 세력 있는 집이다.

그 집에는 삼룡이라는 벙어리 하인 하나가 있으니 키가 본시 크지 못하여 땅딸보로 되었고 고개가 빼지 못하여 몸뚱이에 대강이(머리의 속된 말)를 갖다가 붙인 것 같다. 거기다가 얼굴이 몹시 얽고(얼굴에 우묵우묵한 마맛자국이 생기고) 입이 크다. 머리는 전에 새 꼬랑지 같은 것을 주인의 명령으로 깎기는 깎았으나 불밤송이 모양으로 언제든지 푸 하고 일어섰다. 그래 걸어 다니는 것을 보면, 마치 옴두꺼비가 서서 다니는 것 같이 숨차 보이고 더디어 보인다. 동네 사람들이 부르기를 삼룡이라고 부르는 법이 없고 언제든지 '벙어리, 벙어리'라고 하든지 그렇지 않으면 '앵모, 앵모' 한다. 그렇지만 삼룡이는 그 소리를 알지 못한다.

그도 이 집 주인이 이리로 이사를 올 때에 데리고 왔으니 진실하고 충성스러우며 부지런하고 세차다. 눈치로만 지내 가는 벙어리지마는 듣는 사람보다 슬기로운 적이 있고 평생 조심성이 있어서 결코 실수한 적이 없다.

아침에 일어나면 마당을 쓸고, 소와 돼지의 여물을 먹이며, 여름이면 밭에 풀을 뽑고 나무를 실어 들이고 장작을 패며, 겨울이면 눈을 쓸며 장 심부름과 진일 마른일 할 것 없이 못하는 일이 없다.

그럴수록 이 집 주인은 벙어리를 위해 주며 사랑한다. 혹시 몸이 불편한 기색이 있으면 쉬게 하고, 먹고 싶어하는 듯한 것은 먹이고, 입을 때 입히고 잘 때 재운다.

그런데 이 집에는 삼대독자로 내려오는 그 집 아들이 있다. 나이는 열일곱 살이나 아직 열네 살도 되어 보이지 않고 너무 귀엽게 기르기 때문에 누구에게든지 버릇이 없고 어리광을 부리며 사람에게나 짐승에게 잔인 포악한 짓을 많이 한다.

동네 사람들은,

"후레자식(배운 데 없이 제풀로 막되게 자라 교양이나 버릇이 없는 사람을 낮잡아 이르는 말)! 아비 속상하게 할 자식! 저런 자식은 없는 것만 못해."

하고 욕들을 한다. 그래서 그의 어머니는 아들이 잘못할 때마다 그의 영감을 보고,

"그 자식을 좀 때려 주구려. 왜 그런 것을 보고 가만두?"

하고 자기가 대신 때려 주려고 나서면,

“아뇨, 아직 철이 없어 그렇지. 저도 지각(知覺 사물의 이치나 도리를 분별하는 능력)이 나면 그렇지 않을 것이 아뇨.”

하고 너그럽게 타이른다.

그러면 마누라는 왜가리처럼 소리를 지르며,

“철이 없긴 지금 나이가 몇이오. 낼모레면 스무 살이 되는데, 또 며칠 아니면 장가를 들어서 자식까지 날 것이 그래 가지고 무엇을 한단 말이오.”

하고 들이대며,

“자식은 꼭 아버지가 버려 놓았습니다. 자식 귀여운 것만 알았지 버릇 가르칠 줄은 모르니까…….”

이렇게 싸움만 시작하려 하면 영감은 아무 말도 하지 않고 바깥으로 나가 버린다.

그 아들은 더구나 벙어리를 사람으로 알지도 않는다. 말 못하는 벙어리라고 오고 가며 주먹으로 허구리(허리 양쪽 갈비뼈 아래의 잘쏙한 부분)를 지르기도 하고 발길로 엉덩이도 찬다.

그러면 그 벙어리는 어린것이 철없이 그러는 것이 도리어 귀엽기도 하고 또는 그 힘없는 팔과 힘없는 다리로 자신의 무쇠 같은 몸을 건드리는 것이 우습기도 하고 앙증하기도 하여 돌아서서 방그레 웃으면서 툭툭 털고 다른 곳으로 몸을 피해 버린다.

어떤 때는 낮잠 자는 벙어리 입에다가 똥을 먹인 때도 있었다. 또 어떤 때는 자는 벙어리 두 팔 두 다리를 살며시 동여매고 손가락과 발가락 사이에 화승(火繩 화약을 터뜨리기 위해 불을 붙이는 데 쓰던 노끈) 불을 붙여 놓아 질겁하고 일어나다가 발버둥질을 하고 죽으려는 사람처럼 괴로워하는 것을 보고 기뻐하였다.

이러할 때마다 벙어리의 가슴에는 비분한 마음이 꽉 들어찼다. 그러나 그는 주인의 아들을 원망하는 것보다도 자기가 병신인 것을 원망하였으며 주인의 아들을 저주한다는 것보다 이 세상을 저주하였다.

그러나 그는 결코 눈물을 흘리지 않았다. 그의 눈물은 나오려 할 때 아주 말라붙어 버린 샘물과 같이 나오려 하나 나오지를 아니하였다. 그는 주인의 집을 버릴 줄 모르는 개 모양으로 자기가 있어야 할 곳은 여기밖에 없고 자기가 믿을 것도 여기 있는 사람들밖에 없을 줄 알았다. 여기서 살다가 여기서 죽는 것이 자기의 운명인 줄밖에 알지 못하였다. 자기의 주인 아들이 때리고 지르고 꼬집어 뜯고 모든 방법으로 학대할지라도 그것이 자기에게 으레 있을 줄밖에 알지 못하였다. 아픈 것도 그 아픈 것이 으레 자기에게 돌아올 것이요, 쓰린 것도 자기가 받지 않아서는 안 될 것으로 알았다. 그는 이 마땅히 자기가 받아야 할 것을 어떻게 해야 면할까 하는 생각을 한 번도 하여 본 일이 없었다.

그가 이 집에서 떠나가려거나 또는 그의 생활환경에서 벗어나려는 생각은 한 번도 해 보지 못하였다 할지라도 그는 언제든지 그 주인 아들이 자기를 학대하고 또는 자기를 못살게 굴 때 그는 자기의 주먹과 또는 자기의 힘을 생각하여 보았다.

주인 아들이 자기를 때릴 때 그는 주인 아들 하나쯤은 넉넉히 제지할 힘이 있는 것을 알았다.

어떠한 때는 아픔과 쓰림이 자기의 몸으로 스미어들 때면 그의 주먹은 떨리면서 어린 주인의 몸을 치려 하다가는 그것을 무서운 고통과 함께 꽉 참았다.

그는 속으로,

'아니다, 그는 나의 주인의 아들이다. 그는 나의 어린 주인이다.'

하고 꾹 참았다.

그러고는 그것을 얼핏 잊어버렸다. 그러다가도 동넷집 아이들과 혹시 장난을 하다가 주인 아들이 울고 들어올 때에는 그는 황소같이 날뛰면서 주인을 위하여 싸웠다. 그래서 동네에서도 어린애들이나 장난꾼들이 벙어리를 무서워하여 감히 덤비지를 못하였다. 그리고 주인 아들도 위급한 경우에는 언제든지 벙어리를 찾았다. 벙어리는 얻어맞으면서도 기어드는 충견 모양으로 주인의 아들을 위하여 싫어하지 않고 힘을 다하였다.

2

벙어리가 스물세 살이 될 때까지 그는 물론 이성과 접촉할 기회가 없었다. 동네의 처녀들이 저를 '벙어리', '벙어리' 하며 괴상한 손짓과 몸짓으로 놀려먹음을 받을 적에 분하고 골나는 중에도 느긋한 즐거움을 느끼어 본 일은 있었으나 그가 결코 사랑으로써 어떠한 여자를 대해 본 일은 없었다.

그러나 정욕을 가진 사람인 벙어리도 그의 피가 차디찰 리는 없었다. 혹 그의 피는 더욱 뜨거웠을는지도 알 수 없었다. 뜨겁다 뜨겁다 못하여 엉기어 버린 엿과 같을지도 알 수 없었다. 만일 그에게 볕을 주거나 다시 뜨거운

열을 준다면 그의 피는 다시 녹을는지도 알 수 없었다.

그가 깜박깜박하는 기름 등잔 아래에서 밤이 깊도록 짚신을 삼을 때면 남모르는 한숨을 아니 쉬는 것도 아니지마는 그는 그것을 곧 억제할 수 있을 만큼 정욕에 대하여 벌써부터 단념을 하고 있었다.

마치 언제 폭발이 될는지 알지 못하는 휴화산 모양으로 그의 가슴속에는 충분한 정열을 깊이 감추어 놓았으나 그것이 아직 폭발될 시기가 이르지 못한 것이었다. 비록 폭발이 되려고 무섭게 격동함을 벙어리 자신도 느끼지 않는 바는 아니지마는 그는 그것을 폭발시킬 조건을 얻기 어려웠으며 또는 자기가 여태까지 능동적으로 그것을 나타낼 수가 없을 만큼 외계의 압축을 받았으며, 그것으로 인한 이지(理智 본능이나 감정에 지배되지 않고 지식과 윤리에 따라 사물을 분별하고 깨닫는 능력)가 너무 그에게 자제력을 강대하게 하여 주는 동시에 또한 너무 그것을 단념만 하게 하여 주었다.

속으로, '나는 벙어리다' 자기가 생각할 때 그는 몹시 원통함을 느끼는 동시에 나는 말하는 사람들과 똑같은 자유와 똑같은 권리가 없는 줄 알았다. 그는 이와 같은 생각에서 언제든지 단념 않으려야 단념하지 않을 수 없는 그 단념이 쌓이고 쌓이어 지금에는 다만 한 개의 기계와 같이 이 집에 노예가 되어 있으면서도 그것을 자기의 천직으로 알고 있을 뿐이요, 다시는 자기가 살아갈 세상이 없는 것 같이밖에 알지 못하게 된 것이다.

3

그해 가을이다. 주인의 아들이 장가를 들었다. 색시는 신랑보다 두 살 위인 열아홉 살이다. 주인이 본시 자기가 언제든지 문벌이 얕은 것을 한탄하여 신부를 구할 때에 첫째 조건이 문벌이 높아야 할 것이었다. 그러나 문벌 있는 집에서는 그리 쉽게 색시를 내놓을 리가 없었다. 그러므로 하는 수 없이 그 어떠한 영락(零落 세력이나 살림이 줄어들어 보잘것없이 됨)한 양반의 딸을 돈을 주고 사오다시피 하였으니, 무남독녀의 딸을 둔 남촌 어떤 과부를 꿀을 발라서 약혼을 하고 혹시나 무슨 딴소리가 있을까 하여 부랴부랴 성례식을 시켜 버렸다.

혼인할 때의 비용도 그때 돈으로 삼만 냥을 썼다. 그리고 아들의 처갓집에 며느리 뒤 보아 주는 바느질삯, 빨래삯이라는 명목으로 한 달에 이천오백 냥씩을 대어 주었다.

신부는 자기 아버지가 돌아가기 전까지 상당히 견디기도 하고 또는 금지옥엽같이 기른 터이라, 구식 가정에서 배울 것 읽힐 것 못하는 것이 없고 게다가 또는 인물이라든지 행동거지에 조금도 구김이 있지 아니하다.

신부가 오자 신랑의 흠절(부족하거나 잘못된 점)이 생기기 시작하였다.

"신부에게다 대면 두루미와 까마귀지."

"아직도 철딱서니가 없어."

"색시에게 쥐여 지내겠지."

"신랑에겐 과하지."

동넷집 말 좋아하는 여편네들이 모여 앉으면 이렇게 비평들을 한다. 어떠한 남의 걱정 잘하는 마누라님은 간혹 신랑을 보고는 그대로 세워 놓고,

"글쎄, 인제는 어른이 되었으니 셈이 좀 나요, 저리구 어떻게 색시를 거느려 가누. 색시 방에 들어가기가 부끄럽지 않담."

하고 들이대다시피 하는 일이 있다.

이럴 적마다 신랑의 마음은 그 말하는 이들이 미웠다. 일부러 자기를 부끄럽게 하려고 하는 것 같아서 그 후에 그를 만나면 말도 안 하고 인사도 하지 아니한다.

또 그의 고모 되는 이가 와서 자기 조카를 보고,

"인제는 어른이야. 너도 그만하면 지각이 날 때가 되지 않았니. 네 처가 부끄럽지 아니하냐."

하고 타이를 적마다 그의 마음은 그 말하는 사람이 부끄럽다는 것보다도 자기를 이렇게 하게 한 자기 아내가 더욱 밉살머리스러웠다.

"여편네가 다 무엇이냐? 저 빌어먹을 년이 들어오더니 나를 이렇게 못살게들 굴지."

혼인한 지 며칠이 못 되어 그는 색시 방에 들어가지를 않았다. 집안에서는 야단이 났다. 마치 돼지나 말 새끼를 혼례시키려는 것 같이 신랑을 색시 방으로 집어넣으려 하나 막무가내였다. 그럴 때마다 신랑은 손에 닥치는 대로 집어 때려서 자기의 외사촌 누이의 이마를 뚫어서 피까지 나게 한 일이 있었다. 집안 식구들이 하는 수가 없어 맨 나중에는 아버지에게 밀었다. 그러나 그것도 소용이 없을 뿐더러 풍파를 더 일으키게 하였다. 아버지께 꾸중을 듣고 들어와서는 다짜고짜로 신부의 머리채를 쥐어 잡아 마루 한복판에 태질(세차게 메어치거나 내던지는 짓)을 쳤다.

그러고는,
"이년, 네 집으로 가거라. 보기 싫다. 내 눈앞에는 보이지도 마라."
하였다. 밥상을 가져오면 그 밥상이 마당 한복판에서 재주를 넘고, 옷을 가져오면 그 옷이 쓰레기통으로 나간다.

이리하여 색시는 시집오던 날부터 팔자 한탄을 하고서 날마다 밤마다 우는 사람이 되었다.

울면 요사스럽다고 때린다. 또 말이 없으면 빙충맞다(똘똘하지 못하고 어리석으며 수줍음을 탄다)고 친다. 이리하여 그 집에는 평화스러운 날이 하루도 없었다.

이것을 날마다 보는 사람 가운데 알 수 없는 의혹을 품게 된 사람이 하나 있으니 그는 곧 벙어리 삼룡이었다.

그렇게 예쁘고 유순하고 그렇게 얌전한, 벙어리의 눈으로 보아서는 감히 손도 대지 못할 만큼 선녀 같은 주인아씨를 때리는 것은 자기의 생각으로는 도저히 풀 수 없는 의심이었다.

보기에도 황홀하고 건드리기도 황홀할 만큼 숭고한 여자를 그렇게 하대한다는 것은 너무나 세상에 있지 못할 일이다. 자기는 주인 새서방에게 개나 돼지같이 얻어맞는 것이 마땅한 이상으로 마땅하지마는, 선녀와 짐승의 차가 있는 주인아씨와 자기가 똑같이 얻어맞는 것은 너무 무서운 일이다. 어린 주인이 천벌이나 받지 않을까 두렵기까지 하였다.

어떠한 달밤, 사면은 고요적막하고 별들은 드문드문 눈들만 깜박이며 반달이 공중에 뚜렷이 달려 있어 수은으로 세상을 깨끗하게 닦아 낸 듯이 청명한데, 삼룡이는 검둥개 등을 쓰다듬으며 바깥 마당 멍석 위에 비슷이 드러누워 하늘을 쳐다보며 생각하여 보았다.

주인아씨를 생각하면 공중에 있는 달보다도 더 곱고 별들보다도 더 깨끗하였다. 주인아씨를 생각하면 달이 보이고 별이 보이었다. 삼라만상을 씻어 내는 은빛보다도 더 흰 달이나 별의 광채보다도 그의 마음이 아름답고 부드러운 듯하였다. 마치 달이나 별이 땅에 떨어져 주인아씨가 된 것도 같고 주인아씨가 하늘에 올라가면 달이 되고 별이 될 것 같았다.

더구나 자기를 어린 주인이 때리고 꼬집을 때 감히 입 벌려 말은 하지 못하나 측은하고 불쌍히 여기는 정이 그의 두 눈에 나타나는 것을 다시 생각할 때 그는 부들부들한 개 등을 어루만지면서 감격을 느꼈다. 개는 꼬리를 치며 자기를 귀여워하는 줄 알고 벙어리의 손을 핥았다.

삼룡이의 마음은 주인아씨를 동정하는 마음으로 가득 찼다. 또는 그를 위하여서는 자기의 목숨이라도 아끼지 않겠다는 의분에 넘치었다. 그것은 마치 살구를 보면 입속에 침이 도는 것 같이 본능적으로 느껴지는 감정이었다.

4

주인아씨가 온 뒤에 다른 사람들은 자유로운 안 출입을 금하였으나 벙어리는 마치 개가 맘대로 안에 출입할 수 있는 것 같이 아무 의심 없이 출입할 수가 있었다.

하루는 어린 주인이 먹지 않던 술이 잔뜩 취하여 무지한 놈에게 맞아서 길에 자빠진 것을 업어다가 안으로 들여다 누인 일이 있었다. 그때에 아무도 안에 있지 않고 다만 주인아씨 혼자 방에서 바느질을 하고 있다가 이 꼴을 보고 벙어리의 충성된 마음이 고마워서, 그 후에 쓰던 비단 헝겊조각으로 부시 쌈지(부싯돌을 넣는 쌈지) 하나를 만들어 준 일이 있었다.

이것이 새서방님의 눈에 띄었다. 그래서 주인아씨는 어떤 날 밤 자던 몸으로 마당 복판에 머리를 푼 채 내동댕이쳐졌다. 그리고 온몸에 피가 맺히도록 얻어맞았다.

이것을 본 벙어리는 또다시 의분의 마음이 뻗쳐 올라왔다. 그래서 미친 사자와 같이 뛰어 들어가 새서방님을 내어던지고 주인아씨를 둘러메었다. 그리고 나는 수리와 같이 바깥 사랑 주인 영감 있는 곳으로 뛰어가 그 앞에 내려놓고 손짓과 몸짓을 열 번 스무 번 거푸하며 하소연하였다.

그 이튿날 아침에 그는 주인 새서방님에게 물푸레로 얼굴을 몹시 얻어맞아서 한쪽 빰이 눈을 얼러서 피가 나고 주먹같이 부었다. 그 때릴 적에 새서방의 입에서 나오는 말은,

"이 흉측한 벙어리 같으니, 내 여편네를 건드려!"

하고 부시 쌈지를 빼앗아 갈가리 찢어서 뒷간에 던졌다.

"그리고 이놈아! 인제는 주인도 몰라보고 막 친다. 이런 것은 죽여야 해!"

하고 채찍으로 그의 뒷덜미를 갈겨서 그 자리에 쓰러지게 하였다.

벙어리는 다만 두 손으로 빌 뿐이었다. 말도 못 하고 고개를 몇백 번 코가 땅에 닿도록 그저 용서해 달라고 빌기만 하였다. 그러나 그의 가슴에는 비로소 숨겨 있던 정의감이 머리를 들기 시작하였다. 그는 아픈 것을 참아 가

면서도 북받치는 분노를 억제하였다.

그때부터 벙어리는 안방에 들어가지 못하였다. 이 들어가지 못하는 것이 더욱 벙어리로 하여금 궁금증이 나게 하였다. 그 궁금증이라는 것이 묘하게 빛이 변하여 주인아씨를 뵈옵고 싶은 심정으로 변하였다. 뵈옵지 못하므로 가슴이 타올랐다. 몹시 애상의 정서가 그의 가슴을 저리게 하였다. 한 번이라도 아씨를 뵈올 수가 있으면 하는 마음이 나더니 그의 마음의 넋은 느끼기를 시작하였다. 센티멘털한 가운데에서 느끼는 그 무슨 정서는 그에게 생명 같은 희열을 주었다. 그것과 자기의 목숨이라도 바꿀 수 있을 것 같았다. 어떤 때는 그대로 대강이로 담을 뚫고 들어가고 싶도록 주인아씨를 뵈옵고 싶은 것을 꾹 참을 때도 있었다.

그 후부터는 밥을 잘 먹을 수가 없었다. 일도 손에 잡히지 않았다. 틈만 있으면 안으로만 들어가고 싶었다.

주인이 전보다 많이 밥과 음식을 주고 더 편하게 하여 주었으나 그것이 싫었다. 그는 밤에 잠을 자지 않고 집 가장자리를 돌아다녔다.

5

하루는 주인 새서방님이 술이 취하여 들어오더니 집안이 수선수선하여지며 계집 하인이 약을 사러 갔다 들어오는 것을 보고 그 계집 하인을 붙잡았다. 그리고 무엇이냐고 물었다.

계집 하인은 한 주먹을 뒤통수에 대고 얼굴을 쓰다듬으며 둘째 손가락을 내밀었다. 그것은 그 집 주인은 엄지손가락이요, 둘째 손가락은 새서방이라는 뜻이요, 주먹을 뒤통수에 대는 것은 여편네라는 뜻이요, 얼굴을 문지르는 것은 예쁘다는 뜻으로 벙어리에게 쓰는 암호다.

그런 뒤에 다시 혀를 내밀고 눈을 뒤집어쓰는 형상을 하고 두 팔을 싹 벌리고 뒤로 자빠지는 꼴을 보이니, 그것은 사람이 죽게 되었거나 앓을 적에 하는 말 대신의 손짓이다.

벙어리는 눈을 크게 뜨고 계집 하인에게 한 발자국 가까이 들어서며 놀라는 듯이 멀거니 한참이나 있었다.

그의 가슴은 무섭게 격동하였다. 자기의 그리운 주인아씨가 죽었다는 말이 아닌가, 그는 두 주먹을 마주치며 한숨을 쉬었다. 그러고는 자기 방에서 무엇을 생각하는 것처럼 두어 시간이나 두 눈만 껌벅껌벅하고 앉았었다.

그는 밤이 깊어 갈수록 궁금증 나는 사람처럼 일어섰다 앉았다 하더니 두 시나 되어서 바깥으로 나가서 뒤로 돌아갔다.

그는 도둑놈처럼 조심스럽게 바로 건넌방 뒤 미닫이 앞 담에 서서 주저주저하더니 담을 넘었다. 가까이 창 앞에 서서 문틈으로 안을 살피다가 그는 진저리를 치며 물러섰다.

어두운 밤에 그의 손과 발이 마치 그 뒤에 서 있는 감나무 잎같이 떨리더니 그대로 문을 박차고 뛰어 들어갔을 때, 그의 팔에는 주인아씨가 한 손에는 기다란 명주 수건을 들고서 한 팔로 벙어리의 가슴을 밀치며 뻗디디었다. 벙어리는 다만 눈이 뚱그래서 '에헤' 소리만 지르고 그 수건을 뺏으려 애쓸 뿐이다.

집안이 야단났다.

"집안이 망했군!"

"어디 사내가 없어서 벙어리를!"

"어떻든 알 수 없는 일이야!"

하는 소리가 이 구석 저 구석에서 수군댄다.

6

그 이튿날 아침에 벙어리는 온몸이 짓이긴 것이 되어 마당에 거꾸러져 입에서 피를 토하며 신음하고 있었다. 그 곁에서는 새서방이 쇠줄 몽둥이를 들고서 문초를 한다.

"이놈!"

하고는 음란한 흉내는 모조리 하여 가며 건넌방을 가리킨다. 그러나 벙어리는 손을 내저을 뿐이다. 또 몽둥이에는 살점이 묻어 나왔다. 그리고 피가 흘렀다.

벙어리는 타들어 가는 목으로 소리도 못 내며 고개만 내젓는다. 그는 피를 토하며 거꾸러지며 이마를 땅에 비비며 고개를 내흔든다. 땅에는 피가 스며든다. 새서방은 채찍 끝에 납 뭉치를 달아서 가슴을 훔쳐 갈겼다가 힘껏 잡아 뽑았다. 벙어리는 그대로 거꾸러지며 말이 없었다.

새서방은 그래도 시원치 못하였다. 그는 어제 벙어리가 새로 갈아 놓은 낫을 들고 달려왔다. 그는 그 시퍼렇게 날선 낫을 번쩍 들었다. 그래서 벙어리를 찌르려 할 때 벙어리는 한 팔로 그것을 받았고, 집안사람들은 달려들었다. 벙어리는 낫을 뿌리쳐 저리로 내던졌다.

주인은 집안이 망하였다고 사랑에 누워서 모든 일을 들은 체 만 체 문을 닫고 나오지를 아니하며, 집안에서는 색시를 쫓는다고 야단이다. 그날 저녁에 벙어리는 다시 끌려 나왔다. 그때에는 주인 새서방이 그의 입던 옷과 신짝을 주며 눈을 부릅뜨고 손을 멀리 가리키며,

"가! 인제는 우리 집에 있지 못한다."

하였다. 이 소리를 듣는 벙어리는 기가 막혔다. 그에게는 이 집 외에 다른 집이 없다. 살 곳이 없었다. 자기는 언제든지 이 집에서 살고 이 집에서 죽을 줄밖에 몰랐다. 그는 새서방님의 다리를 껴안고 애걸하였다. 말도 못 하는 것을 몸짓과 표정으로 간곡한 뜻을 표하였다. 그러나 새서방님은 발길로 지르고 사람을 불렀다.

"이놈을 좀 내쫓아라."

벙어리가 죽은 개 모양으로 끌려 나갔다. 그리고 대갈빼기를 개천 구석에 들이박히면서 나가 곤드라졌다가 일어서서 다시 들어오려 할 때에는 벌써 문이 닫혀 있었다. 그는 문을 두드렸다. 그의 마음으로는 주인 영감을 찾았으나 부를 수가 없었다. 그가 날마다 열고 날마다 닫던 문이 자기가 지금은 열려 하나 자기를 내어 쫓고 열리지를 않는다. 자기가 건사하고 자기가 거두던 모든 것이 오늘에는 자기의 말을 듣지 않는다. 어려서부터 지금까지 모든 정성과 힘과 뜻을 다하여 충성스럽게 일한 값이 오늘에는 이것이다.

그는 비로소 믿고 바라던 모든 것이 자기의 원수란 것을 알았다. 그는 모든 것을 없애 버리고 자기도 또한 없어지는 것이 나은 것을 알았다.

그날 저녁 밤은 깊었는데 멀리서 닭이 우는 소리와 함께 개 짖는 소리만이 들린다. 난데없는 화염이 벙어리 있던 오 생원 집을 에워쌌다. 그 불을 미리 놓으려고 준비하여 놓았는지 집 가장자리 쪽 돌아가며 흩어 놓은 풀에 모조리 돌라붙어(둘레나 가장자리를 따라가며 붙어) 공중에서 내려다보면 집의 윤곽이 선명하게 보일 듯이 타오른다.

불은 마치 피 묻은 살을 맛있게 잘라 먹는 요마(妖魔 요망하고 간사스러운 마귀)의 혓바닥처럼 날름날름 집 한 채를 삽시간에 먹어 버리었다. 이와 같은 화염 속으로 뛰어 들어가는 사람이 하나 있으니 그는 다른 사람이 아니라 낮에 이 집을 쫓겨난 삼룡이다. 그는 먼저 사랑에 가서 문을 깨뜨리고 주인을 업어

다가 밭 가운데 놓고 다시 들어가려 할 제 그의 얼굴과 등과 다리가 불에 데어 쭈그러져 드는 것을 알지 못하였다.

그는 건넌방으로 뛰어들었다. 그러나 색시는 없었다. 다시 안방으로 뛰어들었다. 그러나 또 없고 새서방이 그의 팔에 매달리어 구원하기를 애원하였다. 그러나 그는 그것을 뿌리쳤다. 다시 서까래에 불이 시뻘겋게 타면서 그의 머리에 떨어졌다. 그러나 그는 그것을 몰랐다. 부엌으로 가 보았다. 거기서 나오다가 문설주가 떨어지며 왼팔이 부러졌다. 그러나 그것도 몰랐다. 그는 다시 광으로 가 보았다. 거기도 없었다. 그는 다시 건넌방으로 들어갔다. 그때야 그는 색시가 타 죽으려고 이불을 쓰고 누워 있는 것을 보았다. 그는 색시를 안았다. 그러고는 길을 찾았다. 그러나 나갈 곳이 없었다. 그는 하는 수 없이 지붕으로 올라갔다. 그는 비로소 자기의 몸이 자유롭지 못한 것을 알았다. 그러나 그는 자기가 여태까지 맛보지 못한 즐거운 쾌감을 자기의 가슴에 느끼는 것을 알았다. 색시를 자기 가슴에 안았을 때 그는 이제 처음으로 살아난 듯하였다. 그는 자기의 목숨이 다한 줄 알았을 때, 그 색시를 내려놓을 때는 그는 벌써 목숨이 끊어진 뒤였다. 집은 모조리 타고 벙어리는 색시를 무릎에 뉘고 있었다. 그의 울분은 그 불과 함께 사라졌을는지! 평화롭고 행복스러운 웃음이 그의 입 가장자리에 엷게 나타났을 뿐이다.

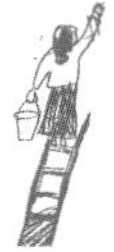

물레방아

작품 정리

작가: 나도향(99쪽 '작가와 작품 세계' 참조)

갈래: 순수 소설, 낭만주의 소설

배경: 성적 에로티시즘을 상징적으로 나타내는 물레방앗간

시점: 전지적 작가 시점

주제: 물질 만능주의와 도덕성의 결여로 인한 인간성의 타락

출전: 〈조선문단〉(1925)

구성과 줄거리

발단 **이방원이 신치규의 집에서 막실살이를 함**

마을에서 가장 부자인 신치규의 집에서 막실살이를 하는 이방원은 아내와 함께 그날그날을 지낸다. 마을의 세력가인 신치규는 이방원의 아내에게 눈독을 들인다.

전개 **신치규가 이방원의 아내를 유혹함**

달이 유난히 밝은 가을밤, 물레방앗간 옆에서 어떤 남자(신치규)가 달래는 투로 젊은 여자(방원의 아내)를 꾀고 있다. 신치규는 대를 이을 자식 하나 낳아 주면 자신의 것이 모두 그녀 것이 된다고 말한다. 여자는 감언이설에 혹해 신치규와 함께 물레방앗간으로 들어간다. 사흘이 지난 뒤 신치규는 방원에게 다른 좋은 집을 찾아보라고 한다. 방원은 애걸을 해 보지만 소용이 없자 아내에게 안주인께 사정해 보라고 부탁한다. 아내는 오히려 앞으로 자신을 어떻게 먹여 살릴 거냐며 앙탈을 부린다. 방원은 홧김에 아내를 때린다.

위기 **이방원은 신치규와 아내가 물레방앗간에서 나오는 것을 목격함**

그날 밤 방원은 아내에게 사과할 생각을 하지만 아내는 집에 없다. 그는 옆집 아주머니로부터 아내가 물레방앗간으로 가더라는 말을 듣는다. 그는 신치규와 아내가 방앗간에서 나오는 것을 목격한다.

절정 **이방원은 신치규를 구타해 석 달간 복역함**

신치규가 오히려 방원에게 호통을 치자 화가 난 방원은 신치규의 멱살을 잡고 넘어뜨린 후 목을 조른다. 방원은 순경의 구두 소리를 듣고 옆에 있는 아내에게 어서 도망치자고 잡아끌지만 아내는 거부한다. 결국 방원은 순경의 포승에 묶인 채 주재소로 끌려간다.

결말 **출감한 이방원은 아내를 살해하고 자살함**

석 달 후 출감한 방원은 칼을 품고 신치규의 집으로 달려간다. 아내의 목소리를 오랜만에 들은 방원은 아내를 물레방앗간 옆으로 데리고 가서 같이 도망갈 것을 제의하나 계집은 차라리 죽이라며 대든다. 방원은 계집의 옆구리를 칼로 힘껏 찌른 뒤 그 칼을 빼어 들어 자신의 가슴을 찌른다.

생각해 볼 문제

1. '물레방아'는 무엇을 상징하는가?

마을에서 외따로 떨어져 있어 밀회 장소로 애용되었던 물레방앗간은 토속적인 애욕의 세계를 연상시킨다. 물레방아가 돌고 돌아가는 모습은 반복되는 인생을, 한 자리에서 맴도는 것은 운명적인 굴레를 상징하기도 한다.

2. 이방원의 살인은 당대의 신경향파 소설이 보여 주는 살인과 어떤 점에서 다른가?

신경향파 소설은 계급에 따른 적대 관계나 경제적 궁핍을 원인으로 살인이나 방화라는 결말을 내는 경우가 많다. 그러나 방원의 살인은 지주와의 계급적 대립 관계가 아닌 치정 관계에서 비롯되었다. 작가는 가진 자(신치규)와 못 가진 자(이방원)의 갈등을 그리지만 본능적인 육욕(신치규)과 물질에 대한 탐욕(이방원의 아내)이 빚어낸 인간성의 타락을 주제로 삼았다.

3. 창부형인 방원의 아내가 신치규를 선택하게 되는 이유는 무엇인가?

아내에 비해 방원은 순수한 애정관을 지니고 있다. 도덕성이 결여된 아내는 방원의 애정보다는 신치규의 돈과 성(性)을 선택한다. 이 작품은 금전 만능주의에 의해 인간성이 상실될 수 있음을 경고하고 있다.

인물 관계도

마을에서 제일가는 부자인 신치규 집에서 막실살이를 하던 저(이방원)는 갑자기 쫓겨나게 되었어요. 그 일로 아내가 타박을 하기에 홧김에 아내를 때렸지요. 사과를 하려고 마음 먹었는데 신치규와 아내가 방앗간에서 나오는 걸 봤어요. 저는 그걸 보자마자 신치규를 때리고 감옥에 들어갔어요. 출감하고 아내를 찾아갔지만 아내는 저를 따라올 생각이 없다고 해 함께 죽기로 했어요.

물레방아

1

덜컹덜컹 홈통에 들었다가 다시 쏟아져 흐르는 물이 육중한 물레방아를 번쩍 쳐들었다가 쿵 하고 확 속으로 내던질 제 머슴들의 콧소리는 허연 겻가루가 켜켜 앉은 방앗간 속에서 청승스럽게 들려 나온다.

솰 솰 솰, 구슬이 되었다가 은가루가 되고 댓줄기같이 뻗치었다가 다시 쾅 쾅 쏟아져 청룡이 되고 백룡이 되어 용솟음쳐 흐르는 물이 저쪽 산모퉁이를 십 리나 두고 돌고, 다시 이쪽 들 복판을 오 리쯤 꿰뚫은 뒤에 이방원이가 사는 동네 앞 기슭을 스쳐 지나가는데 그 위에 물레방아 하나가 놓여 있다.

물레방아에서 들여다보면 동북간으로 큼직한 마을이 있으니 이 마을의 가장 부자요, 가장 세력이 있는 사람으로 이름을 신치규라고 부른다. 이방원이라는 사람은 그 집의 막실살이를 하여 가며 그의 땅을 경작하여 자기 아내와 두 사람이 그날그날을 지내 간다.

어떠한 가을밤 유난히 밝은 달이 고요한 이 촌을 한적하게 비칠 때 그 물레방앗간 옆에 어떠한 여자 하나와 어떤 남자 하나가 서서 이야기를 하는 소리가 들리었다.

그 여자는 방원의 아내로 지금 나이가 스물두 살, 한참 정열에 타는 가슴으로 가장 행복스러울 나이의 젊은 여자요, 그 남자는 오십이 반이 넘어 인생으로서 살아올 길을 다 살고서 거의거의 쇠멸의 구렁이를 향하여 가는 늙은이다.

그의 말소리는 마치 그 여자를 달래는 것같이,

"얘, 내 말이 조금도 그를 것이 없지? 쉰네 할멈에게도 자세한 말을 들었을 터이지마는 너 생각해 보아라. 네가 허락만 하면 무엇이든지 네가 하고 싶다는 것은 내가 전부 해 줄 터이란 말야. 그까짓 방원이 녀석하고 네가 몇백 년 살아야 언제든지 막실 구석을 면하지 못할 터이니. 허허, 사람이란 젊어서 호강해 보지 못하면 평생 호강 한 번 하여 보지 못하고 죽을 것이 아니냐. 내가 말하는 것이 조금도 잘못하는 것이 없느니라! 대강 너의 말을 쉰네 할멈에게 듣기는 들었으나 그래도 너에게 한 번 바로 대고 듣는 것만 못해서 이리로 만나자고 한 것이다. 너의 마음은 어떠냐? 어디 허허, 내 앞이라고 조금도 어떻게 알지 말고 이야기해 봐, 응?"

이 늙은이는 두말할 것 없이 신치규다. 그는 탐욕스러운 눈으로 방원의 계집을 들여다보며 한 손으로 등을 두드린다.

새침한 얼굴이 파르족족하고 기다란 눈썹과 검푸른 두 눈 가장자리에 예쁜 입, 뾰로통한 뺨이며 콧날이 오뚝한 데다가 후리후리한 키에 떡벌어진 엉덩이가 아무리 보더라도 무섭게 이지적인 동시에 또는 창부형(娼婦型)으로 생긴 여자이다.

계집은 아무 말이 없이 서서 짐짓 부끄러운 태를 지으며 매혹적인 웃음을 생긋 웃고는 고개를 돌렸다. 그 웃음이 얼마나 짐승 같은 신치규의 만족을 사게 되었으며, 또는 마음을 충동시켰는지 희끗희끗한 수염이 거의 계집의 뺨에 닿도록 더 가까이 와서,

"응? 왜 대답이 없니? 부끄러워서 그러니? 그렇게 부끄러워할 일은 아닌데."

하고 계집의 손을 잡으며,

"손도 이렇게 예쁜 줄은 여태까지 몰랐구나. 참 분결 같다. 이렇게 얌전히 생긴 애가 방원 같은 천한 놈의 계집이 되어 일평생을 그대로 썩는다는 것은 너무 가엾고 아깝지 않으냐? 얘."

계집은 몸을 돌리려고 하지도 않고 영감이 하는 대로 내버려 두며 눈으로 땅만 내려다보고 섰다가 가까스로 입을 떼는 듯하더니,

"제 말야 모두 쇤네 할멈이 여쭈었지요. 저에게는 너무 분수에 과한 말씀이니까요."

"온, 천만의 소리를 다 하는구나. 그게 무슨 소리냐? 너도 알다시피 내가 너를 장난삼아 그러는 것도 아니겠고 후사가 없어 그러는 것이니까 네가 내 아들이나 하나 낳아 주렴. 그러면 내 것이 모두 네 것이 되지 않겠니? 자아, 그러지 말고 오늘 허락을 하렴. 그러면 내일이라도 방원이란 놈을 내쫓고 너를 불러들일 터이니."

"어떻게 내쫓을 수가 있에요."

"허어, 그것이 그리 어려울 것이 무엇 있니. 내가 나가라는데 제가 나가지 않고 배길 줄 아니?"

"그렇지만 너무 과하지 않을까요?"

"무엇? 저런 생각을 하니까 네가 이 모양으로 이때까지 있었지. 어떻단 말이냐? 그런 것은 조금도 염려하지 말구. 자! 또 네 서방에게 들킬라, 어서 들어가자."

"먼저 들어가세요."

"왜?"

"남이 보면 수상히 알게요."

"무얼 나하고 가는데 수상히 알 게 무어야. 어서 가자."

계집은 천천히 두어 걸음 따라가다가,

"영감!"

하고 무춤하고 서 있다.

"왜 그러니?"

계집은 다시 말이 없이 서 있다가,

"아니에요."

하고,

"먼저 들어가세요."

하며 돌아선다. 영감이 간이 달아서 계집의 손을 잡으며,

"가자, 집으로 들어가자."

그의 가슴은 두근거리는지 숨소리가 잦아진다. 계집은 손을 빼려 하며,

"점잖으신 어른이 이게 무슨 짓이에요."

하면서도 그의 몸짓에는 모든 것을 허락한다는 뜻이 보였다. 영감은 계집의 몸을 끌어안더니 방앗간 뒤로 돌아 들어섰다. 계집은 영감 가슴에 안겨서 정욕이 가득한 눈으로 그를 보면서,

"영감."

말 한마디 하고 침 한 번 삼키었다.

"영감이 거짓말은 안 하시지요."

"아니."

그의 말은 떨리었다. 계집은 영감의 팔을 한 손으로 잡고 또 한 손으로는 방앗간 속을 가리켰다.

"저리로 들어가세요."

영감과 계집은 방앗간에서 이삼십 분 후에 다시 나왔다.

2

사흘이 지난 뒤에 신치규는 방원이를 자기 집 사랑 마당 앞으로 불렀다.

"얘."

방원은 상전이라 고개를 숙이고,

"네."

공손하게 대답을 하였다.

"네가 그간 내 집에서 정성스럽게 일을 한 것은 고마운 일이지마는……."

점잔과 주짜를 빼면서 신치규는 말을 꺼내었다. 방원의 가슴은 이 '마는' 이라는 말 뒤에 이어질 말을 미리 깨달은 듯이 온 전신의 피가 가슴으로 모여드는 듯하더니 다시 터럭이라는 터럭은 전부 거꾸로 일어서는 듯하였다.

"오늘부터는 우리 집에 사정이 있어 그러니 내 집에 있지 말고 다른 곳에 좋은 곳을 찾아가 보아라."

아무 조건도 없다. 또한 이곳에서도 할 말이 없다. 죽으라고 하면 죽는 시늉이라도 해야 하는 것이다. 주인은 돈 가지고 사람을 사고팔 수도 있는 것이다.

방원은 가슴이 답답하였다. 자기 혼자 몸 같으면 어디 가서 어떻게 빌어먹더라도 살 수가 있지마는 사랑하는 아내를 구해 갈 길이 막연하다. 그는 고개를 굽히고, 허리를 굽히고, 나중에는 마음을 굽히어 사정도 하여 보고 애걸도 하여 보았다. 그러나 그것은 헛된 일이다. 주인의 마음은 쇠나 돌보다도 더 굳었다.

그는 하는 수 없이 자기 아내에게 그 이야기를 하였다. 그리고 아내더러 안주인 마님께 사정을 좀 하여 얼마간이라도 더 있게 하여 달라고 하여 보라 하였다. 그러나 아내는 방원의 말을 들을 리가 없었다. 도리어,

"그러면 어떻게 한단 말이오. 이제부터는 나를 어떻게 먹여 살릴 터이오?"

"너는 그렇게도 먹고 살 수 없을까 봐 겁이 나니?"

"겁이 나지 않고. 생각을 해 보구려. 인제는 꼼짝할 수 없이 죽지 않았소?"

"죽어?"

"그럼 임자가 나를 데리고 이곳까지 올 때에 무어라고 하였소. 어떻게 해서든지 너 하나야 먹여 살리지 못하겠느냐고 하였지요."

"그래."

"그래, 얼마나 나를 잘 먹여 살리고 나를 호강시켰소. 여태까지 이태나 되

도록 끌구 돌아다닌다는 것이 남의 집 행랑이었지요?"

"얘, 그것을 내가 모르고 하는 말이냐? 내가 하려고 하지 않아서 그렇게 된 것이냐? 차차 살아가는 동안에 무슨 일이든지 생기겠지. 설마 요대로 늙어 죽기야 하겠니?"

"듣기 싫소! 뿔 떨어지면 구워 먹지 어느 천년에."

방원이는 가뜩이나 내어 쫓기고 화가 나는데 계집까지 그리하니까 속에서 열화가 치밀어 올라왔다.

"이 육시를 하고도 남을 년! 왜 남의 마음을 글컹거리니."

"왜 사람에게 욕을 해."

"이년아, 욕 좀 하면 어떠냐?"

"왜 욕을 해!"

계집이 얼굴이 노래지며 대든다.

"이년이 발악인가?"

"누가 발악이야. 계집년 하나 건사 못 하는 위인이 계집보고 욕만 하고 한 게 무어야? 그래 은가락지 은비녀나 한 벌 사 주어 보았어? 내가 임자 하자고 하는 대로 하지 않은 것은 없지!"

"이년아! 은가락지 은비녀가 그렇게 갖고 싶으냐, 이 더러운 년아."

"무엇이 더러워? 너는 얼마나 정한 놈이냐!"

계집의 입속에서는 '놈' 소리가 나오기 시작한다.

"이년 보게! 누구더러 놈이래."

하고 손길이 계집의 낭자(여자의 예장에 쓰는 딴머리의 하나. 쪽 찐 머리 위에 덧얹고 긴 비녀를 꽂음)를 휘어잡더니 그대로 집어 들고 두어 번 주먹으로 등줄기를 후리었다.

"이 주릿대(주리를 트는 데 쓰는 두 개의 붉은 막대)를 안길 년!"

발길이 엉덩이를 두어 번 지르니까 계집은 그대로 거꾸러졌다가 다시 일어났다. 풀어 헤뜨린 머리가 치렁치렁 끌리고 씰룩한 눈에는 독기가 섞이었다.

"왜 사람을 치니? 이놈! 죽여라 죽여. 어디 죽여 보아라. 이놈 나 죽고 너 죽자!"

하고 달려드는 계집을 후려서 거꾸러뜨리고서,

"이년이 죽으려고 기를 쓰나!"

방원이가 계집을 치는 것은 그것이 주먹을 가지고 하는 일종의 농담이다. 그는 주먹이나 발길이 계집의 몸에 닿을 때 거기에 얻어맞는 계집의 살이 아픈 것보다 더 찌르르하게 가슴 한복판을 찌르는 아픔을 방원은 깨닫는 것이다. 홧김에 계집을 치는 것이 실상은 자기의 마음을 자기의 이빨로 물어뜯는 것이나 다름이 없는 것이다. 때리는 그에게는 몹시 애처로움이 있고 불쌍함이 있는 것이다. 그러나 자기의 화풀이를 받아 주는 사람은 아직까지도 계집밖에는 없었다. 제일 만만하다는 것보다도 가장 마음 놓고 화풀이할 수 있음이다. 싸움한 뒤, 하루가 못 되어 두 사람이 베개를 나란히 하고 서로 꼭 끼고 잘 때에는 그렇게 고맙고 그렇게 감격이 일어나는 위안이 또다시 없음이다. 계집을 치고 화풀이를 하고 난 뒤에 다시 가슴을 에는 듯한 후회와 더 뜨거운 포옹으로 위로를 받을 그때에는 두 사람 아니라 방원에게는 그만큼 힘 있고 뜨거운 믿음이 또다시 없는 까닭이다.

계집은 일부러 소리를 높여서 꺼이꺼이 운다.

온 마을 사람이 거의 귀를 기울였으나,

"응, 또 사랑싸움을 하는군!"

하고 도리어 그 싸움을 부러워하였다. 옆집 젊은것이 와서 싱글싱글 웃으면서 들여다보며,

"인제 고만두라고."

하며 말리는 시늉을 한다. 동네 아이들만 마당 앞에 죽 늘어서서 눈들이 뚱그레서 구경을 한다.

3

그날 저녁에 방원은 술이 얼근하여 돌아왔다. 아까 계집을 차던 마음은 어느덧 풀어지고 술로 흥분된 마음에 그는 계집의 품이 몹시 그리워져서 자기 아내에게 사과를 할 마음까지 생기었다. 본시 사람이 좋고 마음이 약하고 다정한 그는 무식하게 자라난 까닭에 무지한 짓을 하기는 하나 그것은 결코 그의 성격을 말하는 무지함이 아니다.

그는 비척거리면서 집으로 향하는 길에 거슴츠레하게 풀린 눈을 스르르 내리감고 혼잣소리로,

"빌어먹을 놈! 나가라면 나가지 무서운가? 제 집 아니면 살 곳이 없는 줄 아는 게로군! 흥, 되지 않게 다 무엇이냐? 돈만 있으면 제일이냐? 이놈, 네가 그러다가는 이 주먹맛을 언제든지 볼라. 그대로 곱게 뒈질 줄 아니?"

하고 개천 하나를 건너뛴 후에,

"돈! 돈이 무엇이냐."

한참 생각하다가,

"에후."

한숨을 쉬고 나서,

"돈이 사람 죽이는구나! 돈! 돈! 흥, 사람 나고 돈 났지, 돈 나고 사람 났니?"

또 징검다리를 비척비척하고 건넌 뒤에,

"고 배라먹을 년이 왜 고렇게 포달(암상이 나서 악을 쓰고 함부로 주워대는 말)을 부려서 장부의 마음을 긁어 놓아!"

그의 목소리에는 말할 수 없이 다정한 맛이 있었다. 그는 자기 계집을 생각하면 모든 불평이 스러지는 듯이, 숙였던 고개를 쳐들어 하늘을 보면서,

"허어, 저도 고생은 고생이지."

하고 다시 고개를 숙인 후,

"내가 너무해, 너무 그럴 게 아닌데."

그는 자기 집에 와서 문고리를 붙잡고 잡아 흔들면서,

"얘! 자니! 자!"

그러나 대답이 없고 캄캄하다.

"이년이 어디를 갔어!"

그는 문짝을 깨어지라 하고 닫힌 후에 다시 길거리로 나와 그 옆집으로 가서,

"여보 아주머니! 우리 집 색시 어디 갔는지 보았소?"

밥들을 먹던 옆엣집 내외(부부)는,

"어디서 또 취했소그려! 애 어머니가 아까 머리 단장을 하더니 저 방아께로 갑디다."

"방아께로?"

"네."

"빌어먹을 년! 방아께로는 무얼 먹으러 갔누!"

다시 혼자 방아를 향하여 가면서 혼자 중얼거린다.

그는 방앗간을 막 뒤로 돌아서자 신치규와 자기 아내가 방앗간에서 나오는 것을 보았다.

"아!"

그는 너무 뜻밖의 일이므로 아무 말도 하지 못하고 그대로 한참이나 멀거니 서서 보기만 하였다.
그의 눈에서는 쌍심지가 거꾸로 섰다. 열이 올라와서 마치 주홍을 칠한 듯이 그의 눈은 붉어지고 번개 같은 광채가 번뜩거리었다.
그는 한참이나 사지를 떨었다. 두 이가 서로 맞혀서 달그락달그락하여졌다. 그의 주먹은 부서질 것같이 단단히 쥐어졌었다.
계집과 신치규는 방원이 와 선 것을 보고서 처음에는 조금 간담이 서늘하여졌으나 다시 태연하게 내려 앉혔다. 일이 이렇게 되었으매 할 대로 하라는 뜻이다.
방원은 달려들어서 계집의 팔목을 잡았다. 그리고 이를 악물고 부르르 떨었다.
"나는 네가 이럴 줄은 몰랐다."
계집은,
"무얼 이럴 줄을 몰라?"
하며 파란 눈을 흘겨보더니,
"나중에는 별꼴을 다 보겠네. 으레 그럴 줄을 인제 알았나? 놔요! 왜 남의 팔을 잡고 요 모양이야. 오늘부터는 나를 당신이 그리 함부로 하지는 못해요! 더러운 녀석 같으니! 계집이 싫다고 그러면 국으로(제 생긴 그대로, 잠자코) 물러갈 일이지, 이게 무슨 사내답지 못한 일야! 놔요!"
팔을 뿌리쳤으나 분노가 전신에 가득 찬 그는 그렇게 쉽게 손을 놓지 않았다.
"얘! 네가 이것이 정말이냐?"
"정말 아니구 비싼 밥 먹고 거짓말할까?"
"네가 참으로 환장을 하였구나!"
"아니 누구더러 환장을 했대? 온 기가 막혀 죽겠지! 놔요! 놔! 왜 추근추근하게 이 모양이야? 놔."
하고서 힘껏 뿌리치는 바람에 계집의 손이 쑥 빠지었다. 계집은 손목을 주무르면서 암상궂게(남을 미워하고 샘을 잘 내는 마음이나 태도가 있게) 돌아섰다.
이때까지 이 꼴을 멀찌가니 서서 보고 있던 신치규는 두어 발자국 나서더니 기침 한 번을 서투르게 하고서,
"얘! 네가 술이 취하였으면 일찍 들어가 자든지 할 것이지 웬 짓이냐? 네

눈깔에는 아무것도 보이는 것이 없단 말이냐? 너희 연놈이 싸우는 것은 너희 연놈이 어디든지 가서 할 일이지 여기 누가 있는지 없는지 눈깔에 보이는 것이 없어?"

짐짓 소리를 높여 호령을 하였다.

"엣, 괘씸한 놈!"

눈깔을 부라리었다. 방원은 한참이나 쳐다보고서 말이 없었다. 생각대로 하면 한주먹에 때려눕힐 것이지마는 그래도 그의 머릿속에는 아까까지의 상전이라는 관념이 남아 있었다. 번갯불같이 그 관념이 그의 입과 팔을 얽어 놓았다. 어려서부터 오늘날까지 남을 섬겨 보기만 한 그의 마음은 상전이라면 모두 두려워하는 성질을 깊이깊이 뿌리를 박아 놓았다. 그러나 오늘부터는 신치규가 자기의 상전도 아니요, 자기가 신치규의 종도 아니다. 다만 똑같은 사람으로 마주 섰을 뿐이다. 아니다, 지금부터는 신치규는 방원의 원수였다. 그의 간을 씹어 먹어도 오히려 나머지 한이 있는 원수다.

신치규는 똑바로 쳐다보는 방원을 마주 쳐다보며,

"똑바로 보면 어쩔 터이냐? 온 세상이 망하려니까 별 해괴한 일이 다 많거든. 어째 이놈아?"

"이놈아?"

방원은 한 걸음 들어섰다. 나무같이 힘센 다리가 성큼 하고 나설 때 신치규는 머리끝이 으쓱하였다. 쇠뭉둥이 같은 두 주먹이 쑥 앞으로 닥칠 때 그의 가슴은 덜컥 내려앉았다.

"네 입에서 이놈아라는 소리가 나오니? 이 사지를 찢어 발겨도 오히려 시원치 못할 놈아! 네가 내 계집을 뺏으려고 오늘 날더러 나가라고 그랬지?"

"어허, 이거 그놈이 눈깔이 삐었군. 얘, 나는 먼저 들어가겠다. 너는 네 서방하고 나중 들어오너라!"

신치규는 형세가 위험하니까 슬금슬금 꽁무니를 빼려고 돌아서서 들어가려 하니까 방원은 돌아서는 신치규의 멱살을 잔뜩 쥐어 한 팔로 바싹 치켜들고,

"이놈, 어디를 가? 네가 이때까지 맛을 몰랐구나?"

하며 한 번 집어쳐 땅바닥에다가 태질을 한 뒤에 그대로 타고 앉아서 목줄띠를 누르니까, 마치 뱀이 개구리 잡아먹을 적 모양으로 깩깩 소리가 나며 말 한마디도 하지 못한다.

"이놈, 너 죽고 나 죽으면 고만 아니냐?"
하고 방원은 주먹으로 사정없이 닥치는 대로 들이팬다. 나중에는 주먹이 부족하여 옆에 있는 모루 돌멩이를 집어서 죽어라 하고 내리친다. 그의 팔, 그의 온몸에는 끓어오르는 분노가 극도에 달하자 사람의 가슴속에 본능적으로 숨어 있는 잔인성이 조금도 남지 않고 그대로 나타났다. 그의 눈은 마치 펄떡펄떡 뛰는 미끼를 가로차고 앉은 승냥이나 이리와 같이 뜨거운 피를 보고야 만족하다는 듯이 무섭게 번쩍거렸다. 그에게는 초자연의 무서운 힘이 그의 팔과 다리에 올라왔다.

이 꼴을 보는 계집은 무서웠다. 끔찍끔찍한 일이 목전에 생길 것이다. 그의 맥이 풀린 다리는 마음대로 놓여지지 아니하였다.

"아! 사람 살류! 사람 살류!"

적적한 밤중의 쓸쓸한 마을에는 처참한 여자 목소리가 으스스하게 울리었다. 이 소리를 들은 방원은 더욱 힘을 주어서 눈을 딱 감고 죽어라 내리 짓찧었다. 뼈가 돌에 맞는 소리가 살이 으크러지는 소리와 함께 퍽퍽 하였다. 피 묻은 돌이 여기저기 흩어지고 갈가리 찢긴 옷에는 살점이 묻었다.

동네 편 쪽에서 수군수군하더니 구두 소리가 나며 칼 소리가 덜거덕거리었다. 방원의 머리에는 번갯불같이 무엇이 보이었다. 그는 손에 주먹을 쥔 채 잠깐 정신을 차려 그쪽으로 귀를 기울였다.

"순검."

그는 신치규의 배를 타고 앉아서 순검의 구두 소리를 듣자 비로소 자기가 무슨 짓을 하였는지 깨달았다.

그는 미친 사람처럼 일어났다. 그러고는 옆에 서서 벌벌 떠는 계집에게로 갔다.

"얘! 가자! 도망가자! 너하고 나하고 같이 가자! 자! 어서, 어서!"

계집은 자기에게 또 무슨 일이 있을까 하여 겁을 내어 도망을 하려 한다. 방원은 계집을 따라가며,

"얘! 얘! 네가 이렇게도 나를 몰라주니? 내가 너를 어떻게 생각하는지 알지를 못하니? 자! 어서, 도망가자, 어서 어서. 뒤에서 순검이 쫓아온다."

계집은 그대로 서서 종종걸음을 치며,

"싫소! 임자나 가구려! 나는 싫어요, 싫어."

"가자! 응! 가!"

그는 미친 사람처럼 계집의 팔을 붙잡고 끌었다. 그때 누구인지 그의 두 팔을 마치 형틀에 매다는 것같이 꽉 뒤로 껴안는 사람이 있었다.

"이놈아! 어디를 가?"

그는 뒤를 돌아보지 않고도 그가 누구인지 알았다. 그는 온 전신에 맥이 풀리어 그대로 뒤로 자빠지려 할 때 어느덧 널판 같은 주먹이 그의 뺨을 사정없이 갈겼다.

"정신 차려."

"네."

그는 무의식하게 고개가 숙여지고 말소리가 공손하여졌다.

땅바닥에서는 신치규가 꿈지럭거리며 이리저리 뒹군다. 청승스러운 비명이 들린다.

방원은 포승 지인 채 주재소로 끌려가고, 계집은 그대로, 신치규는 머슴들이 업어 들였다.

4

석 달이 지났다. 상해죄로 감옥에서 복역을 하던 방원은 만기가 되어 출옥을 하였다. 그러나 신치규는 아무 일 없이 자기 집에서 치료하고 방원의 계집을 데려다 산다. 신치규는 온몸이 나은 뒤에 홀로 생각하였다.

'죽는 줄 알았더니 그래도 이렇게 살아 있으니!'
하고 얼굴에 흠이 진 곳을 만져 보며,

'오히려 그놈이 그렇게 한 것이 나에게는 다행이지, 얼굴이 아프기는 좀 하였으나! 허어.'

'어떻게 그놈을 떼어 버릴까 하고 그렇지 않아도 걱정을 하던 차에 잘되었지. 그놈 한 십 년 감옥에서 콩밥을 먹었으면 좋겠다.'

방원은 감옥 속에서 생각하기를 나가기만 하면 연놈을 죽여 버리고 제가 죽든지 요절을 내리라 하였다.

집에서 내어 쫓기고 계집까지 빼앗기고, 그것을 생각하면 이가 갈리고 치가 떨리었다. 그것이 모두 자기가 돈 없는 탓인 것을 생각하매 더욱 분한 생각이 났다.

'에 더러운 년.'

그는 홍바지에 쇠사슬을 차고서 일을 할 때에도 가끔 침을 땅에다 뱉으면서 혼자 중얼거리었다.

'사람이 이러고서야 살아서 무엇하나? 멀쩡한 놈이 계집 빼앗기고 생으로 콩밥까지 먹으니…….'

그가 감옥에서 나올 때에는 감옥소를 다시 한 번 둘러보고, 그가 여기서 마지막으로 목숨을 잃어버리든지 그렇지 않으면 그가 그 손으로 그의 목을 찔러 죽든지, 무슨 요절이 날 것을 생각하고, 다시 온몸에 힘을 주고 씁쓸한 웃음을 웃었다.

그는 이백 리나 되는 길을 걸어서 계집이 사는 촌에를 왔다.

그러나 아무도 그를 아는 척하는 사람이 없었다. 전에 친하게 지내던 사람들도 그를 보고 피해 갔다.

마치 문둥병자나 마찬가지 대우를 하였다. 감옥에서 나온 뒤로부터는 더욱 이 세상이 차디차졌다. 자기가 상상하던 것보다도 더 무정하여졌다. 그는 하는 수 없이 밤이 될 때까지 그 근처 산속으로 돌아다녔다. 그래서 깊은 밤에 촌으로 내려왔다. 그는 그 방앗간을 다시 지나갔다. 석 달 전 생각이 났다. 자기가 여기서 잡혀갔다는 것을 생각할 때 더욱 억울하고 분한 생각이 치밀어 올라왔다. 그는 한참이나 거기 서서 그때 일을 생각하고 몸서리를 친 후에 다시 그전 집을 찾아갔다.

날이 몹시 추워지고 눈이 쌓였다. 옷은 입은 것이 가을에 입고 감옥에 들어갔던 그것이므로 살을 에는 듯한 것이로되 그는 분한 생각과 흥분된 마음에 그것도 몰랐다.

'연놈을 모두 처치를 해 버려?'

혼자 속으로 궁리를 하다가,

'그렇지, 그까짓 것들은 살려 두어 쓸데없는 인생들이야.'

하면서 옆구리에 지른 기름한 단도를 다시 만져 보았다. 그는 감격스런 마음으로 그것을 쓰다듬었다.

그는 신치규의 집 울을 넘어 들어갔다. 그의 발은 전에 다닐 적같이 익숙하였다. 그는 사랑을 엿보고 다시 뒤로 돌아서 건넌방 창 밑에 와 섰었다. 귀를 기울였으나 아무 말도 들리지 않았다. 그는 손에 칼을 빼들었다. 그러고는 일부러 뒤 창문을 달각달각 흔들었다.

"그 뉘?"

하고 계집의 머리가 쑥 나오며 문이 열리었다. 그는 얼른 비켜섰다. 문은 다시 닫히고 계집은 들어갔다.

방원의 마음은 이상하게 동요가 되었다. 어여쁜 계집의 목소리가 오래간만에 귀에 들릴 때, 마치 자기가 감옥에서 꿈을 꿀 적 모양으로 요염하고도 황홀하게 그의 마음을 꾀는 것 같았다. 그는 꿈속에 다시 만난 것 같고 오래간만에 그를 만나 보매 모든 결심은 얼음같이 녹는 듯하였다. 그래도 계집이 설마 나를 영영 잊어버리랴 하고 옛날의 정리를 생각할 때 그것이 거짓말이 아니고 무엇이냐는 생각이 났다.

아무리 자기를 감옥에까지 가게 하였다 하더라도 그는 감히 칼을 들어 죽이려는 용기가 단번에 나지 않아서 주저하기 시작했다.

'아니다, 다시 한 번만 물어 보자!'

그는 들었던 칼을 다시 집고 생각하였다.

'거짓말이다. 거짓말이다! 그럴 리가 없다.'

그는 반신반의하였다.

'그렇다. 한 번만 다시 물어 보고 죽이든 살리든 하자!'

그는 다시 문을 달각달각하였다. 계집은 이번에 다시 문을 열고 사면을 둘러보더니 헌 짚신짝을 신고 나왔다.

"뉘요?"

그는 방원이 서 있는 집 모퉁이를 돌아서려 할 제,

"내다!"

하고 입을 틀어막고 칼을 가슴에 대었다.

"떠들면 죽어!"

방원은 계집의 입을 수건으로 틀어막고 결박을 한 후 들춰 업고서 번개같이 달음질하였다. 그는 어느 곁에 계집을 업어다가 물레방아 앞에 내려놓은 후 결박을 풀었다. 그리고 한숨을 쉬었다.

"나를 모르겠니?"

캄캄한 그믐밤에 얼굴을 바짝 계집의 코앞에 들이대었다. 계집은 얼굴을 자세히 보더니,

"아!"

소리를 지르더니 뒤로 물러섰다.

"조금도 놀랄 것이 없다. 오늘 네가 내 말을 들으면 살려 줄 것이요, 그렇지 않으면 이것이야!"

하고 시퍼런 칼을 들이대었다. 계집은 다시 태연하게,

"말요? 임자의 말을 들으렬 것 같으면 벌써 들었지요, 이때까지 있겠소? 임자도 남의 마음을 알지요? 임자와 나와 이 년 전에 이곳으로 도망해 올 적에도 전남편이 나를 죽이겠다고 칼로 허리를 찔러 그 흠이 있는 것을 날마다 밤에 당신이 어루만지었지요? 내가 그까짓 칼쯤을 무서워서 나 하고 싶은 짓을 못 한단 말이오? 힝, 이게 무슨 비겁한 짓이오, 사내자식이. 자! 찌르려거든 찔러 보아요. 자, 자."

계집은 두 가슴을 벌리고 대들었다. 방원은 너무 계집의 태도가 대담하므로 들었던 칼이 도리어 뒤로 움찔할 만큼 기가 막혔다. 그는 무의식하게,

"정말이냐?"

하고 한 걸음 더 가까이 나섰다.

"정말이 아니고? 내가 비록 여자이지마는 당신같이 겁쟁이는 아니라오! 이것이 도무지 무엇이오?"

계집은 그래도 두려웠던지 방원의 손에 든 칼을 뿌리쳐 땅에 떨어뜨리었다.

이 칼이 땅에 떨어지자 방원은 여태까지 용사와 같이 보이던 계집이 몹시 비겁스럽고 더러워 보이어 다시 칼을 집어 들고 덤비었다.

"에잇! 간사한 년! 어쩔 터이냐? 나하고 당장에 멀리멀리 가지 않을 터이냐? 자아, 가자!"

그는 눈물이 어린 눈으로 타일러 보기도 하고 간청도 하여 보았다.

"자아, 어서 옛날과 같이 나하고 멀리멀리 도망을 가자! 나는 참으로 나의 칼로 너를 죽일 수는 없다!"

계집의 눈에는 독이 올라왔다. 광채가 어두운 밤의 번개같이 번쩍거리며,

"싫어요. 나는 죽으면 죽었지 가기는 싫어요. 이제 나는 고만 그렇게 구차하고 천한 생활을 다시 하기는 싫어요. 고만 물렸어요."

"너의 입으로 정말 그런 말이 나오느냐? 너는 나를 우리 고향에 다시 돌아가지도 못하게 만들어 놓고 나의 모든 것을 다 잃어버리게 한 후에 또 나중에는 세상에서 지옥이라고 하는 감옥소에까지 가게 하였지! 그러고도 나의 맨 마지막 원을 들어주지 않을 터이냐?"

"나는 언제든지 당신 손에 죽을 것까지도 알고 있소! 자! 오늘 죽으나 내일 죽으나 언제든지 죽기는 일반, 이렇게 된 이상 나를 죽이시오."

"정말이냐? 정말이야?"

"정말요!"

계집은 결심한 뜻을 나타내었다. 방원의 손은 떨리었다. 그리고 그는 눈을 꽉 감고,

"에, 여우 같은 년!"

하고 칼끝을 계집의 옆구리를 향하여 힘껏 내밀었다. 계집은 이를 악물고,

"사람 죽인다!"

소리 한 번에 그 자리에 거꾸러졌다. 칼자루를 든 손이 피가 몰리는 바람에 우르르 떨리더니 피가 새어 나왔다. 방원은 그 칼을 빼어 들더니 계집 위에 거꾸러져서 가슴을 찌르고 절명하여 버렸다.

화수분

작가와 작품 세계

전영택(1894~1968)

호는 추호(秋湖) · 늘봄. 평양 출생. 평양 대성학교를 거쳐 일본 아오야마학원 신학부를 졸업. 1930년 미국으로 건너가 버클리의 퍼시픽신학교를 수료했다. 귀국한 후에 교회 목사 · 기독신문 주간을 지냈다. 1919년 김동인, 주요한 등과 함께 〈창조〉 동인이 되면서 작품 활동을 시작했다. 〈창조〉 첫 호에 단편「혜선의 사(死)」를 발표한 이후 계속「천치 · 천재」,「운명」,「사진」,「화수분」,「흰 닭」 등을 발표했다. 일제 강점기 말에는 붓을 꺾고 울분을 달래다가 8 · 15광복 후에 다시 창작 활동을 시작, 38선의 비극을 그린 단편「소」를 비롯해「새봄의 노래」,「강아지」,「아버지와 아들」,「쥐」 등을 발표했다.

현대 소설 초기 작가들에게 찾아보기 힘든 간결한 문체를 구사한 전영택의 작품은 대체로 인도주의적 경향을 띠고 있다. 작중 인물들은 이 땅 어디에서나 만날 수 있는 가난하고 착한 사람들로 일관되어 있다는 특징을 지닌다. 이런 경향은 후기로 접어들면서 더욱 두드러지는데, 이는 목사라는 그의 신분과 기독교적 영향에 기인한 것으로 보인다.

작품 정리

갈래: 액자 소설, 자연주의 소설, 인도주의 소설
배경: 시간 – 일제 강점기의 겨울 / 공간 – 서울과 양평 일대
시점: 1인칭 관찰자 시점
행랑어멈의 이야기 부분 – 1인칭 주인공 시점
화수분 부부의 죽음 부분 – 전지적 작가 시점
주제: 가난한 부부의 비참한 삶과 자식에 대한 고귀한 사랑
출전: 〈조선문단〉(1925)

구성과 줄거리

발단 **나는 행랑아범 화수분 내외의 궁핍한 삶을 관찰함**

어느 추운 겨울 밤, '나'와 아내는 행랑채에 사는 아범이 흐느끼는 소리를 듣고 의아해한다. 아범은 금년 구월에 아내와 어린것 둘을 데리고 우리 집 행랑방에 들었다. 그들은 가진 것 없이 무척 힘겹게 살아갔다.

전개 **큰딸이 남에게 가게 되자 화수분은 자신의 무능을 자탄함**

이튿날 아침 아내가 어멈에게 지난 밤 울음에 대한 사연을 듣는다. '쌀집 마누라가 큰딸애를 누가 키우겠다고 한다기에 거기에 두고는 남편과 의논하기 위해 찾아다니다 만나지 못하고 돌아오니 딸애는 벌써 데려간 뒤여서 그만 그렇게 슬피 울었다'는 것이다. 행랑아범의 고향은 양평이며 큰형은 죽고 작은형이 시골에서 농사를 짓고 있다는 사정까지 알게 된다.

위기 **화수분의 아내가 화수분을 찾아 양평으로 떠남**

며칠 뒤 화수분은 형이 발을 다쳐서 농사일을 못 하게 되었다는 편지를 받고 식구들을 부탁한 뒤 양평으로 떠난다. 겨울이 되도록 소식이 없자 어멈은 작은딸을 업고 화수분을 찾아 시골로 내려간다.

절정 **화수분은 고갯길에서 얼어 죽어 가는 아내와 딸을 발견함**

얼마 후 '나'는 여동생 S로부터 화수분네의 행적을 듣는다. 화수분은 원래 S의 시댁 추천으로 우리 집에 오게 되었다. 고향에 간 화수분은 아픈 형 대신에 일을 하다 몸살이 났는데, 그때도 남의 집에 간 딸아이를 부르더라는 것이다. 그리고 아내가 내려온다는 편지를 받고 아내를 찾아 눈길을 달려 나갔다는 것이다. 화수분은 높은 고개를 넘다 어멈이 옥분이를 안은 채 떨고 있는 것을 발견한다. 어멈은 눈은 떴으나 말을 못한다. 화수분과 어멈은 어린 것을 가운데 두고 껴안은 채 밤을 지새운다.

결말 **부부의 시체와 딸아이를 발견한 나무장수가 어린애만 데리고 떠남**

이튿날 아침 나무장수가 지나가다 어린애가 부모의 시체를 툭툭 치고 있는 것을 발견하고는 어린것만 소에 싣고 길을 간다.

생각해 볼 문제

1. '화수분'이라는 제목은 무엇을 의미하는가?

화수분은 물건을 넣어 두면 새끼를 쳐서 물건이 끝없이 나온다는 전설 속의 단지다. 화수분은 주인공의 이름으로 사용되었다. 주인공의 형도 각각 장자와 거부라는 거창한 이름을 가지고 있다. 하지만 이들의 실제 생활은 궁핍하다. 작가는 그들의 궁핍한 삶을 부각시키기 위해 반의적 명명법을 사용했다.

2. 이 작품은 사실주의적 특징을 지니고 있지만 일반적인 사실주의 계열의 작품과 다른 점은 무엇인가?

작가는 화수분 일가의 궁핍한 삶을 있는 그대로 사실적으로 묘사한다. 등장인물의 성품이 선량하다는 점과 화수분 내외가 동사하고도 아이가 생존한 점은 인도주의적 특징을 보여 주는 대목이다. 전반적인 작품 경향을 정리하면 기법상으로는 사실주의, 서술 태도로 보면 자연주의, 주제 의식으로 보면 인도주의로 볼 수 있다.

3. 서술자인 '나'의 의식에 대해 비판해 보자.

'나'는 화수분 가족을 충분히 도울 수 있는 입장에 있지만 아무런 행동을 취하지 않는다. 작가가 자연주의적 입장을 견지하려는 데서 비롯된 것으로 보인다. 막연한 연민과 동정심만으로는 문제를 근본적으로 해결할 수 없다는 작가의 생각이 깔려 있을 수도 있다.

4. 이 작품의 서술 방식과 문체에서 문제점을 지적해 보자.

우연적인 요소에 지나치게 의존하다 보니 서술자의 위치가 부적절하다는 문제점이 노출된다. 서술자는 사건에 직접 접근하지 못하고 아내와 동생을 통해 간접적으로 접근하고 있다. 독자의 호기심을 유발하는 역행적 구성은 긍정적으로 평가할 수 있다.

✐인물 관계도

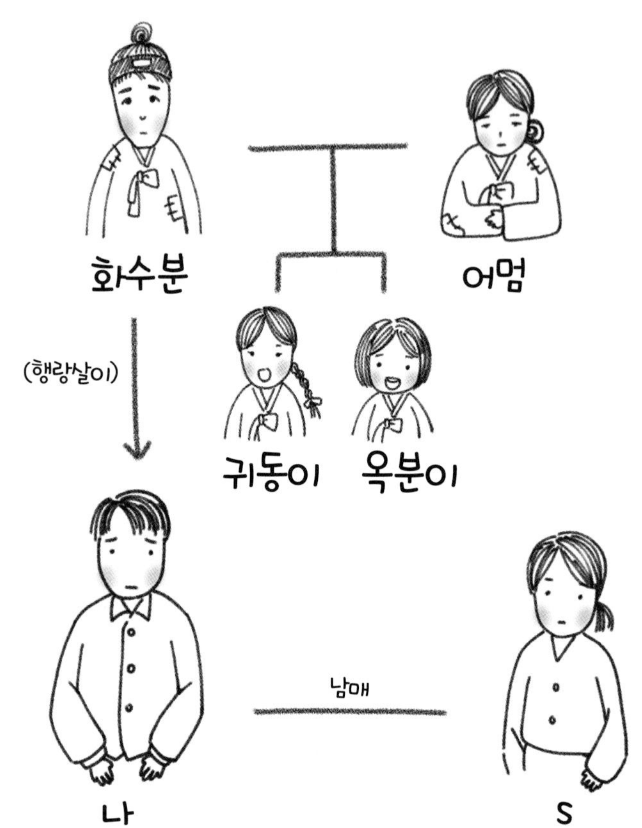

저(나)는 어느 날 행랑에 사는 화수분이 우는 소리를 들었어요. 어멈이 딸을 남의 집에 보내라는 말을 듣고 고민하다가 잠시 자리를 비웠는데, 그 사이에 큰딸을 데려가 버렸대요. 며칠 뒤 화수분은 형이 다쳤다는 말에 집을 떠났고, 어멈도 날이 풀리자 길을 떠났어요. 나중에 두 사람이 꼭 끌어안은 시체로 발견되었다는 소식을 동생 S가 전해 주었어요.

화수분

1

첫겨울 추운 밤은 고요히 깊어 간다. 뒤뜰 창 바깥에 지나가는 사람 소리도 끊어지고 이따금씩 찬바람 부는 소리가 휘익 우수수 하고 바깥의 춥고 쓸쓸한 것을 알리면서 사람을 위협하는 듯하다.

"만주노 호야 호오야."

길게 그리고도 힘없이 외치는 소리로, 보지 않아도 추워서 수그리고 웅크리고 가는 듯한 사람이 몹시 처량하고 가엾어 보인다. 어린애들은 모두 잠들고 학교 다니는 아이들은 눈에 졸음이 잔뜩 몰려서 입으로만 소리를 내어 글을 읽는다. 나는 누워서 손만 내놓아 신문을 들고 소설을 보고, 아내는 이불을 들쓰고 어린애 저고리를 짓고 있다.

"누가 우나?"

일하던 아내가 말다.

"아니야요. 그 절름발이가 지나가며 무슨 소리를 지껄이면서 그러나 보아요."

공부하던 애가 말한다. 우리들은 잠시 그 소리를 들으려고 귀를 기울였으나 다시 각각 그 하던 일을 계속하여 다시 주의도 하지 아니하였다. 그러다가 우리는 모두 잠이 들어 버렸다.

나는 자다가 꿈결같이 '으으으으으으' 하는 소리를 들었다. 잠깐 잠이 반쯤 깨었으나 다시 잠들었다. 잠이 들려고 하다가 또 깜짝 놀라서 깨었다. 그리고 아내에게 물었다.

"저게 누구 울지 않소?"

"아범이구려."

나는 벌떡 일어나서 귀를 기울였다. 과연 아범의 우는 소리다. 행랑에 있는 아범의 우는 소리다.

'어찌하여 우는가, 사나이가 어찌하여 우는가. 자기 시골서 무슨 슬픈 상사의 기별을 받았나? 무슨 원통한 일을 당하였나?'

나는 생각하였다.

'어이 어이' 느껴 우는 소리를 들으면서 아내에게 물었다.

"아범이 왜 울까?"

"글쎄요, 왜 울까요?"

2

아범은 금년 구월에 그 아내와 어린 계집애 둘을 데리고 우리 집 행랑방에 들었다. 나이는 한 서른 살쯤 먹어 보이고 머리에 상투가 그냥 달라붙어 있고 키가 늘씬하고 얼굴은 기름하고 누르퉁퉁하고 눈은 좀 큰데 사람이 퍽 순하고 착해 보였다. 주인을 보면 어느 때든지 그 방에서 고달픈 몸으로 밥을 먹다가도 얼른 일어나서 허리를 굽혀 절한다. 나는 그것이 너무 미안해서 그러지 말라고 이르려고 하면서 늘 그냥 지내었다. 그 아내는 키가 자그마하고 몸이 똥똥하고, 이마가 좁고, 항상 입을 다물고 아무 말이 없다. 적은 돈은 회계할 줄 알아도 '원'이나 '백 냥' 넘는 돈은 회계할 줄 모른다. 그리고 어멈은 날짜 회계할 줄을 모른다. 그러기에 저 낳은 아이들의 생일을 아범이 그 전날 내일이 생일이라고 일러주지 않으면 모른다고 한다. 그러나 결코 속일 줄을 모르고 무슨 일이든가 하라는 대로 하기는 하나 얼른 대답을 시원히 하지 않고 꾸물꾸물 오래 하는 것이 흠이다. 그래도 아침에는 일찍이 일어나서 기름을 발라 머리를 곱게 빗고 빨간 댕기를 드려 쪽을 찌고 나온다.

그들에게는 지금 입고 있는 단벌 홑옷과 조그만 냄비 하나밖에 아무것도 없다. 세간도 없고 물론 입을 옷도 없고 덮을 이부자리도 없고 밥 담아 먹을 그릇도 없고 밥 먹을 숟가락 한 개가 없다. 있는 것이라고는 보기 싫게 생긴 딸 둘과 작은애를 업는 홑 누더기와 띠, 아범이 벌이하는 지게가 하나, 이것뿐이다. 밥은 우선 주인집에서 내어간 사발과 숟가락으로 먹고 물은 역시 주인집 어린애가 먹고 비운 가루 우유 통을 갖다가 떠먹는다.

아홉 살 먹은 큰 계집애는 몸이 좀 뚱뚱하고 얼굴은 컴컴한데 이마는 어미 닮아서 좁고 볼은 아비 닮아서 축 늘어졌다. 그리고 이르는 말은 하나도 듣는 법이 없다. 그 어미가 아무리 욕하고 때리고 하여도 볼만 부어서 까딱없다. 도리어 어미를 욕한다. 꼭 서서 어미보고 눈을 부르대고 "조 깍정이가 왜 야단야단이야." 하고 욕을 한다. 먹을 것이 생기면 자식 먹이고 남편 대접하고 자기는 늘 굶는 어미가 헛입 노릇이라도 하는 것을 보게 되면 "저 망할 계집년이 무얼 혼자만 처먹어?" 하고 욕을 한다. 다만 자기 어미나 아비의 말을 아니 들을 뿐 아니라, 주인 마누라나 주인 나리가 무슨 말을 일러도 아니 듣는다. 먼 데 있는 것을 가까이 오게 하려면 손수 붙들어 와야 하고, 가까이 있는 것을 비키게 하려면 붙들어다 치워야 한다.

다음에 작은 계집애는 돌을 지나 세 살을 먹은 것인데 눈이 커다랗고 입술이 삐죽 나오고 걸음은 겨우 빼뚤빼뚤 걷는다. 그러나 여태 말도 도무지 못하고 새벽부터 하루 종일 붙들어 매여 끌려가는 돼지 소리 같은 크고 흉한 소리를 내어 울어서 해를 보낸다. 울지 않는 때라고는 먹는 때와 자는 때뿐이다. 그러나 먹기는 썩 잘 먹는다. 먹을 것이라도 눈앞에 보이기만 하면 죄다 빼앗아다가 두 다리 사이에 넣고 다리와 팔로 웅크리고 웅웅 소리를 내면서 혼자서 먹는다. 그렇게 심술 사나운 큰 계집애도 다 빼앗기고 졸연(猝然 갑작스럽게)해서 얻어먹지 못한다. 이렇기 때문에 작은 것은 늘 어미 뒷잔등에 업혀 있다. 만일 내려놓아 버려두면 땅바닥을 벗은 몸으로 두 다리를 턱 내뻗치고 묶여 가는 돼지 소리로 동리가 요란하도록 냅다 지른다.

그래서 어멈은 밤낮 작은 것을 업고 큰 것과 싸움을 하면서 얻어먹지도 못하고, 물 긷고 걸레질하고 빨래하고 서서 돌아간다. 작은 것에게는 젖을 먹이고 큰 것의 욕을 먹고 성화 받고 사나이에게 웅얼웅얼하는 잔말을 듣는다. 밥 지을 쌀도 없는데 밥 안 짓는다고 욕을 한다. 그리고 아범은 밝기도 전에 지게를 지고 나갔다가 밤이 어두워서 들어오지만 하루에 두 끼니를 못 끓여 먹고 대개는 벌이가 없어서 새벽에 나갔다가도 오정(吾正 정오) 때나 되면 돌아온다. 들어와서는 흔히 잔다. 이런 때는 온종일 그 이튿날 아침까지 굶는다. 그때마다 말없던 어멈이 옹알옹알 바가지 긁는 소리가 들린다.

어멈이 그 애들 때문에 그렇게 애쓰고, 그들의 살림이 그렇게 어려운 것을 보고 나는 이따금 이렇게 생각하였다.

아내에게도 말을 한다.

"저 애들을 누구를 주기나 하지."

위에 말한 것은 아범과 그 식구의 대강한 정형이다. 그러나 밤중에 그렇게 섧게 운 까닭은 무엇인가?

3

그 이튿날 아침이다. 마침 일요일이기 때문에 나에게는 한가한 틈이 있어서 어멈에게 그 내용을 들을 기회가 있었다.

"지난밤에 아범이 왜 그렇게 울었나?"

하는 아내의 말에 어멈의 대답은 대강 이러하였다.

"어멈이 늘 쌀을 팔러 댕겨서 저 뒤의 쌀가게 마누라를 알지요. 그 마누라가 퍽 고맙게 굴어서 이따금 앉아서 이야기도 했어요. 때때로 그 애들을 데리고 어떻게나 지내나 하고 물어요. 그럴 적마다 '죽지 못해 살지요' 하고 아무 말도 아니했어요. 그랬는데 한번은 가니까 큰애를 누구를 주면 어떠냐고 그래요. 그래서 '제가 데리고 있다가 먹이면 먹이고, 죽이면 죽이고 하지, 제 새끼를 어떻게 남을 줍니까? 그리고 워낙 못생기고 아무 철이 없어서 어미 애비나 기르다가 죽이더라도 남은 못 주어요. 남이 가져갈 게 못 됩니다. 그것을 데려가시는 댁에서는 길러 무엇 합니까. 돼지면 잡아서 먹지요' 하고 저는 줄 생각도 아니했어요.

그래도 그 마누라는 '어린것이 다 그렇지 어떤가. 어서 좋은 댁에서 달라니 보내게. 잘 길러 시집보내 주신다네. 그리고 여태 젊은이들이 벌어먹고 살아야지. 애들을 다 데리고 있다가는 인제 차차 날도 추워 오는데, 모두 한꺼번에 굶어 죽지 말고……' 하시면서 여러 말로 대구(계속해 자꾸) 권하셔요.

말을 들으니까 그랬으면 좋을 듯도 하기에 '그럼 저이 아범보고 말을 해 보지요' 했지요. 그랬더니 그 마누라가 부쩍 달라붙어서 '내일 그 댁 마누라가 우리 집으로 오실 터이니 그 애를 데리고 오게' 하셔요. 해서 저는 '글쎄요' 하고 돌아왔지요.

돌아와서 그날 밤에, 그젯밤이올시다. 그젯밤 아니라 어제 아침이올시다. 요새 저는 정신이 하나 없어요. 그래 밤에는 들어와서 반찬 없다고 밥도 안 먹고 곤해서 쓰러져 자길래 그런 말을 못하고 어제 아침에야 그 이야기를 했지요. 그랬더니 '내가 아나, 임자 마음대로 하게그려' 그러고 일어서 지게를 지고 나가 버리겠지요.

그러고는 저 혼자서 온종일 요리조리 생각을 해 보았지요. 아무려나 제 자식을 남을 주고 싶지는 않지만 어떻게 합니까. 아씨 아시듯이 이제 새끼 또 하나 생깁니다그려. 지금도 어려운데 어떻게 둘씩 셋씩 기릅니까. 그래서 차마 발길이 안 나가는 것을 오정 때가 되어서 데리고 갔지요. 짐승 같은 계집애는 아무런 것도 모르고 따라나서요. 앞서 가는 것을 뒤로 보면서 생각을 하니까 어째 마음이 안되었어요."

하면서 어멈은 울먹울먹한다. 눈물이 핑 돈다.

"그런 것을 데리고 갔더니 참말 웬 알지 못하는 마누라님이 앉아 계셔요. 그 마누라가 이걸 호떡이라 군밤이라 감이라 먹을 것을 사다 주면서 '나하고 우리 집에 가 살자. 이쁜 옷도 해 주고 맛난 밥도 먹고 좋지. 나하고 가자' 하시니까 이것은 먹기에 미쳐서 대답도 아니하고 앉았어요."

이 말을 들을 때에 나는 그 계집애가 우리 마루 끝에 서서 우리 집 어린애가 감 먹는 것을 바라보다가 내버린 감꼭지를 쳐다보면서 집어 가지고 나가던 것이 생각났다.

어멈은 다시 이야기를 이어,

"그래, 제가 어쩌나 보려고 '그럼 너 저 마님 따라가 살련? 나는 집에 갈 터이니' 했더니 저는 본체만체하고 머리를 끄덕끄덕해요. 그래도 미심해서 '정말 갈 테야, 가서 울지 않을 테야?' 하니까, 저를 한 번 흘끗 노려보더니 '그래, 걱정 말고 가요' 하겠지요. 하도 어이가 없어서 내버리고 집으로 돌아왔지요.

그러고 돌아와서 저 혼자 가만히 생각하니까, 아범이 또 무어라고 할는지 몰라, 어째 안 되겠어요. 그래 바삐 아범이 일하러 댕기는 데를 찾아갔지요. 한번 보기나 하려고 염천교 다리로 남대문 통으로 아무리 찾아야 있어야지요. 몇 시간을 애써 찾아댕기다가 할 수 없이 그 댁으로 도루 갔지요. 갔더니 계집애도 그 마누라도 벌써 떠나가 버렸겠지요. 그 댁 마님 말씀이 저녁 여섯 시 차에 광핸지 광한지로 떠났다고 하셔요. 가시면서 보고 싶으면 설 때에나 와 보고 와 살려면 농사짓고 살라고 하셨대요. 그래 하는 수가 있습니까. 그냥 돌아왔지요. 와서 아무 생각이 없어서 아범 저녁 지어 줄 생각도 아니하고 공연히 밖에 나가서 왔다갔다 돌아댕기다가 들어왔지요. 저는 어째 눈물도 안 나요.

그러다가 밤에 아범이 들어왔기에 그 말을 했더니, 아무 말도 아니하고 그렇게 통곡을 했답니다. 저녁도 안 먹고 우는 것이 가여워서 좁쌀 한 줌 있던 것 끓이고 댁에서 주신 찬밥 어린것 먹다가 남은 것을 먹으라고 했더니 그것도 아니 먹고 돌아앉아서 그렇게 울었답니다.

여북하면(언짢거나 안타까운 마음이면) 제 자식을 꿈에도 보지 못하던 사람에게 주겠어요. 할 수가 없어서 그렇지요. 집에 두고 굶기는 것보다 나을까 해서 그랬지요. 아범이 본래는 저렇게는 못살지 않았답니다. 저이 아버지 살았을 때는 벼 백 석이나 하고, 삼 형제가 양평 시골서 남부럽지 않게 살았답니다. 이름들도 모두 좋지요. 맏형은 '장자'요, 둘째는 '거부'요, 아범이 셋짼데 '화수분'이랍니다. 그런 것이 제가 간 후부터 시아버님이 돌아가시고, 그리고 맏아들이 죽고 농사 밑천인 소 한 마리를 도적맞고 하더니, 차차 못살게 되기 시작해서 종내 저렇게 거지가 되었답니다. 지금도 시골 큰댁엘 가면 굶지나 아니할 것을 부끄럽다고 저러고 있지요. 사내 못생긴 건 할 수 없어요."

우리는 이제야 비로소 아범이 어제 울던 까닭을 알았고 이때에 나는 비로소 아범의 이름이 '화수분'인 것을 알았고, 양평 사람인 줄도 알았다.

4

그런 지 며칠이 지난 어느 날 아침이다.

화수분은 새 옷을 입고 갓을 쓰고 길 떠날 행장을 차리고 안으로 들어온다. 그것을 보니까 지난밤에 아내에게서 들은 말이 생각난다. 시골 있는 형 거부가 일하다가 발을 다쳐서 일을 못 하고 누워 있기 때문에, 가뜩이나 흉년인데다가 일을 못 해서 모두 굶어 죽을 지경이니, 아범을 오라고 하니 가 보아야 하겠다는 말을 듣고 나는 "가 보아야겠군." 하니까, 아내는 "김장이나 해 주고 가야 할 터인데." 하기에 "글쎄, 그럼 그렇게 이르지." 한 일이 있었다.

아범은 뜰에서 허리를 한 번 굽히고 말한다.

"나리, 댕겨오겠습니다. 제 형이 일하다가 도끼로 발을 찍어서 일을 못하고 누워 있다니까 가 보아야겠습니다. 가서 추수나 해 주고는 곧 오겠습니다. 거저 나리 댁만 믿고 갑니다."

나는 어떻게 대답을 했으면 좋을지 몰라서

"잘 댕겨오게."

하였다.

아범은 다시 한 번 절을 하고

"안녕히 계십시오."

하면서 돌아서 나갔다.

"저렇게 내버리고 가면 어떡합니까? 우리도 살기 어려운데 어떻게 불 때

주고 먹이고 입히고 할 테요? 그렇게 곧 오겠소?"

이렇게 걱정하는 아내의 말을 듣고 나는 바삐 나가서 화수분을 불러서

"곧 댕겨오게, 겨울을 나서는 안 되네."

하였다.

"암, 곧 댕겨옵지요."

화수분은 뒤를 돌아보고 이렇게 대답을 하고 달아난다.

5

화수분은 간 지 일주일이 되고 열흘이 되고 보름이 지나도 아니 온다. 어멈은 아범이 추수해서 쌀말이나 가지고 돌아오기를 밤낮 기다려도 종내 오지 아니하였다. 김장때가 다 지나고 입동이 지나고 정말 추운 겨울이 되었다. 하루 저녁은 바람이 몹시 불고 그 이튿날 새벽에는 하얀 눈이 펑펑 내려 쌓였다.

아침에 어멈이 들어와서 화수분의 동네 이름과 번지 쓴 종잇조각을 내어놓으면서 어서 오지 않으면 제가 가겠다고 편지를 써 달라고 하기에 곧 써서 부쳐까지 주었다.

그다음 날부터는 며칠 동안 날이 풀려서 꽤 따뜻하였다. 그래도 화수분의 소식은 없다. 어멈은 본래 어린애가 딸려서 일을 잘 못하는 데다가 다릿병이 있어 다리를 잘 못 쓰고 더구나 며칠 전에 손가락을 다쳐서 일을 하지 못하는 것을 퍽 미안하게 생각한다. 그리고 추운 겨울에 혼자 살아갈 길이 막연하여, 종내 아범을 따라 시골로 가기로 결심을 한 모양이다.

"그만 아씨, 시골로 가겠습니다."

"몇 리나 되나?"

"몇 린지 사나이들은 일찍 떠나면 하루에 간다고 해두, 저는 이틀에나 겨우 갈걸요."

"혼자 가겠나?"

"물어 가면 가기야 가지요."

아내와 이런 문답이 있은 다음 날, 아침 바람 불고 추운 날 아침에 어멈은 어린것을 업고 돌아볼 것도 없는 행랑방을 한 번 돌아보면서 아창아창 떠나갔다.

그날 밤에도 몹시 추웠다. 우리는 문을 꼭꼭 닫고 문틈을 헝겊으로 막고

이불을 둘씩 덮고 꼭꼭 붙어서 일찍 잤다.

나는 자면서, 잘 갔나, 얼어 죽지나 않았나, 하는 생각이 났다.

화수분도 가고 어멈도 하나 남은 것을 업고 간 뒤에는 대문간은 깨끗해지고 시꺼먼 행랑방 방문은 닫혀 있었다. 그리고 우리 집에는 다시 행랑 사람도 안 들이고 식모도 아니 두었다. 그래서 몹시 추운 날, 아내는 손수 어린것을 등에 지고 이웃집의 우물에 가서 배추와 무를 씻어서 김장을 대강 하였다. 아내는 혼자서 김장을 하면서 눈물을 흘리고 어멈 생각을 하였다.

6

김장을 다 마친 어느 날, 추위가 풀려서 따뜻한 날 오후에, 동대문 밖에 출가해 사는 동생 S가 오래간만에 놀러 왔다. S에게 비로소 화수분의 소식을 듣고 우리는 놀랐다. 그들은 본래 S의 시댁에서 천거해 보낸 것이다. 그 소식은 대강 이렇다.

화수분이 시골 간 후에 형 거부는 꼼짝 못하고 누워 있기 때문에 형 대신 겸 두 사람의 일을 하다가 몸이 지쳐 몸살이 나서 넘어졌다. 열이 몹시 나서 정신없이 앓았다. 정신없이 앓으면서도 귀동이(서울서 강화 사람에게 준 큰 계집애)를 부르며 늘 울었다.

"귀동아, 귀동아, 어델 갔니? 잘 있니……."

그러다가는 흐득흐득 느끼면서,

"그렇게 먹고 싶어하는 사탕 한 알 못 사 주고 연시 한 개 못 사 주고……."

하고 소리를 내어 어이어이 운다.

그럴 때에 어멈의 편지가 왔다. 뒷집 기와집 진사 댁 서방님이 읽어 주는 편지 사연을 듣고,

"아이구, 옥분아(작은 계집애를 이름), 옥분이 에미!"

하고 또 어이어이 운다. 울다가 벌떡 일어나서 서울서 넝마전에서 사 입고 간 새 옷을 입고 갓을 썼다. 집안 사람들이 굳이 말리는 것을 뿌리치고 화수분은 서울을 향하여 어멈을 데리러 떠났다. 싸리문 밖에를 나가 화수분은 나는 듯이 달아났다.

화수분은 양평에서 오정이 거의 되어서 떠나서 해져 갈 즈음에서 백 리를 거의 와서 어떤 높은 고개에 올라섰다. 칼날 같은 바람이 뺨을 친다. 그

는 고개를 숙여 앞을 내려다보다가 소나무 밑에 희끄무레한 사람의 모양을 보았다. 그것에 곧 달려가 보았다. 가 본즉 그것은 옥분과 그의 어머니다. 나무 밑 눈 위에 나뭇가지를 깔고, 어린것 업은 홑누더기를 쓰고 한끝으로 어린것을 꼭 안아 가지고 웅크리고 떨고 있다. 화수분은 왁 달려들어 안았다. 어멈은 눈은 떴으나 말은 못한다. 화수분도 말을 못한다. 어린것을 가운데 두고 그냥 껴안고 밤을 지낸 모양이다.

이튿날 아침에 나무장사가 지나다가 그 고개에 젊은 남녀의 껴안은 시체와, 그 가운데 아직 막 자다 깨인 어린애가 등에 따뜻한 햇볕을 받고 앉아서 시체를 툭툭 치고 있는 것을 발견하여 어린것만 소에 싣고 갔다.

달밤

작가와 작품 세계

이태준(1904~?)

호는 상허(尙虛). 강원도 철원에서 출생. 휘문고등보통학교를 나와 일본 조치(上智)대학에서 수학했다. 〈시대일보〉에 「오몽녀」를 발표하면서 문단에 등단했다. 〈문장〉을 주관하다 8 · 15 광복 직전 철원에서 칩거했다. 광복 이후에는 조선문학가동맹에 포섭되어 활약하다 월북했다. 단편 「해방 전후」(1946)에서 이러한 문학적 변모를 확인할 수 있다.

「까마귀」, 「달밤」, 「복덕방」 등의 단편 소설에서 선보인 내관적(內觀的) 인물 묘사, 완결된 구성법에 힘입어 이태준은 한국 현대 소설의 기법적인 바탕을 이룩한 작가로 평가된다. 작중 인물들은 회의적 · 감상적 · 패배적인 성격을 띠고 있지만 허무와 서정의 세계 속에서도 현실과 밀착된 시대정신을 추구한다.

미문가인 이태준은 예술적 정취가 짙은 단편에 탁월한 면모를 보여 주었다. 그는 예술 지상주의적인 이효석, 현실 개혁과 거리를 둔 박태원과는 달리 허무와 서정 속에서도 시대정신을 지니고 있었다.

작품 정리

갈래: 풍속 소설

배경: 시간 - 1930년대 / 공간 - 서울 성북동

시점: 1인칭 관찰자 시점

주제: 각박한 현실에 부딪혀 아픔을 겪는 못난이의 삶의 모습

출전: 〈중앙〉(1933)

구성과 줄거리

발단 '나'와 황수건의 첫 만남

성북동으로 이사 온 '나'는 '여기는 정말 시골이구나' 하는 생각을 한다. 시냇물 소리와 솔바람 소리 때문이 아니라 우둔하고 천진스러운 황수건이라는 사람을 만났기 때문이다.

전개 보조 신문 배달원 황수건은 정식 배달원이 되는 것이 소원임

어느 날 황수건은 자신이 신문 배달을 하는데 사흘 동안이나 '나'의 집을 찾지 못하다 겨우 오늘 알았다면서 말을 건넨다. 다음 날 늦게 배달을 온 황수건은 신문 배달을 하게 된 경위, 자신은 원 배달원이 아니라 보조 배달원이라는 사실, 가족 관계 등을 늘어놓는다. 그는 정식 배달원이 떼어 주는 20여 부의 신문을 배달하고 매월 3원 정도를 받는 보조 배달원이다. 그의 유일한 희망은 원 배달원이 되는 것이다.

위기 황수건은 보조 배달원에서 쫓겨나 '나'의 도움으로 참외 장사를 시작함

황수건은 아내와 함께 형님의 집에 얹혀살면서 학교 급사로 일하던 중 일 처리를 잘못하는 바람에 쫓겨난다. 황수건은 따로 하나의 배달 구역을 얻지만 '똑똑하지 못해' 보조 배달원 자리조차 지키지 못하고 쫓겨난다. 황수건의 하소연을 들은 '나'는 그의 처지가 하도 딱해서 참외 장사라도 해 보라고 돈 3원을 준다.

절정 황수건은 참외 장사에 실패하고 아내는 가출함

참외 장사는 장마 때문에 실패하고 그의 아내는 동서의 등쌀을 견디지 못해 달아난다. 황수건은 여름 내내 우리 집에 얼씬도 하지 않다가 어느 날 포도를 들고 나를 찾아온다. 하지만 그것은 훔친 것이고 '나'가 주인에게 포도값을 물어 주고 보니 황수건은 사라지고 없다.

결말 황수건은 달을 쳐다보며 우수에 잠긴 채 길을 걸어감

늦은 밤, 황수건은 달을 쳐다보면서 노래의 첫 줄만 계속 부르며 성북동 길을 걷는다. 전에는 보지 못한 담배까지 피우고 있다. '나'는 황수건을 부르려다 그가 무안해할까 봐 얼른 나무 그늘에 숨는다.

✐ 생각해 볼 문제

1. '나'에게 성북동과 황수건은 어떤 의미가 있는가?

성북동의 자연은 메마른 도심과는 달리 여유와 안식을 주는 공간이다. 황수건의 천진난만한 모습 역시 사람들에게 여유를 안겨 준다. 도시 사람들의 영악성과 메마른 심성에 지쳐 있는 '나'는 약간 모자라지만 착하고 인정 있는 황수건의 모습을 보고 마음을 준다. '나'가 한적한 시골 같은 성북동에 이사 온 것은 가정 형편이 나빠졌음을 의미하기도 하지만 '나'는 자연과 순박한 황수건을 통해 사람다운 삶을 체험한다.

2. 황수건이 노래를 부르는 대목에서 발견할 수 있는 그의 진짜 모습은 무엇인가?

황수건은 포도를 훔친 후 붙잡혀 얻어맞았으면서도 달밤의 정취에 취해 노래를 부를 정도로 낙천적이다. 그는 약간 어수룩한 인물이지만 평화로운 삶을 누리고 있다.

3. 황수건을 통해 작가가 보여 주고자 하는 것은 무엇인가?

작가는 우둔하고 천진한 품성을 지닌 황수건과 같은 인물이 제대로 살아갈 수 없는 세상에 대한 안타까움을 작품을 통해 보여 준다. 이 세상은 약삭빠르고 경쟁에서 이기는 사람만이 살 수 있는 곳이다. 정식 신문 배달원이 목표이면서도 어느 한 집에서 지체되면 밤이 되어서야 배달하는 황수건 같은 사람은 도태되게 마련이다. 작가는 황수건을 통해 '반편'도 하나의 인격체로서 살아갈 권리가 있지만 제대로 살아갈 수 있는 방법이 없음을 안타까워하고 있다.

인물 관계도

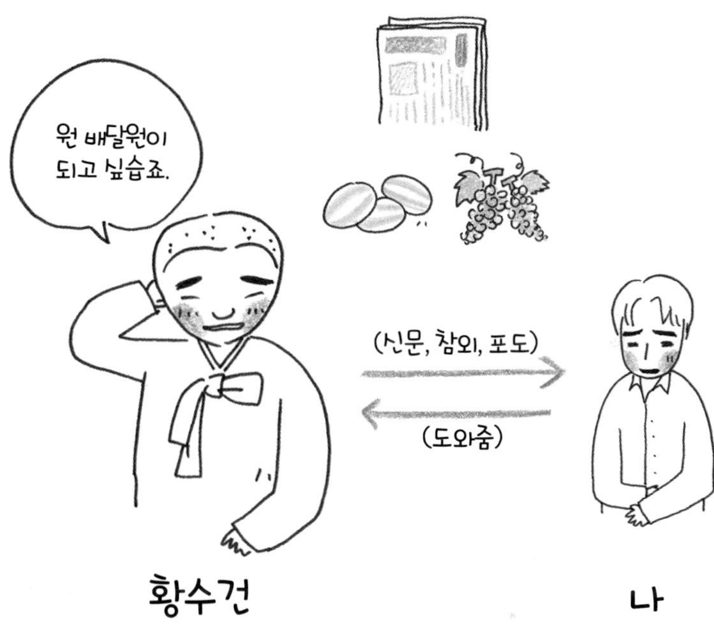

성북동으로 이사 온 저(나)는 황수건을 만나게 되었어요. 보조 신문 배달원이었던 황수건의 소원은 원 배달원이 되는 것이었어요. 하지만 황수건은 보조 배달원 자리에서 쫓겨났지요. 제가 참외 장사라도 해 보라고 돈을 주었지만 그것도 실패했어요. 어느 날 황수건이 훔친 포도를 들고 저를 찾아왔어요. 주인에게 포돗값을 물어 주고 보니 황수건이 사라지고 없네요.

달밤

성북동으로 이사 나와서 한 대엿새 되었을까, 그날 밤 나는 보던 신문을 머리맡에 밀어 던지고 누워 새삼스럽게,

"여기도 정말 시골이로군!"

하였다.

무어 바깥이 컴컴한 걸 처음 보고 시냇물 소리와 쏴 하는 솔바람 소리를 처음 들어서가 아니라 황수건이라는 사람을 이날 저녁에 처음 보았기 때문이다.

그는 말 몇 마디 사귀지 않아서 곧 못난이란 것이 드러났다. 이 못난이는 성북동의 산들보다, 물들보다, 조그만 지름길들보다 더 나에게 성북동이 시골이란 느낌을 풍겨 주었다.

서울이라고 못난이가 없을 리야 없겠지만 대처(大處 도회지)에서는 못난이들이 거리에 나와 행세를 하지 못하고, 시골에선 아무리 못난이라도 마음 놓고 나와 다니는 때문인지, 못난이는 시골에만 있는 것처럼 흔히 시골에서 잘 눈에 뜨인다. 그리고 또 흔히 그는 태고 때 사람처럼 그 우둔하면서도 천진스러운 눈을 가지고, 자기 동리에 처음 들어서는 손에게 가장 순박한 시골의 정취를 돋워 주는 것이다.

그런데 그날 밤 황수건이는 열 시나 되어서 우리 집을 찾아왔다.

그는 어두운 마당에서 꽥 지르는 소리로,

"아, 이 댁이 문안서……."

하면서 들어섰다. 잡담 제하고 큰일이나 난 사람처럼 건넌방 문 앞으로 달려들더니,

"저, 저 문안 서대문 거리라나요, 어디선가 나오신 댁입쇼?"

한다.

보니 핫비(가게 이름이나 상표 등을 등이나 옷깃에 나타낸 겉옷을 이르는 일본 말)는 안 입었으되 신문을 들고 온 것이 신문 배달부다.

"그렇소, 신문이오?"

"아, 그런 걸 사흘이나 저, 저 건너 쪽에만 가 찾었습죠. 제기……."

하더니 신문을 방에 들이뜨리며,

"그런뎁쇼, 왜 이렇게 죄꼬만 집을 사구 와 곕쇼. 아, 내가 알었더면 이 아래 큰 개와집('기와집'의 방언)도 많은걸입쇼……."

한다. 하도 말이 황당스러워 유심히 그의 생김을 내다보니 눈에 얼른 두드러지는 것이 빡빡 깎은 머리로되 보통 크다는 정도 이상으로 골이 크다. 그런 데다 옆으로 보니 장구 대가리다.

"그렇소? 아무튼 집 찾느라고 수고했소."

하니 그는 큰 눈과 큰 입이 일시에 히죽거리며,

"뭘입쇼, 이게 제 업인뎁쇼."

하고 날래 물러서지 않고 목을 길게 빼어 방 안을 살핀다. 그러더니 묻지도 않는데,

"저는입쇼, 이 동네 사는 황수건이라 합니다……."

하고 인사를 붙인다. 나도 깍듯이 내 성명을 대었다. 그는 또 싱글벙글하면서,

"댁엔 개가 없구먼입쇼."

한다.

"아직 없소."

하니,

"개 그까짓 거 두지 마십쇼."

한다.

"왜 그렇소?"

물으니 그는 얼른 대답하는 말이,

"신문 보는 집엔입쇼, 개를 두지 말아야 합니다."

한다. 이것 재미있는 말이다 하고 나는,

"왜 그렇소?"

하고 또 물었다.

"아, 이 뒷동네 은행소에 댕기는 집엔입쇼, 망아지만 한 개가 있는뎁쇼, 아, 신문을 배달할 수가 있어얍죠."

"왜?"

"막 깨물랴고 덤비는걸입쇼."

한다. 말 같지 않아서 나는 웃기만 하니 그는 더욱 신을 낸다.

"그눔의 개, 그저 한번, 양떡을 멕여 대야(빰을 때려야) 할 텐데……."
하면서 주먹을 부르대는데 보니, 손과 팔목은 머리에 비기어 반비례로 작고 가느다랗다.

"어서 곤할 텐데 가 자시오."
하니 그는 마지못해 물러서며,

"선생님, 참 이 선생님 편안히 주뭅쇼. 제 집은 여기서 얼마 안되는 걸입쇼."
하더니 돌아갔다.

그는 이튿날 저녁, 집을 알고 오는데도 아홉 시가 지나서야,

"신문 배달해 왔습니다."
하고 소리를 치며 들어섰다.

"오늘은 왜 늦었소?"

물으니,

"자연 그럽죠."
하고 다른 이야기를 꺼냈다.

자기는 워낙 이 아래 있는 삼산 학교에서 일을 보다 어떤 선생하고 뜻이 덜 맞아 나왔다는 것, 지금은 신문 배달을 하나 원 배달이 아니라 보조 배달이라는 것, 저희 집엔 양친과 형님 내외와 조카 하나와 저희 내외까지 식구가 일곱이라는 것, 저희 아버지와 저희 형님의 이름은 무엇 무엇이며, 자기 이름은 황가인데다가 목숨 수(壽) 자하고 세울 건(建) 자로 황수건이기 때문에, 아이들이 노랑 수건이라고 놀리어서 성북동에서는 가가호호에서 노랑 수건 하면, 다 자긴 줄 알리라고 자랑스럽게 이야기하다가 이날도,

"어서 그만 다른 집에도 신문을 갖다 줘야 하지 않소?"
하니까 그때서야 마지못해 나갔다.

우리 집에서는 그까짓 반편(半偏 지능이 보통 사람보다 모자라는 사람을 낮잡아 이르는 말)과 무얼 대꾸를 해 가지고 그러느냐 하되, 나는 그와 지껄이기가 좋았다.

그가 아무것도 아닌 것을 가지고 열심스럽게 이야기하는 것이 좋았고, 그와는 아무리 오래 지껄이어도 힘이 들지 않고, 또 아무리 오래 지껄이고 나도 웃음밖에는 남는 것이 없어 기분이 거뜬해지는 것도 좋았다. 그래서 나는 무슨 일을 하는 중만 아니면 한참씩 그의 말을 받아 주었다.

어떤 날은 서로 말이 막히기도 했다. 대답이 막히는 것이 아니라 무슨 말

을 해야 할까 하고 막히었다. 그러나 그는 늘 나보다 빠르게 이야깃거리를 잘 찾아냈다.

오뉴월인데도 "꿩고기를 잘 먹느냐?"고도 묻고, "양복은 저고리를 먼저 입느냐 바지를 먼저 입느냐?"고도 묻고 "소와 말과 싸움을 붙이면 어느 것이 이기겠느냐?"는 둥, 아무튼 그가 얘깃거리를 취재하는 방면은 기상천외로 여간 범위가 넓지 않은 데는 도저히 당할 수가 없었다. 하루는 나는 "평생 소원이 무엇이냐?"고 그에게 물어보았다. 그는 "그까짓 것쯤 얼른 대답하기는 누워서 떡 먹기."라고 하면서 평생 소원은 자기도 원 배달이 한번 되었으면 좋겠다는 것이었다.

남이 혼자 배달하기 힘들어서 한 이십 부 떼어 주는 것을 배달하고, 월급이라고 원 배달에게서 한 삼 원 받는 터이라, 월급을 이십여 원을 받고, 신문사 옷을 입고, 방울을 차고 다니는 원 배달이 제일 부럽노라 하였다. 그리고 방울만 차면 자기도 뛰어다니며 빨리 돌 뿐 아니라 그 은행소에 다니는 집 개도 조금도 무서울 것이 없겠노라 하였다.

그래서 나는 "그럴 것 없이 아주 신문사 사장쯤 되었으면 원 배달도 바랄 것 없고 그 은행소에 다니는 집 개도 상관할 바 없지 않겠느냐?" 한즉 그는 뚱그래지는 눈알을 한참 굴리며 생각하더니 "딴은 그렇겠다."고 하면서, 자기는 경난이 없어 거기까지는 바랄 생각도 못하였다고 무릎을 치듯 가슴을 쳤다.

그러나 신문 사장은 이내 잊어버리고 원 배달만 마음에 박혔던 듯, 하루는 바깥마당에서부터 무어라고 떠들어 대며 들어왔다.

"이 선생님? 이 선생님 곕쇼? 아, 저도 내일부턴 원 배달이올시다. 오늘 밤만 자면입쇼……."

한다. 자세히 물어보니 성북동이 따로 한 구역이 되었는데, 자기가 맡게 되었으니까 내일은 배달복을 입고 방울을 막 떨렁거리면서 올 테니 보라고 한다.

그리고

"사람이란 게 그러게 무어든지 끝을 바라고 붙들어야 한다."

고 나에게 일러 주면서 신이 나서 돌아갔다.

우리도 그가 원 배달이 된 것이 좋은 친구가 큰 출세나 하는 것처럼 마음속으로 진실로 즐거웠다. 어서 내일 저녁에 그가 배달복을 입고 방울을 차고 와서 쭐럭거리는 것을 보리라 하였다.

그러나 이튿날 그는 오지 않았다. 밤이 늦도록 신문도 그도 오지 않았다. 그다음 날도 신문도 그도 오지 않다가 사흘째 되는 날에야, 이날은 해도 지기 전인데 방울 소리가 요란스럽게 우리 집으로 뛰어들었다.

"어디 보자!"

하고 나는 방에서 뛰어나갔다.

그러나 웬일일까, 정말 배달복에 방울을 차고 신문을 들고 들어서는 사람은 황수건이가 아니라 처음 보는 사람이다.

"왜 전엣사람은 어디 가고 당신이오?"

물으니 그는,

"제가 성북동을 맡았습니다."

한다.

"그럼, 전엣사람은 어디를 맡았소?"

하니 그는 픽 웃으며,

"그까짓 반편을 어딜 맡깁니까? 배달부로 쓸랴다가 똑똑지가 못하니까 안 쓰고 말었나 봅니다."

한다.

"그럼 보조 배달도 떨어졌소?"

하니,

"그럼요, 여기가 따루 한 구역이 된걸이오."

하면서 방울을 울리며 나갔다.

이렇게 되었으니 황수건이가 우리 집에 올 길은 없어지고 말았다. 나도 가끔 문안엔 다니지만 그의 집은 내가 다니는 길옆은 아닌 듯 길가에서도 잘 보이지 않았다.

나는 가까운 친구를 먼 곳에 보낸 것처럼, 아니 친구가 큰 사업에나 실패하는 것을 보는 것처럼, 못 만나서 섭섭뿐이 아니라 마음이 아프기도 하였다. 그 당자와 함께 세상의 야박함이 원망스럽기도 하였다.

한데 황수건은 그의 말대로 노랑 수건이라면 온 동네에서 유명은 하였다. 노랑 수건 하면 누구나 성북동에서 오래 산 사람이면 먼저 웃고 대답하는 것을 나는 차츰 알았다.

내가 잠깐씩 며칠 보기에도 그랬거니와 그에겐 우스운 일화도 한두 가지가 아니었다.

삼산 학교에 급사로 있을 시대에 삼산 학교에다 남겨 놓고 나온 일화도 여러 가지라는데, 그중에 두어 가지를 동네 사람들의 말대로 옮겨 보면, 역시 그때부터도 이야기하기를 대단 즐기어 선생들이 교실에 들어간 새 손님이 오면 으레 손님을 앉히고는 자기도 걸상을 갖다 떡 마주 놓고 앉는 것은 물론, 마주 앉아서는 곧 자기류의 만담 삼매로 빠지는 것인데, 한번은 도 학무국(學務局 대한 제국 때 학부에 속해 각 학교와 외국 유학생을 맡아보던 관청)에서 시학관이 나온 것을 이따위로 대접하였다. 일본 말을 못하니까 만담은 할 수 없고 마주 앉아서 자꾸 일본 말을 연습하였다.

"센세이 히, 오하요고자이마스카(선생님, 안녕하세요)? ……히히 아메가 후리마스(비가 옵니다). 유키가 후리마스카(눈이 옵니까)? 히히……."

시학관도 인정이라 처음엔 웃었다. 그러나 열 번 스무 번을 되풀이하는 데는 성이 나고 말았다. 선생들은 아무리 기다려도 종소리가 나지 않으니까, 한 선생이 나와 보니 종 칠 것도 잊어버리고 손님과 마주 앉아서 "오하요 유키가 후리마스카……." 하는 판이다.

그날 수건이는 선생들에게 단단히 몰리고 다시는 안 그러겠노라고 했으나, 그 버릇을 고치지 못해서 그예 쫓겨 나오고 만 것이다.

그는,

"너의 색시 달아난다."

하는 말을 제일 무서워했다 한다. 한번은 어느 선생이 장난말로,

"요즘 같은 따뜻한 봄날엔 옛날부터 색시들이 달아나기를 좋아하는데 어제도 저 아랫말에서 둘이나 달아났다니까 오늘은 이 동리에서 꼭 달아나는 색시가 있을걸……."

했더니 수건이는 점심을 먹다 말고 눈이 휘둥그레졌다 한다. 그리고 그날 오후에는 어서 바삐 하학을 시키고 집으로 갈 양으로 오십 분 만에 치는 종을 이십 분 만에, 삼십 분 만에 함부로 다가서 쳤다는 이야기도 있다.

하루는 나는 거의 그를 잊어버리고 있을 때,

"이 선생님 겝쇼?"

하고 수건이가 찾아왔다. 반가웠다.

"선생님, 요즘 신문이 거르지 않고 잘 옵쇼?"

하고 그는 배달 감독이나 되어 온 듯이 묻는다.

"잘 오, 왜 그류?"
한즉 또,
"늦지도 않굽쇼, 일쯕이 제때마다 꼭꼭 옵쇼?"
한다.
"당신이 돌을 때보다 세 시간은 일쯕이 오고 날마다 꼭꼭 잘 오."
하니 그는 머리를 벅적벅적 긁으면서,
"하루라도 걸르기만 해라. 신문사에 가서 대뜸 일러바치지……."
하고 그 빈약한 주먹을 부르댄다.
"그런뎁쇼, 선생님?"
"왜 그류?"
"삼산 학교에 말씀예요, 그 제 대신 들어온 급사가 저보다 근력이 세게 생겼습죠?"
"나는 그 사람을 보지 못해서 모르겠소."
하니 그는 은근한 말소리로 히죽거리며,
"제가 거길 또 들어가 볼랴굽쇼, 운동을 합죠."
한다.
"어떻게 운동을 하오?"
"그까짓 거 날마당 사무실로 갑죠. 다시 써 달라고 졸라 댑죠. 아, 그랬더니 새 급사란 녀석이 저보다 크기도 무척 큰뎁쇼, 이 녀석이 막 불근댑니다그려. 그래 한번 쌈을 해야 할 턴뎁쇼, 그 녀석이 근력이 얼마나 센지 알아야 뎀벼들 턴뎁쇼 …… 허."
"그렇지, 멋모르고 대들었다 매만 맞지."
하니 그는 한 걸음 다가서며 또 은근한 말을 한다.
"그래섭쇼, 엊저녁엔 큰 돌멩이 하나를 굴려다 삼산 학교 대문에다 놨습죠. 그리구 오늘 아침에 가 보니깐 없어졌는뎁쇼. 이 녀석이 나처럼 억지루 굴려다 버렸는지, 뻔쩍 들어다 버렸는지 그만 못 봤거든입쇼, 제—길……."
하고 머리를 긁는다. 그러더니 갑자기 무얼 생각한 듯 손뼉을 탁 치더니,
"그런뎁쇼, 제가 온 건입쇼, 댁에선 우두를 넣지 마시라구 왔습죠."
한다.
"우두를 왜 넣지 말란 말이오?"
한즉,

"요즘 마마가 다닌다구 모두 우두들을 넣는뎁쇼, 우두를 넣으면 사람이 근력이 없어지는 법인뎁쇼."
하고 자기 팔을 걷어 올려 우두 자리를 보이면서,
"이걸 봅쇼. 저두 우두를 이렇게 넣었기 때문에 근력이 줄었습죠."
한다.
"우두를 넣으면 근력이 준다고 누가 그럽디까?"
물으니 그는 싱글거리며,
"아, 제가 생각해 냈습죠."
한다.
"왜 그렇소?"
하고 캐니,
"뭘 …… 저 아래 윤금보라고 있는데 기운이 장산뎁쇼. 아 삼산 학교 그 녀석두 우두만 넣었다면 그까짓 것 무서울 것 없는뎁쇼, 그걸 모르겠거든 입쇼……."
한다. 나는,
"그렇게 용한 생각을 하고 일러 주러 왔으니 아주 고맙소."
하였다. 그는 좋아서 벙긋거리며 머리를 긁었다.
"그래 삼산 학교에 다시 들기만 기다리고 있소?"
물으니 그는,
"돈만 있으면 그까짓 거 누가 고즈카이(잔심부름을 하는 남자 고용인을 이르는 일본 말) 노릇을 합쇼. 밑천만 있으면 삼산 학교 앞에 가서 빼젓이 장사를 할 턴뎁쇼."
한다.
"무슨 장사?"
"아, 방학될 때까지 차미(참외) 장사도 하굽쇼, 가을부턴 군밤 장사, 왜떡 장사, 습자지, 도화지 장사 막 합죠. 삼산 학교 학생들이 저를 어떻게 좋아하겝쇼. 저를 선생들보다 낫게 치는뎁쇼."
한다.

나는 그날 그에게 돈 삼 원을 주었다. 그의 말대로 삼산 학교 앞에 가서 빼젓이 참외 장사라도 해 보라고. 그리고 돈은 남지 못하면 돌려 오지 않아도 좋다 하였다.

그는 삼 원 돈에 덩실덩실 춤을 추다시피 뛰어나갔다. 그리고 그 이튿날,

"선생님 잡수시라굽쇼."
하고 나 없는 때 참외 세 개를 갖다 두고 갔다.

그러고는 온 여름 동안 그는 우리 집에 얼른하지 않았다.

들으니 참외 장사를 해 보긴 했는데 이내 장마가 들어 밑천만 까먹었고, 또 그까짓 것보다 한 가지 놀라운 소식은 그의 아내가 달아났단 것이다. 저희끼리 금슬은 괜찮았건만 동서가 못 견디게 굴어 달아난 것이라 한다. 남편만 남 같으면 따로 살림 나는 날이나 기다리고 살 것이나 평생 동서 밑에 살아야 할 신세를 생각하고 달아난 것이라 한다.

그런데 요 며칠 전이었다. 밤인데 달포(한 달이 조금 넘는 기간) 만에 수건이가 우리 집을 찾아왔다. 웬 포도를 큰 것으로 대여섯 송이를 종이에 싸지도 않고 맨손에 들고 들어왔다. 그는 벙긋거리며,

"선생님 잡수라고 사 왔습죠."
하는 때였다. 웬 사람 하나가 날쌔게 그의 뒤를 따라 들어오더니 다짜고짜로 수건이의 멱살을 움켜쥐고 끌고 나갔다. 수건이는 그 우둔한 얼굴이 새하얗게 질리며 꼼짝 못하고 끌려 나갔다.

나는 수건이가 포도원에서 포도를 훔쳐 온 것을 직각(直覺 보거나 듣는 즉시 곧바로 깨달음)하였다. 쫓아 나가 매를 말리고 포도 값을 물어 주었다. 포도 값을 물어 주고 보니 수건이는 어느 틈에 사라지고 보이지 않았다.

나는 그 다섯 송이의 포도를 탁자 위에 얹어 놓고 오래 바라보며 아껴 먹었다. 그의 은근한 순정의 열매를 먹듯 한 알을 가지고도 오래 입안에 굴려 보며 먹었다.

어제다. 문안에 들어갔다 늦어서 나오는데 불빛 없는 성북동 길 위에는 밝은 달빛이 깁(명주실로 바탕을 조금 거칠게 짠 비단)을 깐 듯하였다.

그런데 포도원께를 올라오노라니까 누가 맑지도 못한 목청으로,

"사…… 케…… 와 나…… 미다카 다메이…… 키…… 카……(술은 눈물인가 한숨인가)."
를 부르며 큰길이 좁다는 듯이 휘적거리며 내려왔다. 보니까 수건이 같았다. 나는,

"수건인가?"
하고 아는 체하려다 그가 나를 보면 무안해할 일이 있는 것을 생각하고 획

길 아래로 내려서 나무 그늘에 몸을 감추었다.

그는 길은 보지도 않고 달만 쳐다보며, 노래는 그 이상은 외우지도 못하는 듯 첫 줄 한 줄만 되풀이하면서 전에는 본 적이 없었는데 담배를 다 퍽퍽 빨면서 지나갔다.

달밤은 그에게도 유감한 듯하였다.

꽃나무는 심어 놓고

작품 정리

작가: 이태준(146쪽 '작가와 작품 세계' 참조)

갈래: 농민 소설

배경: 시간 - 1930년대 / 공간 - 시골과 서울

시점: 3인칭 전지적 작가 시점

주제: 일제 강점기에 터전을 잃고 방황하는 농민의 비참한 삶

출전: 〈신동아〉(1933)

구성과 줄거리

발단 **방 서방 가족이 서울로 떠남**

방 서방은 새 일본인 지주의 착취를 견디지 못하고, 군청에서 나누어 준 벚꽃(사쿠라) 나무를 심어 놓고 무작정 서울로 향한다.

전개 **방 서방 부부가 타향에서 고생함**

서울에 도착한 방 서방 부부는 다리 밑에 임시 거처를 정하고, 일자리를 구하기 위해 노력하지만 뜻대로 되지 않는다.

위기 **길을 잃은 방 서방의 아내에게 노파가 접근함**

방 서방의 아내 김 씨는 남편이 잠든 사이에 구걸을 나섰다가 길을 잃는다. 그때 멀끔한 얼굴의 김씨를 본 노파가 돈을 벌 속셈으로 접근한다. 노파는 길을 찾아주겠다면서 김씨를 엉뚱한 곳으로만 끌고 다닌다.

절정 **아이가 죽음**

결국 김씨는 다리 밑으로 돌아오지 못하고, 방 서방은 아내가 자신과 어린 딸을 버리고 도망간 것으로 오해한다. 굶주림과 추위를 견디지 못한 아이는 끝내 숨을 거둔다.

결말 **방 서방은 슬픈 세상에 한탄함**

이듬해 봄날, 방 서방은 벚꽃을 보고 고향을 생각한다. 술집에서 술을 마신 방 서방은 분노와 비애에 젖어 세상을 원망한다.

생각해 볼 문제

1. 방 서방에게 고향은 어떤 의미가 있는가?

소설 속의 고향은 단순한 공간적 배경이 아니다. 현실의 고통에서 벗어나 어린 시절로 돌아가고자 하는 도피의 공간, 일상에서 벗어나 한가롭게 시간을 보낼 수 있는 휴식의 공간이다. 또한 토지를 둘러싸고 지주와 소작농이 첨예하게 대립하는 투쟁의 공간이기도 하다. 이 작품에서는 일본인 지주의 횡포로 한 개인이, 고향이, 또 농촌 사회가 어떻게 파괴되는지 그 과정을 그리고 있다.

2. 이 작품에서 나타나는 반어적 요소는 무엇인가?

일본인 땅 주인의 횡포 때문에 마을 사람들이 고향을 떠나려고 하자, 군청에서는 벚꽃 나무를 주어 심게 한다. 꽃이 피어 만발하면 고향을 떠나지 않을 거라는 속셈 때문이다. 실제로 일제는 일본을 상징하는 사쿠라를 심게 해 애국을 강요하고, 일제에 순응하고 충성하게 했다. 하지만 고향을 떠난 방 서방 가족은 고향에 심어 놓은 벚꽃 나무가 만개해도 이를 즐길 수가 없었다. 이 작품은 이런 방 서방 가족의 상황을 통해 당시 조선인 농민의 슬픔과 고통을 반어적으로 표현했다.

인물 관계도

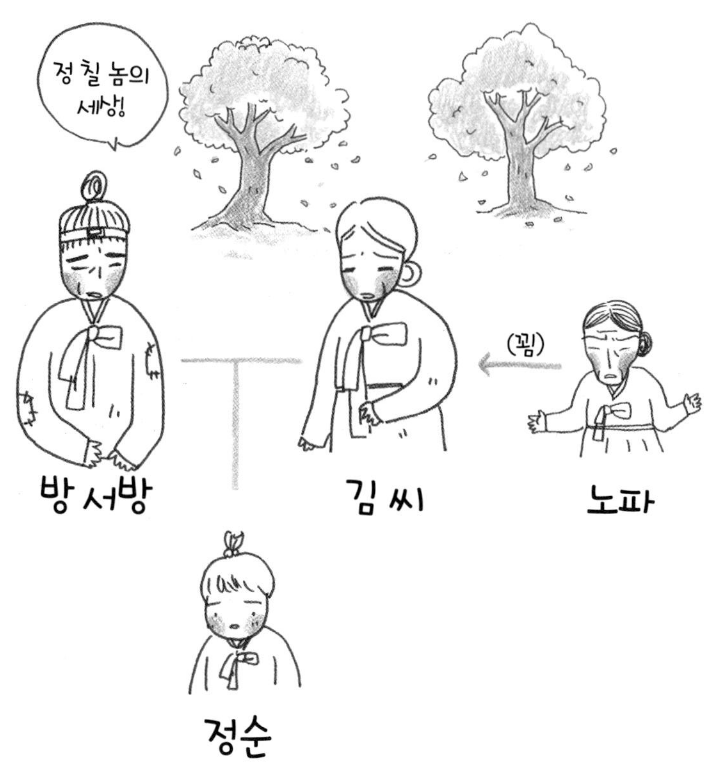

저(방 서방)는 가족과 함께 무작정 서울로 향했어요. 일본인 지주의 착취가 너무 심했거든요. 서울에서도 일자리를 구하기가 힘들었지요. 그런데 아내(김 씨)가 저와 어린 정순을 두고 도망가 버렸어요. 정순은 결국 숨을 거두었지요. 이듬해 봄날, 고향 생각이 나더군요. 고향에도 꽃이 피었겠죠? 세상이 원망스럽고 아무 데나 주저앉아 울고 싶더군요.

꽃나무는 심어 놓고

"자꾸 돌아봔 뭘 해. 어서 바람을 졌을 때 휑하니 걸어야지……."
하면서 아내를 돌아보는 그도 말소리는 천연스러우나 눈에는 눈물이 다시 핑그르 돌았다. 이 고갯마루만 넘어서면 저 동리는 다시 보려야 안 보이려니 생각할 때 발도 천 근이나 무거워지는 것 같았다.

이 고개, 집에서 오 리밖에 안 되는 고개, 나무를 해 지고 이 고개턱을 넘어설 때마다 제일 먼저 눈에 띄곤 하던 저 우리 집, 집에서 연기가 떠오르는 것을 볼 때마다 허리띠를 조르고 다시 나뭇짐을 지고 일어서곤 하던 이 고개, 이 고개에선 넘어가는 햇볕에 우리 집 울타리에 빨아 넌 아내의 치마까지 빤히 보이곤 했다. 이젠 이 고개에서 저 집, 저 노랗게 갓 깐 병아리처럼 새로 이엉을 인 저 집을 바라보는 것도 마지막이로구나!

그는 고개 마루턱에 올라서더니 질빵(짐 따위를 질 수 있도록 어떤 물건 따위에 연결한 줄)을 치키며, 다시 한 번 돌아서서 동네를 바라보았다. 아무 델 가도 저런 동네는 없을 것이다. 읍엘 갔다 와도 성황당 턱만 내려서면 바람 한 점 없이 아늑하고, 빨래하기 좋고 먹어도 좋은 앞 개울물이며, 날이 추우면 뒷산에 올라 솔잎만 긁어도 며칠씩은 염려 없이 때더니……, 이젠 모두 남의 동네 이야기로구나!

"어서 갑시다."
하면서 이번에는 뒤에 떨어졌던 아내가 눈물, 콧물을 풀어 던지며 앞을 섰다.

그들은 고개를 넘어서선 보잘것없이 달아났다. 사내는 이불보, 옷 꾸러미, 솥부등갱이(밥을 해 먹을 때 사용하는 도구), 바가지쪽 해서 한 짐 꾸역꾸역 걸머지고, 여편네는 어린애를 머리도 안 보이게 이불에 꿍쳐서(조금 세게 동이거나 묶어서) 업은 데다 무슨 기름병 같은 것을 들고 앞서거니 뒤서거니 하여 도랑이면 건너뛰고 굽은 길이면 논틀밭틀(논두렁과 밭두렁 사이로 난 꼬불꼬불한 길)로 질러가면서 귀에서 바람이 씽씽 나게 달아났다.

장날이 아니라 길에는 만나는 사람도 별로 없었다. 이따금 발밑에서 모초리('메추라기'의 방언)가 포드득하고 날고 밭고랑에서 꿩이 놀라서 꺽꺽거리며 산으로 달아나는 것밖에 아무것도 없었다.

"길이나 잘못 들면 어째……."

"밤낮 나무 다니던 데를 모를까……."

조그만 갈래길을 지날 때 이런 말을 주고받은 것뿐. 다시는 입이 붙은 듯 묵묵히 걸어 그들은 점심때가 훨씬 지나서야 서울 가는 큰길에 들어섰다.

큰길에는 바람이 제법 세차게 불었다. 전봇줄(전깃줄)이 앵앵 울었다. 동지가 내일인가 모렌가 하는 때라 얼음같이 날카로운 바람결에 그들의 옷깃은 다시금 떨리었다.

바람이 차서도 떨리었거니와 그보다도 길고 어마어마하게 넓은 길, 그리고 눈이 모자라게 아득하니 깔려 있는 긴 길, 그 길은 그들에게 눈에도 설거니와(익숙하지 않거니와) 발에도, 마음에도 선 길이었다. 논틀과 밭둑으로 올 때에는 그래도 그런 줄은 몰랐는데 척 신작로에 올라서니 그젠 정말 낯선 데로 가는 것 같고 허턱(뚜렷한 이유나 근거 없이 함부로) 살길을 찾아 떠나는 불안스러운 걱정이 와짝(갑자기 확) 치밀었던 것이다. 그래서 앵앵하는 전봇줄 소리도 멧새나 꿩의 소리보다는 엄청나게 무서웠다. 서로 말은 하지 않았어도 사내나 아내나 다 같이 그랬다.

그들은 그 길을 그저 십 리, 이십 리 걸어 나가는 수밖에 없었다. 자동차가 지날 때는 물론, 자전차만 때르릉 하고 와도 허둥거리고 한데 모여 길 아래로 내려서면서 서울을 향하고 타박타박 걸을 뿐이었다.

그들은 세 식구였다. 저희 내외, 방 서방과 김 씨와 김 씨의 등에 업혀 가는 두 돌 되는 딸애 정순이었다. 며칠 전까지는 방 서방의 아버지 한 분까지 네 식구로서 그가 나서 서른두 해 동안 살아온, 이번에는 떠나는 그 동리에서 그리운 게 없이 살았었다. 남의 땅이나마 몇 대째 눌러 부쳐 오던 김 진사네 땅은 내 땅이나 다름없이 알고 마음 놓고 부쳐 먹었다. 김 진사 당내(자신이 살아 있는 동안)에는 온 동리가 텃세 한 푼도 물지 않고 지냈으며 김 진사가 돌아간 후에도 다른 지방에 대면 그리 심한 지주는 아니었다. 김 진사의 아들 김 의관도 돌아간 아버지의 덕성을 본받아 작인(作人 소작인)네가 혼상(婚喪 혼인과 초상에 관한 일)간에 큰일을 치르는 해면 으레 타작에서 두 섬, 석 섬씩은 깎아 주었다. 이렇게 착한 김 의관이 무엇에 써 버리느라고 그 좋은 땅들을 잡혀 버렸는지, 작인들의 무딘 눈치로는 내용을 알 수가 없었다. 더러 읍엣 사람들이 지껄이는 소리에 무슨 일본 사람과 금광을 했느니, 회사를 했느니 하는 것을 들은 사람은 있고, 또 아닌 게 아니라 한동안 일본 사람과 양복쟁이 몇이 김 의관네 집을 드나들어 김 의관네 큰 개 두 마리가 늘 컹컹거리고 짖던 것은 지금도 어저께 같은 일이었다.

아무튼 김 의관네가 안성인가 어디로 떠나가고, 지주가 일본 사람의 회사로 갈린 다음부터는 제 땅마지기나 따로 가진 사람 전에는 배겨 나기가 어려웠다. 텃세가 몇 갑절이나 올라가고 논에는 금비(金肥 돈을 주고 사서 쓰는 거름)를 써라 하고, 그것을 대어 주고는 가을에 비싼 이자를 쳐서 벼는 헐값으로 따져 가고 무슨 세납 무슨 요금 하고 이름도 모르던 것을 다 물리어 나중에 따지고 보면 농사 진 품값은커녕 도리어 빚을 지게 되었다. 그들이 지는 빚은 달리 도리가 없었다. 소가 있으면 소를 팔고 집이 있으면 집을 팔아 갚는 것 밖에. 그래서 한 집 떠나고 두 집 떠나고 하는 것이 삼 년 안에 오륙 호가 떠난 것이었다.

군청에서는 이것을 매우 걱정하였다. 전에는 모범촌으로 치던 동리가 폐동(廢洞 동리를 없애는 일)이 될 징조를 보이는 것은 군으로서 마땅히 대책을 세워야 될 일이었다.

그래서 지난봄에는 군으로부터 이 동리에 사쿠라 나무 이백여 주가 나왔다. 집집마다 두 나무씩 나눠 주고 길에도 심고 언덕에도 심어 주었다. 그래서 그 사쿠라 나무들이 꽃이 구름처럼 피면 무지한 이 동리 사람들이라도 자기 동리를 사랑하는 마음이 깊어져서 함부로 타관(他官 타향)으로 떠나가지 않으리라 생각했던 것이다.

사쿠라 나무들은 몇 나무 죽지 않고 모두 잘 살아났다. 방 서방네가 심은 것도 앞마당엣것 뒷동산엣것 모두 싱싱하게 잘 자랐다. 군에서 나와 보고 내년이면 모두 꽃이 피리라 했다.

그러나 떠날 사람은 자꾸 떠나고야 말았다.

방 서방네도 허턱(아무런 이유도 없이) 타관으로 떠나기는 처음부터 싫었다. 동리를 사랑하는 마음, 자연을 사랑하는 것이나 이웃을 사랑하는 것이나 모두 사쿠라를 심어 주는 그네들보다는 몇 배 더 간절한 뼛속에서 우러나는 것이었다. 사쿠라 나무를 심었을 때도 혹시 죽는 나무나 있을까 하여 조석(朝夕 아침저녁)으로 들여다보면서 애를 쓴 사람들이요, 그것들이 가지에 윤이 나고 싹이 트는 것을 볼 때는 자연 속에 묻혀 사는 그들로서도 그때처럼 자연의 신비, 봄의 희열을 느껴 본 적은 일찍 없었던 것이다.

"내년이면 꽃이 핀다지?"

"글쎄, 꽃이 어떤지 몰라?"

"아무튼 이눔의 꽃이 볼 만은 하다는데."

"글쎄 그렇대……."

그러나 떠날 사람은 자꾸 떠나고야 말았다. 올겨울에 들어서도 방 서방네가 두 집째다.

그들은 사흘 만에야 부르튼 다리를 절룩거리며 희끗희끗 나부끼는 눈발 속으로 저녁연기에 싸인 서울을 바라보았다. 그들은 날이 아주 어두워서야 서울 문안에 들어섰다.

서울에는 그들을 반가이 맞아 주는 사람이 없지도 않았다.

"어디서 오십니까? 어디로 가시는 길입니까? 우리 여관으로 가십시다."

그러나,

"돈이 있나요, 어디……."

하면 그 친절하던 사람들은 벌에 쏘인 것처럼 달아나곤 했다.

돈이 아주 없지는 않았다. 집을 팔아 빚을 갚고 남은 것이 몇 원은 되었다. 그러나 그 돈이 편안히 여관에 들어 밥을 사 먹을 돈은 아니었다.

고달픈 다리를 끌고 교통 순사들에게 핀잔을 맞으며 정처 없이 거리에서 거리로 헤매던 그들은 밤이 훨씬 늦어서야 한곳에 짐을 벗어 놓았다. 아무리 찾아다니어도 그들을 위해서 눈발을 가려 주는 데는 무슨 다리인지 이름은 몰라도 이 다리 밑밖에는 없었다.

"그년을 젖을 좀 물리구려."

"그까짓 빈 젖을 물려선 뭘 하오."

아이가 하(몹시) 우니까 지나던 사람들이 다리 아래를 기웃거려 보기 때문이었다.

그들은 어두움 속에서 짐을 끄르고 굳은 범벅(곡식 가루를 풀처럼 쑨 음식)과 삶은 달걀을 물도 없이 먹었다. 그리고 그 저리고 쑤시는 다리오금을 한번 펴 볼 데도 없이 앉아서, 정 못 견디겠으면 일어서서 어정거리며 긴 밤을 밝히었다.

이튿날은 그래도 거기를 한데(집 바깥)보다는 낫답시고, 거적을 사다 두르고 냄비를 걸고 쌀을 사들이고 물을 길어 들이고 나무도 사들였다. 그리고 세 식구가 우선 하루를 푹 쉬었다.

눈발은 이날도 멎지 않았다. 밤이 되어서는 함박송이로 쏟아지기 시작했다. 방 서방은 쏟아지는 눈을 바라보고 이 눈이 그치고는 무서운 추위가 오려니 생각했다. 그리고 또 싸리비를 한 자루 가져왔다면 하고도 생각했다.

그는 새벽같이 일어났다. 발등이 묻히는 눈 위로 한참 찾아다녀서 다람쥐 꽁지만 한 싸리비 하나를 그것도 오 전이나 주고 사기는 했다. 그리고 큰 밑천이나 잡은 듯이 집집마다 다니며 아직 열지도 않은 대문을 두드렸다.

"댁에 눈 쳐 드릴까요?"

"우리 칠 사람 있소."

"댁에 눈 안 치시렵니까?"

"어련히 칠까 봐 걱정이오."

방 서방은 어이가 없어,

"허! 마당도 없는 녀석이 괜히 비만 샀군!"

하고 다리 밑으로 돌아오고 말았다.

그는 직업소개소도 가 보았다. 행랑도 구해 보았다. 지게를 지고 삯짐도 져 보려고 싸다녀 보았으나 지게를 부르는 사람은 없었다. 한 학생이 고리짝을 지고 정거장까지 가자고 했지만, 막상 닥뜨리고 보니 나중에 저 혼자 다리 밑으로 찾아올 수가 있을까가 걱정되었다. 그래서,

"거기 갔다가 제가 여기까지 혼자 찾어올까요!"

하고 어름거렸더니 그 학생은 무어라고 일본 말로 핀잔을 주며 가 버린 것이었다.

하루는 다리 밑으로 순사가 찾아왔다. 거기로 호구 조사를 온 것은 아니었다.

"다리 밑에서 불을 때면 어떻게 할 테야, 응. 날마다 이 밑에서 연기가 났어……. 다시 불을 때다가는 이 밑에서 자지도 못하게 할 터이니 그리 알어……."

정말 그날 저녁부터는 연기가 나지 않았다. 끓일 것만 있으면 다리 밖에 나가서라도 못 끓일 바 아니었지만 그날은 아침부터 양식이 떨어진 것이다.

"어떡하우?"

아내는 맥이 풀려 울 기운도 없었다. 어린것만이 빈 젖을 물고 두어 번 빨아 보다가 울곤 울곤 하였다. 방 서방은 아무런 대답도 없이 앉았다가 이따금,

"정 칠('경을 치다'의 방언. 무엇이 못마땅할 때 사용하는 말) 놈의 세상!"

하고 입맛을 다실 뿐이었다.

이튿날 이른 아침, 어린것은 아범의 품에서 잘 때다. 초저녁엔 어멈이 품속에 넣고 자다가 오줌을 싸면 그다음엔 아범이 새 품을 헤치고 안고 자는 것이었다. 밤새도록 궁리에 묻혀 잠을 이루지 못하던 아범이 새벽녘에야 잠이 들어 어린것과 함께 쿨쿨 잘 때였다.

김 씨는 남편이 한없이 불쌍해 보였다. 술 한 잔 허투루 먹는 법 없고 담배도 일하는 날이나 일꾼들을 주려고만 살 줄 알던 남편이 어쩌다 저 지경이 되었나 생각할 때 세상이 원망스러울 뿐이었다. 그리고 굶고 앉았더라도 그 집만 팔지 말고 그냥 두었던들 하고, 고향에만 돌아가고 싶은 생각뿐이었다.

김 씨는 생각다 못해 바가지를 집어 든 것이다. 고향을 떠날 때 이웃집에서,

"서울 가면 이런 것도 산다는데."

하고 짐에 달아 주던, 잘 굳고 커다란 새 바가지였다.

그는 서울 와서 다리 밑을 처음 나선 것이다. 그리고 바가지를 들고 나서기는 생전 처음이었다. 다리가 후들후들하였다. 꼭 일주야(一晝夜 하루 밤낮)를 굶었고 어린것에게 시달린 그의 눈엔 다 밝은 하늘에서 뻔쩍뻔쩍하는 별이 보였다. 그러나 눈을 가다듬으면서 그는 부잣집을 찾았다. 보매 모두 부잣집 같았으나 모두 대문이 굳게 닫혀 있었다. 대문을 연 집, 그는 이것을 찾고 헤매기에 그만 뒤를 돌아다보지 못하고 이 골목 저 골목으로 앞으로만 나간 것이었다. 다행히 문을 연 집이 있었고, 그런 집 중에도 다 주는 것이 아니었지만 열 집에 한 집으로 식은 밥, 더운밥 해서 한 바가지를 얻었을 때는 돌아올 길을 잃어버리고 만 것이다. 이 길로 나가 보아도 딴 거리, 저 길로 나가 보아도 딴 세상, 어디로 가야 그 개천 그 다리가 나올는지 알 재주가 없었다. 기가 막히었다. 물어볼 행인은 많았으나, 개천 이름이나 다리 이름을 모르고는 헛일이었다. 해가 높아 갈수록 길에는 사람이 들끓었고 그럴수록 김 씨는 마음과 다리가 더욱 갈팡질팡하고 있을 때 한 노파가 친절한 손길로 김 씨의 등을 두드렸다.

"어딜 찾소?"

김 씨는 울음부터 왈칵 나왔다.

"염려할 것 없소. 내 서울 장안엔 모르는 데가 없소, 내 찾아 주지……."

그 친절한 노파는 김 씨를 데리고 곧 그 앞에 있는 제 집으로 들어가 뜨끈한 숭늉에 조반까지 먹으라 했다.

"염려 말고 좀 자시우. 그새 내 부엌을 좀 치고 같이 나갑시다."

김 씨는 서울도 사람 사는 데라 인정이 있구나 하고, 그 노파만 하늘 같이 믿고 감격한 눈물을 밥상에 떨구며 사양하지 않고 밥술을 들었다. 그러나 굶은 남편과 어린것을 두고 제 목에만 밥이 넘어가지 않았다. 숭늉만 두어 모금 마시고 이내 술을 놓고 노파를 따라나섰다.

그러나 친절한 노파는 김 씨를 당치 않은 곳으로만 끌고 다녔다. 진고개로 백화점으로 개천이라도 당치 않은 개천으로만 한나절 끌고 다니고는,

"오늘은 다리가 아프니 내일 찾읍시다."

하였다. 김 씨는 가슴이 찢어지는 것 같았으나, 그 친절한 노파의 힘을 버리고 혼자 나설 자신은 없었다. 밤을 꼬박 앉아 새우고 은근히 재촉을 하여 이튿날 아침에도 또 일찌거니 나섰으나 노파는 그저 당치 않은 데로만 끌고 다녔다.

노파는 애초부터 계획이 있었던 것이다. 김 씨의 멀끔한 얼굴과 살의 젊음을 그는 삵(살쾡이)이 살찐 암탉을 본 격으로 보았던 것이다.

'어떻게 돈냥이나 만들어 써 볼 거리가 되면…….'

이것이 그 노파가 김 씨를 발견하자 세운 뜻이었다.

김 씨는 다시 다리 밑으로 돌아올 리가 없었다. 방 서방은 눈에서 불이 났다.

"죽일 년이다! 이 어린것을 생각해선들 달아나다니! 고약한 년! 찢어 죽일 년."

하고 이를 갈았다.

방 서방은 이틀이나 굶은 아이를 보다 못해 안고 나서서, 매운 것 짠 것 할 것 없이 얻는 대로 주워 먹였다. 날은 갑자기 추워졌다. 어린애는 감기가 들고 설사까지 났다.

밤새도록 어두움 속에서 오줌똥을 받은 이불과 아범의 저고리 섶, 바지 자락은 얼어서 왈가닥거리고(작고 단단한 것들이 서로 부딪쳐 소리가 나고), 그 속에서도 어린애 몸은 들여다보는 눈이 뜨겁게 펄펄 달았다.

"어찌하나! 하느님, 이렇게 무심하십니까?"
하고 중얼거려도 보았으나 새벽 찬바람만 윙 하고 뺨을 갈길 뿐이었다.

날이 밝기를 기다려 아이를 꾸려 안고 병원을 물어서 찾아갔다.

"이 애 좀 살려 주십시오."

"선생님이 아직 안 나오셨소. 그런데 왜 이렇게 되도록 두었소. 진작 데리고 오지?"

"돈이 있어야죠니까……."

"지금은 있소?"

"없습니다. 그저 살려만 주시면 그거야 제 벌어서 갚지요. 그걸 안 갚겠습니까!"

"다른 큰 병원에 가 보시우……."

방 서방은 이렇게 병원 집 문간으로만 한나절을 돌아다니다가 그냥 다리 밑으로 돌아오고 말았다.

방 서방은 또 배가 고팠다. 그러나 앓는 것을 혼자 두고 단 한 걸음이 나가지지 않았다. 그래도 저녁때가 되어서는 그냥 밤을 새울 수는 없어, 보지 않으리라는 듯이 눈을 딱 감고 일어서 나왔던 것이다.

방 서방이 얼마 만에 찬밥 몇 술을 얻어먹고 부랴부랴 돌아왔을 때는 날이 아주 어두웠다. 다리 밑은 캄캄한데 한참 들여다보니 아이는 자리에서 나와 언 맨땅에 목을 늘어뜨리고 흐득흐득 느끼었다. 끌어안고 다리 밖으로 나가 보니 경련이 일어나 눈을 뒤집어쓰고 있는 것이었다.

"죽을 테면 진작 죽어라! 고약한 년! 네년이 이걸 버리고 가 얼마나 잘되겠니……."

방 서방은 몇 번이나,

"어서 죽어라!"
하고 아이를 밀어 던지었다가도 얼른 다시 끌어당겨 들여다보곤 했다. 그럴 때마다 아이의 숨소리는 자꾸 가빠만 갔다.

그러나 야속한 것은 잠. 어느 때쯤 되었을까 깜박 잠이 들었다가 놀라 깨었을 제는 그동안이 잠시 같았으나 주위에는 큰 변화가 생기었다. 날이 환하게 새고 아이에게서는 그 가쁘게 일어나던 숨소리가 뚝 그쳐 있었다. 겨우 겨드랑 밑에만 미온이 남았을 뿐, 그 불덩어리 같던 얼굴과 손발은 어느 틈에 언 생선처럼 싸늘하였다.

봄이 왔다. 그렇게 방 서방을 춥게 굴던 겨울은 다 지나가고 그 대신 방 서방을 슬프게는 더 구는 봄이 왔다. 진달래와 개나리 꽃가지들은 전차마다 자동차마다 젊은 새악시들처럼 오락가락하고, 남산과 창경원엔 사쿠라 꽃이 구름처럼 핀 때였다. 무딘 힘줄로만 얼기설기한 방 서방의 가슴에도 그 고향, 그 딸, 그 아내를 생각하기에는 너무나 슬픈 시인이 되게 하는 때였다.

하루 아침, 그날따라 재수는 있어 식전바람에 일본 사람의 짐을 지고 남산정 막바지까지 가서 어렵지 않게 오십 전 한 닢이 들어왔다. 부리나케 술집을 찾아 내려오느라니 일본 집 뜰 안마다 가지가 휘어지게 열린 사쿠라 꽃송이. 그는 그림을 구경하듯 멍하니 서서 바라보았다. 불현듯 고향 생각이 난 것이었다.

'우리가 심은 사쿠라 나무도 저렇게 피었으려니…… 동네가 온통 꽃 투성이려니…….'

그때 마침 일본 여자 하나가 꽃그늘에서 거닐다가 방 서방과 눈이 마주쳤다. 방 서방은 무슨 죄나 지은 듯이 움찔하고 돌아섰다. 꽃 곁같이 빛나는 그 젊은 여자의 얼굴! 방 서방은 찌르르하고 가슴을 진동시키는 무엇을 느끼며 내려왔다.

우선 단골집으로 가서 얼근한 술국에 곱빼기로 두어 잔 들이켰다. 그리고 늙수그레한 주모와 몇 마디 농담까지 주거니 받거니 하다 나서니, 세상은 슬프다면 온통 슬픈 것도 같고 즐겁다면 온통 즐거운 것 같기도 했다.

그러나 술만 깨면 역시 세상은 견딜 수 없이 슬픈 세상이었다.

"정 칠 놈의 세상 같으니!"

하고 아무 데나 주저앉아 다리를 뻗고 울고 싶었다.

돌다리

작품 정리

작가: 이태준(146쪽 '작가와 작품 세계' 참조)

갈래: 순수 소설

배경: 시간 - 1930년대 / 공간 - 농촌 마을

시점: 3인칭 전지적 작가 시점

주제: 땅의 가치에 대한 인식과 물질 만능 사회에 대한 비판

출전: 〈국민문학〉(1943)

구성과 줄거리

발단 **아버지의 뜻을 어기고 의사가 된 창섭이 고향을 찾아옴**

농업 학교로 진학하라는 아버지의 뜻을 어기고 의사가 된 창섭은 맹장 수술 분야의 권위자가 된다. 창섭은 아버지에게 병원 증설 자금을 얻기 위해 고향을 찾는다. 고향 어귀에 들어선 창섭은 의사의 오진으로 일찍 생을 마감한 누이 창옥의 묘를 보며 좋은 병원을 지을 기대에 부푼다.

전개 **창섭은 자금을 얻기 위해 아버지를 설득함**

동네에서 근검하기로 소문난 창섭의 아버지는 논밭을 가꾸는 일에 모든 정성을 들인다. 창섭이 마을에 들어섰을 때 아버지는 장마 때 내려앉은 돌다리를 고치고 있었다. 부모를 서울로 모시고 올 생각을 굳힌 창섭은 땅을 팔아 병원을 지으면 큰 이득이 남는다고 아버지를 설득한다.

위기 **아버지는 땅을 지키며 살겠다는 의지를 밝힘**

조상들과 연계된 땅에 얽힌 이야기를 털어놓는 아버지는 땅이란 천지 만물의 근거라며 땅에 대한 애착을 보인다.

절정 **아버지는 훗날 땅을 진심으로 소중히 여기는 사람에게 팔겠다고 함**

아버지는 땅을 돈으로 여기지 않고 진심으로 소중히 여기는 사람에게 팔겠다고 말한다. 아버지는 자신의 신념을 무시하지 말아 달라는 당부를 하고 자리에서 일어나 다리를 고치러 나간다. 아버지에게 존경심을 느낀

창섭은 자신의 계획이 무산된 것을 당연히 여기면서도 아버지와 자신의 세계가 격리되는 결별의 심사를 체험한다.

결말 아버지는 고쳐 놓은 돌다리에 나가 땅의 소중함을 되새김

창섭은 아버지가 정성을 다해 고친 돌다리를 건너 서울로 올라가고 아버지는 그런 창섭의 뒷모습을 안타까운 마음으로 바라본다.

생각해 볼 문제

1. '돌다리'는 무엇을 상징하는가?

'돌다리'는 아버지 세대의 자연 중심적 가치관을 상징한다. 즉, 농촌 공동체가 지니고 있었던 전통적 세계를 의미한다. 이 작품에서 아버지는 돌다리를 단순한 다리가 아닌 가족사의 일부로 생각한다. 그 돌다리는 아버지가 글을 배우러 다니던 다리이자 어머니가 시집올 때 가마를 타고 건넌 다리이다. 또한 조상의 상돌을 옮긴 다리이면서 아버지 자신이 죽어서 건널 다리이기도 하다. 이처럼 아버지에게 돌다리는 과거, 현재, 미래를 연결해 주는 매개체 역할을 한다.

2. 돌다리를 보수하는 아버지의 행위는 무엇을 상징하는가?

아버지가 돌다리를 고치는 행위에는 과거의 전통이 후대까지 이어지기를 바라는 마음이 담겨 있다. 당시의 시대 상황을 고려할 때 일제 강점하의 어려운 현실 속에서도 꿋꿋이 민족성을 지켜 내려는 의지의 표현으로도 볼 수 있다. 땅과 고향에 대한 아버지의 애착을 담고 있는 돌다리는 아버지가 아들의 제안을 거절할 것이라는 복선 역할을 하기도 한다.

3. 땅을 바라보는 창섭과 아버지의 입장을 비교해 보자.

창섭은 땅을 돈벌이의 수단으로 생각한다. 일생 동안 농사만 지어 온 아버지는 물질보다는 인정과 의리를 소중히 여기는 인물이다. 땅은 돈을 벌어서 다시 사면 된다는 창섭의 생각은 땅을 만물의 근원으로 여기는 아버지의 생각과 정면으로 대립된다. 작가는 아버지의 입장을 통해 땅의 본래적 가치보다 금전적인 가치만을 중시하는 근대 자본주의 사회의 가치관을 비판한다.

인물 관계도

의사인 저(창섭)는 고향을 찾았어요. 의사의 오진으로 세상을 떠난 누이(창옥)의 묘를 보며 좋은 병원을 지어야겠다고 다짐했지요. 저는 아버지에게 서울로 모시고 가겠다며 땅을 팔아 달라고 설득했어요. 하지만 땅에 대한 아버지의 애착은 변함이 없었지요. 저는 아버지에 대한 존경심을 품고 돌다리를 건너 서울로 돌아왔답니다.

돌다리

정거장에서 샘말 십 리 길을 내려오노라면 반이 될락 말락 한 데서부터 샘말 동네보다는 그 건너편 산기슭에 놓인 공동묘지가 먼저 눈에 뜨인다.

창섭은 잠깐 걸음을 멈추고까지 바라보았다.

봄에 올 때 보면, 진달래가 불붙듯 피어 올라가는 야산이다. 지금은 단풍철도 지나고 누르테테한 가닥나무('떡갈나무'의 방언)들만 묘지를 둘러, 듣지 않아도 적막한 버스럭 소리만 울릴 것 같았다. 어느 것이라고 집어낼 수는 없어도, 창옥의 무덤이 어디쯤이라고는 짐작이 된다. 창섭은 마음으로 '창옥아' 불러 보며 묵례(默禮 말없이 고개만 숙이는 인사)를 보냈다.

다만 오뉘뿐으로 나이가 훨씬 떨어진 누이였었다. 지금도 눈에 선—하다. 자기가 마침 방학으로 와 있던 여름이었다. 창옥은 저녁 먹다 말고 갑자기 복통으로 뒹굴었다. 읍으로 뛰어 들어가 의사를 청해 왔다. 의사는 주사를 놓고 들어갔다. 그러나 밤새도록 열은 내리지 않았고 새벽녘엔 아파하는 것도 더해 갔다. 다시 의사를 데리러 갔으나 의사는 바쁘다고 환자를 데려오라 하였다. 하라는 대로 환자를 데리고 들어갔으나 역시 오진(誤診 병을 그릇되게 진단함)을 했었다. 다시 하루를 지나 고름이 터지고 복막이 절망적으로 상해 버린 뒤에야 겨우 맹장염인 것을 알아낸 눈치였다.

그때 창섭은, 자기도 어른이기만 했으면 필시 의사의 멱살을 들었을 것이었다. 이런, 누이의 허무한 주검에서 창섭은 뜻을 세워, 아버지가 권하는 고농(高農 '고등 농림 학교'를 줄여 이르는 말)을 마다하고 의전(醫專 '의학 전문학교'를 줄여 이르는 말)으로 들어갔고, 오늘에 이르러는, 맹장 수술로는 서울서도 정평이 있는 한 권위가 된 것이다.

'창옥아, 기뻐해 다구. 이번에 내 병원이 좋은 건물을 만나 커지는 거다. 개인 병원으론 제일 완비한 수술실이 실현될 거다! 입원실 부족도 해결될 거다. 네 사진을 확대해 내 새 진찰실에 걸어 노마…….'

창섭은 바람도 쌀쌀할 뿐 아니라 오후 차로 돌아가야 할 길이라 걸음을 재우쳤다(빨리 몰아치거나 재촉하다).

길은 그전보다 넓어도 졌고 바닥도 평탄하였다. 비나 오면 진흙에 헤어날 수 없었는데 복판으로는 자갈이 깔리고 어떤 목은 좁아서 소바리(등에 짐을 실은 소. 또는 그 짐)가 논으로 미끄러져 들어가기 십상이었는데 바위를 갈라내어서까지 일매지게(모두 다 고르고 가지런하게) 넓은 길로 닦아졌다. 창섭은, '이럴 줄 알았더면 정거장에서 자전거라도 빌려 타고 올걸' 하였다.

눈에 익은 정자나무 선 논이며 돌각 담(돌로 쌓은 담)을 두른 밭들도 나타났다. 자기 집 논과 밭들이었다. 논둑에 선 정자나무는 그전부터 있은 것이나 밭에 돌각 담들은 아버지께서 손수 쌓으신 것이다.

창섭의 아버지는 근검(勤儉)으로 근방에 소문난 영감이다. 그러나 자기 대에 와서는 밭 하루갈이도 늘쿠지는 못한 것으로도 소문난 영감이다. 곡식 값보다는 다른 물가들이 높아졌을 뿐 아니라 전대(前代)에는 모르던 아들의 유학이란 것이 큰 부담인 데다가,

"할아버니와 아버니께서 나를 부자 소린 못 들어도 굶는단 소린 안 듣고 살도록 물려주시구 가셨다. 드럭드럭 탐내 모아선 뭘 허니, 할아버니께서 쇠똥을 맨손으로 움켜다 넣시던 논, 아버니께서 멍덜(자갈밭)을 손수 이룩허신 밭을 더 건(기름진) 논으로 더 기름진 밭이 되도록, 닦달만 해 가기에도 내겐 벅찬 일일 게다."

하고 절용(節用 아껴 씀)해 쓰고 남는 돈이 있으면 그 돈으로는 품을 몇씩 들여서까지 비뚠 논배미를 바로잡기, 밭에 돌을 추려 바람맞이로 담을 두르기, 개울엔 둑막이하기, 그러다가 아들이 의사가 된 후로는, 아들 학비로 쓰던 몫까지 들여서 동네 길들은 물론, 읍 길과 정거장 길까지 닦아 놓았다. 남을 주면 땅을 버린다고 여간 근실한 자국이 아니면 소작을 주지 않았고, 소를 두 필이나 매고 일꾼을 세 명씩이나 두고 적지 않은 전답을 전부 자농(自農 자작농)으로 버티어 왔다. 실속이 타작(打作 거둔 곡물을 지주와 소작인이 일정한 비율에 따라 나누어 가지는 소작 제도)만 못하다는 둥, 일꾼 셋이 저희 농사 해 가지고 나간다는 둥 이해만을 따져 비평하는 소리가 많았으나 창섭의 아버지는 땅을 위해서는 자기의 이해(利害 이익과 손해)만으로 타산하려 하지 않았다. 이와 같은 임자를 가진 땅들이라 곡식은 거둔 뒤 그루만 남은 논과 밭이되, 그 바닥들의 고름, 그 언저리들의 바름, 흙의 부드러움이 마치 시루떡 모판이나 대하는 것처럼 누구의 눈에나 탐스럽게 흐뭇해 보였다.

이런 땅을 팔기에는, 아무리 수입은 몇 배 더 나은 병원을 늘쿠기 위해서나 아버지께 미안하지 않을 수 없었다. 그러나 잡히기나 해 가지고는 삼만

원 돈을 만들 수가 없었고, 서울서 큰 양관(洋館 양옥. 서양식의 집)을 손에 넣기란 돈만 있다고도 아무 때나 될 일이 아니었다.

'아버지께선 내년이 환갑이시다! 어머니께선 겨울이면 해마다 기침이 도지신다. 진작부터 내가 모셔야 했을 거다. 그런데 내가 시골로 올 순 없고, 천생 부모님이 서울로 가시어야 한다. 한동네서도 땅을 당신만치 못 거둘 사람에겐 소작을 주지 않으셨다. 땅 전부를 소작을 내어 맡기고는 서울 가 편안히 계실 날이 하루도 없으실 게다. 아버님의 말년을 편안히 해 드리기 위해서도 땅은 전부 없애 버릴 필요가 있는 거다!'

창섭은 샘말에 들어서자 동구에서 이내 아버지를 뵐 수가 있었다. 아버지는, 가에는 살얼음이 잡힌 찬물에 무릎까지 걷고 들어서서 동네 사람들을 축추겨(부추기어) 돌다리를 고치고 계시었다.

"어떻게 갑재기 오느냐?"

"네, 좀 급히 여쭤 봐야 할 일이 생겼습니다."

"그래? 먼저 들어가 있거라."

동네 사람 수십 명이 쇠고삐(소의 굴레에 매단 줄) 두 기장은 흘러 내려간 다릿돌(개울이나 도랑을 건널 때 디디기 위해 띄엄띄엄 놓은 돌)을 동아줄에 얽어 끌어올리고 있었다. 개울은 동네 복판을 흐르고 있어 아래위로 징검다리는 서너 군데나 놓였으나 하룻밤 비에도 일쑤 넘치어 모두 이 큰 돌다리로 통행하던 것이었다. 창섭은 어려서 아버지께 이 큰 돌다리의 내력을 들은 것이 아직도 기억에 남아 있다.

"너희 증조부님 돌아가시어서다. 산소에 상돌(무덤 앞에 제물을 차려 놓기 위해 넓적한 돌로 만들어 놓은 상)을 해 오시는데 징검다리로야 건네 올 수가 있니? 그래 너희 조부님께서 다리부터 이렇게 넓구 튼튼한 돌루 노신 거란다."

그 후 오륙십 년 동안 한 번도 무너진 적이 없었는데 몇 해 전 어느 장마엔 어찌 된 셈인지 가운데 제일 큰 장이 내려앉아 떠내려갔던 것이다. 두께가 한 자는 실하고 폭이 여섯 자, 길이는 열 자가 넘는 자연석 그대로라 여간 몇 사람의 힘으로는 손을 댈 염두부터 나지 못하였다. 더구나 불과 수십 보 이내에 면(面)의 보조를 얻어 난간까지 달린 한다한 나무다리가 놓인 뒤에 일이라 이 돌다리는 동네 사람들에게 완전히 잊힌 채 던져져 있던 것이었다.

집에 들어가니, 어머니는 다리 고치는 사람들 점심을 짓느라고, 역시 여러 명의 동네 여편네들과 허둥거리고 계시었다.

"웬일인데 어째 혼자만 오느냐?"

어머니는 손자 아이들부터 보이지 않음을 물으신다.

"오늘루 가야겠어서 아무두 안 데리구 왔습니다."

"오늘루 갈 걸 뭘 허 오누?"

"인전 어머니서껀 서울로 모셔 갈 채빌 허러 왔다우."

"서울루! 제발 아이들허구 한데서 살아 봤음 원이 없겠다."
하고 어머니는 땅보다, 조상님들 산소나 사당보다 손자 아이들에게 더 마음이 끌리시는 눈치였다. 그러나 아버지만은 그처럼 단순히 들떠질 마음이 아니었다.

아버지는 아들의 뒤를 쫓아 이내 개울에서 들어왔다. 아들은, 의사인 아들은, 마치 환자에게 치료 방법을 이르듯이, 냉정히 차근차근히 이야기를 시작하였다. 외아들인 자기가 부모님을 진작 모시지 못한 것이 잘못인 것, 한집에 모이려면 자기가 병원을 버리기보다는 부모님이 농토를 버리시고 서울로 오시는 것이 순리인 것, 병원은 나날이 환자가 늘어 가나 입원실이 부족되어 오는 환자의 삼분지 일밖에 수용 못하는 것, 지금 시국에 큰 건물을 새로 짓기란 거의 불가능의 일인 것, 마침 교통 편한 자리에 삼 층 양옥이 하나 난 것, 인쇄소였던 집인데 전체가 콘크리트여서 방화 방공으로 가치가 충분한 것, 삼 층은 살림집과 직공들의 합숙실로 꾸미었던 것이라 입원실로 변장하기에 용이한 것, 각층에 수도 · 가스가 다 들어온 것, 그러면서도 가격은 염한(값이 싼) 것, 염하기는 하나 삼만 이천 원이라, 지금의 병원을 팔면 일만 오천 원쯤은 받겠지만 그것은 새집을 고치는 데와, 수술실의 기계를 완비하는 데 다 들어갈 것이니 집값 삼만 이천 원은 따로 있어야 할 것, 시골에 땅을 둔대야 일 년에 고작 삼천 원의 실리가 떨어질지 말지 하지만 땅을 팔아다 병원만 확장해 놓으면, 적어도 일 년에 만 원 하나씩은 이익을 뽑을 자신이 있는 것, 돈만 있으면 땅은 이담에라도, 서울 가까이라도 얼마든지 좋은 것으로 살 수 있는 것……. 아버지는 아들의 의견을 끝까지 잠잠히 들었다. 그리고,

"점심이나 먹어라. 나두 좀 생각해 봐야 대답허겠다."
하고는 다시 개울로 나갔고, 떨어졌던 다릿돌을 올려놓고야 들어와 그도 점심상을 받았다.

점심을 자시면서였다.

"원, 요즘 사람들은 힘두 줄었나 봐! 그 다리 첨 놀 제 내가 어려서 봤는데 불과 여남은이서 거들던 돌인데 장정 수십 명이 한나잘을 씨름을 허다니!"

"나무다리가 있는데 건 왜 고치시나요?"

"너두 그런 소릴 허는구나. 나무가 돌만 허다든? 넌 그 다리서 고기 잡던 생각두 안 나니? 서울루 공부 갈 때 그 다리 건너서 떠나던 생각 안 나니? 시체(時體 요즘) 사람들은 모두 인정이란 게 사람헌테만 쓰는 건 줄 알드라! 내 할아버니 산소에 상돌을 그 다리루 건네다 모셨구, 내가 천잘(천자문을) 끼구 그 다리루 글 읽으러 댕겼다. 네 어미두 그 다리루 가말 타구 내 집에 왔어. 나 죽건 그 다리루 건네다 묻어라……. 난 서울 갈 생각 없다."

"네?"

"천금이 쏟아진대두 난 땅은 못 팔겠다. 내 아버님께서 손수 이룩허시는 걸 내 눈으루 본 밭이구, 내 할아버님께서 손수 피땀을 흘려 모신 돈으루 장만허신 논들이야. 돈 있다고 어디가 느르지 논 같은 게 있구, 독시장 밭 같은 걸 사? 느르지 논둑에 선 느티나문 할아버님께서 심으신 거구, 저 사랑마당엣 은행나무는 아버님께서 심으신 거다. 그 나무 밑에를 설 때마다 난 그 어룬들 동상(銅像)이나 다름없이 경건한 마음이 솟아 우러러보군 헌다. 땅이란 걸 어떻게 일시 이해를 따져 사구팔구 허느냐? 땅 없어 봐라, 집이 어딨으며 나라가 어딨는 줄 아니? 땅이란 천지 만물의 근거야. 돈 있다구 땅이 뭔지두 모르구 욕심만 내 문서 쪽으로 사 모기만 하는 사람들, 돈놀이처럼 변리(邊利 남에게 돈을 빌려 쓴 대가로 치르는 일정한 비율의 돈)만 생각허구 제 조상들과 그 땅과 어떤 인연이란 건 도시(도무지) 생각지 않구 헌신짝 버리듯 하는 사람들, 다 내 눈엔 괴이한 사람들루밖엔 뵈지 않드라."

"……."

"네가 뉘 덕으루 오늘 의사가 됐니? 내 덕인 줄만 아느냐? 내가 땅 없이 뭘루? 밭에 가 절하구 논에 가 절해야 쓴다. 자고로 하늘 하늘 허나 하늘의 덕이 땅을 통허지 않군 사람헌테 미치는 줄 아니? 땅을 파는 건 그게 하늘을 파나 다름없는 거다."

"……."

"땅을 밟구 다니니까 땅을 우섭게들 여기지? 땅처럼 응과(應果 결과)가 분명헌 게 무어냐? 하늘은 차라리 못 믿을 때두 많다. 그러나 힘들이는 사람에겐 힘들이는 만큼 땅은 반드시 후헌 보답을 주시는 거다. 세상에 흔해 빠진 지주들, 땅은 작인들헌테나 맡겨 버리구, 떡 도회지에 가 앉어 소출(所出 논밭에서 나는 곡식)은 팔어다 모다 도회지에 낭비해 버리구, 땅 가꾸는 덴 단돈 일 원을 벌벌 떨구, 땅으루 살며 땅에 야박한 놈은 자식으로 치면 후레자식 셈이야. 땅이 말을 할 줄 알어 봐라? 배가 고프단 땅이 얼마나 많을 테냐? 해마다 걷어만 가구, 땅은 자갈밭이 되니 아나? 둑이 떠나가니 아나? 거름 한 번을 제대로 넣나? 정 급허게 돼 작인이 우는소리나 해야 요즘 너희 신의(新醫 '양의'를 이르는 말)들 주사침 놓듯, 애꿎인 금비(金肥 화학 비료. 돈을 주고 사서 쓰는 거름)만 갖다 털어 넣지. 그렇게 땅을 홀댈(푸대접)허군 인제 죽어서 땅이 무서서 어디루들 갈 텐구!"

창섭은 입이 얼어 버리었다. 손만 부비었다. 자기의 생각은 너무나 자기 본위였던 것을 대뜸 깨달았다. 땅에는 이해를 초월한 일종 종교적 신념을 가진 아버지에게 아들의 이단적(異端的)인 계획이 용납될 리 만무였다. 아버지는 상을 물리고도 말을 계속하였다.

"너루선 어떤 수단을 쓰든지 병원부터 확장허려는 게 과히 엉뚱헌 욕심은 아닐 줄두 안다. 그러나 욕심을 부련 못쓰는 거다. 의술은 예로부터 인술(仁術)이라지 않니? 매살(모든 일을) 순탄허게 진실허게 해라."

"……."

"네가 가업을 이어 나가지 않는다군 탄허지(나무라지) 않겠다. 넌 너루서 발전헐 길을 열었구, 그게 또 모리지배(謀利之輩 온갖 수단과 방법으로 남 생각은 않고 자신의 이익만을 꾀하는 사람. 또는 그런 무리)의 악업이 아니라 활인(活人 사람의 목숨을 살림)허는 인술이구나! 내가 어떻게 불평을 말허니? 다만 삼사 대 집안에서 공들여 이룩해 논 전장(田莊 논밭)을 남의 손에 내맡기게 되는 게 저윽(꽤) 애석헌 심사가 없달 순 없구……."

"팔지 않으면 그만 아닙니까?"

"나 죽은 뒤에 누가 거두니? 너두 이제두 말했지만 너두 문서 쪽만 쥐구 서울 앉어 지주 노릇만 허게? 그따위 지주허구 작인 틈에서 땅들만 얼말 곯는지 아니? 안 된다. 팔 테다. 나 죽을 임시(臨時 무렵)엔 다 팔 테다. 돈에 팔 줄 아니? 사람헌테 팔 테다. 건너 용문이는 우리 느르지 논 같은 건 한 해만 부쳐 보구 죽어두 농군으로 태났던 걸 한허지 않겠다구 했다. 독시장 밭을 내논다구 해 봐라, 문보나 덕길이 같은 사람은 길바닥에 나앉드라두 집을 팔아 살려구 덤빌 게다. 그런 사람들이 땅 임자 안 되구 누가 돼야 옳으냐? 그러니 아주 말이 난 김에 내 유언이다. 그런 사람들 무슨 돈으로 땅값을 한몫 내겠니? 몇몇 해구 그 땅 소출을 팔아 연년이 갚어 나가게 헐 테니 너두 땅값을랑 그렇게 받어 갈 줄 미리 알구 있거라. 그리구 네 모(母 어머니)가 먼저 가면 내가 묻을 거구, 내가 먼저 가게 되면 네 모만은 네가 서울루 그때 데려가렴. 난 샘말서 이렇게 야인(野人)으로나 죄 없는 밥을 먹다 야인인 채 묻힐 걸 흡족히 여긴다."

"……."

"자식의 젊은 욕망을 들어 못 주는 게 애비 된 맘으루두 섭섭허다. 그러나 이 늙은이헌테두 그만 신념쯤 지켜 오는 게 있다는 걸 무시하지 말어 다구."

아버지는 다시 일어나 담배를 피우며 다리 고치는 데로 나갔다. 옆에 앉았던 어머니는 두 눈에 눈물을 쭈루루 흘리었다.

"너이 아버지가 여간 고집이시냐?"

"아뇨, 아버지가 어떤 어룬이신 건 오늘 제가 더 잘 알었습니다. 우리 아버진 훌륭헌 인물이십니다."

그러나 창섭도 코허리가 찌르르하였다. 자기가 계획하고 온 일이 실패한 것쯤은 차라리 당연하게 생각되었고, 아버지와 자기와의 세계가 격리되는 일종의 결별(訣別)의 심사를 체험하는 때문이었다.

아들은 아버지가 고쳐 놓은 돌다리를 건너 저녁차를 타러 가 버리었다. 동구 밖으로 사라지는 아들의 뒷모양을 지키고 섰을 때, 아버지의 마음도, 정말 임종에서 유언이나 하고 난 것처럼 외롭고 한편 불안스러운 심사조차 설레었다.

아버지는 종일 개울에서 허덕였으나 저녁에 잠도 달게 오지 않았다. 젊어서 서당에서 읽던 백낙천(白樂天 중국 당나라의 시인 백거이)의 시가 다 생각이 났다. 늙은 제비 한 쌍을 두고 지은 노래였다. 제 배 속이 고픈 것은 참아 가며 입에 얻어 문 것은 새끼들부터 먹여 길렀으나, 새끼들은 자라서 나래에 힘을 얻자 어디로인지 저희 좋을 대로 다 날아가 버리어, 야위고 늙은 어버이 제비 한 쌍만 가을바람 소슬한 추녀 끝에 쭈그리고 앉아 있는 광경을 묘사하였고, 나중에는, 그 늙은 어버이 제비들을 가리켜, 새끼들만 원망하지 말고, 너희들이 새끼 적에 역시 그러했음도 깨달으라는 풍자(諷刺)의 시였다.

'흥!'

노인은 어두운 천장을 향해 쓴웃음을 짓고 날이 밝기를 기다려 누구보다도 먼저 어제 고쳐 놓은 돌다리를 보러 나왔다.

흙탕이라고는 어느 돌 틈에도 남아 있지 않았다. 첫 곬으로도, 가운뎃곬으로도 끝엣곬으로도 맑기만 한 소담한(넉넉해 부족함이 없는) 물살이 우쭐우쭐 춤추며 빠져 내려갔다. 가운뎃장으로 가 쾅 굴러 보았다. 발바닥만 아플 뿐 끄떡이 있을 리 없다. 노인은 쪼루루 집으로 들어와 소금 접시와 낯 수건을 가지고 나왔다. 제일 낮은 받침돌에 내려앉아 양치를 하고 세수를 하였다. 나중에는 다시 이가 저린 물을 한입 물어 마시며 일어섰다. 속에 모든 게 씻기는 듯 시원하였다. 그리고 수염에 물을 닦으며 이렇게 생각하였다.

'비가 아무리 쏟아져도 어떤 한정을 넘는 법은 없다. 물이 분수없이 늘어 떠내려갔던 게 아니라 자갈이 밀려 내려와 물구멍이 좁아졌든지, 그렇지 않으면, 어느 받침돌의 밑이 물살에 궁굴려 쓰러졌던 그런 까닭일 게다. 미리 바닥을 치고 미리 받침돌만 제대로 보살펴 준다면 만년을 간들 무너질 리 없을 게다. 그저 늘 보살펴야 허는 거다. 사람이란 하늘 밑에 사는 날까진 하루라도 천리(天理)에 방심을 해선 안 되는 거다…….'

백치 아다다

작가와 작품 세계

계용묵(1904~1961)

본명은 하태용. 평안북도 선천군 출생. 1928년에 일본으로 건너가 도요대학 동양학과에서 수학했다. 1927년 단편 「최서방」을 〈조선문단〉에 발표하고, 1928년 「인두지주」를 〈조선지광〉에 발표하면서 본격적으로 작품 활동을 시작했다. 1935년에 대표작 「백치 아다다」를 〈조선문단〉에 발표해 주목을 끌었다. 그 후 「청춘도」, 「유앵기(流鶯記)」, 「신기루(蜃氣樓)」 등을 발표했다. 광복 후에는 「별을 헨다」, 「바람은 그냥 불고」, 「물매미」 등을 발표했다.

그는 일제 말기의 다른 작가들과 마찬가지로 4, 5년간은 거의 작품 활동을 하지 않았다. 해방 후 발표한 작품들은 대체로 1930년대의 경향을 그대로 발전시켜 나간 것이다. 콩트풍의 단편만을 썼으나 짧은 작품일수록 예술적인 정교함이 풍부하다. 계용묵의 작품은 인간의 선량함과 순수성을 옹호하면서 삶의 의미를 추구하는 경향이 강하다. 현실과의 적극적인 대결을 꾀하지는 않아 담담한 세태 묘사에 머물렀다는 평가를 받기도 한다.

작품 정리

갈래: 순수 소설

배경: 시간 - 1930년대 / 공간 - 평안도 어느 마을과 신미도

시점: 3인칭 전지적 작가 시점(3인칭 작가 관찰자 시점이 간혹 보임)

주제: 물질 중심주의 사회에서 희생되는 한 여인의 비극적인 삶

출전: 〈조선문단〉(1935)

구성과 줄거리

발단 **아다다가 어머니의 구박을 받으며 친정에서 쫓겨남**

아다다는 괜찮은 집안에서 태어났지만 벙어리이면서 백치여서 시집을 못 가다가 열아홉 살이 되어서야 논 한 섬지기를 붙여 주는 조건으로 가난뱅이 노총각에게 시집을 간다. 먹고살 것을 가져온 아다다는 처음에는 시집 식구들의 사랑을 받았다. 살림에 여유가 생기자 남편이 아다다를 구박하기 시작하더니 끝내 딴 여자를 얻는다. 결국 아다다는 친정으로 쫓겨 간다. 아다다는 친정에서도 구박을 받고 쫓겨난다.

전개 **아다다가 노총각 수롱이를 찾아감**

아다다는 평소에 자신에게 관심을 보여 온 노총각 수롱이를 찾아간다. 수롱이는 일 년 전부터 아다다에게 마음을 두었지만 초시의 딸인 그녀를 어쩌지 못하고 눈치만 보아 오던 차였다. 가난 때문에 장가를 가지 못한 수롱이는 아다다를 반갑게 맞이한다. 수롱이는 아다다를 데리고 마을 사람들의 눈을 피해 신미도라는 섬으로 간다.

위기 **수롱이가 아다다에게 밭을 사겠다며 돈을 보여 줌**

농사만 짓고 살던 수롱이는 모아 둔 돈 백오십 원을 아다다에게 자랑스럽게 내보이며 밭을 사자고 한다. 돈 때문에 시집에서 겪었던 불행을 떠올린 아다다는 돈이 자신에게 또 불행을 가져다줄 것이라고 생각한다.

절정 **밭을 살 돈을 아다다가 바다에 던져 버림**

아다다는 수롱이가 잠든 틈을 타서 새벽녘에 바다로 나가 돈을 물결 위에 뿌려 버린다.

결말 **수롱이가 아다다를 바다에 밀어 넣어 죽임**

뒤따라온 수롱이는 물속으로 뛰어들어 돈을 건지려 하나 소용이 없다. 화가 난 수롱이는 아다다를 발로 차서 바다에 밀어 넣어 죽인다.

생각해 볼 문제

1. 이 작품은 무엇을 비판하고 있는가?

작가는 아다다를 통해 물질 만능의 세태를 비판한다. '인생파 작가'로 불리는 계용묵의 문학은 물질문명 때문에 상실된 인간성을 회복하는 데 작품의 지향점을 두고 있다. 이 작품에서도 물질적 소유를 지향하고 있는 수롱이의 삶과 진실한 행복을 추구하는 아다다의 삶을 대비해 참다운 삶의 가치에 대한 질문을 던진다.

2. 아다다의 성실한 모습이 사람들에게는 어떻게 보여지고 있는가?

아다다는 천성이 착하고 성실하지만 천치이기 때문에 실수를 자주 저지른다. 사람들은 아다다가 천치라는 것만 인식하고 성실한 모습은 제대로 보지 못한다. 아다다는 구박과 천대 속에서 정신적 행복을 추구하며 살다가 결국 비극적인 결말을 맞는다. 작가는 아다다를 통해 인간의 편견이 불행을 부를 수도 있다는 것을 경고한다.

3. 아다다에게 돈은 어떤 의미인가?

작품 속에서 돈은 불행을 행복으로, 행복을 불행으로 만드는 원인이 된다. 아다다의 첫 번째 남편은 지참금 때문에 그녀를 데리고 왔다가 살림에 여유가 생기자 그녀를 내쫓는다. 돈과 사랑의 배타적인 관계를 경험으로 아는 아다다는 사랑을 지속하기 위해 돈을 버린다.

인물 관계도

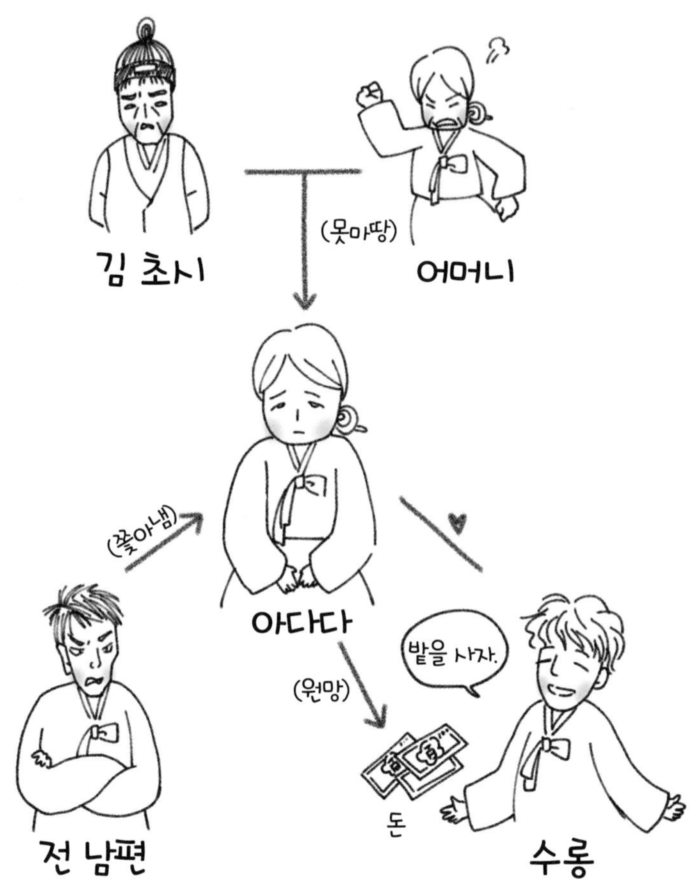

백치이자 벙어리인 저(아다다)는 시집의 살림이 좋아지자 쫓겨나 친정으로 돌아와야 했어요. 집에서도 구박받던 저는 저를 좋아하는 수롱이와 함께 섬으로 가서 행복하게 지냈지요. 그런데 어느 날 수롱이가 밭을 살 거라며 돈을 보여 주지 않겠어요? 돈은 불행을 가져오는 물건이라고 생각하여 몰래 버렸는데, 그만 들켜 버렸지 뭐예요.

백치 아다다

질그릇이 땅에 부딪치는 소리가 났다고 들렸는데, 마당에는 아무도 없다.

부엌에 쥐가 들었나? 샛문을 열어 보려니까,

"아 아 아이 아아 아야!"

하는 소리가 뒤란 곁으로 들려온다. 샛문을 열려던 박 씨는 뒷문을 밀었다.

장독대 밑, 비스듬한 켠 아래, 아다다가 입을 헤 벌리고 넙적 엎더져, 두 다리만을 힘없이 버지럭거리고 있다.

그리고 머리 편으로 한 발쯤 나가선 깨어진 동이 조각이 질서 없이 너저분하게 된장 속에 묻혀 있다.

"아이구메나! 무슨 소린가 했더니 이년이 동애('동이'의 평안도 방언)를 또 잡았구나! 이년아! 너더러 된장 푸래든! 푸래?"

어머니는 딸이 어딘가 다쳤는지 일어나지도 못하고 아파하는 데 가는 동정심보다 깨어진 동이만이 아깝게 눈에 보였던 것이다.

"어 어마! 아다아다 아다 아다다……."

모닥불을 뒤집어쓰는 듯한 끔찍한 어머니의 음성을 또다시 듣게 되는 아다다는 겁에 질려 얼굴에 시퍼런 물이 들며 넘어진 연유를 말하여 용서를 빌려는 기색이지만 말이 되지를 않아 안타까워한다.

아다다는 벙어리였던 것이다. 말을 하럴 때에는 한다는 것이, 아다다 소리만이 연거푸 나왔다. 어찌어찌 가다가 말이 한마디씩 제법 되어 나오는 적도 있었으나, 그것은 쉬운 말에 그치고 만다.

그래서 이것을 조롱 삼아 확실이라는 뚜렷한 이름이 있었지만, 누구나 그를 부르는 이름은 '아다다'였다. 그리하여 이것이 자연히 이름으로 굳어져, 그 부모네까지도 그렇게 부르게 되었거니와, 그 자신조차도 '아다다!' 하고 부르면 마땅히 이름인 듯이 대답을 했다.

"이년까타나 끌('머리'의 방언)이 세누나! 시켠('시집'의 방언)엘 못 갔으문 오늘은 어드메든지 나가서 뒈디고 말아라, 이년아! 이년아! 아, 이년아!"

어머니는 눈알을 가로세워 날카롭게도 흰자위만으로 흘기며 성큼 문턱을 넘어선다.

아다다는 어머니의 손길이 또 자기의 끌채('머리채'의 방언)를 감아쥘 것을 연상하고 몸을 겨우 뒤채 비꼬아 일어서서 절룩절룩 굴뚝 모퉁이로 피해 가며 어쩔 줄을 모르고 일변 고개를 좌우로 둘러 살피며 아연하게도,

"아다 어 어마! 아다 어마! 아다다다다다!"

하고 부르짖는다. 다시는 일을 아니 저지르겠다는 듯이, 그리고 한 번만 용서를 하여 달라는 듯싶게. 그러나 사정 모르는 체 기어이 쫓아간 어머니는,

"이년! 어서 뒈데라. 뒈디기 싫건 시집으로 당장 가거라. 못 가간?"

그리고 주먹을 귀 뒤에 넌지시 얼메고(을러메다. 위협적인 언동으로 위협해서 억누르다) 마주 선다.

순간, '주먹이 떨어지면?' 하는, 두려운 생각에 오싹 하고 끼치는 소름이 튀해(새나 짐승의 털을 뽑기 위해 끓는 물에 잠깐 넣었다가 꺼내) 놓은 닭같이 전신에 돋아나는 두드러기를 느끼는 찰나, '턱' 하고 마침내 떨어지는 주먹은 어느새 끌채를 감아쥐고 갈지자로 흔들어 댄다.

"아다 어어 어마! 아 아고 어 어마!"

아다다는 떨며 빌며 손을 몬다.

그러나 소용이 없다. 한번 손을 댄 어머니는 그저 죽어 싸다는 듯이 자꾸만 흔들어 댄다. 하니, 그렇지 않아도 가꾸지 못한 텁수룩한 머리는 물결처럼 흔들리며 구름같이 피어나선 얼크러진다.

그래도 아다다는 그저 빌 뿐이요, 조금도 반항하려고는 않는다. 이런 일은 거의 날마다 지나 보는 것이기 때문에 한대야, 그것은 도리어 매까지 사는 것이 됨을 아는 것이다. 집에 일이 아무리 밀려 돌아가더라도 나 모르는 체 손 싸매고 들어앉았으면 오히려 이런 봉변은 아니 당할 것이, 가만히 앉았지는 못했다.

선천적으로 타고난 천치에 가까운 그의 성격은 무엇엔지 힘에 부치는 노력이 있어야 만족을 얻는 듯했다. 시키건, 안 시키건, 헐하나, 힘차나 가리는 법이 없이 하여야 될 일로 눈에 띄기만 하면 몸을 아끼는 일이 없이 하는 것이 그였다. 그래서 집안의 모든 고된 일은 실로 아다다가 혼자서 치워 놓게 된다.

그러나 어머니는 그것이 반갑지 않았다. 둔한 지혜로 마련 없이 뼈가 부러지도록 몸을 돌보지 않고, 일종 모험에 가까운 짓을 하게 되므로, 그 반면에 따르는 실수가 되레 일을 저질러 놓게 되어, 그릇 같은 것을 깨쳐 먹는

일은 거의 날마다 있다 하여도 옳을 정도로 있었다.

그래도 아다다의 힘을 빌리지 않고는 집안일을 못 치겠다면 모르지만, 그는 참례를 하지 않아도 행랑에서 차근차근히 다 해 줄 일을 쓸데없이 가로맡아선 일을 저질러 놓고 마는 데에 그 어머니는 속이 상했다.

본시 시집을 보내기 전에도 그 버릇은 지금이나 다름이 없어 벙어리인데다 행동까지 그러하였으므로 내용 아는 인근에서는 그를 얻어 가려는 사람이 없었다. 그리하여 열아홉 고개를 넘기도록 처묻어 두고 속을 태우다 못해 깃부(지참금. 신부가 시집갈 때 가지고 가는 재물)로 논 한 섬지기를 처넣어 똥 치듯 치워 버렸던 것이, 그만 오 년이 멀다 다시 쫓겨 와, 시집에는 아예 갈 생각도 아니 하고 하루 같은 심화를 올렸다. 그래서 어머니는 역겨운 마음에 아다다가 실수를 할 때마다 주릿대(주리를 트는 데 쓰는 두 개의 막대기)를 내리고 참례를 말라건만 그는 참는다는 것이 그 당시뿐이요, 남이 일을 하는 것을 보면 속이 쏘는 듯이 슬그머니 나와서 곁을 슬슬 돌다가는 손을 대고 만다.

바로 사흘 전엔가도 무명님(피륙 따위를 잿물에 담갔다가 솥에 삶는 일)을 할 때 활짝 단 솥뚜껑을 마련 없이 맨손으로 열다가 뜨거움을 참지 못해 되는 대로 집어 엎는 바람에 그만 자배기(동이만 한 부피에 약간 얕고 넓적하게 만든 오지그릇)를 깨쳐서 욕과 매를 한바탕 겪고 났었건만 어제저녁 행랑 색시더러 오늘은 묵은 된장을 옮겨 담아야 되겠다고 이르는 말을 어느 결에 들었던지 아다다는 아침밥이 끝나자 어느새 나가서 혼자 된장을 퍼 나르다가 그만 또 실수를 한 것이었다.

"못 가간? 시집이! 못 가간? 이년! 못 가갔음 죽어라!"

움켜쥐었던 머리를 힘차게 휙 두르며 밀치는 바람에 손에 감겼던 머리카락이 끊어지는지 빠지는지 무뚝 묻어나며 아다다는 비칠비칠 서너 걸음 물러난다.

순간 정신이 어찔해진 아다다는 넘어지지 않으려고 애써 버지럭거리며 삐치는 다리에 겨우 진정을 얻어 세우자,

"아다 어마! 아다 어마! 아다 아다!"

하고, 다시 달려들듯이 눈을 흘기고 섰는 어머니를 향하여 눈물 글썽한 눈을 끔벅 한 번 감아 보이고, 그리고 북쪽을 손가락질하여, 어머니의 말대로 시집으로 가든지 그렇지 않으면 죽어라도 버리겠다는 뜻으로 고개를 주억이며 겁에 질려 어쩔 줄을 모르고 허청허청 대문 밖으로 몸을 이끌어 냈다.

나오기는 나왔으나 갈 곳이 없는 아다다는 마당귀를 돌아서선 발길을 더 내놓지 못하고 우뚝 섰다.

시집으로 간다고 하였으나, 아무리 생각해도 남편의 매는 어머니의 그것보다 무섭다. 그러면 다시 집으로 들어가나? 이번에는 외상 없는 매가 떨어질 것 같다. 어디로 가야 하나? 갈 곳 없는 갈 곳을 뒤짜 보자니 눈물이 주는 위로밖에 쓸데없는 오 년 전 그 시집이 참을 수 없이 그립다.

추울세라, 더울세라, 힘이 들까, 고단할까, 알뜰살뜰히 어루만져 주던 시부모, 밤이면 품속에 꼭 껴안아 피로를 풀어 주던 남편. 아! 얼마나 시집에서는 자기를 위하여 정성을 다하던 것인가?

참으로, 아다다가 처음 시집을 가서의 오 년 동안은 온 집안의 사랑을 한몸에 받아 왔던 것이 사실이다.

벙어리라는 조건이 귀에 들어맞는 것은 아니었으나, 돈으로 아내를 사지 아니 하고는 얻어 볼 수 없는 처지에서 스물여덟 살에 아직 장가를 못 들고 있는 신세로 목구멍조차 치기 어려운 형세이었으므로, 아내를 얻게 되기의 여유를 기다리기까지에는 너무도 막연한 앞날이었다. 벙어리나마 일생을 먹여 줄 것까지 가지고 온다는 데 귀가 번쩍 띄어 그 자리를 앗기울까 두렵게 혼사를 지었던 것이니, 그로 의해서 먹고살게 되는 시집에서는 아다다를 아니 위할 수가 없었던 것이다. 그러한 가운데 또한 아다다는 못 하는 일이 없이 일 잘하고, 고분고분 말 잘 듣고, 조금도 말썽을 부리는 일이 없었다. 그래서 생활고가 주는 역겨움이 쓸데없이 서로 눈독을 짓게 하여 불쾌한 말만으로 큰소리가 끊일 새 없이 오고 가던 가족은 일시에 봄비를 맞는 동산같이 화락한 웃음의 꽃을 피웠다.

원래 바른 사람이 못 되는 아다다에게는 실수가 없는 것이 아니었으나, 그로 인해서 밥을 먹게 된 시집에서는 조금도 역겹게 안 여겼고, 되레 위로를 하고 허물을 감추기에 서로 힘을 썼다.

여기에 아다다가 비로소 인생의 행복을 느끼며, 시집가기 전 지난날 어머니 아버지가 쓸데없는 자식이라는 구실 밑에, 아니, 되레 가문을 더럽히는 앙화(殃禍 지은 죄의 갚음으로 받는 온갖 재앙) 자식이라고 사람으로서의 푼수에도 넣어 주지 않고 박대하던 일을 생각하고는 어머니 아버지를 원망하는 나머지 명절 목이나 제향 때이면 시집에서는 그렇게도 가 보라는 친정이었건만 이를 악물고 가지 않고, 행복 속에 묻혀 살던 지나간 그날이 아니 그리울 수가 없었다.

그러나 그날은 안타깝게도 다시 못 올 영원한 꿈속에 흘러가고 말았다.

해를 거듭하며 생활의 밑바닥에 깔아 놓았던 한 섬지기라는 거름이 차츰 그들을 여유한 생활로 이끌어, 몇백 원이란 돈이 눈앞에 굴게 되니, 까닭 없이 남편 되는 사람은 벙어리로서의 아내가 미워졌다.

조그만 실수가 있어도 눈을 흘겼다. 그리고 매를 내렸다. 이 사실을 아는 아버지는 그것은 들어오는 복을 차 버리는 짓이라고 타이르나, 듣지 않았다. 그리하여 부자간에 충돌이 때때로 일어났다. 이럴 때마다 아버지에게는 감히 하고 싶은 행동을 못 하는 아들은 그 분을 아내에게로 돌려 풀기가 일쑤였다.

"이년, 보기 싫다! 네 집으로 가거라."

그리고 다음에 따르는 것은 매였다. 그러나 아다다는 참아 가며 아내로서의, 그리고 며느리로서의 임무를 다했다.

이것이 시부모로 하여금 더욱 아다다를 귀엽게 만드는 것이어서, 아버지에게서는 움직일 수 없는 며느리인 것을 깨닫게 된 아들은 가정적으로 불만을 느끼게 되어 한 해의 농사를 지은 추수를 온통 팔아 가지고 집을 떠나서 마음의 위안을 찾아 돌다가 주색에 돈을 다 탕진하고 동무들과 물거품같이 밀리어 안동현으로 건너갔다.

그리하여 이 투기적인 도시에서 뒹굴며 노동의 힘으로 밑천을 얻어선 '양화'와 '은떼루'에 투기하여 황금을 꿈꾸어 오던 것이 기적적으로 맞아 나기 시작하여 이태 만에는 이만 원에 가까운 돈을 손에 쥐게 되었다. 그리하여 언제나 불만이던 완전한 아내로서의 알뜰한 사랑에 주렸던 그는 돈에 따르는 무수한 여자 가운데서 마음대로 흡족히 골라 가지고 집으로 돌아왔다.

그러고는, 새로운 살림을 꿈꾸는 일변 새로이 가옥을 건축함과 동시에 아다다를 학대함이 전에 비할 정도가 아니었다. 이에는, 그 아버지도 명민하고 인자한 남부끄럽지 않은 빼젓한 새며느리에게 마음이 쏠리는 나머지, 이미 생활은 걱정이 없이 되었으니, 아다다의 깃부로써가 아니라도 유족할 앞날의 생활을 돌아볼 때 아들로서의 아다다에게 대하는 태도는 소모도 마음에 걸리는 것이 없었다. 그리하여 시부모의 눈에서까지 벗어나게 된 아다다는 호소할 곳조차 없는 사정에 눈감은 남편의 매를 견디다 못해 집으로 쫓겨 오게 되었던 것이니, 생각만 하여도 옛 매 자리가 아픈 그 시집은 죽으면 죽었지 다시는 찾아갈 생각이 없었던 것이다.

그래서 집에 있게 되니 그것보다는 좀 헐할망정, 어머니의 매도 결코 견디기에 족한 것이 아니다. 그리고 그것은 날마다 더 심해만 왔다. 오늘도 조금만 반항이 있었던들, 어김없이 매는 떨어지고 말았을 것이다.

그러나 어디로 가나? 아무리 생각을 해 보아야 그저 이 세상에서는 수롱이네 집밖에 또 찾아갈 곳은 없었다.

수롱은 부모 동생조차 없이 삼십이 넘은 총각으로, 누구보다도 자기를 사랑하여 준다고 믿는 단 한 사람이었다. 그리하여 쫓기어날 때마다 그를 찾아가선 마음의 위안을 얻어 오던 것이다.

아다다는 문득 발걸음을 떼어 아지랑이 얼른거리는 마을 끝 산턱 아래 떨어져 박힌 한 채의 오막살이를 향하여 마당귀를 꺾어 돌았다.

수롱은 벌써 일 년 전부터 아다다를 꾀어 왔다. 시집에서까지 쫓겨난 벙어리였으나, 김 초시의 딸이라, 스스로도 낮추 보이는 자신으로서는 거연히 염을 내지 못하고 뜻있는 마음을 건너 볼 길이 없어 속을 태워 가며 눈치만 보아 오던 것이, 눈치에서보다는 베풀어진 동정이 마침내, 아다다의 마음을 사게 된 것이었다.

아이들은 아다다를 보기만 하면 따라다니며 놀렸다. 아니, 어른까지도 '아다다, 아다다' 하고 골을 올려서 분하나, 말을 못 하고 이상한 시늉을 하며 두덜거리는 것을 보므로 좋아라고 손뼉을 치며 웃었다.

그래서 아다다는 사람을 싫어하였다. 집에 있으면 어머니의 욕과 매, 밖에 나오면 뭇사람들의 놀림, 그러나 수롱이만은 자기를 사랑하는 것이었다. 아이들이 따라다닐 때에도 남 아니 말려 주는 것을 그는 말려 주고, 그리고 매에 터질 듯한 심정을 풀어 주는 것이었다.

그리하여 아다다는 마음이 불편할 때마다 수롱을 생각해 오던 것이, 얼마 전부터는 찾아다니게까지 되어 동네의 눈치에도 이미 오른 지 오랬다.

그러나 아다다의 집에서도 그 아버지만이 지처(地處 지체 대대로 전해 내려오는 사회적 신분이나 지위)를 가지기 위하여 깔맵게 아다다의 행동을 경계하는 듯하고, 그 어머니는 도리어 수롱이와 배가 맞아서 자기 눈앞에 보이지 아니하고, 어디로든지 달아났으면 하는 눈치를 알게 된 수롱이는 지금에 와서는 어느 정도까지 내어놓다시피 그를 사귀어 온다.

아다다는 제 집이나처럼 서슴지도 않고 달리어 오자마자 수롱이네 집 문을 벌컥 열었다.

"아, 아다다!"

수롱은 의외에 벌떡 일어섰다.

"너 또 울었구나!"

울었다는 것이 창피하긴 하였으나, 숨길 차비가 아니다. 호소할 길 없는 가슴속에 꽉 찬 설움은 수롱이의 따뜻한 위무가 어떻게도 그리웠는지 모른다.

방 안에 들어서기가 바쁘게 쫓기어난 이유를 언제나 같이 낱낱이 말했다.

"그러기 이젠 아야, 다시는 집으로 가지 말구 나하구 둘이서 살아, 응?"

그리고 수롱은 의미 있는 웃음을 벙긋벙긋 웃어 가며 아다다의 등을 척척 두드려 달랬다. 오늘은 어떻게 해서든지 자기의 것을 영원히 만들어 보고 싶은 욕망에 불탔던 것이다.

그러나 아다다는,

"아다 무 무서! 아바 무 무서! 아다아다다다!"

하고, 그렇게 한다면 큰일 난다는 듯이 눈을 둥그렇게 뜬다. 집에서 학대를 받고 있느니보다는 수롱의 사랑 밑에서 살았으면 오죽이나 행복되랴! 다시 집으로는 아니 들어가리라는 생각이 없었던 바도 아니었으나, 정작 이런 말을 듣고 보니, 무엇엔지 차마 허하지 못할 것이 있는 것 같고 그렇지 않은 지라 눈을 부릅뜨고 수롱이한테 다니지 말라는 아버지의 이르던 말이 연상될 때 어떻게도 그 말은 엄한 것이었다.

"우리 둘이 달아났음 그만이디 무섭긴 뭐이 무서워?"

"……."

아다다는 대답이 없다.

딴은 그렇기도 한 것이다. 당장 쫓기어난 몸이 갈 곳이 어딘고? 다시 생각을 더듬어 볼 때 어머니의 매는 아버지의 그 눈총보다도 몇 배나 더한 두려움으로 견딜 수 없이 아픈 것이다. 그러마고 대답을 못 하고 거역한 것이 금시 후회스러웠다.

"안 그래? 무서울 게 뭐야. 이젠 아야 집으루 가지 말구 나하구 있어, 응?"

"응, 아다 이 있어, 아다 아다."

하고, 아다다는 다시 있자는 수롱이의 말이 나오기를 기다렸던 듯이, 그리고 살길은 이제 찾았다는 듯이, 한숨과 같이 빙긋 웃으며 있겠다는 뜻을 명백히 보이기 위하여 고개를 주억이며 삿('삿자리'의 줄임말. 갈대를 엮어서 만든 자리) 바닥을 손으로 툭툭 뚜드려 보인다.

"그렇지 그래. 정 있어야 돼, 응?"

"응, 이서 이서 아다 아다."

"정말이야?"

"으, 응 저 정 아다 아다."

단단히 강문을 받고 난 수롱이는 은근히 솟아나는 미소를 금할 길이 없었다.

벙어리인 아다다가 흡족할 이치는 없었지만, 돈으로 사지 아니하고는 아내라는 것을 얻어 볼 수 없는 처지였다. 그저 생기는 아내는 벙어리였어도 족했다. 그저 자기의 하는 일이나 도와주고 아들딸이나 낳아 주었으면 자기는 게서 더 바랄 것이 없었다. 아내를 얻으려고 십여 년 동안을 불피풍우(不避風雨 비바람을 무릅쓰고) 품을 팔아 궤 속에 꽁꽁 묶어 둔 일백오십 원이란 돈이 지금에 와서는, 아내 하나를 얻기에 그리 부족할 것은 아니나, 장가를 들지 아니하고 아다다를 꼬여 온 이유도, 아다다를 꼬임으로 돈을 남겨서, 그 돈으로는 살림의 밑천을 만들어 가정의 마루를 얹자는 데서였던 것이다. 이제 그 계획이 은근히 성공에 가까워 오매 자기도 남과 같이 가정을 이루어 보게 되누나 하니 바라지도 못하였던 인생의 행복이 자기에게도 이제 찾아오는 것 같았다.

"우리 아다다."

수롱이는 아다다의 등에 손을 얹으며 빙그레 웃었다.

"아다 다다."

아다다도 만족한 듯이 히쭉 입이 벌어졌다.

그날 밤을 수롱의 품안에서 자고 난 아다다는 이미 수롱의 아내 되기에 수줍음조차 잊었다. 아니, 집에서 자기를 받들어 들인다 하더라도 수롱을 떨어져서는 살 수 없으리만큼 마음은 굳어졌다. 수롱이가 주는 사랑은 이 세상에서는 더 찾을 수 없는 행복이리라 느끼어졌던 것이다.

그러나 영원한 행복을 위하여 이 자리에 그대로 박혀서는 누릴 수 없을 것이 다음에 남은 근심이었다. 수롱이와 같이 살자면, 첫째 아버지가 허하지 않을 것이요, 동네 사람도 부끄럽지 않은 노릇이 아니다. 이것은 수롱이도 짐짓 근심이었다. 밤이 깊도록 의논을 하여 보았으나 동네를 피하여 낯모르는 곳으로 감쪽같이 달아나는 수밖에 다른 묘책이 없었다.

예식 없는 가약을 그들은 서로 맹세하고 그날 새벽으로 그 마을을 떠나, '신미도'라는 섬으로 흘러가서, 그곳에 안주를 정하였다. 그러나 생소한 곳이므로, 직업을 찾을 길이 없었다. 고기를 잡아먹고 사는 섬이라, 뱃놀음을 하는 것이 제 길이었으나, 이것은 아다다가 한사코 말렸다. 몇 해 전에 자기네 동네에서도 농토를 잃은 몇몇 사람이 이 섬으로 들어와 첫 배를 타다가 그만 풍랑에 몰살을 당하고 만 일이 있던 것을 잊지 못하는 때문이었다.

그렇지 않은지라, 수롱이조차도 배에는 마음이 없었다. 섬으로 왔다고는 하지만 땅을 파서 먹는 것이 조마구(주먹) 빨 때부터 길러 온 습관이요, 손익은 일이었기 때문에 그저 그 노릇만이 그리웠다.

그리하여 있는 돈으로 어떻게, 밭날갈이나 사서 조 같은 것이나 심어 가지고 겨울의 시탄(柴炭 땔나무와 숯)과 양식을 대게 하고 짬짬이 조개나 굴, 낙지, 이런 것들을 캐어서 그날그날을 살아갔으면 그것이 더할 수 없는 행복일 것만 같았다.

그러지 않아도 삼십 반생에 자기의 소유라고는 손바닥만 한 것조차 없어, 어떻게도 몽매에 그리던 땅이었는지 모른다. 완전한 아내를 사지 아니하고 아다다를 꼬여 온 것도 이 소유욕에서였다. 아내가 얻어진 이제, 비록 많지는 않은 땅이나마 가져 보고 싶은 마음도 간절하였거니와, 또는 그만한 소유를 가지는 것이 자기에게 향한 아다다의 마음을 더욱 굳게 하는 데도 보다 더한 수단일 것 같았기 때문이다.

그런데다 본시 뱃놀음판인 섬인데, 작년에 놀구지가 잘되었다 하여 금년에 와서 더욱 시세를 잃은 땅은 비록 때가 기경시(起耕時 논밭을 경작하는 시기)라 하더라도 용이히 살 수까지 있는 형편이었으므로, 그렇게 하리라 일단 마음을 정하니, 자기도 땅을 마침내 가져 보누나 하는 생각에 더할 수 없는 행복을 느끼며 아다다에게도 이 계획을 말하였다.

"우리 밭을 한 뙈기 사자. 그래두 농살 허야 사람 사는 것 같디. 내가 던답을 살라구 묶어 둔 돈이 있거든."
하고 수롱이는 봐라는 듯이 시렁(물건을 얹어 두기 위해 방이나 마루의 벽에 건너질러 놓은 두 개의 긴 나무) 위에 얹힌 석유통 궤 속에서 지전 뭉치를 뒤져 내더니, 손끝에다 침을 발라 가며 펄떡펄떡 뒤져 보인다.

그러나 그 돈을 본 아다다는 어쩐지 갑자기 화기가 줄어든다.

수롱이는 그것이 이상했다. 돈을 보면 기꺼워할 줄 알았던 아다다가 도리어 화기를 잃은 것이다. 돈이 있다니 많은 줄 알았다가 기대에 틀림으로 써인가?

"이거 봐! 그래 봐두, 이게 일천오백 냥(백오십 원)이야. 지금 시세에 밭 이천 평은 한참 놀다가두 떡 먹두룩 살 건데."

그래도 아다다는 아무 대답이 없다. 무엇 때문엔지 수심의 빛까지 역연히 얼굴에 떠오른다.

"아니 밭이 이천 평이문 조를 심는다 하구, 잘만 가꿔 봐, 조가 열 섬에 조짚이 백여 목 날 터이야. 그래, 이걸 개지구 겨울 한동안이야 못 살아? 그럭허구 둘이 맞붙어 몇 해만 벌어 봐? 그 적엔 논이 또 나오는 거야. 이건 괜히 생……."

아다다는 말없이 머리를 흔든다.

"아니, 내레 이게, 거즈뿌레기야? 아, 열 섬이 못 나?"

아다다는 그래도 머리를 흔든다.

"아니, 고롬 밭은 싫단 말인가?"

"아다 시 싫어."

그리고 힘없이 눈을 내리깐다.

아다다는 수롱이에게 돈이 있다 해도 실로 그렇게 많은 돈이 있는 줄은 몰랐다. 그래서 그 많은 돈으로 밭을 산다는 소리에, 지금까지 꿈꾸어 오던 모든 행복이 여지없이도 일시에 깨어지는 것만 같았던 것이다. 돈으로 인해서 그렇게 행복할 수 있던 자기의 신세는 남편(전남편)의 마음을 악하게 만들므로, 그리고, 시부모의 눈까지 가리는 것이 되어, 필야엔 쫓겨나지 아니치 못하게 되던 일을 생각하면, 돈 소리만 들어도 마음은 좋지 않던 것인데, 이제 한 푼 없는 알몸인 줄 알았던 수롱이에게도 그렇게 많은 돈이 있어 그것으로 밭을 산다고 기꺼워하는 것을 볼 때, 그 돈의 밑천은 장래 자기에게 행복을 가져다주기보다는 몽둥이를 가져다주는 데 지나지 못하는 것 같았고, 밭에다 조를 심는다는 것은 불행의 씨를 심는다는 것만 같았기 때문이다.

아다다는 그저 섬으로 왔거니 조개나 굴 같은 것을 캐어서 그날그날을 살아가야 할 것만이 수롱의 사랑을 받는 데 더할 수 없는 살림인 줄만 안다. 그래서 이러한 살림이 얼마나 즐거우랴! 혼자 속으로 축복을 하며 수롱을 위하여 일층 벌기에 힘을 써야 할 것을 생각해 오던 것이다.

"고롬 논을 사재나? 밭이 싫으문?"

수롱은 아다다의 의견을 알고 싶어 이렇게 또 물었다.

그러나 아다다는 그냥 힘없는 고개만 주억일 뿐이었다. 논을 산대도 그것은 똑같은 불행을 사는 데 있을 것이다. 돈이 있는 이상 어느 것이든지 간에 사기는 반드시 사고야 말 남편의 심사이었음에 머리를 흔들어 대 봤자 소용이 없을 것이었다. 그리하여 그 근본 불행인 돈을 어찌할 수 없는 이상엔 잠시라도 남편의 마음을 거슬리므로 불쾌하게 할 필요는 없다고 아는 때문이었다.

"흥! 논이 좋은 줄은 너두 아누나! 그러나 가난한 놈에겐 밭이 논보다 나았디 나아."

하고, 수롱이는 기어이 밭을 사기로, 그 달음에 거간('거간꾼'의 줄임말. 흥정을 붙이는 일을 업으로 삼는 사람)을 내세웠다.

그날 밤.

아다다는 자리에 누웠으나 잠이 오지 않았다.

남편은 아무런 근심도 없는 듯이 세상모르고 씩씩 초저녁부터 자 내건만, 아다다는 그저 돈 생각을 하면 장차 닥쳐올 불길한 예감에 잠을 이룰 수가 없었다. 이불을 붙안고 밤새도록 쥐어틀며 아무리 생각을 해야 그 돈을 그대로 두고는 수롱의 사랑 밑에서 영원한 행복을 누릴 수 있으리라고는 믿기지 않았다.

짧은 봄밤은 어느덧 새어 새벽을 알리는 닭의 울음소리가 사방에서 처량히 들려온다.

밤이 벌써 새누나 하니, 아다다의 마음은 더욱 조급하게 탔다. 이 밤으로 그 돈에 대한 처리를 하지 못하는 한, 내일은 기어이 거간이 밭을 흥정하여 가지고 올 것이다. 그러면 그 밭에서 나는 곡식은 해마다 돈을 불려 줄 것이다. 그때면 남편은 늘어 가는 돈에 따라 차차 눈은 어둡게 되어 점점 정은 멀어만 가게 될 것이다. 그 다음에는? 그 다음에는 더 생각하기조차 무서웠다.

닭의 울음소리에 따라 날은 자꾸만 밝아 온다. 바라보니 어느덧 창은 희끄스럼하게 비친다. 아다다는 더 누워 있을 수가 없었다. 옆에 누운 남편을 지그시 팔로 밀어 보았다. 그러나 움쩍하지도 않는다. 그래도 못 믿기는 무엇이 있는 듯이 남편의 코에다 가까이 귀를 가져다 대고 숨소리를 엿들었다. 씨근씨근 아직도 잠은 분명히 깨지 않고 있다. 아다다는 슬그머니 이불 속을 새어 나왔다. 그리고 시렁 위의 석유통을 휩쓸어 그 속에다 손을 넣었다. 그리하여 마침내 지전 뭉치를 더듬어서 손에 쥐고는 조심조심 발자국 소리를 죽여 가며 살그머니 문을 열고 부엌으로 내려갔다.

그러고는 일찍이 아침을 지어 먹고 나무새기('남새'의 방언. 무 · 배추 따위와 같이 심어 가꾸는 푸성귀)를 뽑으러 간다고 바구니를 끼고 바닷가로 나섰다. 아무도 보지 못하게 깊은 물속에다 그 돈을 던져 버리자는 것이다.

솟아오르는 아침 햇발을 받아 붉게 물들며 잔뜩 밀린 조수는 거품을 부걱부걱 토하며 바람결조차 철썩철썩 해안에 부딪힌다.

아다다는 바구니를 내려놓고 허리춤 속에서 지전 뭉치를 쥐어 들었다. 그러고는 몇 겹이나 쌌는지 알 수 없는 헝겊 조각을 둘둘 풀었다. 헤집으니 일 원짜리, 오 원짜리, 십 원짜리 무수한 관 쓴 영감들이 나를 박대해서는 아니 된다는 듯이, 모두들 마주 바라본다. 그러나 아다다는 너 같은 것을 버리는 데는 아무런 미련도 없다는 듯이, 넘노는 물결 위에다 휙 내어 뿌렸다. 세찬 바닷바람에 채인 지전은 바람결 쫓아 공중으로 올라가 팔랑팔랑 허공에서 재주를 넘어 가며 산산이 헤어져, 멀리, 그리고 가깝게 하나씩하나씩 물 위에 떨어져서는 넘노는 물결조차 잠겼다 떴다 소꾸막질을 한다.

어서 물속으로 가라앉든지, 그렇지 않으면 흘러 내려가든지 했으면 하고 아다다는 멀거니 서서 기다리나, 너저분하게 물 위를 덮은 지전 조각들은 차마 주인의 품을 떠나기가 싫은 듯이 잠겨 버렸는가 하면 다시 기웃거리며 솟아올라서는 물 위를 빙글빙글 돈다.

하더니, 썰물이 잡히자부터야 할 수 없는 듯이 슬금슬금 밑이 떨어져 흐르기 시작한다.

아다다는 상쾌하기 그지없었다. 밀려 내려가는 무수한 그 지전 조각들은 자기의 온갖 불행을 모두 거두어 가지고 다시 돌아올 길이 없는 끝없는 한바다로 내려갈 것을 생각할 때 아다다는 춤이라도 출 듯이 기꺼웠다.

그러나 그 돈이 완전히 눈앞에 보이지 않게 흘러 내려가기까지에는 아직도 몇 분 동안을 요하여야 할 것인데, 뒤에서 허덕거리는 발자국 소리가 들리기에 돌아다보니 뜻밖에도 수롱이가 헐떡이며 달려오는 것이 아닌가.

"야! 야! 아다다야! 너, 돈, 돈 안 건새했? 돈, 돈 말이야, 돈?"

청천의 벽력같은 소리였다.

아다다는 어쩔 줄을 모르고 남편이 이까지 이르기 전에 어서어서 물결은 휩쓸려 돈을 모두 거둬 가지고 흘러 버렸으면 하나, 물결은 안타깝게도 그닐그닐 한가히 돈을 이끌고 흐를 뿐, 아다다는 그 돈이 어서 자기의 눈앞에서 자취를 감추어 버리는 것을 보기 위하여 거덜거리고 있는 돈 위에다 쏘아 박은 눈을 떼지 못하고 쩔쩔매는 사이, 마침내 달려오게 된 수롱이 눈에도 필경 그 돈은 띄고야 말았다.

뜻밖에도 바다 가운데 무수하게 지전 조각이 널려서 앞서거니 뒤서거니 둥둥 떠내려가는 것을 본 수롱이는 아다다에게 그 연유를 물을 필요도 없이 미친 듯이 옷을 훨훨 벗고 첨버덩 물속으로 뛰어들었다.

그러나 헤엄을 칠 줄 모르는 수롱이는 돈이 엉키어 도는 한복판으로 들어갈 수가 없었다. 겨우 가슴패기까지 잠기는 깊이에서 더 들어가지 못하고 흘러 내려가는 돈더미를 안타깝게도 바라보며 허우적허우적 달려갔다. 차츰 물결은 휩쓸려 떠내려가는 속력이 빨라진다. 돈들은 수롱이더러 어디 달려와 보라는 듯이 휘휘 소꾸막질('무자맥질'의 방언. 물속에서 팔다리를 놀리며 떴다 잠겼다 하는 짓)을 하며 흐른다. 그러나 물결이 세어질수록 더욱 걸음발은 자유로 놀릴 수가 없게 된다. 더퍽더퍽 물과 싸움이나 하듯 엎어졌다가는 일어서고, 일어섰다가는 다시 엎어지며 달려가나 따를 길이 없다. 그대로 덤비다가는 몸조차 물속으로 휩쓸려 들어갈 것 같아 멀거니 서서 바라보니 벌써 지전 조각들은 가물가물하고 물거품인지도 분간할 수 없으리만큼 먼 거리에서 흐르고 있다. 그러나 그것도 한순간이었다. 눈앞에는 아무것도 보이는 것이 없다. 휘휘 하고 밀려 내려가는 거품진 물결뿐이다.

수롱이는 마지막으로 돈을 잃고 말았다고 아는 정도의 물결 위에 쏘아진 눈을 돌릴 길이 없이 정신 빠진 사람처럼 그냥그냥 바라보고 섰더니, 쏜살같이 언덕켠으로 달려오자 아무런 말도 없이 벌벌 떨고 서 있는 아다다의 중동(사물의 중간이 되는 부분이나 가운데 부분)을 사정없이 발길로 제겼다.

"흥앗!"

소리가 났다고 아는 순간, 철썩 하고 감탕(아주 곤죽이 된 진흙)이 사방으로 뛰자

보니, 벌써 아다다는 해안의 감탕판에 등을 지고 쓰러져 있다.

"이—이—이……."

수롱이는 무슨 말인지를 하려고는 하나, 너무도 기에 차서 말이 되지를 않는 듯 입만 너불거리다가 아다다가 움찍하는 것을 보더니 아직도 살았느냐는 듯이 번개같이 쫓아 내려가 다시 한번 발 길로 제겼다.

"푹!"

하는 소리와 같이 아다다는 가파른 언덕을 떨어져 떨덜덜 굴러서 물속에 잠긴다.

한참 만에 보니 아다다는 복판도 한복판으로 밀려가서 솟구어 오르며 두 팔을 물 밖으로 허우적거린다. 그러나 그 깊은 파도 속을 어떻게 헤어나랴! 아다다는 그저 물 위를 둘레둘레 굴며 요동을 칠 뿐, 그러나 그것도 한순간이었다. 어느덧 그 자체는 물속에 사라지고 만다.

주먹을 부르쥔 채 우상같이 서서, 굽실거리는 물결만 그저 뚫어져라 쏘아보고 서 있는 수롱이는 그 물속에 영원히 잠들려는 아다다를 못 잊어함인가? 그렇지 않으면, 흘러 버린 그 돈이 차마 아까워서인가?

짝을 찾아 도는 갈매기 떼들은 눈물겨운 처참한 인생 비극이 여기에 일어난 줄도 모르고 '끼약끼약' 하며 흥겨운 춤에 훨훨 날아다니는 깃 치는 소리와 같이 해안의 풍경만 돕고 있다.

사랑손님과 어머니

작가와 작품 세계

주요섭(1902~1972)

호는 여심(餘心). 평안남도 평양 출생. 시인 주요한의 동생이다. 1918년 숭실중학교 3학년 때 일본으로 건너가 도쿄 아오야마학원 중학부에 편입했다. 3·1 운동 후에 귀국해 등사판 지하신문을 발간하다가 10개월간 옥고를 치르고 중국으로 망명했다. 1927년 상하이 후장대학교를 졸업하고, 이듬해 미국으로 건너가 스탠퍼드대학원에서 교육학 석사 과정을 이수했다. 그 후 〈신동아〉 주간, 〈코리아타임스〉 주필, 경희대학교 교수를 역임했다.

1921년 〈대한매일신문〉에 단편 소설 「깨어진 항아리」, 〈개벽〉에 「추운 밤」을 발표하면서 등단했다. 이어서 발표한 「인력거꾼」, 「살인」에서 프로 문학의 특성인 하층민의 생활상과 그들의 반항 의식을 그려 신경향파 작가로 불렸다. 1930년대 이후 「사랑손님과 어머니」, 「아네모네 마담」 등을 발표하면서 서정적이고 사실주의적인 문학 세계로 옮겨간다. 대표작으로는 「추운 밤」, 「인력거꾼」, 「아네모네 마담」, 「추물」, 『구름을 잡으려고』가 있다.

작품 정리

갈래: 순수 소설, 애정 소설

배경: 시간 - 1930년대

공간 - 예배당과 유치원, 학교가 있는 어느 소도시

시점: 1인칭 관찰자 시점

주제: 사랑손님과 어머니의 애틋한 사랑과 이별

출전: 〈조광〉(1935)

구성과 줄거리

발단 나(옥희)의 가족 관계와 가정 형편 소개

'나'는 과부인 어머니와 외삼촌과 함께 살고 있는 여섯 살 난 여자아이이다. 아버지는 '나'가 태어나기 전에 돌아가셨고, 어머니는 아버지가 남긴 유산과 바느질로 생계를 꾸려가고 있다.

전개 사랑방에 머물게 된 아저씨가 어머니에게 관심을 보임

외삼촌이 데리고 온 낯선 손님이 사랑채에 머물게 된다. 아버지의 친구인 아저씨는 이 동리의 학교 선생님으로 오신 것이다. '나'는 아저씨와 금방 친해진다. 어느 날 아저씨와 뒷동산에 올라갔다가 돌아오는 길에 '나'는 아저씨가 우리 아빠라면 좋겠다고 말한다. 아저씨는 얼굴을 붉히며 '나'를 나무란다. 다음 날 예배당에서 마주친 어머니와 아저씨는 서로 얼굴을 붉힌다.

위기 '나'가 거짓말로 준 꽃으로 인해 어머니는 마음이 흔들림

'나'가 유치원 꽃을 몰래 가져다 아저씨가 준 거라고 거짓말을 하자 어머니는 당황하면서도 그 꽃을 풍금 위에 놓아둔다. 그날 밤 어머니는 한 번도 타지 않던 풍금을 연주하며 눈물을 흘린다. 그러면서 "너 하나면 된다."라고 말한다.

절정 아저씨의 구애와 어머니의 거절

어머니는 아저씨가 밥값이라고 준 봉투를 보고 안절부절못한다. 어느 날 어머니가 아저씨에게 손수건을 갖다 드리라고 한다. 종이 같은 것이 들어있는 손수건을 받아든 아저씨는 얼굴이 파래진다.

결말 아저씨가 떠나자 어머니는 마른 꽃을 갖다 버리라고 함

여러 날 뒤, 아저씨는 짐을 챙겨 떠난다. "다시 오시냐."라는 나의 질문에는 대답을 하지 않는다. 오후에 산에 올라간 어머니는 기차가 완전히 사라질 때까지 바라본다. 산에서 내려온 후 어머니는 꽃을 끼워 두었던 찬송가책에서 꽃을 꺼내 버리라고 말한다.

생각해 볼 문제

1. **서술자가 여섯 살 난 어린 소녀이기 때문에 생기는 장단점은 무엇인가?**

   자칫 통속적으로 흐를 수 있는 내용이 과장 없이 순수하게 그려질 수 있는 것은 천진난만한 어린아이를 서술자로 설정했기 때문이다. 반면에 인습과 사랑의 갈등이라는 주제가 뚜렷이 부각되지 못한다는 단점도 있다. 작가는 어머니와 사랑손님의 감정을 어느 정도 알 수 있는 장면에서도 인물의 내면을 직접 드러내지 않고 '모르겠다'라는 말로 얼버무림으로써 작품의 묘미를 극대화하는 효과를 노리고 있다.

2. **옥희는 어머니와 아저씨 사이에서 어떤 역할을 하고 있는가?**

   아저씨는 자신의 방에 자주 놀러오는 옥희에게 어머니에 관한 질문을 자주 한다. 아저씨에게 옥희는 연정의 대상인 어머니의 대리인이다. 어머니는 옥희의 사랑방 출입을 자제시키면서도 굳이 말리지는 않는다. 오히려 더 곱게 단장시켜서 보낸다. 어머니에게도 옥희는 자신의 대리인이다. 이처럼 사랑손님과 어머니는 옥희를 통해 서로의 관심을 간접적으로 표현하고 있다.

3. **이 작품에서 달걀이 가지는 상징적 의미는 무엇인가?**

   달걀은 등장인물의 감정적 관계를 매개하는 역할을 한다. 아저씨도 '나'처럼 삶은 달걀을 좋아한다는 것을 알게 되자 '나'는 아저씨에게 강한 호감을 느낀다. 어머니는 아저씨가 삶은 달걀을 좋아한다는 말을 듣고 그것을 많이 사기 시작한다. 그러다 아저씨가 떠나자 달걀을 더 이상 사지 않는다. 달걀은 어머니의 아저씨에 대한 감정을 표현하는 소재로 사용되고 있다.

4. **이 작품에서 상징적으로 사용되고 있는 색채 이미지에는 어떤 것이 있는가?**

   붉은색과 흰색이 남녀의 심리를 대변해 주고 있다. 붉은색은 정열적인 사랑을 의미하고 흰색은 순수한 사랑을 의미한다. 어머니는 붉은 꽃을 받아 들고 얼굴이 붉어진다. 사랑의 감정에 들떴기 때문이다. 어머니는 아저씨로부터 흰 봉투를 받고 흰 쪽지가 든 흰 손수건을 보낸다. 어머니와 아저씨의 순수한 마음이 교차되면서 들뜬 사랑이 제자리를 찾아간다

인물 관계도

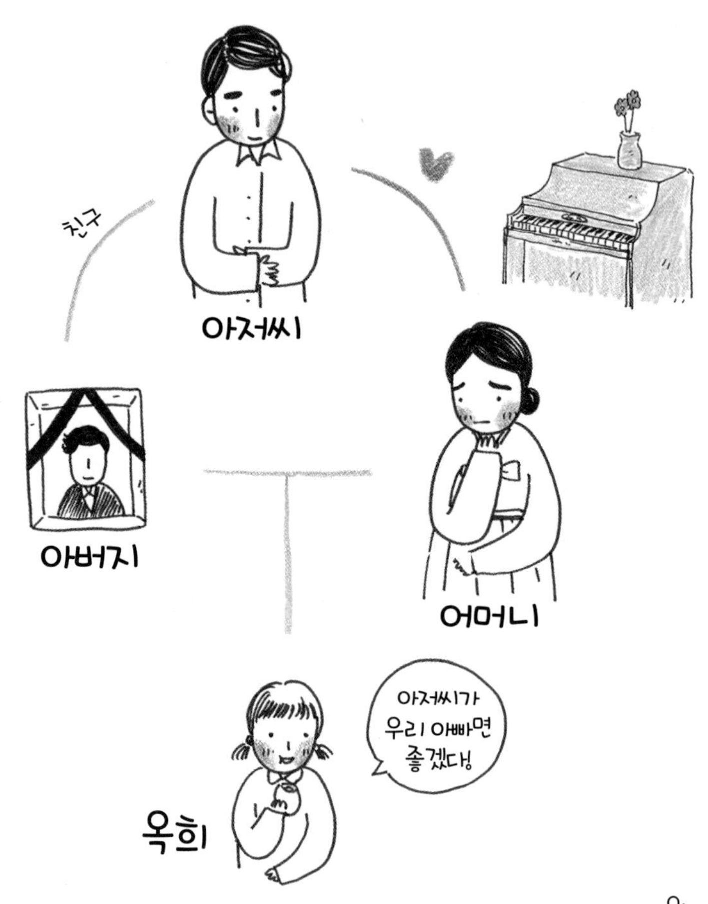

돌아가신 아빠의 친구인 아저씨가 엄마랑 외삼촌, 그리고 제(옥희)가 사는 집에 하숙하러 오셨어요. 저는 아저씨랑 금방 친해졌고, 아저씨가 우리 아빠였으면 좋겠다고 생각했지요. 유치원에서 가져온 꽃을 아저씨가 주었다며 엄마에게 드린 날, 엄마는 풍금을 연주하며 눈물을 흘리셨어요. 아저씨가 떠나자 엄마는 꽃을 버리셨답니다.

사랑손님과 어머니

나는 금년 여섯 살 난 처녀애입니다. 내 이름은 박옥희이구요. 우리 집 식구라고는 세상에서 제일 이쁜 우리 어머니와 단 두 식구뿐이랍니다. 아차 큰일났군, 외삼촌을 빼놓을 뻔했으니.

지금 중학교에 다니는 외삼촌은 어디를 그렇게 싸돌아다니는지 집에는 끼니때나 외에는 별로 붙어 있지를 않아, 어떤 때는 한 주일씩 가도 외삼촌 코빼기도 못 보는 때가 많으니까요, 깜빡 잊어버리기도 예사지요, 무얼.

우리 어머니는, 그야말로 세상에서 둘도 없이 곱게 생긴 우리 어머니는, 금년 나이 스물네 살인데 과부랍니다. 과부가 무엇인지 나는 잘 몰라도 하여튼 동리 사람들은 날더러 '과부 딸'이라고들 부르니까 우리 어머니가 과부인 줄을 알지요. 남들은 다 아버지가 있는데 나만은 아버지가 없지요. 아버지가 없다고 아마 '과부 딸'이라나 봐요.

외할머니 말씀을 들으면 우리 아버지는 내가 이 세상에 나오기 한 달 전에 돌아가셨대요. 우리 어머니하고 결혼한 지는 일 년 만이고요. 우리 아버지의 본집은 어디 멀리 있는데, 마침 이 동리 학교에 교사로 오게 되었기 때문에 결혼 후에도 우리 어머니는 시집으로 가지 않고 여기 이 집을 사고(바로 이 집은 우리 외할머니 댁 옆집이지요) 여기서 살다가 일 년이 못 되어 갑자기 돌아가셨대요. 내가 세상에 나오기도 전에 아버지는 돌아가셨다니까 나는 아버지 얼굴도 못 뵈었지요. 그러기에 아무리 생각해 보아도 아버지 생각은 안 나요. 아버지 사진이라는 사진은 나두 한두 번 보았지요. 참말로 훌륭한 얼굴이야요. 아버지가 살아 계시다면 참말로 이 세상에서 제일가는 잘난 아버지일 거야요. 그런 아버지를 보지도 못한 것은 참으로 분한 일이야요. 그 사진도 본 지가 퍽 오래되었는데, 이전에는 그 사진을 늘 어머니 책상 위에 놓아두시더니 외할머니가 오시면 오실 때마다 그 사진을 치우라고 늘 말씀하셨는데, 지금은 그 사진이 어디 있는지 없어졌어요. 언젠가 한번 어머니가 나 없는 동안에 몰래 장롱 속에서 무엇을 꺼내 보시다가 내가 들어오니까 얼른 장롱 속에 감추는 것을 내가 보았는데, 그것이 아마 아버지 사진인 것 같았어요.

아버지가 돌아가시기 전에 우리가 먹고살 것을 남겨 놓고 가셨대요. 작년 여름에, 아니로군, 가을이 다 되어서군요. 하루는 어머니를 따라서 저 여기서 한 십 리나 가서 조그만 산이 있는 데를 가서 거기서 밤도 따먹고 또 그 산 밑에 초가집에 가서 닭고깃국을 먹고 왔는데, 거기 있는 땅이 우리 땅이래요. 거기서 나는 추수로 밥이나 굶지 않게 된다고요. 그래도 반찬 사고 과자 사고 할 돈은 없대요. 그래서 어머니가 다른 사람의 바느질을 맡아서 해 주지요. 바느질을 해서 돈을 벌어서 그걸로 청어도 사고 달걀도 사고 또 내가 먹을 사탕도 사고 한다고요.

그리고 우리 집 정말 식구는 어머니와 나와 단둘뿐인데, 아버님이 계시던 사랑방이 비어 있으니까 그 방도 쓸 겸 또 어머니의 잔심부름도 좀 해줄 겸해서 우리 외삼촌이 사랑방에 와 있게 되었대요.

금년 봄에는 나를 유치원에 보내 준다고 해서 나는 너무나 좋아서 동무 아이들한테 실컷 자랑을 하고 나서 집으로 돌아오노라니까, 사랑에서 큰외삼촌이(우리 집 사랑에 와 있는 외삼촌의 형님 말이야요) 웬 낯선 사람 하나와 앉아서 이야기를 하고 있었습니다. 큰외삼촌이 나를 보더니 '옥희야.' 하고 부르겠지요.

"옥희야, 이리 온. 와서 이 아저씨께 인사드려라."

나는 어째 부끄러워서 비슬비슬하니까, 그 낯선 손님이,

"아, 그 애기 참 곱다. 자네 조카딸인가?"

하고 큰외삼촌더러 묻겠지요. 그러니까 큰외삼촌은,

"응, 내 누이의 딸…… 경선 군의 유복녀(遺腹女 태어나기 전에 아버지를 여읜 딸) 외딸일세."

하고 대답합니다.

"옥희야, 이리 온, 응! 그 눈은 꼭 아버지를 닮았네그려."

하고 낯선 손님이 말합니다.

"자, 옥희야, 커단 처녀가 왜 저 모양이야. 어서 와서 이 아저씨께 인사해라. 너의 아버지의 옛날 친구신데 오늘부터 이 사랑에 계실 텐데 인사 여쭙고 친해 두어야지."

나는 이 낯선 손님이 사랑방에 계시게 된다는 말을 듣고 갑자기 즐거워

졌습니다. 그래서 그 아저씨 앞에 가서 사붓이 절을 하고는 그만 안마당으로 뛰어 들어왔지요. 그 낯선 아저씨와 큰외삼촌은 소리를 내서 크게 웃더군요.

나는 안방으로 들어오는 나름으로 어머니를 붙들고,

"엄마, 사랑방에 큰삼촌이 아저씨를 하나 데리구 왔는데에, 그 아저씨가 아, 이제 사랑에 있는대."

하고 법석을 하니까,

"응, 그래."

하고 어머니는 벌써 안다는 듯이 대수롭잖게 대답을 하더군요. 그래서 나는,

"언제부텀 와 있나?"

하고 물으니까,

"오늘부텀."

"에구 좋아."

하고 내가 손뼉을 치니까 어머니는 내 손을 꼭 붙잡으면서,

"왜 이리 수선이야."

"그럼 작은외삼촌은 어디루 가나?"

"외삼촌두 사랑에 계시지."

"그럼 둘이 있나?"

"응."

"한 방에 둘이 있어?"

"왜, 장지문(방과 방 사이나 방과 마루 사이에 가려 막은 미닫이같이 생긴 문) 닫구 외삼촌은 아랫방에 계시구 그 아저씨는 윗방에 계시구, 그러지."

나는 그 아저씨가 어떠한 사람인지는 몰랐으나 첫날부터 내게는 퍽 고맙게 굴고 나도 그 아저씨가 꼭 마음에 들었어요. 어른들이 저희끼리 말하는 것을 들으니까 그 아저씨는 돌아가신 우리 아버지와 어렸을 적 친구라고요. 어디 먼 데 가서 공부를 하다가 요새 돌아왔는데, 우리 동리 학교 교사로 오게 되었대요. 또 우리 큰외삼촌과도 동무인데, 이 동리에는 하숙도 별로 깨끗한 곳이 없고 해서 우리 사랑으로 와 계시게 되었다고요. 또 우리도 그 아저씨한테서 밥값을 받으면 살림에 보탬도 좀 되고 한다고요.

그 아저씨는 그림책들을 얼마든지 가지고 있어요. 내가 사랑방으로 나가면 그 아저씨는 나를 무릎에 앉히고 그림책들을 보여 줍니다. 또 가끔 과자

도 주고요.

어느 날은 점심을 먹고 이내 살그머니 사랑에 나가 보니까 아저씨는 그때에야 점심을 잡수셔요. 그래 가만히 앉아서 점심 잡숫는 걸 구경하고 있노라니까, 아저씨가,

"옥희는 어떤 반찬을 제일 좋아하누?"

하고 묻겠지요. 그래 삶은 달걀을 좋아한다고 했더니 마침 상에 놓인 삶은 달걀을 한 알 집어 주면서 나더러 먹으라고 합니다. 나는 그 달걀을 벗겨 먹으면서,

"아저씨는 무슨 반찬이 제일 맛나우?"

하고 물으니까, 그는 한참이나 빙그레 웃고 있더니,

"나두 삶은 달걀."

하겠지요. 나는 좋아서 손뼉을 짤깍짤깍 치고,

"아, 나와 같네. 그럼, 가서 어머니한테 알려야지."

하면서 일어서니까, 아저씨가 꼭 붙들면서,

"그러지 말어."

그러시겠지요. 그래도 나는 한번 맘을 먹은 다음엔 꼭 그대로 하고야마는 성미지요. 그래 안마당으로 뛰쳐 들어가면서,

"엄마, 엄마, 사랑 아저씨두 나처럼 삶은 달걀을 제일 좋아한대."

하고 소리를 질렀지요.

"떠들지 말어."

하고 어머니는 눈을 흘기십니다.

그러나 사랑 아저씨가 달걀을 좋아하는 것이 내게는 썩 좋게 되었어요. 그것은 그다음부터는 어머니가 달걀을 많이씩 사게 되었으니까요. 달걀 장수 노파가 오면 한꺼번에 열 알도 사고 스무 알도 사고 그래선 두고두고 삶아서 아저씨 상에도 놓고 또 으레 나도 한 알씩 주고 그래요. 그뿐만 아니라 아저씨한테 놀러 나가면 가끔 아저씨가 책상 서랍 속에서 달걀을 한두 알 꺼내서 먹으라고 주지요. 그래 그담부터는 나는 아주 실컷 달걀을 많이 먹었어요.

나는 아저씨가 아주 좋았어요마는, 외삼촌은 가끔 툴툴하는 때가 있었어요. 아마 아저씨가 마음에 안 드나 봐요. 아니, 그것보다도 아저씨 잔 심부름을 꼭 외삼촌이 하게 되니까 그것이 싫어서 그러나 봐요. 한번은 어머니와

외삼촌이 말다툼하는 것까지 내가 들었어요. 어머니가,

"야, 또 어디 나가지 말구 사랑에 있다가 선생님 들어오시거든 상 내가야지."

하고 말씀하시니까, 외삼촌은 얼굴을 찡그리면서,

"제길, 남 어디 좀 볼일이 있는 날은 으레 끼니때에 안 들어오고 늦어지니……."

하고 툴툴하겠지요. 그러니까 어머니는,

"그러니 어짜갔니? 너밖에 사랑 출입할 사람이 어디 있니?"

"누님이 좀 상 들구 나가구려. 요새 세상에 내외합니까!"

어머니는 갑자기 얼굴이 발개지시고 아무 대답도 없이 그냥 외삼촌에게 향하여 눈을 흘기셨습니다. 그러니까 외삼촌은 흥흥 웃으면서 사랑으로 나갔지요.

나는 유치원에 가서 창가도 배우고 댄스도 배우고 하였습니다. 유치원 여자 선생님이 풍금을 아주 썩 잘 타요. 그런데 우리 유치원에 있는 풍금은 우리 예배당에 있는 풍금과는 아주 다른데, 퍽 조그마한 것이지마는 소리는 썩 좋아요. 그런데 우리 집 윗간에도 유치원 풍금과 꼭 같이 생긴 것이 놓여 있는 것이 갑자기 생각이 났어요. 그래 그날 나는 집으로 오는 길로 어머니를 끌고 윗간으로 가서,

"엄마, 이거 풍금 아니우?"

하고 물으니까, 어머니는 빙그레 웃으시면서,

"그렇단다. 그건 어찌 알았니?"

"우리 유치원에 있는 풍금이 이것과 꼭 같은데 무얼. 그럼 엄마두 풍금 탈 줄 아우?"

하고 나는 다시 물었습니다. 그것은 내가 입때껏 한 번도 어머니가 이 풍금 앞에 앉은 것을 본 일이 없기 때문입니다.

어머니는 아무 대답도 아니하십니다.

"엄마, 이 풍금 좀 타 봐!"

하고 재촉하니까, 어머니 얼굴은 약간 흐려지면서,

"그 풍금은 너의 아버지가 날 사다 주신 거란다. 너의 아버지 돌아가신 후에는 그 풍금은 이때까지 뚜껑두 한 번 안 열어 보았다……."

이렇게 말씀하시는 어머니 얼굴을 보니까 금방 또 울음보가 터질 것만 같아 보여서 나는 그만,

"엄마, 나 사탕 주어."

하면서 아랫방으로 끌고 내려왔습니다.

아저씨가 사랑방에 와 계신 지 벌써 여러 밤을 잔 뒤입니다. 아마 한 달이나 되었지요. 나는 거의 매일 아저씨 방에 놀러 갔습니다. 어머니는 나더러 그렇게 가서 귀찮게 굴면 못쓴다고 가끔 꾸지람을 하시지만 정말인즉 나는 조금도 아저씨를 귀찮게 굴지는 않았습니다. 도리어 아저씨가 나를 귀찮게 굴었지요.

"옥희 눈은 아버지를 닮았다. 고 고운 코는 아마 어머니를 닮았지, 고 입하고! 응, 그러냐, 안 그러냐? 어머니도 옥희처럼 곱지, 응?"

이렇게 여러 가지로 물을 적도 있었습니다. 그래서 나는,

"아저씨, 입때 우리 엄마 못 봤수?"

하고 물었더니, 아저씨는 잠잠합니다. 그래 나는,

"우리 엄마 보러 들어갈까?"

하면서 아저씨 소매를 잡아당겼더니, 아저씨는 펄쩍 뛰면서,

"아니, 아니, 안 돼. 난 지금 분주해서."

하면서 나를 잡아끌었습니다. 그러나 정말로는 무슨 그리 분주하지도 않은 모양이었어요. 그러기에 나더러 가란 말도 않고 그냥 나를 붙들고 앉아서 머리도 쓰다듬어 주고 뺨에 입도 맞추고 하면서,

"요 저고리 누가 해 주지? ……밤에 엄마하구 한자리에서 자니?"

라는 둥 쓸데없는 말을 자꾸만 물었지요!

그러나 웬일인지 나를 그렇게도 귀애해 주던 아저씨도 아랫방에 외삼촌이 들어오면 갑자기 태도가 달라지지요. 이것저것 묻지도 않고 나를 꼭 껴안지도 않고 점잖게 앉아서 그림책이나 보여 주고 그러지요. 아마 아저씨가 우리 외삼촌을 무서워하나 봐요.

하여튼 어머니는 나더러 너무 아저씨를 귀찮게 한다고, 어떤 때는 저녁 먹고 나서 나를 꼭 방 안에 가두어 두고 못 나가게 하는 때도 더러 있었습니다. 그러나 조금 있다가 어머니가 바느질에 정신이 팔리어서 골몰하고 있을 때 몰래 가만히 일어나서 나오지요. 그런 때에는 어머니는 내가 문 여는

소리를 듣고서야 퍼뜩 정신을 차려서 쫓아와 나를 붙들지요. 그러나 그런 때는 어머니는 골은 아니 내시고,

"이리 온, 이리 와서 머리 빗고……."

하고 끌어다가 머리를 다시 곱게 땋아 주시지요.

"머리를 곱게 땋고 가야지. 그렇게 되는 대루 하구 가문 아저씨가 숭보시지 않니?"

하시면서, 또 어떤 때에는 머리를 다 땋아 주시고는,

"응, 저고리가 이게 무어냐?"

하시면서 새 저고리를 내어 주시는 때도 있었습니다.

어떤 토요일 오후였습니다. 아저씨는 나더러 뒷동산에 올라가자고 하셨습니다. 나는 너무나 좋아서 가자고 그러니까, 아저씨가,

"들어가서 어머님께 허락 맡고 온."

하십니다. 참 그렇습니다. 나는 뛰쳐 들어가서 어머니께 허락을 맡았습니다. 어머니는 내 얼굴을 다시 세수시켜 주고 머리도 다시 땋고 그리고 나서는 나를 아스러지도록 한번 몹시 껴안았다가 놓아 주었습니다.

"너무 오래 있지 말고, 응."

하고 어머니는 크게 소리치셨습니다. 아마 사랑 아저씨도 그 소리를 들었을 거야요.

뒷동산에 올라가서는 정거장을 한참 내려다보았으나 기차는 안 지나갔습니다. 나는 풀잎을 쭉쭉 뽑아 보기도 하고 땅에 누운 아저씨의 다리를 꼬집어 보기도 하면서 놀았습니다. 한참 후에 아저씨가 손목을 잡고 내려오는데 유치원 동무들을 만났습니다.

"옥희가 아빠하구 어디 갔다 온다, 응."

하고 한 동무가 말하였습니다. 그 아이는 우리 아버지가 돌아가신 줄을 모르는 아이였습니다. 나는 얼굴이 빨개졌습니다. 그때 나는 얼마나 이 아저씨가 정말 우리 아버지였더라면 하고 생각했는지 모릅니다. 나는 정말로 한 번만이라도,

"아빠!"

하고 불러 보고 싶었습니다. 그리고 그날 그렇게 아저씨하고 손목을 잡고 골목골목을 지나오는 것이 어찌도 재미가 좋았는지요.

나는 대문까지 와서,

"난 아저씨가 우리 아빠래문 좋겠다."
하고 불쑥 말했습니다. 그랬더니 아저씨는 얼굴이 홍당무처럼 빨개져서 나를 몹시 흔들면서,
"그런 소리 하문 못써."
하고 말하는데 그 목소리가 몹시 떨렸습니다. 나는 아저씨가 몹시 성이 난 것처럼 보여서 아무 말도 못 하고 안으로 뛰어 들어갔습니다. 어머니가,
"어디까지 갔던?"
하고 나와 안으며 묻는데, 나는 대답도 못 하고 그만 훌쩍훌쩍 울었습니다. 어머니는 놀라서,
"옥희야, 왜 그러니? 응?"
하고 자꾸만 물었으나 나는 아무 대답도 못하고 울기만 했습니다.

이튿날은 일요일인 고로 나는 어머니와 함께 예배당에를 가려고 차리고 나서 어머니가 옷을 갈아입는 동안 잠깐 사랑에를 나가 보았습니다. '아저씨가 아직두 성이 났나?' 하고 가만히 방 안을 들여다보았더니 책상에 앉아서 무엇을 쓰고 있던 아저씨가 내다보면서 빙그레 웃었습니다. 그 웃음을 보고 나는 마음을 놓았습니다. 아저씨가 지금은 성이 풀린 것이 확실하니까요. 아저씨는 나를 이리 보고 저리 보고 훑어보더니,
"옥희 오늘 어디 가노? 저렇게 곱게 채리구."
하고 물었습니다.
"엄마하고 예배당에 가."
"예배당에?"
하고 나서 아저씨는 잠시 나를 멍하니 바라다보더니,
"어느 예배당에?"
하고 물었습니다.
"요 앞에 예배당에 가지 뭐."
"응? 요 앞이라니?"
이때 안에서,
"옥희야."
하고 부드럽게 부르는 어머니 목소리가 들리었습니다. 나는 얼른 안으로 뛰어 들어오면서 돌아다보니까, 아저씨는 또 얼굴이 빨갛게 성이 났겠지요.

내 원, 참으로 무슨 일로 요새는 아저씨가 그렇게 성을 잘 내는지 알 수 없었습니다.

예배당에 가서 찬미하고 기도하다가 기도하는 중간에 갑자기 나는, '혹시 아저씨두 예배당에 오지 않았나?' 하는 생각이 나서 눈을 뜨고 고개를 들어 남자석을 바라다보았습니다. 그랬더니 하, 바로 거기에 아저씨가 와 앉아 있겠지요. 그런데 아저씨는 어른이면서도 눈 감고 기도하지 않고 우리 아이들처럼 눈을 번히 뜨고 여기저기 두리번두리번 바라봅니다. 나는 얼른 아저씨를 알아보았는데 아저씨는 나를 못 알아보았는지 내가 방그레 웃어 보여도 웃지도 않고 멀거니 보고만 있겠지요. 그래 나는 손을 흔들었지요. 그러니까 아저씨는 얼른 고개를 숙이고 말더군요. 그때에 어머니가 내가 팔 흔드는 것을 깨닫고 두 손으로 나를 붙들고 끌어당기더군요. 나는 어머니 귀에다 입을 대고,

"저기 아저씨두 왔어."

하고 속삭이니까 어머니는 흠칫하면서 내 입을 손으로 막고 막 끌어잡아다가 앞에 앉히고 고개를 누르더군요. 보니까 어머니가 또 얼굴이 홍당무처럼 빨개졌군요.

그날 예배는 아주 젬병(형편없는 것을 속되게 이르는 말)이었어요. 웬일인지 예배가 다 끝날 때까지 어머니는 성이 나서 강대만 향하여 앞으로 바라보고 앉았고, 이전 모양으로 가끔 나를 내려다보고 웃는 일이 없었어요. 그리고 아저씨를 보려고 남자석을 바라다보아도 아저씨도 한 번도 바라다보아 주지 않고 성이 나서 앉아 있고, 어머니는 나를 보지도 않고 공연히 꽉꽉 잡아당기지요. 왜 모두들 그리 성이 났는지! 나는 그만 으아 하고 한번 울고 싶었어요. 그러나 바로 멀지 않은 곳에 우리 유치원 선생님이 앉아 있는 고로 울고 싶은 것을 아주 억지로 참았답니다.

내가 유치원에 입학한 후 처음 얼마 동안은 유치원에 갈 때나 올 때나 외삼촌이 바래다주었습니다. 그러나 여러 밤을 자고 난 뒤에는 나 혼자서도 넉넉히 다니게 되었어요. 그러나 언제나 내가 유치원에서 돌아오는 때면 어머니가 옆 대문(우리 집에는 대문이 사랑 대문과 옆 대문 둘이 있어서 어머니는 늘 이 옆 대문으로만 출입하시는 것이었습니다) 밖에 기다리고 섰다가 내가 달음질쳐 가면, 안고 집 안으로 들어가곤 하는 것이었습니다.

그런데 하루는 어쩐 일인지 어머니가 대문간에 보이지를 않겠지요. 어떻게도 화가 나던지요. 물론 머릿속으로는, '아마 외할머니 댁에 가셨나 부다' 하고 생각했지마는 하여튼 내가 돌아왔는데 문간에서 기다리지 않고 집을 떠났다는 것이 몹시 나쁘게 생각되더군요. 그래서 속으로, '오늘 엄마를 좀 곯려야겠다' 하고 생각하고 있는데, 옆 대문 밖에서,

"아이고, 얘가 원 벌써 왔나?"

하는 어머니 목소리가 들리더군요. 그 순간 나는 얼른 신을 벗어 들고 안방으로 뛰어 들어가서 벽장문을 열고 그 속에 들어가서 숨어 버렸습니다.

"옥희야, 옥희 너, 여태 안 왔니?"

하는 어머니 목소리가 바로 뜰에서 나더니,

"여태 안 왔군."

하면서 밖으로 나가는 모양이었습니다. 나는 재미가 나서 혼자 흐흥흐흥 웃었습니다.

한참을 있더니 집에서는 온통 야단이 났습니다. 어머니 목소리도 들리고 외할머니 목소리도 들리고 외삼촌 목소리도 들리고!

"글쎄, 하루 종일 집이라곤 안 떠났다가 옥희 유치원 파하고 오문 멕일 과자가 없기에 어머님 댁에 잠깐 갔다 왔는데 고 동안에 이런 변이 생긴 걸……."

하는 것은 어머니 목소리.

"글쎄 유치원에서 벌써 이십 분 전에 떠났다는데 원 중간에서……."

하는 것은 외할머니 목소리.

"하여튼 내 나가서 돌아댕겨 볼게다. 원 고것이 어딜 갔담?"

하는 것은 외삼촌의 목소리.

이윽고 어머니의 울음소리가 가늘게 들렸습니다. 외할머니는 무어라고 중얼중얼 이야기하는 모양이었습니다. '이젠 그만하고 나갈까?' 하고도 생각했으나, '지난 주일날 예배당에서 성냈던 앙갚음을 해야지' 하는 생각이 나서 나는 그냥 벽장 안에 누워 있었습니다. 벽장 안은 답답하고 더웠습니다. 그래서 이윽고 부지중(不知中 알지 못하는 동안)에 나는 슬며시 잠이 들고 말았습니다.

얼마 동안이나 잤는지요? 이윽고 잠을 깨어 보니 아까 내가 벽장 안으로 들어왔던 것은 잊어버리고 참 이상스러운 데에 내가 누워 있거든요. 어두

컴컴하고 좁고 덥고……. 나는 갑자기 무서운 생각이 나서 엉엉 울기 시작했지요. 그러자 갑자기 어디 가까운 데서 어머니의 외마디 소리가 나더니 벽장문이 벌컥 열리고 어머니가 달려들어서 나를 안아 내렸습니다.

"요 망할 것아."

하면서 어머니는 내 엉덩이를 댓 번 때렸습니다. 나는 더욱더 소리를 내서 울었습니다. 그때에는 어머니는 나를 끌어안고 어머니도 따라 울었습니다.

"옥희야, 옥희야, 응 인젠 괜찮다. 엄마 여기 있지 않니, 응, 울지 마라, 옥희야. 엄마는 옥희 하나문 그뿐이다. 옥희 하나만 바라구 산다. 난 너 하나문 그뿐이야. 세상 다 일이 없다. 옥희만 있으문 바라고 산다. 옥희야, 울지 마라. 응, 울지 마라."

이렇게 어머니는 나더러 자꾸 울지 말라고 하면서도 어머니는 그치지 않고 그냥 자꾸자꾸 울었습니다. 외할머니는,

"원 고것이 도깨비가 들렸단 말일까, 벽장 속엔 왜 숨는담."

하고 앉아 있고, 외삼촌은,

"에, 재수, 메유다."

하면서 밖으로 나갔습니다.

이튿날 유치원을 파하고 집으로 오게 된 때 나는 갑자기 어제 벽장 속에 숨었다가 어머니를 몹시 울게 했던 생각이 나서 집으로 돌아가기가 어쩐지 부끄러워졌습니다. '오늘은 어머니를 좀 기쁘게 해 드려야 할 텐데……. 무얼 갖다 드리면 기뻐할까?' 하고 생각했습니다. 그러자 문득 유치원 안에 선생님 책상 위에 놓여 있던 꽃병 생각이 났습니다. 그 꽃병에는 나는 이름도 모르나 곱고 빨간 꽃이 꽂히어 있었습니다. 그 꽃은 개나리도 아니고 진달래도 아니었습니다. 그런 꽃은 나도 잘 알고 또 그런 꽃은 벌써 피었다가 져 버린 후였습니다. 무슨 서양 꽃이려니 하고 나는 생각하였습니다. 나는 우리 어머니가 꽃을 사랑하는 줄을 잘 압니다. 그래서 그 꽃을 갖다가 드리면 어머니가 몹시 기뻐하려니 하고 생각하였습니다.

그래서 나는 도로 유치원 방 안으로 들어갔습니다. 마침 방 안에는 아무도 없었습니다. 선생님도 잠깐 어디를 가셨는지 보이지 않았습니다. 그래 나는 그 꽃을 두어 개 얼른 빼들고 달음질쳐 나왔지요.

집에 오니 어머니는 문간에서 기다리고 있다가 나를 안고 들어왔습니다.

"그 꽃은 어디서 났니? 퍽 곱구나."
하고 어머니가 말씀하셨습니다. 그러나 나는 갑자기 말문이 막혔습니다. '이걸 엄마 드릴라구 유치원서 가져왔어' 하고 말하기가 어째 몹시 부끄러운 생각이 들었습니다. 그래 잠깐 망설이다가,
"응, 이 꽃! 저, 사랑 아저씨가 엄마 갖다 주라구 줘."
하고 불쑥 말했습니다. 그런 거짓말이 어디서 그렇게 툭 튀어나왔는지 나도 모르지요.

꽃을 들고 냄새를 맡고 있던 어머니는 내 말이 끝나기가 무섭게 무엇에 몹시 놀란 사람처럼 화닥닥하였습니다. 그러고는 금시에 어머니 얼굴이 그 꽃보다도 더 빨갛게 되었습니다. 그 꽃을 든 어머니 손가락이 파르르 떠는 것을 나는 보았습니다. 어머니는 무슨 무서운 것을 생각하는 듯이 방 안을 휘 한 번 둘러보시더니,
"옥희야, 그런 걸 받아 오문 안 돼."
하고 말하는 목소리는 몹시 떨렸습니다. 나는 꽃을 그렇게도 좋아하는 어머니가 이 꽃을 받고 그처럼 성을 낼 줄은 참으로 뜻밖이었습니다. 어머니가 그렇게도 성을 내는 것을 보니까 그 꽃을 내가 가져왔다고 그러지 않고, 아저씨가 주더라고 거짓말을 한 것이 참 잘 되었다고 나는 속으로 생각했습니다. 어머니가 성을 내는 까닭을 나는 모르지만 하여튼 성을 낼 바에는 내게 내는 것보다 아저씨에게 내는 것이 내게는 나았기 때문입니다. 한참 있더니 어머니는 나를 방 안으로 데리고 들어와서,
"옥희야, 너 이 꽃 얘기 아무 보구두 하지 말아라, 응."
하고 타일러 주었습니다. 나는,
"응."
하고 대답하면서 고개를 여러 번 까닥까닥했습니다.

어머니가 그 꽃을 곧 내버릴 줄로 나는 생각했습니다마는 내버리지 않고 꽃병에 꽂아서 풍금 위에 놓아두었습니다. 아마 퍽 여러 밤 자도록 그 꽃은 거기 놓여 있어서 마지막에는 시들었습니다. 꽃이 다 시들자 어머니는 가위로 그 대는 잘라내 버리고 꽃만은 찬송가 갈피에 곱게 끼워 두었습니다.

내가 어머니께 꽃을 갖다 주던 날 밤에 나는 또 사랑에 놀러 나가서 아저씨 무릎에 앉아서 그림책을 보고 있었습니다. 갑자기 아저씨 몸이 흠칫하였습니다. 그러고는 귀를 기울입니다. 나도 귀를 기울였습니다.

풍금 소리!

그 풍금 소리는 분명 안방에서 흘러나오는 것이었습니다.

"엄마가 풍금 타나 부다."

하고 나는 벌떡 일어나서 안으로 뛰어왔습니다. 안방에는 불을 켜지 않았었습니다. 그러나 그때는 음력으로 보름께나 되어서 달이 낮같이 밝은데 은빛 같은 흰 달빛이 방 한 절반 가득히 차 있었습니다. 나는 흰옷을 입은 어머니가 풍금 앞에 앉아서 고요히 풍금을 타는 것을 보았습니다.

나는 나이 지금 여섯 살밖에 안 되었지마는 하여튼 어머니가 풍금을 타시는 것을 보는 것은 오늘이 처음이었습니다. 어머니는 우리 유치원 선생님보다도 풍금을 더 잘 타시는 것이었습니다. 나는 어머니 곁으로 갔습니다마는 어머니는 내가 곁에 온 것도 깨닫지 못하는지 그냥 까딱 아니하고 앉아서 풍금을 탔습니다. 조금 있더니 어머니는 풍금 곡조에 맞추어서 노래를 부르기 시작하였습니다. 어머니의 목소리가 그렇게도 아름다운 것도 나는 이때까지 모르고 있었습니다. 어머니는 참으로 우리 유치원 선생님보다도 목소리가 훨씬 더 곱고 또 노래도 훨씬 더 잘 부르시는 것이었습니다. 나는 가만히 서서 어머니 노래를 들었습니다. 그 노래는 마치 은실을 타고 저 별나라에서 내려오는 노래처럼 아름다웠습니다. 그러나 얼마 오래지 않아 목소리는 약간 떨리기 시작하였습니다. 가늘게 떨리는 노랫소리, 그에 따라 풍금의 가는 소리도 바르르 떠는 듯했습니다. 노랫소리는 차차 가늘어지더니 마지막에는 사르르 없어져 버렸습니다. 풍금 소리도 사르르 없어졌습니다. 어머니는 고요히 풍금에서 일어나시더니 옆에 서 있는 내 머리를 쓰다듬었습니다. 그다음 순간 어머니는 나를 안고 마루로 나오셨습니다. 어머니는 아무 말씀도 없이 그냥 나를 꼭꼭 껴안는 것이었습니다. 달빛을 함빡 받는 내 어머니 얼굴은 몹시도 새하얗다고 생각되었습니다. 우리 어머니는 참으로 천사 같다고 나는 생각하였습니다.

우리 어머니의 새하얀 두 뺨 위로 쉴 새 없이 두 줄기 눈물이 줄줄 흘러내리고 있는 것을 나는 보았습니다. 그것을 보니 나도 갑자기 울고 싶어졌습니다.

"어머니, 왜 울어?"

하고 나도 훌쩍거리면서 물었습니다.

"옥희야."

"응?"

한참 동안 어머니는 아무 말씀도 없었습니다. 그러나 한참 후에,

"옥희야, 난 너 하나문 그뿐이다."

"엄마."

어머니는 다시 대답이 없으셨습니다.

하루는 밤에 아저씨 방에서 놀다가 졸려서 안방으로 들어가려고 일어서니까 아저씨가 하얀 봉투를 서랍에서 꺼내어 내게 주었습니다.

"옥희, 이거 갖다가 엄마 드리고 지나간 달 밥값이라구, 응."

나는 그 봉투를 갖다가 어머니에게 드렸습니다. 어머니는 그 봉투를 받아 들자 갑자기 얼굴이 파랗게 질렸습니다. 그 전날 달밤에 마루에 앉았을 때보다도 더 새하얗다고 생각되었습니다. 어머니는 그 봉투를 들고 어쩔 줄을 모르는 듯이 초조한 빛이 나타났습니다. 나는,

"그거 지나간 달 밥값이래."

하고 말을 하니까 어머니는 갑자기 잠자다 깨나는 사람처럼 '응?' 하고 놀라더니 또 금시에 백지장같이 새하얗던 얼굴이 발갛게 물들었습니다. 봉투 속으로 들어갔던 어머니의 파들파들 떨리는 손가락이 지전을 몇 장 끌고 나왔습니다. 어머니는 입술에 약간 웃음을 띠면서 후 하고 한숨을 내쉬었습니다. 그러나 그것도 잠깐, 다시 어머니는 무엇에 놀랐는지 흠칫하더니 금시에 얼굴이 다시 새하얘지고 입술이 바르르 떨렸습니다. 어머니의 손을 바라다보니 거기에는 지전 몇 장 외에 네모로 접은 하얀 종이가 한 장 잡혀 있는 것이었습니다.

어머니는 한참을 망설이는 모양이었습니다. 그러더니 무슨 결심을 한 듯이 입술을 악물고 그 종이를 차근차근 펴 들고 그 안에 쓰인 글을 읽었습니다. 나는 그 안에 무슨 글이 씌어 있는지 알 도리가 없었으나 어머니는 그 글을 읽으면서 금시에 얼굴이 파랬다 발갰다 하고 그 종이를 든 손은 이제는 바들바들이 아니라 와들와들 떨리어서 그 종이가 부석부석 소리를 내게 되었습니다.

한참 후에 어머니는 그 종이를 아까 모양으로 네모지게 접어서 돈과 함께 봉투에 도로 넣어 반짇고리에 던졌습니다. 그러고는 정신 나간 사람처럼 멀거니 앉아서 전등만 쳐다보는데 어머니 가슴이 불룩불룩합니다. 나는 어머니가 혹시 병이나 나지 않았나 하고 염려가 되어서 얼른 가서 무릎에

안기면서,

"엄마, 잘까?"

하고 말했습니다.

엄마는 내 뺨에 입을 맞추어 주었습니다. 그런데 어머니의 입술이 어쩌면 그리도 뜨거운지요. 마치 불에 달군 돌이 볼에 와 닿는 것 같았습니다.

한잠을 자고 나서 잠이 채 깨지는 않았으나 어렴풋한 정신으로 옆을 쓸어 보니 어머니가 없었습니다. 가끔가다가 나는 그런 버릇이 있어요. 어렴풋한 정신으로 옆을 쓸면 어머니의 보드라운 살이 만져지지요. 그러면 다시 나는 잠이 들어 버리곤 하는 것이었습니다.

어머니가 자리에 없다는 것을 알게 되자 나는 갑자기 무서워졌습니다. 그래서 잠은 다 달아나고 눈을 번쩍 뜨고 고개를 돌려 살펴보았습니다. 방 안에는 불은 안 켰지만 어슴푸레하게 밝습니다. 뜰로 하나 가득한 달빛이 방 안에까지 희미한 밝음을 던져 주는 것이었습니다. 윗목을 보니 우리 아버지의 옷을 넣어 두고 가끔 어머니가 꺼내서 쓸어 보시는 그 장롱 문이 열려 있고, 그 아래 방바닥에는 흰옷이 한 무더기 널려 있습니다. 그리고 그 옆에는 장롱을 반쯤 기대고 자리옷(잠옷)만 입은 어머니가 주춤하고 앉아서 고개를 위로 쳐들고 눈은 감고 무엇이라고 입술로 소곤소곤 외고 있는 것이 보였습니다. 아마 기도를 하나 보다 하고 나는 생각했습니다. 나는 자리에서 일어나 기어가서 어머니 무릎을 빼개고 기어 들어갔습니다.

"엄마, 무얼 해?"

어머니는 소곤거리기를 그치고 눈을 떠서 나를 한참이나 물끄러미 들여다보십니다.

"옥희야."

"응?"

"가서 자자."

"엄마두 같이 자."

"응, 그래 엄마두 같이 자."

그 목소리가 어째 싸늘하다고 내게 생각되었습니다.

어머니는 돌아가신 아버지의 옷들을 한 가지씩 들고는 가만히 손바닥으로 쓸어 보고는 장롱 안에 넣었습니다. 하나씩 하나씩 쓸어 보고는 장롱에 넣곤 하여 그 옷을 다 넣은 때 장롱 문을 닫고 쇠를 채우고 그러고 나서 나를 안고 자리로 돌아왔습니다.

"엄마, 우리 기도하고 자?"

하고 나는 물었습니다. 어머니는 나를 밤마다 재워 줄 때마다 반드시 기도를 하는 것이었습니다. 내가 할 줄 아는 기도는 주기도문뿐이었습니다. 그 뜻은 하나도 모르지만 어머니를 따라서 자꾸자꾸 해 보아서 지금에는 나도 주기도문을 잘 욉니다. 그런데 웬일인지 어젯밤 잘 때에는 어머니가 기도할 것을 잊어버리고 그냥 잤던 것이 지금 생각이 났기 때문에 나는 그렇게 물었던 것입니다. 어젯밤 자리에 들 때 내가,

'기도할까?'

하고 말하고 싶었으나 어머니가 너무도 슬픈 빛을 띠고 있는 고로 그만 나도 가만히 아무 소리 없이 잠이 들고 말았던 것입니다.

"응, 기도하자."

하고 어머니가 고요히 대답했습니다.

"엄마가 기도해."

하고 나는 갑자기 어머니의 기도하는 보드라운 음성이 듣고 싶어져서 말했습니다.

"하늘에 계신 우리 아버지시여."

어머니는 고요히 기도를 시작하였습니다.

"이름을 거룩하게 하옵시며 나라에 임하옵시며 뜻이 하늘에서 이루어진 것처럼 땅에서도 이루어지이다. 오늘날 우리에게 일용할 양식을 주옵시고 우리가 우리에게 죄지은 자를 용서하여 준 것처럼 우리 죄를 사하여 주옵시고, 우리를 시험에 들지 말게 하옵시고…… 우리를 시험에 들지 말게 하옵시고…… 시험에 들지 말게…… 시험에 들지 말게……."

이렇게 어머니는 자꾸 되풀이하였습니다. 나도 지금은 막히지 않고 줄줄 외는 주기도문을 글쎄 어머니가 막히다니 참으로 우스운 일이었습니다.

"시험에 들지 말게…… 시험에 들지 말게……."

하고 자꾸만 되풀이하는 것을 나는 참다 못해서,

"엄마, 내 마저 할게."

하고,

"다만 악에서 구하옵소서. 대개 나라와 권세와 영광이 아버지께 영원히 있사옵나이다."

하고 내가 끝을 마쳤습니다. 어머니는 한참이나 가만있다가 오랜 후에야 겨우,

"아멘."

하고 속삭이었습니다.

요새 와서 어머니의 하는 일이란 참으로 알 수가 없는 노릇입니다. 어떤 때는 어머니도 퍽 유쾌하셨습니다. 밤에 때로는 풍금도 타고 또 때로는 찬송가도 부르고 그러실 때에는 나는 너무도 좋아서 가만히 어머니 옆에 앉아서 듣습니다. 그러나 가끔가끔 그 독창은 소리 없는 울음으로 끝을 맺는 때가 많은데, 그런 때면 나도 따라서 울었습니다. 그러면 어머니는 나를 안고 내 얼굴에 돌아가면서 무수히 입을 맞추어 주면서,

"엄마는 옥희 하나문 그뿐이야, 응, 그렇지……."

하시면서 언제까지나 언제까지나 우시는 것이었습니다.

어떤 일요일 날, 그렇지요, 그것은 유치원 방학하고 난 그 이튿날이었어요. 그날 어머니는 갑자기 머리가 아프시다고 예배당에를 그만두었습니다. 사랑에서는 아저씨도 어디 나가고 외삼촌도 나가고 집에는 어머니와 나와 단둘이 있었는데, 머리가 아프다고 누워 계시던 어머니가 갑자기 나를 부르시더니,

"옥희야, 너 아빠가 보고 싶니?"

하고 물으십니다.

"응, 우리두 아빠 하나 있으문."

하고 나는 혀를 까불고 어리광을 좀 부려 가면서 대답을 했습니다. 한참 동안을 어머니는 아무 말씀도 아니하시고 천장만 바라다보시더니,

"옥희야, 옥희 아버지는 옥희가 세상에 나오기도 전에 돌아가셨단다. 옥희두 아빠가 없는 건 아니지. 그저 일찍 돌아가셨지. 옥희가 이제 아버지를 새로 또 가지면 세상이 욕을 한단다. 옥희는 아직 철이 없어서 모르지만 세상이 욕을 한단다. 사람들이 욕을 해. 옥희 어머니는 화냥년이다 이러구 세상이 욕을 해. 옥희 아버지는 죽었는데 옥희는 아버지가 또 하나 생겼대, 참 망측두 하지. 이러구 세상이 욕을 한단다. 그리 되문 옥희는 언제나 손가락질받구. 옥희는 커두 시집두 훌륭한 데 못 가구. 옥희가 공부를 해서 훌륭하게 돼두 에 그까짓 화냥년의 딸, 이러구 남들이 욕을 한단다."

이렇게 어머니는 혼잣말 하시듯 드문드문 말씀하셨습니다. 그러고는 한참 있더니,

"옥희야."

하고 또 부르십니다.

"응?"

"옥희는 언제나, 언제나, 내 곁을 안 떠나지. 옥희는 언제나, 언제나 엄마하구 같이 살지. 옥희는 엄마가 늙어서 꼬부랑 할미가 되어두 그래두 옥희는 엄마하구 같이 살지. 옥희가 유치원 졸업하구 또 소학교 졸업하구, 또 중학교 졸업하구, 또 대학교 졸업하구, 옥희가 조선서 제일 훌륭한 사람이 돼두 그래두 옥희는 엄마하구 같이 살지. 응! 옥희는 엄마를 얼만큼 사랑하나?"

"이만큼."

하고 나는 두 팔을 짝 벌리어 보였습니다.

"응? 얼마만큼? 응! 그만큼! 언제나, 언제나, 옥희는 엄마만 사랑하지. 그리구 공부두 잘하구, 그리구 훌륭한 사람이 되구……."

나는 어머니의 목소리가 떨리는 것으로 보아 어머니가 또 울까 봐 겁이 나서,

"엄마, 이만큼, 이만큼."

하면서 두 팔을 짝짝 벌리었습니다.

어머니는 울지 않으셨습니다.

"응, 그래, 옥희 엄마는 옥희 하나문 그뿐이야. 세상 다른 건 다 소용없어, 우리 옥희 하나문 그만이야. 그렇지, 옥희야."

"응!"

어머니는 나를 당기어서 꼭 껴안고 내 가슴이 막혀 들어올 때까지 자꾸만 껴안아 주었습니다.

그날 밤 저녁밥 먹고 나니까 어머니는 나를 불러 앉히고 머리를 새로 빗겨 주었습니다. 댕기도 새 댕기를 드려 주고, 바지, 저고리, 치마 모두 새것을 꺼내 입혀 주었습니다.

"엄마, 어디 가?"

하고 물으니까,

"아니."

하고 웃음을 띠면서 대답합니다. 그러더니 풍금 옆에서 새로 다린 하얀 손

수건을 내리어 내 손에 쥐어 주면서,

"이 손수건, 저 사랑 아저씨 손수건인데, 이것 아저씨 갖다 드리구 와, 응. 오래 있지 말구 손수건만 갖다 드리구 이내 와, 응."

하고 말씀하셨습니다.

손수건을 들고 사랑으로 나가면서 나는 그 접어진 손수건 속에 무슨 발각발각하는 종이가 들어 있는 것처럼 생각되었습니다마는 그것을 펴 보지 않고 그냥 갖다가 아저씨에게 주었습니다.

아저씨는 방에 누워 있다가 벌떡 일어나서 손수건을 받는데, 웬일인지 아저씨는 이전처럼 나보고 빙그레 웃지도 않고 얼굴이 몹시 파래졌습니다. 그러고는 입술을 질근질근 깨물면서 말 한마디 아니하고 그 수건을 받더군요.

나는 어째 이상한 기분이 들어서 아저씨 방에 들어가 앉지도 못하고 그냥 뒤돌아서 안방으로 들어왔지요. 어머니는 풍금 앞에 앉아서 무엇을 그리 생각하는지 가만히 있더군요. 나는 풍금 옆으로 가서 가만히 그 옆에 앉아 있었습니다. 이윽고 어머니는 조용조용히 풍금을 타십니다. 무슨 곡조인지는 몰라도 어째 구슬프고 고즈넉한 곡조야요.

밤이 늦도록 어머니는 풍금을 타셨습니다. 그 구슬프고 고즈넉한 곡조를 계속하고 또 계속하면서.

여러 밤을 자고 난 어떤 날 오후에 나는 오래간만에 아저씨 방엘 나가 보았더니 아저씨가 짐을 싸느라고 분주하겠지요. 내가 아저씨에게 손수건을 갖다 드린 다음부터는 웬일인지 아저씨가 나를 보아도 언제나 퍽 슬픈 사람, 무슨 근심이 있는 사람처럼 아무 말도 없이 나를 물끄러미 바라다만 보고 있는 고로 나도 그리 자주 놀러 나오지 않았던 것입니다. 그랬었는데 이렇게 갑자기 짐을 꾸리는 것을 보고 나는 놀랐습니다.

"아저씨, 어데 가우?"

"응, 멀리루 간다."

"언제?"

"오늘."

"기차 타구?"

"응, 기차 타구."

"갔다가 언제 또 오우?"

아저씨는 아무 대답도 없이 서랍에서 이쁜 인형을 하나 꺼내서 내게 주었습니다.

"옥희, 이것 가져, 응. 옥희는 아저씨 가구 나문 아저씨 이내 잊어버리구 말겠지!"

나는 갑자기 슬퍼졌습니다. 그래서,

"아니."

하고 얼른 대답하고 인형을 안고 안으로 들어왔습니다.

"엄마, 이것 봐. 아저씨가 이것 나 줬다우. 아저씨가 오늘 기차 타구 먼 데루 간대."

하고 내가 말했으나 어머니는 대답이 없으십니다.

"엄마, 아저씨 왜 가우?"

"학교 방학했으니깐 가지."

"어디루 가우?"

"아저씨 집으루 가지, 어디루 가."

"갔다가 또 오우?"

어머니는 대답이 없으십니다.

"난 아저씨 가는 거 나쁘다."

하고 입을 쫑긋했으나, 어머니는 그 말은 대답 않고,

"옥희야, 벽장에 가서 달걀 몇 알 남았나 보아라."

하고 말씀하셨습니다.

나는 깡총깡총 방 안으로 들어갔습니다. 달걀은 여섯 알이 있었습니다.

"여스 알."

하고 나는 소리쳤습니다.

"응, 다 가지구 이리 나오너라."

어머니는 그 달걀 여섯 알을 다 삶았습니다. 그 삶은 달걀 여섯 알을 손수건에 싸 놓고 또 반지(半紙 얇고 흰, 질 좋은 일본 종이)에 소금을 조금 싸서 한 귀퉁이에 넣었습니다.

"옥희야, 너 이것 갖다 아저씨 드리구, 가시다가 찻간에서 잡수시랜다구, 응."

그날 오후에 아저씨가 떠나간 다음 나는 방에서 아저씨가 준 인형을 업

고 자장자장 잠을 재우고 있었습니다. 어머니가 부엌에서 들어오시더니,

"옥희야, 우리 뒷동산에 바람이나 쐬러 올라갈까?"

하십니다.

"응, 가, 가."

하면서 나는 좋아 덤비었습니다.

잠깐 다녀올 터이니 집을 보고 있으라고 외삼촌에게 이르고 어머니는 내 손목을 잡고 나섰습니다.

"엄마, 나 저, 아저씨가 준 인형 가지고 가?"

"그러렴."

나는 인형을 안고 어머니 손목을 잡고 뒷동산으로 올라갔습니다. 뒷동산에 올라가면 정거장이 빤히 내려다보입니다.

"엄마, 저 정거장 봐. 기차는 없군."

어머니는 아무 말씀도 없이 가만히 서 계십니다. 사르르 바람이 와서 어머니 모시 치맛자락을 산들산들 흔들어 주었습니다. 그렇게 산 위에 가만히 서 있는 어머니는 다른 때보다도 더한층 이쁘게 보였습니다.

저편 산모퉁이에서 기차가 나타났습니다.

"아, 저기 기차 온다."

하고 나는 좋아서 소리쳤습니다.

기차는 정거장에 잠시 머물더니 금시에 삑 하고 소리를 지르면서 움직였습니다.

"기차 떠난다."

하면서 나는 손뼉을 쳤습니다. 기차가 저편 산모퉁이 뒤로 사라질 때까지, 그리고 그 굴뚝에서 나는 연기가 하늘 위로 모두 흩어져 없어질 때까지, 어머니는 가만히 서서 그것을 바라다보았습니다.

뒷동산에서 내려오자 어머니는 방으로 들어가시더니 이때까지 뚜껑을 늘 열어 두었던 풍금 뚜껑을 닫으십니다. 그러고는 거기 쇠를 채우고 그 위에다가 이전 모양으로 반짇고리를 얹어 놓으십니다. 그러고는 그 옆에 있는 찬송가를 맥없이 들고 뒤적뒤적하시더니 빼빼 마른 꽃송이를 그 갈피에서 집어내시더니,

"옥희야, 이것 내다 버려라."

하고 그 마른 꽃을 내게 주었습니다. 그 꽃은 내가 유치원에서 갖다가 어머

니께 드렸던 그 꽃입니다. 그러자 옆 대문이 삐걱 하더니,

"달걀 사소."

하고 매일 오는 달걀 장수 노파가 달걀 광주리를 이고 들어왔습니다.

"인젠 우리 달걀 안 사요. 달걀 먹는 이가 없어요."

하시는 어머니 목소리는 맥이 한 푼어치도 없었습니다.

나는 어머니의 이 말씀에 놀라서 떼를 좀 써보려 했으나 석양에 빤히 비치는 어머니 얼굴을 볼 때 그 용기가 없어지고 말았습니다. 그래서 아저씨가 주신 인형 귀에다가 내 입을 갖다 대고 가만히 속삭이었습니다.

"얘, 우리 엄마가 거짓부리 썩 잘하누나. 내가 달걀 좋아하는 줄 잘 알문성 생 먹을 사람이 없대누나. 떼를 좀 쓰구 싶다만 저 우리 엄마 얼굴을 좀 봐라. 어쩌문 저리두 새파래졌을까? 아마 어디가 아픈가 보다."

라고요.

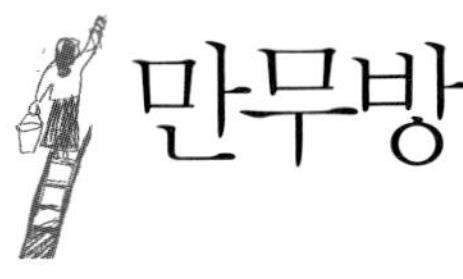

만무방

작가와 작품 세계

김유정(1908~1937)

강원도 춘천 실레 마을에서 출생. 휘문고등보통학교를 거쳐 연희전문학교 문과를 중퇴했다. 한때는 일확천금을 꿈꾸며 금광에 몰두하기도 했다. 1935년 소설 「소낙비」가 〈조선일보〉 신춘문예에, 「노다지」가 〈중외일보〉 신춘문예에 각각 당선되어 등단했다. 폐결핵으로 29세에 요절하기까지 불과 2년 동안 30여 편에 가까운 작품을 남겼다. 대표작으로 「산골 나그네」, 「노다지」, 「금 따는 콩밭」, 「봄봄」, 「동백꽃」, 「땡볕」 등이 있다.

김유정의 작품은 대부분 빈곤에 시달리던 1930년대 식민지 시대의 현실을 바탕으로 하고 있다. 주요 등장인물은 가난 속에서도 웃음을 잃지 않는 소작인, 노동자, 여급 등이다. 한국 현대 작가 가운데 김유정만큼 해학적이고 토속적인 문장을 농도 있게 구사한 작가는 드물다. 김유정의 소설이 어두운 현실을 그리고 있으면서도 생기가 넘치는 것은 그의 해학적인 문체 때문이다. 하지만 농촌의 문제점을 이지적인 현실 감각으로 바라보지 않고 희화화했다는 지적을 받기도 한다.

작품 정리

갈래: 농촌 소설
배경: 시간 - 1930년대 가을 / 공간 - 강원도 산골
시점: 3인칭 작가 관찰자 시점
주제: 식민지 한국 농촌의 궁핍한 상황으로 인해 왜곡된 삶
출전: 〈조선일보〉(1935)

구성과 줄거리

발단 한창 바쁜 추수철에 만무방인 응칠이는 한가롭게 송이 파적을 함

가을이 무르녹은 산골. 응칠이는 한가롭게 송이 파적을 나왔다. 전과자이자 만무방인 그는 송이 파적이나 할 수밖에 없는 떠돌이 신세다. 그는 시장기를 느끼며 송이를 캐어 먹는다. 바쁜 추수 때라 다른 농사꾼은 송이 파적을 나올 겨를이 없다. 가진 것도 할 일도 없는 응칠이는 마침 닭 한 마리가 보이자 재빨리 잡아먹는다.

전개 응오네 벼가 도둑을 맞은 사실을 전해 들음

숲속을 빠져 나온 응칠이는 성팔이로부터 응오네 벼가 도둑을 맞았다는 말을 듣고 성팔이를 의심한다. 한때 성실한 농사꾼이었던 응칠이는 빚을 갚을 길이 없어 야반도주해 객지에서 빌어먹다가 아내의 제안으로 헤어진다. 그 후 절도와 도박으로 살아가다가 감옥까지 드나든 응칠이는 어느 날 동생인 응오를 찾아온다. 응오는 아픈 아내 때문에 벼를 베지 못하는 상황이지만 사실은 베어도 이자 갚기에 급급할 것 같아 베는 걸 포기한 셈이다. 그런 와중에 베지도 않은 논의 벼가 닷 말쯤 도둑을 맞는다. 응칠이는 전과자인 자신이 누명을 쓸까 두려워 자기 손으로 도둑을 잡고 동네를 뜨기로 결심한다.

위기 응칠이는 바위 굴에서 노름을 한 뒤 도둑을 잡기 위해 잠복을 함

그믐칠야에 응칠이는 도둑을 잡으러 응오의 논으로 산고랑 길을 오른다. 바위 굴에서 노름판이 벌어지자 응칠이도 돈을 꾸어서 잠시 끼어든다. 돈을 딴 뒤 바위 굴에서 나온 응칠이는 응오네 논 근처에서 잠복해 도둑이 나타나기를 기다린다.

절정 도둑을 잡고 보니 응오임을 알고는 응칠이는 망연자실함

닭이 세 번 홰를 치자 흰 그림자가 어른거린다. 복면을 한 도둑이 나타나자 응칠이는 몽둥이로 허리를 내리친 뒤 도둑의 복면을 벗긴다. 응칠이는 논의 주인인 응오가 도둑인 것을 안 순간 깜짝 놀란다.

결말 황소 훔칠 것을 거절하는 응오를 몽둥이질한 뒤 업고 고개를 내려옴

응칠이는 황소를 훔치자고 응오를 달래지만, 응오는 부질없다는 듯 응칠이의 손을 뿌리치고 달아난다. 화가 난 응칠이는 동생을 대뜸 몽둥이질한다. 그는 땅에 쓰러진 동생을 업고 한숨을 쉬며 고개를 내려온다.

✎ 생각해 볼 문제

1. 만무방은 무엇을 상징하는가?

작품의 제목인 '만무방'은 '막되어 먹은 사람'이란 뜻이다. 표면적으로는 응칠이를 두고 하는 말이지만, 빚 때문에 농촌을 떠나 도박과 절도를 일삼는 응칠, 모범적 농민이지만 자신이 경작한 벼를 훔치는 동생 응오, 밤마다 움막에 모여 노름하는 사람들 모두가 만무방이다. 즉, 1930년대 일제 강점하의 가난한 우리 농민 전체가 만무방임을 드러내고 있다. 결국 만무방은 모순된 사회가 만들어 낸 인간이라는 의미를 함축하는 말이다.

2. 작중 인물들이 정상적인 삶의 방식에서 벗어난 일탈 행동을 하는 원인은 무엇인가?

당시의 농촌 현실에서 답을 찾을 수 있다. 정당한 노동의 대가가 주어진다면 바람직한 삶을 꾸려 갈 수 있겠지만, 열심히 농사를 지어도 남는 것은 빚밖에 없다는 암담한 현실이 그들을 만무방으로 만들고 있다. 농사를 지어봤자 대부분 빼앗길 수밖에 없는 현실이 자신의 벼를 도둑질해야 하는 상황으로까지 내모는 것이다.

3. 반사회적인 인물인 응칠이가 당시 소작인들이 부러워하는 대상이 된 이유는 무엇인가?

도둑질과 노름으로 소일하는 응칠이를 소작인들은 오히려 부러워한다. 다른 사람들은 소심해서 저지를 수 없는 일을 과감하게 저지르고 감옥에 들락거리는 것이 소작인들 눈에는 영웅적인 모습으로 비친 것이다. 1930년대와 같은 모순된 사회에서는 응칠이와 같은 일탈된 행동이야말로 비참한 현실을 벗어나는 방법임을 드러내고 있다.

4. 이 작품에 드러난 아이러니의 요소들을 모두 정리해 보자.

- 응칠이가 가을날의 아름다운 정경 속에서 빈둥거리고 노는 것을 시대 상황과 반대로 자유롭게 그리고 있는 것.
- 도둑에 불과한 응칠이를 사람들이 오히려 부러워하는 것.
- 응오네 논의 벼를 훔친 사람이 바로 응오 자신이었다는 것.
- 응칠이 도둑으로 판명 난 응오를 달래기 위해 소도둑질을 제안하는 것.

인물 관계도

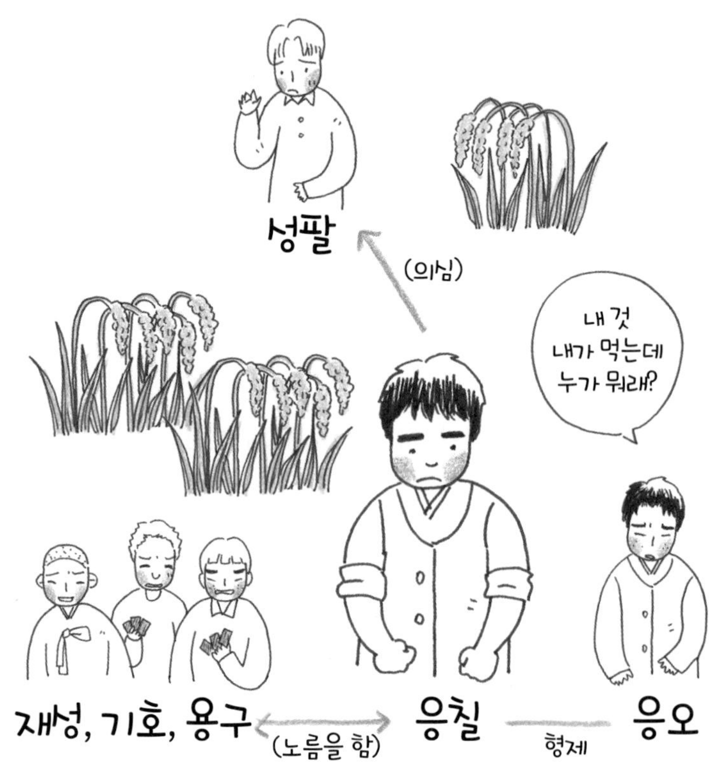

저(응칠)는 성실한 농사꾼이었지만 빚을 못 갚아 객지를 떠돌다 감옥까지 다녀왔어요. 지금은 동생(응오)과 한동네에 머물고 있지요. 응오네가 벼를 도둑맞았다는 소식을 듣자 성팔이 의심되더군요. 저는 노름을 한 뒤 응오네 논 근처에 잠복해 도둑을 기다렸어요. 도둑이 나타나 잡았는데 놀랍게도 응오더군요!

만무방

산골에 가을은 무르녹았다.

아름드리 노송은 빽빽이 늘어박혔다. 무거운 송낙(송라를 우산 모양으로 엮어 만든 모자)을 머리에 쓰고 건들건들. 새새이 끼인 도토리, 벚(버찌), 돌배, 갈잎 들은 울긋불긋. 잔디를 적시며 맑은 샘이 쫄쫄거린다. 산토끼 두 놈은 한가로이 마주 앉아 그 물을 할짝거리고. 이따금 정신이 나는 듯 가랑잎은 부수수 하고 떨린다. 산산한 산들바람. 귀여운 들국화는 그 품에 새뜻새뜻(새롭고 산뜻한 모양) 넘논다. 흙내와 함께 향긋한 땅김이 코를 찌른다. 요놈은 싸리버섯, 요놈은 잎 썩은 내, 또 요놈은 송이 — 아니, 아니, 가시넝쿨 속에 숨은 박하풀 냄새로군.

응칠이는 뒷짐을 딱 지고 어정어정 노닌다. 유유히 다리를 옮겨 놓으며 이 나무 저 나무 사이로 호아든다(이리저리 돌아서 온다). 코는 공중에서 벌렸다 오므렸다 연신 이러며 훅, 훅. 구붓한(조금 굽은 듯한) 한 송목 밑에 이르자 그는 발을 멈춘다. 이번에는 지면에 코를 바짝 갖다 대고 한 바퀴 비잉, 나물 끼고 돌았다.

'아하, 요놈이로군!'

썩은 솔잎에 덮이어 흙이 봉곳이 돋아 올랐다.

그는 손가락을 꾸짖으며 정성스레 살살 헤쳐 본다. 과연 귀여운 송이. 망할 녀석, 조금만 더 나오지, 그걸 뚝 따 들고 뒷짐을 지고 다시 어슬렁어슬렁. 가끔 선하품은 터진다. 그럴 적마다 두 팔을 떡 벌리곤 먼 하늘을 바라보고 늘어지게도 기지개를 늘인다.

때는 한창 바쁠 추수 때이다. 농군치고 송이 파적(심심풀이로 송이를 따 먹는 것) 나올 놈은 생겨나도 않았으리라. 하나 그는 꼭 해야만 할 일이 없었다. 싶으면 하고 말면 말고 그저 그뿐. 그러함에는 먹을 것이 더러 있느냐면 있기는커녕 부쳐 먹을 농토조차 없는, 계집도 없고 자식도 없고. 방은 있다고 해야 남의 곁방이요 잠은 새우잠이요. 하지만 오늘 아침만 해도 한 친구가 찾아와서 벼를 털 텐데 일 좀 와 해 달라는 걸 마다하였다. 몇 푼 바람에 그까짓 걸 누가 하느냐보다는 송이가 좋았다. 왜냐하면 이 땅 삼천리강산에 늘여 놓인 곡식이 말짱 뉘 것이람. 먼저 먹는 놈이 임자 아니냐. 먹다 걸릴 만치 그토록 양식을 쌓아 두고 일이 다 무슨 난장(신체 부위를 가리지 않고 마구 치는 매) 맞을 일이람. 걸리지 않도록 먹을 궁리나 할 게지. 하기는 그도 한 세 번이나 걸려서 구메밥(예전에 옥에 갇힌 죄수에게 벽 구멍으로 몰래 들여보내던 밥)으로 사관(급하거나 중한 병일 때에 침을 놓는 네 곳의 혈)을 틀었다마는 결국 제 밥상 위에 올라앉은 제 몫도 자칫하면 먹다 걸리긴 매일반…….

올라갈수록 덤불은 우거졌다. 머루며 다래, 칡, 게다 이름 모를 잡초. 이것들이 위아래로 이리저리 서리어 좀체 길을 내지 않는다. 그는 잔디 길로만 돌았다. 넓적다리가 벌쭉이는 찢어진 고의 자락을 아끼며 조심조심 사려 딛는다. 손에는 칡으로 엮어 든 일곱 개 송이. 늙은 소나무마다 가선 두리번거린다. 사냥개 모양으로 코로 쿡, 쿡, 내를 한다. 이것도 송이 같고 저것도 송이 같고. 어떤 게 알짜 송이인지 분간을 모른다. 토끼똥이 소보록한 데 갈잎이 한 잎 뚝 떨어졌다. 그 잎을 살며시 들어 보니 송이 대구리(머리)가 불쑥 올라왔다. 매우 큰 송이인 듯. 그는 반색하여 그 앞에 무릎을 털썩 꿇었다. 그리고 그 위에 두 손을 내들며 열 손가락을 다 펴 들었다. 가만가만히 살살 흙을 헤쳐 본다. 주먹만한 송이가 나타난다. 얘, 이놈 크구나. 손바닥 위에 따 올려놓고는 한참 들여다보며 싱글벙글한다. 우중충한 구석으로 바위는 벽같이 깎아질렀다. 그 중턱을 얽어 나간 칡잎에서는 물이 쪼록쪼록 흘러내린다. 인삼이 썩어 내리는 약수라 한다. 그는 돌 위에 걸터앉으며 또 한 번 하품을 하였다. 간밤 쓸데없는 노름에 밤을 팬(새운) 것이 몹시 나른하였다. 따사로운 햇발이 숲을 새어 든다. 다람쥐가 솔방울을 떨어치며, 어여쁜 할미새는 앞에서 알씬거리고. 동리에서는 타작을 하느라고 와글거린다. 흥겨워 외치는 목성, 그걸 억누르고 공중에 웅, 웅, 진동하는 벼 터는 기계 소리. 맞은쪽 산속에서 어린 목동들의 노래는 처량히 울려온다. 산속에 묻힌 마을의 전경을 멀리 바라보다가 그는 눈을 찌긋하며 다시 한 번 하품을 뽑는다. 이 웬 놈의 하품일까. 생각해 보니 어제 저녁부터 여태껏 창자가 곯렸던 것이다. 불현듯 송이 꾸러미에서 그중 크고 먹음직한 놈을 하나 뽑아 들었다.

응칠이는 그 송이를 물에 써억써억 비벼서는 떡 벌어진 대구리부터 걸쌍스레(먹음새가 좋아 탐스럽게) 덥석 물어 떼었다. 그리고 넓죽한 입이 움질움질 씹는다. 혀가 녹을 듯이 만질만질하고 향기로운 그 맛. 이렇게 훌륭한 놈을 입맛만 다시고 못 먹다니. 문득 옛 추억이 혀끝에 뱅뱅 돈다. 이놈을 맛보는 것도 참 근자의 일이다. 감불생심(敢不生心 감히 엄두도 내지 못함)이지 어디 냄새나 똑똑히 맡아 보리. 산속으로 쏘다니다 백판(전혀 생소하게) 못 따기도 하려니와 더러 딴다는 놈은 행여 상할까 봐 손도 못 대게 하고 집에 내려다 묻고 묻고 하는 것이다. 그러나 요행히 한 꾸러미 차면 금시로 장에 가져다 판다. 이틀 사흘씩 공들인 거로되 잘하면 사십 전, 못 받으면 이십오 전. 저녁거리를 기다리는 아내를 생각하며 좁쌀 서너 되를 손에 사들고 어두운 고개를 터덜터덜 올라가는 건 좋으나 이 신세를 뭐에 쓰나 하고 보면 을프냥궂기가(을씨년스럽기가) 짝이 없겠고……. 이까짓 걸 못 먹어 그래 홧김에 또 한 놈을 뽑아 들고 이번엔 물에 흙도 씻을 새 없이 그대로 텁석거린다. 그러나 다른 놈들도 별수 없으렷다. 이 산골이 송이의 본고향이로되 아마 일 년에 한 개조차 먹는 놈이 드물리라.

'흠, 썩어진 두상들!'

그는 폭넓은 얼굴을 일그러뜨리며 남이나 들으란 듯이 이렇게 비웃는다. 썩었다 함은 데생겼다(생김새나 됨됨이가 완전하게 이루어지지 못해 못나게 생겼다) 모멸하는 그의 언투였다. 먹다 나머지 송이 꽁다리를 바로 자랑스러이 입에다 치뜨리곤 트림을 섞어 가며 우물거린다.

송이 두 개가 들어가니 이제는 더 먹을 재미가 없다. 뭔가 좀 든든한 걸 먹었으면 좋겠는데. 떡, 국수, 말고기, 개고기, 돼지고기 그렇지 않으면 쇠고기냐. 아따 궁한 판이니 아무 거나 있으면, 속중으로 여러 가질 먹으며 시름없이 앉았다. 그는 눈꼴이 슬그머니 돌아간다. 웬 놈의 닭인지 암탉 한 마리가 조 아래 무덤 앞에서 뺑뺑 맨다. 골골거리며 감도는 걸 보매 아마 알자리(날짐승의 어미가 알을 낳거나 품고 있는 자리)를 보는 맥이라. 그는 돌에서 궁둥이를 들었다. 낮은 하늘로 외면하여 못 본 척하고 닭을 향하여 저편으로 널찍이 돌아내린다. 그러나 무덤까지 왔을 때 몸을 돌리며,

"후, 후, 후, 이 자식이 어딜 가 후—."

두 팔을 벌리고 쫓아간다. 산꼭대기로 치모니 닭은 허둥지둥 갈 길을 모른다. 요리 매낀(매끈) 조리 매낀, 꼬꼬댁거리며 속만 태울 뿐. 그러나 바위틈에 끼어 왁살스러운(매우 거칠고 사나운) 그 주먹에 모가지가 둘로 나기에는 불과 몇 분 못 걸렸다.

그는 으슥한 숲 속으로 찾아들었다. 닭의 껍질을 홀랑 까고서 두 다리를

들고 찢으니 배창('배창자'의 북한어)이 옆구리로 꿰진다(힘을 받아 약한 부분이 미어지거나 터짐). 그놈은 긁어 뽑아서 껍질과 한데 뭉치어 흙에 묻어 버린다.

고기가 생기고 보니 연하여 나느니 막걸리 생각. 이걸 부글부글 끓여 놓고 한 사발 떡 켰으면(물이나 술 따위를 단숨에 들이마셨으면) 똑 좋을 텐데 제—기. 응칠이의 고기는 어디 떨어졌는지 술집까지 못 가는 고기였다. 아무려나 고기 먹고 술 먹고 거꾸론 못 먹느냐. 그는 닭의 가슴패기를 입에 들이대고 쭉 찢어 가며 먹기 시작한다. 쫄깃쫄깃한 놈이 제법 맛이 들었다. 가슴을 먹고 넓적다리, 볼기짝을 먹고 거반 반쯤을 다 해내고 나니 어쩐지 맛이 좀 적었다. 결국 음식이란 양념을 해야 하는군. 수풀 속으로 그냥 내던지고 그는 설렁설렁 내려온다. 솔숲을 빠져 화전께로 내리려 할 때 별안간 등 뒤에서,

"여보게, 저 응칠이 아닌가."

고개를 돌려 보니 대장간 하는 성팔이가 작달막한 체수(몸의 크기)에 들갑작거리며(몸을 몹시 흔들며 까불거리며) 고개를 넘어온다. 그런데 무슨 긴한 일이나 있는지 부리나케 달려들더니,

"자네 응고개 논의 벼 없어진 거 아나?"

응칠이는 그만 가슴이 덜컥 내려앉았다. 이 바쁜 때 농군의 몸으로 응고개까지 애를 써 갈 놈도 없으려니와 또한 하필 절 보고 벼의 없어짐을 말하는 것이 여간 심상치 않은 일이었다.

잡담 제하고 응칠이는,

"자넨 어째서 응고개까지 갔던가?"

하고 대담스레 그 눈을 쏘아보았다. 그러나 성팔이는 조금도 겁먹은 기색 없이,

"아 어쩌다 지났지 뭘 그래."

하며 도리어 얼레발('엉너리'의 북한어. 남의 환심을 사기 위해 어벌쩡하게 서두르는 짓)을 치고 덤비는 수작이다. 고얀 놈, 응칠이는 입때 다녀야 동무를 팔아 배를 채우고 그런 비열한 짓은 안 한다. 낯을 붉히자 눈에 불이 보이며,

"어쩌다 지냈다?"

응칠이가 이 동리에 들어온 것은 어느덧 달이 넘었다. 인제는 물릴 때도 되었고, 좀 떠 보고자 생각은 간절하나 아우의 일로 말미암아 망설거리는 중이었다. 그는 오라는 데는 없어도 갈 데는 많았다. 산으로 들로 해변으로 발부리 놓이는 곳이 즉 가는 곳이다. 그러나 저물면은 그대로 쓰러진다. 남

의 방앗간이고 헛간이고 혹은 강가, 시새장(모래톱). 물론 수가 좋으면 괴때기('괴꼴'의 잘못. 타작을 할 때에 생기는 벼 낟알이 섞인 짚북데기) 위에서 밤을 편히 잘 적도 있었다. 이렇게 하여 강원도 어수룩한 산골로 이리 넘고 저리 넘고 못 간 데 별로 없이 유람 겸 편답하였다. 그는 한구석에 머물러 있음은 가슴이 답답할 만치 되우(아주 몹시) 괴로웠다.

그렇다고 응칠이가 본시 역마(한곳에 머물지 못하고 돌아다니는 기질) 직성이냐 하면 그런 것도 아니다. 그도 오 년 전에는 사랑하는 아내가 있었고 아들이 있었고 집도 있었고, 그때야 어딜 하루라도 집을 떨어져 보았으랴. 밤마다 아내와 마주 앉으면 어찌하면 이 살림이 좀 늘어 볼까 불어 볼까, 애간장을 태우며 갖은 궁리를 되하고(되풀이하고) 되하였다마는, 별 뾰족한 수는 없었다. 농사는 열심히 하는 것 같은데 알고 보면 남는 건 겨우 남의 빚뿐. 이러다가는 결말엔 봉변을 면치 못할 것이다. 하루는 밤이 깊어서 코를 골며 자는 아내를 깨웠다. 밖에 나아가 우리의 세간이 몇 개나 되는지 세어 보라 하였다. 그러고 저는 벼루에 먹을 갈아 찍어 들었다. 벽에 바른 신문지는 누렇게 끄을렀다. 그 위에다 아내가 불러 주는 물목(물건의 목록)대로 일일이 내려 적었다. 독이 세 개, 호미가 둘, 낫이 하나로부터 밥사발, 젓가락, 짚이 석 단까지 그다음에는 제가 빚을 얻어 온 데, 그 사람들의 이름을 쪽 적어 놓았다. 금액은 제각기 그 아래다 달아 놓고, 그 옆으론 조금 사이를 떼어 역시 조선문(한글)으로 나의 소유는 이것밖에 없노라. 나는 오십사 원을 갚을 길이 없으매 죄진 몸이라 도망하니 그대들은 아예 싸울 게 아니겠고 서로 의논하여 억울치 않도록 분배하여 가기 바라노라 하는 의미의 성명서를 벽에 남기자 안으로 문들을 걸어 닫고 울타리 밑구멍으로 세 식구가 빠져나왔다.

이것이 응칠이가 팔자를 고치던 첫날이었다.

그들 부부는 돌아다니며 밥을 빌었다. 아내가 빌어다 남편에게, 남편이 빌어다 아내에게, 그러자 어느 날 밤 아내의 얼굴이 썩 슬픈 빛이었다. 눈보라는 살을 엔다. 다 쓰러져 가는 물방앗간 한구석에서 섬(곡식 따위를 담기 위해 짚으로 엮어 만든 그릇)을 두르고 어린애에게 젖을 먹이며 떨고 있더니 여보게유 하고 고개를 돌린다. 왜 하니까 그 말이, 이러다간 우리도 고생일 뿐더러 첫째 어린애를 잡겠수, 그러니 서로 갈립시다, 하는 것이다. 하긴 그럴 법한 말이다. 쥐뿔도 없는 것들이 붙어 다닌댔자 별수는 없다. 그보다는 서로 갈리어 제 맘대로 빌어먹는 것이 오히려 가뜬하리라. 그는 선뜻 응낙하였다. 아내의 말대로 개가(改嫁 다른 남자에게 시집을 다시 가는 일)를 해 가서 젖먹이나 잘 키우고 몸 성히 있으면 혹 연분이 닿아 다시 만날지도 모르니깐, 마지막으로 아내와 같이 땅바닥에서 나란히 누워 하룻밤을 새고 나서 날이 훤해지자 그는 툭툭 털고 일어섰다.

매팔자(거리낄 것 없이 좋은 팔자)란 응칠이의 팔자이겠다.

그는 버젓이 게트림(거만스럽게 거드름을 피우며 하는 트림)으로 길을 걸어야 걸릴 것은 하나도 없다. 논 맬 걱정도, 호포(戶布 고려 · 조선 때, 봄과 가을 두 철에 집집마다 물던 세(稅)) 바칠 걱정도, 빚 갚을 걱정, 아내 걱정, 또는 굶을 걱정도. 호동가란히(마음에 두지 않고 아주 조용히. 홀가분하게) 털고 나서니 팔자 중에는 아주 상팔자다. 먹고만 싶으면 돼지구, 닭이구, 개구, 언제나 옆을 떠날 새 없겠지, 그리고 돈, 돈도.

그러나 주재소는 그를 노려보았다. 툭하면 오라, 가라, 하는데 학질(짜증날 만큼 귀찮고 피곤함)이었다. 어느 동리고 가 있다가 불행히 일만 나면 누구보다도 그부터 붙들려 간다. 왜냐하면 그는 전과 사범이었다. 처음에는 도박으로, 다음엔 절도로, 또 고담에는 절도로, 절도로……. 그러나 이번 멀리 아우를 방문함은 생활이 궁하여 근대러(몹시 성가시게 하러) 왔다거나 혹은 일을 해 보러 온 것은 결코 아니었다. 혈족이라곤 단 하나의 동생이요, 또한 오래 못 본지라 때 없이 그리웠다. 그래 모처럼 찾아온 것이 뜻밖에 덜컥 일을 만났다.

지금까지 논의 벼가 서 있다면 그것은 성한 사람의 짓이라 안 할 것이다.

응오는 응고개 논의 벼를 여태 베지 않았다. 물론 응오가 베어야 할 것이다. 누가 듣던지 그 형 응칠이를 먼저 의심하리라. 그럼 여기에 따르는 모든 책임을 응칠이가 혼자 지지 않으면 안 될 것이다.

응오는 진실한 농군이었다. 나이 서른하나로 무던히 철났다 하고 동리에서 쳐주는 모범 청년이었다. 그런데 벼를 베지 않는다. 남은 다들 거둬들였고 털기까지 하련만 그는 벨 생각조차 않는 것이다.

지주라든 혹은 그에게 장리(長利 봄에 꿔 준 곡식에 대해 가을에 그 과반을 이자를 쳐서 받는 변리)를 놓은 김 참판이든 뻔찔나게 찾아와 벼를 베라 독촉하였다.

"얼른 털어서 낼 건 내야지."

하면 그 대답은,

"계집이 죽게 됐는데 벼는 다 뭐지유—"

하고 한결같이 내뱉는 소리뿐이었다.

응오의 아내가 지금 기지사경(幾至死境 거의 죽을 지경에 이름)이매 틈은 없었다 하더라도 돈이 놀아서(수중에 돈이 없어서) 약을 못 쓰는 이 판이니 진시(진작) 벼라도 털어야 할 것이다.

그러면 왜 안 털었던가.

그것은 작년 응오와 같이 지주 문전에서 타작을 하던 친구라면 묻지는 않으리라. 한 해 동안 애를 졸이며 홑자식(하나밖에 없는 자식) 모양으로 알뜰히 가꾸던 그 벼를 거둬들임은 기쁨에 틀림없었다. 꼭두새벽부터 엣, 엣, 하며 괴로움을 모른다. 그러나 캄캄하도록 털고 나서 지주에게 도지(賭租 남의 논밭을 빌려서 부치고 논밭을 빌린 대가로 해마다 내는 벼)를 제하고, 장리쌀을 제하고, 색초(관아에 바치는 세금)를 제하고 보니 남은 것은 등줄기를 흐르는 식은땀이 있을 따름. 그것은 슬프다 하기보다 끝없이 부끄러웠다. 같이 털어 주던 동무들이 뻔히 보고 섰는데 빈 지게로 덜렁거리며 집으로 돌아오는 건 진정 열없기 짝이 없는(화가 나면서도 부끄러운) 노릇이었다. 참다 참다 못해 응오는 눈에 눈물이 흘렀던 것이다.

가뜩한데 엎치고 덮치더라고 올해는 고나마 흉작이었다. 샛바람과 비에 벼는 깨깨 비틀렸다. 이놈을 가을하다간(벼나 보리 따위의 농작물을 거둬들이다간) 먹을 게 남지 않음은 물론이요 빚도 다 못 가릴 모양. 에라, 빌어먹을 거 너들끼리 캐다 먹든 말든 멋대로 하여라, 하고 내던져 두지 않을 수 없다. 벼를 거뒀다고 말만 나면 빚쟁이들은 우— 몰려들 거니깐.

응칠이의 죄목은 여기에서도 또렷이 드러난다. 국으로(제 생긴 그대로. 또는 자기 주제에 맞게) 가만히만 있었더라면 좋은 걸 이 사품(어떤 동작이나 일이 진행되는 바람이나 겨를)에 뛰어들어 지주의 뺨을 제법 갈긴 것이 응칠이었다.

처음에야 그럴 작정이 아니었다. 그는 여러 곳 물을 마신 이만치 어지간히 속이 틘 건달이었다. 지주를 만나 까놓고 썩 좋은 소리로 의논하였다. 올 농사는 반실(半失 절반쯤 잃거나 손해를 봄)이니 도지도 좀 감해 주는 게 어떠냐고. 그러나 지주는 암말 없이 고개를 모로 흔들었다. 정 이러면 하여튼 일 년 품은 빼야 할 테니 나는 그 논에다 불을 지르겠수, 하여도 잠자코 응치 않는다. 지주로 보면 자기로도 그 벼는 넉넉히 거둬들일 수는 있다마는, 한번 버릇을 잘못해 놓으면 여느 작인까지 행실을 버릴까 염려하여 겉으로 독촉만 하고 있는 터이었다. 실상이야 고까짓 벼쯤 있어도 고만 없어도 고만, 그 심보를 눈치채고 응칠이는 화를 벌컥 낸 것만은 좋으나 저도 모르게 대뜸 주먹뺨이 들어갔던 것이다.

이렇게 문제 중에 있는 벼인데 귀신의 놀음 같은 변괴가 생겼다. 다시 말하면 벼가 없어졌다. 그것도 병들어 쓰러진 쭉정이는 제쳐 놓고 무엇으로 그랬는지 알장 이삭만 따갔다. 그 면적으로 어림하면 아마 못 돼도 한 댓 말가량은 될는지!

응칠이가 아침 일찍이 그 논께로 노닐자 이걸 발견하고 기가 막혔다. 누굴 성가시게 굴려고 그러는지. 산속에 파묻힌 논이라 아직은 본 사람이 없는 모양 같다. 하나 동리에 이 소문이 퍼지기만 하면 저는 어느 모로든 혐의를 받아 폐는 좋이 입어야 될 것이다.

응칠이는 송이도 송이려니와 실상은 궁리에 바빴다. 속종으로 지목 갈만한 놈을 여럿 들어 보았으나 이렇다 찍을 만한 증거가 없다. 어쩌면 재성이나 성팔이 이 둘 중의 짓이리라, 하고 결국 이렇게 생각하는 것도 응칠이가 아니면 안 될 것이다.

원수는 외나무다리에서 만났다.

응칠이는 저의 짐작이 들어맞음을 알고 당장에 일을 낼 듯이 성팔이의 눈을 들이 노렸다.

성팔이는 신이 나서 떠들다가 그 눈총에 어이가 질려서 고만 벙벙하였다. 그리고 얼굴이 핼쑥하여 마주 대고 쳐다보더니,

"그래, 자네 왜 그렇게 노하나. 지내다 보니깐 그렇길래 이를테면 자네보고 얘기지 뭐."

하고 뒷갈망(뒷감당)을 못 하여 우물쭈물한다.

"노하긴 누가 노해!"

응칠이는 뻐팅겼던 몸에 좀 더 힘을 올리며,

"응고개를 어째 갔더냐 말이지?"

"놀러 갔다 오는 길인데 우연히……."

"놀러 갔다, 거기가 노는 덴가?"

"글쎄, 그렇게까지 물을 게 뭔가. 난 응고개 아니라 서울은 못 갈 사람인가."

하다가 성팔이는 속이 타는지 코로 후응 하고 날숨을 길게 뽑는다.

이렇게 나오는 데는 더 물을 필요가 없었다. 성팔이란 놈도 여간내기가 아니요 구장네 솥인가 뭔가 떼다 먹고 한 번 다녀온 놈이었다. 많이 사귀지는 못했으나 동리 평판이 그놈과 같이 다니다가는 엉뚱한 일 만난다 한다.

이번에 응칠이 저 역시 그 섭수(수단)에 걸렸음을 알고,

"그야 응고개라고 못 갈 리 없을 테……."

하고 한 번 엇먹다(사리에 맞지 않는 말과 행동으로 비꼬다), 그러나 자네두 알다시피 거 어디야, 거기 바로 길이 있다든지 사람 사는 동리라면 혹 모른다 하지마는 성한 사람이야 응고개에 뭘 먹으러 가나, 그렇지 자네야 심심하니까, 하고 앞을 꽉 눌러 등을 떠본다.

여기에는 대답 없고 성팔이는 덤덤히 쳐다만 본다. 무엇을 생각했는가 한참 있더니 호주머니에서 단풍갑을 꺼낸다. 우선 제가 한 개를 물고 또 하나를 뽑아 내대며(상대편의 앞으로 불쑥 내밀며),

"궐련(卷煙 얇은 종이로 말아 놓은 담배) 하나 피우게."

매우 듬직한 낯을 해 보인다.

이놈이 이에 밝기가 몹시 밝은 성팔이다. 턱없이 궐련 하나라도 선심을 쓸 궐자(厥者 '그'를 낮잡아 이르는 말)가 아니리라, 생각은 하였으나 그렇다고 예까지 부르대는(남을 나무라거나 하는 듯이 거친 말로 야단스럽게 떠들어 대는) 건 도리어 저의 처지가 불리하다.

그것은 짜장(과연 정말로) 그 손에 넘는 짓이니,

"아 웬 궐련은 이래."

하고 슬쩍 눙치며(마음을 풀어 누그러지게 하며),

"성냥 있겠나?"

일부러 불까지 그어 대게 하였다.

응칠이에게 액을 떠넘기어 이용하려는 고 야심을 생각하면 곧 달려들어 다리를 꺾어 놔야 옳을 것이다. 그러나 이 마당에 떠들어 대고 보면 저는 드러누워 침 뱉기. 결국 도적은 뒤로 잡지 앞에서 어르는 법이 아니다. 동리에 소문이 퍼질 것만 두려워하며,

"여보게, 자네가 했건 내가 했건 간."

하고 과연 정다이 그 등을 툭 치고 나서,

"우리 둘만 알고 동리에 말을 내지 말게."

하다가 성팔이가 이 말에 되우 놀라며 눈을 말똥말똥 뜨니,

"그까진 벼쯤 먹으면 어떤가!"

하고 껄껄 웃어 버린다.

성팔이는 한 굽 접히어 말문이 메었는지 얼떨하여 입맛만 다신다.

"아예 말은 내지 말게, 응 알지."

하고 다시 다질 때에야 겨우 주저주저 입을 열어,

"내야 무슨 말을 내겠나."

하고 조금 사이를 떼어 또,

"내야 무슨 말을…… 그건 염려 말게."

하더니 비실비실 몸을 돌리어 저 갈 길을 내걷는다. 그러나 저 앞 고개까지 가는 동안에 두 번이나 돌아다보며 이쪽을 살피고 한 것만은 사실이다.

응칠이는 그 꼴을 이윽히 바라보고 입 안으로 죽일 놈, 하였다. 아무리 도적이라도 같은 동료에게 제 죄를 넘겨씌우려 함은 도저히 의리가 아니다.

그건 그렇다 치고 응오가 더 딱하지 않은가. 기껏 힘들여 지어 놓았다 남 좋은 일 한 것을 안다면 눈이 뒤집힐 일이겠다.

이래서야 어디 이웃을 믿어 보겠는가.

확적히 증거만 있어 이놈을 잡으면 대번에 요절을 내리라 결심하고 응칠이는 침을 탁 뱉어 던지고 산을 내려온다.

그런데 그놈의 행티(행짜를 부리는 버릇)로 가늠해 보면 응칠이 저만치는 때가 못 벗은 도적이다. 어느 미친놈이 논두렁에까지 가새(가위)를 들고 오는가. 격식도 모르는 풋둥이(풋내기)가 그러려면 바로 조 낟가리나 수수 낟가리 말이지 그 속에 들어앉아 가새로 속닥거려야 들킬 리도 없고 일도 편하고 두 포대고 세 포대고 마음껏 딸 수도 있다. 그러다 틈 보고 집으로 나르면 그만이지만 누가 논의 벼를 다…… 그렇게도 벼에 걸신이 들었다면 바로 남의 집 머슴으로 들어가 한 달포 동안 주인 앞에 얼렁거리며 신용을 얻어 오다가 주는 옷이나 얻어 입고 다들 잠들거든 볏섬이나 두둑이 짊어 메고 덜렁거리면 그뿐이다. 이건 맥도 모르는 게 남도 못살게 굴려고 에—이 망할 자식두……. 그는 분노에 살이 다 부들부들 떨리는 듯싶었다. 그러나 이런 좀도적이란 봉이 나기 전에는 바짝 물고 덤비는 법이었다. 오늘 밤에는 요놈을 지켰다 꼭 붙들어 가지고 정강이를 분질러 놓으리라. 밥을 먹고는 태연히 막걸리 한 사발을 껄떡껄떡 들이켜자,

"커! 가을이 되니깐 맛이 행결(한결) 낫군!"

그는 주먹으로 입가를 쓱쓱 훔친 다음 송이 꾸러미에서 세 개를 뽑는다. 그리고 그걸 갈퀴같이 마른 주막 할머니 손에 내주며,

"옛수, 송이나 잡숫게유."

하고 술값을 치렀으나,

"아이, 송이두 고놈 참."

간사(奸邪 거짓으로 남의 비위를 맞춤)를 피우는 것이 겉으로는 반기는 척하면서도 좀 시쁜(마음에 차지 아니해 시들한) 모양이다. 제 딴은 한 개에 삼 전씩 치더라도 구 전밖에 안 되니깐.

응칠이는 슬며시 화가 나서 그 얼굴을 유심히 들여다보았다. 움푹 들어간 볼때기에 저건 또 왜 저리 멋없이 불거졌는지 툭 나온 광대뼈하고 치마 아래로 남실거리는 발가락은 자칫 잘못 보면 황새 발목이니 이건 언제 잡아가려고 남겨 두는 거야—보면 볼수록 하나 예쁜 데가 없다. 한두 번 먹은 것도 아니요 언젠가 울타리께 풀을 베어 주고 술 사발이나 얻어먹은 적도 있었다. 고렇게 야멸치게 따질 건 뭔가. 그는 눈살을 흘깃 맞히고는 하나를 더 꺼내어,

"옜수, 또 하나 잡숫게유!"

내던져 주곤 댓돌에 가래침을 탁 뱉었다.

그제야 식성이 좀 풀리는지 그 가축으로(물품이나 몸가짐 따위를 알뜰히 매만져서 잘 간직하거나 거두어) 웃으며,

"아이구 이거 자꾸 주면 어떻게 해."

"어떡하긴 자꾸 살찌게유."

하고 한마디 툭 쏘고 일어서다가 무엇을 생각함인지 다시 툇마루에 주저앉는다.

"그런데 참 요즘 성팔이 보셨수?"

"아—니, 당최 볼 수가 없더구먼."

"술도 안 먹으러 와유?"

"안 와!"

하고는 입 속으로 뭐라고 중얼거리며 의아한 낯을 들더니,

"왜, 또 뭐 일이……?"

"아니유, 본 지가 하 오래니깐!"

응칠이는 말끝을 얼버무리고 고개를 돌리어 한데를 바라본다. 벌써 점심때가 되었는지 닭들이 요란히 울어 댄다. 논둑의 미루나무는 부 하고 또 부 하고 잎이 날리며 팔랑팔랑 하늘로 올라간다.

"성팔이가 이 마을에서 얼마나 살았지요?"

"글쎄, 재작년 가을이지 아마."
하고 장죽(긴 담뱃대)을 빡빡 빨더니,
"그런데 또 떠난다든가, 홍천인가 어디 즈 성님한테로 간대."
하고 그게 옳지, 여기서 뭘 하느냐, 대장간이라구 일이나 많으면 모르거니와 밤낮 파리만 날리는데 그보다는 형이 크게 농사를 짓는다니 그 뒤나 거들어 주고 국으로 얻어먹는 게 신상에 편하겠지. 그래 불일간(며칠 걸리지 아니하는 동안) 처자식을 데리고 아마 떠나리라고 하고,
"농군은 그저 농사를 지어야 돼."
"낼 술 먹으러 또 오지유."
간단히 인사만 하고 응칠이는 다시 일어났다.
주막을 나서니 옷깃을 스치는 개운한 바람이다. 밭 둔덕의 대추는 척척 늘어진다. 머지않아 겨울은 또 오렷다. 그는 응오의 집을 바라보며 그간 죽었는지 궁금하였다.
응오는 봉당(封堂 안방과 건넌방 사이의 마루를 놓을 자리에 마루를 놓지 아니하고 흙바닥 그대로 둔 곳)에 걸터앉았다. 그 앞 화로에는 약이 바글바글 끓는다. 그는 정신없이 들여다보고 앉았다.
우중충한 방에서는 아내의 가쁜 숨소리가 들린다. 색, 색 하다가 아이구, 하고는 까무러지게 콜록거린다. 가래가 치밀어 몹시 괴로운 모양. 뽑아 줄 사이가 없이 풀들은 뜰에 엉켰다. 흙이 드러난 지붕에서 망초가 휘청휘청 바람은 가끔 찾아와 싸리문을 흔든다. 그럴 적마다 문은 을씨년스럽게 삐—걱 삐—걱. 이웃의 발발이는 부엌에서 한창 바쁘게 달그락거린다. 마는, 아침에 아내에게 먹이고 남은 조죽(좁쌀로 쑨 죽)밖에야. 아니 그것도 참 남편이 마저 긁었으니 사발에 붙은 찌꺼기뿐이리라.
"거, 다 졸았나 부다."
응칠이는 약이란 다 졸면 못쓰니 고만 짜 먹여라 하였다. 약이라야 어제 저녁 울 뒤에서 옮아 들인 구렁이지만.
그러나 응오는 듣고도 흘렸는지 혹은 못 들었는지 잠자코 고개도 안 든다.
"옜다, 송이 맛이나 봐라."
하고 형이 손을 내밀 제야 겨우 시선을 들었으나 술이 거나한 그 얼굴을 거북살스레 훑어본다. 그리고 송이를 고맙지 않게 받아 방에 치뜨리고는,

"이거나 먹어."
하다가,
"뭐?"
소리를 크게 질렀다. 그래도 잘 들리지 않으므로,
"뭐야 뭐야, 좀 똑똑히 하라니깐?"
하고 골피를(눈살을) 찌푸린다. 그러나 아내는 손짓만으로 무슨 소린지 알 수가 없다. 음성으로 치느니보다 종이 비비는 소리랄지, 그걸 듣기에는 지척도 멀었다.
가만히 보다 응칠이는 제가 다 불안하여,
"뒤보겠다는 게 아니냐?"
"그럼 그렇다 말이 있어야지."
남편은 이내 짜증을 내며 몸을 일으킨다. 병약한 아내의 음성이 날로 변하여 감을 시방 안 것도 아니련만—.
그는 방바닥에 늘어져 꼬치꼬치 마른 반송장을 조심히 일으키어 등에 업었다.
울 밖 밭머리에 잿간(거름으로 쓸 재를 모아 두는 헛간)은 놓였다. 머리가 눌릴 만치 납작한 굴속이다. 게다 거미줄은 예제없이(여기나 저기나 구별 없이) 엉키었다. 부춧돌 위에 내려놓으니 아내는 벽을 의지하여 웅크리고 앉는다. 그리고 남편은 눈을 멀뚱멀뚱 뜨고 지키고 서 있는 것이다.
이 꼴들을 멀거니 바라보다 응칠이는 마뜩지 않게 코를 휑 풀며 입맛을 다시었다. 응오의 짓이 어리석고 울화가 터져서이다. 요즘 응오가 형에게 말도 잘 않고 왜 어딱비딱 하는지 그 속은 응칠이도 모르는 바 아닐 것이다.
응오가 이 아내를 찾아올 때 꼭 삼 년간을 머슴을 살았다. 그처럼 먹고 싶던 술 한 잔 못 먹었고, 그처럼 침을 삼키던 그 개고기 한 메 물론 못 샀다. 그리고 사경을 받는 대로 꼭꼭 장리를 놓았으니 후일 선채(先債 이전에 진 빚)로 썼던 것이다. 이렇게까지 근사(勤仕 자기가 맡은 일에 부지런히 힘씀)를 모아 얻은 계집이련만 단 두 해가 못 가서 이 꼴이 되고 말았다.
그러나 이 병이 무슨 병인지 도시 모른다. 의원에게 한 번이라도 변변히 뵈 본 적이 없다. 혹 안다는 사람의 말인즉 노점이니(폐결핵 따위에서 볼 수 있는 증상) 어렵다 하였다. 돈만 있으면야 노점이고 염병이고 알 바가 못 될 거로되 사날 전 거리로 쫓아 나오며,

"성님!"
하고 팔을 챌 적에는 응오도 어지간히 급한 모양이었다.
"왜?"
응칠이가 몸을 돌리니 허둥지둥 그 말이 이제는 별도리가 없다. 있다면 꼭 한 가지가 남았으니 그것은 엊그저께 산신을 부리는 노인이 이 마을에 오지 않았는가. 그 노인이 응오를 특히 동정하여 십오 원만 들여 산치성을(산신령에게 정성을 드리는 일을) 올리면 씻은 듯이 낫게 해 주리라는데.
"성님은 언제나 돈 만들 수 있지유?"
"거, 안 된다. 치성 들여 날 병이 안 낫겠니."
하여 여전히 딱 떼고 그러게 내 뭐래던, 애초에 계집 다 내버리고 날 따라 나서랬지, 하고,
"그래 농군의 살림이란 제 목매기라지!"
그러나 아우가 암말 없이 몸을 홱 돌리어 집으로 들어갈 제 응칠이는 속으로 또 괜한 소리를 했구나, 하였다.
응오는 도로 아내를 업어다 방에 뉘었다. 약은 다 졸았다. 불이 삭기 전 짜야 할 것이다. 식기를 기다려 약사발을 입에 대어 주니 아내는 군말 없이 그 구렁이 물을 껄떡껄떡 들이마신다.
응칠이는 마당에 우두커니 앉았다. 사람의 목숨이란 과연 중하군 하였다. 그러나 계집이라는 저 물건이 저렇게 떼기 어렵도록 중할까, 하니 암만해도 알 수 없고.
"너 참 요 건너 성팔이 알지?"
"……."
"……."
"성이 뭐래는데 거 대답 좀 하렴!"
하고 소리를 빽 질러도 아우는 대답은 말고 고개도 안 든다. 그러나 응칠이는 하늘을 쳐다보고 트림만 끄윽 하고 말았다. 술기가 코를 꽉꽉 찔러야 할 터인데 이건 풋김치 냄새만 코밑에서 뱅뱅 돈다. 공짜 김치만 퍼먹을 게 아니라 한 잔 더 했더라면 좋았을걸. 그는 일어서서 대를 허리에 꽂고 궁둥이의 흙을 털었다. 벼 도둑맞은 이야기를 할까, 하다가 아서라 가뜩이나 울상이 속이 쓰릴 것이다. 그보다는 이놈을 잡아 놓고 낭중 희짜를 뽑는 것이 점잖겠지.

그는 문밖으로 나와 버렸다.

답답한 아우의 살림을 보니 역 답답하던 제 살림이 연상되고 가슴이 두루 답답하였다. 이런 때에는 무가 십상이다. 사실 하느님이 무를 마련해 낸 것은 참으로 은혜로운 일이다. 맥맥할 때 한 개를 씹고 보면 꿀꺽하고, 쿡 치는 그 맛이 좋고, 남의 무밭에 들어가 하나를 쑥 뽑으니 가랑무(제대로 굵게 자라지 못하고 밑동이 두 세 가랑이로 갈라진 무). 이—키, 이거 오늘 운수 대통이로군. 내던지고 그다음 놈을 뽑아 들고 개울로 내려온다. 물에 쓱쓱 닦아서는 꽁지는 이로 베어 던지고 어썩 깨물어 붙인다.

개울 둔덕에 포플러는 호젓하게도 매출히(매초롬히. 젊고 건강해 아름다운 태가 있게) 컸다. 자갈돌은 그 밑에 옹기종기 모였다. 가생이(가장자리)로 잔디가 소보록하다. 응칠이는 나가자빠져 마을을 건너다보며 눈을 멀뚱멀뚱 굴리고 누웠다. 산이 빽빽 둘리어 숨이 콕 막힐 듯한 그 마을.

아리랑 아리랑 아라리요
아리랑 띄어라 노다가세
증기차는 가자고 왼 고동 트는데
정든 님 품 안고 낙누낙누
아리랑 아리랑 아라리요
아리랑 띄어라 노다가세
낼 갈지 모래 갈지 내 모르는데
옥씨기 강냉이는 심어 뭐하리
아리랑 아리랑 아라리요
아리랑 띄어라……

그는 콧노래로 이렇게 흥얼거리다 갑작스레 강릉이 그리웠다. 펄펄 뛰는 생선이 좋고, 아침 햇살이 힘차게 출렁거리는 그 물결이 좋고. 이까짓 둠('못'이나 '늪'의 잘못) 구석에서 쪼들리는 데 대다니. 그래도 즈이 딴엔 무어 농사 좀 지었답시고 악을 복복 쓰며 잘도 떠들어 댄다. 하지만 그런 중에도 어디인가 형언치 못할 쓸쓸함이 떠돌지 않는 것도 아니다. 삼십여 년 전 술을 빚어 놓고 쇠를 울리고 흥에 질리어 어깨춤을 덩실거리고 이러던 가을과는 저 딴 쪽이다. 가을이 오면 기쁨에 넘쳐야 될 시골이 점점 살기만 띠어 옴은 웬일인고. 이렇게 보면 재작년 가을 어느 밤 산중에서 낫으로 사람을 찍어 죽인 강도가 문득 머리에 떠오른다. 장을 보고 오는 농군을 농군이 죽였다. 그것도 많이나 되었으면 모르되 빼앗은 것이 한껏 동전 네 닢에 수수 일곱 되, 게다가 흔적이 탄로 날까 하여 낫으로 그 얼굴의 껍질을 벗기고 조기 대강이 이기듯 끔찍하게 남기고 조긴 망나니다. 흉악한 자식. 그 알량한 돈 사 전에, 나 같으면 가여워 덧돈(웃돈)을 주고라도 왔으리라. 이번 놈은 그 따위 각다귀(각다귀 과의 곤충. 모양은 모기와 비슷하나 크기는 더 크고 벼나 뿌리를 잘라 먹는 해충)나 아닐는지 할 때 찬김(식어서 차가운 김)과 아울러 치미는 소름에 머리끝이 다 쭈뼛하였다. 그간 아우의 농사를 대신 돌봐 주기에 이럭저럭 날이 늦었다. 오늘 밤에는 이놈을 다리를 꺾어 놓고 내일쯤은 와서 설렁설렁 뜨는 것이 옳은 일이겠다. 이 산을 넘을까 저 산을 넘을까 주저거리며 속으로 점을 치다가 슬그머니 코를 골아 올린다.

밤이 내리니 만물은 고요히 잠이 든다. 검푸른 하늘에 산봉우리는 울퉁불퉁 물결을 치고 흐릿한 눈으로 별은 떴다. 그러다 구름 떼가 몰려 닥치면 깜깜한 절벽이 된다. 또한 마을 한복판에는 거친 바람이 오락가락 쓸쓸히 궁글고(소리가 웅숭깊고) 이따금 코를 찌르는 후련한 산사 내음. 북쪽 산 밑 미루나무에 싸여 주막이 있는데 유달리 불이 반짝인다. 노세, 노세, 젊어서 노세. 노랫소리는 나직나직 한산히 흘러온다. 아마 벼를 뒷심 대고 외상이리라.

응칠이는 잠자코 벌떡 일어나 바깥으로 나섰다. 그리고 다 나와서야 그 집 친구에게 눈치를 안 채이도록,

"내 잠깐 다녀옴세!"

"어딜 가나?"

친구는 웬 영문을 몰라서 뻔히 쳐다보다 밤이 이렇게 늦었으니 나갈 생각 말고 어여 이리 들어와 자라 하였다. 기껏 둘이 앉아서 개코쥐코(쓸데없는 이야기로 이러쿵저러쿵하는 모양) 떠들다가 갑자기 일어서니까 꽤 이상한 모양이었다.

"건넛마을 가 담배 한 봉 사 올라구."

"담배 여 있는데 또 사 뭐 하나?"

친구는 호주머니에서 굳이 연봉을 꺼내어 손에 들어 보이더니,

"이리 들어와 섬이나 좀 쳐 주게."

"아 참, 깜빡……."

하고 응칠이는 미안스러운 낯으로 뒤통수를 긁적긁적한다. 하기는 섬을 좀

쳐 달라고 며칠째 당부하는 걸 노름에 몸이 팔려 그만 잊고 잊고 했던 것이다. 먹고 자고 이렇게 신세를 지면서 이건 썩 안됐다, 생각은 했지만,

"내 곧 다녀올 걸 뭐."

어정쩡하게 한마디 남기곤 그 집을 뒤에 남긴다.

그러나 이 친구는,

"그럼, 곧 다녀오게!"

하고 때를 재우치는 법은 없었다. 언제나 여일같이,

"그럼 잘 다녀오게!"

이렇게 그 신상만 편하기를 비는 것이다.

응칠이는 모든 사람이 저에게 그 어떤 경의를 갖고 대하는 것을 가끔 느끼고 어깨가 으쓱거린다. 백판(白板 전혀 생소하게) 모르는 사람도 데리고 앉아서 몇 번 말만 좀 하면 대뜸 구부러진다. 그렇게 장한 것인지 그 일을 하다가, 그 일이라야 도적질이지만, 들어가 욕보던 이야기를 하면 그들은 눈을 커다랗게 뜨고,

"아이고, 그걸 어떻게 당하셨수!"

하고 적이 놀라면서도,

"그래 그 돈은 어떡했수?"

"또 그럴 생각이 납디까요?"

"참, 우리 같은 농군에 대면 호강살이유!"

하고들 한편 썩 부러운 모양이었다. 저들도 그와 같이 진탕 먹고 살고는 싶으나 주변 없어 못 하는 그 울분에서 그런 이야기만 들어도 다소 위안이 되는 것이다. 응칠이는 이걸 잘 알고 그 누구를 논에다 거꾸로 박아 놓고 달아나다가 붙들리어 경치던 이야기를 부지런히 하며,

"자네들은 안적(아직) 멀었네, 멀었어."

하고 흰소리(허풍 떠는 말)를 치면 그들은, 옳다는 뜻이겠지, 묵묵히 고개만 꺼떡꺼떡하며 속없이 술을 사 주고 담배를 사 주고 하는 것이다.

그런데 이번 벼를 훔쳐 간 놈은 응칠이를 마구 넘보는 모양 같다.

이렇게 생각하면 응칠이는 더욱 괘씸하였다. 그는 물푸레 몽둥이를 벗 삼아 논둑길을 질러서 산으로 올라간다.

이슥한 그믐칠야.

길은 어둡고 흐릿한 언저리만 눈앞에 아물거린다.

그 논까지 칠 마장(거리의 단위. 오 리나 십 리가 못 되는 거리)은 느긋하리라. 이 마을을 벗어나는 어귀에 고개 하나를 넘는다. 또 하나를 넘는다. 그러면 그다음 고개와 고개 사이에 수목이 울창한 산중턱을 비겨 대고 몇 마지기의 논이 놓였다. 응오의 논은 그중의 하나이었다. 길에서 썩 들어앉은 곳이라 잘 보이지도 않는다. 동리에 그런 소문이 안 났을 때에는 천행으로 본 놈이 없을 것이나 반드시 성팔이의 성행(性行 성품과 행실)임에는…….

응칠이는 공동묘지의 첫 고개를 넘었다. 그리고 다음 고개의 마루턱을 올라섰을 때 다리가 주춤하였다. 저 왼편 높은 산 고랑에서 불이 반짝하다 꺼진다. 짐승 불로는 너무 흐리고……. 아—하, 이놈들이 또 왔군. 그는 가던 길을 옆으로 새었다. 더듬더듬 나뭇가지를 짚으며 큰 산으로 올라간다. 바위는 미끄러져 내리며 발등을 찧는다. 딸기 가시에 종아리는 따갑고 엉금엉금 기어서 바위를 끼고 감돈다.

산, 거반 꼭대기에 바위와 바위가 어깨를 겯고 움쑥 들어간 굴이 있다. 풀들은 뻗치어 굴문을 막는다.

그 속에 돌아앉아서 다섯 놈이 머리를 맞대고 수군거린다. 불빛이 샐까 염려다. 남폿불을 얕이 달아 놓고 몸들을 바싹바싹 여미어 가리운다.

"어서 후딱후딱 쳐, 갑갑해서 원."

"이번엔 누가 빠지나?"

"이 사람이지 뭘 그래."

"다시 섞어, 어서 이따위 수작이야."

하고 한 놈이 골을 내고 화투를 빼앗아 제 손으로 섞다가 깜짝 놀란다. 그리고 버썩 대드는 응칠이를 벙벙히 쳐다보며 얼뚤한다.

그들은 응칠이가 오는 것을 완고척이 싫어하는 눈치였다. 이런 애송이 노름판인데 응칠이를 들였다가는 맥을 못 쓸 것이다. 속으로는 되우 꺼렸지마는 그렇다고 응칠이의 비위를 건드림은 더욱 좋지 못하므로,

"아, 응칠인가, 어서 들어오게."

하고 선웃음(우습지도 않은데 꾸며서 웃는 웃음)을 치는 놈에,

"난 올 듯하기에, 자넬 기다렸지."

하며 어수대는 놈,

"하여튼 한 케 떠 보세."

이놈들은 손을 잡아들이며 썩들 환영이었다.

응칠이는 그 속으로 들어서며 무서운 눈으로 좌중을 한 번 훑어보았다.

그런데 재성이도 그 틈에 끼여 있는 것이 아닌가. 사날 전만 해도 응칠이더러 먹을 양식이 없으니 돈 좀 취하라던 놈이 의심이 부썩 일었다. 도둑이란 흔히 이런 노름판에서 씨가 퍼진다. 그 옆으로 기호도 앉았다. 이놈은 며칠 전 제 계집을 팔았다. 그 돈으로 영동 가서 장사를 하겠다던 놈이 노름을 왔다. 제깐 주제에 딸 듯싶은가. 하나는 용구. 농사엔 힘 안 쓰고 노름에 몸이 달았다. 시키는 부역도 안 나온다고 동리에서 손도(損徒 도덕적으로 잘못한 사람을 그 지역에서 내쫓음)를 맞은 놈이다. 그리고 남의 집 머슴 녀석. 뽐을 내고 멋없이 점잔을 피우는 중늙은이 상투쟁이, 이 물건은 어서 날아왔는지 보지도 못하던 놈이다. 체 이것들이 뭘 한다구!

응칠이는 기호의 등을 꾹 찔러 가지고 밖으로 나왔다. 외딴곳으로 데리고 와서,

"자네 돈 좀 없겠나?"

하고 돌아서다가,

"웬걸 돈이 어디……."

눈치만 남고 어름어름하니,

"아내와 갈렸다지, 그 돈 다 뭐했나?"

"아 이 사람아, 빚 갚았지!"

기호는 눈을 내리깔며 매우 거북한 모양이다.

오른편 엄지로 한 코를 막고 흥 하고 내뿜더니 이번 빚에 졸리어 죽을 뻔했네 하고 묻지 않는 발뺌까지 얹어서 설대로 등어리를 긁죽긁죽한다.

그러나 응칠이는 속으로 이놈, 하였다.

응칠이는 실눈을 뜨고 기호를 유심히 쏘아 주었더니,

"꼭 사 원 남았네."

하고 선뜻 알리고,

"빚 갚고 뭣하고 흐지부지 녹았어."

어색하게도 혼잣말로 우물쭈물 웃어 버린다.

응칠이는 퉁명스러이,

"나 이 원만 최게(빌려 주게)."

하고 손을 내대다 그래도 잘 듣지 않으매,

"따서 둘이 나눌 테야, 누가 떼먹나."

하고 소리가 한번 빽 아니 나올 수 없다.

이 말에야 기호도 비로소 안심한 듯, 저고리 섶을 쳐들고 훔척거리다 쭈뼛쭈뼛 꺼내 놓는다. 딴은 응칠이의 솜씨이면 낙자는 없을 것이다. 설혹 재간이 모자라 잃는다면 우격이라도 도로 몰아갈 테니깐.

"나두 한 케 떠 보세."

응칠이는 우좌스레(어리석어서 신분에 맞지 않은 태도로) 굴로 기어든다. 그 콧등에는 자신 있는 그리고 흡족한 미소가 떠오른다. 사실이지 노름만큼 그를 행복하게 하는 건 다시없었다. 슬프다가도 화투나 투전장을 손에 들면 공연스레 어깨가 으쓱거리고 아무리 일이 바빠도 노름판은 옆에 못 두고 지난다. 그는 이놈 저놈의 눈치를 한 번 슬쩍 훑고,

"두 패로 나누지?"

응칠이는 재성이와 용구를 데리고 한옆으로 비켜 앉았다. 그리고 신바람이 나서 화투를 섞다가 손을 따악 짚으며,

"퉈전이래지 이깐 화투는 하튼 뭘 할 텐가, 녹빼킨가 켤 텐가?"

"약단이나 그저 보지!"

사방은 매섭게 조용하였다. 바위 위에서 혹 바람에 모래 구르는 소리뿐이다. 어쩌다,

"옜다 봐라."

하고 화투짝이 쩔꺽, 한다. 그리곤 다시 쥐 죽은 듯 잠잠하다.

그들은 이욕에 몸이 달아서 이야기고 뭐고 할 여지가 없다. 행여 속지나 않는가 하여 눈들이 빨개서 서로 독을 올린다. 어떤 놈이 뜯는 놈이고 어떤 놈이 뜯기는 놈인지 영문 모른다.

응칠이가 한 장을 내던지고 명월 공산을 보기 좋게 떡 젖혀 놓으니,

"이거 왜 수짜질(수작질)이야!"

용구는 골을 벌컥 내며 쳐다본다.

"뭐가?"

"뭐라니, 아, 이 공산 자네 밑에서 빼내지 않았나?"

"봤으면 고만이지 그렇게 노할 건 또 뭔가!"

응칠이는 어설피 입맛을 쩍쩍 다시다,

"그럼 이번엔 파토지?"

하고 손의 화투를 땅에 내던지며 껄껄 웃어 버린다.

이때 한옆에서 별안간,

"이 자식, 죽인다!"

악을 쓰는 것이니 모두들 놀라며 시선을 모은다. 머슴이 마주 앉은 상투의 뺨을 갈겼다. 말인즉 매조 다섯 끗을 엎어 쳤다고.

하나 정말은 돈을 잃은 것이 분한 것이다. 이 돈이 무슨 돈이냐 하면 일년 품을 판 피 묻은 사경이다. 이런 돈을 송두리 먹히다니.

"이 자식, 너는 야마시꾼(사기꾼)이지. 돈 내라."

멱살을 훔켜잡고 다시 두 번을 때린다.

"허, 이놈이 왜 이러누, 어른을 몰라보고."

상투는 책상다리를 잡숫고 허리를 쓰윽 펴더니 점잖이 호령한다. 자식뻘 되는 놈에게 뺨을 맞는 건 말이 좀 덜된다. 약이 올라서 곧 일을 칠 듯이 엉덩이를 번쩍 들었으나 그러나 그대로 주저앉고 말았다. 악에 바짝 받친 놈을 건드렸다가는 결국 이쪽이 손해다. 더럽단 듯이 허, 허 웃고,

"버릇없는 놈 다 봤고!"

하고 꾸짖은 것은 잘됐으나 기어이 어이쿠, 하고 그 자리에 푹 엎어진다. 이마가 터져서 피가 흘렀다. 어느 틈엔가 돌멩이가 날아와 이마의 가죽을 터뜨린 것이다.

응칠이는 싱글거리며 굴을 나섰다. 공연스레 쑥스럽게 일이나 벌어지면 성가신 노릇이다. 그리고 돈백이나 될 줄 알았더니 다 봐야 한 사십 원 될까 말까. 그걸 바라고 어느 놈이 앉았는가.

그가 딴 것은 본밑천을 알라 구 원 하고 팔십 전이다. 기호에게 오 원을 내주고,

"자, 반이 넘네. 자네 계집 잃고 돈 잃고 호강이겠네."

농담으로 비웃어 던지고는 숲 속으로 설렁설렁 내려온다.

"여보게, 자네에게 청이 있네."

재성이 목이 말라서 바득바득 따라온다. 그 청이란 묻지 않아도 알 수 있었다. 저에게 돈을 다 빼앗기곤 구문이겠지. 시치미를 딱 떼고 나 갈 길만 걷는다.

"여보게 응칠이, 아, 내 말 좀 들어!"

그제는 팔을 잡아낚으며 살려 달라 한다. 돈을 좀 늘릴까 하고 벼 열 말을 팔아 해 보았더니 다 잃었다고. 당장 먹을 게 없어 죽을 지경이니 노름 밑천

이나 하게 몇 푼 달라는 것이다. 그러나 벼를 털었으면 그저 먹을 것이지 어쭙잖게 노름은…….

"그런 걸 왜 너보고 하랬어?"

하고 돌아서며 소리를 빽 지르다가 가만히 보니 눈에 눈물이 글썽하다. 잠자코 돈 이 원을 꺼내 주었다.

응칠이는 돌에 앉아서 팔짱을 끼고 덜덜 떨고 있다.

사방은 뺑— 돌리어 나무에 둘러싸였다. 거무튀튀한 그 형상이 헐 없(꼭. 참말로) 무슨 도깨비 같다. 바람이 불적마다 쏴— 하고 쏴— 하고 음충맞게(성질이 매우 불량하게) 건들거린다. 어느 때에는 짹, 짹 하고 목을 따는지 비명도 울린다.

그는 가끔 뒤를 돌아보았다. 별일은 없을 줄 아나 혹 뭐가 덤벼들지도 모른다. 서낭당은 바로 등 뒤다. 족제비인지 뭔지, 요동(搖動 흔들리어 움직임) 통에 돌이 무너지며 바스락바스락한다. 그 소리가 묘하게도 등줄기를 쪼옥 긁는다. 어두운 꿈속이다. 하늘에서 이슬은 내리어 옷깃을 축인다. 공포도 공포려니와 냉기로 하여 좀체 견딜 수가 없었다.

산골은 산신까지도 주렸으렷다. 아들 낳아 달라고 떡 갖다 바칠 이 없을 테니까. 이놈의 영감님 홧김에 덥석 달려들면. 앞뒤를 다시 한 번 휘돌아본 다음 담배설대(담배통과 물부리 사이에 끼워 맞추는 가느다란 대통)를 뽑는다. 그리고 오금팽이(구부러진 물건에서 오목하게 굽은 자리의 안쪽)로 불을 가리고는 한 대 빽빽 피워 물었다. 논은 여남은 칸 떨어져 그 아래 누웠다. 일심정기(一心正氣 천도교에서, 한결같은 마음과 바른 기운을 이르는 말)를 다하여 나무 틈으로 뚫어지게 보고 앉았다. 그러나 땅에 대를 털려니까 풀숲이 이상스러이 흔들린다. 뱀, 뱀이 아닌가. 구시월 뱀이라니 물리면 고만이다. 자리를 옮겨 앉으며 손으로 입을 막고 하품을 터뜨린다.

아마 두어 시간은 더 넘었으리라. 이놈이 필연코 올 텐데 안 오니 또 무슨 조화일까. 이 짓이란 소문이 나기 전에 한 번 더 와 보는 것이 원칙이다. 잠을 못 자서 눈이 빽빽한 것이 제물에 슬금슬금 감긴다. 이를 악물고 눈을 뒵쓰면 이번에는 허리가 노글거린다. 속은 쓰리고 골치는 때리고. 불꽃같은 노기가 불끈 일어서 몸을 옥죄인다. 이놈의 다리를 못 꺾어 놔도 애비 없는 후레자식(배운 것 없이 제멋대로 자라서 버릇이 없는 놈)이겠다.

닭들이 세 홰(새벽에 닭이 올라앉은 나무 막대를 치면서 우는 차례를 세는 단위)를 운다. 멀—리 산을 넘어오는 그 음향이 퍽은 서글프다. 큰비를 몰아드는지 검은 구름이 잔뜩 낀다. 하긴 지금도 빗방울이 뚝, 뚝, 떨어진다.

그때 논둑에서 희끄무레한 허깨비 같은 것이 얼씬거린다. 정신을 바짝 차렸다. 영락없이 성팔이, 재성이 그들 중의 한 놈이리라. 이 고생을 시키는 그놈! 이가 북북 갈리고 어깨가 다 식식거린다. 몽둥이를 잔뜩 후려잡았다. 그러고 벌떡 일어나서 나무줄기를 끼고 조심조심 돌아내린다. 하나 도랑쯤 내려오다가 그는 멈칫하여 몸을 뒤로 물렸다. 늑대 두 놈이 짝을 짓고 이편 산에서 저편 산으로 설렁설렁 건너가는 길이었다. 빌어먹을 늑대, 이것까지 말썽이람. 이마의 식은땀을 씻으며 도로 제자리로 돌아온다. 어쩌면 이번 이놈도 재작년 강도 짝이나 안 될는지. 급시로 불길한 예감이 뒤통수를 탁 치고 지나간다.

그는 옷깃을 여미어 한 대를 더 붙였다. 돌연히 풍세는 심하여진다. 산골짜기로 몰아드는 억센 놈이 가끔 발광이다. 다시금 더르르 몸을 떨었다. 가을은 왜 이 지경인지. 여기에서 밤을 새울 생각을 하니 기가 찼다.

얼마나 되었는지 몸을 좀 녹이고자 일어나서 서성서성할 때이었다. 논으로 다가오는 희미한 그림자를 분명히 두 눈으로 보았다. 그러고 보니 피로고, 한고(寒苦 심한 추위로 인한 괴로움)이고 다 딴소리다. 고개를 내대고 딱 버티고 서서 눈에 쌍심지를 올린다.

흰 그림자는 어느 틈엔가 어둠 속에 사라져 보이지 않는다. 그리고 다시 나올 줄을 모른다. 바람 소리만 왱, 왱, 칠 뿐이다. 다시 암흑 속이 된다. 확실히 벼를 훔치러 논 속으로 들어갔을 것이다. 여깽이('여우'의 방언)같은 놈이 궂은 날새('날씨'의 방언)를 기화(핑계) 삼아 맘껏 하겠지. 의리 없는 썩은 자식, 격장(隔牆 담을 사이에 두고 서로 이웃함)에서 같이 굶는 터에— 오냐 대거리(상대방에 맞서서 대드는 것)만 있거라. 이를 한번 부드득 갈아붙이고 차츰차츰 논께로 내려온다.

응칠이는 논께로 바특이(조금 바투) 내려서서 소나무에 몸을 착 붙였다. 선불리 서둘다간 남의 횡액(橫厄 '횡래지액(橫來之厄)'의 준말. 뜻밖에 닥쳐오는 불행)을 입을지도 모른다. 다 훔쳐 가지고 나올 때만 기다린다. 몸뚱이는 잔뜩 힘을 올린다.

한 식경(밥을 먹을 동안이라는 뜻으로, 잠깐 동안을 이르는 말)쯤 지났을까, 도적은 다시 나타난다. 논둑에 머리만 내놓고 사면을 두리번거리더니 그제야 기어 나온다. 얼굴에는 눈만 내놓고 수건인지 뭔지 헝겊이 가리었다. 봇짐을 등에 짊어 메고는 허리를 구붓이 뺑손(뺑소니)을 놓는다.

그러자 응칠이가 날쌔게 달려들며,

"자식, 남의 벼를 훔쳐 가니!"

하고 대포처럼 고함을 지르니 논둑으로 고대로 데굴데굴 굴러서 떨어진다. 얼결에 호되게 놀란 모양이다.

응칠이는 덤벼들어 우선 허리께를 내려조겼다(위에서 마구 두들겨 때렸다). 어이쿠쿠, 쿠— 하고 처참한 비명이다. 이 소리에 귀가 번쩍 띄어서 그 고개를 들고 팔부터 벗겨 보았다. 그러나 너무나 어이가 없었음인지 시선을 치걷으며 그 자리에 우두망찰(정신이 얼떨떨해 어찌할 바를 모르는 모양)한다.

그것은 무서운 침묵이었다. 살뚱맞은(당돌하고 생뚱맞은) 바람만 공중에서 북새(많은 사람이 야단스럽게 부산을 떨며 법석이는 일)를 논다.

한참을 신음하다 도적은 일어나더니,

"성님까지 이렇게 못살게 굴기유?"

제법 눈을 부라리며 몸을 홱 돌린다. 그리고 느끼며 울음이 복받친다. 봇짐도 내버린 채,

"내 것 내가 먹는데 누가 뭐래?"

하고 데퉁스러이(성질이나 언행이 조심성이 없고 미련하며 거칠게) 내뱉고는 비틀비틀 논 저쪽으로 없어진다.

형은 너무 꿈속 같아서 멍하니 섰을 뿐이다.

그러다 얼마 지나서 한 손으로 그 봇짐을 들어 본다. 가뿐하니 끽 말가웃(한 말 반 정도)이나 될는지. 이까짓 걸 요렇게까지 해 가려는 그 심정은 실로 알 수 없다. 벼를 논에다 도로 털어 버렸다. 그리고 아내의 치마이겠지, 검은 보자기를 척척 개서 들었다. 내 걸 내가 먹는다— 그야 이를 말이랴. 하나 내 걸 내가 훔쳐야 할 그 운명도 얄궂거니와 형을 배반하고 이 짓을 벌인 아우도 아우렷다. 에— 이 고얀 놈, 할 제 볼을 적시는 것은 눈물이다. 그는 주먹으로 눈물을 쓱, 비비고 머리에 번쩍 떠오르는 것이 있으니 두레두레한 황소의 눈깔. 시오 리를 남쪽 산으로 들어가면 어느 집 바깥뜰에 밤마다 늘 매여 있는 투실투실한 그 황소. 아무렇게 따지든 칠십 원은 갈 데 없으리라. 그는 부리나케 아우의 뒤를 밟았다.

공동묘지까지 거반(居半 '거지반(居之半)'의 준말. 절반 가까이) 왔을 때에야 가까스로 만났다. 아우의 등을 탁 치며,

"얘, 좋은 수 있다. 네 원대로 돈을 해 줄게 나하고 잠깐 다녀오자."

씩씩한 어조로 기쁘도록 달랬다. 그러나 아우는 입 하나 열려 하지 않고 그대로 실쭉하였다. 뿐만 아니라 어깨 위에 올려놓은 형의 손을 부질없단

듯이 몸으로 털어 버린다. 그리고 삐익 달아난다. 이걸 보니 하 엄청나고 기가 콱 막히었다.

"이눔아!"

하고 악에 받치어,

"명색이 성이라며?"

대뜸 몽둥이를 들어 그 볼기짝을 후려갈겼다. 아우는 모로 몸을 꺾더니 시나브로(모르는 사이에 조금씩) 찌그러진다. 뒤미처(그 뒤에 곧 잇따라) 앞정강이를 때리고 등을 팼다. 일어나지 못할 만치 매는 내리었다. 체면을 불구하고 땅에 엎드리어 엉엉 울도록 매는 내리었다.

홧김에 하긴 했으되 그 꼴을 보니 또한 마음이 편할 수 없다. 침을 퇴, 뱉어 던지곤 팔자 드신 놈이 그저 그렇지 별수 있나, 쓰러진 아우를 일으키어 등에 업고 일어섰다. 언제나 철이 날는지 딱한 일이었다. 속 썩는 한숨을 후— 하고 내뿜는다. 그리고 어청어청(키가 큰 사람이 이리저리 천천히 걷는 모양) 고개를 묵묵히 내려온다.

금 따는 콩밭

작품 정리

작가: 김유정(227쪽 '작가와 작품 세계' 참조)

갈래: 농촌 소설

배경: 시간 - 1930년대 / 공간 - 강원도 산골

시점: 3인칭 작가 관찰자 시점

주제: 절망적 현실에서 허황된 욕망을 추구하는 인간의 어리석음

출전: 〈개벽〉(1935)

구성과 줄거리

발단 **영식은 금줄을 잡기 위해 열심히 구덩이를 팜**

남의 땅을 소작하는 영식은 곡괭이를 잡고 열심히 콩밭을 파지만 구덩이 속은 무덤처럼 음침하기만 하다.

전개 **수재의 꼬임과 아내의 부추김으로 결국 콩밭만 망침**

수재의 꼬임에 빠진 영식은 금맥에 대해서는 아무것도 모르면서 농사일을 미루고 구덩이를 팠지만 애꿎은 콩밭 하나만 결딴을 냈다. 마름은 구덩이를 묻지 않으면 징역을 갈 줄 알라고 역정을 낸다. 수재가 금줄이 콩밭까지 뻗어 있으니 캐 보자고 말했지만 순박한 농사꾼 영식은 처음에는 귀담아 듣지 않았다. 수재가 자꾸 찾아와 부추기고 셈이 빠른 아내도 그렇게 해 보자고 하는 바람에 마지못해 응낙을 했던 것이다. 콩밭을 여기저기 파헤쳤지만 금이 나올 기미를 보이지 않자 영식은 초조해진다.

위기 **산제 후에 영식은 절망에 빠짐**

영식은 산제라도 지내 보자고 아내에게 말하지만 아내는 먹을 것도 없는데 무슨 산제냐고 투덜거린다. 영식은 아내에게 쌀을 꿔다가 떡을 찌게 한 다음 산제를 지낸다. 그러나 열흘이 지나도 금줄은 발견되지 않는다. 아내가 콩밭에서 금을 따는 숙맥도 있냐고 비아냥거리자 영식은 홧김에 아내에게 발길질을 한다.

절정 수재가 황토를 보이며 금줄을 잡았다고 소리침

불안해진 수재는 슬그머니 구덩이 속으로 들어가 버린다. 수재는 갑자기 터졌다고 고함친다. 그는 불그죽죽한 황토를 영식에게 보이며 그 속에 금이 있다고 거짓말을 한다.

결말 수재는 오늘 밤 달아날 궁리를 함

수재는 거짓말은 오래 못 간다고 생각하며 오늘 밤에는 정녕코 달아나리라 생각한다.

생각해 볼 문제

1. 이 작품에서 '금'은 어떤 양면성을 지니는가?

금은 주인공이 어려운 현실을 벗어날 수 있는 탈출구이지만 돌이킬 수 없는 파멸로 몰고 가는 함정이기도 하다. 금은 구원과 파멸의 두 가지 모습을 하고 있다. 영식이 금의 유혹에만 빠지지 않았어도 가을걷이의 소박한 기쁨은 누릴 수 있었을 것이다. 영식의 모습은 주변의 꾐에 빠져 주식이나 부동산 투기로 파멸하는 현대인의 모습과 크게 다르지 않다.

2. 영식과 수재를 통해 인간의 어떤 모습을 그리는가?

영식은 순수한 모습과 황금에 약한 모습을 동시에 지니고 있다. 수재는 잔꾀를 부리다 결국 실패하고 마는 떠돌이다. 일확천금을 꿈꾸다 실패하는 사람들의 대다수는 자신이 영식의 입장에 있다고 생각하는 경향이 있다.

3. 콩밭에 뚫은 구덩이는 무엇을 상징하는가?

구덩이는 황토 장벽으로 좌우가 꽉 막혀 마치 무덤 속 같은 모습을 하고 있다. 작가는 일제 강점기에 농민들이 처한 절망적인 현실을 구덩이에 빗댄다. 농민들은 희망이 보이지 않는 상황에서 일확천금을 꿈꾸지만 구덩이를 파면 팔수록 더욱 구덩이에 빠질 수밖에 없다.

인물 관계도

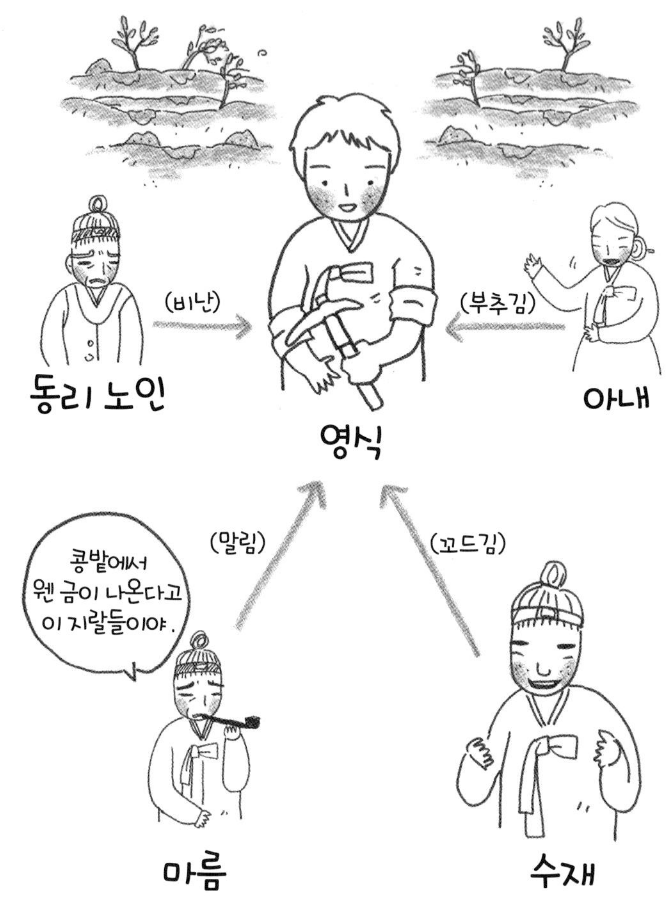

소작농인 저(영식)는 금맥을 찾기 위해 콩밭을 팠어요. 수재의 꼬드김과 아내의 부추김이 원인이었지요. 마름과 동리 노인은 허튼 짓이라고 말렸지만 저는 열심히 파고 또 팠어요. 산제까지 지냈지만 금이 나오지 않네요. 그런데 수재가 황토를 내보이며 금줄을 발견했다고 외쳤어요. 드디어 저에게도 행운이 찾아온 것일까요?

금 따는 콩밭

땅속 저 밑은 늘 음침하다.

고달픈 간드레(광산의 구덩이 안에서 불을 켜들고 다니는 등) 불. 맥없이 푸르끼하다. 밤과 달라서 낮엔 되우 흐릿하였다.

거칠은 황토 장벽으로 앞뒤 좌우가 콕 막힌 좁직한 구뎅이. 흡사히 무덤 속같이 귀중중하다(매우 더럽고 지저분하다). 싸늘한 침묵, 쿠더부레한 흙내와 징그러운 냉기만이 그 속에 자욱하다.

곡괭이는 뻰질 흙을 이르집는다(흙 따위를 파헤치다). 암팡스러이 내려 쪼며,

"퍽 퍽 퍽—."

이렇게 메떨어진(모양이나 말, 행동 따위가 세련되지 못해 어울리지 않고 촌스러운) 소리뿐. 그러나 간간 우수수 하고 벽이 헐린다.

영식이는 일손을 놓고 소맷자락을 끌어당기어 얼굴의 땀을 훑는다. 이놈의 줄이 언제나 잡힐는지 기가 찼다. 흙 한 줌을 집어 코밑에 바싹 들이대고 손가락으로 샅샅이 뒤져 본다. 완연히 버력(광석이나 석탄을 캘 때 나오는, 광물 성분이 섞이지 않은 잡돌)은 좀 변한 듯싶다. 그러나 불통버력이 아주 다 풀린 것도 아니었다. 말똥버력(양파 모양으로 벗겨져 부스러지기 쉬운 버력)이라야 금이 온다는데 왜 이리 안 나오는지.

곡괭이를 다시 집어 든다. 땅에 무릎을 꿇고 궁뎅이를 번쩍 든 채 식식거린다. 곡괭이는 무작정 내려찍는다.

바닥에서 물이 스미어 무르팍이 흥건히 젖었다. 굿(구덩이) 엎은 천판(天盤 천반. 채굴 현장의 천장)에서 흙 방울은 내리며 목덜미로 굴러든다. 어떤 때에는 윗벽의 한쪽이 떨어지며 등을 탕 때리고 부서진다. 그러나 그는 눈도 하나 깜짝하지 않는다. 금을 캔다고 콩밭 하나를 다 잡쳤다. 약이 올라서 죽을 둥 살 둥, 눈이 뒤집힌 이판이다. 손바닥에 침을 탁 뱉고 곡괭이 자루를 한번 꼬나 잡더니 쉴 줄 모른다.

등 뒤에서는 흙 긁는 소리가 드윽드윽 난다. 아직도 버력을 다 못 친 모양. 이 자식이 일을 하나, 시조(時調 조선 시대에 확립된 3장 형식의 정형시에 반주 없이 일정한 가락을 붙여 부르는 노래)를 하나. 남은 속이 바직바직 타는데 웬 뱃심이 이리도 좋아.

영식이는 살기 띤 시선으로 고개를 돌렸다. 암말 없이 수재를 노려본다. 그제야 꾸물꾸물 바지게에 흙을 담고 등에 메고 사다리를 올라간다.

굿이 풀리는지 벽이 움찔하였다. 흙이 부서져 내린다. 전날이라면 이곳에서 아내 한번 못 보고 생죽음이나 안 할까 털끝까지 쭈뼛할 게다. 그러나 인젠 그렇게 되고도 싶다. 수재란 놈하고 흙더미에 묻히어 한껍에 죽는다면 그게 오히려 날 게다.

이렇게까지 몹시 몹시 미웠다.

이놈 풍치는(허황하여 믿음성이 없는 말이나 행동을 하는) 바람에 애꿎은 콩밭 하나만 결딴을 냈다. 뿐만 아니라 모두가 낭패다. 세 벌 논도 못 맸다. 논둑의 풀은 성큼 자란 채 어지러이 널려 있다. 이 기미를 알고 지주는 대로(大怒 크게 화를 냄)하였다. 내년부터는 농사질 생각 말라고 발을 굴렀다. 땅은 암만을 파도 지수가 없다. 이만 해도 다섯 길은 훨씬 넘었으리라. 좀 더 지펴야 옳을지 혹은 북으로 밀어야 옳을지, 우두커니 망설거린다. 금점(金店 금광) 일에는 으뜸이다. 입때껏 수재의 지휘를 받아 일을 하여 왔고, 앞으로도 역시 그러해야 금을 딸 것이다. 그러나 그런 칙칙한 짓은 안 한다.

"이리 와 이것 좀 파게."

그는 으쓱 위풍을 보이며 이렇게 분부하였다. 그리고 저는 일어나 손을 털며 뒤로 물러선다.

수재는 군말 없이 고분하였다. 시키는 대로 땅에 무릎을 꿇고 벽채(광산에서 사용하는 연장의 하나)로 군버력을 긁어 낸 다음 다시 파기 시작한다.

영식이는 치다 나머지 버력을 짊어진다. 커다란 걸대를 뒤룩거리며 사다리로 기어오른다. 굿문을 나와 버력더미에 흙을 마악 내치려 할 제,

"왜 또 파. 이것들이 미쳤나 그래!"

산에서 내려오는 마름과 맞닥뜨렸다. 정신이 떠름하여 그대로 벙벙히 섰다. 오늘은 또 무슨 포악을 들으려는가.

"말라니까 왜 또 파는 게야."

하고 영식이의 바지게 뒤를 지팡이로 꽉 찌르더니,

"갈아먹으라는 밭이지, 흙 쓰고 들어가라는 거야, 이 미친 것들아. 콩밭에서 웬 금이 나온다구 이 지랄들이야, 그래."

하고 목에 핏대를 올린다. 밭을 버리면 간수 잘못한 자기 탓이다. 날마다 와서 그 북새를 피우고 금하여도 다음 날 보면 또 여전히 파는 것이다.

"오늘로 이 구뎅이를 도로 묻어 놔야지, 낼로 당장 징역 갈 줄 알게."

너무 감정에 격하여 말도 잘 안 나오고 떠듬떠듬거린다. 주먹은 곧 날아들 듯이 허구리(허리 양쪽 갈비뼈 아래의 잘쏙한 부분)께서 불불 떤다.

"오늘만 좀 해보고 그만두겠어유."

영식이는 낯이 붉어지며 가까스로 한마디 하였다. 그리고 무턱대고 빌었다. 마름은 들은 척도 안 하고 가 버린다.

그 뒷모양을 영식이는 멀거니 배웅하였다. 그러나 콩밭 낯짝을 들여다보니 무던히 애통터진다. 멀쩡한 밭에 구멍이 사면 풍풍 뚫렸다.

예제없이(여기나 저기나 구별이 없이) 버력은 무더기무더기 쌓였다. 마치 사태 만난 공동묘지와도 같이 귀살쩍고(일이나 물건 따위가 마구 얼크러져 정신이 뒤숭숭하거나 산란하고) 되우 을씨년스럽다. 그다지 잘되었던 콩포기는 거반 버력더미에 다아 깔려버리고 군데군데 어쩌다 남은 놈들만이 고개를 나풀거린다. 그 꼴을 보는 것은 자식 죽는 걸 보는 게 낫지 차마 못 할 경상이었다.

농토는 모조리 떨어질 것이다. 그러나 대관절 올 밭도지(남의 밭을 빌려서 부치고 그 삯으로 해마다 주인에게 내는 현물) 벼 두 섬 반은 뭘로 해내야 좋을지. 게다 밭을 망쳤으니 자칫하면 징역을 갈는지도 모른다.

영식이가 구뎅이 안으로 들어왔을 때 동무는 땅에 주저앉아 쉬고 있었다. 태연 무심히 담배만 뻑뻑 피우는 것이다.

"언제나 줄을 잡는 거야."

"인제 차차 나오겠지."

"인제 나온다?"

하고 코웃음을 치고 엇먹더니(사리에 맞지 않는 언행으로 비꼬더니) 조금 지나매,

"이 새끼."

흙덩이를 집어 들고 골통을 내려친다.

수재는 어쿠 하고 그대로 폭 엎드린다. 그러다 벌떡 일어선다. 눈에 띄는 대로 곡괭이를 잡자 대뜸 달려들었다. 그러나 강약이 부동. 왁살스러운 팔뚝에 퉁겨져 벽에 가서 쿵 하고 떨어졌다. 그 순간에 제가 빼앗긴 곡괭이가 정바기('정수리'의 방언)를 겨누고 날아드는 걸 보았다. 고개를 홱 돌린다. 곡괭이는 흙벽을 퍽 찍고 다시 나간다.

수재 이름만 들어도 영식이는 이가 갈렸다. 분명히 홀딱 속은 것이다.

영식이는 본디 금점에 이력이 없었다. 그리고 흥미도 없었다. 다만 밭고랑에 웅크리고 앉아서 땀을 흘려 가며 꾸벅꾸벅 일만 하였다. 올엔 콩도 뜻밖에 잘 열리고 맘이 좀 놓였다.

하루는 홀로 김을 매고 있노라니까,

"여보게 덥지 않은가, 좀 쉬었다 하게."

고개를 들어 보니 수재다. 농사는 안 짓고 금점으로만 돌아다니더니 무슨 바람에 또 왔는지 싱글벙글한다. 좋은 수나 걸렸나 하고,

"돈 좀 많이 벌었나. 나 좀 꿔 주게."

"벌구말구. 맘껏 먹고 맘껏 쓰고 했네."

술에 거나한 얼굴로 신껏 주적거린다. 그리고 밭머리에 쭈그리고 앉아 한참 객설을 부리더니,

"자네, 돈벌이 좀 안 하려나. 이 밭에 금이 묻혔네, 금이."

"뭐?"

하니까, 바로 이 산 너머 큰골에 광산이 있다, 광부를 삼백여 명이나 부리는 노다지판인데 매일 소출되는 금이 칠십 냥을 넘는다, 돈으로 치면 칠천 원, 그 줄맥이 큰 산허리를 뚫고 이 콩밭으로 뻗어 나왔다는 것이다. 둘이서 파면 불과 열흘 안에 줄을 잡을 게고, 적어도 하루 서 돈씩은 따리라. 우선 삼십 원만 해도 얼마냐. 소를 산대도 반 필이 아니냐고.

그러나 영식이는 귀담아듣지 않았다. 금점이란 칼 물고 뜀뛰기다. 잘되면이거니와 못 되면 신세만 조진다. 이렇게 전일부터 들은 소리가 있어서였다.

그담 날도 와서 꾀송거리다 갔다.

셋째 번에는 집으로 찾아왔는데 막걸리 한 병을 손에 들고 영을 피운다. 몸이 달아서 또 온 것이었다. 봉당에 걸터앉아서 저녁상을 물끄러미 바라보더니 조당수(좁쌀을 물에 불린 다음 갈아서 묽게 쑨 음식)는 몸을 훑는다는 둥 일꾼은 든든히 먹어야 한다는 둥 남들은 논을 사느니 밭을 사느니 떠드는데 요렇게 지내다 그만둘 테냐는 둥 일쩝게(일거리가 되어 귀찮거나 불편하게) 지절거린다.

"아주머니, 이것 좀 먹게 해 주시게유."

그리고 비로소 영식이 아내에게 술병을 내놓는다. 그들은 밥상을 끼고 앉아서 즐겁게 술을 마셨다. 몇 잔이 들어가고 보니 영식이의 생각도 적이 돌아섰다. 딴은 일 년 고생하고 끽 콩 몇 섬 얻어먹느니보다는 금을 캐는 것

이 슬기로운 짓이다. 하루에 잘만 캔다면 한해 줄곧 공들인 그 수확보다 훨씬 이익이다. 올봄 보낼 제 비료 값, 품삯, 빚에 빚진 칠 원 까닭에 나날이 졸리는 이 판이다. 이렇게 지지하게 살고 말 바에는 차라리 가로지나 세로지나 사내자식이 한번 해 볼 것이다.

"낼부터 우리 파 보세. 돈만 있으면이야, 그까진 콩은……."

수재가 안달스리 재우쳐(빨리 몰아치거나 재촉하여) 보채일 제 선뜻 응낙하였다.

"그래 보세, 빌어먹을 거 안 됨 고만이지."

그러나 꽁무니에서 죽을 마시고 있던 아내가 허구리를 쿡쿡 찔렀게 망정이지 그렇지 않았더면 좀 주저할 뻔도 하였다.

아내는 아내대로의 셈이 빨랐다.

시체(時體 그 시대의 풍습이나 유행)는 금점이 판을 잡았다. 섣부르게 농사만 짓고 있다간 결국 비렁뱅이밖에는 더 못 된다. 얼마 안 있으면 산이고 논이고 밭이고 할 것 없이 다 금쟁이 손에 구멍이 뚫리고 뒤집히고 뒤죽박죽이 될 것이다. 그때는 뭘 파먹고 사나. 자, 보아라. 머슴들은 짜기나 한 듯이 일하다 말고 후딱 하면 금점으로들 내빼지 않는가. 일꾼이 없어서 올엔 농사를 질 수 없느니 마느니 하고 동리에서는 떠들썩하다. 그리고 번동 포농이조차 호미를 내던지고 강변으로 개울로 사금을 캐러 달아난다. 그러다 며칠 뒤엔 다비신('양말'의 방언)에다 옥당목(玉唐木 옥양목보다 품질이 낮은 무명의 피륙)을 떨치고 히짜를 뽑는 것이 아닌가.

아내는 콩밭에서 금이 날 줄은 아주 꿈밖이었다. 놀라고도 또 기뻤다. 올에는 노상 침만 삼키던 그놈 코다리(명태)를 짜장 먹어 보겠구나만 하여도 속이 미어질 듯이 짜릿하였다. 뒷집 양근댁은 금점 덕택에 남편이 사다 준 고무신을 신고 나릿나릿 걷는 것이 무척 부러웠다. 저도 얼른 금이나 펑펑 쏟아지면 흰 고무신도 신고 얼굴에 분도 바르고 하리라.

"그렇게 해보지 뭐. 저 양반 하잔 대로만 하면 어련히 잘 될라구."

얼떨하여 앉아 있는 남편을 이렇게 추겼던 것이다.

동이 트기 무섭게 콩밭으로 모였다.

수재는 진언(眞言 비밀스러운 어구)이나 하는 듯이 이리 대고 중얼거리고 저리 대고 중얼거리고 하였다. 그리고 덤벙거리며 이리 왔다가 저리 왔다가 하였다. 제 딴은 땅속에 누운 줄맥을 어림하여 보는 맥이었다.

한참을 밭을 헤매다가 산 쪽으로 붙은 한구석에 딱 서며 손가락을 펴들고 설명한다. 큰 줄이란 본시 산운, 산을 끼고 도는 법이다. 이 줄이 노다지임에는 필시 이켠으로 버듬히 누웠으리라. 그러니 여기서부터 파들어 가자는 것이었다.

영식이는 그 말이 무슨 소린지 새기지는 못했다마는, 금점에는 난다는 소재이니 그 말대로 하기만 하면 영락없이 금퇴야 나겠지 하고 그것만 꼭 믿었다. 군말 없이 지시해 받은 곳에다 삽을 푹 꽂고 파헤치기 시작하였다.

금도 금이면 애써 키워 온 콩도 콩이었다. 거진 다 자란 허울 멀쑥한 놈들이 삽 끝에 으스러지고 흙에 묻히고 하는 것이다. 그걸 보는 것은 썩 속이 아팠다. 애틋한 생각이 물밀 때 가끔 삽을 놓고 허리를 구부려서 콩잎의 흙을 털어 주기도 하였다.

"아 이 사람아, 맥쩍게(열없고 쑥스럽게) 그건 봐 뭘 해, 금을 캐자니깐."

"아니야, 허리가 좀 아퍼서."

핀잔을 얻어먹고는 좀 열없었다(약간 부끄럽고 계면쩍다). 하기는 금만 잘 터져 나오면 이까짓 콩밭쯤이야. 이 밭을 풀어 논도 만들 수 있을 것이다. 눈을 감아 버리고 삽의 흙을 아무렇게나 콩잎 위로 홱홱 내어던진다.

"국으로(제 주제에 맞게) 땅이나 파먹지 이게 무슨 지랄들이야!"

동리 노인은 뻔질 찾아와서 귀 거친 소리를 하고 하였다.

밭에 구멍을 셋이나 뚫었다. 그리고 대구 뚫는 길이었다. 금인가 난장을 맞을 건가 그것 때문에 농군은 버렸다.

이게 필연코 세상이 망하려는 징조이리라. 그 소중한 밭에다 구멍을 뚫고 이 지랄이니 그놈이 온전할 겐가.

노인은 제풀 화에 지팡이를 들어 삿대질을 아니 할 수 없었다.

"벼락 맞느니 벼락 맞어!"

"염려 말아유. 누가 알래지유."

영식이는 그럴 적마다 데퉁스레 흙을 되는대로 내꼰지고는 침을 탁 뱉고 구뎅이로 들어간다. 그러나 마음 한구석에는 언제나 끄응 하였다. 줄을 찾는다고 콩밭을 통히 뒤집어 놓았다. 그리고 줄이 언제나 나올지 아직 까맣다. 논도 못 매고 물도 못 보고 벼가 어이 되었는지 그것조차 모른다. 밤에는 잠이 안 와 멀뚱하니 애를 태웠다.

수재는 낙담하는 기색도 없이 늘 하냥이었다. 땅에 웅숭그리고 시적시적 노랑으로 땅만 판다.
"줄이 꼭 나오겠나."
하고 목이 말라서 물으면,
"이번에 안 나오거든 내 목을 비게."
서슴지 않고 장담을 하고는 꿋꿋하였다.

이걸 보면 영식이도 마음이 좀 놓이는 듯싶었다. 전들 금이 없다면 무슨 멋으로 이 고생을 하랴. 반드시 금은 나올 것이다. 그제는 이왕 손해는 하릴없거니와 그만두리라는 절망이 스스로 사라지고 다시금 주먹이 쥐어지는 것이었다.

캄캄하게 밤은 어두웠다. 어디선가 뭇 개가 요란히 짖어 댄다.

남편은 진흙투성이를 하고 내려왔다. 풀이 죽어서 몸을 잘 가누지도 못하고 아랫목에 축 늘어진다.

이 꼴을 보니 아내는 맥이 다시 풀린다. 오늘도 또 글렀구나. 금이 터지면 집을 한 채 사간다고 자랑을 하고 왔더니 이내 헛일이었다. 인제 좌지(坐地 계급 따위가 높은 위치)가 나서 낯을 들고 나갈 염의(廉義 염치와 의리)조차 없어졌다.

남편에게 저녁을 갖다 주고 딱하게 바라본다.
"인제 꿔온 양식도 다 먹었는데……."
"새벽에 산제를 좀 지낼 텐데 한 번만 더 꿔와."
남의 말에는 대답 없고 유하게 흘게 늦은 소리뿐. 그리고 드러누운 채 눈을 지그시 감아 버린다.
"죽거리두 없는데 산제는 무슨……."
"듣기 싫어, 요망 맞은 년 같으니."

이 호통에 아내는 그만 멈칫하였다. 요즘 와서는 무턱대고 공연스레 골만 내는 남편이 영 딱하였다. 환장을 하는지 밤잠도 아니 자고 소리만 빽빽 지르며 덤벼들려고 든다. 심지어 어린것이 좀 울어도 이 자식 갖다 내꾼지라고 북새를 피우는 것이다.

저녁을 아니 먹으므로 그냥 치워 버렸다. 남편의 영을 거역키 어려워 양근댁한테로 또다시 안 갈 수 없다. 그간 양식은 줄곧 꾸어다 먹고 갚지도 못하였는데 또 무슨 면목으로 입을 벌릴지 난처한 노릇이었다.

그는 생각다 끝에 있는 염치를 보째 쏟아 던지고 다시 한번 찾아가는 것

이다마는, 딱 맞닥뜨리어 입을 열고,

"낼 산제를 지낸다는데 쌀이 있어야지유."

하자니 영 낯이 화끈하고 모닥불이 날아든다.

그러나 그들은 어지간히 착한 사람이었다.

"암 그렇지요. 산신이 벗나면 죽도 그릅니다."

하고 말을 받으며 그 남편은 빙그레 웃는다. 워낙이 금점에 장구(長久 오랫동안) 닳아난 몸인 만치 이런 일에는 적잖이 속이 틔었다. 손수 쌀 닷 되를 떠다 주며,

"산제란 안 지냄 몰라두 이왕 지내려면 아주 정성껏 해야 됩니다. 산신이란 노하길 잘하니까유."

하고 그 비방까지 깨쳐 보낸다.

쌀을 받아 들고 나오며 영식이 처는 고마움보다 먼저 미안에 질리어 얼굴이 다시 빨갰다. 그리고 그들 부부 살아가는 살림이 참으로 참으로 몹시 부러웠다. 양근댁 남편은 날마다 금점으로 감돌며 버력더미를 뒤지고 토록(광맥의 본래 줄기에서 떨어져 다른 잡석과 함께 광맥의 겉으로 드러나 있는 광석)을 주워 온다. 그걸 온종일 장판돌에다 갈면 수가 좋으면 이삼 원, 옥아도(밑져도) 칠팔십 전 꼴은 매일 셈이 되는 것이었다. 그러면 쌀을 산다, 피륙을 끊는다, 떡을 한다, 장리를 놓는다……. 그런데 우리는 왜 늘 요 꼴인지 생각만 하여도 가슴이 메는 듯 맥맥한 한숨이 연발을 하는 것이었다.

아내는 집에 돌아와 떡쌀을 담갔다. 낼은 뭘로 죽을 쑤어 먹을는지. 윗목에 웅크리고 앉아서 맞은쪽에 자빠져 있는 남편을 곁눈으로 살짝 할퀴어 본다. 남들은 돌아다니며 잘도 금을 주워 오련만 저 망나니 제 밭 하나를 다 버려도 금 한 톨 못 주워 오나. 에, 에, 변변치도 못한 사나이. 저도 모르게 얕은 한숨이 거푸 두 번을 터진다.

밤이 이슥하여 그들 양주는 떡을 하러 나왔다. 남편은 절구에 쿵쿵 빻았다. 그러나 체가 없다. 동네로 돌아다니며 빌려 오느라고 아내는 다리에 불풍이 났다.

"왜 이리 앉았수, 불 좀 지피지."

떡을 찧다가 얼이 빠져서 멍하니 앉아 있는 남편이 밉살스럽다. 남은 이래저래 애를 죄는데 저건 무슨 생각을 하고 저리 있는 건지. 낫으로 삭정이(산 나무에 붙은 채로 말라 죽은 가지)를 탁탁 조겨서 던져 주며 아내는 은근히 훅닥이

었다.

닭이 두 홰를 치고 나서야 떡은 되었다.

아내는 시루를 이고 남편은 겨드랑에 자리때기를 꼈다. 그리고 캄캄한 산길을 올라간다.

비탈길을 얼마 올라가서야 콩밭은 놓였다. 전면이 우뚝한 검은 산에 둘리어 막힌 곳이었다. 가생이로 느티, 대추나무들은 머리를 풀었다.

밭머리 조금 못미처 남편은 걸음을 멈추자 뒤의 아내를 돌아본다.

"인 내, 그리고 여기 가만히 섰어."

시루를 받아 한 팔로 껴안고 그는 혼자서 콩밭으로 올라섰다. 앞에 쌓인 것이 모두가 흙더미, 그 흙더미를 마악 돌아서려 할 제 아마 돌을 찼나 보다. 몸이 쓰러지려고 우찔끈하니 아내가 기겁을 하여 뛰어오르며 그를 부축하였다.

"부정 타라구 왜 올라와, 요망 맞은 년."

남편은 몸을 고르잡자 소리를 빽 지르며 아내 얼빰(얼떨결에 치는 뺨)을 붙인다. 가뜩이나 죽으라 죽으라 하는데 불길하게도 계집년이. 그는 마뜩지 않게 두덜거리며 밭으로 들어간다.

밭 한가운데다 자리를 펴고 그 위에 시루를 놓았다. 그리고 시루 앞에다 공손하고 정성스레 재배를 커다랗게 한다.

"우리를 살려 줍시사. 산신께서 거들어 주지 않으면 저희는 죽을 수밖에 꼼짝 없습니다유."

그는 손을 모으고 이렇게 축원하였다.

아내는 이 꼴을 바라보며 독이 뾰록같이 올랐다. 금점을 합네 하고 금 한 톨 못 캐는 것이 버릇만 점점 글러 간다. 그전에는 없더니 요새로 건듯하면 탕탕 때리는 못된 버릇이 생긴 것이다. 금을 캐랬지 빰을 치랬나. 제발 덕분에 그놈의 금 좀 나오지 말았으면. 그는 빰 맞은 앙심으로 맘껏 방자(남에게 재앙이 내리도록 비는 짓)하였다.

하긴 아내의 말 그대로 되었다. 열흘이 썩 넘어도 산신은 깜깜 무소식이었다. 남편은 밤낮으로 눈을 까뒤집고 구덩이에 묻혀 있었다. 어쩌다 집엘 내려오는 때이면 얼굴이 헐떡하고 어깨가 축 늘어지고 거반 병객이었다. 그리고서 잠자코 커다란 몸집을 방고래(방의 구들장 밑으로 나 있는, 불길과 연기가 통하여 나가는 길)에다 쿵 하고 내던지고 하는 것이다.

"제미(몹시 못마땅할 때 욕으로 하는 말) 붙을, 죽어나 버렸으면."

혹은 이렇게 탄식하기도 하였다.

아내는 바가지에 점심을 이고서 집을 나섰다. 젖먹이는 등을 두드리며 좋다고 끽끽거린다.

이젠 흰 고무신이고 코다리고 생각조차 물렸다. 그리고 금 하는 소리만 들어도 입에 신물이 날 만큼 되었다. 그건 고사하고 꿔다 먹은 양식에 졸리지나 말았으면 그만도 좋으리마는.

가을은 논으로 밭으로 누렇게 내리었다. 농군들은 기꺼운 낯을 하고 서로 만나면 흥겨운 농담. 그러나 남편은 애먼 밭만 망치고 논조차 건살 못하였으니 이 가을에는 뭘 거둬들이고 뭘 즐겨 할는지. 그는 동리 사람의 이목이 부끄러워 산길로 돌았다.

솔숲을 나서서 멀리 밖에를 바라보니 둘이 다 나와 있다. 오늘도 또 싸운 모양. 하나는 이쪽 흙더미에 앉았고 하나는 저쪽에 앉았고 서로들 외면하여 담배만 빽빽 피운다.

"점심들 잡숫게유."

남편 앞에 바가지를 내려놓으며 가만히 맥을 보았다.

남편은 적삼이 찢어지고 얼굴에 생채기를 내었다. 그리고 두 팔을 걷고 먼산을 향하여 묵묵히 앉았다.

수재는 흙에 박혔다 나왔는지 얼굴은커녕 귓속들이 흙투성이다. 코밑에는 피딱지가 말라붙었고 아직도 조금씩 피가 흘러내린다. 영식이 처를 보더니 열적은 모양. 고개를 돌리어 모로 떨어치며 입맛만 쩍쩍 다신다.

금을 캐라니까 밤낮 피만 내다 마려는가. 빚에 졸리어 남은 속을 볶는데 무슨 호강에 이 지랄들인구. 아내는 못마땅하여 눈가에 살을 모았다.

"산제 지낸다구 꿔온 것은 언제나 갚는다지유?"

뚱하고 있는 남편을 향하여 말끝을 꼬부린다. 그러나 남편은 눈썹 하나 까딱하지 않는다. 이번에는 어조를 좀 돋우며,

"갚지도 못할 걸 왜 꿔오라 했지유!"

하고 얼추 호령이었다.

이 말은 남편의 채 가라앉지도 못한 분통을 다시 건드린다. 그는 벌떡 일어서며 황밤(껍질과 보늬를 벗긴 빛이 누른 밤)주먹을 쥐어 낭창할 만치 아내의 골통을

후렸다.

"계집년이 방정맞게."

다른 것은 모르나 주먹에는 아찔이었다. 멋없이 덤비다간 골통이 부서진다. 암상(남을 시기하고 샘을 잘 내는 마음. 또는 그런 행동)을 참고 바르르 하다가 이윽고 아내는 등에 업은 어린애를 끌어들였다. 남편에게로 그대로 밀어 던지니 아이는 까르륵하고 숨 모는 소리를 친다.

그리고 아내는 돌아서서 혼잣말로,

"콩밭에서 금을 딴다는 숙맥도 있담."

하고 빗대 놓고 비아냥거린다.

"이년아, 뭐!"

남편은 대뜸 달려들며 그 볼치에다 다시 올찬 황밤을 주었다. 적이나하면 계집이니 위로도 하여 주련만 요건 분만 폭폭 질러 노려나. 예이, 빌어먹을 거 이판사판이다.

"너허구 안 산다. 오늘루 가거라."

아내를 와락 떠다밀어 밭둑에 젖혀 놓고 그 허구리를 퍽 질렀다. 아내는 입을 헉 하고 벌린다.

"네가 허라구 옆구리를 쿡쿡 찌를 제는 언제냐, 요 집안 망할 년."

그리고 다시 퍽 질렀다. 연하여 또 퍽.

이 꼴들을 보니 수재는 조바심이 일었다. 저러다가 그 분풀이가 다시 제게로 슬그머니 옮아올 것을 지레 채었다. 인제 걸리면 죽는다. 그는 비슬비슬하다 어느 틈엔가 구뎅이 속으로 시나브로(모르는 사이에 조금씩) 없어져 버린다.

볕은 다사로운 가을 향취를 풍긴다. 주인을 잃고 콩은 무거운 열매를 둥글둥글 흙에 굴린다. 맞은쪽 산 밑에서 벼들을 베며 기뻐하는 농군의 노래.

"터졌네, 터져."

수재는 눈이 휘둥그렇게 굿문을 뛰어나오며 소리를 친다. 손에는 흙 한 줌이 잔뜩 쥐였다.

"뭐?"

하다가,

"금줄 잡았어, 금줄."

"응……."

하고 외마디를 뒤남기자 영식이는 수재 앞으로 살같이 달려들었다. 허겁지겁 그 흙을 받아 들고 샅샅이 헤쳐 보니 딴은 재래에 보지 못하던 불그죽죽한 황토이었다. 그는 눈에 눈물이 핑 돌며,

"이게 웬 줄인가?"

"그럼, 이것이 곱색줄(광맥의 하나. 산화한 황화 광물로 이루어진 붉은빛의 광맥이 길게 뻗치어 박인 줄)이라네. 한 포에 댓 돈씩은 넉넉 잡히네."

영식이는 기쁨보다 먼저 기가 탁 막혔다. 웃어야 옳을지 울어야 옳을지. 다만 입을 반쯤 벌린 채 수재의 얼굴만 멍하니 바라본다.

"이리 와 봐. 이게 금이래."

이윽고 남편은 아내를 부른다. 그리고 내 뭐랬어, 그러게 해보라고 그랬지 하고 설면설면 덤벼 오는 아내가 한결 어여뻤다. 그는 엄지가락으로 아내의 눈물을 지워 주고 그러고 나서 껑충거리며 구뎅이로 들어간다.

"그 흙 속에 금이 있지요?"

영식이 처가 너무 기뻐서 코다리에 고래등 같은 집까지 연상할 제, 수재는 시원스러이,

"네, 한 포대에 오십 원씩 나와유."

하고 대답하고 오늘 밤에는 꼭, 정녕코 꼭 달아나리라 생각하였다.

거짓말이란 오래 못 간다. 뽕이 나서 빼다귀도 못 추리기 전에 훨훨 벗어나는 게 상책이겠다.

봄봄

작품 정리

작가: 김유정(227쪽 '작가와 작품 세계' 참조)

갈래: 순수 소설, 농촌 소설

배경: 시간 - 1930년대 / 공간 - 강원도 농촌

시점: 1인칭 주인공 시점

주제: 순박한 데릴사위와 영악한 장인 사이의 갈등과 대립

출전: 〈조광〉(1935)

구성과 줄거리

발단 **'나'는 변변한 대가 없이 장인을 위해 머슴살이를 함**

배 참봉 댁 마름인 봉필은 머슴 대신 데릴사위를 열이나 갈아 치웠다가 재작년 가을에 맏딸을 시집보냈다. '나'는 점순의 세 번째 데릴사위다. '나'는 사경 한 푼 안 받고 일한 지 벌써 삼 년하고 일곱 달이 되었지만 장인(봉필)은 점순이의 키를 핑계로 성례를 미루기만 한다.

전개 **혼례를 미루는 장인을 구장에게 끌고 가 중재를 요청함**

'나'는 장인에게 대들고 싶지만 남을 의식해 그렇게 할 수도 없다. 점순도 아버지를 졸라 보라고 은근히 채근한다.'나'는 장인을 끌고 구장에게 가 보지만 장인에게 땅을 붙이고 있는 그는 장인의 편에 서서 "농번기에 농사일을 망치면 감옥에 간다."라고 말할 뿐이다. 점순은 구장 댁에 갔다가 그냥 오는 법이 어디 있느냐면서 토라진다.

절정 **'나'와 장인이 대판 몸싸움을 벌임**

'나'는 일터로 나가려다 말고 바깥마당 공석 위에 드러눕는다. 화가 난 장인은 지게막대기로 배를 찌르고 발길질을 한다. 점순이 엿보고 있는 것을 의식한 '나'는 벌떡 일어나서 장인의 수염을 잡아챈다. 약이 바짝 오른 장인은 '나'의 사타구니를 잡고 늘어진다. '나'가 거의 까무러치자 장인은 '나'의 사타구니를 놓아준다.

결말 **'나'와 장인의 희극적인 싸움이 끝남(절정 부분에 포함됨)**

이번에는 '나'가 장인의 사타구니를 잡고 늘어진다. 장인이 '할아버지'라고 외치다가 점순을 부른다. 점순과 장모가 뛰어나온다. 장모는 그렇더라도 '나'의 편으로 알았던 점순까지 '나'에게 달려들자 '나'는 어이가 없어서 점순의 얼굴을 멀거니 들여다본다.

생각해 볼 문제

1. 나와 장인의 갈등의 원천은 무엇인가?

성례가 '나'와 장인 사이의 갈등을 유발시키는 직접적인 원인이다. '나'는 하루빨리 점순과 성례를 치르고 싶지만 장인은 '나'를 머슴으로 부려 먹기 위해 성례를 미룬다. 장인이 욕심 많은 인물로 그려지고 있지만 악인으로 설정되어 있지는 않으므로 두 사람 사이의 갈등은 웃음을 자아낸다.

2. 점순이 아버지 편을 드는 것은 무엇을 의미하는가?

아직 성례를 올리지 않은 '나'의 편을 들기보다 아버지의 편을 드는 것은 어찌 보면 당연한 일이다. '나'는 점순이의 말을 곧이들었다가 낭패를 당한 것이다.

3. 이 작품은 시간 순서대로 사건을 나열하고 있지 않다. 줄거리를 시간 순서대로 재구성해 보자.

점순이 혼인 승낙을 재촉 → 아프다며 일하지 않자 장인이 화를 냄 → 구장에게 판결을 요구하다 회유당함 → 점순이 바보라고 핀잔을 줌 → 결판을 지으려고 멍석에 드러누움 → 장인과 사타구니를 잡고 싸움 → 점순이 장인 편을 들자 넋을 잃음 → 장인이 다독거리자 일하러 나감.

4. 절정에 해당하는 부분이 마지막에 나오는 이유는 무엇인가?

시간 순서에 따르면 이 작품의 결말은 장인이 '나'의 상처를 치료하고 두 사람이 화해하는 장면이다. 작가는 이 작품의 긴장과 해학성을 높이기 위해 의도적으로 절정 부분을 소설의 끝에 제시해 놓았다.

인물 관계도

저(나)는 점순과 혼인하기로 하고 데릴사위로 대가 없이 일하고 있어요. 그런데 장인님은 점순이 키가 덜 컸다는 이유로 성례를 자꾸 미루시네요. 더는 참을 수 없어서 장인님과 대판 몸싸움을 벌였어요. 결국 장인님은 가을에 성례를 올려 주겠다고 약속하셨지요. 이제 장인님 말씀 잘 듣고 더 열심히 일해야겠어요.

봄봄

"장인님! 인제 저……."

내가 이렇게 뒤통수를 긁고, 나이가 찼으니 성례(成禮 혼인의 예식을 지냄)를 시켜 줘야 하지 않겠느냐고 하면 대답이 늘,

"이 자식아! 성례구 뭐구 미처 자라야지!"

하고 만다.

이 자라야 한다는 것은 내가 아니라 내 아내가 될 점순이의 키 말이다.

내가 여기에 와서 돈 한 푼 안 받고 일하기를 삼 년하고 꼬박 일곱 달 동안을 했다. 그런데도 미처 못 자랐다니까 이 키는 언제야 자라는 겐지 짜장 영문 모른다. 일을 좀 더 잘해야 한다든지, 혹은 밥을 많이 먹는다고 노상 걱정이니까 좀 덜 먹어야 한다든지 하면 나도 얼마든지 할 말이 많다. 허지만 점순이가 아직 어리니까 더 자라야 한다는 여기에는 어째 볼 수 없이 고만 빙빙하고 만다.

이래서 나는 애초 계약이 잘못된 걸 알았다. 이태면 이태, 삼 년이면 삼 년, 기한을 딱 작정하고 일을 했어야 할 것이다. 덮어놓고 딸이 자라는 대로 성례를 시켜 주마, 했으니 누가 늘 지키고 서 있는 것도 아니고, 그 키가 언제 자라는지 알 수 있는가. 그리고 난 사람의 키가 무럭무럭 자라는 줄만 알았지 붙박이 키에 모로만 벌어지는 몸도 있는 것을 누가 알았으랴. 때가 되면 장인님이 어련하랴 싶어서 군소리 없이 꾸벅꾸벅 일만 해 왔다. 그럼 말이다. 장인님이 제가 다 알아채서,

"어 참, 너 일 많이 했다. 고만 장가들어라."

하고 살림도 내주고 해야 나도 좋을 것이 아니냐.

시치미를 딱 떼고 도리어 그런 소리가 나올까 봐서 지레 펄펄 뛰고 이 야단이다. 명색이 좋아 데릴사위지 일하기에 싱겁기도 할 뿐더러 이건 참 아무것도 아니다.

숙맥이 그걸 모르고 점순이의 키 자라기만 까맣게 기다리지 않았나.

언젠가는 하도 갑갑해서 자를 가지고 덤벼들어서 그 키를 한번 재 볼까 했다. 마는 우리는 장인님이 내외를 해야 한다고 해서 마주 서 이야기도 한

마디 하는 법 없다. 우물길에서 언제나 마주칠 적이면 겨우 눈어림으로 재보고 하는 것인데 그럴 적마다 나는 저만큼 가서 '제 에미 키두!' 하고 논둑에다 침을 퉤, 뱉는다. 아무리 잘 봐야 내 겨드랑(다른 사람보다 좀 크긴 하지만) 밑에서 넘을락 말락 밤낮 요 모양이다.

개돼지는 푹푹 크는데 왜 이리도 사람은 안 크는지, 한동안 머리가 아프도록 궁리도 해 보았다.

'아하, 물동이를 자꾸 이니까 빽다귀가 움츠러드나 보다' 하고 내가 넌지시 그 물을 대신 길어도 주었다. 뿐만 아니라 나무를 하러 가면 서낭당에 돌을 올려놓고 '점순이의 키 좀 크게 해 줍소사. 그러면 담엔 떡 갖다 놓고 고사 드립죠' 하고 치성도 한두 번 드린 것이 아니다. 어떻게 돼먹은 키인지 이래도 막무가내니…….

그래 내 어저께 싸운 것이지 결코 장인님이 밉다든가 해서가 아니다.

모를 붓다(밭이나 논에 못자리를 만들고 씨를 촘촘하게 뿌리다)가 가만히 생각을 해 보니까 또 싱겁다. 이 벼가 자라서 점순이가 먹고 좀 큰다면 모르지만 그렇지도 못한 걸 내 심어서 뭘 하는 거냐. 해마다 앞으로 축 불거지는 장인님의 아랫배(가 너무 먹는 걸 모르고 냉병이라나, 그 배)를 불리기 위하여 심곤 조금도 싶지 않다.

"아이구 배야!"

난 몰 붓다 말고 배를 쓰다듬으면서도 그대루 논둑으로 기어올랐다. 그리고 겨드랑에 꼈던 벼 담긴 키(곡식 따위를 까부르는 기구)를 그냥 땅바닥에 털썩 떨어치며 나도 털썩 주저앉았다. 일이 암만 바빠도 나 배 아프면 고만이니까. 아픈 사람이 누가 일을 하느냐. 파릇파릇 돋아 오른 풀 한 줌을 뜯어 들고 다리의 거머리를 쓱쓱 문대며 장인님의 얼굴을 쳐다보았다.

논 가운데서 장인님도 이상한 눈을 해 가지고 한참 날 노려보더니,

"너 이 자식, 왜 또 이래, 응?"

"배가 좀 아파서유!"

하고 풀 위에 슬며시 쓰러지니까 장인님은 약이 올랐다. 저도 논에서 철벙철벙 둑으로 올라오더니 잡은 참 내 멱살을 움켜잡고 뺨을 치는 것이 아닌가…….

"이 자식. 일허다 말면 누굴 망해 놀 속셈이냐. 이 대가릴 까놀 자식?"

우리 장인님은 약이 오르면 이렇게 손버릇이 아주 못됐다. 또 사위에게

이 자식 저 자식 하는 이놈의 장인님은 어디 있느냐. 오죽해야 우리 동리에서 누굴 물론하고 그에게 욕을 안 먹는 사람은 명이 짧다 한다. 조그만 아이들까지도 그를 돌려세워 놓고 욕필이(본 이름이 봉필이니까) 욕필이, 하고 손가락질을 할 만치 두루 인심을 잃었다. 허나 인심을 정말 잃었다면 욕보다 읍의 배 참봉 댁 마름(지주의 위임을 받아 소작권을 관리하는 사람)으로 더 잃었다. 번히 마름이란 욕 잘하고, 사람 잘 치고, 그리고 생김 생기길 호박개(뼈대가 굵고 털이 북슬북슬한 개) 같아야 쓰는 거지만 장인님은 외양이 똑 됐다. 장인에게 닭 마리나 좀 보내지 않는다든가 애벌논(첫 번 김매기를 한 논) 때 품을 좀 안 준다든가 하면 그해 가을에는 영락없이 땅이 뚝뚝 떨어진다. 그러면 미리부터 돈도 먹고 술도 먹이고 안달재신(몹시 속을 태우면서 여기저기를 다니는 사람)으로 돌아치던 놈이 그 땅을 슬쩍 돌려 안는다. 이 바람에 장인님 집 외양간에는 눈깔 커다란 황소 한 놈이 절로 엉금엉금 기어들고, 동리 사람들은 그 욕을 다 먹어 가면서도 그래도 굽실굽실 하는 게 아닌가…….

그러나 내겐 장인님이 감히 큰소리할 계제가 못 된다.

뒷생각은 못하고 뺨 한 개를 딱 때려 놓고는 장인님은 무색해서 덤덤히 쓴 침만 삼킨다. 난 그 속을 퍽 잘 안다.

조금 있으면 갈(떡갈나무)도 꺾어야 하고 모도 내야 하고, 한창 바쁜 때인데 나 일 안 하고 우리 집으로 그냥 가면 고만이니까.

작년 이맘때도 트집을 좀 하니까 늦잠 잔다구 돌멩이를 집어 던져서 자는 놈의 발목을 삐게 해 놨다. 사날씩이나 건성 끙끙, 앓았더니 종당에는 거반 울상이 되지 않았는가…….

"얘, 그만 일어나 일 좀 해라. 그래야 올 갈에 벼 잘되면 너 장가들지 않니."

그래 귀가 번쩍 띄어서 그날로 일어나서 남이 이틀 품 들일 논을 혼자 삶아(논밭의 흙을 써레로 썰고 나래로 골라 노글노글하게 만듦) 놓으니까 장인님도 눈깔이 커다랗게 놀랐다. 그럼 정말로 가을에 와서 혼인을 시켜 줘야 원 경우가 옳지 않겠나. 볏섬을 척척 들여쌓아도 다른 소리는 없고 물동이를 이고 들어오는 점순이를 담배통으로 가리키며,

"이 자식아, 미처 커야지 조걸 무슨 혼인을 한다구 그러니 원!"

하고 남 낯짝만 붉혀 주고 고만이다.

골김에(홧김에) 그저 이놈의 장인님, 하고 댓돌에다 메어꽂고 우리 고향으로 내뺄까 하다가 꾹꾹 참고 말았다.

참말이지 난 이 꼴 하고는 집으로 차마 못 간다. 장가를 들러 갔다가 오죽 못났어야 그대로 쫓겨 왔느냐고 손가락질을 받을 테니까…….

논둑에서 벌떡 일어나 한풀 죽은 장인님 앞으로 다가서며,

"난 갈 테야유. 그동안 사경(私耕 새경. 농가에서 머슴에게 주는 연봉) 쳐 내슈."

"너 사위로 왔지, 어디 머슴 살러 왔니?"

"그러면 얼찐 성례를 해 줘야 안 하지유. 밤낮 부려만 먹구 해 준다, 해 준다……."

"글쎄, 내가 안 하는 거냐, 그년이 안 크니까."

하고 어름어름 담배만 담으면서 늘 하는 소리를 또 늘어놓는다.

이렇게 따져 나가면 언제든지 늘 나만 밑지고 만다. 이번엔 안 된다, 하고 대뜸 구장님한테로 판단 가자고 소맷자락을 내끌었다.

"아, 이 자식이 왜 이래 어른을."

안 간다구 뻗디디구 이렇게 호령은 제 맘대로 하지만 장인님 제가 내 기운은 못 당한다. 막 부려먹고 딸은 안 주고, 게다 땅땅 치는 건 다 뭐야…….

그러나 내 사실 참, 장인님이 미워서 그런 것은 아니다. 그 전날, 왜 내가 새고개 맞은 봉우리 화전 밭을 혼자 갈고 있지 않았느냐. 밭 가생이('가장자리'의 방언)로 돌 적마다 야릇한 꽃내가 물컥물컥 코를 찌르고 머리 위에서 벌들은 가끔 붕, 붕, 소리를 친다. 바위틈에서 샘물 소리밖에 안 들리는 산골짜기니까 맑은 하늘의 봄볕은 이불 속같이 따스하고 꼭 꿈꾸는 것 같다. 나는 몸이 나른하고 몸살(병을 아직 모르지만)이 나려구 그러는지 가슴이 울렁울렁하고 이랬다.

"어러이! 말이! 맘 마 마……."

이렇게 노래를 하며 소를 부리면 여느 때 같으면 어깨가 으쓱으쓱한다. 웬일인지 밭을 반도 갈지 않아서 온몸이 맥이 풀리고 대구 짜증만 난다. 공연히 소만 들입다 두들기며……,

"안야! 안야!(밭갈이 하는 중에 소가 이랑에서 벗어났을 때 하는 말) 이 망할 자식의 소(장인님의 소니까) 대리('다리'의 방언)를 꺾어 들라."

그러나 내 속은 정말 안야 때문이 아니라 점심을 이고 온 점순이의 키를 보고 울화가 났던 것이다.

점순이는 뭐 그리 썩 예쁜 계집애는 못 된다. 그렇다구 또 개떡이냐 하면 그런 것도 아니고, 꼭 내 아내가 돼야 할 만치 그저 툽툽하게 생긴 얼굴이

다. 나보다 십년이 아래니까 올해 열여섯인데 몸은 남보다 두 살이나 덜 자랐다. 남은 잘도 훤칠히들 크건만 이건 위아래가 뭉툭한 것이 내 눈에는 하릴없이 감참외(참외의 하나로 속살이 잘 익은 감빛 같고 맛이 좋음) 같다. 참외 중에는 감참외가 제일 맛 좋고 예쁘니까 말이다. 둥글고 커다란 눈은 서글서글하니 좋고 좀 지쳐 찢어졌지만 입은 밥술이나 톡톡히 먹음직하니 좋다. 아따, 밥만 많이 먹게 되면 팔자는 고만 아니냐. 헌데 한 가지 과가 있다면 가끔가다 몸이 (장인님이 이걸 채신이 없이 들까분다고 하지만) 너무 빨리빨리 논다. 그래서 밥을 나르다가 때 없이 풀밭에서 깨빡을 쳐서 흙투성이 밥을 곧잘 먹인다. 안 먹으면 무안해 할까 봐서 이걸 씹고 앉았노라면 으적으적 소리만 나고 돌을 먹는 겐지 밥을 먹는 겐지……. 그러나 이날은 웬일인지 성한 밥 채루 밭머리에 곱게 내려놓았다. 그리고 또 내외를 해야 하니까 저만큼 떨어져 이쪽으로 등을 향하고 웅크리고 앉아서 그릇 나기를 기다린다.

내가 다 먹고 물러섰을 때, 그릇을 챙기는데 난 깜짝 놀라지 않았느냐. 고개를 푹 숙이고 밥함지에 그릇을 포개면서 날더러 들으라는지, 혹은 제 소린지,

"밤낮 일만 하다 말 텐가!"

하고 혼자서 쫑알거린다. 고대 잘 내외하다가 이게 무슨 소린가, 하고 난 정신이 얼떨떨했다. 그러면서도 한편 무슨 좋은 수가 있나 없는가 싶어서 나도 공중을 대고 혼잣말로,

"그럼 어떡해?"

하니까,

"성례시켜 달라지 뭘 어떡해."

하고 되알지게(몹시 올차고 여무지게) 쏘아붙이고 얼굴이 빨개져서 산으로 그저 도망친다.

나는 잠시 동안 어떻게 되는 심판인지 맥을 몰라서 그 뒷모양만 덤덤히 바라보았다.

봄이 되면 온갖 초목이 물이 오르고 싹이 트고 한다. 사람도 아마 그런가 보다, 하고 며칠 내에 부쩍 (속으로) 자란 듯싶은 점순이가 여간 반가운 것이 아니다. 이런 걸 멀쩡하게 아직 어리다구 하니까…….

우리가 구장님을 찾아갔을 때 그는 싸리문 밖에 있는 돼지우리에서 죽을 퍼 주고 있었다. 서울엘 좀 갔다 오더니 사람은 점잖아야 한다구 웃 쉼이(얼

른 보면 지붕 위에 앉은 제비 꼬랑지 같다) 양쪽으로 뾰족히 뻐치고 그걸 애헴, 하고 늘 쓰다듬는 손버릇이 있다.

우리를 멀뚱히 쳐다보고 미리 알아챘는지,

"왜 일들 허다 말구 그래?"

하더니 손을 올려서 그 애헴을 한 번 후딱 했다.

"구장님! 우리 장인님과 츰('처음'의 방언)에 계약하기를……."

먼저 덤비는 장인님을 뒤로 떠다밀고 내가 허둥지둥 달려들다가 가만히 생각하고, '아니 우리 빙장님과 츰에' 하고 첫 번부터 다시 말을 고쳤다. 장인님은 빙장님, 해야 좋아하고 밖에 나와서 장인님, 하면 괜스레 골을 내려고 든다. 뱀두 뱀이래야 좋으냐구 창피스러우니 남 듣는 데는 제발 빙장님, 빙모님, 하라구 일상 당조짐(정신을 차리도록 단단히 조짐)을 받아 오면서 난 그것두 자꾸 잊는다.

당장두 장인님, 하나 옆에서 내 발등을 꾹 밟고 곁눈질을 흘기는 바람에야 겨우 알았지만……. 구장님도 내 이야기를 자세히 듣더니 퍽 딱한 모양이었다. 하기야 구장님뿐만 아니라 누구든지 다 그럴 게다.

길게 길러 둔 새끼손톱으로 코를 후벼서 저리 탁 튀기며, "그럼 봉필 씨! 얼른 성례를 시켜 주구려, 그렇게까지 제가 하구 싶다는 걸……." 하고 내 짐작대로 말했다. 그러나 이 말에 장인님이 삿대질로 눈을 부라리고, "아, 성례구 뭐구 계집애 년이 미처 자라야 할 게 아닌가?" 하니까 고만 멀쑤룩해져서 입맛만 쩍쩍 다실 뿐이 아닌가.

"그것두 그래!"

"그래, 거진 사년 동안에도 안 자랐더니 그 킨 언제 자라지유. 다 그만두구 사경 내슈……."

"글쎄, 이 자식! 내가 크질 말라구 그랬니. 왜 날 보구 떼냐?"

"빙모님은 참새만 한 것이 그럼 어떻게 앨 낳지유(사실 빙모님은 점순이보다도 귓배기가 작다)?"

장인님은 이 말을 듣고 껄껄 웃더니(그러나 암만 해두 돌 씹은 상이다) 코를 푸는 척하고 날 은근히 곯리려고 팔꿈치로 옆 갈비께를 퍽 치는 것이다.

더럽다. 나두 종아리의 파리를 쫓는 척하고 허리를 구부리며 그 궁둥이를 콱 떼밀었다. 장인님은 앞으로 우찔근하고 싸리문께로 쓰러질 듯하다 몸을 바로 고치더니 눈총을 몹시 쏘았다. 이런 쌍년의 자식, 하곤 싶으나 남의 앞이라니 차마 못하고 섰는 그 꼴이 보기에 퍽 쟁그러웠다('징그럽다'의 작은말).

그러나 이밖에는 별반 신통한 귀정(歸正 그릇되었던 일이 바른길로 돌아옴)을 얻지 못하고 도로 논으로 돌아와서 모를 부었다. 왜냐면 장인님이 뭐라구 귓속말로 수군수군하고 간 뒤다. 구장님이 날 위해서 조용히 데리고 아래와 같이 일러 주었기 때문이다(뭉태의 말은 구장님이 장인님에게 땅 두 마지기 얻어 부치니까 그래 꾀였다고 하지만 난 그렇게 생각 않는다).

"자네 말두 하기야 옳지, 암 나이 찼으니 아들이 급하다는 게 잘못된 말은 아니야. 허지만 농사가 한층 바쁜 때 일을 안 한다든가 집으로 달아난다든가 하면 손해죄루 그것두 징역을 가거든!(여기에 그만 정신이 번쩍 났다) 왜 요전에 삼포말서 산에 불 좀 놓았다구 징역 간 거 못 봤나. 제 산에 불을 놓아도 징역을 가는 이 땐데 남의 농사를 버려두니 죄가 얼마나 더 중한가. 그리고 자넨 정장(呈狀 고소장을 관청에 바침)을(사경 받으러 정장 가겠다 했다) 간대지만 그러면 괜스레 죄를 들쓰고 들어가는걸세. 또 결혼두 그렇지. 법률에 성년이란 게 있는데 스물하나가 돼야지 비로소 결혼을 할 수가 있는걸세. 자넨 물론 아들이 늦을 걸 염려하지만 점순이루 말하면 이제 겨우 열여섯이 아닌가. 그렇지만 아까 빙장님의 말씀이 올 갈에는 열 일을 제치고라두 성례를 시켜 주겠다 하시니 좀 고마울 겐가. 빨리 가서 모 붓든 거나 마저 붓게, 군소리 말구 어서 가."

그래서 오늘 아침까지 끽소리 없이 왔다.

장인님과 내가 싸운 것은 지금 생각하면 전혀 뜻밖의 일이라 안 할 수 없다.

장인님으로 말하면 요즈막 작인(소작인)들에게 행세를 좀 하고 싶다고 해서,

"돈 있으면 양반이지 별개 있느냐!"

하고 일부러 아랫배를 쑥 내밀고 걸음도 뒤틀리게 걷고 하는 이판이다. 이까짓 나쯤 두들기다 남의 땅을 가지고 모처럼 닦아 놓았던 가문을 망친다든가 할 어른이 아니다. 또 나로 논지면(이치를 따져 논하자면) 아무쪼록 잘 봬서 점순이에게 얼른 장가를 들어야 하지 않느냐…….

이렇게 말하자면 결국 어젯밤 뭉태네 집에 마슬(이웃에 놀러 가는 일) 간 것이 썩 나빴다. 낮에 구장님 앞에서 장인님과 내가 싸운 것을 어떻게 알았는지 대구 빈정거리는 것이 아닌가.

"그래 맞구두 그걸 가만둬?"

"그럼 어떡허니?"

"임마, 봉필일 모판에다 거꾸로 박아 놓지 뭘 어떡해?"

하고 괜히 내 대신 화를 내 가지고 주먹질을 하다 등잔까지 쳤다. 놈이 본시 괄괄은 하지만 그래 놓고 날더러 석유 값을 물라구 막 지다위(남에게 등을 대고 의지하거나 떼를 쓰는 짓)를 붙는다. 난 어안이 벙벙해서 잠자코 앉았으니까 저만 연신 지껄이는 소리가,

"밤낮 일만 해 주구 있을 테냐?"

"영득이는 일 년을 살구두 장갈 들었는데 넌 사 년이나 살구두 더 살아야 해?"

"네가 세 번째 사윈 줄이나 아니? 세 번째 사위."

"남의 일이라두 분하다. 이 자식, 우물에 가 빠져 죽어."

나중에는 겨우 손톱으로 목을 따라고까지 하고, 제 아들같이 함부로 욱닥이었다('욱대이다'의 방언. 을러대어 위협하다). 별의별 소리를 다해서 그대로 옮길 수는 없으나 그 줄거리는 이렇다.

우리 장인님 딸이 셋이 있는데 맏딸은 재작년 가을에 시집을 갔다. 정말은 시집을 간 것이 아니라 그 딸도 데릴사위를 해 가지고 있다가 내보냈다. 그런데 딸이 열 살 때부터 열아홉, 즉 십 년 동안에 데릴사위를 갈아들이기를, 동리에선 사위 부자라고 이름이 났지마는 열 놈이란 참 너무 많다.

장인님이 아들은 없고 딸만 있는 고로 그 담('그다음'의 줄임말) 딸을 데릴사위를 해 올 때까지는 부려먹지 않으면 안 된다. 물론 머슴을 두면 좋지만 그건 돈이 드니까, 일 잘하는 놈을 고르느라고 연방 바꿔 들였다. 또 한편 놈들이 욕만 줄곧 퍼붓고 심히도 부려먹으니까 밸('창자'의 속어. '마음'을 뜻함)이 상해서 달아나기도 했겠지. 점순이는 둘째 딸인데 내가 일테면 그 세 번째 데릴사위로 들어온 셈이다. 내 담으로 네 번째 놈이 들어올 것을 내가 일도 잘하고, 그리고 사람이 좀 어수룩하니까 장인님이 잔뜩 붙들고 놓질 않는다. 셋째 딸이 인제 여섯 살, 적어두 열 살은 돼야 데릴사위를 할 테므로 그동안은 죽도록 부려먹어야 된다. 그러니 인제는 속 좀 채리고 장가를 들여 달라고 떼를 쓰고 나자빠져라, 이것이다.

나는 겉으로 엉, 엉, 하며 귓등으로 들었다. 뭉태는 땅을 얻어 부치다가 떨어진 뒤로는 장인님만 보면 공연히 못 먹어서 으릉거린다. 그것도 장인님이 저 달라고 할 적에 제 집에서 위한다는 그 감투(예전에 원님이 쓰던 것이라나, 옆구리에 뽕뽕 좀먹은 걸레)를 선뜻 주었다면 그럴 리도 없었던걸…….

그러나 나는 뭉태란 놈의 말을 전수히 곧이듣지 않았다. 꼭 곧이들었다면 간밤에 와서 장인님과 싸웠지 무사히 있었을 리가 없지 않은가. 그러면 딸에게까지 인심을 잃은 장인님이 혼자 나빴다.

실토이지 나는 점순이가 아침상을 가지고 나올 때까지는 오늘은 또 얼마나 밥을 담았나, 하고 이것만 생각했다. 상에는 된장찌개하고 간장 한 종지, 조밥 한 그릇, 그리고 밥보다 더 수부룩하게 담은 산나물이 한 대접, 이렇다. 나물은 점순이가 틈틈이 해 오니까 두 대접이고 네 대접이고 멋대로 먹어도 좋으나 밥은 장인님이 한 사발 외엔 더 주지 말라고 해서 안 된다. 그런데 점순이가 그 상을 내 앞에 내려놓으며 제 말로 지껄이는 소리가,

"구장님한테 갔다 그냥 온담 그래!"

하고 엊그제 산에서와 같이 되우 쫑알거린다. 딴은 내가 더 단단히 덤비지 않고 만 것이 좀 어리석었다, 속으로 그랬다.

나도 저쪽 벽을 향하여 외면하면서 내 말로,

"안 된다는 걸 그럼 어떡헌담!"

하니까,

"쇰을 잡아채지 그냥 둬, 이 바보야!"

하고 또 얼굴이 빨개지면서 성을 내며 안으로 샐쭉하니 튀들어가지 않느냐. 이때 아무도 본 사람이 없었게 망정이지 보았다면 내 얼굴이 에미 잃은 황새 새끼처럼 가엾다 했을 것이다.

사실 이때만치 슬펐던 일이 또 있었는지 모른다. 다른 사람은 암만 못생겼다 해두 괜찮지만 내 아내 될 점순이가 병신으로 본다면 참 신세는 따분하다. 밥을 먹은 뒤 지게를 지고 일터로 가려 하다 도로 벗어 던지고 바깥마당 공석 위에 드러누워서 나는 차라리 죽느니만 같지 못하다 생각했다.

내가 일 안 하면 장인님 저는 나이가 먹어 못하고 결국 농사 못 짓고 만다. 뒷짐으로 트림을 꿀꺽 하고 대문 밖으로 나오다 날 보고서,

"이 자식, 왜 또 이러니."

"관격(關格 급하게 체하여 가슴이 막혀 토하지도 못하고 대소변도 못 보는 위급한 병)이 났어유, 아이구 배야!"

"기낀 밥 처먹구 무슨 관격이야, 남의 농사 버려두면 이 자식 징역 간다 봐라!"

"가두 좋아유, 아이구 배야!"

참말 난 일 안 해서 징역 가도 좋다 생각했다. 일후 아들을 낳아도 그 앞에서 바보, 바보, 이렇게 별명을 들을 테니까 오늘은 열 쪽이 난대도 결정을 내고 싶었다.

장인님이 일어나라고 해도 내가 안 일어나니까 눈에 독이 올라서 저편으로 힁하게 가더니 지게막대기를 들고 왔다. 그리고 그걸로 내 허리를 마치 돌 떠넘기듯이 쿡 찍어서 넘기고 넘기고 했다.

밥을 잔뜩 먹어 딱딱한 배가 그럴 적마다 퉁겨지면서 밸창이 꼿꼿한 것이 여간 켕기지 않았다. 그래도 안 일어나니까 이번에는 배를 지게막대기로 위에서 쿡쿡 찌르고 발길로 옆구리를 차고 했다.

장인님은 원체 심술이 궂어서 그러지만 나도 저만 못하지 않게 배를 채였다. 아픈 것을 눈을 꽉 감고 넌 해라 난 재밌단 듯이 있었으나 볼기짝을 후려갈길 적에는 나도 모르는 결에 벌떡 일어나서 그 수염을 잡아챘다. 마는 내 골이 난 것이 아니라 정말은 아까부터 벽 뒤 울타리 구멍으로 점순이가 우리들의 꼴을 몰래 엿보고 있었기 때문이다.

가뜩이나 말 한마디 톡톡히 못 한다고 바라보는데 매까지 잠자코 맞는 걸 보면 짜장 바보로 알 게 아닌가. 또 점순이도 미워하는 이까짓 놈의 장인님하곤 아무것도 안 되니까 막 때려도 좋지만 사정 보아서 수염만 채고(제원대로 했으니까 이때 점순이는 퍽 기뻤겠지) 저기까지 잘 들리도록 '이걸 까셀라부다(까스르다. 불에 쬐어 '그을리다'의 방언)!' 하고 소리를 쳤다.

장인님은 더 약이 바짝 올라서 잡은 참 지게막대기로 내 어깨를 그냥 내려 갈겼다. 정신이 다 아찔하다. 다시 고개를 들었을 때 그때엔 나도 온몸에 약이 올랐다. 이 녀석의 장인님을, 하고 눈에서 불이 퍽 나서 그 아래 밭 있는 넝 알로(낭떠러지 아래로) 그대로 떠밀어 굴려 버렸다.

"부려만 먹구 왜 성례 안 하지유!"

나는 이렇게 호령했다. 허지만 장인님이 선뜻 오냐 낼이라두 성례시켜주마, 했으면 나도 성가신 걸 그만두었을지 모른다. 나야 이러면 때린 건 아니니까 나중에 장인 쳤다는 누명도 안 들을 터이고 얼마든지 해도 좋다.

한번은 장인님이 헐떡헐떡 기어서 올라오더니 내 바짓가랑이를 요렇게 노리고서 단박 움켜잡고 매달렸다. 악, 소리를 치고 나는 그만 세상이 다 팽그르 도는 것이,

"빙장님! 빙장님! 빙장님!"

"이 자식! 잡아먹어라, 잡아먹어!"

"아! 아! 할아버지! 살려 줍쇼, 할아버지!"

하고 두 팔을 허둥지둥 내저을 적에는 이마에 진땀이 쭉 내솟고 인젠 참으로 죽나 보다 했다. 그래두 장인님은 놓질 않더니 내가 기어이 땅바닥에 쓰러져서 거진 까무러치게 되니까 놓는다. 더럽다, 더럽다. 이게 장인님인가? 나는 한참을 못 일어나고 쩔쩔 맸다. 그러나 얼굴을 드니(눈엔 참 아무것도 보이지 않았다) 사지가 부르르 떨리면서 나도 엉금엉금 기어가 장인님의 바짓가랑이를 꽉 움키고 잡아낚았다.

내가 머리가 터지도록 매를 얻어맞은 것이 이 때문이다. 그러나 여기가 또한 우리 장인님이 유달리 착한 곳이다.

여느 사람이면 사경을 주어서라도 당장 내어 쫓았지, 터진 머리를 불 솜으로 손수 지져 주고, 호주머니에 희연 한 봉을 넣어 주고 그리고,

"올 갈엔 꼭 성례를 시켜 주마. 암만 말구 가서 뒷골의 콩밭이나 얼른 갈아라."

하고 등을 뚜덕여 줄 사람이 누구냐. 나는 장인님이 너무나 고마워서 어느덧 눈물까지 났다.

점순이를 남기고 인젠 내쫓기려니 하다 뜻밖의 말을 듣고,

"빙장님! 인제 다시는 안 그러겠어유!"

이렇게 맹세를 하며 부랴부랴 지게를 지고 일터로 갔다. 그러나 이때는 그걸 모르고 장인님을 원수로만 여겨서 잔뜩 잡아당겼다.

"아! 아! 이놈아! 놔라, 놔."

장인님은 헛손질을 하며 솔개미에 챈 닭의 소리를 연해 질렀다. 놓긴 왜, 이왕이면 호되게 혼을 내 주리라 생각하고 짓궂이 더 댕겼다. 마는 장인님이 땅에 쓰러져서 눈에 눈물이 피잉 도는 것을 알고 좀 겁도 났다.

"할아버지! 놔라, 놔, 놔, 놔, 놔라."

그래도 안 되니까,

"얘, 점순아! 점순아!"

이 악장(악을 쓰고 싸움)에 안에 있었던 장모님과 점순이가 헐레벌떡하고 단숨에 뛰어나왔다. 나의 생각에 장모님은 제 남편이니까 역성을 할는지도 모른다. 그러나 점순이는 내 편을 들어서 속으로 고소해 하겠지……. 대체 이게 웬 속인지(지금까지도 난 영문을 모른다) 아버질 혼내 주기는 제가 내래

놓고 이제 와서는 달려들며,

"에그머니! 이 망할 게 아버지 죽이네!"

하고, 귀를 뒤로 잡아당기며 마냥 우는 것이 아니냐. 그만 여기에 기운이 탁 꺾이어 나는 얼빠진 등신이 되고 말았다. 장모님도 덤벼들어 한쪽 귀마저 뒤로 잡아채면서 또 우는 것이다.

이렇게 꼼짝도 못 하게 해 놓고 장인님은 지게막대기를 들어서 사뭇(거리낌 없이 마구) 내려 조졌다(아래로 향해 함부로 때렸다). 그러나 나는 구태여 피하려지도 않고 암만해도 그 속 알 수 없는 점순이의 얼굴만 멀거니 들여다보았다.

"이 자식! 장인 입에서 할아버지 소리가 나오도록 해?"

동백꽃

작품 정리

작가: 김유정(227쪽 '작가와 작품 세계' 참조)

갈래: 순수 소설, 애정 소설, 농촌 소설

배경: 시간 - 1930년대의 어느 봄날 / 공간 - 강원도의 어느 산골 마을

시점: 1인칭 주인공 시점

주제: 산골 마을 남녀의 순박한 사랑

출전: 〈조광〉(1936)

구성과 줄거리

발단 **점순이 닭싸움으로 '나'의 화를 돋움**

소작인 아들인 '나'는 나무를 하려고 나오다가 '나'의 집 수탉이 마름네 수탉에게 쪼이고 있는 장면을 목격한다. 마름의 딸인 점순이 싸움을 붙인 것이다.

전개 **점순이 감자를 건네주었지만 '나'는 받지 않음**

나흘 전에 점순은 울타리를 엮는 '나'의 등 뒤로 와서 감자를 건넸지만 '나'는 받지 않았다. 다음 날 점순은 '나'의 집 씨암탉을 붙들어 놓고 때리기 시작한다. '나'는 화가 치밀었으나 계집애하고 싸울 수도 없어 울타리만 막대기로 내리친다. 점순은 걸핏하면 자기 집의 수탉을 몰고 와서 '나'의 집의 수탉을 괴롭힌다.

위기 **'나'는 수탉에게 고추장을 먹이고 닭싸움에 도전하지만 실패함**

'나'는 자신의 집 수탉이 점순네 닭을 이기도록 하기 위해 고추장을 먹이지만 점순네 닭과 제대로 싸워 보지도 못하고 풀이 죽어 버린다.

절정 **점순네 닭을 죽인 후 울음을 터뜨리자 점순이 '나'를 달래 줌**

'나'는 나무를 하고 산을 내려오다가 '나'의 집 수탉이 점순네 수탉에게 사정없이 쪼이는 것을 보고 화가 치밀어 점순네 수탉을 막대기로 때려서 단번에 죽여 버린다. 큰일을 저질렀다고 느낀 '나'는 점순네에게 땅과 집을 뺏길까 봐 겁이 나서 울음을 터뜨린다. 그러자 점순은 염려하지 말라며 달래 준다.

결말 '나'와 점순이 동백꽃 속으로 쓰러짐

순간 점순이 '나'의 어깨를 짚고 넘어지는 바람에 함께 흐드러진 동백꽃 속에 파묻힌다. '나'는 향긋한 동백꽃 냄새에 정신이 아찔해진다. 이때 점순이 어머니가 점순이를 부르는 소리가 들려온다. 점순은 겁을 먹고 꽃 밑을 기어서 내려가고 '나'는 산으로 내뺀다.

생각해 볼 문제

1. 이 작품에서 닭싸움은 어떤 역할을 하는가?

점순은 '나'에게 감자를 건네며 호의를 보이지만 거절당한다. 이에 대한 앙갚음으로 닭싸움을 걸어오는 것이다. 닭싸움은 점순의 충족되지 못한 애정에 대한 역설적 표현이라고 할 수 있다. 결국 닭싸움이 두 사람 간의 화해를 유도하는 역할을 한다.

2. 이 작품에서 '동백꽃'의 역할은 무엇인가?

향토적이면서 서정적인 분위기를 연출할 뿐 아니라 '나'와 점순 사이에 화해 분위기를 조성하는 역할을 한다.

3. 이 작품이 지닌 해학성에 대해 말해 보자.

'나'는 소극적이고 점순은 적극적인 성격을 지니고 있다. 당시로서는 생각하기 힘든 남녀 간의 역할 전도가 해학성을 고조시킨다. 더구나 등장인물이 비속어, 방언, 의성어, 의태어 등에 의해 희화화되고 있다. '나'의 엉뚱한 반응도 아이러니를 유발해 유쾌한 웃음을 선사한다.

4. 마지막 장면에서 점순은 아래로 내려가고 '나'는 산으로 내뺀다. 두 사람의 행동에서 어떤 심리를 읽을 수 있는가?

성애 행위에 부끄러움을 느끼지 않을 만큼 성숙해 있는 점순은 천연더스럽게 어머니 쪽으로 내려간다. 아직 순진한 '나'는 일단 현장에서 벗어나야겠다는 생각만 한다. 현실적으로는 '나'의 행동이 오히려 의심을 살 수 있다.

5. 이 작품의 구성상 특징을 밝히고 사건이 일어난 시간 순서대로 줄거리를 요약해 보자.

이 작품은 점순이 닭싸움을 벌이는 장면부터 시작한다. 이야기는 나흘 전 감자를 받지 않은 사건으로 거슬러 올라간다. 발단 부분에서 두 사람의 갈등을 현재 시점으로 가볍게 처리하고 전개와 위기 부분에서는 발단에서 제시된 갈등의 원인을 밝히고 있다. 현재-과거-현재의 역순으로 구성된 이 작품은 닭싸움을 매개로 현재와 과거가 자연스럽게 연결되고 있다.

● 사건이 일어난 순서(작품 구성 순서 : ③ - ① - ② - ④ - ⑤)

① 점순이 준 감자를 '나'가 거절함(과거)

② '나'가 우리 집 수탉에게 고추장을 먹였는데도 싸움에서 짐(과거)

③ '나'가 나무를 하기 위해 집을 나서자 점순이 또 닭싸움을 붙임

④ 나무를 하고 돌아오는 길에 점순이가 닭싸움을 붙인 것을 보고 점순의 수탉을 때려 죽임

⑤ 점순과 '나'가 화해함

6. 「봄봄」과 「동백꽃」의 주인공 이름이 모두 점순이인 까닭은 무엇인지 추측해 보자.

「봄봄」에서 '나'는 데릴사위로 대가 없이 일하고 있다. 「동백꽃」에서 '나'는 소작농의 아들이고 점순이는 마름의 딸이다. 나와 점순이는 두 작품에서 비슷한 입장에 처해 있다. 이런 관계를 점순이라는 이름으로 암시한다고 추측해 볼 수 있다.

인물 관계도

저희(나) 부모님은 소작농이고 점순네 부모님은 마름이에요. 그래서인지 부모님은 항상 저에게 일 저지르지 말라고 당부하시지요. 언젠가 점순이 저에게 감자를 주었는데 자존심이 상해서 받지 않았어요. 그랬더니 점순이 자기네 닭과 우리 닭을 싸움 붙여 놓은 거예요. 화가 난 저는 점순네 닭을 죽이고 말았지요. 점순과는 겨우 화해했답니다.

동백꽃

오늘도 또 우리 수탉이 막 쪼이었다. 내가 점심을 먹고 나무를 하러 갈 양으로 나올 때이었다. 산으로 올라서려니까 등 뒤에서 푸드득푸드득, 하고 닭의 횃소리가 야단이다. 깜짝 놀라서 고개를 돌려보니 아니나다르랴, 두 놈이 또 얼리었다(서로 얽히다).

점순네 수탉(은 대강이가 크고 똑 오소리같이 실팍하게(사람이나 물건 따위가 보기에 매우 실하게) 생긴 놈)이 덩저리('덩치'의 속어) 작은 우리 수탉을 함부로 해내는 것이다. 그것도 그냥 해내는 것이 아니라 푸드득하고 면두('볏'의 방언)를 쪼고 물러섰다가 좀 사이를 두고 또 푸드득하고 모가지를 쪼았다. 이렇게 멋을 부려 가며 여지없이 닦아 놓는다. 그러면 이 못생긴 것은 쪼일 적마다 주둥이로 땅을 받으며 그 비명이 킥, 킥 할 뿐이다. 물론 미처 아물지도 않은 면두를 또 쪼이어 붉은 선혈은 뚝뚝 떨어진다.

이걸 가만히 내려다보자니 내 대강이가 터져서 피가 흐르는 것 같이 두 눈에서 불이 번쩍 난다. 대뜸 지게 막대기를 메고 달려들어 점순네 닭을 후려칠까 하다가 생각을 고쳐먹고 헛매질로 떼어만 놓았다.

이번에도 점순이가 쌈을 붙여 놨을 것이다. 바짝바짝 내 기를 올리느라고 그랬음에 틀림없을 것이다. 고놈의 계집애가 요새로 들어서서 왜 나를 못 먹겠다고 고렇게 아르렁거리는지 모른다.

나흘 전 감자 쪼간(어떤 사건)만 하더라도 나는 저에게 조금도 잘못한 것은 없다. 계집애가 나물을 캐러 가면 갔지 남 울타리 엮는 데 쌩이질(한창 바쁠 때 쓸데없는 일로 남을 귀찮게 구는 짓)을 하는 것은 다 뭐냐. 그것도 발소리를 죽여 가지고 등 뒤로 살며시 와서,

"얘! 너 혼자만 일하니?"

하고 긴치 않은 수작을 하는 것이다.

어제까지도 저와 나는 이야기도 잘 않고 서로 만나도 본척만척하고 이렇게 점잖게 지내던 터이련만 오늘로 갑작스레 대견해졌음은 웬일인가. 항차(황차(況且) 하물며) 망아지만 한 계집애가 남 일하는 놈 보구…….

"그럼 혼자 하지 떼루 하디?"

내가 이렇게 내배앝는 소리를 하니까,

"너 일하기 좋니?"

또는,

"한여름이나 되거든 하지 벌써 울타리를 하니?"

잔소리를 두루 늘어놓다가 남이 들을까 봐 손으로 입을 틀어막고는 그 속에서 깔깔댄다. 별로 우스울 것도 없는데 날씨가 풀리더니 이놈의 계집애가 미쳤나 하고 의심하였다. 게다가 조금 뒤에는 제 집께를 할끔할끔 돌아보더니 행주치마의 속으로 꼈던 바른손을 뽑아서 나의 턱밑으로 불쑥 내미는 것이다. 언제 구웠는지 아직도 더운 김이 확 끼치는 굵은 감자 세 개가 손에 뿌듯이 쥐였다.

"느 집엔 이거 없지?"

하고 생색 있는 큰소리를 하고는 제가 준 것을 남이 알면 큰일 날 테니 여기서 얼른 먹어 버리란다. 그리고 또 하는 소리가,

"너 봄 감자가 맛있단다."

"난 감자 안 먹는다, 너나 먹어라."

나는 고개도 돌리려 하지 않고 일하던 손으로 그 감자를 도로 어깨너머로 쑥 밀어 버렸다. 그랬더니 그래도 가는 기색이 없고, 뿐만 아니라 쌔근쌔근하고 심상치 않게 숨소리가 점점 거칠어진다. 이건 또 뭐야, 싶어서 그때서야 비로소 돌아다보니 나는 참으로 놀랐다. 우리가 이 동리에 들어온 것은 근 삼 년째 되어 오지만 여태껏 가무잡잡한 점순이의 얼굴이 이렇게까지 홍당무처럼 새빨개진 법이 없었다. 게다 눈에 독을 올리고 한참 나를 요렇게 쏘아보더니 나중에는 눈물까지 어리는 것이 아니냐. 그리고 바구니를 다시 집어 들더니 이를 꼭 악물고는 엎어질 듯 자빠질 듯 논둑으로 횡허케 달아나는 것이다.

어쩌다 동리 어른이,

"너 얼른 시집가야지?"

하고 웃으면,

"염려 마서유. 갈 때 되면 어련히 갈라구!"

이렇게 천연덕스레 받는 점순이었다. 본시 부끄럼을 타는 계집애도 아니려니와 또한 분하다고 눈에 눈물을 보일 얼병이('어리보기'의 방언. 언행이 얼뜬 사람)도 아니다. 분하면 차라리 나의 등어리를 바구니로 한 번 모질게 후려쌔리고

달아날지언정.

그런데 고약한 그 꼴을 하고 가더니 그 뒤로는 나를 보면 잡아먹으려고 기를 복복 쓰는 것이다. 설혹 주는 감자를 안 받아 먹은 것이 실례라 하면, 주면 그냥 주었지 '느 집엔 이거 없지'는 다 뭐냐. 그렇잖아도 저희는 마름(지주를 대리하여 소작권을 관리하는 사람)이고 우리는 그 손에서 배재를 얻어 땅을 부치므로 일상 굽실거린다. 우리가 이 마을에 처음 들어와 집이 없어서 곤란으로 지낼 제, 집터를 빌리고 그 위에 집을 또 짓도록 마련해 준 것도 점순네의 호의였다. 그리고 우리 어머니 아버지도 농사 때 양식이 달리면 점순네한테 가서 부지런히 꾸어다 먹으면서 인품 그런 집은 다시없으리라고 침이 마르도록 칭찬하곤 하는 것이다. 그러면서도 열일곱씩이나 된 것들이 수군수군하고 붙어 다니면 동리의 소문이 사납다고 주의를 시켜 준 것도 또 어머니였다. 왜냐하면 내가 점순이하고 일을 저질렀다가는 점순네가 노할 것이고, 그러면 우리는 땅도 떨어지고 집도 내쫓기고 하지 않으면 안 되는 까닭이었다. 그런데 이놈의 계집애가 까닭 없이 기를 복복 쓰며 나를 말려 죽이려고 드는 것이다.

눈물을 흘리고 간 담날 저녁나절이었다. 나무를 한 짐 잔뜩 지고 산을 내려오려니까 어디서 닭이 죽는 소리를 친다. 이거 뉘 집에서 닭을 잡나, 하고 점순네 울 뒤로 돌아오다가 나는 고만 두 눈이 뚱그래졌다. 점순이가 저희 집 봉당(封堂 안방과 건넌방 사이의 마루를 놓을 자리에 마루를 놓지 않고 흙바닥 그대로 둔 곳)에 홀로 걸터앉았는데 이게 치마 앞에다 우리 씨암탉을 꼭 붙들어 놓고는,

"이놈의 닭! 죽어라, 죽어라."

요렇게 암팡스레 패 주는 것이 아닌가. 그것도 대가리나 치면 모른다마는 아주 알도 못 낳으라고 그 볼기짝께를 주먹으로 콕콕 쥐어박는 것이다.

나는 눈에 쌍심지가 오르고 사지가 부르르 떨렸으나 사방을 한 번 휘돌아보고야 그제서 점순이 집에 아무도 없음을 알았다. 잡은 참 지게막대기를 들어 울타리의 중턱을 후려치며,

"이놈의 계집애! 남의 닭 알 못 낳으라구 그러니?"

하고 소리를 빽 질렀다.

그러나 점순이는 조금도 놀라는 기색이 없고 그대로 의젓이 앉아서 제 닭 가지고 하듯이 또 죽어라, 죽어라 하고 패는 것이다. 이걸 보면 내가 산에서 내려올 때를 겨냥해 가지고 미리부터 닭을 잡아 가지고 있다가 너 보

란 듯이 내 앞에 줴지르고 있음이 확실하다.

그러나 나는 그렇다고 남의 집에 뛰어 들어가 계집애하고 싸울 수도 없는 노릇이고 형편이 썩 불리함을 알았다. 그래 닭이 맞을 적마다 지게막대기로 울타리나 후려칠 수밖에 별도리가 없다. 왜냐하면 울타리를 치면 칠수록 울섶이 물러앉으며 뼈대만 남기 때문이다. 허나 아무리 생각하여도 나만 밑지는 노릇이다.

"야, 이년아! 남의 닭 아주 죽일 터이냐?"

내가 도끼눈을 뜨고 다시 꽥 호령을 하니까 그제야 울타리께로 쪼르르 오더니 울 밖에 서 있는 나의 머리를 겨누고 닭을 내팽개친다.

"에이, 더럽다! 더럽다!"

"더러운 걸 널더러 입때 끼고 있으랬니? 망할 계집애년 같으니!"

하고 나도 더럽단 듯이 울타리께를 휭허케 돌아내리며 약이 오를 대로 다 올랐다(라고 하는 것은 암탉이 풍기는 서슬에 나의 이마빼기에다 물찌똥을 찍 깔겼는데 그걸 본다면 알집만 터졌을 뿐 아니라 골병은 단단히 든 듯싶다).

그리고 나의 등 뒤를 향하여 나에게만 들릴 듯 말 듯한 음성으로,

"이 바보 녀석아!"

"얘! 너 배냇병신('선천 기형'을 일상적으로 이르는 말)이지?"

그만도 좋으련만,

"얘! 너 느 아버지가 고자라지?"

"뭐? 울 아버지가 그래 고자야?"

할 양으로 열벙거지(매우 급하게 치밀어 오르는 화증)가 나서 고개를 홱 돌리어 바라봤더니 그때까지 울타리 위로 나와 있어야 할 점순이의 대가리가 어디 갔는지 보이지를 않는다. 그러다 돌아서서 오자면 아까에 한 욕을 울 밖으로 또 퍼붓는 것이다. 욕을 이토록 먹어 가면서도 대거리 한마디 못 하는 걸 생각하니 돌부리에 채어 발톱 밑이 터지는 것도 모를 만치 분하고 급기야는 두 눈에 눈물까지 불끈 내솟는다.

그러나 점순이의 침해는 이것뿐이 아니다. 사람들이 없으면 틈틈이 제 집 수탉을 몰고 와서 우리 수탉과 쌈을 붙여 놓는다. 제 집 수탉은 썩 험상궂게 생기고 쌈이라면 홰(새장이나 닭장 속에 새나 닭이 올라앉게 가로질러 놓은 나무 막대)를 치는 고로 으레 이길 것을 알기 때문이다. 그래서 툭하면 우리 수탉이 면두며 눈깔이 피로 흐드르 하게 되도록 해 놓는다. 어떤 때에는 우리 수탉이 나오지

를 앉으니까 요놈의 계집애가 모이를 쥐고 와서 꾀어내다가 싸움을 붙인다.

이렇게 되면 나도 다른 배차를 차리지 않을 수 없다. 하루는 우리 수탉을 붙들어 가지고 넌지시 장독께로 갔다. 쌈닭에게 고추장을 먹이면 병든 황소가 살모사를 먹고 용을 쓰는 것처럼 기운이 뻗친다 한다. 장독에서 고추장 한 접시를 떠서 닭 주둥아리께로 들이밀고 먹여 보았다. 닭도 고추장에 맛을 들였는지 거스르지 않고 거의 반 접시 턱이나 곧잘 먹는다.

그리고 먹고 금세는 용을 못 쓸 터이므로 얼마쯤 기운이 들도록 홰(여기서는 '닭장'의 뜻으로 쓰임) 속에다 가두어 두었다.

밭에 두엄을 두어 짐 져내고 나서 쉴 참에 그 닭을 안고 밖으로 나왔다. 마침 밖에는 아무도 없고 점순이만 저희 울 안에서 헌옷을 뜯는지 혹은 솜을 터는지 웅크리고 앉아서 일을 할 뿐이다.

나는 점순네 수탉이 노는 밭으로 가서 닭을 내려놓고 가만히 맥을 보았다. 두 닭은 여전히 얼리어 쌈을 하는데 처음에는 아무 보람이 없다. 멋지게 쪼는 바람에 우리 닭은 또 피를 흘리고 그러면서도 날갯죽지만 푸드득푸드득하고 올라 뛰고 뛰고 할 뿐으로 제법 한번 쪼아 보지도 못한다.

그러나 한번은 어쩐 일인지 용을 쓰고 펄쩍 뛰더니 발톱으로 눈을 하비고 내려오며 면두를 쪼았다. 큰 닭도 여기에는 놀랐는지 뒤로 멈씰하며 물러난다. 이 기회를 타서 작은 우리 수탉이 또 날쌔게 덤벼들어 다시 면두를 쪼니 그제서는 감때사나운(억세고 사나운) 그 대강이에서도 피가 흐르지 옷을 수 없었다.

옳다 알았다, 고추장만 먹이면 되는구나, 하고 나는 속으로 아주 쟁그라워(미운 사람의 실수를 보아 아주 고소해) 죽겠다. 그때에는 뜻밖에 내가 닭쌈을 붙여 놓는 데 놀라서 울 밖으로 내다보고 섰던 점순이도 입맛이 쓴지 눈살을 찌푸렸다.

나는 두 손으로 볼기짝을 두드리며 연방,

"잘한다! 잘한다!"

하고 신이 머리끝까지 뻗치었다.

그러나 얼마 되지 옷아서 나는 넋이 풀리어 기둥같이 묵묵히 서 있게 되었다. 왜냐하면 큰 닭이 한 번 쪼인 앙갚음으로 호들갑스레 연거푸 쪼는 서슬에 우리 수탉은 찔끔 못하고 막 곯는다. 이걸 보고서 이번에는 점순이가 깔깔거리고 되도록 이쪽에서 많이 들으라고 웃는 것이다.

나는 보다 못하여 덤벼들어서 우리 수탉을 붙들어 가지고 도로 집으로 들어왔다. 고추장을 좀 더 먹였더라면 좋았을걸, 너무 급하게 쌈을 붙인 것이 퍽 후회가 난다. 장독께로 돌아와서 다시 턱밑에 고추장을 들이댔다. 흥분으로 말미암아 그런지 당최 먹질 않는다.

나는 하릴없이 닭을 반듯이 누이고 그 입에다 궐련 물부리를 물리었다. 그리고 고추장 물을 타서 그 구멍으로 조금씩 들이부었다. 닭은 좀 괴로운지 킥킥하고 재채기를 하는 모양이나 그러나 당장의 괴로움은 매일같이 피를 흘리는 데 댈 게 아니라 생각하였다.

그러나 한 두어 종지가량 고추장 물을 먹이고 나서는 나는 고만 풀이 죽었다. 싱싱하던 닭이 왜 그런지 고개를 살며시 뒤틀고는 손아귀에서 빼드러지는 것이 아닌가. 아버지가 볼까 봐서 얼른 홰에다 감추어 두었더니 오늘 아침에서야 겨우 정신이 든 모양 같다.

그랬던 걸 이렇게 오다 보니까 또 쌈을 붙여 놓으니 이 망할 계집애가 필연 우리 집에 아무도 없는 틈을 타서 제가 들어와 홰에서 꺼내 가지고 나간 것이 분명하다.

나는 다시 닭을 잡아다 가두고 염려스러우나 그렇다고 산으로 나무를 하러 가지 않을 수도 없는 형편이었다.

소나무 삭정이를 따며 가만히 생각해 보니 암만해도 고년의 목쟁이를 돌려놓고 싶다. 이번에 내려가면 망할 년 등줄기를 한번 되게 후려치겠다 하고 싱둥겅둥 나무를 지고는 부리나케 내려왔다.

거지반(거의 절반 가까이) 집에 다 내려와서 나는 호드기(버들가지 껍질이나 밀짚으로 만든 피리의 일종) 소리를 듣고 발이 딱 멈추었다. 산기슭에 널려 있는 굵은 바윗돌 틈에 노란 동백꽃이 소보록하니 깔리었다.

그 틈에 끼어 앉아서 점순이가 청승맞게시리 호드기를 불고 있는 것이다. 그보다도 더 놀란 것은 그 앞에서 또 푸드득푸드득하고 들리는 닭의 횃소리다. 필연코 요년이 나의 약을 올리느라고 또 닭을 집어내다가 내가 내려올 길목에다 쌈을 시켜 놓고 저는 그 앞에 앉아서 천연스레 호드기를 불고 있음에 틀림없으리라.

나는 약이 오를 대로 다 올라서 두 눈에서 불과 함께 눈물이 퍽 쏟아졌다. 나무 지게도 벗어 놀 새 없이 그대로 내동댕이치고는 지게막대기를 뻗치고 허둥지둥 달려들었다.

가까이 와 보니 과연 나의 짐작대로 우리 수탉이 피를 흘리고 거의 빈사지경(瀕死地境 거의 죽게 된 지경)에 이르렀다. 닭도 닭이려니와 그러함에도 불구하고 눈 하나 깜짝 없이 고대로 앉아서 호드기만 부는 그 꼴에 더욱 치가 떨린다. 동리에서도 소문이 났거니와 나도 한때는 걱실걱실히(성질이 너그러워 말과 행동이 시원스럽게) 일 잘하고 얼굴 예쁜 계집애인 줄 알았더니 시방 보니까 그 눈깔이 꼭 여우 새끼 같다.

나는 대뜸 달려들어서 나도 모르는 사이에 큰 수탉을 단매로 때려 엎었다. 닭은 푹 엎어진 채 다리 하나 꼼짝 못하고 그대로 죽어 버렸다. 그리고 나는 멍하니 섰다가 점순이가 매섭게 눈을 홉뜨고 닥치는 바람에 뒤로 벌렁 나자빠졌다.

"이놈아! 너 왜 남의 닭을 때려죽이니?"

"그럼 어때?"

하고 일어나다가,

"뭐 이 자식아! 누 집 닭인데?"

하고 복장을 떼미는 바람에 다시 벌렁 자빠졌다. 그러고 나서 가만히 생각하니 분하기도 하고 무안스럽기도 하고 또 한편 일을 저질렀으니 인젠 땅이 떨어지고 집도 내쫓기고 해야 될는지 모른다. 나는 비슬비슬 일어나며 소맷자락으로 눈을 가리고는 얼김에 엉 하고 울음을 놓았다. 그러다 점순이가 앞으로 다가와서,

"그럼, 너 이담부턴 안 그럴 테냐?"

하고 물을 때에야 비로소 살길을 찾은 듯싶었다. 나는 눈물을 우선 씻고 뭘 안 그러는지 명색도 모르건만,

"그래!"

하고 무턱대고 대답하였다.

"요담부터 또 그래 봐라, 내 자꾸 못살게 굴 테니."

"그래 그래, 인젠 안 그럴 테야."

"닭 죽은 건 염려 마라. 내 안 이를 테니."

그리고 뭣에 떠밀렸는지 나의 어깨를 짚은 채 그대로 픽 쓰러진다. 그 바람에 나의 몸뚱이도 겹쳐서 쓰러지며 한창 피어 퍼드러진 노란 동백꽃 속으로 폭 파묻혀 버렸다.

알싸한 그리고 향긋한 그 냄새에 나는 땅이 꺼지는 듯이 온 정신이 고만

아찔하였다.

"너 말 마라?"

"그래!"

조금 있더니 요 아래서,

"점순아! 점순아! 이년이 바느질을 하다 말구 어딜 갔어?"

하고 어딜 갔다 온 듯싶은 그 어머니가 역정이 대단히 났다.

점순이가 겁을 잔뜩 집어먹고 꽃 밑을 살금살금 기어서 산 아래로 내려간 다음 나는 바위를 끼고 엉금엉금 기어서 산 위로 치빼지 않을 수 없었다.

메밀꽃 필 무렵

작가와 작품 세계

이효석(1907~1942)

호는 가산(可山). 강원도 평창에서 출생. 경성제1고등보통학교를 거쳐 경성제국대학 법문학부 영문과를 졸업했다. 1928년 〈조선지광〉에 단편 「도시와 유령」을 발표하면서 동반작가로 데뷔했다. 「행진곡」, 「기우」 등을 발표하면서 동반작가를 청산한다. 구인회(九人會)에 참여, 「돈(豚)」, 「수탉」 등 향토색이 짙은 작품을 발표했다. 이효석은 1933년 단편 「돈」을 발표하면서 초기의 신경향파 노선에서 벗어나 자연주의와 심미주의로 옮겨간다.

1934년 평양 숭실전문대학 교수가 된 후 「산」, 「들」 등 자연과의 교감을 수필적인 필체로 유려하게 묘사한 작품들을 발표했다. 1936년에는 한국 단편 소설의 걸작으로 꼽히는 「메밀꽃 필 무렵」을 발표했다. 그 후 서구적인 분위기를 풍기는 「장미 병들다」, 장편 『화분』 등을 통해 성 본능과 개방을 추구하는 작품을 선보였다. 이효석 문학의 핵심 모티브는 애욕의 예찬이다. 그의 에로티시즘은 자연주의와 마찬가지로 사회로부터의 도피라는 한계를 지닌다.

작품 정리

갈래: 순수 소설, 서정 소설

배경: 시간 - 1920년대 어느 여름날 낮에서 밤까지
공간 - 강원도 봉평에서 대화 장터로 가는 길

시점: 3인칭 전지적 작가 시점

주제: 떠돌이 삶의 애환과 혈육의 정

출전: 〈조광〉(1936)

구성과 줄거리

발단 허 생원이 충줏집에서 동이의 뺨을 때림

봉평의 어느 여름 장날. 여름장이라서 그런지 해가 중천인데 벌써 파장이다. 허 생원과 조 선달은 짐을 챙겨 충줏집으로 향한다. 허 생원은 그곳에서 여자들과 농지거리를 하고 있는 동이를 보고 까닭모를 화가 치밀어 따귀를 갈긴다. 허 생원은 별 대꾸 없이 물러가는 동이에게 미안한 생각을 가진다. 동네 각다귀들의 장난에 허 생원의 나귀가 놀라 날뛰는 것을 동이가 달려와 알려 준다.

전개 허 생원이 성 서방네 처녀와의 추억을 이야기함

세 사람은 대화장을 향해 길을 떠난다. 허 생원이 봉평장을 빠뜨린 적은 없다. 장에서 장으로 가는 아름다운 자연은 장돌뱅이 허 생원에게는 고향이나 다름없었다. 여자와는 인연이 먼 그에게도 잊을 수 없는 일이 한 번 있었다. 달밤의 분위기에 젖은 허 생원은 조 선달에게 그 이야기를 시작한다. 이렇게 달빛이 흐드러진 밤, 허 생원은 목욕을 하기 위해 옷을 벗으러 물방앗간에 들어갔다가 성 서방네 처녀와 마주친다. 그녀와 하룻밤을 함께 지낸 뒤 다시는 만나지 못했다는 것이다.

절정 동이가 자신의 어머니에 대해 이야기함

길을 가면서 허 생원은 동이에게 충줏집에서의 일을 사과한다. 동이도 자신의 이야기를 들려준다. 어머니가 달도 차기 전에 자신을 낳고 집에서 쫓겨나 아버지의 얼굴도 모르고 자랐다는 것이다. 그 이후 어머니는 술집을 하면서 의부와 함께 살았지만 자신은 망나니 같은 의부를 떠나 장을 떠돈다고 털어놓았다. 어머니의 고향이 봉평이라는 말도 듣게 된다. 허 생원이 개울을 건너다 물에 빠지자 동이가 업어서 건네준다. 등 위에서 어머니가 아비를 찾지 않느냐고 물어보니 동이는 늘 만나고 싶어 한다는 말을 한다.

결말 허 생원은 동이가 왼손잡이라는 점을 발견하고 놀람

다시 길을 떠난다. 허 생원은 내일 대화장을 보고는 동이의 어머니가 있다는 제천으로 가겠다고 말한다. 왼손잡이인 허 생원은 동이가 왼손으로 채찍을 드는 것을 보고 놀란다.

✎ 생각해 볼 문제

1. 나귀의 상징적 의미는 무엇인가?

허 생원과 불가분의 관계이며 정서적으로 융합되어 있다. 자연과 인간의 합일이라는 작가의 주제 의식과도 밀접한 관련을 맺는다. 장돌뱅이 생활 20년을 함께한 나귀는 허 생원과 외모와 신세가 비슷한 것으로 설정되어 있다.

2. 허 생원에게 성 서방네 처녀는 어떤 의미를 지니고 있는가?

허 생원은 젊었을 때 봉평에 있는 어느 물방앗간에서 성 서방네 처녀와 우연히 만나 하룻밤을 지낸 뒤 다시는 그녀를 만나지 못한다. 평생 홀아비로 지낸 허 생원에게 성 서방네 처녀는 마음속에 자리한 구원의 여인으로서 정신적 위안을 삼는 대상이 된다.

3. 이 소설의 배경 중 달밤, 개울, 산길은 어떤 기능을 하고 있는가?

· 달밤은 서정적이고 신비로운 분위기를 연출하고, 성씨네 처녀와의 인연을 환기시켜 주는 역할을 한다.
· 개울은 허 생원과 동이가 혈육임을 암시해 주는 공간이다. 허 생원이 물에 흠뻑 젖은 채 동이의 등에 업혀 육체적 교감을 나누는 것은 혈육의 정을 암시한다.
· 산길은 장돌뱅이 삶의 행로를 상징적으로 이미지화한다.

4. 동이가 왼손잡이라는 사실은 무엇을 암시하는가?

허 생원과 동이가 부자간이라는 사실을 드러낸다. 과학적으로 왼손잡이가 유전되는 것은 아니지만, 허 생원은 여러 정황을 토대로 동이가 아들임을 확신한다.

인물 관계도

장돌뱅이인 저(허 생원)는 조 선달, 동이와 함께 봉평 장에서 대화 장으로 이동했어요. 달밤에 메밀밭을 지나니 봉평에서 있었던 성 서방네 처녀와의 추억이 자연스레 떠오르더군요. 물방앗간에서의 하룻밤 인연이었지만요. 길을 가면서 동이 어머니의 친정도 봉평이라는 이야기를 들었어요. 그런데 동이도 저처럼 왼손잡이더라고요.

메밀꽃 필 무렵

여름 장이란 애시당초에 글러서, 해는 아직 중천에 있건만 장판은 벌써 쓸쓸하고 더운 햇발이 벌여 놓은 전(廛 물건을 벌여 놓고 파는 곳) 휘장 밑으로 등줄기를 훅훅 볶는다. 마을 사람들은 거지반 돌아간 뒤요, 팔리지 못한 나무꾼 패가 길거리에 궁싯거리고(어찌할 바를 몰라 이리저리 머뭇거리고)들 있으나 석유병이나 받고 고기 마리나 사면 족할 이 축들을 바라고 언제까지든지 버티고 있을 법은 없다. 춥춥스럽게(보기에 너절하고 염치없는 데가 있게) 날아드는 파리 떼도 장난꾼 각다귀(짐승의 피를 빨아먹고 사는 모기과의 곤충. 여기서는 장난꾸러기 아이들을 가리킴)들도 귀찮다. 얼금뱅이(얼굴이 얼금얼금 얽은 사람을 낮잡아 이르는 말)요 왼손잡이인 드팀전(온갖 피륙을 팔던 가게)의 허 생원은 기어코 동업의 조 선달을 낚구어 보았다.

"그만 거둘까?"

"잘 생각했네. 봉평 장에서 한번이나 흐뭇하게 사 본 일 있을까. 내일 대화 장에서나 한몫 벌어야겠네."

"오늘 밤은 밤을 새서 걸어야 될걸?"

"달이 뜨렷다?"

절렁절렁 소리를 내며 조 선달이 그날 산(물건을 팔아서 바꾼) 돈을 따지는 것을 보고 허 생원은 말뚝에서 넓은 휘장을 걷고 벌여 놓았던 물건을 거두기 시작하였다. 무명필과 주단바리가 두 고리짝에 꼭 찼다. 멍석 위에는 천 조각이 어수선하게 남았다.

다른 축들도 벌써 거진 전들을 걷고 있었다. 약빠르게 떠나는 패도 있었다. 어물 장수도, 땜장이도, 엿장수도, 생강 장수도 꼴들이 보이지 않았다. 내일은 진부와 대화에 장이 선다. 축들은 그 어느 쪽으로든지 밤을 새며 육칠십 리 밤길을 타박거리지 않으면 안 된다. 장판은 잔치 뒷마당같이 어수선하게 벌어지고, 술집에는 싸움이 터져 있었다. 주정꾼 욕지거리에 섞여 계집의 앙칼진 목소리가 찢어졌다. 장날 저녁은 정해 놓고 계집의 고함 소리로 시작되는 것이다.

"생원, 시침을 떼두 다 아네…… 충줏집 말야."

계집 목소리로 문득 생각난 듯이 조 선달은 비죽이 웃는다.

"화중지병(畵中之餠 그림의 떡)이지. 연소패(연소배. 나이가 어린 무리)들을 적수로 하구야 대거리(상대편에게 맞서서 대듦. 또는 그런 말이나 행동)가 돼야 말이지."

"그렇지두 않을걸. 축들이 사족을 못 쓰는 것두 사실은 사실이나, 아무리 그렇다군 해두 왜 그 동이 말일세, 감쪽같이 충줏집을 후린 눈치거든."

"무어, 그 애숭이가? 물건 가지구 나꾸었나 부지. 착실한 녀석인 줄 알았더니."

"그 길만은 알 수 있나…… 궁리 말구 가 보세나그려. 내 한턱 씀세."

그다지 마음이 당기지 않는 것을 쫓아갔다. 허 생원은 계집과는 연분이 멀었다. 얼금뱅이 상판을 쳐들고 대어 설 숫기도 없었으나 계집 편에서 정을 보낸 적도 없었고, 쓸쓸하고 뒤틀린 반생이었다. 충줏집을 생각만 하여도 철없이 얼굴이 붉어지고 발밑이 떨리고 그 자리에 소스라쳐 버린다. 충줏집 문을 들어서서 술좌석에서 짜장 동이를 만났을 때에는 어찌된 서슬엔지 발끈 화가 나 버렸다. 상 위에 붉은 얼굴을 쳐들고 제법 계집과 농탕치는 것을 보고서야 견딜 수 없었던 것이다. 녀석이 제법 난질꾼(술과 여자에 빠져 행실이 바르지 못한 사람)인데 꼴사납다. 머리에 피도 안 마른 녀석이 낮부터 술 처먹고 계집과 농탕이야. 장돌뱅이 망신만 시키고 돌아다니누나. 그 꼴에 우리들과 한몫 보자는 셈이지.

동이 앞에 막아서면서부터 책망이었다. 걱정두 팔자요 하는 듯이 빤히 쳐다보는 상기된 눈망울에 부딪칠 때, 얼결 김에 따귀를 하나 갈겨 주지 않고는 배길 수 없었다. 동이도 화를 쓰고 팩하고 일어서기는 하였으나, 허 생원은 조금도 동색하는 법 없이 마음먹은 대로는 다 지껄였다.

"어디서 주워 먹은 선머슴인지는 모르겠으나, 네게도 아비 어미 있겠지. 그 사나운 꼴 보면 맘 좋겠다. 장사란 탐탁하게 해야 되지, 계집이 다 무어야. 나가거라, 냉큼 꼴 치워."

그러나 한마디도 대거리하지 않고 하염없이 나가는 꼴을 보려니, 도리어 측은히 여겨졌다. 아직두 서름서름한 사인데 너무 과하지 않았을까 하고 마음이 섬뜩해졌다.

"주제도 넘지, 같은 술손님이면서두 아무리 젊다구 자식 낳게 된 것을 붙들고 치고 닦아 셀 것은 무어야 원."

충줏집은 입술을 쫑긋하고 술 붓는 솜씨도 거칠었으나, 젊은 애들한테는 그것이 약이 된다나 하고 그 자리는 조 선달이 얼버무려 넘겼다.

"너 녀석한테 반했지? 애숭이를 빨면 죄 된다."

한참 법석을 친 후이다. 담도 생긴 데다가 웬일인지 흠뻑 취해 보고 싶은 생각도 있어서 허 생원은 주는 술잔이면 거의 다 들이켰다. 거나해짐을 따라 계집 생각보다도 동이의 뒷일이 한결같이 궁금해졌다. 내 꼴에 계집을 가로채서는 어떡헐 작정이었누 하고 어리석은 꼬락서니를 모질게 책망하는 마음도 한편에 있었다. 그렇기 때문에 얼마나 지난 뒤인지 동이가 헐레벌떡거리며 황급히 부르러 왔을 때에는, 마시던 잔을 그 자리에 던지고 정신없이 허덕이며 충줏집을 뛰어나간 것이다.

"생원 당나귀가 바(볏짚이나 삼으로 세 가닥을 꼬아 만든 줄)를 끊구 야단이에요."

"각다귀들 장난이지, 필연코."

짐승도 짐승이려니와 동이의 마음씨가 가슴을 울렸다. 뒤를 따라 장판을 달음질하려니 거슴츠레한 눈이 뜨거워질 것 같다.

"부락스런 녀석들이라 어쩌는 수 있어야죠."

"나귀를 몹시 구는 녀석들은 그냥 두지는 않을걸."

반평생을 같이 지내온 짐승이었다. 같은 주막에서 잠자고, 같은 달빛에 젖으면서 장에서 장으로 걸어 다니는 동안에 이십 년의 세월이 사람과 짐승을 함께 늙게 하였다. 까스러진(잔털 따위가 거칠게 일어난) 목 뒤 털은 주인의 머리털과도 같이 바스러지고, 개진개진 젖은 눈은 주인의 눈과 같이 눈곱을 흘렸다. 몽당비처럼 짧게 쓸리운 꼬리는, 파리를 쫓으려고 기껏 휘저어 보아야 벌써 다리까지는 닿지 않았다. 닳아 없어진 굽을 몇 번이나 도려내고 새 철을 신겼는지 모른다. 굽은 벌써 더 자라나기는 틀렸고 닳아 버린 철 사이로는 피가 빼짓이 흘렀다. 냄새만 맡고도 주인을 분간하였다. 호소하는 목소리로 야단스럽게 울며 반겨 한다.

어린아이를 달래듯이 목덜미를 어루만져 주니 나귀는 코를 벌름거리고 입을 투르르거렸다. 콧물이 튀었다. 허 생원은 짐승 때문에 속도 무던히는 썩었다. 아이들의 장난이 심한 눈치여서 땀 배인 몸뚱어리가 부들부들 떨리고 좀체 흥분이 식지 않는 모양이었다. 굴레가 벗어지고 안장도 떨어졌다. 요 몹쓸 자식들, 하고 허 생원은 호령을 하였으나 패들은 벌써 줄행랑을 논 뒤요 몇 남지 않은 아이들이 호령에 놀라 비슬비슬 멀어졌다.

"우리들 장난이 아니우. 암놈을 보고 저 혼자 발광이지."

코흘리개 한 녀석이 멀리서 소리를 쳤다.

"고 녀석 말투가……."

"김 첨지 당나귀가 가 버리니까 온통 흙을 차고 거품을 흘리면서 미친 소같이 날뛰는걸. 꼴이 우스워 우리는 보고만 있었다우. 배를 좀 보지."

아이는 앵돌아진 투로 소리를 치며 깔깔 웃었다. 허 생원은 모르는 결에 낯이 뜨거워졌다. 뭇시선을 막으려고 그는 짐승의 배 앞을 가리어 서지 않으면 안 되었다.

"늙은 주제에 암샘(짐승의 발정기에 수컷이 암컷에게 끌리는 본능적인 행동)을 내는 셈이야. 저놈의 짐승이."

아이의 웃음소리에 허 생원은 주춤하면서 기어코 견딜 수 없어 채찍을 들더니 아이를 쫓았다.

"쫓으려거든 쫓아 보지. 왼손잡이가 사람을 때려."

줄달음에 달아나는 각다귀에는 당하는 재주가 없었다. 왼손잡이는 아이 하나도 후릴 수 없다. 그만 채찍을 던졌다. 술기도 돌아 몸이 유난스럽게 화끈거렸다.

"그만 떠나세. 녀석들과 어울리다가는 한이 없어. 장판의 각다귀들이란 어른보다도 더 무서운 것들인걸."

조 선달과 동이는 각각 제 나귀에 안장을 얹고 짐을 싣기 시작하였다. 해가 꽤 많이 기울어진 모양이었다.

드팀전 장돌림을 시작한 지 이십 년이나 되어도 허 생원은 봉평 장을 빼논 적은 드물었다. 충주, 제천 등의 이웃 군에도 가고, 멀리 영남 지방도 헤매기는 하였으나 강릉쯤에 물건하러 가는 외에는 처음부터 끝까지 군내를 돌아다녔다. 닷새만큼씩의 장날에는 달보다도 확실하게 면에서 면으로 건너간다. 고향이 청주라고 자랑삼아 말하였으나 고향에 돌보러 간 일도 있는 것 같지는 않았다. 장에서 장으로 가는 길의 아름다운 강산이 그대로 그에게는 그리운 고향이었다. 반날 동안이나 뚜벅뚜벅 걷고 장터 있는 마을에 거지반 가까워졌을 때 거친 나귀가 한바탕 우렁차게 울면(더구나 그것이 저녁녘이어서 등불들이 어둠 속에 깜박거릴 무렵이면) 늘 당하는 것이건만 허 생원은 변치 않고 언제든지 가슴이 뛰놀았다.

젊은 시절에는 알뜰하게 벌어 돈푼이나 모아 본 적도 있기는 있었으나, 읍내에 백중(百中 백중날. 음력 칠월 보름날)이 열린 해, 호탕스럽게 놀고 투전을 하고 하여 사흘 동안에 다 털려 버렸다. 나귀까지 팔게 된 판이었으나 애끓는 정분에 그것만은 이를 물고 단념하였다. 결국 도로아미타불로 장돌림을 다시 시작할 수밖에는 없었다. 짐승을 데리고 읍내를 도망해 나왔을 때에는 너를 팔지 않기 다행이었다고 길가에서 울면서 짐승의 등을 어루만졌던 것이었다. 빚을 지기 시작하니 재산을 모을 염(念 무엇을 하려고 하는 생각이나 마음)은 당초에 틀리고 간신히 입에 풀칠을 하러 장에서 장으로 돌아다니게 되었다.

호탕스럽게 놀았다고는 하여도 계집 하나 후려 보지는 못하였다. 계집이란 쌀쌀하고 매정한 것이었다. 평생 인연이 없는 것이라고 신세가 서글퍼졌다. 일신에 가까운 것이라고는 언제나 변함없는 한 필의 당나귀였다.

그렇다고는 하여도 꼭 한 번의 첫 일을 잊을 수는 없었다. 뒤에도 처음에도 없는 단 한 번의 괴이한 인연! 봉평에 다니기 시작한 젊은 시절의 일이었으나 그것을 생각할 적만은 그도 산 보람을 느꼈다.

"달밤이었으나 어떻게 해서 그렇게 됐는지 지금 생각해도 도무지 알 수 없어."

허 생원은 오늘 밤도 또 그 이야기를 끄집어내려는 것이다. 조 선달은 친구가 된 이래 귀에 못이 박히도록 들어왔다. 그렇다고 싫증을 낼 수도 없었으나 허 생원은 시치미를 떼고 되풀이할 대로는 되풀이하고야 말았다.

"달밤에는 그런 이야기가 격에 맞거든."

조 선달 편을 바라는 보았으나 물론 미안해서가 아니라 달빛에 감동하여서였다. 이지러는 졌으나 보름을 갓 지난 달은 부드러운 빛을 흐뭇이 흘리고 있다. 대화까지는 팔십 리의 밤길, 고개를 둘이나 넘고 개울을 하나 건너고 벌판과 산길을 걸어야 된다. 길은 지금 긴 산허리에 걸려 있다. 밤중을 지난 무렵인지 죽은 듯이 고요한 속에서 짐승 같은 달의 숨소리가 손에 잡힐 듯이 들리며, 콩 포기와 옥수수 잎새가 한층 달에 푸르게 젖었다. 산허리는 온통 메밀밭이어서 피기 시작한 꽃이 소금을 뿌린 듯이 흐뭇한 달빛에 숨이 막힐 지경이다. 붉은 대궁이 향기같이 애잔하고 나귀들의 걸음도 시원하다. 길이 좁은 까닭에 세 사람은 나귀를 타고 외줄로 늘어섰다. 방울 소리가 시원스럽게 딸랑딸랑 메밀밭께로 흘러간다. 앞장선 허 생원의 이야기 소리는 꽁무니에 선 동이에게는 확적히는 안 들렸으나, 그는 그대로 개운한 제멋에 적적하지는 않았다.

"장이 선 꼭 이런 날 밤이었네. 객줏집 토방이란 무더워서 잠이 들어야지. 밤중은 돼서 혼자 일어나 개울가에 목욕하러 나갔지. 봉평은 지금이나 그제나 마찬가지지. 보이는 곳마다 메밀밭이어서 개울가나 어디 없이 하얀 꽃이야. 돌밭에 벗어도 좋을 것을, 달이 너무나 밝은 까닭에 옷을 벗으러 물방앗간으로 들어가지 않았나. 이상한 일도 많지. 거기서 난데없는 성 서방네 처녀와 마주쳤단 말이네. 봉평서야 제일가는 일색이었지……."

"팔자에 있었나 부지."

아무렴 하고 응답하면서 말머리를 아끼는 듯이 한참이나 담배를 빨 뿐이었다. 구수한 자줏빛 연기가 밤기운 속에 흘러서는 녹았다.

"날 기다린 것은 아니었으나 그렇다고 달리 기다리는 놈팽이가 있는 것두 아니었네. 처녀는 울고 있단 말야. 짐작은 대고 있으나 성 서방네는 한참 어려워서 들고날 판인 때였지. 한집안 일이니 딸에겐들 걱정이 없을 리 있겠나? 좋은 데만 있으면 시집도 보내련만 시집은 죽어도 싫다지……. 그러나 처녀란 울 때같이 정을 끄는 때가 있을까. 처음에는 놀라기도 한 눈치였으나 걱정 있을 때는 누그러지기도 쉬운 듯해서 이럭저럭 이야기가 되었네……. 생각하면 무섭고도 기막힌 밤이었어."

"제천인지로 줄행랑을 놓은 건 그다음 날이렷다."

"다음 장도막(장날과 장날 사이의 동안)에는 벌써 온 집안이 사라진 뒤였네. 장판은 소문에 발끈 뒤집혀 고작해야 술집에 팔려가기가 상수라고 처녀의 뒷공론이 자자들 하단 말이야. 제천 장판을 몇 번이나 뒤졌겠나. 허나 처녀의 꼴은 꿩 구워 먹은 자리야(일을 감쪽같이 처리해 흔적도 남지 않을 때 이르는 말). 첫날밤이 마지막 밤이었지. 그때부터 봉평이 마음에 든 것이 반평생을 두고 다니게 되었네. 반평생인들 잊을 수 있겠나."

"수 좋았지. 그렇게 신통한 일이란 쉽지 않어. 항용(恒用 흔히 늘) 못난 것 얻어 새끼 낳고, 걱정 늘고 생각만 해두 진저리가 나지……. 그러나 늘그막바지까지 장돌뱅이로 지내기도 힘든 노릇 아닌가? 난 가을까지만 하구 이 생계와두 하직하려네. 대화쯤에 조그만 전방이나 하나 벌이구 식구들을 부르겠어. 사시장천 뚜벅뚜벅 걷기란 여간이래야지."

"옛 처녀나 만나면 같이나 살까……. 난 거꾸러질 때까지 이 길 걷고 저 달 볼 테야."

산길을 벗어나니 큰길로 틔어졌다. 꽁무니의 동이도 앞으로 나서 나귀들은 가로 늘어섰다.

"총각두 젊겠다, 지금이 한창 시절이렷다. 충줏집에서는 그만 실수를 해서 그 꼴이 되었으나 설게 생각 말게."

"처, 천만에요. 되려 부끄러워요. 계집이란 지금 웬 제격인가요. 자나 깨나 어머니 생각뿐인데요."

허 생원의 이야기로 실심(失心 근심 걱정으로 맥이 빠지고 마음이 산란하여짐)해 한 끝이라 동이의 어조는 한풀 수그러진 것이었다.

"아비 어미란 말에 가슴이 터지는 것도 같았으나 제겐 아버지가 없어요. 피붙이라고는 어머니 하나뿐인걸요."

"돌아가셨나?"

"당초부터 없어요."

"그런 법이 세상에……."

생원과 선달이 야단스럽게 껄껄들 웃으니, 동이는 정색하고 우길 수밖에는 없었다.

"부끄러워서 말하지 않으려 했으나 정말예요. 제천 촌에서 달도 차지 않은 아이를 낳고 어머니는 집을 쫓겨났죠. 우스운 이야기나, 그러기 때문에 지금까지 아버지 얼굴도 본 적 없고, 있는 고장도 모르고 지내와요."

고개가 앞에 놓인 까닭에 세 사람은 나귀를 내렸다. 둔덕은 험하고 입을 벌리기도 대근하여(견디기 힘들어) 이야기는 한동안 끊겼다. 나귀는 건듯하면 미끄러졌다. 허 생원은 숨이 차 몇 번이고 다리를 쉬지 않으면 안 되었다. 고개를 넘을 때마다 나이가 알렸다. 동이 같은 젊은 축이 그지없이 부러웠다. 땀이 등을 한바탕 쪽 씻어 내렸다.

고개 너머는 바로 개울이었다. 장마에 흘러 버린 널다리가 아직도 걸리지 않은 채로 있는 까닭에 벗고 건너야 되었다. 고의를 벗어 띠로 등에 얽어매고 반 벌거숭이의 우스꽝스런 꼴로 물속에 뛰어들었다. 금방 땀을 흘린 뒤였으나 밤물은 뼈를 찔렀다.

"그래 대체 기르긴 누가 기르구?"

"어머니는 하는 수 없이 의부를 얻어 가서 술장사를 시작했죠. 술이 고주(고주망태)래서 의부라고 전(완전히) 망나니예요. 철들어서부터 맞기 시작한 것이 하룬들 편한 날 있었을까. 어머니는 말리다가 채이고 맞고 칼부림을 당하고 하니 집 꼴이 무어겠소. 열여덟 살 때 집을 뛰쳐나서부터 이 짓이죠."

"총각 낫세론 심이 무던하다고 생각했더니 듣고 보니 딱한 신세로군."

물은 깊어 허리까지 찼다. 속 물살도 어지간히 센 데다가 발에 차이는 돌멩이도 미끄러워 금시에 훌칠 듯하였다(물체가 바람 따위를 받아서 휘우듬하게 쏠리다). 나귀와 조 선달은 재빨리 거의 건넜으나 동이는 허 생원을 붙드느라고 두 사람은 훨씬 떨어졌다.

"모친의 친정은 원래부터 제천이었던가?"

"웬걸요. 시원스레 말은 안 해 주나 봉평이라는 것만은 들었죠."

"봉평, 그래 그 아비 성은 무엇이구?"

"알 수 있나요. 도무지 듣지를 못했으니까."

"그, 그렇겠지."

하고 중얼거리며 흐려지는 눈을 까물까물하다가 허 생원은 경망하게도 발을 빗디디었다. 앞으로 고꾸라지기가 바쁘게 몸째 풍덩 빠져 버렸다. 허우적거릴수록 몸을 걷잡을 수 없어 동이가 소리를 치며 가까이 왔을 때에는 벌써 퍽이나 흘렀었다. 옷째 쫄딱 젖으니 물에 젖은 개보다도 참혹한 꼴이었다. 동이는 물속에서 어른을 해깝게('가볍게'의 방언) 업을 수 있었다. 젖었다고는 하여도 여윈 몸이라 장정 등에는 오히려 가벼웠다.

"이렇게까지 해서 안됐네. 내 오늘은 정신이 빠진 모양이야."

"염려하실 것 없어요."

"그래 모친은 아비를 찾지는 않는 눈치지?"

"늘 한 번 만나고 싶다고는 하는데요."

"지금 어디 계신가?"

"의부와도 갈라져 제천에 있죠. 가을에는 봉평에 모셔 오려고 생각 중인데요. 이를 물고 벌면 이럭저럭 살아갈 수 있겠죠."

"아무렴, 기특한 생각이야. 가을이랬다?"

동이의 탐탁한 등어리가 뼈에 사무쳐 따뜻하다. 물을 다 건넜을 때에는 도리어 서글픈 생각에 좀 더 업혔으면서도 하였다.

"진종일 실수만 하니 웬일이요, 생원."

조 선달이 바라보며 기어코 웃음이 터졌다.

"나귀야. 나귀 생각하다 실족을 했어. 말 안 했던가. 저 꼴에 제법 새끼를 얻었단 말이지. 읍내 강릉집 피마(성장한 암말)에게 말일세. 귀를 쫑긋 세우고 달랑달랑 뛰는 것이 나귀새끼같이 귀여운 것이 있을까. 그것 보러 나는 일부러 읍내를 도는 때가 있다네."

"사람을 물에 빠뜨릴 젠, 딴은 대단한 나귀새끼군."

허 생원은 젖은 옷을 웬만큼 짜서 입었다. 이가 덜덜 갈리고 가슴이 떨리며 몹시도 추웠으나 마음은 알 수 없이 둥실둥실 가벼웠다.

"주막까지 부지런히들 가세나. 뜰에 불을 피우고 훗훗이(훈훈하게) 쉬어. 나귀에겐 더운 물을 끓여 주고, 내일 대화 장 보고는 제천이다."

"생원도 제천으로……?"

"오래간만에 가 보고 싶어. 동행하려나, 동이?"

나귀가 걷기 시작하였을 때, 동이의 채찍은 왼손에 있었다. 오랫동안 아둑시니(어둑시니. 어둠의 귀신) 같이 눈이 어둡던 허 생원도 요번만은 동이의 왼손잡이가 눈에 띄지 않을 수 없었다.

걸음도 해깝고 방울 소리가 밤 벌판에 한층 청청하게 울렸다.

달이 어지간히 기울어졌다.

산

작품 정리

작가: 이효석(298쪽 '작가와 작품 세계' 참조)
갈래: 서정 소설, 순수 소설
배경: 시간 - 가을 / 공간 - 산(山)
시점: 3인칭 전지적 작가 시점
주제: 자연과 더불어 사는 소박한 삶의 추구
출전: 〈삼천리〉(1936)

구성과 줄거리

발단 **자연의 아름다움에 빠진 중실은 산 생활에 만족함**

머슴살이를 하다 쫓겨난 중실은 온갖 잡목에 묻혀 자신이 나무가 된 것 같은 느낌을 가진다.

전개 **머슴살이를 하다 쫓겨난 중실은 산으로 들어감**

중실은 김 영감의 첩을 건드렸다는 의심을 받아 머슴살이 7년 만에 쫓겨난다. 아무 잘못도 없는데 쫓겨난 그는 마을 사람이 싫어져 빈 지게를 지고 산으로 들어간다. 넓은 산은 자신을 배반할 것 같지 않았기 때문이다. 그는 벌꿀과 불에 타 죽은 노루로 여러 날을 견딘다.

위기 **마을에 내려온 중실은 자연이 그리워 다시 산으로 향함**

그는 나무를 팔고 소금, 감자 등을 구하기 위해 장에 내려왔다가 김 영감의 첩이 면 서기 최씨와 줄행랑을 쳤다는 소식을 듣는다. 그는 김 영감을 위로해 주고 싶었으나 자연이 그리워 다시 산으로 올라간다.

결말 **이웃집 용녀를 생각하며 잠을 청함**

중실은 이웃집 용녀를 산으로 데리고 와 오두막집을 짓고 감자밭을 일구며 염소, 돼지, 닭을 칠 것을 상상해 본다. 그는 낙엽을 잠자리로 삼아 잠을 청한다. 중실은 별을 헤면서 제 몸이 스스로 별이 됨을 느낀다.

생각해 볼 문제

1. 이 작품에서 인간 세상과 대비되고 있는 '산'은 어떤 의미를 지니는가?

중실은 시끌벅적하고 어수선한 마을과 장터에서의 생활에 회의를 느끼고 산으로 도망친다. 자연과 일체가 된 중실에게 산은 무조건 좋은 곳이지만 삶의 터전으로서의 자연이란 있을 수 없다. 산, 즉 자연이란 각박한 현실의 일시적 도피처에 지나지 않는다. 중실은 산에서 생활하면서도 생활필수품을 구하기 위해 장터로 내려온다. 중실의 산 생활은 결국 마을을 기반으로 하는 것이다. 도시의 삶에 고달픔을 느끼는 현대인은 전원생활을 동경하지만 공동체적 기반에서 벗어난 전원생활은 있을 수 없다.

2. 자연에 애착을 지닌 중실이 용녀를 떠올리는 것은 어떤 의미인가?

중실은 산속에서 행복한 생활을 하는 가운데 용녀라는 여자를 떠올린다. 남녀의 본능적 사랑은 자연애의 일부일 수도 있지만 평범한 인간살이에 대한 욕망이라고 볼 수도 있다. 용녀는 '거리의 살림'에 길들여진 여자이기 때문이다. 중실은 산을 사랑하되 마을과 일정한 관계를 가질 수밖에 없는 모순을 안고 있다.

3. 이 작품이 엄밀한 의미에서 소설이라고 보기 힘든 이유는 무엇인가?

이 소설은 시적인 소설이란 평가를 받을 정도로 세련된 언어를 구사한다. 작가는 아름답고 신비한 산속 풍경을 섬세하게 묘사함으로써 자연과의 동화라는 독특한 문학 세계를 보여 준다. 다만 이효석 문학에서 자연은 인간이 의지해야 할 대상이 아니라 일시적 위안을 주는 도피처라는 한계를 지니고 있다. 이 작품은 수필적인 서정의 세계를 중실이라는 등장인물을 빌려서 소설이란 그릇에 담았을 뿐이므로 엄밀한 의미에서 소설이라고 보기에는 무리가 있다.

인물 관계도

저(중실)는 김 영감의 첩을 건드렸다는 의심을 받아 머슴살이 7년 만에 쫓겨났어요. 마을 사람들도 싫어져 산으로 들어갔지요. 마을에 내려갔다가 김 영감의 첩과 최 서기가 도망쳤다는 말을 들었어요. 김 영감을 위로해 주고 싶었지만 다시 산으로 돌아왔지요. 해가 지니 이웃집 용녀가 생각나네요. 산으로 데리고 와 알콩달콩 같이 살고 싶어요.

산

나무하던 손을 쉬고 중실은 발밑의 깨금나무 포기를 들쳤다. 지천으로 떨어지는 깨금알이 손안에 오르르 들었다. 익을 대로 익은 제철의 열매가 어금니 사이에서 오도독 두 쪽으로 갈라졌다.

돌을 집어던지면 깨금알같이 오도독 깨어질 듯한 맑은 하늘, 물고기 등같이 푸르다. 높게 뜬 조각구름 떼가 해변에 뿌려진 조개껍질같이 유난스럽게도 한편에 올망졸망 몰려들 있다. 높은 산등이라 하늘이 가까우련만 마을에서 볼 때와 일반으로 멀다. 구만 리일까, 십만 리일까? 골짜기에서의 생각으로는 산기슭에만 오르면 만져질 듯하던 것이 산허리에 나서면 단번에 구만 리를 내빼는 가을 하늘.

산속의 아침나절은 졸고 있는 짐승같이 막막은 하나 숨결이 은근하다. 휘엿한 산등은 누워 있는 황소의 등어리요, 바람결도 없는데, 쉴 새 없이 파르르 나부끼는 사시나무 잎새는 산의 숨소리다. 첫눈에 띄는 하아얗게 분장한 자작나무는 산속의 일색. 아무리 단장한 대야 사람의 살결이 그렇게 흴 수 있을까? 수북 들어선 나무는 마을의 인총보다도 많고 사람의 성보다도 종자가 흔하다. 고요하게 무럭무럭 걱정 없이 잘들 자란다. 산오리나무, 물오리나무, 가락나무, 참나무, 졸참나무, 박달나무, 사스레나무, 떡갈나무, 무치나무, 물가리나무, 싸리나무, 고로쇠나무. 골짜기에는 신나무, 아그배나무, 갈매나무, 개옻나무, 엄나무. 산등에 간간이 섞여 어느 때나 푸르고 향기로운 소나무, 잣나무, 전나무, 노간주나무 — 걱정 없이 무럭무럭 잘들 자라는 — 산속은 고요하나 웅성한 아름다운 세상이다. 과실같이 싱싱한 기운과 향기, 나무 향기, 흙냄새, 하늘 향기, 마을에서는 찾아볼 수 없는 향기다.

낙엽 속에 파묻혀 앉아 깨금을 알뜰이 바수는 중실은, 이제 새삼스럽게 그 향기를 생각하고 나무를 살피고 하늘을 바라보는 것이 아니었다. 그런 것은 한데 합쳐 몸에 함빡 젖어 들어 전신을 가지고 모르는 결에 그것을 느낄 뿐이다. 산과 몸이 빈틈없이 한데 얼린 것이다. 눈에는 어느 결엔지 푸른 하늘이 물들었고 피부에는 산 냄새가 배었다. 바심할 때의 짚북데기(얼크러진 볏짚의 뭉텅이)보다도 부드러운 나뭇잎 — 여러 자 깊이로 쌓이고 쌓인 깨금잎, 가락잎, 떡갈잎의 부드러운 보료 — 속에 몸을 파묻고 있으면 몸뚱어리가 마치 땅에서 솟아난 한 포기의 나무와도 같은 느낌이다. 소나무, 참나무, 총중(叢中 떨기 가운데. 많은 사람 가운데)의 한 대의 나무다. 두 발은 뿌리요, 두 팔은 가지다. 살을 베면 피 대신에 나뭇진이 흐를 듯하다. 잠자코 서 있는 나무들의 주고받은 은근한 말을, 나뭇가지의 고갯짓하는 뜻을, 나뭇잎의 소곤거리는 속심을 총중의 한 포기로서 넉넉히 짐작할 수 있다. 해가 뛸 때에 즐거워하고, 바람 불 때에 농탕(弄蕩 남녀가 음탕한 소리와 난잡한 행동으로 놀아 대는 것)치고, 날 흐릴 때 얼굴을 찡그리는 나무들의 풍속과 비밀을 역력히 번역해 낼 수 있다. 몸은 한 포기의 나무다. 별안간 부드득 솟아오르는 힘을 느끼고 중실은 벌떡 뛰어 일어났다. 쭉 펴는 네 활개에 힘이 뻗쳐 금시에 그대로 하늘에라도 오를 듯싶었다. 넘치는 힘을 보낼 곳 없어 할 수 없이 입을 크게 벌리고 하늘이 울려라 고함을 쳤다. 땅에서 솟는 산정기의 힘찬 단순한 목소리다. 산이 대답하고 나뭇가지가 고갯짓한다. 또 하나 그 소리에 대답한 것은 맞은편 산허리에서 불시에 푸드덕 날아 뜨는 한 자웅의 꿩이었다. 살찐 까투리의 꽁지를 물고 나는 장끼의 오색 날개가 맑은 하늘에 찬란하게 빛났다.

살찐 꿩을 보고 중실은 문득 배가 허출함을 깨달았다. 아래편 골짜기 개울 옆에 간직하여 둔 노루 고기와 가랑잎 새에 싸 둔 개꿀이 있음을 생각하고 다시 낫을 집어 들었다. 첫 참 때까지에는 한 점은 채워 놓아야 파장되기 전에 읍내에 다다르겠고, 팔아 가지고는 어둡기 전에 다시 산으로 돌아와야 할 것이다. 한참 쉰 뒤라 팔에는 기운이 남았다. 버스럭거리는 나뭇잎 소리가 품 안에 요란하고 맑은 기운이 몸을 한바탕 멱 감긴 것 같다. 산은 마을보다 몇 곱절 살기가 좋은가. 산에 들어오기를 잘했다고 중실은 생각하였다.

세상에 머슴살이같이 잇속 적은 생업은 없다.

싸우려고 싸운 것이 아니라 김 영감 편에서 투정을 건 셈이다. 지금 와 보면 처음부터 쫓아낼 의사였던 것이 확실하다. 중실은 머슴 산 지 칠 년에 아무것도 쥔 것 없이 맨주먹으로 살던 집을 쫓겨났다. 원통은 하였으나 애통하지는 않았다.

해마다 사경을 또박또박 받아 본 일 없다. 옷 한 벌 버젓하게 얻어 입은 적 없다. 명절에는 놀이할 돈도 푼푼이 없이 늘 개 보름 쇠듯 하였다. 장가들이고 집 사고 살림을 내준다는 것도 헛소리였다. 첩을 건드렸다는 생뚱(앞뒤가 서로 맞지 않고 엉뚱함) 같은 다짐이었으나, 그것은 처음부터 계책한 억지요, 졸색의 등글개 따위에는 손댈 염도 없었던 것이다. 빨래하러 갔던 첩과 동구밖에서 마주쳐 나뭇짐을 지고 앞서고 뒤서서 돌아왔다고 의심 받을 법은 없다. 첩과 수상한 놈팡이는 도리어 다른 곳에 있는 것을, 애매한 중실에게 엉뚱한 분풀이가 돌아온 셈이었다. 가살스런 첩의 행실을 휘어잡지 못하고 늘그막 판에 속 태우는 영감의 신세가 하기는 가엾기는 하다. 더욱 엉클어질 앞일을 생각하고 중실은 차라리 하직하고 나온 것이었다. 넓은 하늘 밑에서도 갈 곳이 없다. 제일 친한 곳이 늘 나무하러 가던 산이었다. 짚북데기보다도 부드러운 두툼한 나뭇잎의 맛이 생각났다. 그 넓은 세상은 사람을 배반할 것 같지는 않았다. 빈 지게만을 걸머지고 산으로 들어갔다. 그 속에서 얼마 동안이나 견딜 수 있을까가 한 시험도 되었다.

박중골에서도 오 리나 들어간, 마을과 사람과는 인연이 먼 산협이다. 산등이 펑퍼짐하고 양지쪽에 해가 잘 쬐고, 골짜기에 개울이 흐르고, 개울가에 나무 열매가 지천으로 열려 있는 곳이다. 양지쪽에서는 나무하러 왔다 낮잠을 잔 적도 여러 번이었다. 개울가에 불을 피우고 밭에서 뜯어 온 옥수수 이삭을 구웠다. 수풀 속에서 찾은 으름과 나뭇가지에 익어 시든 아그배와 산사로 배가 불렀다. 나뭇잎을 모아 그 속에 푹 파고 든 잠자리도 그다지 춥지는 않았다.

이튿날 산을 헤매다가 공교롭게도 주영나무 가지에 야트막하게 달린 벌집을 찾아냈다. 담배 연기를 피워 벌떼를 이지러뜨리고 감쪽같이 집을 들어냈다. 속에는 맑은 꿀이 차 있었다. 사람은 살라고 마련인 듯싶다. 꿀은 조금으로도 요기가 되었다. 개와 함께 여러 날 양식이 되었다.

꿀이 다 떨어지지도 않은 그저께 밤에는 맞은편 심산에 산불이 보였다. 백일홍같이 새빨간 불꽃이 어둠 속에 가깝게 솟아올랐다. 낮부터 타기 시작한 것이 밤에 들어가서 겨우 알려진 것이다. 누에에게 먹히는 뽕잎같이 아물아물 헤어지는 것 같으나, 기실은 한자리에서 아롱아롱 타는 것이었다. 아귀의 혀끝같이 널름거리는 불꽃이 세상에도 아름다웠다. 울 밑의 꽃보다도, 비단결보다도, 무지개보다도, 맨드라미보다도 곱고 장하다. 중실은 알 수 없이 신이 나서 몽둥이를 들고 산등을 따라 오르고 골짜기를 건너 불붙은 곳으로 끌려 들어갔다. 가깝게 보이던 것과는 딴판으로 꽤 멀었다. 불은 산등에서 산등으로 둘러붙어 골짜기로 타 내려갔다. 화기가 확확 튀어 가까이 갈 수 없었다. 후끈후끈 무더웠다. 나무뿌리가 탁탁 튀며 땅이 쨍쨍 울렸다. 민출한(미끈하고 밋밋한) 자작나무는 가지가지에 불이 피어올라 한 포기의 산 호수 같은 불나무로 변하였다. 헛되이 타는 모두가 아까웠다. 중실은 어쩌는 수 없이 몸뚱이를 쓸데없이 휘두르며 불 테두리를 빙빙 돌 뿐이었다. 불은 힘에 부치는 것이었다. 확실히 간 보람은 있었다. 그을린 노루 한 마리를 얻은 것이었다. 불 테두리를 뚫고 나오지 못한 노루는 산골짜기에서 뱅뱅 돌아 결국 불벼락을 맞은 것이다. 물론 그것을 얻을 때는 불도 거의 다 탄 새벽이었으나, 외로운 짐승이 몹시 가엾었다. 그러나 이미 죽은 후의 고기라 중실은 그것을 짊어지고 산으로 돌아갔다. 사람을 살리자는 신의 뜻이라고 비위 좋게 생각하면 그만이었다. 여러 날 동안의 흐뭇한 양식이 되었다. 다만 한 가지 그리운 것이 있었다. 짠맛 — 소금이었다. 사람은 그립지 않으나 소금이 그리웠다. 그것을 얻자는 생각으로만 마음이 그리웠다.

힘자라는 데까지 지었다.

이십 리 길을 부지런히 걸으려니 잔등에 땀이 내배었다. 걸음을 따라 나뭇짐이 휘청휘청 앞으로 휘었다.

간신히 파장 전에 대었다.

나무를 판 때의 마음이 이날같이 즐거운 적은 없었다.

물건을 산 때의 마음도 이날같이 즐거운 적은 없었다.

그것은 짜장 필요한 물건이기 때문이다.

나무 판 돈으로 중실은 감자 말과 좁쌀 되와 소금과 냄비를 샀다.

산속의 호젓한 살림에는 이것으로써 족하리라고 생각되었다.

목숨을 이어가는 데 해어(海魚 바닷물고기)쯤이 없으면 어떨까도 생각되었다.

올 때보다 짐이 단출하여 지게가 가벼웠다.

술집 골방에서 왁자지껄하고 싸우는 것도 전과 다름없이 어수선하고 지지부레(보잘것없음)하였다.

이상스러운 것은 그런 거리의 살림살이가 도무지 마음을 당기지 않는 것이다. 앙상한 사람들의 얼굴이 그다지 그리운 것이 아니었다.

무슨 까닭으로 산이 이렇게도 그리울까? 편벽된 마음을 의심도 하여 보았다. 그러나 별로 이치도 없었다. 덮어놓고 양지쪽이 좋고, 자작나무가 눈에 들고, 떡갈잎이 마음을 끄는 것이다. 평생 산에서 살도록 태어났는지도 모른다.

김 영감의 그 후의 소식은 물어 낼 필요도 없었으나, 거리에서 만난 박 서방 입에서 우연히 한 구절 얻어듣게 되었다.

병든 등글개 첩은 기어코 김 영감의 눈을 감쳐 최 서기와 줄행랑을 놓았다. 종적을 수색 중이나 아직도 오리무중이라 한다.

사랑방에서 고시랑고시랑(못마땅하여 잔소리를 자꾸 되씹어 하는 모양) 잠을 못 이룰 육십 노인의 꼴이 측은하게 눈에 떠올랐다. 애매한 머슴을 내쫓았음을 뉘우치리라고 생각되었다. 그러나 중실에게는 물론 다시 살러 들어갈 뜻도, 노인을 위로하고 싶은 친절도 가지기 싫었다.

다만 거리의 살림이라는 것이 더한층 어수선하게 여겨질 뿐이었다.

산으로 향하는 저녁 길이 한결 개운하다.

개울가에 냄비를 걸고 서투른 솜씨로 지은 저녁을 마쳤을 때에는 밤이 적이 어두웠다.

깊은 하늘에 별이 총총 돋고 초생달이 나뭇가지를 올가미 지웠다.

새들도 깃들이고 바람도 자고 개울물만이 쫄쫄쫄쫄 숨쉰다. 검은 산등은 잠든 황소다.

등걸불(타다가 남은 불)이 탁탁 튄다. 나뭇잎 타는 냄새가 몸을 휩싸며 구수하다. 불을 쬐며 담배를 피우니 몸이 훈훈하다. 더 바랄 것 없이 마음이 만족스럽다.

한 가지 욕심이 솟아올랐다.

밥 짓는 일이란 머슴애 할 일이 못 된다. 사내자식은 역시 밭 갈고 나무하는 것이 옳은 것이다. 장가를 들려면 이웃집 용녀만 한 색시는 없다. 용녀를 데려다 밥 일을 맡길 수밖에는 없다고 생각하였다.

용녀를 생각만 하여도 즐겁다. 궁리가 차례차례로 술술 풀렸다.

굵은 나무를 베어다 껍질째 토막을 내 양지쪽에 쌓아 올려 단칸의 조촐한 오두막을 짓겠다. 펑퍼짐한 산허리를 일궈 밭을 만들고 봄부터 감자와 귀리를 갈 작정이다. 오랍뜰(대문 앞에 있는 뜰)에 우리를 세우고 염소와 돼지와 닭을 칠 터. 산에서 노루를 산 채로 붙들면 우리 속에 같이 기르고 용녀가 집일을 하는 동안에 밭을 가꾸고 나무를 할 것이며, 아이를 낳으면 소같이 산같이 튼튼하게 자라렷다. 용녀가 만약 말을 안 들으면 밤중에 내려가 가만히 업어 올걸.

한번 산에만 들어오면 별수 없지.

불이 거의거의 아스러지고 물소리가 더한층 맑다.

별들이 어지럽게 깜박거린다.

달이 다른 나뭇가지에 걸렸다.

나머지 등걸불을 발로 비벼 끄니 골짜기는 더한층 막막하다.

어느만 때인지 산속에서는 때도 분별할 수 없다.

자기가 이른지 늦은지도 모르면서 나무 밎(밑) 잠자리로 향하였다.

난가리같이 두두룩하게 쌓인 낙엽 속에 몸을 송두리째 파묻고 얼굴만을 빠끔히 내놓았다.

몸이 차차 푸근하여 온다.

하늘의 별이 와르르 얼굴 위에 쏟아질 듯싶게 가까웠다 멀어졌다 한다.

별 하나 나 하나, 별 둘 나 둘, 별 셋 나 셋…….

세는 동안에 중실은 제 몸이 스스로 별이 됨을 느꼈다.

날개

작가와 작품 세계

이상(1910~1937)

본명 김해경. 서울 출생. 보성고등보통학교를 거쳐 경성고등공업학교 건축과를 나온 후 총독부 건축과에서 근무했다. 1931년 첫 작품으로 시 「이상한 가역반응」, 「파편의 경치」를 〈조선과 건축〉지에 발표했다. 1932년 시 「건축무한 육면각체」를 이상(李箱)이라는 이름으로 발표했다. 1933년 객혈로 직장을 그만두고 폐병에서 오는 절망을 이기기 위해 본격적으로 문학 활동을 시작했다.

요양지에서 알게 된 기생 금홍과 함께 귀경한 그는 1934년 시 「오감도」를 〈조선중앙일보〉에 연재하기 시작했으나 난해하다는 독자들의 빗발치는 항의로 중단했다. 다방, 카페 등을 운영했지만 잇달아 실패하고 애정 파탄으로 깊은 실의에 빠졌다. 1936년 〈조광〉에 「날개」를 발표해 큰 화제를 일으켰다. 같은 해에 「동해」, 「봉별기」 등을 발표하면서 삶의 전환을 시도한다. 폐결핵과 가난을 극복하기 위해 동경으로 건너가지만 불온사상 혐의로 일본 경찰에 체포된다. 그는 석방된 후 건강이 악화되어 27세의 나이로 요절한다. 이상의 문학은 극단적인 내향성을 띤 자의식의 문학이다. 의식의 흐름을 나타내는 그의 작품에서 일상적 감정이나 전통적 규범은 철저히 무시된다. 플롯이나 띄어쓰기를 무시함으로써 자의식의 고백을 독특한 기법으로 형상화하기도 했다.

작품 정리

갈래: 심리주의 소설, 초현실주의 소설

배경: 시간 - 1930년대
공간 - 서울의 33번지 구석방, 거리, 역 대합실, 산, 옥상

시점: 1인칭 주인공 시점

주제: 식민지 치하 지식인의 분열된 자의식과 극복 의지

출전: 〈조광〉(1936)

구성과 줄거리

발단 아내와 다른 방을 쓰고 있는 '나'는 방 안에서 뒹굴며 지냄

'나'는 생의 의욕을 상실한 채 방 안에서 뒹굴며 지낸다. 장지로 두 칸으로 나누어, 볕이 드는 아랫방은 아내가 쓰고 볕이 안 드는 윗방은 '나'가 쓰고 있다. 아내가 외출하면 '나'는 아내의 방에 들어가 아내의 화장품병을 가지고 논다. 아내에겐 화려한 옷이 많지만 '나'에게 코르덴 양복 한 벌이 전부다. 아내의 직업이 무엇인지 모르지만 자주 외출을 한다.

전개 내객이 찾아올 때 아내는 '나'에게 은화를 줌. 어느 날 '나'는 외출을 함

아내에게 내객이 있는 날은 '나'는 아내의 방에 들어갈 수 없다. 내객이 가거나 외출에서 돌아오면 아내는 '나'의 방으로 들어와 은화를 놓고 간다. '나'는 벙어리(저금통)에 모아 둔 은화를 변소에 버린다. 어느 날 '나'는 아내의 밤 외출을 틈타 거리로 나온다.

위기 비를 맞고 감기에 걸린 '나'에게 아내가 아스피린을 줌

'나'는 이후에도 가끔 외출을 해 경성역 티룸에서 커피를 마신다. 어느 날 비를 맞고 감기에 걸린 '나'는 한 달가량 앓아눕는다. '나'는 아내가 준 아스피린이라는 흰 알약을 먹고 매일 잠만 자게 된다.

절정 아내가 준 약이 수면제라는 것을 알고 '나'는 충격에 빠짐

거울을 보러 아내의 방에 간 '나'는 아스피린처럼 생긴 최면제 아달린을 발견한다. 아내가 '나'를 죽이려고 그런 것이 아닌지 의심하며 집을 나간다. '나'는 집으로 돌아왔을 때 보지 말아야 할 장면을 보고 만다. 절망한 '나'는 다시 집을 나와 배회하다가 미쓰꼬시 백화점 옥상에 올라가 지나간 스물여섯 해를 회고한다.

결말 자의식이 깨어난 '나'는 날개가 돋기를 염원함

불현듯이 겨드랑이에 가려움을 느낀 '나'는 "날개야 다시 돋아라. 날자. 날자. 날자. 한 번만 더 날자꾸나."라고 외친다.

✎ 생각해 볼 문제

1. '나'와 아내가 대조적으로 묘사된 부분을 찾아보자.

   아내의 방은 화려하고 햇볕이 들지만, '나'의 방은 빈대가 들끓고 어두침침하다. 아내는 화려한 옷에 하루 두 차례 세수를 하고 돈을 벌지만, '나'는 검은색 단벌 양복에 세수도 하지 않고 아내가 주는 돈을 그저 받기만 한다. '나'는 남편임에도 불구하고 경제적, 사회적, 성적으로 아내보다 열등한 위치에 놓여 있다. '나'와 아내를 대조적으로 묘사함으로써 가족적 유대감이 상실된 소외된 인간관계를 보여 준다.

2. '방'과 '거리'는 '나'에게 각각 어떠한 의미를 주는가?

   방은 사회성이 결여된 유폐된 공간을, 거리는 자아 회복의 공간을 의미한다. 외출하는 것은 폐쇄된 방에서 벗어나 아내의 종속에서 해방되는 것을 상징한다.

3. 결말 부분의 "날자. 날자. 한 번만 더 날자꾸나."라는 외침은 무엇을 의미하는가?

   대체로 문학 작품에서 날개는 자유와 이상을 의미한다. 날개가 돋아 날기를 바라는 것은 삶의 의미와 자아를 찾아 자유롭게 살아가기를 소망하는 것이라고 할 수 있다.

4. 이 작품의 사건 구성 및 표현상 특징은 무엇인가?

   사건이 논리적으로 전개된다기보다 의식의 흐름에 따라 서술되므로 사건 자체가 뚜렷하지 않고 사건 간의 인과 관계도 불투명하다. 이 작품에서 쓰인 '의식의 흐름 기법'은 자의식을 그대로 옮겨 놓는 것이기 때문이다. 제임스 조이스의 『율리시즈』, 마르셀 프루스트의 『잃어버린 시간을 찾아서』가 의식의 흐름 기법을 이용한 대표적 소설이다.

인물 관계도

저(나)는 아내와 함께 살고 있어요. 아내의 직업은 잘 모르겠는데, 손님들이 다녀가면 아내는 내게 찾아와 은화를 주고 가요. 어느 날 저는 외출했다 비를 맞고 들어오는 길에 아내의 손님과 마주쳤어요. 다음 날 아내가 감기약을 주기에 먹었는데, 알고 보니 그게 아스피린이 아니라 수면제 아달린이었어요! 아내는 저를 죽이려 한 걸까요?

날개

'박제가 되어 버린 천재'를 아시오? 나는 유쾌하오. 이런 때 연애까지가 유쾌하오.

육신이 흐느적흐느적하도록 피로했을 때만 정신이 은화처럼 맑소. 니코틴이 내 횟배(회충으로 인한 배앓이) 앓는 뱃속으로 스미면 머릿속에 으레 백지가 준비되는 법이오. 그 위에다 나는 위트와 패러독스를 바둑 포석처럼 늘어놓소. 가증할 상식의 병이오.

나는 또 여인과 생활을 설계하오. 연애 기법에마저 서먹서먹해진 지성의 극치를 흘깃 좀 들여다본 일이 있는, 말하자면 일종의 정신분일자(精神奔逸者) 말이오. 이런 여인의 반(그것은 온갖 것의 반이오)만을 영수(領受)하는 생활을 설계한다는 말이오. 그런 생활 속에 한 발만 들여놓고 흡사 두 개의 태양처럼 마주 쳐다보면서 낄낄거리는 것이오. 나는 아마 어지간히 인생의 제행(諸行 일체의 유위법)이 싱거워서 견딜 수가 없게끔 되고 그만둔 모양이오. 굿바이.

굿바이, 그대는 이따금 그대가 제일 싫어하는 음식을 탐식하는 아이러니를 실천해 보는 것도 좋을 것 같소. 위트와 패러독스와…….

그대 자신을 위조하는 것도 할 만한 일이오. 그대의 작품은 한 번도 본 일이 없는 기성품에 의하여 차라리 경편(輕便 가볍고 편하거나 손쉽고 편리함)하고 고매하리라.

십구 세기는 될 수 있거든 봉쇄하여 버리오. 도스토옙스키 정신이란 자칫하면 낭비인 것 같소. 위고를 불란서의 빵 한 조각이라고는 누가 그랬는지 지언(至言 지극히 당연한 말)인 듯싶소. 그러나 인생 혹은 그 모형에 있어서 디테일 때문에 속는다거나 해서야 되겠소? 화(禍 모든 재앙과 액화)를 보지 마오. 부디 그대께 고하는 것이니…….

(테이프가 끊어지면 피가 나오. 생채기도 머지않아 완치될 줄 믿소. 굿바이)

감정은 어떤 포즈(그 포즈의 소(素 원소)만을 지적하는 것이 아닌지나 모르겠소), 그 포즈가 부동자세에까지 고도화할 때 감정은 딱 공급을 정지합네다.

나는 내 비범한 발육을 회고하여 세상을 보는 안목을 규정하였소.

여왕봉(女王蜂 여왕벌과 교미한 수벌은 반드시 죽는다는 사실에서 남편이 죽고 없는 미망인과 같은 의미를 지님)과 미망인—세상의 하고많은 여인이 본질적으로 이미 미망인 아닌 이가 있으리까? 아니! 여인의 전부가 그 일상에 있어서 개개 '미망인'이라는 내 논리가 뜻밖에도 여성에 대한 모독이 되오? 굿바이.

그 33번지라는 것이 구조가 흡사 유곽이라는 느낌이 없지 않다. 한 번지에 18가구가 죽— 어깨를 맞대고 늘어서서 창호가 똑같고 아궁이 모양이 똑같다. 게다가 각 가구에 사는 사람들이 송이송이 꽃과 같이 젊다. 해가 들지 않는다. 해가 드는 것을 그들이 모른 체하는 까닭이다. 턱살밑에다 철 줄을 매고 얼룩진 이부자리를 널어 말린다는 핑계로 미닫이에 해가 드는 것을 막아 버린다. 침침한 방 안에서 낮잠들을 잔다. 그들은 밤에는 잠을 자지 않나? 알 수 없다. 나는 밤이나 낮이나 잠만 자느라고 그런 것은 알 길이 없다. 33번지 18가구의 낮은 참 조용하다.

조용한 것은 낮뿐이다. 어둑어둑하면 그들은 이부자리를 걷어 들인다. 전등불이 켜진 뒤의 18가구는 낮보다 훨씬 화려하다. 저물도록 미닫이 여닫는 소리가 잦다. 바빠진다. 여러 가지 내음새가 나기 시작한다. 비웃(청어) 굽는 내, 탕고도란(식민지 시대에 많이 쓰던 화장품의 이름) 내, 뜨물 내, 비눗내…….

그러나 이런 것들보다도 그들의 문패가 제일로 고개를 끄덕이게 하는 것이다. 이 18가구를 대표하는 대문이라는 것이 일각이 져서 외따로 떨어지기는 했으나 있다. 그러나 그것은 한 번도 닫힌 일이 없는 한길이나 마찬가지 대문인 것이다. 온갖 장사치들은 하루 가운데 어느 시간에라도 이 대문을 통하여 드나들 수 있는 것이다. 이네들은 문간에서 두부를 사는 것이 아니라 미닫이만 열고 방에서 두부를 사는 것이다. 이렇게 생긴 33번지 대문에 그들 18가구의 문패를 몰아다 붙이는 것은 의미가 없다. 그들은 어느 사이엔가 각 미닫이 위 백인당(百忍堂)이니 길상당(吉祥堂)이니 써 붙인 한 곁에다 문패를 붙이는 풍속을 가져 버렸다.

내 방 미닫이 위 한 곁에 칼표 딱지(뜯어서 쓰는 딱지)를 넷에다 낸 것 만한 내, 아니! 내 아내의 명함이 붙어 있는 것도 이 풍속을 좇은 것이 아닐 수 없다.

나는 그러나 그들의 아무와도 놀지 않는다. 놀지 않을 뿐만 아니라 인사도 않는다. 나는 내 아내와 인사하는 외에 누구와도 인사하고 싶지 않았다.

내 아내 외의 다른 사람과 인사를 하거나 놀거나 하는 것은 내 아내 낯을 보아 좋지 않은 일인 것만 같이 생각이 들었기 때문이다. 나는 이만큼까지 내 아내를 소중히 생각한 것이다.

내가 이렇게까지 내 아내를 소중히 생각한 까닭은 이 33번지 18가구 가운데서 내 아내가 내 아내의 명함처럼 제일 작고 제일 아름다운 것을 안 까닭이다. 18가구에 각기 별러 든 송이송이 꽃들 가운데서도 내 아내가 특히 아름다운 한 떨기의 꽃으로 이 함석지붕 밑 볕 안 드는 지역에서 어디까지든지 찬란하였다. 따라서 그런 한 떨기 꽃을 지키고, 아니 그 꽃에 매달려 사는 나라는 존재가 도무지 형언할 수 없는 거북살스러운 존재가 아닐 수 없었던 것은 물론이다.

나는 어디까지든지 내 방이(집이 아니다. 집은 없다) 마음에 들었다. 방 안의 기온은 내 체온을 위하여 쾌적하였고, 방 안의 침침한 정도가 또한 내 안력을 위하여 쾌적하였다. 나는 내 방 이상의 서늘한 방도, 또 따뜻한 방도 희망하지 않았다. 이 이상으로 밝거나 이 이상으로 아늑한 방을 원하지 않았다. 내 방은 나 하나를 위하여 요만한 정도를 꾸준히 지키는 것 같아 늘 내 방에 감사하였고 나는 또 이런 방을 위하여 이 세상에 태어난 것만 같아서 즐거웠다.

그러나 이것은 행복이라든가 불행이라든가 하는 것을 계산하는 것은 아니었다. 말하자면 나는 내가 행복하다고도 생각할 필요가 없었고, 그렇다고 불행하다고도 생각할 필요가 없었다. 그냥 그날그날을 그저 까닭 없이 펀둥펀둥 게으르게만 있으면 만사는 그만이었던 것이다.

내 몸과 마음에 옷처럼 잘 맞는 방 속에서 뒹굴면서, 축 처져 있는 것은 행복이니 불행이니 하는 그런 세속적인 계산을 떠난, 가장 편리하고 안일한, 말하자면 절대적인 상태인 것이다. 나는 이런 상태가 좋았다.

이 절대적인 내 방은 대문간에서 세어서 똑 일곱째 칸이다. 럭키 세븐의 뜻이 없지 않다. 나는 이 일곱이라는 숫자를 훈장처럼 사랑하였다. 이런 이 방이 가운데 장지로 말미암아 두 칸으로 나뉘어 있었다는 그것이 내 운명의 상징이었던 것을 누가 알랴?

아랫방은 그래도 해가 든다. 아침결에 책보만 한 해가 들었다가 오후에 손수건만 해지면서 나가 버린다. 해가 영영 들지 않는 윗방이 즉 내 방인 것은 말할 것도 없다. 이렇게 볕 드는 방이 아내 방이요, 볕 안 드는 방이 내 방이오 하고 아내와 나 둘 중에 누가 정했는지 나는 기억하지 못한다. 그러나 나에게는 불평이 없다.

아내가 외출만 하면 나는 얼른 아랫방으로 와서 그 동쪽으로 난 들창을 열어 놓고, 열어 놓으면 들이비치는 볕살이 아내의 화장대를 비춰 가지각색 병들이 아롱이 지면서 찬란하게 빛나고 이렇게 빛나는 것을 보는 것은 다시없는 내 오락이다. 나는 쪼끄만 '돋보기'를 꺼내 가지고 아내만이 사용하는 지리가미(휴지)를 그을러 가면서 불장난을 하고 논다. 평행 광선을 굴절시켜서 한 초점에 모아 가지고 그 초점이 따끈따끈해지다가, 마지막에는 종이를 그을리기 시작하고 가느다란 연기를 내면서 드디어 구멍을 뚫어 놓는 데까지에 이르는 고 얼마 안 되는 동안의 초조한 맛이 죽고 싶을 만치 내게는 재미있었다.

이 장난이 싫증이 나면 나는 또 아내의 손잡이 거울을 가지고 여러 가지로 논다. 거울이란 제 얼굴을 비출 때만 실용품이다. 그 외의 경우에는 도무지 장난감인 것이다.

이 장난도 곧 싫증이 난다. 나의 유희심은 육체적인 데서 정신적인 데로 비약한다. 나는 거울을 내던지고 아내의 화장대 앞으로 가까이 가서 나란히 늘어놓인 고 가지각색의 화장품병들을 들여다본다. 고것들은 세상의 무엇보다도 매력적이다. 나는 그중의 하나만을 골라서 가만히 마개를 빼고 병 구멍을 내 코에 가져다 대이고 숨죽이듯이 가벼운 호흡을 하여 본다. 이국적인 센슈얼한(sensual 관능적인) 향기가 폐로 스며들면 나는 저절로 스르르 감기는 내 눈을 느낀다. 확실히 아내의 체취의 파편이다. 나는 도로 병마개를 막고 생각해 본다. 아내의 어느 부분에서 요 내음새가 났던가를……. 그러나 그것은 분명치 않다. 왜? 아내의 체취는 여기 늘어서 있는 가지각색 향기의 합계일 것이니까.

아내의 방은 늘 화려하였다. 내 방이 벽에 못 한 개 꽂히지 않은 소박한 것인 반대로 아내 방에는 천장 밑으로 쫙 돌려 못이 박히고 못마다 화려한 아내의 치마와 저고리가 걸렸다. 여러 가지 무늬가 보기 좋다. 나는 그 여러 조각의 치마에서 늘 아내의 동체(胴體 몸통)와 그 동체가 될 수 있는 여러 가지 포즈를 연상하고 연상하면서 내 마음은 늘 점잖지 못하다.

그렇건만 나에게는 옷이 없었다. 아내는 내게는 옷을 주지 않았다. 입고 있는 코르덴 양복 한 벌이 내 자리옷이었고 통상복과 나들이옷을 겸한 것이었다. 그리고 하이넥의 스웨터가 한 조각 사철을 통한 내 내의다. 그것들은 하나같이 다 빛이 검다. 그것은 내 짐작 같아서는 즉 빨래를 될 수 있는 데까지 하지 않아도 보기 싫지 않도록 하기 위한 것이 아닌가 한다. 나는 허리와 두 가랑이 세 군데 다 고무 밴드가 끼어 있는 부드러운 사루마다(팬티보다 좀 긴 속옷)를 입고 그리고 아무 소리 없이 잘 놀았다.

어느덧 손수건만 해졌던 볕이 나갔는데 아내는 외출에서 돌아오지 않는다. 나는 요만 일에도 좀 피곤하였고 또 아내가 돌아오기 전에 내 방으로 가 있어야 될 것을 생각하고 그만 내 방으로 건너간다. 내 방은 침침하다. 나는 이불을 뒤집어쓰고 낮잠을 잔다. 한 번도 걷은 일이 없는 내 이부자리는 내 몸뚱이의 일부분처럼 내게는 참 반갑다. 잠은 잘 오는 적도 있다. 그러나 또 전신이 까칫까칫하면서 영 잠이 오지 않는 적도 있다. 그런 때는 아무 제목으로나 제목을 하나 골라서 연구하였다. 나는 내 좀 축축한 이불 속에서 참 여러 가지 발명도 하였고 논문도 많이 썼다. 시도 많이 지었다. 그러나 그것들은 내가 잠이 드는 것과 동시에 내 방에 담겨서 철철 넘치는 그 흐늑흐늑한 공기에 다 비누처럼 풀어져서 온데간데없고 한참 자고 깬 나는 속이 무명 헝겊이나 메밀껍질로 띵띵 찬 한 덩어리 베개와도 같은 한 벌 신경이었을 뿐이고 뿐이고 하였다.

그러기에 나는 빈대가 무엇보다도 싫었다. 그러나 내 방에서는 겨울에도 몇 마리씩의 빈대가 끊이지 않고 나왔다. 내게 근심이 있었다면 오직 이 빈대를 미워하는 근심일 것이다. 나는 빈대에게 물려서 가려운 자리를 피가 나도록 긁었다. 쓰라리다. 그것은 그윽한 쾌감에 틀림없었다. 나는 혼곤히 잠이 든다.

나는 그러나 그런 이불 속의 사색 생활에서도 적극적인 것을 궁리하는 법이 없다. 내게는 그럴 필요가 대체 없었다. 만일 내가 그런 좀 적극적인 것을 궁리해 내었을 경우에 나는 반드시 내 아내와 의논하여야 할 것이고 그러면 반드시 나는 아내에게 꾸지람을 들을 것이고……. 나는 꾸지람이 무서웠다느니보다도 성가셨다. 내가 제법 한 사람의 사회인의 자격으로 일을 해 보는 것도, 아내에게 사설 듣는 것도.

나는 가장 게으른 동물처럼 게으른 것이 좋았다. 될 수만 있으면 이 무의미한 인간의 탈을 벗어 버리고도 싶었다.

나에게는 인간 사회가 스스러웠다(서로 친하지 않아 조심스럽다). 생활이 스스러웠다. 모두가 서먹서먹할 뿐이었다.

아내는 하루에 두 번 세수를 한다. 나는 하루 한 번도 세수를 하지 않는다. 나는 밤중 세 시나 네 시 해서 변소에 갔다 달이 밝은 밤에는 한참씩 마당에 우두커니 섰다가 들어오곤 한다. 그러니까 나는 이 18가구의 아무와도 얼굴이 마주치는 일이 거의 없다. 그러면서도 나는 이 18가구의 젊은 여인네 얼굴들을 거반 다 기억하고 있었다. 그들은 하나같이 내 아내만 못하였다.

열한 시쯤 해서 하는 아내의 첫 번 세수는 좀 간단하다. 그러나 저녁 일곱 시쯤 해서 하는 두 번째 세수는 손이 많이 간다. 아내는 낮에보다도 밤에 더 좋고 깨끗한 옷을 입는다. 그리고 낮에도 외출하고 밤에도 외출하였다.

아내에게 직업이 있었던가? 나는 아내의 직업이 무엇인지 알 수 없다. 만일 아내에게 직업이 없었다면, 같이 직업이 없는 나처럼 외출할 필요가 생기지 않을 것인데……. 아내는 외출한다. 외출할 뿐만 아니라 내객이 많다. 아내에게 내객이 많은 날은 나는 온종일 내 방에서 이불을 쓰고 누워 있어야만 된다. 불장난도 못 한다. 화장품 내음새도 못 맡는다. 그런 날은 나는 의식적으로 우울해 하였다. 그러면 아내는 나에게 돈을 준다. 오십 전짜리 은화다. 나는 그것이 좋았다. 그러나 그것을 무엇에 써야 옳을지 몰라서 늘 머리맡에 던져두고 두고 한 것이 어느 결에 모여서 꽤 많아졌다. 어느 날 이것을 본 아내는 금고처럼 생긴 벙어리(저금통)를 사다 준다. 나는 한 푼씩 한 푼씩 고 속에 넣고 열쇠는 아내가 가져갔다. 그 후에도 나는 더러 은화를 그 벙어리에 넣은 것을 기억한다. 그리고 나는 게을렀다. 얼마 후 아내의 머리쪽에 보지 못하던 누깔잠(비녀의 일종)이 하나 여드름처럼 돋았던 것은 바로 그 금고형 벙어리의 무게가 가벼워졌다는 증거일까. 그러나 나는 드디어 머리맡에 놓였던 그 벙어리에 손을 대지 않고 말았다. 내 게으름은 그런 것에 내 주의를 환기시키기도 싫었다.

아내에게 내객이 있는 날은 이불 속으로 암만 깊이 들어가도 비 오는 날만큼 잠이 잘 오지는 않았다. 나는 그런 때 아내에게는 왜 늘 돈이 있나 왜 돈이 많은가를 연구했다.

내객들은 장지 저쪽에 내가 있는 것을 모르나 보다. 내 아내와 나도 좀 하기 어려운 농을 아주 서슴지 않고 쉽게 해 내던지는 것이다. 그러나 아내의 내객 가운데 서너 사람의 내객들은 늘 비교적 점잖았다고 볼 수 있는 것이 자정이 좀 지나면 으레 돌아들 갔다. 그들 가운데는 퍽 교양이 옅은 자도 있는 듯싶었는데 그런 자는 보통 음식을 사다 먹고 논다. 그래서 보충을 하고 대체로 무사하였다.

나는 우선 내 아내의 직업이 무엇인가를 연구하기에 착수하였으나 좁은 시야와 부족한 지식으로는 이것을 알아내기 힘이 든다. 나는 끝끝내 내 아내의 직업이 무엇인가를 모르고 말려나 보다.

아내는 늘 진솔 버선(한 번도 신지 않은 새 버선)만 신었다. 아내는 밥도 지었다. 아내가 밥 짓는 것을 나는 한 번도 구경한 일은 없으나 언제든지 끼니때면 내 방으로 내 조석(朝夕 아침과 저녁)밥을 날라다 주는 것이다. 우리 집에는 나와 내 아내 외에 다른 사람은 아무도 없다. 이 밥은 분명히 아내가 손수 지었음에 틀림없다.

그러나 아내는 한 번도 나를 자기 방으로 부른 일이 없다. 나는 늘 윗방에서 나 혼자서 밥을 먹고 잠을 잤다. 밥은 너무 맛이 없었다. 반찬이 너무 엉성하였다. 나는 닭이나 강아지처럼 말없이 주는 모이를 넙죽넙죽 받아먹기는 했으나 내심 야속하게 생각한 적도 더러 없지 않다. 나는 안색이 여지없이 창백해 가면서 말라 들어갔다. 나날이 눈에 보이듯이 기운이 줄어들었다. 영양부족으로 하여 몸뚱이 곳곳이 뼈가 불쑥불쑥 내밀었다. 하룻밤 사이에도 수십 차를 돌쳐 눕지 않고는 여기저기가 배겨서 나는 배겨 낼 수가 없었다.

그렇기 때문에 나는 내 이불 속에서 아내가 늘 흔히 쓸 수 있는 저 돈의 출처를 탐색해 보는 일변 장지 틈으로 새어 나오는 아랫방의 음식은 무엇일까를 간단히 연구하였다. 나는 잠이 잘 안 왔다.

깨달았다. 아내가 쓰는 돈은 그, 내게는 다만 실없는 사람들로밖에 보이지 않는 까닭 모를 내객들이 놓고 가는 것에 틀림없으리라는 것을 나는 깨달았다. 그러나 왜 그들 내객은 돈을 놓고 가나, 왜 내 아내는 그 돈을 받아야 되나 하는 예의 관념이 내게는 도무지 알 수 없는 것이었다.

그것은 그저 예의에 지나지 않는 것일까, 그렇지 않으면 혹 무슨 대가일까 보수일까. 내 아내가 그들의 눈에는 동정을 받아야만 할 가엾은 인물로 보였던가.

이런 것들을 생각하노라면 으레 내 머리는 그냥 혼란하여 버리곤 하였다. 잠들기 전에 획득했다는 결론이 오직 불쾌하다는 것뿐이었으면서도 나는 그런 것을 아내에게 물어보거나 한 일이 참 한 번도 없다. 그것은 대체 귀찮기도 하려니와 한잠 자고 일어나면 나는 사뭇 딴사람처럼 이것도 저것도 다 깨끗이 잊어버리고 그만두는 까닭이다.

내객들이 돌아가고, 혹 밤 외출에서 돌아오고 하면 아내는 경편한 것으로 옷을 바꾸어 입고 내 방으로 나를 찾아온다. 그리고 이불을 들치고 내 귀에는 영 생동생동한 몇 마디 말로 나를 위로하려 든다. 나는 조소도 고소도 홍소도 아닌 웃음을 얼굴에 띠고 아내의 아름다운 얼굴을 쳐다본다. 아내는 방그레 웃는다. 그러나 그 얼굴에 떠도는 일말의 애수를 나는 놓치지 않는다.

아내는 능히 내가 배고파 하는 것을 눈치챌 것이다. 그러나 아랫방에서 먹고 남은 음식을 나에게 주려 들지는 않는다. 그것은 어디까지든지 나를 존경하는 마음일 것임에 틀림없다. 나는 배가 고프면서도 적이 마음이 든든한 것을 좋아했다. 아내가 무엇이라고 지껄이고 갔는지 귀에 남아 있을 리가 없다. 다만 내 머리맡에 아내가 놓고 간 은화가 전등불에 흐릿하게 빛나고 있을 뿐이다.

고 금고형 벙어리 속에 고 은화가 얼마큼이나 모였을까. 나는 그러나 그것을 쳐들어 보지 않았다. 그저 아무런 의욕도 기원도 없이 그 단추 구멍처럼 생긴 틈바구니로 은화를 떨어뜨려 둘 뿐이었다.

왜 아내의 내객들이 아내에게 돈을 놓고 가나 하는 것이 풀 수 없는 의문인 것같이 왜 아내는 나에게 돈을 놓고 가나 하는 것도 역시 나에게는 똑같이 풀 수 없는 의문이었다. 내 비록 아내가 내게 돈을 놓고 가는 것이 싫지 않았다 하더라도 그것은 다만 고것이 내 손가락에 닿는 순간에서부터 고 벙어리 주둥이에서 자취를 감추기까지의 하잘것없는 짧은 촉각이 좋았달 뿐이지 그 이상 아무 기쁨도 없다.

어느 날 나는 고 벙어리를 변소에 갖다 넣어 버렸다. 그때 벙어리 속에는 몇 푼이나 되는지는 모르겠으나 고 은화들이 꽤 들어 있었다.

나는 내가 지구 위에 살며 내가 이렇게 살고 있는 지구가 질풍신뢰(疾風迅雷 심한 바람과 번개라는 뜻으로, 빠르고 심하게 변하는 상태를 이르는 말)의 속력으로 광대무변(廣大無邊 한없이 넓어 끝이 없음)의 공간을 달리고 있다는 것을 생각했을 때 참 허망하였다. 나는 이렇게 부지런한 지구 위에서는 현기증도 날 것 같고 해서 한시바삐 내려 버리고 싶었다.

이불 속에서 이런 생각을 하고 난 뒤에는 나는 고 은화를 고 벙어리에 넣고 넣고 하는 것조차도 귀찮아졌다. 나는 아내가 손수 벙어리를 사용하였으면 하고 희망하였다. 벙어리도 돈도 사실에는 아내에게만 필요한 것이지 내게는 애초부터 의미가 전연 없는 것이었으니까 될 수만 있으면 그 벙어리를 아내는 아내 방으로 가져갔으면 하고 기다렸다. 그러나 아내는 가져가지 않는다. 나는 내가 아내 방으로 가져다 둘까 하고 생각하여 보았으나 그즈음에는 아내의 내객이 원체 많아서 내가 아내 방에 가 볼 기회가 도무지 없었다. 그래서 나는 하는 수 없이 변소에 갖다 집어넣어 버리고 만 것이다.

나는 서글픈 마음으로 아내의 꾸지람을 기다렸다. 그러나 아내는 끝내 아무 말도 나에게 묻지도 하지도 않았다. 않았을 뿐 아니라 여전히 돈은 돈대로 내 머리맡에 놓고 가지 않나? 내 머리맡에는 어느덧 은화가 꽤 많이 모였다.

내객이 아내에게 돈을 놓고 가는 것이나 아내가 내게 돈을 놓고 가는 것이나 일종의 쾌감, 그 외의 다른 아무런 이유도 없는 것이 아닐까 하는 것을 나는 또 이불 속에서 연구하기 시작하였다. 쾌감이라면 어떤 종류의 쾌감일까를 계속하여 연구하였다. 그러나 그것은 이불 속의 연구로는 알 길이 없었다. 쾌감, 쾌감, 하고 나는 뜻밖에도 이 문제에 대해서만 흥미를 느꼈다.
아내는 물론 나를 늘 감금하여 두다시피 하여 왔다. 내게 불평이 있을 리 없다. 그런 중에도 나는 그 쾌감이라는 것의 유무를 체험하고 싶었다.

나는 아내의 밤 외출 틈을 타서 밖으로 나왔다. 나는 거리에서 잊어버리지 않고 가지고 나온 은화를 지폐로 바꾼다. 오 원이나 된다. 그것을 주머니에 넣고 나는 목적을 잃어버리기 위하여 얼마든지 거리를 쏘다녔다. 오래간만에 보는 거리는 거의 경이에 가까울 만치 내 신경을 흥분시키지 않고는 마지않았다. 나는 금시에 피곤하여 버렸다. 그러나 나는 참았다. 그리고 밤이 이슥하도록 까닭을 잊어버린 채 이 거리 저 거리로 지향 없이 헤매었다. 돈은 물론 한 푼도 쓰지 않았다. 돈을 쓸 아무 엄두도 나서지 않았다. 나는 벌써 돈을 쓰는 기능을 완전히 상실한 것 같았다.
나는 과연 피로를 이 이상 견디기가 어려웠다. 나는 가까스로 내 집을 찾았다. 나는 내 방으로 가려면 아내 방을 통과하지 아니하면 안 될 것을 알고 아내에게 내객이 있나 없나를 걱정하면서 미닫이 앞에서 좀 거북살스럽게 기침을 한번 했더니 이것은 참 또 너무 암상스럽게(매섭게) 미닫이가 열리면서 아내의 얼굴과 그 등 뒤에 낯선 남자의 얼굴이 이쪽을 내다보는 것이다. 나는 별안간 내어 쏟아지는 불빛에 눈이 부셔서 좀 머뭇머뭇했다.
나는 아내의 눈초리를 못 본 것은 아니다. 그러나 나는 모른 체하는 수밖에 없었다. 왜? 나는 어쨌든 아내의 방을 통과하지 아니하면 안 되니까…….
나는 이불을 뒤집어썼다. 무엇보다도 다리가 아파서 견딜 수가 없었다. 이불 속에서는 가슴이 울렁거리면서 암만해도 까무러칠 것만 같았다. 걸을 때는 몰랐더니 숨이 차다. 등에 식은땀이 쭉 내배인다. 나는 외출한 것을 후회하였다. 이런 피로를 잊고 어서 잠이 들었으면 좋겠다. 한잠 잘 자고 싶었다.
얼마 동안이나 비스듬히 엎드려 있었더니 차츰차츰 뚝딱거리는 가슴 동기(動氣 가슴이 두근거리는 일)가 가라앉는다. 그만해도 우선 살 것 같았다. 나는 몸을 돌쳐 반듯이 천장을 향하여 눕고 쭉 다리를 뻗었다.
그러나 나는 또다시 가슴의 동기를 피할 수 없게 되었다. 아랫방에서 아내와 그 남자의 내 귀에도 들리지 않을 만치 옅은 목소리로 소곤거리는 기척이 장지 틈으로 전하여 왔던 것이다. 청각을 더 예민하게 하기 위하여 나는 눈을 떴다. 그리고 숨을 죽였다. 그러나 그때는 벌써 아내와 남자는 앉았던 자리를 툭툭 털며 일어섰고, 일어서면서 옷과 모자 쓰는 기척이 나는 듯하더니 이어 미닫이가 열리고 구두 뒤축 소리가 나고 그리고 뜰에 내려서는 소리가 쿵 하고 나면서 뒤를 따르는 아내의 고무신 소리가 두어 발자국 찍찍 나고 사뿐사뿐 나나 하는 사이에 두 사람의 발소리가 대문간 쪽으로 사라졌다.

나는 아내의 이런 태도를 본 일이 없다. 아내는 어떤 사람과도 결코 소곤거리는 법이 없다. 나는 윗방에서 이불을 쓰고 누운 동안에도 혹 술이 취해서 혀가 잘 돌아가지 않는 내객들의 담화는 더러 놓치는 수가 있어도 아내의 높지도 얕지도 않은 말소리를 일찍이 한 마디도 놓쳐 본 일이 없다. 더러 내 귀에 거슬리는 소리가 있어도 나는 그것이 태연한 목소리로 내 귀에 들렸다는 이유로 충분히 안심이 되었다.

그렇던 아내의 이런 태도는 필시 그 속에 여간하지 않은 사정이 있는 듯 싶이 생각이 되고 내 마음은 좀 서운했으나 그러나 그보다도 나는 좀 너무 피곤해서 오늘만은 이불 속에서 아무것도 연구치 않기로 굳게 결심하고 잠을 기다렸다. 잠은 좀처럼 오지 않았다. 대문간에 나간 아내도 좀처럼 들어오지 않았다. 그러는 동안에 흐지부지 나는 잠이 들어 버렸다. 꿈이 얼쑹덜쑹 종을 잡을 수 없는 거리의 풍경을 여전히 헤맸다.

나는 몹시 흔들렸다. 내객을 보내고 들어온 아내가 잠든 나를 잡아 흔드는 것이다. 나는 눈을 번쩍 뜨고 아내의 얼굴을 쳐다보았다. 아내의 얼굴에는 웃음이 없다. 나는 좀 눈을 비비고 아내의 얼굴을 자세히 보았다. 노기가 눈초리에 떠서 얇은 입술이 바르르 떨린다. 좀처럼 이 노기가 풀리기는 어려울 것 같았다. 나는 그대로 눈을 감아 버렸다. 벼락이 내리기를 기다린 것이다. 그러나 쌔근 하는 숨소리가 나면서 푸시시 아내의 치맛자락 소리가 나고 장지가 여닫히며 아내는 아내 방으로 돌아갔다. 나는 다시 몸을 돌쳐 이불을 뒤집어쓰고는 개구리처럼 엎드리고, 엎드려서 배가 고픈 가운데서도 오늘 밤의 외출을 또 한 번 후회하였다.

나는 이불 속에서 아내에게 사죄하였다. 그것은 네 오해라고…….

나는 사실 밤이 퍽 이슥한 줄만 알았던 것이다. 그것이 네 말마따나 자정 전인 줄은 나는 정말이지 꿈에도 몰랐다. 나는 너무 피곤하였었다. 오래간만에 나는 너무 많이 걸은 것이 잘못이다. 내 잘못이라면 잘못은 그것밖에는 없다. 외출은 왜 하였느냐고?

나는 그 머리맡에 저절로 모인 오 원 돈을 아무에게라도 좋으니 주어 보고 싶었던 것이다. 그뿐이다. 그러나 그것도 내 잘못이라면 나는 그렇게 알겠다. 나는 후회하고 있지 않나?

내가 그 오 원 돈을 써 버릴 수가 있었던들 나는 자정 안에 집에 돌아올 수 없었을 것이다. 그러나 거리는 너무 복잡하였고 사람은 너무도 들끓었다. 나는 어느 사람을 붙들고 그 오 원 돈을 내주어야 할지 갈피를 잡을 수가 없었다. 그러는 동안에 나는 여지없이 피곤해 버리고 말았던 것이다.

나는 무엇보다도 좀 쉬고 싶었다. 눕고 싶었다. 그래서 나는 하는 수 없이 집으로 돌아온 것이다. 내 짐작 같아서는 밤이 어지간히 늦은 줄만 알았는데 그것이 불행히도 자정 전이었다는 것은 참 안된 일이다. 미안한 일이다. 나는 얼마든지 사죄하여도 좋다. 그러나 종시 아내의 오해를 풀지 못하였다 하면 내가 이렇게까지 사죄하는 보람은 그럼 어디 있나? 한심하였다.

한 시간 동안을 나는 이렇게 초조하게 굴지 않으면 안 되었다. 나는 이불을 홱 젖혀 버리고 일어나서 장지를 열고 아내 방으로 비칠비칠 달려갔던 것이다. 내게는 거의 의식이라는 것이 없었다. 나는 아내 이불 위에 엎드러지면서 바지 포켓 속에서 그 돈 오 원을 꺼내 아내 손에 쥐어 준 것을 간신히 기억할 뿐이다.

이튿날 잠이 깨었을 때 나는 내 아내 방 아내 이불 속에 있었다. 이것이 이 33번지에서 살기 시작한 이래 내가 아내 방에서 잔 맨 처음이었다.

해가 들창에 훨씬 높았는데 아내는 이미 외출하고 벌써 내 곁에 있지는 않다. 아니! 아내는 엊저녁 내가 의식을 잃은 동안에 외출한 것인지도 모른다. 그러나 나는 그런 것을 조사하고 싶지 않았다. 다만 전신이 찌뿌드드한 것이 손가락 하나 꼼짝할 힘조차 없었다. 책보보다 좀 작은 면적의 볕이 눈이 부시다. 그 속에서 수없는 먼지가 흡사 미생물처럼 난무한다. 코가 칵 막히는 것 같다. 나는 다시 눈을 감고 이불을 푹 뒤집어쓰고 낮잠을 자기에 착수하였다. 그러나 코를 스치는 아내의 체취는 꽤 도발적이었다. 나는 몸을 여러 번 여러 번 비비 꼬면서 아내의 화장대에 늘어선 고 가지각색 화장품 병들과 고 병들의 마개를 뽑았을 때 풍기던 내음새를 더듬느라고 좀처럼 잠은 들지 않는 것을 나는 어찌하는 수도 없었다.

견디다 못하여 나는 그만 이불을 걷어차고 벌떡 일어나서 내 방으로 갔다. 내 방에는 다 식어 빠진 내 끼니가 가지런히 놓여 있는 것이다. 아내는 내 모이를 여기다 주고 나간 것이다. 나는 우선 배가 고팠다. 한 숟갈을 입에 떠넣었을 때 그 촉감은 참 너무도 냉회(冷灰 불이 꺼져서 차가워진 재)와 같이 써늘하였다. 나는 숟갈을 놓고 내 이불 속으로 들어갔다. 하룻밤을 비워 버린 내 이부자리는 여전히 반갑게 나를 맞아 준다. 나는 내 이불을 뒤집어쓰고 이번에는 참 늘어지게 한잠 잤다. 잘—.

내가 잠을 깬 것은 전등이 켜진 뒤다. 그러나 아내는 아직도 돌아오지 않았나 보다. 아니! 들어왔다 또 나갔는지도 알 수 없다. 그러나 그런 것을 삼고(三考 여러 번 생각함)하여 무엇하나?

정신이 한결 난다. 나는 지난밤 일을 생각해 보았다. 그 돈 오 원을 아내 손에 쥐어 주고 넘어졌을 때에 느낄 수 있었던 쾌감을 나는 무엇이라고 설명할 수가 없었다. 그러니 내객들이 내 아내에게 돈 놓고 가는 심리며 내 아내가 내게 돈 놓고 가는 심리의 비밀을 나는 알아낸 것 같아서 여간 즐거운 것이 아니다. 나는 속으로 빙그레 웃어 보았다. 이런 것을 모르고 오늘까지 지내 온 나 자신이 어떻게 우스꽝스러워 보이는지 몰랐다. 나는 어깨춤이 났다.

따라서 나는 또 오늘 밤에도 외출하고 싶었다. 그러나 돈이 없다. 나는 엊저녁에 그 돈 오 원을 한꺼번에 아내에게 주어 버린 것을 후회하였다. 또 고 벙어리를 변소에 갖다 처넣어 버린 것도 후회하였다. 나는 실없이 실망하면서 습관처럼 그 돈이 들어 있던 내 바지 포켓에 손을 넣어 한번 휘둘러 보았다. 뜻밖에도 내 손에 쥐어지는 것이 있었다. 이 원밖에 없다. 그러나 많아야 맛은 아니다. 얼마간이고 있으면 된다. 나는 그만한 것이 여간 고마운 것이 아니었다.

나는 기운을 얻었다. 나는 그 단벌 다 떨어진 코르덴 양복을 걸치고 배고픈 것도, 주제 사나운 것도 다 잊어버리고 활갯짓을 하면서 또 거리로 나섰다. 나서면서 나는 제발 시간이 화살 닫듯 해서 자정이 어서 홱 지나 버렸으면 하고 조바심을 태웠다. 아내에게 돈을 주고 아내 방에서 자 보는 것은 어디까지든지 좋았지만 만일 잘못해서 자정 전에 집에 들어갔다가 아내의 눈총을 맞는 것은 그것은 여간 무서운 일이 아니었다. 나는 저물도록 길가 시계를 들여다보고 들여다보고 하면서 또 지향 없이 거리를 방황하였다. 그러나 이날은 좀처럼 피곤하지는 않았다. 다만 시간이 좀 너무 더디게 가는 것만 같아서 안타까웠다.

경성역 시계가 확실히 자정을 지난 것을 본 뒤에 나는 집을 향하였다. 그날은 그 일각대문에서 아내와 아내의 남자가 이야기하고 섰는 것을 만났다. 나는 모른 체하고 두 사람 곁을 지나서 내 방으로 들어갔다. 뒤이어 아내도 들어왔다. 와서는 이 밤중에 평생 안 하던 쓰레질(비로 쓸어 집 안을 청소하는 일)을 하는 것이다. 조금 있다가 아내가 눕는 기척을 엿듣자마자 나는 또 장지를 열고 아내 방으로 가서 그 돈 이 원을 아내 손에 덥석 쥐어 주고 그리고 (하여간 그 이 원을 오늘 밤에도 쓰지 않고 도로 가져온 것이 참 이상하다는 듯이 아내는 내 얼굴을 몇 번이고 엿보고) 아내는 드디어 아무 말도 없이 나를 자기 방에 재워 주었다. 나는 이 기쁨을 세상의 무엇과도 바꾸고 싶지는 않았다. 나는 편히 잘 잤다.

이튿날도 내가 잠이 깨었을 때는 아내는 보이지 않았다. 나는 또 내 방으로 가서 피곤한 몸이 낮잠을 잤다.

내가 아내에게 흔들려 깨었을 때는 역시 불이 들어온 뒤였다. 아내는 자기 방으로 나를 오라는 것이다. 이런 일은 또 처음이다. 아내는 끊임없이 얼굴에 미소를 띠고 내 팔을 이끄는 것이다. 나는 이런 아내의 태도 이면에 엔간치 않은 음모가 숨어 있지나 않은가 하고 적이 불안을 느끼지 않을 수 없었다.

나는 아내의 하자는 대로 아내 방으로 끌려갔다. 아내 방에는 저녁 밥상이 조촐하게 차려져 있는 것이다. 생각하여 보면 나는 이틀을 굶었다. 나는 지금 배고픈 것까지도 긴가민가 잊어버리고 어름어름하던 차다.

나는 생각하였다. 이 최후의 만찬을 먹고 나자마자 벼락이 내려도 나는 차라리 후회하지 않을 것을. 사실 나는 인간 세상이 너무나 심심해서 못 견디겠던 차다. 모든 일이 성가시고 귀찮았으나 그러나 불의의 재난이라는 것은 즐거웁다.

나는 마음을 턱 놓고 조용히 아내와 마주 이 해괴한 저녁밥을 먹었다. 우리 부부는 이야기하는 법이 없었다. 밥을 먹은 뒤에도 나는 말이 없이 그냥 부스스 일어나서 내 방으로 건너가 버렸다. 아내는 나를 붙잡지 않았다. 나는 벽에 기대어 앉아서 담배를 한 대 피워 물고 그리고 벼락이 떨어질 테거든 어서 떨어져라 하고 기다렸다.

오 분! 십 분!

그러나 벼락은 내리지 않았다. 긴장이 차츰 늘어지기 시작한다. 나는 어느덧 오늘 밤에도 외출할 것을 생각하고 있었다. 돈이 있었으면 하고 생각하고 있었다.

그러나 돈은 확실히 없다. 오늘은 외출하여도 나중에 올 무슨 기쁨이 있나. 나는 앞이 그냥 아뜩하였다. 나는 화가 나서 이불을 뒤집어쓰고 이리 뒹굴 저리 뒹굴 굴렀다. 금시 먹은 밥이 목으로 자꾸 치밀어 올라온다. 메스꺼웠다.

하늘에서 얼마라도 좋으니 왜 지폐가 소낙비처럼 퍼붓지 않나, 그것이 그저 한없이 야속하고 슬펐다. 나는 이렇게밖에 돈을 구하는 아무런 방법도 알지는 못했다. 나는 이불 속에서 좀 울었나 보다. 돈이 왜 없냐면서…….

그랬더니 아내가 또 내 방에를 왔다. 나는 깜짝 놀라 아마 인제서야 벼락이 내리려나 보다 하고 숨을 죽이고 두꺼비 모양으로 엎디어 있었다. 그러나 떨어진 입을 새어 나오는 아내의 말소리는 참 부드러웠다. 정다웠다. 아내는 내가 왜 우는지를 안다는 것이다. 돈이 없어서 그러는 게 아니냔다. 나는 실없이 깜짝 놀랐다. 어떻게 저렇게 사람의 속을 환하게 들여다보는구 해서 나는 한편으로 슬그머니 겁도 안 나는 것은 아니었으나 저렇게 말하는 것을 보면 아마 내게 돈을 줄 생각이 있나 보다. 만일 그렇다면 오죽이나 좋은 일일까. 나는 이불 속에 뚤뚤 말린 채 고개도 들지 않고 아내의 다음 거동을 기다리고 있으니까, 옜소 하고 내 머리맡에 내려뜨리는 것은 그 가뿐한 음향으로 보아 지폐에 틀림없었다. 그리고 내 귀에다 대고, 오늘일랑 어제보다도 좀 더 늦게 들어와도 좋다고 속삭이는 것이다. 그것은 어렵지 않다. 우선 그 돈이 무엇보다도 고맙고 반가웠다.

어쨌든 나섰다. 나는 좀 야맹증이다. 그래서 될 수 있는 대로 밝은 거리를 골라서 돌아다니기로 했다. 그러고는 경성역 일이등 대합실 한 곁 티룸에 들렀다. 그것은 내게는 큰 발견이었다. 거기는 우선 아무도 아는 사람이 안 온다. 설사 왔다가도 곧 가니까 좋다. 나는 날마다 여기 와서 시간을 보내리라 속으로 생각하여 두었다.

제일 여기 시계가 어느 시계보다도 정확하리라는 것이 좋았다. 섣불리

서투른 시계를 보고 그것을 믿고 시간 전에 집에 돌아갔다가 큰코다쳐서는 안 된다.

나는 한 부스에 아무것도 없는 것과 마주 앉아서 잘 끓은 커피를 마셨다. 총총한 가운데 여객들은 그래도 한 잔 커피가 즐거운가 보다. 얼른얼른 마시고 무얼 좀 생각하는 것같이 담벼락도 좀 쳐다보고 하다가 곧 나가 버린다. 서글프다. 그러나 내게는 이 서글픈 분위기가 거리 티룸들의 그 거추장스러운 분위기보다는 절실하고 마음에 들었다. 이따금 들리는 날카로운 혹은 우렁찬 기적 소리가 모차르트보다도 더 가깝다. 나는 메뉴에 적힌 몇 가지 안 되는 음식 이름을 치읽고 내리읽고 여러 번 읽었다. 그것들은 아물아물한 것이 어딘가 내 어렸을 때 동무들 이름과 비슷한 데가 있었다.

거기서 얼마나 내가 오래 앉았는지 정신이 오락가락하는 중에, 객이 슬며시 뜸해지면서 이 구석 저 구석 걷어치우기 시작하는 것을 보면 아마 닫을 시간이 된 모양이다. 열한 시가 좀 지났구나, 여기도 결코 내 안주의 곳은 아니구나, 어디 가서 자정을 넘길까, 두루 걱정을 하면서 나는 밖으로 나섰다. 비가 온다. 빗발이 제법 굵은 것이 우비도 우산도 없는 나를 고생을 시킬 작정이다. 그렇다고 이런 괴이한 풍모를 차리고 이 홀에서 어물어물하는 수는 없고, 에이 비를 맞으면 맞았지 하고 나는 그냥 나서 버렸다.

대단히 선선해서 견딜 수가 없다. 코르덴 옷이 젖기 시작하더니 나중에는 속속들이 스며들면서 추근거린다. 비를 맞아 가면서라도 견딜 수 있는 데까지 거리를 돌아다녀서 시간을 보내려 하였으나 인제는 선선해서 이 이상은 더 견딜 수가 없다. 오한이 자꾸 일어나면서 이가 딱딱 맞부딪는다.

나는 걸음을 재우치면서 생각하였다. 오늘 같은 궂은 날도 아내에게 내객이 있을라구, 없겠지, 하는 생각이 드는 것이다. 집으로 가야겠다. 아내에게 불행히 내객이 있거든 내 사정을 하리라. 사정을 하면 이렇게 비가 오는 것을 눈으로 보고 알아주겠지.

부리나케 와 보니까 그러나 아내에게는 내객이 있었다. 나는 그만 너무 춥고 척척해서 얼떨결에 노크하는 것을 잊었다. 그래서 나는 보면 아내가 좀 덜 좋아할 것을 그만 보았다. 나는 감발(버선 대신 발에 감는 좁고 긴 무명) 자국 같은 발자국을 내면서 덤벙덤벙 아내 방을 디디고 그리고 내 방으로 가서 쭉 빠진 옷을 활활 벗어 버리고 이불을 뒤썼다. 덜덜덜덜 떨린다. 오한이 점점 더 심해 들어온다. 여전 땅이 꺼져 들어가는 것만 같았다. 나는 그만 의식을 잃어버리고 말았다.

이튿날 내가 눈을 떴을 때 아내는 내 머리맡에 앉아서 제법 근심스러운 얼굴이다. 나는 감기가 들었다. 여전히 으스스 춥고 또 골치가 아프고 입에 군침이 도는 것이 씁쓸하면서 다리팔이 척 늘어져서 노곤하다.

아내는 내 머리를 쓱 짚어 보더니 약을 먹어야지 한다. 아내 손이 이마에 선뜩한 것을 보면 신열이 어지간한 모양인데, 약을 먹는다면 해열제를 먹어야지 하고 속생각을 하자니까 아내는 따뜻한 물에 하얀 정제약 네 개를 준다. 이것을 먹고 한잠 푹— 자고 나면 괜찮다는 것이다. 나는 널름 받아먹었다. 쌉싸래한 것이 짐작 같아서는 아마 아스피린인가 싶다. 나는 다시 이불을 쓰고 단번에 그냥 죽은 것처럼 잠이 들어 버렸다.

나는 콧물을 훌쩍훌쩍하면서 여러 날을 앓았다. 앓는 동안에 끊이지 않고 그 정제약을 먹었다. 그러는 동안에 감기도 나았다. 그러나 입맛은 여전히 소태처럼 썼다.

나는 차츰 또 외출하고 싶은 생각이 났다. 그러나 아내는 나더러 외출하지 말라고 이르는 것이다. 이 약을 날마다 먹고 그리고 가만히 누워 있으라는 것이다. 공연히 외출을 하다가 이렇게 감기가 들어서 저를 고생을 시키는 게 아니냔다. 그도 그렇다. 그럼 외출을 하지 않겠다고 맹세하고 그 약을 연복(連服 계속 복용)하여 몸을 좀 보해 보리라고 나는 생각하였다.

나는 날마다 이불을 뒤집어쓰고 밤이나 낮이나 잤다. 유난스럽게 밤이나 낮이나 졸려서 견딜 수가 없는 것이다. 나는 이렇게 잠이 자꾸만 오는 것은 내가 몸이 훨씬 튼튼해진 증거라고 굳게 믿었다.

나는 아마 한 달이나 이렇게 지냈나 보다. 내 머리와 수염이 좀 너무 자라서 후틋해서 견딜 수가 없어서 내 거울을 좀 보리라고 아내가 외출한 틈을 타서 나는 아내 방으로 가서 아내의 화장대 앞에 앉아 보았다. 상당하다. 수염과 머리가 참 산란하였다. 오늘은 이발을 좀 하리라 생각하고 겸사겸사고 화장품병들 마개를 뽑고 이것저것 맡아 보았다. 한동안 잊어버렸던 향기 가운데서는 몸이 배배 꼬일 것 같은 체취가 전해 나왔다. 나는 아내의 이름을 속으로만 한번 불러 보았다. '연심(蓮心 이상이 동거했던 기생 금홍의 본명이라고 함)이' 하고……

오래간만에 돋보기 장난도 하였다. 거울 장난도 하였다. 창에 든 볕이 여간 따뜻한 것이 아니었다. 생각하면 오월이 아니냐.

나는 커다랗게 기지개를 한번 켜 보고 아내 베개를 내려 베고 벌떡 자빠져서는 이렇게도 편안하고도 즐거운 세월을 하느님께 흠씬 자랑하여 주고 싶었다. 나는 참 세상의 아무것과도 교섭을 가지지 않는다. 하느님도 아마 나를 칭찬할 수도 처벌할 수도 없는 것 같다.

그러나 다음 순간, 실로 세상에도 이상스러운 것이 눈에 띄었다. 그것은 최면약 아달린 갑이었다. 나는 그것을 아내의 화장대 밑에서 발견하고 그것이 흡사 아스피린처럼 생겼다고 느꼈다. 나는 그것을 열어 보았다. 똑 네 개가 비었다.

나는 오늘 아침에 네 개의 아스피린을 먹은 것을 기억하고 있었다. 나는 잤다. 어제도 그제도 그끄제도, 나는 졸려서 견딜 수가 없었다. 나는 감기가 다 나았는데도 아내는 내게 아스피린을 주었다. 내가 잠이 든 동안에 이웃에 불이 난 일이 있다. 그때에도 나는 자느라고 몰랐다. 이렇게 나는 잤다. 나는 아스피린으로 알고 그럼 한 달 동안을 두고 아달린을 먹어 온 것이다. 이것은 좀 너무 심하다.

별안간 아뜩하더니 하마터면 나는 까무러칠 뻔하였다. 나는 그 아달린을 주머니에 넣고 집을 나섰다. 그리고 산을 찾아 올라갔다. 인간 세상의 아무것도 보기가 싫었던 것이다. 걸으면서 나는 아무쪼록 아내에 관계되는 일은 일체 생각하지 않도록 노력하였다. 길에서 까무러치기 쉬우니까다. 나는 어디라도 양지가 바른 자리를 하나 골라서 자리를 잡아 가지고 서서히 아내에 관하여서 연구할 작정이었다. 나는 길가의 돌창, 핀 구경도 못 한 진개나리꽃, 종달새, 돌멩이도 새끼를 까는 이야기, 이런 것만 생각하였다. 다행히 길가에서 나는 졸도하지 않았다.

거기는 벤치가 있었다. 나는 거기 정좌하고 그리고 그 아스피린과 아달린에 관하여 연구하였다. 그러나 머리가 도무지 혼란하여 생각이 체계를 이루지 않는다. 단 오 분이 못 가서 나는 그만 귀찮은 생각이 번쩍 들면서 심술이 났다. 나는 주머니에서 가지고 온 아달린을 꺼내 남은 여섯 개를 한꺼번에 질겅질겅 씹어 먹어 버렸다. 맛이 익살맞다. 그러고 나서 나는 그 벤치 위에 가로 기다랗게 누웠다. 무슨 생각으로 내가 그 따위 짓을 했나? 알 수가 없다. 그저 그러고 싶었다. 나는 게서 그냥 깊이 잠이 들었다. 잠결에도 바위틈을 흐르는 물소리가 졸졸 하고 귀에 언제까지나 어렴풋이 들려 왔다.

내가 잠을 깨었을 때는 날이 환-히 밝은 뒤다. 나는 거기서 일주야를 잔

것이다. 풍경이 그냥 노-랗게 보인다. 그 속에서도 나는 번개처럼 아스피린과 아달린이 생각났다.

아스피린, 아달린, 아스피린, 아달린, 맑스(마르크스. 독일의 경제학자, 정치학자, 철학자), 말사스(맬서스. 영국의 고전파 경제학자), 마도로스, 아스피린, 아달린.

아내는 한 달 동안 아달린을 아스피린이라고 속이고 내게 먹였다. 그것은 아내 방에서 이 아달린 갑이 발견된 것으로 미루어 증거가 너무나 확실하다.

무슨 목적으로 아내는 나를 밤이나 낮이나 재웠어야 됐나?

나를 밤이나 낮이나 재워 놓고 그리고 아내는 내가 자는 동안에 무슨 짓을 했나?

나를 조금씩 조금씩 죽이려던 것일까?

그러나 또 생각하여 보면, 내가 한 달을 두고 먹어 온 것은 아스피린이었는지도 모른다. 아내는 무슨 근심되는 일이 있어서 밤이면 잠이 잘 오지 않아서 정작 아내가 아달린을 사용한 것이나 아닌지, 그렇다면 나는 참 미안하다. 나는 아내에게 이렇게 큰 의혹을 가졌다는 것이 참 안됐다.

나는 그래서 부리나케 거기서 내려왔다. 아랫도리를 홰홰 내어저으면서 어찔어찔한 것을 나는 겨우 집을 향하여 걸었다. 여덟 시 가까이였다.

나는 내 잘못된 생각을 죄다 일러바치고 아내에게 사죄하려는 것이다. 나는 너무 급해서 그만 또 말을 잊어버렸다.

그랬더니 이건 참 너무 큰일 났다. 나는 내 눈으로는 절대로 보아서 안 될 것을 그만 딱 보아 버리고 만 것이다. 나는 얼떨결에 그만 냉큼 미닫이를 닫고 그리고 현기증이 나는 것을 진정시키느라고 잠깐 고개를 숙이고 눈을 감고 기둥을 짚고 서 있자니까 일 초 여유도 없이 홱 미닫이가 다시 열리더니 매무새를 풀어 헤친 아내가 불쑥 내밀면서 내 멱살을 잡는 것이다. 나는 그만 어지러워서 게서 그냥 나동그라졌다. 그랬더니 아내는 넘어진 내 위에 덮치면서 내 살을 함부로 물어뜯는 것이다. 아파 죽겠다. 나는 사실 반항할 의사도 힘도 없어서 그냥 넙죽 엎디어 있으면서 어떻게 되나 보고 있자니까 뒤이어 남자가 나오는 것 같더니 아내를 한 아름에 덥석 안아 가지고 방으로 들어가는 것이다. 아내는 아무 말 없이 다소곳이 그렇게 안겨 들어가는 것이 내 눈에 여간 미운 것이 아니다. 밉다.

아내는 너 밤새워 가면서 도둑질하러 다니느냐, 계집질하러 다니느냐고 발악이다. 이것은 참 너무 억울하다. 나는 어안이 벙벙하여 도무지 입이 떨어지지를 않았다.

너는 그야말로 나를 살해하려던 것이 아니냐고 소리를 한번 꽥 질러 보고도 싶었으나 그런 긴가민가한 소리를 선불리 입 밖에 내었다가는 무슨 화를 볼는지 알 수 있나. 차라리 억울하지만 잠자코 있는 것이 우선 상책인 듯싶은 생각이 들기에 나는 이것은 또 무슨 생각으로 그랬는지 모르지만 툭툭 털고 일어나서 내 바지 포켓 속에 남은 돈 몇 원 몇십 전을 가만히 꺼내서는 몰래 미닫이를 열고 살며시 문지방 밑에다 놓고 나서는 그냥 줄 달음박질을 쳐서 나와 버렸다.

여러 번 자동차에 치일 뻔하면서 나는 그대로 경성역을 찾아갔다. 빈자리와 마주 앉아서 이 쓰디쓴 입맛을 거두기 위하여 무엇으로나 입가심을 하고 싶었다.

커피. 좋다. 그러나 경성역 홀에 한 걸음을 들여놓았을 때 나는 내 주머니에는 돈이 한 푼도 없는 것을, 그것을 깜빡 잊었던 것을 깨달았다. 또 아뜩하였다. 나는 어디선가 그저 맥없이 머뭇머뭇하면서 어쩔 줄을 모를 뿐이었다. 얼빠진 사람처럼 그저 이리 갔다 저리 갔다 하면서…….

나는 어디로 어디로 들입다 쏘다녔는지 하나도 모른다. 다만 몇 시간 후에 내가 미쓰꼬시(종각에 있던 백화점) 옥상에 있는 것을 깨달았을 때는 거의 대낮이었다.

나는 거기 아무 데나 주저앉아서 내 자라 온 스물여섯 해를 회고하여 보았다. 몽롱한 기억 속에서는 이렇다는 아무 제목도 불거져 나오지 않았다.

나는 또 나 자신에게 물어 보았다. 너는 인생에 무슨 욕심이 있느냐고. 그러나 있다고도 없다고도, 그런 대답은 하기가 싫었다. 나는 거의 나 자신의 존재를 인식하기조차도 어려웠다.

허리를 굽혀서 나는 그저 금붕어나 들여다보고 있었다. 금붕어는 참 잘들도 생겼다. 작은 놈은 작은 놈대로 큰 놈은 큰 놈대로 다 싱싱하니 보기 좋았다. 내리비치는 오월 햇살에 금붕어들은 그릇 바탕에 그림자를 내려뜨렸다. 지느러미는 하늘하늘 손수건을 흔드는 흉내를 낸다. 나는 이 지느러미 수효를 헤어 보기도 하면서 굽힌 허리를 좀처럼 펴지 않았다. 등허리가 따뜻하다.

나는 또 오탁(汚濁 더럽고 흐림)의 거리를 내려다보았다. 거기서는 피곤한 생활이 똑 금붕어 지느러미처럼 흐늑흐늑 허비적거렸다. 눈에 보이지 않는 끈적끈적한 줄에 엉켜서 헤어나지들을 못한다. 나는 피로와 공복 때문에 무너져 들어가는 몸뚱이를 끌고 그 오탁의 거리 속으로 섞여 들어가지 않는 수도 없다 생각하였다.

나서서 나는 또 문득 생각하여 보았다. 이 발길이 지금 어디로 향하여 가는 것인가를…….

그때 내 눈앞에는 아내의 모가지가 벼락처럼 내려 떨어졌다. 아스피린과 아달린.

우리들은 서로 오해하고 있느니라. 설마 아내가 아스피린 대신에 아달린 정량을 나에게 먹여 왔을까? 나는 그것을 믿을 수가 없다. 아내가 대체 그럴 까닭이 없을 것이니 그러면 나는 날밤을 새면서 도적질을, 계집질을 하였나? 정말이지 아니다.

우리 부부는 숙명적으로 발이 맞지 않는 절름발이인 것이다. 내가 아내나 제 거동에 로직(logic 논리)을 붙일 필요는 없다. 변해(辯解 말로 풀어 자세히 밝힘)할 필요도 없다. 사실은 사실대로 오해는 오해대로 그저 끝없이 발을 절뚝거리면서 세상을 걸어가면 되는 것이다. 그렇지 않을까?

그러나 나는 이 발길이 아내에게로 돌아가야 옳은가 이것만은 분간하기가 좀 어려웠다. 가야 하나? 그럼 어디로 가나?

이때 뚜— 하고 정오 사이렌이 울렸다. 사람들은 모두 네 활개를 펴고 닭처럼 푸드덕거리는 것 같고 온갖 유리와 강철과 대리석과 지폐와 잉크가 부글부글 끓고 수선을 떨고 하는 것 같은 찰나, 그야말로 현란을 극한 정오다.

나는 불현듯이 겨드랑이가 가렵다. 아하 그것은 내 인공의 날개가 돋았던 자국이다. 오늘은 없는 이 날개, 머릿속에서는 희망과 야심의 말소된 페이지가 딕셔너리(dictionary 사전) 넘어가듯 번뜩였다.

나는 걷던 걸음을 멈추고 그리고 어디 한번 이렇게 외쳐 보고 싶었다.

날개야 다시 돋아라.

날자. 날자. 날자. 한 번만 더 날자꾸나.

한 번만 더 날아 보자꾸나.

무녀도

작가와 작품 세계

김동리(1913~1995)

경북 경주 출생. 본명은 시종(始終). 1929년 경신고등보통학교를 중퇴하고 귀향해 문학 작품을 섭렵했다. 1934년 시 「백로」가 〈조선일보〉에 입선되었다. 단편 「화랑의 후예」가 1935년 〈조선중앙일보〉에 당선되면서 본격적인 소설 창작 활동을 시작했다. 순수 문학과 신인간주의의 문학 사상으로 일관해 온 그는 8 · 15 광복 직후 민족주의 문학 진영에 가담해 김동석 · 김병규와 순수 문학에 관한 논쟁을 벌이는 등 좌익 문단에 맞서 우익 측의 민족 문학론을 옹호하기도 했다.

김동리는 휴머니즘을 바탕으로 한 인간 구원의 문제를 주로 다룬다. 그의 문학적 여정은 3기로 나눌 수 있다. 초기에는 토속적, 샤머니즘적, 동양적 신비의 세계를 배경으로 인간의 숙명적 운명을 다룬다. 그 대표작이 「무녀도」와 「황토기」다. 중기에는 6 · 25 전쟁을 계기로 역사의식과 현실 의식이 강화되면서 보편적 휴머니즘을 추구한다. 「귀환장정」, 「흥남철수」, 「역마」 등이 이 시기의 대표작들이다. 후기에는 보다 근원적인 인간 구원의 문제를 다루면서 현대 문명에 대한 비판 의식을 형상화한다. 『사반의 십자가』, 「목공 요셉」 등이 인간 구원의 문제를 다룬 것이라면 「등신불」, 「원왕생가」 등은 불교적인 인간 해석이 돋보이는 작품이다.

작품 정리

갈래: 순수 소설, 액자 소설

배경: 시간 - 개화기 / 공간 - 모화의 집, 강가 모래벌판

시점: 1인칭 관찰자 시점

주제: 무속 사상과 기독교 사상의 갈등이 빚은 혈육 간의 비극적 종말

출전: 〈중앙〉(1936)

구성과 줄거리

도입 (외화) **'나'는 집안에 전해 내려오는 '무녀도'의 내력을 듣게 됨**

서화와 골동에 취미가 있었던 할아버지의 소장품 중에는 무녀도가 있었다. 무녀도는 자기 여식의 그림을 보아 달라고 하는 한 사내와 딸을 며칠 묵게 하면서 여자아이에게 그리게 한 것이다. 다음 이야기는 할아버지로부터 들은 것이다.

발단 (내화) **딸 낭이와 함께 사는 모화에게 아들 욱이가 돌아옴**

경주에서 멀리 떨어진 집성촌 마을에 모화라는 무당이 벙어리 딸 낭이와 쓸쓸히 살고 있었다. 어느 날 아들 욱이가 10년 만에 돌아왔다. 모화는 욱이를 얼싸안고 통곡한다. 욱이는 모화가 무당이 되기 전에 낳은 사생아다. 어려서 신동으로 불렸지만 공부를 시킬 수 없어 아홉 살에 어느 절로 보냈다.

전개 (내화) **무당인 모화와 예수교를 믿는 욱이 사이에 갈등이 발생함**

예수교 신자가 되어 있었던 욱이는 낭이에게 성경 읽기와 하나님 모시기를 권한다. 모화는 예수 귀신이 씌었다고 푸념한다. 욱이는 평양의 목사에게 사귀에 빠진 사람들을 위해 교회를 지어야겠다고 간청하는 내용의 편지를 보낸다. 욱이는 예수교인들을 만나기 위해 돌아다니고, 모화는 예수 귀신을 쫓기 위해 치성을 드린다.

위기 (내화) **욱이가 불타는 성경을 잡으려다 모화의 칼에 찔림**

욱이가 돌아온 날 밤, 모화는 성경을 불태우며 치성을 드린다. 잠결에 성경이 없어진 것을 안 욱이가 부엌으로 갔을 땐 성경이 이미 타고 있었다. 욱이는 불타는 성경을 붙잡으려다 모화가 휘두르는 칼에 찔리고 만다.

절정 (내화) **욱이는 죽음에 이르고 마을에는 교회당이 들어섬**

모화의 극진한 간호에도 불구하고 욱이의 건강은 날로 악화된다. 마을에는 교회가 들어서고 예수교가 급속히 전파된다. 모화는 더욱 열심히 치성을 드린다. 평양에서 현 목사가 와서 이 마을의 교회가 욱이의 노력으로 건설되었다고 치하한다. 욱이는 목사에게 건네받은 성경을 가슴에 안고 숨진다.

결말 (내화) 모화가 마지막으로 굿을 하며 물속으로 들어감

모화는 물에 빠진 부잣집 며느리의 혼백을 건지는 굿을 맡는다. 마을 사람들은 굿을 보기 위해 몰려든다. 혼백이 건져지지 않자 모화는 주문을 외며 물가로 다가가 마침내 빠져 죽는다.

종결 (외화) 아버지가 나타나 낭이를 데리고 감

그 이후 어떤 사내가 나타나 혼자 누워 있는 낭이를 데리러 온다. 그녀의 아버지다. 낭이는 아버지를 따라 다니며 무녀도를 그리는 일로 연명한다.

생각해 볼 문제

1. 이 작품은 액자 구성을 통해 어떤 효과를 얻고 있는가?

서두에 화자가 무녀도를 입수하게 된 경위가 나온다. 작가는 1인칭 관찰자 시점이 갖는 장점을 최대한 활용하기 위해 액자 구성을 수용한 것으로 보인다. 이 작품은 액자 구성을 통해 작가와 인물 사이에 거리를 유지함으로써 독자의 흥미를 유발하고 리얼리티를 획득하고 있다. 또한, 이 작품은 작가 자신의 소설적 역량을 최대로 발휘한 대표작으로 꼽힌다.

2. 모화의 죽음은 무엇을 의미하는가?

모화의 몸이 넋두리와 함께 물에 잠기는 것은 현실적으로 '죽음'을 뜻하지만 정신적으로는 '접신(接神)의 경지'에 들어갔음을 의미한다. 물은 이별과 죽음, 생성과 소멸을 상징한다.

3. 이 작품은 표면적으로는 전통문화가 외래문화에 패배하는 것으로 그려져 있다. 이에 대한 작가의 태도는 어떠한가?

모화의 죽음은 외래 문명의 영향으로 전통적 샤머니즘이 소멸해 가는 세태를 상징한다. 작가는 전통문화가 퇴조할 수밖에 없다는 것을 인정하면서도 낭이의 마음속에 한과 같은 에너지로 남아 있다는 메시지를 동시에 던진다.

인물 관계도

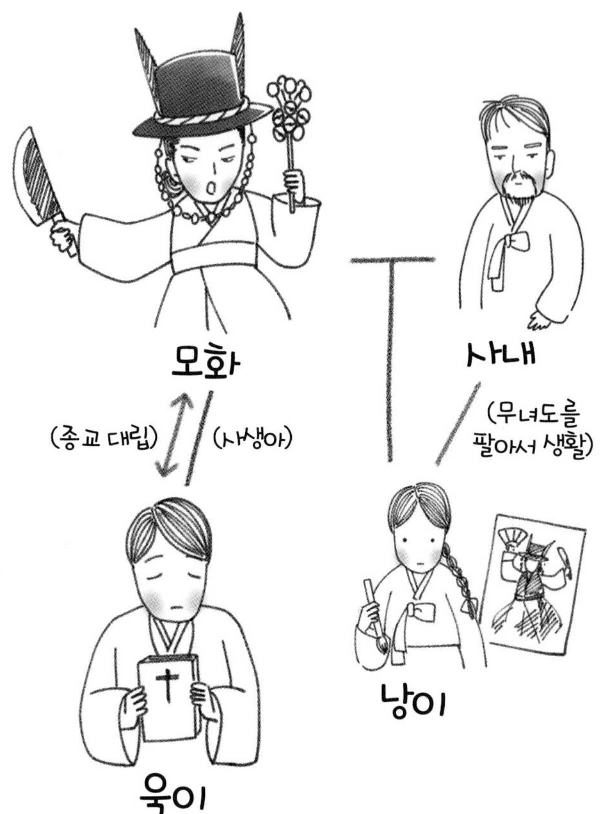

경주 근처 작은 마을에 모화라는 무당이 살았어요. 저(낭이)는 모화의 딸인데 욱이라는 오빠가 있었지요. 10년 만에 만난 욱이 오빠는 예수를 믿어서 어머니와 늘 싸웠어요. 어머니는 오빠의 성경을 태우고 오빠를 칼로 찔렀지요. 오빠는 결국 세상을 떠났고, 어머니는 굿을 하다가 물에 빠져 죽었어요. 그 뒤로 저는 무녀도를 그리며 살고 있어요.

무녀도

1

뒤에 물러 누운 어둑어둑한 산, 앞으로 폭이 넓게 흐르는 검은 강물, 산마루로 들판으로 검은 강물 위로 모두 쏟아져 내릴 듯한 파아란 별들, 바야흐로 숨이 고비에 찬, 이슥한 밤중이다. 강가 모랫벌에 큰 차일을 치고, 차일 속엔 마을 여인들이 자욱이 앉아 무당의 시나위(무악에서 유래된 가락의 한 가지. 피리, 해금, 장구, 징, 북 등으로 편성되는 합주) 가락에 취해 있다. 그녀들의 얼굴들은 분명히 슬픈 흥분과 새벽이 가까워 온 듯한 피곤에 젖어 있다. 무당은 바야흐로 청승에 자지러져 뼈도 살도 없는 혼령으로 화한 듯 가벼이 쾌잣자락을 날리며 돌아간다…….

이 그림이 그려진 것은 아버지가 장가를 들던 해라 하니, 나는 아직 세상에 태어나기도 이전의 일이다. 우리 집은 옛날의 소위 유서 있는 가문으로, 재산과 문벌로도 떨쳤지만, 글하는 선비란 것도 우글거렸고, 특히 진귀한 서화와 골동품으로서는 나라 안에서 손꼽힐 만큼 높이 일컬어졌었다. 그리고 이 서화와 골동품을 즐기는 취미는 아버지에서 다시 손자로 대대 가산과 함께 물려져 내려오는 가풍이기도 했다.

우리 집 살림이 탁방난 것은 아버지 때였으나, 그즈음만 해도 아직 옛날과 다름없이 할아버지께서는 사랑에서 나그네를 겪으셨고, 그러자니 시인묵객(詩人墨客 먹을 가지고 글씨를 쓰거나 그림을 그리는 사람)들이 끊일 새 없이 찾아들곤 하였다. 그 무렵이라 한다. 온종일 흙바람이 불어 뜰 앞엔 살구꽃이 터져 나오는 어느 봄날 어스름 때였다. 색다른 나그네가 대문 앞에 닿았다. 동저고리 바람에 패랭이를 쓰고 그 위에 명주 수건을 잘라맨, 나이 한 쉰 가까이 되어 뵈는, 체수도 조그만 사내가 나귀 고삐를 잡고서고, 나귀에는 열예닐곱쯤이나 뵈는, 낯빛이 몹시 파리한 소녀 하나가 안장 위에 앉아 있었다. 남자 하인과 그 상전의 따님 같아도 보였다.

그러나 이튿날 그 사내는,

"이 여아는 소인의 여식이옵는데, 그림 솜씨가 놀랍다 하기에 대감의 문전을 찾았삽내다."

소녀는 흰옷을 입었었고, 옷 빛보다 더 새하얀 그녀의 얼굴엔 깊이 모를 슬픔이 서리어 있었다.

"아기의 이름은?"

"……."

"나이는?"

"……."

주인이 소녀에게 말을 건네 보았었으나, 소녀는 굵은 두 눈으로 한 번 그를 바라보았을 뿐 입을 떼려고 하지는 않았다.

아비가 대신 입을 열어,

"여식의 이름은 낭이(琅伊), 나이는 열일곱 살이옵고……."

하더니, 목소리를 더 낮추며,

"여식은 가는귀가 좀 먹었습니다."

했다.

주인도 이번에는 고개를 끄덕였다. 그러고는 사내를 보고, 며칠이든지 묵으며 소녀의 그림 솜씨를 보여 달라고 했다.

그들 아비 딸은 달포(한 달이 조금 넘는 기간) 동안이나 머물러 있으며, 그림도 그리고 자기네의 지난 이야기도 자세히 하소연했다고 한다.

할아버지께서는 그들이 떠나는 날에, 이 불행한 아비 딸을 위하여 값진 비단과 충분한 노자를 아끼지 않았으나, 나귀 위에 앉은 가련한 소녀의 얼굴에는 올 때나 조금도 다름없는 처절한 슬픔이 서려 있었을 뿐이라고 한다.

……소녀가 남기고 간 그림(이것을 할아버지께서는 '무녀도'라 불렀지만)과 함께 내가 할아버지로부터 전해 들은 이야기는 다음과 같다.

2

경주읍에서 성 밖으로 오 리쯤 나가서 조그만 마을이 있었다. 여민촌 혹은 잡성촌이라 불리는 마을이었다.

이 마을 한구석에 모화(毛火)라는 무당이 살고 있었다. 모화서 들어온 사람이라 하여 모화라 부르는 것이었다. 그것은 한 머리 찌그러져 가는 묵은 기와집으로, 지붕 위에는 기와버섯이 퍼렇게 뻗어 올라 역한 흙냄새를 풍기고, 집 주위는 앙상한 돌담이 군데군데 헐리인 채 옛 성처럼 꼬불꼬불 에워싸고 있었다. 이 돌담이 에워싼 안의 공지같이 넓은 마당에는 수채가 막힌 채, 빗물이 괴는 대로 일 년 내 시퍼런 물이끼가 뒤덮여 늘쟁이, 명아주, 강아지풀, 그리고 이름 모를 여러 가지 잡풀들이 사람의 키도 묻힐 만큼 거멓게 엉키어 있었다. 그 아래로 뱀같이 길게 늘어진 지렁이와 두꺼비같이 늙은 개구리들이 구물거리며 움칠거리며, 항시 밤이 들기만 기다릴 뿐으로, 이미 수십 년 혹은 수백 년 전에 벌써 사람의 자취와는 인연이 끊어진 도깨비굴 같기만 했다.

이 도깨비굴같이 낡고 헐리인 집 속에 무녀 모화와 그 딸 낭이는 살고 있었다. 낭이의 아버지 되는 사람은 경주읍에서 칠십 리가량 떨어져 있는 동해변 어느 길목에서 해물 가게를 보고 있는데, 풍문에 의하면 그는 낭이를 세상에 없이 끔찍이 생각하는 터이므로, 봄 · 가을철이면 분 잘 핀 다시마와 조촐한 꼭지미역(한 줌에 쥐어지게 잡아맨 미역) 같은 것을 가지고 다녀가곤 한다는 것이었다. 나중 욱이(昱伊)가 돌연히 나타나지 않았다면, 이 도깨비굴 속에 그녀들을 찾는 사람이라야 모화에게 굿을 청하러 오는 사람들과 봄가을에 한 번씩 낭이를 찾아 주는 그녀의 아버지 정도로, 세상 사람들과는 별로 왕래도 없이 살아가는 쓸쓸한 어미, 딸이었을 것이다.

간혹 원근 동네에서 모화에게 굿을 청하러 오는 사람이 있어도 아주 방문 앞까지 들어서며,

"여보게, 모화네 있는가?"

"여보게, 모화네."

하고, 두세 번 부르도록 대답이 없다가, 아주 사람이 없는 모양이라고 툇마루에 손을 짚고 방문을 열려고 하면 그때서야 안에서 방문을 먼저 열고 말없이 내다보는 계집애 하나, 그녀의 이름이 낭이었다. 그럴 때마다 낭이는 대개 혼자서 그림을 그리고 있다가 놀라 붓을 던지며 얼굴이 파랗게 질린 채 와들와들 떨곤 하는 것이었다.

이와 같이, 모화는 어느 하루를 집구석에서 살림이라고 살고 있는 날이 없었다. 날이 새기가 무섭게 성안으로 들어가면 언제나 해가 서쪽 산마루에 걸릴 무렵에야 돌아오곤 했다. 술이 얼근해서 수건엔 복숭아를 싸들고 춤을 추며,

"따님아, 따님아, 김씨 따님아,
수국 꽃님 낭이 따님아,
용궁이라 들어가니,
열두 대문이 다 잠겼다.

문 열으소, 문 열으소,
열두 대문 열어 주소."

청승 가락을 뽑으며 동구로 들어오는 것이었다.

"모화네, 오늘도 한잔했구나."

마을 사람들이 인사를 하면 모화는 수줍은 듯이 어깨를 비틀며,

"예에, 장에 갔다가요."

하고, 공손스레 절을 하곤 하였다.

모화는 굿을 할 때 이외에는 대개 주막에 가 있었다.

그만큼 모화는 술을 즐기었고 낭이는 또한 복숭아를 좋아하며 어미가 술이 취해 돌아올 때마다 여름 한철은 언제나 그녀의 손에 복숭아가 들려 있었다.

"따님 따님, 우리 따님."

모화는 집 안에 들어서면서도 이렇게 가락을 붙여 낭이를 불렀다.

낭이는 어릴 때 나들이에서 돌아오는 어미의 품에 뛰어들어 젖을 빨듯, 어미의 수건에 싸인 복숭아를 받아먹는 것이었다.

모화의 말을 들으면 낭이는 수국 꽃님의 화신으로, 그녀가 꿈에 용신님을 만나 복숭아 하나를 얻어먹고 꿈꾼 지 이레 만에 낭이를 낳은 것이라 했다. 그녀의 말에 의하면 수국 용신님은 따님이 열두 형제였다. 첫째는 달님이요, 둘째는 물님이요, 셋째는 구름님이요 …… 이렇게 열두째는 꽃님이었는데, 산신님의 열두 아드님과 혼인을 시키게 되어 달님은 해님에게, 물님은 나무님에게, 구름님은 바람님에게, 각각 차례대로 배혼을 정해 나가려니까 막내 따님인 꽃님은 본시 연애를 좋아하시는 성미라, 자기 차례가 돌아오기를 미처 기다릴 수 없어, 열한째 형인 열매님의 낭군님이 되실 새님을 가로채어 버렸더니 배필을 잃은 열매님과 나비님은 슬피 울며, 제각기 용신님과 산신님께 호소한 결과 용신님이 먼저 크게 노하고 벌을 내려 꽃님의 귀를 먹게 하시고, 수국을 추방하시니, 꽃님에서 그만 복사꽃이 되어 봄마다 강가로 산기슭으로 붉게 피지만 새님이 가지에 와 아무리 재잘거려도 지금까지 귀가 먹은 채 말 없는 벙어리가 되어 있는 것이라 한다.

모화는 주막에서 술을 먹다 말고, 화랑이(광대와 비슷한 놀이꾼의 패)들과 어울려서 춤을 추다 말고, 별안간 미친 것처럼 일어나 달아나곤 했다. 물으면 집에서 따님이 자기를 부르노라고 했다.

그녀는 수국 용신님께서 낭이 따님을 잠깐 자기에게 맡겼으므로 자기는 그동안 맡아 있는 것뿐이라 했다.

그러므로 자기가 만약 이 따님을 정성껏 섬기지 않으면 큰어머님 되시는 용신님의 노염을 살까 두렵노라 하였다.

낭이뿐 아니라, 모화는 보는 사람마다 너는 나무 귀신의 화신이다, 너는 돌 귀신의 화신이다 하여, 걸핏하면 칠성에 가 빌라는 둥 용왕에 가 빌라는 둥 했다.

모화는 사람을 볼 때마다 늘 수줍은 듯, 어깨를 비틀며 절을 했다. 어린애를 보고도 부들부들 떨며 두려워했다. 때로는 개나 돼지에게도 아양을 부렸다.

그녀의 눈에는 때때로 모든 것이 귀신으로만 비친다는 것이었다. 그것은 사람뿐 아니라 돼지, 고양이, 개구리, 지렁이, 고기, 나비, 감나무, 살구나무, 부지깽이, 항아리, 섬돌, 짚신, 대추나뭇가지, 제비, 구름, 바람, 불, 밥, 연, 바가지, 다래끼, 솥, 숟가락, 호롱불 …… 이러한 모든 것이 그녀와 서로 보고, 부르고, 말하고, 미워하고, 시기하고, 성내고 할 수 있는 이웃 사람같이 보이곤 했다. 그리하여 그 모든 것을 '님'이라 불렀다.

3

욱이가 돌아온 뒤부터 이 도깨비굴 속에는 조금씩 사람 냄새가 나기 시작했다. 부엌에 들어서기를 그렇게 싫어하던 낭이도 욱이를 위해서는 가끔 밥을 짓는 것이었다. 그리고 밤이면 오직 컴컴한 어둠과 별빛만이 차 있던 이 허물어져 가는 기와집 처마 끝에도 희부연 종이 등불이 고요히 걸려지곤 했다.

욱이는 모화가 아직 모화 마을에 살 때, 귀신이 지피기 전, 어떤 남자와의 사이에서 생긴 사생아였다. 그는 어릴 적부터 무척 총명하여 신동이란 소문까지 났으나, 근본이 워낙 미천하여 마을에서는 순조롭게 공부를 시킬 수가 없어, 그가 아홉 살 되었을 때 아는 사람의 주선으로 어느 절간에 보낸 뒤, 그동안 한 십 년간 까맣게 소식조차 묘연하다가 얼마 전 표연히 이 집에 나타난 것이었다. 낭이와는 말하자면 어미를 같이하는 오뉘뻘이었다. 낭이가 대여섯 살 되었을 때 그때만 해도 아직 병으로 귀가 멀기 전이라 '욱이, 욱이' 하고 몹시 그를 따르곤 했었다. 그러던 것이 욱이가 절간으로 떠난 지 얼마 되지 않아 낭이는 자리에 눕게 되어 꼭 삼 년 동안을 시름시름 앓고 나더니, 그 길로 귀가 멀어 버렸던 것이다. 그러나 귀가 어느 정도로 먹은 지는 아무도 아는 사람이 없었다. 한두 번 그의 어미를 향해 어눌하나마,

"우, 욱이 어디 가아서?"

이렇게 물은 적이 있었다.

"절에 공부하러 갔다."

"어어디, 절에?"

"지림사, 큰 절에……."

그러나 이것은 거짓말이었다. 모화 자신도 사실인즉 욱이가 어느 절에 가 있는지 통 모르고 있었고, 다만 모른다고 하기가 싫어서 이렇게 머리에 떠오르는 대로 대답했을 뿐이었다.

모화는 장에서 돌아와 처음 욱이를 보았을 때, 그 푸른 얼굴에 난데없는 공포의 빛이 서리며, 곧 어디로 달아날 것같이 한참 동안 어깨를 뒤틀고 허둥거리다가 말고 별안간 그 후리후리한 키에 긴 두 팔을 벌려, 흡사 무슨 큰 새가 저희 새끼를 품듯 달려들어 욱이를 안았다.

"이게 누고, 이게 누고? 아이고…… 내 아들아, 내 아들아!"

모화는 갑자기 목을 놓고 울었다.

"내 아들아, 내 아들아! 늬가 왔나, 늬가 왔나?"

모화는 앞뒤도 살피지 않고 온 얼굴을 눈물로 씻었다.

"오마니, 오마니."

욱이도 어미의 한쪽 어깨에 볼을 대고 오래도록 울었다. 어미을 닮아 허리가 날씬하고 목이 가는 이 열아홉 살 난 청년은 그동안 절간으로 어디로 외롭게 유랑해 다닌 사람 같지도 않게, 품위가 있고 아름다운 얼굴이었다.

낭이도 그때에야 이 청년이 욱이인 것을 진정으로 깨닫는 모양이었다. 처음 혼자 방에 있는데, 어떤 낯선 청년이 와서 방문을 열기에 너무도 놀라고 간이 뛰어 말(표정으로도) 한마디도 못 하고 방구석에 서서 오들오들 떨고만 있었던 것이다. 이제 낭이는 그 어머니가 욱이를 얼싸안고 내 아들아, 내 아들아 하며 우는 것을 보고 어쩌면 저도 눈물이 날 것 같았다.

낭이는 그 어머니에게도 이렇게 인정이 있다는 것을 보자 형언할 수 없는 즐거움을 깨달았다.

그러나 욱이는 며칠을 가지 않아 모화와 낭이에게 알 수 없는 이상한 수수께끼와 같은 것이 되었다.

그는 음식을 받아 놓고나, 밤에 잠을 자려고 할 때나, 또 아침에 자리에서 일어났을 때 반드시 한참 동안씩 주문 같은 것을 외는 것이었다. 그러고는 틈틈이 품속에서 조그만 책 한 권을 꺼내어 읽곤 하는 것이었다. 낭이가 그것을 수상스레 보고 있으려니까 욱이는 그 아름다운 얼굴에 미소를 지으며,

"너도 이 책을 읽어라."

하고 그 조그만 책을 낭이 앞에 펴 보이곤 했다. 낭이는 지금까지 '심청전'이란 책을 여러 차례 두고 읽어서 국문쯤은 간신히 읽을 수 있었으므로, 욱이가 내놓은 그 조그만 책을 들여다보니, 맨 처음 껍데기에 큰 글자로 '신약전서'란, 넉 자가 똑똑히 씌어 있었다. '신약전서'란 생전 처음 보는 이름이다.

낭이가 알 수 없다는 듯이 욱이를 바라보자, 욱이는 또 만면에 미소를 띠며,

"너 사람을 누가 만들어 낸지 아니?"

하였다. 그러나 낭이에게는 이 말이 들리지도 않았을 뿐더러, 욱이의 손짓과 얼굴 표정을 통해 대강 짐작할 수 있었다 하더라도 이건 지금까지 생각도 해 보지 못한 어려운 말이었다.

"그럼 너 사람이 죽어서 어떻게 되는 줄은 아니?"

"……."

"이 책에는 그런 것들이 모두 씌어 있다."

그러고는 손으로 몇 번이나 하늘을 가리켰다. 그리하여 낭이가 알아들은 말이라고는 겨우 한마디 '하나님'이었다.

"우리 사람을 만든 것은 하나님이다. 하나님은 우리 사람뿐 아니라 천지만물을 다 만들어 내셨다. 우리가 죽어서 돌아가는 곳도 하나님 전이다."

이러한 욱이의 '하나님'은 며칠 지나지 않아 곧 모화의 의혹과 반발을 불러일으켰다. 욱이가 온 지 사흘째 되던 날, 아침밥을 받아 놓고 그가 기도를 드리려니까, 모화는,

"너 불도(佛道)에도 그런 법이 있나?"

이렇게 물었다. 모화는 욱이가 그동안 절간에 가 있다 온 줄만 믿고 있었으므로, 그가 하는 짓은 모두 불도에 관한 일인 줄로만 생각하는 모양이었다.

"아니요 오마니, 난 불도가 아닙내다."

"불도가 아니고, 그럼 무슨 도가 있어?"

"오마니, 절간에서 불도가 보기 싫어 달아났댔쇠다."

"불도가 보기 싫다니, 불도야 큰 도지……. 그럼 넌 뭐 신선도야?"

"아니요 오마니, 난 예수도올시다."

"예수도?"

"북선 지방에서는 예수교라고 합데다. 새로 난 교지요."

"그럼, 너 동학당이로군!"

"아니요 오마니, 나는 동학당이 아닙내다. 나는 예수도올시다."

"그래. 예수도온가 하는 데서는 밥 먹을 때마다 눈을 감고 주문을 외이나?"

"오마니, 그건 주문이 아니외다. 하나님 앞에 기도 드리는 것이외다."

"하나님 앞에?"

모화는 눈을 둥그렇게 떴다.

"네, 하나님께서 우리 사람을 내셨으니깐요."

"야아, 너 잡귀가 들렸구나!"

모화의 얼굴빛은 순간 퍼렇게 질리었다. 그러고는 더 묻지 않았다.

다음 날, 모화가 그 마을에 객귀 들린 사람이 있어 '물밥'을 내주고 돌아오려니까 욱이가,

"오마니, 어디 갔다 오시나요?"

하고 물었다.

"저 박급창 댁에 객귀를 물려 주고 온다."

욱이는 한참 동안 무엇을 생각하는 모양이더니,

"그럼 오마니가 물리면 귀신이 물러 나갑데까?"

한다.

"물러 나갔기 사람이 살아났지."

모화는 별소리를 다 듣는다는 듯이 대답했다. 그는 지금까지 이 경주 고을 일원을 중심으로 수백 번의 푸닥거리(무당이 간단하게 음식을 차려 놓고 잡귀를 풀어 먹이는 굿)와 굿을 하고 수백 수천 명의 병을 고쳐 왔지만, 아직 한 번도 자기의 하는 굿이나 푸닥거리에 신령님의 감응을 의심한다든가 걱정해 본 적은 없었다. 더구나 누구의 객귀에 물밥을 내주는 것쯤은 목마른 사람에게 물 한 그릇을 떠 주는 것만큼이나 당연하고 손쉬운 일로만 여겨왔다. 모화 자신만이 그렇게 생각할 뿐 아니라 굿을 청하는 사람, 객귀가 들린 사람 쪽에서도 그와 같이 믿고 있는 편이기도 했다. 그들은 무슨 병이 나면 먼저 의원에게 보이려는 생각보다 으레 모화에게 찾아갈 것으로 생각하는 것이었다. 그들의

생각에는 모화의 푸닥거리나 푸념이 의원의 침이나 약보다 훨씬 반응이 빠르고 효험이 확실하고 준비가 손쉬웠던 것이다. ……한참 동안 고개를 수그리고 무엇을 생각하고 있던 욱이는, 고개를 들어 그 어머니의 얼굴을 똑바로 바라보며,

"오마니, 이것 보시오. 마태복음 제구 장 삼십오 절이올시다. 저희가 나갈 때에 사귀 들려 벙어리 된 자를 예수께 데려오매, 사귀가 쫓겨나니 벙어리가 말하거늘……."

그러나 이때 벌써 모화는 자리에서 일어나, 방구석에 언제나 차려 놓은 '신주상' 앞에 가서,

"신령님네, 신령님네, 동서남북 상하 천지,
날것은 날아가고, 길 것은 기어가고
머리검하 초로인생 실낱 같안 이 목숨이,
신령님네 품이길래 품속에 품았길래,
대로같이 가옵내다, 대로같이 가옵내다.
부정한 손 물리치고, 조콜한 손 받으실새,
터주님이 터 주시고 조왕님이 요 주시고,
삼신님이 명 주시고 칠성님이 들르시고,
미륵님이 돌보셔서 실낱 같안 이 목숨이,
대로같이 가옵내다. 탄탄대로같이 가옵내다."

모화의 두 눈은 보석같이 빛나고, 강렬한 발작과도 같이 등허리를 떨며 두 손을 비벼댔다. 푸념이 끝나자 신주상 위의 냉수 그릇을 들어 물을 머금더니 욱이의 낯과 온몸에 확 뿜으며,

"엇쇠 귀신아, 물러서라,
여기는 영주 비루봉 상상봉헤,
깎아 질린 돌베랑헤, 쉰 길 청수헤,
너희 올 곳이 아니니라.
바른손헤 칼을 들고 왼손헤 불을 들고,
엇쇠 잡귀신아, 썩 물러서라. 툇툇!"

이렇게 외쳤다.

욱이는 처음 어리둥절해서 모화의 푸념하는 양을 바라보고 있다가, 이윽고 고개를 수그려 잠깐 기도를 올리고 나서 일어나 잠자코 밖으로 나가 버렸다.

모화는 욱이가 나간 뒤에도 한참 동안 푸념을 계속하며 방구석마다 물을 뿜고 주문을 외었다.

4

욱이는 그 길로 이 지방의 예수교인들을 찾아보기로 했다. 그날 곧 돌아올 줄 알았던 욱이는 해가 지고 밤이 깊어도 돌아오지 않았다. 모화와 낭이, 어미 딸은 방구석에 음울하게 웅크리고 앉아 욱이가 돌아오기만 기다리는 것이었다.

"예수 귀신 책 거 없나?"

모화는 얼마 뒤에 낭이더러 이렇게 물었다. 낭이는 고개를 저었다. 그러자 갑자기 낭이도 욱이의 그 신약전서란 책을 제가 맡아 두지 않았음을 후회했다. 모화는 분명히 욱이가 무슨 몹쓸 잡귀에 들린 것으로만 간주하는 모양이었다. 그것은 마치 욱이가 모화와 낭이를 으레 사귀 들린 사람들로 생각하는 것과도 같았다. 그는 모화뿐만 아니라 낭이까지도 어미의 사귀가 들어가서 벙어리가 된 것이라고 믿는 것이었다.

"예수 당시에도 사귀 들려 벙어리 된 자를 예수께서 몇 번이나 고쳐 주시지 않았나."

욱이는 이렇게 생각하는 것이었다. 그리고 그는 자기의 힘으로 자기가 하나님께 열심히 기도를 드림으로써, 그 어미와 누이동생의 병을 고쳐야 한다고 마음속으로 굳게 결심하는 것이었다.

'예수께서 무리들이 달려와서 모이는 것을 보시고 그 더러운 귀신을 꾸짖어 가라사대 벙어리와 귀머거리 귀신아, 내가 네게 명하노니 그 아이에게서 나오고 다시 들어가지 마라 하시니 사귀가 소리 지르며 아이를 심히 오그라뜨리고 나가니, 그 아이가 죽은 것같이 되매 여러 사람이 말하기를 죽었다 하거늘, 오직 예수 그 손을 잡아 일으키시니 드디어 일어서더라. 집에 들어가시매 제자들이 조용히 묻자와 가로되 우리는 어찌하여 능히 그 귀신을 쫓아내지 못하였나이까. 예수 가라사대 기도 아니 하여서는 이런

유를 나가게 할 수 없나니라(마가복음 9장 25~29절).'

그리하여 욱이는 자기도 하나님께 기도만 간절히 드리면 그 어미와 누이동생에게 들어 있는 사귀도 내어 쫓을 수 있으리라 믿었다. 일방, 그는 그가 지금까지 배우고 있던 평양 현 목사와 이 장로에게도 편지를 띄웠다.

'목사님, 저는 하나님의 은혜로 무사히 오마니를 찾아왔습내다. 그러하오나 이 지방에는 오직 우리 주님의 복음이 전파되지 않아서 사귀 들린 자와 우상 섬기는 자가 매우 많은 것을 볼 때, 하루바삐 주님의 복음을 이 지방에 전파하도록 교회를 지어야 하겠삽내다. 목사님께 말씀 드리기는 매우 부끄러운 일이나 저의 오마니는 무당 사귀가 들려 있고, 저의 누이동생은 귀머거리와 벙어리 귀신이 들려 있습내다. 저는 마가복음 제구장 제이십구절에 있는 우리 주님 예수 그리스도의 말씀대로 이 사귀들을 내어 쫓기 위하여 열심히 기도를 드립니다마는 교회가 없으므로 기도 드릴 장소가 매우 힘드옵내다. 하루바삐 이 지방에 교회되기를 하나님께 기도 올려 주소서.'

이 현 목사는 미국 선교사로서, 욱이가 지금까지 먹고 입고 공부를 하게 된 것이 모두 그의 도움이었다. 욱이가 열다섯 살까지 절간에서 중의 상좌 노릇을 하고 있다가, 그해 여름에 혼자서 서울 구경을 간다고 나선 것이 이리저리 유랑하여 열여섯 되던 해 가을엔 평양까지 가게 되었고, 거기서 그해 겨울 이 장로의 소개로 현 목사의 도움을 받게 되었던 것이었다.

이번엔 욱이가 평양서 어머니를 보러 간다고 하니까, 현 목사는 욱이를 불러 놓고 이렇게 말했다.

"지금부터 삼 년 동안 이 사람 고국 갈 것이오. 그때, 만일 욱이가 함께 가기 원하면 이 사람 같이 미국 가게 될 것이오."

"목사님, 고맙습니다. 저는 목사님을 따라 미국 가기가 원입니다."

"그러면 속히 모친 만나 보고 오시오."

그러나 욱이가 어머니의 집이라고 찾아온 곳은 지금까지 그가 살고 있는 현 목사나 이 장로의 집보다 너무나 딴 세상이었다. 그 명랑한 찬송가 소리와 풍금 소리와 성경 읽는 소리와 모여 앉아 기도를 올리고 맛난 음식을 향해 즐겁게 웃음 웃는 얼굴들 대신 군데군데 헐어져 가는 돌담과 기와버섯이 퍼렇게 뻗어 오른 묵은 기와집과 엉킨 잡초 속에 꾸물거리는 개구리, 지렁이들과 그 속에서 무당 귀신과 귀머거리 귀신이 각각 들린 어미 딸 두 여인을 보았을 때, 그는 흡사 자기 자신이 무서운 도깨비굴에 홀려 든 것이 아닌가 하고 새삼 의심이 들 지경이었다.

욱이가 이 지방 예수교인들을 두루 만나 보고 집으로 돌아온 뒤부터 야릇하게 변해진 것은 낭이의 태도였다. 그 호리호리한 몸매와 종잇장같이 희고 매끄러운 얼굴에 빛나는 굵은 두 눈으로 온종일 말 한마디, 웃음 한 번 웃는 일 없이 방구석에 틀어박혀 앉은 채 욱이의 하는 양만 바라보고 있다가, 밤이 되어 처마 끝에 희부연 종이 등불이 걸리고 하면, 피에 주린 싸늘한 손과 입술로 욱이의 목덜미나 가슴팍으로 뛰어들곤 했다. 욱이는 문득문득 목덜미로 가슴팍으로 낭이의 차디찬 손과 입술을 느낄 적마다 깜짝깜짝 놀라곤 하였으나, 그녀가 까무러칠 듯이 사지를 떨며 다시 뛰어들 제면 그도 당황히 낭이의 손을 쥐어 주며, 그 희부연 종이 등불이 걸려 있는 처마 밑으로 이끌곤 했다.

낭이의 태도가 미묘해진 뒤부터 욱이의 얼굴빛은 날로 창백해 갔다. 그렇게 한 보름 지난 뒤 그는 또 한 번 표연히 집을 나가고 말았다.

모화는 욱이가 집을 나간 지 이틀째 되던 날 밤, 문득 자리에서 일어나 앉으며 긴 한숨을 내쉬었다. 그러고는 곁에 누워 있는 낭이를 흔들어 깨우더니 듣기에도 음울한 목소리로,

"욱이가 언제 온다더누?"

물었다. 낭이가 잠자코 있으려니까,

"왜 욱이 저녁 밥상은 보아 두라고 했는데 없노."

하고 낭이더러 화를 내었다. 모화는 날이 갈수록 점점 더 초조한 빛으로 밤중마다 부엌에다 들기름 불을 켜고 부뚜막 위에 욱이의 밥상을 차려 놓고는 기도를 드리는 것이었다.

"성주는 우리 성주, 칠성은 우리 칠성, 조왕은 우리 조왕,
비나이다 비나이다 신주님께 비나이다.
하늘에는 별, 바다에는 진주,
금은 같안 이내 장손, 관옥 같안 이내 방성,
산신헤 명을 빌하 삼신헤 수를 빌하,
칠성헤 복을 빌하 삼신헤 덕을 빌하,
조왕님 전 요오를 타고 터주님전 재주 타니
하늘에는 별, 바다에는 진주,

삼신 조왕 마다하고 아니 오지 못하리라.
예수 귀신하, 서역 십만 리 굶주리던 불귄신하,
탄다, 훨훨 불이 탄다. 불귀신이 훨훨 탄다.
타고 나니 이내 방성 금은같이 앉았다가,
삼신 찾아오는구나, 조왕 찾아오는구나."

모화는 혼자서 손을 비비고 절을 하고 일어나 춤을 추고, 갖은 교태를 다 부리며 완연히 미친 것같이 날뛰었다. 낭이는 방에서 부엌으로 난 봉창 구멍에 눈을 대고 숨소리를 죽여 오랫동안 어미의 날뛰는 양을 지켜보고 있다가, 별안간 몸에 한기가 들며 아래턱이 달달달 떨리기 시작하였다. 그는 미친 것처럼 뛰어 일어나며 저고리를 벗었다. 치마를 벗었다. 그리하여 어미는 부엌에서, 딸은 방 안에서 한 장단 한 가락에 놀듯 어우러져 춤을 추곤 했다. 그러한 어느 새벽, 낭이는 정신을 차리고 보니 발가벗은 알몸뚱이로 방바닥에 쓰러져 있는 그녀 자신을 발견한 일도 있었다.

두 번째 집을 나갔던 욱이는 다시 얼굴에 미소를 띠며 그녀들 어미 딸 앞에 나타났다.

모화는 그때 마침 굿 나갈 때 신을 새 신발을 신어 보고 있었는데 욱이가 오는 것을 보자, 그 후리후리한 허리에 긴 팔을 벌려 새가 알을 품듯, 그의 상반신을 얼싸안고 울기 시작했다.

이번엔 아무런 푸념도 없이 오랫동안 욱이의 목을 안은 채 잠자코 울기만 하는 것이었다. 언제나 퍼런 그 얼굴에도 이때만은 붉은 기운이 돌며, 그 천연스런 몸짓은 조금도 귀신 들린 사람 같지 않았다.

"오마니, 나 방에 들어가 좀 쉬겠쇠다."

욱이는 어미의 포옹을 끄르고 일어나 방에 들어가 누웠다.

모화는 웬일인지 욱이가 방에 들어간 뒤에도 혼자 툇마루에 앉아 고개를 수그린 채 몹시 쓸쓸한 얼굴이었다. 그러더니 무슨 생각엔지 일어나 방에 들어가 낭이의 그림을 이것저것 뒤져 보는 것이었다.

그날 밤이었다.

밤중이나 되어 욱이가 잠결에 그의 품속에 언제나 품고 있는 성경책을 더듬어 보았을 때 품속에 허전함을 느꼈다. 그와 동시에 웅얼웅얼하며 주문을 외는 소리도 들려왔다. 자리에서 일어나 보았으나 품속에서 성경을 찾을 수는 없었다. 그리고 낭이와 욱이 사이에 누워 있을 그의 어머니는 보이지 않았다. 그는 어떤 불길하고 무서운 예감에 몸이 부르르 떨리었다. 바로 그때였다. 그의 귀에는 땅속에서 귀신이 우는 듯한, 웅얼웅얼하는 주문을 외는 듯한 소리가 좀 더 또렷이 들려왔다. 다음 순간, 그는 거의 무의식적으로 방에서 부엌으로 난 봉창 구멍에 눈을 갖다 대었다.

"서역 십만 리 굶주린 불귀신하,
한쪽 손에 불을 들고 한쪽 손에 칼을 들고,
이리 가니 산신님이 예 기신다.
저리 가니 용신님이 예 기신다.
칠성이라 돌아가니 칠성님이 예 기신다.
구름 속에 쌔어 간다, 바람 속에 묻혀 간다.
구름님이 예 기신다. 바람님이 제 기신다.
용궁이라 당도하니 열두 대문 잠겨 있다.
첫째 대문 두드리니 사천왕이 뛰어나와
종발눈 부릅뜨고, 주석 철퇴 높이 든다.
둘째 대문 두드리니 불개 두 쌍 뛰어나와
꽃불은 수놈이 낼롱, 불씨는 암놈이 낼롱,
셋째 대문 두드리니 물개 두 쌍 뛰어나와
수놈이 공공 꽃불이 죽고
암놈이 공공 불씨가 죽고……."

모화는 소복 단장에 쾌자까지 두르고 온갖 몸짓, 갖은 교태를 다 부려 가며 손을 비비다, 절을 하다, 덩싯거리며 춤을 추다 하고 있다. 부뚜막 위에는 깨끗한 접싯불(들기름불)이 켜져 있고, 접싯불 아래 놓인 소반 위에는 냉수 한 그릇과 흰 소금 한 접시가 놓여 있을 따름이다. 그리고 그 곁에는 지금 막 그 마지막 불꽃이 나불거리고 난 새빨간 파란 연기 한 오리가 오르는 '신약전서'의 두꺼운 표지는 한 머리 이미 파리한 재가 되어 가고 있었다.

모화는 무엇에 도전이나 하는 것처럼 입가에 야릇한 냉소까지 띠며, 소반에 얹힌 접시의 소금을 집어 연기마저 사라진 새까만 재 위에 뿌렸다.

"서역 십만 리 예수 귀신이 돌아간다.
당산에 가 노자 얻고, 관묘에 가 신발 신고,
두 귀에 방울 달고 방울 소리 발맞추어
재 넘고 개 건너 잘도 간다.
인제 가면 언제 볼꼬, 발이 아파 못 오겠다.
춘삼월에 다시 오랴, 배가 고파 못 오겠다……."

모화의 음성은 마주(魔酒 정신을 흐리게 하는 술) 같은 향기를 풍기며 온 피부에 스며들었다. 그 보석 같은 두 눈의 교태와 쾌잣자락과 함께 나부끼는 손짓은, 이제 차마 더 엿볼 수 없게 욱이의 심장을 쥐어짜는 것이었다. 욱이는 가위눌린 사람처럼 간신히 긴 숨을 내쉬며 뛰어 일어났다. 다음 순간, 자기 자신도 모르게 방문을 뛰어나온 그는 부엌문을 박차고 들어가 소반 위에 차려 놓은 냉수 그릇을 집어 들려 하였다. 그러나 그가 냉수 그릇을 집어 들기 전에 모화의 손에는 식칼이 번득이고 있었고, 모화는 욱이와 물그릇 사이에 식칼을 두르며 조용히 춤을 추고 있는 것이었다.

"엇쇠 귀신하, 물러서라.
너 이제 보아 하니 서역 십만 리 굶주리던 잡귀신하,
여기는 영주 비루봉 상상봉헤
깎아지른 돌벼랑헤, 쉰 길 청수헤, 엄나무 발에
너희 올 곳이 아니다.
바른손헤 칼을 들고 왼손헤 불을 들고,
엇쇠 서역 잡귀신하, 썩 물러서라."

이때, 모화는 분명히 식칼로 욱이의 면상을 겨누어 치려하였다. 순간, 욱이는 모화의 칼날을 왼쪽 귓전에 느끼며 그의 겨드랑이 밑을 돌아 소반 위에 차려 놓은 냉수 그릇을 들어서 모화의 낯에다 그릇째 끼얹었다. 이 서슬에 불이 기울어져 봉창에 붙었다. 욱이는 봉창에서 방 안으로 붙어 들어가는 불길을 잡으려고 부뚜막 위로 뛰어올랐다. 그러자 물그릇을 뒤집어쓰고 분노에 타는 모화는 욱이의 뒤를 쫓아 칼을 두르며 부뚜막으로 뛰어올랐다. 봉창에서 방 안으로 붙어 들어가는 불길을 덮쳐 끄는 순간, 뒤등허리가 찌르르하여 획 몸을 돌이키려 할 때 이미 피투성이가 된 그의 몸은 허옇게 이를 악물고 웃음 웃는 모화의 품속에 안겨져 있었다.

5

욱이의 몸은 머리와 목덜미와 등허리에 세 군데 상처를 입었다.

그러나 욱이의 병은 이 세 군데 칼로 맞은 상처만이 아니었다. 그는 날이 갈수록 갈비뼈가 앙상하게 드러나고 두 눈자위가 패어 들기 시작했다.

모화는 욱이의 병간호에 남은 힘을 다하여 그가 원하는 것이 있으면 낮과 밤을 헤아리지 않고 뛰어갔다. 가끔 욱이를 일으켜 앉히어서 자기의 품에 안아도 주었다. 물론, 약도 쓰고 굿도 하고 주문도 외웠다. 그러나 욱이의 병은 낫지 않았다.

모화는 욱이의 병간호에 열중한 뒤부터 굿에는 그만큼 신명이 풀린 듯하였다. 누가 굿을 청하러 와도 아들의 병을 핑계로 대개 거절을 했다. 그러자 모화의 굿이나 푸념의 반응이 이전과 같이 신령하지 않다고들 하는 사람이 하나둘씩 생기기도 했다.

이러할 즈음, 이 고을에도 조그만 교회당이 서고 선교사가 들어왔다. 그리하여 그것은 바람에 불처럼 온 고을에 뻗쳤다. 읍내의 교회에서는 마을마다 전도대를 내보냈다. 그리하여 이 모화의 마을에까지 '복음'이 전파되었다.

"여러 부모 형제 자매, 우리 서로 보게 된 것 하나님 앞에 감사 드릴 것이오. 하나님 우리 만들었소. 매우 사랑했소. 우리 모두 죄인이올시다. 우리 마음속 매우 흉악한 것뿐이오. 그러나 예수 우리 위해 십자가에 못 박혔소. 그러므로 예수 그리스도 믿음으로 우리 구원받을 것이오. 우리 매우 반가운 뜻으로 찬송할 것이오. 하나님 앞에 기도 드릴 것이오."

두 눈이 파랗고 콧대가 칼날 같은 미국 선교사를 보는 것은 원숭이 구경보다도 재미나다고들 하였다.

"돈은 한 푼도 안 받는다. 가자."

마을 사람들은 떼를 지어 모여들었다.

이 마을 방 영감네 이종사촌 손자사위요, 선교사와 함께 온 양 조사(助事) 부인은 집집마다 심방하여 가로되,

"무당과 판수(점치는 일을 업으로 삼는 소경)를 믿는 것은 거룩거룩하시고 절대적 하나밖에 없는 우리 하나님 아버지께 죄가 됩니다. 무당이 무슨 능력이 있습니

까. 보십시오, 무당은 썩어 빠진 고목나무나, 듣도 보도 못하는 돌미륵한테도 빌고 절을 하지 않습니까. 판수가 무슨 능력이 있습니까. 보십시오, 제 앞도 못 보아 지팡이로 더듬거리는 그가 어떻게 눈 밝은 사람을 구원할 수 있겠습니까. 우리 인생을 만든 것은 절대적 하나밖에 없는 하나님 아버지올시다. 그러므로 아버지께서는 말씀하셨습니다. 내 앞에 다른 신을 두지 말라……."

이리하여 하나님 아버지의 외아들 예수 그리스도가 온갖 사귀 들린 사람, 문둥병 든 사람, 앉은뱅이, 벙어리, 귀머거리 고친 이야기가 한정 없이 쏟아진다.

모화는 픽 웃곤 했다.

"그까짓 잡귀신들."

그러나 그들의 비방과 저주는 뼛골에 사무치는 듯 그녀는 징을 울리고 꽹과리를 치며 외쳤다.

"엇쇠 귀신아, 물러서라.
당대 고축년에 얻어먹던 잡귀신아,
늬 어이 모화를 모르나냐.
아니 가고 봐 하면 쉰 길 청수에
엄나무 발에, 무쇠 가마에, 백말 가죽에
늬 자자손손을 가두어 못 얻어먹게 하고
다시는 세상 밖에 내주지 아니하여
햇빛도 못 보게 할란다.
엇쇠 귀신아, 썩 물러가거라.
서역 십만 리로 꽁무니에 불을 달고,
두 귀에 방울 달고 왈강달강 왈강달강
벼락같이 떠나거라."

그러나 '예수 귀신'들은 결코 물러나지 않았을 뿐 아니라, 점점 늘어만 갔다. 게다가, 옛날 모화에게 굿과 푸념을 빌러 다니던 사람들까지 하나둘씩 모두 예수 귀신이 들기 시작하였다.

이러는 동안 서울서 또 부흥 목사가 내려왔다. 그는 기도를 드려서 병을 고치는 능력이 있다 하여 온 고을 사람들이 모여들기 시작하였다. 그가 병

자의 머리 위에 손을 얹고,

"이 죄인은 저의 죄로 말미암아 심히 괴로워하고 있사옵니다."
하고 기도를 올리면, 여자들이 월수병 대하증쯤은 대개 '죄 씻음'을 받을 수 있었다. 그밖에도 소경이 눈을 뜨고, 앉은뱅이가 걷고, 귀머거리가 듣고, 벙어리가 말하고, 반신불수와 지랄병까지 저희 믿음 여하에 따라 모두 죄 씻음을 여자들의 은가락지 금반지가 나날이 수를 다투어 강단 위에 내걸리게 된다. 기부금이 쏟아진다. 이리 되면, 모화의 굿 구경에 견줄 나위가 아니라고들 하였다.

"양국놈들이 요술단을 꾸며 왔어."

모화는 픽 웃고 이렇게 말했다. 굿과 푸념으로 사람 속에 든 사귀 잡귀신을 쫓는 것은 지금까지 신령님께서 자기에게만 허락하신 자기의 특수한 권능이었다. 그리고 그의 신령님은 오늘날 예수꾼들이 그렇게도 미워하고 시기하는 고목이기도 했고, 미륵돌이기도 했고, 산이기도 했고, 물이기도 했다.

"무당과 판수를 믿는 것은 절대적 한 분밖에 안 계시는 거룩거룩하신 하나님 아버지께 죄가 됩니다."

예수 귀신들이 나발을 불고 북을 치며 비방을 하면, 모화는 혼자서 징을 울리고 꽹과리를 치며,

"꽁무니에 불을 달고, 두 귀에 방울 달고, 왈강달강 왈강달강, 서역 십만 리로 물러서라, 잡귀신아."

이렇게 응수하곤 했다.

6

욱이의 병은 그해 가을 지나 겨울철에 들면서부터 표 나게 악화되어 갔다. 모화가 가끔 간장이 녹듯 떨리는 음성으로,

"이것아 이것아, 늬가 이게 웬일이고? 머나먼 길에 에미라고 찾아와서 늬가 이게 무슨 꼴고?"

손을 잡고 눈물 흘리면,

"오마니, 너무 걱정하지 마시오. 나는 죽어서 우리 아버지께로 갈 것이오."

욱이는 조용히 이렇게 말했다. 그리고 무어 생각나는 게 없느냐고 물으면 그는 조용히 고개를 돌렸다. 그러나 어미가 밖에 나가고 낭이가 혼자 있을 때엔 이따금 낭이의 손을 잡고,

"나 성경 한 권 가졌으면……."
하는 것이었다.

이듬해 봄, 그가 세상을 떠나기 사흘 전에 그가 그렇게도 그리워하고 기다리던 현 목사가 평양에서 찾아왔다. 현 목사는 박 영감네 이종사촌 손자사위인 양 조사의 인도로 뜰 안에 들어서자, 그 황폐한 광경과 역한 흙냄새에 미간을 찌푸리며,

"이런 가운데서 욱이가 살고 있소?"

양 조사에게 이렇게 물었다.

욱이는 양 조사가 들어오는 것을 보자 두 눈에 광채를 띠며,

"목사님, 목사님."

이렇게 두 번 불렀다.

현 목사는 잠자코 욱이의 여윈 손을 쥐었다. 별안간 그의 온 얼굴은 물든 것처럼 붉어지며 무수한 주름살이 미간과 눈초리에 잡혔다. 그는 솟아오르는 감정을 누르려는 듯이 한참 동안 눈을 감고 있었다.

양 조사는 긴장된 침묵을 깨뜨리려는 듯이 입을 열었다.

"경주에 교회가 이렇게 속히 서게 된 것은 이분의 공로올시다."

그리하여 그의 말을 들으면, 욱이는 평양 현 목사에게 진정을 했고, 현 목사께서는 욱이의 편지에 의하여 대구 노회에 간청을 했고, 일방 경주 교인들은 욱이의 힘으로 서로 합심하여 대구 노회와 연락한 결과, 의외로 속히 교회 공사가 진척되었던 것이라 하였다.

현 목사가 의사와 함께 다시 오기를 약속하고 일어나려 할 때 욱이는,

"목사님, 나 성경 한 권만 사 주시오."
했다.

현 목사는 손가방 속에서 자기의 성경책을 내주었다. 성경책을 받아 쥔 욱이는 그것을 가슴에 안고 눈을 감았다. 그의 감은 눈에서는 이슬방울이 맺히었다.

7

모화 집 마당에는 예년과 다름없이 잡풀이 엉기고 늙은 개구리와 지렁이들이 그 속에 웅크리고 있었다. 그녀는 그동안 거의 굿을 나가지 않고, 매일 그 찌그러져 가는 묵은 기와집, 잡초 속에서 혼자서 징, 꽹과리만 울리고 있

었다. 사람들은 모화가 인제 아주 미친 것이라 하였다. 모화는 부엌에다 오색 헝겊을 걸고, 낭이의 그림으로 기를 만들어 달고는, 사뭇 먹기조차 잊어버린 채 입술은 먹같이 검어지고 두 눈엔 날로 이상한 광채가 짙어갔다.

"서역 십만 리 예수 귀신 돌아간다.

꽁무니에 불을 달고, 두 귀에 방울 달고, 왈강달강 왈강달강,

엇쇠 귀신아, 썩 물러가거라.

자늬 아니 가고 봐 하면, 쉰 길 청수에, 엄나무 바알에, 무쇠 가마에, 흰말 가죽에, 너이 자자손손을 다 가두어 죽일란다. 엇쇠! 귀신아!"

그녀는 날마다 같은 푸념으로 징, 꽹과리를 울렸다. 혹 술잔이나 가지고 이웃 사람이 찾아가,

"모화네, 아들 죽고 섭섭해서 어쩌나?"

하면 그녀는 다만,

"우리 아들은 예수 귀신이 잡아갔소."

하고 한숨을 내쉬곤 했다.

"아까운 모화 굿을 언제 또 볼꼬?"

사람들은 모화를 아주 실신한 사람으로 치고 이렇게 아까워하곤 했다. 이러할 즈음에 모화의 마지막 굿이 열린다는 소문이 났다. 읍내 어느 부잣집 며느리가 '예기소'에 몸을 던진 것이었다. 그래 모화는 비단옷 두 벌을 받고 특별히 굿을 응낙했다는 말도 났다. 그리고 이와 동시에 모화가 이번 굿에서 딸 낭이의 입을 열게 할 계획이라는 소문이 났다.

"흥, 예수 귀신이 진짠가 신령님이 진짠가 두고 보지."

이렇게 장담했다는 것이다. 사람들은 기대와 호기심에 들끓었다. 그들은 놀랍고 아쉬운 마음으로 산을 넘고 물을 건너 모여 들었다.

굿이 열린 백사장 서북쪽으로는 검푸른 소 물이 깊은 비밀과 원한을 품은 채 조용히 굽이돌아 흘러내리고 있었다(명주구리 하나 들어간다는 이 깊은 소에는 해마다 사람이 하나씩 빠져 죽기 마련이라는 전설이 있다).

백사장 위에는 수많은 엿장수, 떡장수, 술 가게, 밥 가게 들이 포장을 치고, 혹은 거적을 두르고 득실거렸고, 그 한복판 큰 차일 속에서 굿은 벌어져 있었다. 청사, 홍사, 녹사, 백사, 황사의 오색사 초롱이 꽃송이같이 여기저기

차일 아래 달리고 그 초롱불 밑에서 떡시루, 탁주 동이, 돼지 통새미 들이 온 시루, 온 동이, 온 마리째 놓인 대감상, 무더기 쌀과 타래실과 곶감 꼬치, 두부를 놓은 제석상과, 삼색 실과에 백설기와 소채 소탕에 자반, 유과들을 차려 놓은 미륵상과, 열두 가지 산채로 된 산신상과, 열두 가지 해물을 차린 용신상과, 음식이란 음식마다 한 접시씩 놓은 골목상과, 냉수 한 그릇만 놓은 모화상과 이밖에도 여러 가지 크고 작은 전물상(奠物床 주로 무당이 굿할 때 부처나 신에게 올리는 음식이나 재물을 차려 놓은 상)들이 쭉 늘어놓아져 있었다.

이날 밤 모화의 얼굴에는 평소에 볼 수 없던 정숙하고 침착한 빛이 서려 있었다. 어제같이 아들을 잃고 또 새로 들어온 예수교도들로부터 가지각색 비방과 구박을 받아 오던 그녀로서는 의아스러우리만큼 새침하게 가라앉아 있어, 전날 달밤으로 산에 기도를 다닐 적의 얼굴을 연상케 했다. 그녀는 전날과 같이 여러 사람 앞에서 아양을 부리거나 수선을 떨지도 않았다. 그러나 그녀는 그 호화스러운 전물상들을 둘러보고도 만족한 빛 한번 띠지 않고, 도리어 비웃듯이 입을 비쭉거렸다.

"더러운 년들, 전물상만 차리면 그만인가."

입 밖에 내어놓고 빈정거리기까지 하였다. 그러자 자리에서는 모화가 오늘 밤 새로운 귀신이 지핀다고들 수군거리기 시작했다. 그 가운데 한 여자가 돌연히,

"아, 죽은 김씨 혼신이 덮였군."

하자 다른 여자들도,

"바로 그 김씨가 들렸다. 저 청승맞도록 정숙하고 새침한 얼굴 좀 봐라. 그리고 모화네가 본디 어디 저렇게 이뻤나, 아주 김씨를 덮어 썼구먼."

이렇게들 수군댔다. 이와 동시, 한쪽에서는 오늘 밤 굿으로 어쩌면 정말 낭이가 말을 하게 될 게라는 얘기도 퍼졌고, 또 한쪽에서는 낭이가, 누구 아이인지는 모르지만 배가 불러 있다는 풍설도 돌았다.

……하여간 이 여러 가지 소문들이 오늘 밤 굿으로 해결이 날 것이라고 막연히 그녀들은 믿고 있는 것이었다.

모화는 김씨 부인이 처음 태어났을 때부터 물에 빠져 죽을 때까지의 사연을 한참씩 넋두리하다가는 전악들의 젓대, 피리, 해금에 맞추어 춤을 덩실거렸다. 그녀의 음성은 언제보다도 더 구슬펐고 몸뚱이는 뼈도 살도 없는 율동으로 화한 듯 너울거렸고…… 취한 양, 얼이 빠진 양 구경하는 여인

들의 숨결은 모화의 쾌잣자락만 따라 오르내렸다. 모화의 쾌잣자락은 모화의 숨결을 따라 나부끼는 듯했고, 모화의 숨결은 한 많은 김씨 부인의 혼령을 받아 청승에 자지러진 채, 비밀을 품고 조용히 굽이돌아 흐르는 예기소의 강물과 함께 자리를 옮겨 가는 하늘의 별들을 삼킨 듯했다.

밤중이나 되어서였다.

혼백이 건져지지 않는다는 것이었다. 화랑이들과 작은 무당들이 몇 번이나 초망자(招亡者) 줄에 밥그릇을 달아 물속에 던져도 밥그릇 속에 죽은 사람의 머리카락이 들어오지 않는 것으로 보아 김씨가 초혼에 응하질 않는 모양이라 하였다.

작은 무당 하나가 초조한 낯빛으로 모화의 귀에 입을 바짝 대며,

"여태 혼백을 못 건져서 어떡해?"

하였다.

모화는 조금도 서둘지 않고 오히려 당연하다는 듯이 손수 넋대를 잡고 물가로 들어섰다.

초망자 줄을 잡은 화랑이는 넋대가 가리키는 방향으로 이리저리 초혼 그릇을 물속에 굴렸다.

"일어나소 일어나소,
서른세 살 월성 김씨 대주 부인,
방성으로 태어날 때 칠성에 복을 빌어."

모화는 넋대로 물을 휘저으며 진정 목이 멘 소리로 혼백을 불렀다.

"꽃같이 피난 몸이 옥같이 자란 몸이,
양친 부모도 생존이요, 어린 자식 뉘어 두고,
검은 물에 뛰어들 제 용신님도 외면이라,
치마폭이 봉긋 떠서 연화대를 타단 말가,
삼단 머리 흐트러져 물귀신이 되단 말가."

모화는 넋대를 따라 점점 깊은 물속으로 들어갔다. 옷이 물에 젖어 한 자락 몸에 휘감기고, 한 자락 물에 떠서 나부꼈다. 검은 물은 그녀의 허리를

잠그고, 가슴을 잠그고, 점점 부풀어 오른다.

그녀는 차츰 목소리가 멀어지며 넋두리도 허황해지기 시작했다.

"가자시라 가자시라 이수중분 백로주로,
불러 주소 불러 주소 우리 성님 불러 주소,
봄철이라 이 강변에 복숭아꽃이 피그덜랑,
소복 단장 낭이 따님 이내 소식 물어 주소,
첫 가지에 안부 묻고, 둘째 가……."

할 즈음, 모화의 몸은 그 넋두리와 함께 물속에 아주 잠겨 버렸다. 처음엔 쾌잣자락이 보이더니 그것마저 잠겨 버리고, 넋대만 물 위에 빙빙 돌다가 흘러내렸다.

열흘쯤 지난 뒤다.

동해변 어느 길목에서 해물 가게를 보고 있다던 체수(몸의 크기) 조그만 사내가 나귀 한 마리를 몰고 왔을 때, 그때까지 아직 몸이 완쾌하지 못한 낭이가 퀭한 눈으로 자리에 누워 있었다.

사내는 낭이에게 흰죽을 먹이기 시작했다.

"아버으이."

낭이는 그 아버지를 보자 이렇게 소리를 내어 불렀다. 모화의 마지막 굿이 떠돌던 예언대로 영검을 나타냈는지 그녀의 말소리는 전에 없이 알아들을 만도 했다.

다시 열흘이 지났다.

"여기 타라."

사내는 손으로 나귀를 가리켰다.

"……."

낭이는 잠자코 그 아버지가 시키는 대로 나귀 위에 올라앉았다.

그네들이 떠난 뒤엔 아무도 그 집을 찾아오는 사람이 없었고, 밤이면 그 무성한 잡풀 속에서 모기들만이 떼를 지어 울었다.

하늘은 맑건만

작가와 작품 세계

현덕(1909~?)

본명은 현경윤. 서울 출생. 인천 대부공립보통학교를 중퇴하고, 중동학교 속성과를 마쳤다. 1925년 제일고등보통학교에 입학했으나 집안 사정으로 1년 만에 중퇴했다. 이어 일본으로 건너가 교토 · 오사카 등지에서 신문 배달과 페인트공 등 막노동을 하다가 귀국했다. 1932년 〈동아일보〉 신춘문예에 동화 「고무신」이 뽑혀 등단했다. 이후 소설가 김유정과의 만남을 계기로 창작 활동에 전념했고, 1938년 〈조선일보〉 신춘문예에 소설 「남생이」가 당선되었다.

1946년 소년 소설집 『집을 나간 소년』과 동화집 『포도와 구슬』을, 1947년 소설집 『남생이』와 동화집 『토끼 삼형제』를 간행했다. 6 · 25 전쟁 중 월북해 1951년 종군 작가단에 참여했고, 북한에서 단편 소설집 『수확의 날』을 출간했다.

그의 작품은 일제 강점기라는 고통스러운 시간 속에서도 웃고, 꿈꾸고, 고민하고, 갈등하며, 성장해 가는 아이들을 그리고 있다. 또한, 소설 · 동화 · 소년 소설 등 작품 전반에 불합리하고 폭력적인 사회에 대한 비판 의식이 강하게 배어 있다.

작품 정리

갈래: 성장 소설
배경: 시간 - 일제 강점기 / 공간 - 어느 마을
시점: 3인칭 전지적 작가 시점
주제: 도둑질로 인한 양심의 가책과 솔직함을 통한 갈등 해소
출전: 〈소년〉(1938)

구성과 줄거리

발단 **문기는 숨겨 둔 공과 쌍안경이 없어진 것을 발견하고 놀람**

문기는 숙모와 작은아버지의 눈을 피해 숨겨 둔 공과 쌍안경이 없어진 것을 발견한다. 문기는 작은아버지가 회사에서 돌아오면 큰일이 날 것 같아 불안해한다.

전개 **심부름 거스름돈을 잘못 받고 그 돈으로 물건을 삼**

문기는 숙모의 심부름으로 고깃간에 갔다가 받아야 할 거스름돈의 열 배에 해당하는 돈을 받는다. 친구 수만이 합세해 그 돈으로 사고 싶었던 물건들을 사고, 환등 기계를 사서 용돈을 벌 계획을 세운다.

위기 **작은아버지의 꾸지람을 듣고 부끄러워함**

문기는 작은아버지에게 공과 쌍안경을 수만에게 받았다고 거짓말한다. 작은아버지의 꾸지람과 훈계를 들은 문기는 자신의 잘못을 깨닫고 매우 괴로워한다. 결국 문기는 공과 쌍안경을 길에 버리고, 남은 돈을 고깃간 안마당에 던진다. 수만은 문기의 말을 믿지 못한다.

절정 **수만이 문기를 괴롭히고, 문기는 돈을 훔쳐 수만에게 줌**

수만이 문기를 쫓아다니며 괴롭히고, 문기는 장롱에서 숙모의 돈을 훔쳐 수만에게 준다. 이 때문에 누명을 쓴 아랫집 심부름꾼 점순이 쫓겨난다. 문기의 괴로움은 더 깊어진다. 결국 자신의 죄를 고백하기 위해 선생님을 찾아가지만 말하지 못하고, 돌아오는 길에 교통사고를 당한다.

결말 **모든 것을 고백하고 후련해짐**

문기는 정신을 차린 뒤 그동안의 일을 모두 고백하고 마음의 평화를 얻는다.

생각해 볼 문제

1. **이 작품에서 문기의 내적 갈등과 외적 갈등을 각각 정리해 보자.**

   문기의 내적 갈등은 양심과 비양심 사이에서 일어나고 있다. 잘못 거슬러진 돈을 갖는 것이 부끄러운 일이라는 마음과, 그동안 가지고 싶었던 물건을 사고 앞으로 용돈 벌이의 수단이 될 수 있다는 또 다른 마음이 충돌하면서 갈등 구조가 형성된다. 문기는 결국 양심을 지키기 위해 공과 쌍안경을 버리고 남은 돈을 고깃간 안마당으로 던진다. 하지만 수만이 이를 믿지 않고 계속 문기를 괴롭힌다. 문기와 수만과의 관계에서는 인물과 인물 간의 갈등을 통한 외적 갈등이 표출된다. 이 외적 갈등은 작품이 전개될수록 긴장감을 더한다.

2. **이 작품의 독자가 주인공인 문기와 같은 또래라고 할 때, 흥미롭게 읽을 수 있는 요소는 무엇인가?**

   이 작품은 쉽고 간결한 문체를 사용해 문기의 심리적 갈등과 문기를 괴롭히는 수만의 행동을 생생하게 그리고 있다. 또한, 거짓말로 인한 괴로움이라는 소재를 사용해서 이야기를 이끌어 가고 있다. 이러한 사건은 성장 과정에서 한 번쯤 경험할 수 있는 일이기 때문에 독자들의 흥미를 끈다.

3. **현덕의 작품에 등장하는 아이들의 특징은 어떠한지, 이 작품을 예로 들어 설명해 보자.**

   많은 동화에서 아이들은 맑고 순수한 영혼을 지닌 모습으로 그려진다. 그러나 실제로 아이들은 나쁜 짓을 저지르기도 하고, 그 때문에 고민하고 갈등하기도 한다. 결국 아이들은 그 경험을 통해 성장해 간다. 현덕의 작품은 아이들의 삶과 심리를 피상적으로 그리는 것이 아니라, 사실적으로 보여 주고 있다는 점에서 의의가 있다.

인물 관계도

저(문기)는 고깃간에 심부름을 갔는데 주인이 거스름돈을 열 배로 잘못 주었어요. 전 친구 수만과 함께 사고 싶었던 물건들을 샀지요. 그러다가 물건의 출처를 묻는 작은아버지에게 꾸지람을 듣고는 부끄러워져 남은 돈은 고깃간 안마당에 던졌어요. 그런데 수만은 계속 돈을 달라며 저를 괴롭혔고, 전 숙모 돈을 훔치고 말았어요. 저는 괴로워하다가 교통사고를 당하고 나서 모든 사실을 고백했답니다.

하늘은 맑건만

중문 안 안반(떡을 칠 때 쓰는 두껍고 넓은 나무 판) 뒤에 숨기어 둔 공이 간 데가 없다. 팔을 넣어 아무리 더듬어도 빈탕이다. 문기는 가슴이 두근거리기 시작하였다.

'혹 동네 아이들이 집어 갔을까?'

도리어 그랬으면 다행이다. 만일에 그 공이 숙모 손에 들어가기나 했으면 큰일이다.

문기는 아무 일 없는 태도로 전일과 다름없이 안마당에서 화초분에 물을 준다. 그러면서 연해 숙모의 눈치를 살핀다. 숙모는 부엌에서 저녁을 짓는다. 마루로 부엌으로 오르고 내릴 때 얼굴이 마주치는 것이나 문기는 자기를 보는 숙모 눈에 별다른 것이 없다 싶었다. 문기는 차츰 생각을 고친다.

'필시 공은 거지나 동네 아이들이 집어 갔기 쉽지. 그렇잖으면 작은어머니가 알고 가만있을 리 있나.'

조금 후 문기는 아랫방으로 내려갔다.

그리고 책상 서랍을 열어 보았을 때 문기는 또 좀 놀랐다. 서랍 속에 깊숙이 간직해 둔 쌍안경이 보이질 않는다. 그것뿐이 아니다. 서랍 안이 뒤죽박죽이고 누가 손을 댔음이 분명하다.

'인제 얼마 안 있으면 작은아버지가 회사에서 돌아오시겠지. 그리고 필시 일은 나고 말리라.'

문기는 책상 앞에 돌아앉아 책을 펴 들었다.

그러나 눈은 아물아물 가슴은 두근두근 도시 글이 읽어지질 않는다.

며칠 전 일이다. 문기는 저녁에 쓸 고기 한 근을 사 오라고 숙모에게 지전 한 장을 받았다. 언제나 그맘때면 사람이 붐비는 삼거리 고깃간이다. 한참을 기다려서 문기 차례가 왔다. 문기는 지전을 내밀었다. 뚱뚱보 고깃간 주인은 그 돈을 받아 둥구미(짚으로 둥글고 울이 깊게 결어 만든 그릇)에 넣고 천천히 고기를 베어 저울에 단 후 종이에 말아 내밀었다. 그리고 그 거스름돈으로 지전 아홉 장과 그 위에 은전 몇 닢을 얹어 내주는 것이 아닌가. 문기는 어리둥절하였다. 처음 그 돈을 숙모에게 받을 때와 고깃간 주인에게 내밀 때까지도 일

원짜리로만 알았던 것이다. 문기는 돈과 주인을 의심스레 쳐다보았다. 허나 그는 다음 사람의 고기를 베느라 분주하다. 문기는 주뼛주뼛하는 사이 사람에게 밀려 뒷줄로 나오고 말았다. 그러나 다시 생각하면 정말 숙모가 일 원짜리를 준 것인지 아닌지 모르겠다. 아니라면 도리어 큰일이 아닌가. 하여튼 먼저 숙모에게 알아볼 일이었다. 문기는 집을 향해 돌아가면서도 연해 고개를 기웃거리며 그 일을 생각하였다. 내가 잘못 본 것인가, 고깃간 주인이 잘못 본 것인가 하고.

골목 모퉁이를 꺾어 돌아섰다. 서너 간(길이의 단위. 한 간은 약 1.8미터) 앞을 서서 동무 수만이가 간다. 문기는 쫓아가 그와 나란히 서며

"너 집이 인제 가니?"

하고 어깨에 손을 걸고

"이거 이상한 일 아냐?"

"뭐가 말야?"

"고길 사러 갔는데 말야. 난 일 원짜리로 알구 냈는데 십 원으로 거슬러 주니 말야."

"정말야? 어디 봐."

문기는 손바닥을 펴 돈과 또 고기를 보였다. 수만이는 잠시 눈을 끔벅끔벅 무슨 궁리를 하는 듯 문기 얼굴을 보고 섰더니

"너 이렇게 해 봐라."

"어떻게 말야?"

"먼저 잔돈만 너이 작은어머니에게 주거든."

"그리고 어떡해."

"그리고 아무 말 없거든 내게로 나와. 헐 일이 있으니."

"무슨 헐 일?"

"글쎄, 그러구만 나와. 다 좋은 일이 있으니."

마침내 문기는 수만이가 이르는 대로 잔돈만 양복 주머니에서 꺼내 놓았다. 숙모는 그 돈을 받아 두 번 자세히 세 보고 주머니에 넣고는 아무 말 없이 돌아서 고기를 씻는다. 그래도 문기는 한동안 머뭇머뭇 눈치를 보다가 슬며시 밖으로 나갔다. 그리고 문밖엔 수만이가 이상한 웃음으로 그를 맞이하였다.

수만이가 있다던 좋은 일이란 다른 것이 아니었다. 거리에서 보고 지내

던 온갖 가지고 싶고 해 보고 싶은 가지가지를 한번 모조리 돈으로 바꾸어 보자는 것이다.

그러나 문기는

“돈을 쓰면 어떻게 되니.”

“염려 없어. 나 하는 대로만 해.”

하고 머뭇거리는 문기 어깨에 팔을 걸고 수만이는 우쭐거리며 걸음을 옮긴다.

하긴 문기 역(또한) 돈으로 바꾸고 싶은 것이 없지 않은 터, 그리고 수만이가 시키는 대로 하기만 하면 남이 하래서 하는 것이니까 어떻게 자기 책임은 없는 듯싶었다. 그리고 수만이는 수만이대로 돈은 문기가 만든 돈, 나중에 무슨 일이 난다 하여도 자기 책임은 없으니까 또 안심이었다. 이래서 두 소년은 마침내 손이 맞고 말았다.

그래도 으슥한 골목을 걸을 때에는 알 수 없는 두려움에 가슴이 두근거리었으나 밝은 큰 한길(사람이나 차가 많이 다니는 넓은 길)로 나오자 차차 다른 기쁨으로 변했다. 길 좌우편 환한 상점 유리창 안의 온갖 것이 모두 제 것인 양, 손짓해 부르는 듯했다. 드디어 그들은 공을 샀다. 만년필을 샀다. 쌍안경을 샀다. 만화책을 샀다. 그리고 활동사진 구경도 갔다. 다니며 이것저것 군것질도 했다.

그리고 그 남저지(‘나머지’의 방언) 돈으로 또 한 가지 즐거운 계획이 있었다. 조그만 환등 기계(그림, 사진, 실물 따위에 강한 불빛을 비추어 그 반사광을 렌즈로 확대해서 영사하는 조명 기구) 한 틀을 사자는 것이다. 이것을 놀려 아이들에게 일 전씩 받고 구경을 시킨다. 그리고 여기서 나오는 것으로 두고두고 용돈에 주리지 않도록 하자는 계획이다. 하고 오늘 저녁부터 그 첫 착수를 하자는 약조였다.

그러나 이 즐거운 계획을 앞두고 이내 올 것은 오고 말았다. 안방에서 저녁상을 받고 앉았던 삼촌은 문기를 불렀다. 두 번 세 번 문기야, 소리가 아랫방 창을 울린다. 방 안에서 문기는 못 들은 양 대답지 않는다. 그러나 네 번째는 안방 미닫이를 열고 삼촌은

“문기 아랫방에 없니?”

댓돌 위에 신이 놓여 있는데 없는 양 할 수는 없다. 기어이 문기는 그 삼촌 앞에 나가 무릎을 꿇고 앉지 않을 수 없었다. 삼촌은 잠잠히 식사를 계속한다. 그 상 밑에, 안반 뒤에 숨겨두었던 공이 와 있다. 상을 물릴 임시에 삼

촌은 입을 열었다.

"너 요새 학교에 매일 갔었니?"

"네."

삼촌은 상 밑에 그 공을 굴려내며

"이거 웬 공이냐?"

"수만이가 준 공예요."

"이것두?"

하고 삼촌은 무릎 밑에서 쌍안경을 꺼내 들었다.

"네."

"수만이란 얼마나 돈을 잘 쓰는 아인지 몰라두 이 공은 오십 전은 줬겠구나. 이건 못 줘두 일 원은 넘겨 줬겠구."

그리고 삼촌은

"수만이란 뭣하는 집 아이냐?"

문기는 고개를 숙이고 앉아 말이 없다. 삼촌은 숭늉을 마시고 상을 물렸다.

"네 입으로 수만이가 줬다니 네 말이 옳겠지. 설마 늬가 날 속이기야 하겠니. 하지만 남이 준다고 아무것이고 덥적덥적 받는다는 것두 좀 생각해 볼 일이거든."

삼촌은 다시 말을 계속한다.

"말 들으니 너 요샌 저녁두 가끔 나가 먹는다더구나. 그것두 수만이에게 얻어먹는 거냐?"

문기는 벌겋게 얼굴이 달아 수그리고 앉았다. 삼촌은 잠시 묵묵히 건너다만 보고 있더니 음성을 고쳐 엄한 어조로

"어머님은 어려서 돌아가시구 아버지는 저 모양이시구, 앞으로 집안을 일으킬 사람은 너 하나야. 성실치 못한 아이들하고 얼려 다니다 혹 나쁜 데 빠지거나 하면 첫째 네 꼴은 뭐구 내 모양은 뭐냐. 난 너 하나는 어디까지든지 공부도 시키구 사람을 만들어 주려구 앤데 너두 그 뜻을 받아주어야 사람이 아니냐."

그리고 삼촌은 어떻게 뒤뚝 맘 한번 잘못 가졌다가 영 신세를 망치고 마는 예를 이것저것 들어 말씀하고는 이후론 절대 이런 것 받아들이지 말라는 단단한 다짐을 받은 후 문기를 내보냈다.

문기는 아랫방에 내려와 혼자 되자 삼촌 앞에서보다 갑절 얼굴이 달아올랐다. 지금까지 될 수 있는 대로 생각지 않으려고 힘을 써 오던 그편에 정면으로 제 몸을 세워 놓고 보지 않을 수 없었다. 그러자 자기라는 몸은 벌써 삼촌의 이른바 나쁜 데 빠지고 만 것이었다. 그야 자기는 수만이가 시켜서 한 일이니까 잘못이 없다는 것이지만 당초에 그것은 제 허물을 남에게 미루려는 얄미운 구실이 아니고 뭐냐. 그리고 문기는 이미 삼촌을 속이었다. 또 써서는 아니 될 돈을 쓰고 말았다. 아아, 일찍이 어머니를 여의고 아버지란 사람은 일상 천량만량하고 허한 소리만 하면서 남루한 주제에 거처가 없이 시골 서울로 돌아다니는 사람이고, 어려서부터 문기를 길러낸 사람이 삼촌이었다. 그리고 조카의 장래를 자기의 그것보다 더 중히 알고 염려하며 잘되어 주기를 바라는 삼촌이었다. 문기도 그 삼촌의 기대에 어그러지지 않는 인물이 되어 보이겠다고 엊그제도 주먹을 쥐고 결심하던 문기가 아니냐. 생각할수록 낯이 뜨거워지는 일이다.

마침내 문기는 공과 쌍안경을 집어 들고 문밖으로 나갔다. 어둑어둑 저물어 가는 한길이다. 문기는 골목으로 들어섰다. 대낮에 많은 사람 가운데서 거리낌 없이 가지고 놀던 그 공이 지금은 사람이 드문 골목 안에서도 남이 볼까 두려워졌다. 컴컴해질수록 더 허옇게 드러나 보이는 커다란 공을 처치하기에 곤란해 문기는 옆으로 꼈다 뒤로 돌렸다 하며 사람의 눈을 피한다. 쌍안경이 든 불룩한 주머니가 또 성화다. 골목 하나를 돌아서 나올 즈음 문기는 모르고 흘리는 것인 양 슬며시 쌍안경을 꺼내 길바닥에 떨어뜨리었다. 그리고 걸음을 빨리 건너편 골목으로 들어간다. 개천가 앞에 이르렀다. 거기서 문기는 커다란 공을 바지 앞에 품고 앉아서 길 가는 사람이 없기를 기다린다.

자전거가 가고 노인이 오고 동(언제부터 언제까지의 동안)이 뜬 그 중간을 타서 문기는 허옇게 흐르는 물 위로 공을 던져 버리었다. 이어 양복 안주머니에 간직해 두었던 남저지 돈을 꺼내 들었다. 그것도 마저 던져 버리려다가 문득 들었던 손을 멈춘다. 그리고 잠시 둥실둥실 물을 따라 떠나가는 공을 통쾌한 듯 바라보다가는 돌아서 걸음을 옮긴다.

문기는 삼거리 고깃간을 향해 갔다. 그리고 골목으로 돌아가 남저지 돈을 종이에 싸서 담 너머로 그 집 안마당을 향해 던졌다.

그제야 문기는 무거운 짐을 풀어 놓은 듯 어깨가 거뜬했다. 아까 물 위로

둥실둥실 떠가던 그 공, 지금은 벌써 십 리고 이십 리고 멀리 떠갔을 듯싶은 그 공과 함께 문기는 자기의 허물도 멀리 사라져 깨끗이 벗어난 듯 속이 후련했다. 그리고

'다시는 다시는.'

하고 문기는 두 번 다시 그런 허물을 범하지 않겠다고 백 번 다지며 집을 향해 돌아간다.

그러나 문기는 그것만으로는 도저히 자기 허물을 완전히 벗을 수 없었다. 그가 자기 집 어귀에 이르렀을 때 뜻하지 않은 것이 기다리고 있다 나타났다.

"너 어디 갔다 오니?"

하고 컴컴한 처마 밑에서 수만이가 튀어나오며 반긴다.

"지금 느이 집 다녀오는 길이다."

그리고 문기 어깨에 팔 하나를 걸고 한길을 향해 돌아서며

"어서 가자."

약조한 환등 틀을 사러 가자는 것이다. 극장 앞 장난감 가게에 있는 조그만 환등 틀을 오고 가는 길에 물건도 보고 금도 보아 두었던 것이다. 그리고 오늘 낮에도 보고 온 것이언만 수만이는

"그새 팔리지나 않았을까?"

하고 걸음을 재촉한다. 문기는 생각 없이 몇 걸음 끌려가다가는 갑자기 그 팔을 쳐 내리며 물러선다.

"난 싫다."

수만이는 어리둥절해 쳐다본다.

"뭐 말야. 환등 틀 사기 싫단 말야?"

"난 인제 돈 가진 것 없다."

"뭐?"

하고 수만이는 의외라는 듯 눈이 둥그레지다가는 금세 능청스런 웃음을 지으며

"너 혼자 두고 쓰잔 말이지? 그러지 말구 어서 가자."

"정말 없어. 지금 고깃간집 안마당으로 던져 주고 오는 길야. 공두 쌍안경두 버리구."

하고 문기는 증거를 보이느라고 이쪽저쪽 주머니를 털어 보이는 것이나 수

만이는 흥 하고 코웃음을 친다.

"누군 너만 못 약을 줄 아니?"

그리고 연신 빈정댄다.

"고깃간집 마당으로 던졌다? 아주 핑계가 됐거든."

"거짓말 아니다. 참말야."

할 뿐, 문기는 어떻게 변명할 줄을 몰라 쳐다보기만 하다가 고개를 떨어뜨리고 울상을 한다.

"오늘 작은아버지에게 막 꾸중 들구. 그리고 나두 인젠 그런 건 안 헐 작정이다."

"그래두 나구 약조헌 건 실행해야지. 싫으면 너는 빠져도 좋아. 그럼 돈만 이리 내."

하고 턱 밑에 손을 내민다.

"정말 없대두 그래."

수만이는 내밀었던 손으로 대뜸 멱살을 잡는다.

"이게 그래두 느물거든."

이런 때 마침 기침을 하며 이웃집 사람이 골목으로 들어서자 수만이는 슬며시 물러선다. 그러나

"낼은 안 만날 테냐. 어디 두고 보자."

하고 피해 가는 문기 등을 향해 소리쳤다.

이튿날 아침이다. 학교를 가는 길에 문기가 큰 한길로 나오자 맞은편 판장(널빤지)에 백묵으로 커다랗게 '김문기는' 하고 그 밑에 동그라미 셋을 쳐 '○○○했다' 하고 써 있다. 그리고 학교 어귀에 이르러 삼거리 잡화상 빈지판('용지판'의 방언. 벽이 무너지지 아니하도록 문지방 옆에 대는 널빤지 조각)에도 같은 것이 쓰여 있는 것이다. 문기는 이번에도 무춤하고(놀라거나 어색한 느낌이 들어 갑자기 하던 짓을 멈추고) 보다가는 얼른 모자를 벗어서 이름자만 지워 버렸다. 그러는 것을 건너편 길모퉁이서 수만이가 일그러진 웃음으로 보고 섰다. 그리고 문기가 앞으로 지나가자

"왜, 겁이 나니? 짓게."

하고 뒤를 오면서 작은 소리로

"그래, 정말 돈 너만 두고 쓸 테냐? 그럼 요건 약과다."

그리고 수만이는 추근추근하게 쫓아다니며 은근히 골리었다. 철봉 틀 옆

에 정신없이 선 문기를 불시에 다리오금(무릎 뒤쪽의 오목한 부분)을 쳐 골탕을 먹게 하였다. 단거리경주 연습을 하는 척 달음박질을 하다가는 일부러 문기 앞으로 달려들어 몸째 부딪는다. 그리고 으슥한 곳에서 단둘이 만나는 때면 수만이는

"너, 네 맘대루만 허지. 나두 내 맘대루 헐 테다. 내 안 풍길 줄 아니? 풍길 테야."

하고 손을 들어 꼽는다.

"풍기기만 하면 첫째 학교에서 쫓겨날 것이요, 둘째 너희 집에서 쫓겨날 것이요, 그리고 남의 걸 훔친 거나 일반이니까 또 그런 곳으로 붙들려 갈 것이요."

하고는 또

"풍길 테다."

사실 그다음 시간 교실을 들어갔을 때 문기는 크게 놀랐다. 칠판 한가운데 '김문기는 ○○○했다.'가 커다랗게 쓰여 있다. 뒤미처 선생님이 들어왔다. 일은 간단히 선생님이 한번 쳐다보고 누구 장난이냐, 하고 쓱쓱 지워 버리고는 고만이었지만 선생님이 들어오고 그것을 지우기까지의 그동안 문기는 실로 앞이 캄캄했다.

그러나 수만이는 그것으로 고만두지 않았다. 학교를 파해 거리로 나와서는 한층 심했다. 두어 간 문기를 앞세워 놓고 따라오면서 연해 수만이는

"앞에 가는 아이는 공공공했다지."

그리고 점점 더해 나중엔 도적질을 거꾸로 붙여서

"앞에 가는 아이는 질적도했다지."

하고 거리거리 외며 따라오는 것이다.

문기 집 가까이 이르렀다. 수만이는 문기 앞으로 다가서며 작은 음성으로 조졌다(일이나 말이 허술하게 되지 않도록 단단히 단속하다).

"너, 지금으로 가지고 나오지 않으면 낼은 가만 안 둔다. 도적질했다 하구 똑바루 써 놓을 테야."

문기는 여전히 못 들은 척 걸음만 옮긴다. 자기 집 마당엘 들어섰다. 숙모는 뒤꼍에서 화초 모종을 하는지 여기 심어라 저기 심어라 하고 아랫집 심부름하는 아이와 이야기하는 소리가 날 뿐 집 안엔 아무도 없다.

그리고 눈앞에 보이는 붙장(부엌 벽의 안쪽이나 바깥쪽에 붙여 만든 장) 안 앞턱에 잔돈

얼마와 지전 몇 장이 놓여 있다. 그리고 문밖엔 지금 수만이가 돈을 가지고 나오기를 기다리고 섰다. 여기서 문기는 두 번째 허물을 범하고 말았다.

"진작 듣지."

하고 빙그레 웃는 수만이 얼굴에다 빰을 때리듯 돈을 던져 주고 문기는 달아났다.

급한 걸음으로 문기는 네거리 하나를 지났다. 또 하나를 지났다.

또 하나를 지났다. 걸음은 차차 풀이 죽는다. 그리고 문기는 이런 생각을 하였다.

'자기는 몰래 작은어머니 돈을 축냈다. 그러나 갚으면 고만 아니냐. 그 돈 값어치만큼 밥도 덜 먹고 학용품도 아껴 쓰고 옷도 조심해 입고, 이렇게 갚으면 고만 아니냐.'

몇 번이고 이 소리를 속으로 되뇌며 문기는 떳떳이 얼굴을 들고 집으로 들어갈 수 있을 만한 뱃심을 만들려 한다. 그러나 일없이(아무런 까닭이나 실속 없이) 공원으로 거리로 돌며 해를 보낸다.

날이 저물어서 문기는 풀이 죽어 집 마루에 걸터앉았다. 숙모가 방에서 나오다 보고

"너 학교에서 인제 오니?"

그리고 이어

"너 혹 붙장 안의 돈 봤니?"

하다가는 채 문기가 입을 열기 전에 숙모는

"학교서 지금 오는 애가 알겠니. 참 점순이 고년 앙큼헌 년이더라. 낮에 내가 뒤꼍에서 화초 모종을 내고 있는데 집을 간다고 나가더니 글쎄 돈을 집어 갔구나."

문기는 잠잠히 듣기만 한다. 그러나 속으로는 갚으면 고만이지, 소리를 또 한 번 외어 본다.

그날 밤이었다. 아랫방 들창 밑에 훌쩍훌쩍 우는 어린아이 울음소리가 났다. 아랫집 심부름하는 아이 점순이 음성이었다. 숙모가 직접 그 집에 가서 무슨 말을 한 것은 아니로되 자연 그 말이 한 입 건너 두 입 건너 그 집에까지 들어갔고, 그리고 그 집주인 여자는 점순이를 때려 쫓아낸 것이다. 먼저는 동네 아이들이 모여 지껄지껄하더니 차차 하나 가고 둘 가고 훌쩍훌쩍 우는 그 소리만 남는다. 방 안의 문기는 그 밤을 뜬눈으로 새웠다.

이튿날 아침이다. 문기는 밥을 두어 술 뜨다가는 고만둔다. 그 돈을 갚기 위한 그것이 아니다. 도시 입맛이 나지 않았다. 학교엘 갔다. 첫 시간은 수신(修身 악을 물리치고 선을 북돋아서 마음과 행실을 바르게 닦아 수양함. 지금의 '도덕' 과목에 해당) 시간, 그리고 공교로이 제목이 '정직'이다. 선생님은 뒷짐을 지고 교단 위를 왔다 갔다 하며 거짓이라는 것이 얼마나 악한 것이고 정직이 얼마나 귀하고 중한 것인가를 누누이 말씀한다. 그리고 안경 쓴 선생님의 그 눈이 번쩍하고 문기 얼굴에 머물렀다 가고 가고 한다. 그럴 때마다 문기는 가슴이 뜨끔뜨끔해진다. 문기는 자기 한 사람에게만 들리기 위한 정직이요 수신 시간인 듯싶었다. 그만치 선생님은 제 속을 다 들여다보고 하는 말인 듯싶었다.

운동장에서도 문기는 풀이 없다. 사람 없는 교실 뒤 버드나무 옆 그런 데만 찾아다니며 고개를 숙이고 깊은 생각에 잠기거나 팔짱을 찌르고 왔다 갔다 하기도 한다. 그러다 누가 등을 치면 소스라쳐 깜짝깜짝 놀란다.

언제나 다름없이 하늘은 맑고 푸르건만 문기는 어쩐지 그 하늘조차 쳐다보기가 두려워졌다. 자기는 감히 떳떳한 얼굴로 그 하늘을 쳐다볼 만한 사람이 못 된다 싶었다.

언제나 다름없이 여러 아이들은 넓은 운동장에서 마음대로 뛰고 마음대로 지껄이고 마음대로 즐기건만 문기 한 사람만은 어둠과 같이 컴컴하고 무거운 마음에 잠겨 고개를 들지 못한다. 무엇보다도 문기는 전일처럼 맑은 하늘 아래서 아무 거리낌 없이 즐길 수 있는 마음이 갖고 싶다. 떳떳이 하늘을 쳐다볼 수 있는, 떳떳이 남을 대할 수 있는 마음이 갖고 싶었다.

오후 해 저물녘이다. 문기는 책보를 흔들흔들 고개를 숙이고 담임선생님 집 앞을 왔다가는 무춤하고 섰다가 그대로 지나가고 그대로 지나가고 한다. 세 번째는 드디어 그 집 문 안을 들어서서 선생님을 찾았다. 선생님은 문기를 안방으로 맞아들이었다. 학교에서 볼 때 엄하고 딱딱하던 선생님은 의외로 부드러이 웃는 낯으로 문기를 대한다. 문기는 선생님 앞에 엎드려 모든 것을 자백할 결심이었다. 그런데 선생님의 부드러운 태도에 도리어 문기는 말문이 열리지 않았다. 다음은 건넌방에서 어린애가 울어 못했다. 다음은 사모님이 들락날락하고 그리고 다음엔 손님이 왔다. 기어이 문기는 입을 열지 못한 채 물러 나오고 말았다.

먼저보다 갑절 무겁고 컴컴한 마음이었다. 도저히 문기의 약한 어깨로는 지탱하지 못할 무거운 눌림이다. 걸음은 집을 향해 가는 것이지만 반대로 마음은 멀어진다. 장차 집엘 가서 대할 숙모가 두려웠고 삼촌이 두려웠고 더욱이 점순이가 두려웠다.

어느덧 걸음은 삼거리를 건너고 있었다. 문기 등 뒤에서 아주 멀리 뿡뿡 하고 자동차 소리와 비켜라 하는 사람의 소리가 나는 듯하더니 갑자기 귀 밑에서 크게 울린다. 언뜻 돌아다보니 바로 눈앞에 자동차 머리가 달려든다. 그리고 문기는 으쓱하고 높은 데서 아래로 떨어져 가는 듯싶은 감과 함께 정신을 잃고 말았다.

얼마 동안을 지났는지 모른다. 문기가 어렴풋이 눈을 떴을 때 무섭게 전등불이 밝아 눈이 부시었다. 문기는 다시 눈을 감았다. 두 번째 문기는 눈을 뜨자 희미하게 삼촌의 얼굴이 나타나며 그것이 차차 똑똑해지더니 삼촌은

"너 내가 누군 줄 알겠니?"

하고 웃지도 않고 내려다본다. 문기는 이것도 꿈인가 하고 한번 웃어 주려면서 그대로 맑은 정신이 났다. 문기는 병원 침대 위에 누워 있었다. 어디 아픈 데는 없으면서도 몸을 움직일 수는 없다. 삼촌은 근심스런 얼굴로 내려다본다.

"작은아버지."

하고 문기는 입을 열었다. 그리고

"저는 마땅히 받아야 할 벌을 받은 거예요."

하고 문기는 눈을 감으며 한마디 한마디 그러나 똑똑하게 처음부터 끝까지 먼저 고깃간 주인이 일 원을 십 원으로 알고 거슬러 준 것, 그 돈을 써 버린 것, 그리고 또 붙장 안의 돈을 자기가 훔쳐 낸 것, 이렇게 하나하나 숨김없이 자백을 하자 이때까지 겹겹으로 몸을 싸고 있던 허물이 한 꺼풀 한 꺼풀 벗어지면서 따라 마음속의 어둠도 차차 사라지며 맑아지는 것을 문기는 확실히 깨달을 수 있었다. 마음이 맑아지며 따라 몸도 가뜬해진다. 내일도 해는 뜨고 하늘은 맑아지리라. 그리고 문기는 그 하늘을 떳떳이 마음껏 쳐다볼 수 있을 것이다.

고구마

작품 정리

작가: 현덕(372쪽 '작가와 작품 세계' 참조)
갈래: 성장 소설
배경: 시간 - 일제 강점기 / 공간 - 학교
시점: 3인칭 전지적 작가 시점
주제: 가난한 소년의 비애
출전: 〈소년〉(1939)

구성과 줄거리

발단 **농업 실습용 고구마가 없어지자 아이들은 수만을 의심함**

농업 실습용 고구마가 사라지자, 인환은 수만이 범인이라고 생각한다. 아이들은 매일 학교에 일찍 오고 가난한 수만을 의심하는 인환의 말에 동조한다. 그렇지만 기수는 수만의 결백을 주장한다.

전개 **수만이 주머니에 무엇인가를 넣고 나타남**

아이들 앞에 나타난 수만의 옷 주머니에 무엇인가 들어 불룩하다. 아이들은 그것이 무엇이냐고 묻고, 수만은 운동모자라고 한다. 하지만 당황하는 수만의 태도에 아이들의 의심은 더욱 커진다.

위기 **기수가 수만에게 실망하고, 아이들은 수만을 놀림**

기수는 수만과 대화하면서 수만이 고구마를 훔쳤다고 생각한다. 수만을 믿고 있던 기수는 실망한다. 아이들은 수만이 도둑이라고 생각하고 놀린다.

절정 **수만이 숨긴 것이 누룽지임이 드러남**

수만이 무엇인가를 먹는 것을 발견한 아이들은 수만의 손에서 그것을 빼앗는다. 그것은 고구마가 아닌 누룽지임이 밝혀진다.

결말 **기수가 수만에게 사과함**

기수는 수만에게 미안하다고 말하며 고개를 숙인다.

✎ 생각해 볼 문제

1. 이 작품에서 '누룽지'라는 소재의 의미와 기능은 무엇인가?

   수만은 반 친구들에게 고구마 도둑으로 몰리면서도 입을 굳게 다문다. 도시락을 싸 올 수 없어 어머니가 일하고 얻어 온 누룽지로 끼니를 때우는 사정을 말하기가 싫었기 때문이다. 여기서 누룽지는 가난으로 인해 괴로움을 겪어야 하는 소년의 비애를 드러내는 소재이다. 수만을 고구마 도둑으로 생각하는 아이들의 괴롭힘은 심해져만 가고, 수만은 아이들에게 둘러싸인 채 강제로 주머니를 털어 보이게 된다. 작품 속 인물뿐만 아니라 독자들 역시 결말 직전까지 수만의 주머니에 있던 것이 고구마라고 여기게 된다. 그러나 주머니에서 나온 건 다름 아닌 빳빳하게 마른 누룽지였다. 이와 같은 극적 반전은 주제를 보다 효과적으로 드러낸다.

2. 기수의 심리 변화 과정을 순서대로 설명해 보자.

   아이들이 모두 인환의 말에 따라 수만이 고구마를 훔친 범인이라고 생각할 때에도 기수는 수만의 결백을 신뢰한다. 그러나 주머니에 무엇인가를 숨기고 당황한 모습을 보이는 수만에게 기수도 점점 의혹을 품게 되고, 떳떳하지 못한 수만의 행동을 보며 수만에게 실망하게 된다. 하지만 기수는 아버지가 돌아가신 뒤 어려워진 집안 형편 때문에 고구마를 훔쳤을 것이라고 생각하면서 수만을 동정한다. 결국 수만의 주머니에서 고구마 대신 누룽지가 나오자 미안함과 죄책감을 느끼며 수만에게 사과한다.

3. 이 작품은 마지막 부분에서 더 이상 설명하지 않고 결말을 맺는다. 그 이유는 무엇인가?

   기수는 수만이 고구마를 훔쳤다고 단정하고 호주머니를 뒤진다. 결국 주머니에서 나온 것은 고구마가 아닌 누룽지다. 자신의 치부를 드러낸 수만과 수만을 의심했던 아이들이 아무 말도 하지 못하고 있을 때, 기수의 "용서해라."라는 마지막 말은 독자로 하여금 생각할 거리를 준다. 즉, 극적인 상황에서 일어난 반전과 기수의 한마디는 깊은 여운과 함께 감동을 주기 위한 짧은 끝맺음이다.

인물 관계도

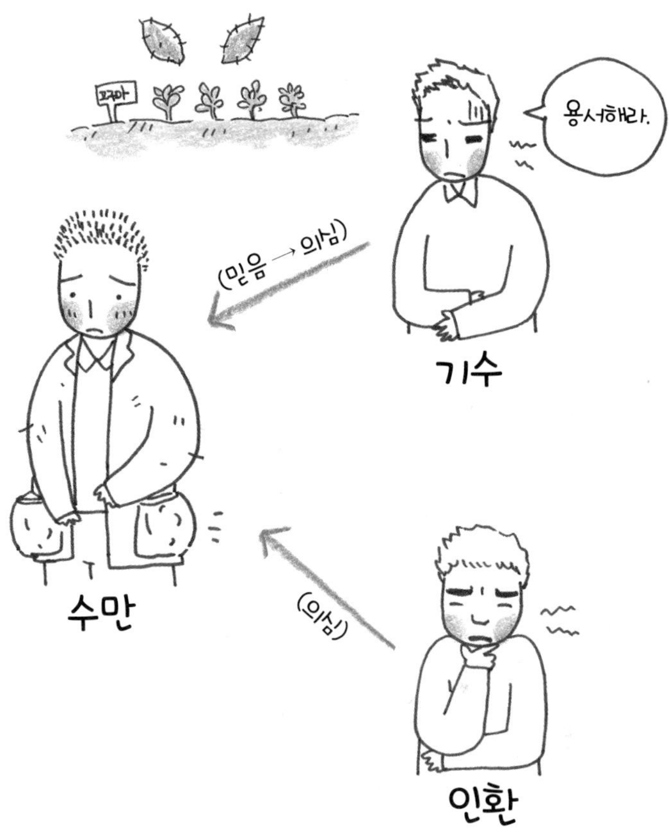

농업 실습용 고구마가 없어졌어요. 인환은 수만이 범인이라고 의심했지만 저(기수)는 수만을 믿었지요. 수만의 옷 주머니가 불룩한 것을 보고 친구들이 무엇이 들었느냐고 물었어요. 수만은 대답하지 않고 당황해했지요. 저도 조금씩 수만을 의심하게 되었어요. 하지만 수만의 주머니에 있던 것은 누룽지였답니다. 친구를 의심한 제 자신이 너무 부끄러웠어요.

고구마

농업 실습으로 심은 고구마밭이었다. 더욱이 6학년 갑조 을조가 각기 한 고랑씩 맡아 가지고 경쟁적으로 가꾸는 그 밭 한 모퉁이 넝쿨 밑의 흙이 어지러이 헤집어지고 누구의 짓인지, 못 돼도 서너 개는 고구마를 캐냈을 성싶다.

"거 누가 그랬을까?"

하고 밭 기슭에 둘러섰는 아이들 등 뒤에서 넘어다보고 섰던 기수가 입을 열자 "흥!" 하고 인환이는 코웃음을 웃으며 다 알고 있다는 얼굴을 한다.

"누구란 말야?"

"누구란 말야?"

하고 인환이 편으로 눈이 모이며 아이들은 제각기 한마디씩 묻는다. 인환이는 여전히 그런 웃음을 얼굴에 지으며 말이 없이 섰더니

"누구긴 누구야."

하고 퉁명스럽게 한마디 하고, 그리고 음성을 낮추어서

"수만이지, 뭐."

"뭐, 수만이야?"

하고 기수는 의외라는 듯 눈을 크게 뜬다.

"그건 똑똑히 네 눈으로 보고 하는 말이냐?"

"보지 않어도 뻔하지, 뭐. 설마 조무래기들이 그랬을 리는 없고 우리들 중에서 그런 짓 할 애가 누구야. 수만이밖에."

"그렇지만 똑똑한 증거 없인 함부로 말할 수 없지 않어?"

그러나 인환이는 피이 하는 표정으로 입을 삐쭉한다.

"똑똑한 증건, 남 오지 않는 아침에 일찍 학교에 오는 놈이 한 짓이지 뭐야. 어제 난 소제 당번으로 맨 나중에 돌아갈 제 보았을 땐 아무렇지도 않었는데."

하고 인환이는 틀림없이 수만이라는 듯 아주 자신 있는 얼굴을 한다. 그리고 다른 아이들도 인환이 말에 응해서 제각기들 아무도 없을 때 오는 놈이 한 짓이라고 입을 모아 말한다.

하긴 수만이는 매일 아침 교장선생님 댁의 마당도 쓸고 물도 긷고 하고, 거기서 나는 것으로 월사금(다달이 내던 수업료)을 내가는 터이라, 남보다 일찍이 학교엘 왔다. 그러나 아이들이 수만이에게 의심을 두기는 다만 아무도 없는 때 학교엘 온다는 이 까닭만이 아니다. 보다는 지나치게 가난한 그 집 형편과 헐벗은 그 주제꼴이 아이들로 하여금 말은 아니하나 까닭 모르게 이번 일과 수만이를 부합해 보게 되는 은근한 원인이 되었다.

그러나 기수만은 아니라는 뜻으로 머리를 젓는다.

"학교엘 먼저 온다는 이유만으로는 정녕 수만이가 그랬단 증거가 못 돼. 그리고 수만이는 내가 잘 알지만 그런 짓 할 애가……."

하고 아니라는 말도 하기 전에 인환이는 듣기 싫다는 듯 손을 젓는다.

"수만이를 잘 알긴 누가 잘 알어?"

하고 기수 앞으로 가까이 다가서며

"그 애 집 근처에 사는 내가 잘 알겠니, 한 동네 떨어져 사는 늬가 더 잘 알겠니?"

그리고 인환이는 전에 수만이 누이동생이 남의 집 밭의 감자를 캐는 걸 자기 눈으로 보았다는 것, 또는 남의 것 몰래 훔쳐 가기로 동네에서 유명하다는 등을 말하며 수만이까지 한통으로 몰아 인환이는 얼굴에 업신여기는 표를 짓는다. 그리고

"넌 수만이 일이라면 뭐든지 덮어 주려고만 하니, 그 애가 무슨 네 집 상전이냐? 상전이라도 잘하고 못한 건 가려야지."

"뭐, 수만일 덮어 주려고 그러는 게 아냐. 잘허지 못했단 무슨 증거가 없으니까 허는 말이다. 그리고……."

하고 잠시 인환이 얼굴을 쳐다보다가, 기수는 다시 말을 이어

"네 말대루 정말 수만이 동생이 남의 집 밭에 감자를 캤을지 몰라도, 어린 애니까 그러기도 예사고, 또 그걸로 오늘 수만이가 고구마를 캤다는 증거가 될 수는 없지 않느냐 말이다."

그러나 아무리 기수의 말이 경우에 옳다 하더라도, 수만이를 의심하는 아이들의 마음을 풀게 하는 힘이 되지는 못했다. 도리어 아이들은 기수가 수만이 허물을 덮어 주려고 그러는 줄 아는 모양, 아이들은 더욱 인환이 편으로 기울어 간다. 그리고 인환이가

"그럼 넌 수만이의 짓이 아니란 무슨 똑똑한 증거가 있니?"

하고 턱을 대는 데는 기수도 할 말이 없었다. 다만

"수만이 그 애의 인격을 믿고 말이다."

"인격?"

하고 여러 아이들의 비웃음을 받고 말았다.

그러나 다음 하학(下學 학교에서 그날의 수업을 마침) 시간에도 기수는 고구마밭에 헤집어진 자리도 전처럼 매만져 놓고, 그리고 벌써 수만이의 짓이란 것이 드러나기나 한 것처럼 떠드는 아이들의 입을 삼가도록 타이르기에 힘을 쓴다.

"너희들 저렇게 떠들다가 나중에 선생님까지 아시게 되고, 그리고 아니면 어떡할 셈이냐?"

"겁날 게 뭐야. 수만이가 아닐세 말이지."

"어떻게 넌 네 눈으로 똑똑히 본 것처럼 말하니?"

"그럼 넌 어떻게 수만이가 아닐 걸 네 눈으로 본 것처럼 우기니?"

하고 인환이와 기수는 서로 싸우기나 할 것처럼 얼굴을 붉히며 대들다가 무춤하고 물러선다. 바로 당자인 수만이가 이쪽을 향하고 온다.

아이들은 일시에 조용해졌다. 수만이는 한 손에 찻주전자를 들고 그편으로 고개를 기우듬 땅만 보며 교장선생님 댁에서 나온다. 그 걸음이 밭 가까이 이르러 아이들 옆을 지나치게 되자, 겨우 얼굴을 들어 어색한 웃음을 지어 보이고는 지나간다. 아이들의 가득하게 의심을 품은 여러 눈은 수만이 한 몸에 모여 아래위를 훑어본다. 그 한편 양복 주머니가 유난히 불룩하다. 겉으로 드러난 것만 보아도 고구마나 거기 가까운 것이 들어 있을 성싶다.

밭두둑을 올라 교실을 향해 가는 수만이 등 뒤를 노려보고 있던 인환이는 갑자기 소리를 친다.

"수만이 너, 주머니에 든 게 뭐야?"

"뭐 말야."

"양복 주머니의 불룩한 것 말이다."

"뭐."

하고 주머니를 굽어보며

"운동모자다."

그러나 운동모자가 아닌 것은 갑자기 얼굴빛이 붉어지는 것이며, 끔찍이 당황해하는 것으로 넉넉히 알 수 있다. 그리고 걸음을 빨리 교실 모퉁이를

돌아가는 등 뒤를 향해 인환이는
“먹을 것이거든 나두 좀 주렴.”
그리고 또
“그 고구마 혼자만 먹을 테야?”
하고 소리친다. 수만이는 못 들은 척 대꾸도 없이 피해 달아나듯 뒤도 안 돌아본다.

아이들은 다시 왁자하고 제각기 입을 열어 떠든다.

“틀림없는 고구마지.”

“고구마 아니면 뭐야.”

“멀쩡하게 고구마를 운동모자라지.”

그리고 인환이는 신이 나서

“내 말이 어때. 수만이래지 않었어.”
하고 기수를 향해 오금을 주듯 말한다. 그러나 기수는 이번에도 머리를 젓는다.

“설마 고구마라면 양복 주머니에 넣구 다니겠니? 생각해 봐라.”

“그럼, 운동모자란 말야?”

“정말 운동모잔지도 모르지.”

“운동모자가 그렇게 퉁퉁해?”

“그야 운동모자도 들고 다른 것도 들었으면 그렇지 뭐.”

“그렇지, 암 운동모자도 들고 고구마도 들고 말이지.”
하고 인환이는 빈정거린다. 끝끝내 기수는 말을 하면 할수록 도리어 아이들로 하여금 더욱 수만이를 의심하게 하는 도움이 되게 하고 말았다.

그리고 그다음 운동장에서 수만이를 만나서 기수 자기 역 얼마큼 수만이를 의심하는 눈으로 고쳐 보지 않을 수 없었다. 교실 모퉁이를 돌아 나오는 수만이 얼굴이 마주치자, 기수는 먼저 수만이 양복 주머니로 갔다. 그리고 기수는 다시금 눈을 크게 떴다.

아까는 퉁퉁하던 그 호주머니가 홀쭉해졌다. 그 안에 들었던 걸 꺼낸 모양. 그리고 또 좀 이상한 것은 운동모자 같은 것을 넣었다 꺼냈다면 그다지 어색해할 것이 없을 텐데, 기수의 눈이 자기 호주머니로 가는 것을 알자 수만이는 아주 계면쩍어하며 어색하게도 그 호주머니에 두 손을 찌르고 기수 옆에 와서 모로 선다.

두 소년은 한동안 말이 없이 땅만 내려다보고 섰다. 마침내 기수는 망설이던 입을 열었다.

"너 혹 고구마밭에 누가 손을 댔는지 알겠니?"

"왜?"

하고 수만이는 그걸 왜 내게 묻느냐는 듯한 얼굴을 들더니

"난 몰라."

하고 다시 얼굴을 돌린다.

"누가 서너 개나 캐낸 흔적이 났으니 말야?"

수만이는 고개를 숙인 채 아무 대꾸가 없다. 기수는 다시

"거 누가 그랬을까?"

혼잣말처럼 하고 슬슬 수만이 눈치를 살핀다.

수만이는 여전히 고개를 숙이고 묵묵히 섰다. 차츰 기수는 어떤 의심을 두고 그 수만이 아래위를 훌끔훌끔 본다. 낡고 찌든 양복 주머니에 손을 찌르고 수그린 머리, 약간 찌푸린 미간. 그 언젠가 수만이 누이동생이 남의 고추를 캐다 들키고 주인 앞에 고개를 숙이고 섰던 그 모양과 지금 수만이에게서도 같은 것을 느끼며 기수는

'아무리 집안이 가난하기로 사람이 어쩌면 이처럼 변한단 말이냐.'

하고 자못 업신여겨 보기도 한다.

수만이 아버지가 살아 있고 집안이 넉넉하였을 적 수만이는 퍽 쾌활하고 명랑한 아이였었다. 공부도 잘하고 그리고 기수와도 무척 친하게 지냈다. 그러던 아이가 자기 아버지가 다니던 회사에서 나오게 되고, 그리고 그 진티(일이 잘못되어 가는 빌미나 원인)로 병을 얻어 돌아가시자 갑자기 집안이 어려워져 수만이 어머니는 남의 집 삯바느질이며 부엌일까지 하게 되고, 수만이는 차츰 사람이 달라갔다. 몸에 입은 주제가 남루해지며 따라 풀이 죽어 활기가 없고, 남과 사귀기를 싫어하고 혼자 떨어져 담 밑 같은 데 앉아 생각에 잠기고 하는 사람이 되어 갔다. 그러나 기수만은 전과 다름없이 가까이 대하려 하나 역시 수만이는 벙어리가 된 듯 언제든 다문 입을 열려 하지 않는다.

그래도 지금 자기 옆에 고개를 숙이고 섰는 수만이를 대하고 볼 때 기수는 업신여김이나 미움은 잠시고 보다 가엾은 동정이 앞을 섰다. 그래 넌지시 지금 남들이 고구마 일설로 너를 의심하는 중이니 조심하라고 일러 주

고 싶으면서 어떻게 말을 할지 몰라 주저하고 있는데, 마침 인환이를 선두로 여러 아이들이 우르르 몰려왔다.

수만이를 가운데 두고 아이들은 주르르 둘러선다. 잠시 수만이 아래위만 훑어보고 섰더니 인환이는 말을 건다.

"너 혹시 고구마 누가 캤는지 알겠니?"

"어딨는 거 말이냐."

"저 농업 실습 밭의 것 말이다."

"난 그런 것 지키는 사람이냐? 못 봤다."

"아니, 넌 남보다 일찍이 학교엘 오니 말이다."

수만이는 더는 입을 열지 않고 외면을 한다. 그 성난 듯한 말 없는 얼굴을 인환이는 흘끔흘끔 곁눈질해 보고 섰더니, 갑자기 옆에 섰는 한 아이의 양복 주머니를 가리키며

"너 인마, 그 속에 든 게 뭐야?"

"뭐긴 뭐야, 운동모자지."

"운동모자가 그렇게 퉁퉁해. 고구마 아니냐?"

아마 그 아이는 인환이가 정말 그러는 줄 아는 모양, 주머니 속에서 운동모자를 털어 보인다.

"자, 이것밖에 더 있어?"

그러나 인환이는 그걸 날래게 툭 차 쳐들고

"이게 운동모자야? 고구마지. 아, 멀쩡하다."

그리고 또 한 아이가 인환이 손에서 그 운동모자를 가로차 들고

"고구마, 나도 좀 먹자. 너만 먹니?"

하고 그걸 고구마처럼 먹는 시늉을 하며 가지고 달아난다. 그 뒤를 모자 임자가 쫓아 따라가고 잡힐 듯하게 되면 또 다른 아이에게 던져 주고, 그걸 받은 아이가 또

"아, 그 고구마 맛있다."

하고 맛있는 시늉으로 달아나고 이렇게 모자 임자를 가운데 두고 머리 너머로 던지고 받고 하더니, 인환이 손에 들어가자 그걸 수만이에게 던져 주며

"옜다, 너두 좀 먹어 봐라."

그러나 수만이는 어깨 위에 떨어지는 모자를 못마땅한 듯 "쳇!" 하고 혀

끝을 차며 땅바닥에 집어 버리고는 어슬렁어슬렁 자리를 피해 간다. 그 등 뒤를 향하고 연해 운동모자가 날아간다.

"옜다, 고구마 너두 좀 먹어 봐라."

"옜다, 고구마 너두 좀 먹어 봐라."

하고 제각기 떠들며 수만이 뒤를 따라간다. 그 꼴을 보다 못해 기수는 선두로 선 인환이 앞을 가로막았다. 그리고 수만이가 듣는 앞에서 소리를 크게

"너희들 가만있는 사람 왜 지근덕거리니(성가실 정도로 끈덕지게 자꾸 귀찮게 굴다)?"

그리고 음성을 낮추어

"아, 글쎄 왜들 떠드니? 증거도 없이."

그러나 인환이는 눈을 부릅뜬다.

"증거가 왜 없어?"

하고 바로 수만이 뒤 책상에 앉은 아이를 이끌어 세우며

"증거는 이 애한테 물어봐라."

하고 득의양양한 얼굴을 한다. 그 아이 말인즉, 수만이 책상 속에 고구마 같은 것이 있는 걸 책상 뚜껑을 열 때마다 보았다는 것이다.

그러나 기수는

"그게 정말 고구마라면 어디다 못 둬서 책상 속에다 두겠니? 고구마가 아니다. 아냐."

"책상 속에 못 둘 건 어딨어. 도리어 다른 데 두는 거보다 안전하지."

그래도 기수는 아니라고 머리를 저으니까, 그럼 정말 그건가 아닌가 가서 밝히자고 인환이는 기수의 팔을 잡아끈다. 수만이는 건너편 담 밑에서 양복 주머니에 손을 찌른 그 모양으로 오락가락하며 흘끔흘끔 이편을 본다. 그 수만이가 보는 데서 기수는 그의 책상 뚜껑을 열어 보러 갈 수는 없었다. 인환이에게 팔을 잡아끌리며 주춤주춤하는데, 마침 상학종(학교에서 그날의 공부 시작을 알리는 종)이 울었다.

그리고 그다음 점심시간이었다. 아이들은 각기 책상 뚜껑을 열고 벤또를 꺼낸다. 수만이도 책상 뚜껑을 열었다. 그러나 그가 끄집어낸 것은 벤또가 아니다. 남이 볼까 두려워하는 듯 한번 좌우를 살피고는 검정 책보 밑에서 넌지시 한 덩이 고구마 같은 걸 꺼내 양복 주머니에 넣고는 슬며시 일어난다. 그걸 수만이 뒤에 앉은 아이가 보고 재빨리 인환이에게 눈짓을 한다. 그리고 인환이는 기수에게 또 눈짓을 하고 수만이는 태연히 일어서 교실 밖

으로 나간다. 그가 낭하(복도)로 내려서자 인환이가 뒤를 쫓아 나간다. 그리고 그 뒤를 또 기수 또 누구누구 몇 아이도 따르고.

수만이는 소사실 뒤 언덕으로 올라간다. 그를 멀찍이 두고 아이들은 하나둘 뒤를 밟아 간다. 언덕을 올라서 다복솔(가지가 탐스럽고 소복하게 많이 퍼진 어린 소나무) 밭 사이를 한참 가더니, 수만이는 버드나무 앞에 이르러 두리번두리번 사방을 돌아보고 그 밑에 앉는다. 언덕 이쪽 편 풀섶 사이에 엎드려 거동을 살피는 기수 눈에 돌아앉은 수만이가 무릎 사이에 들고 앉아 먹기 시작한 그것이 정녕 고구마였다. 기수는 자기 눈을 의심할 만큼 놀랐다. 그리고 알 수 없는 노여움에 몸이 떨린다. 그 수만이의 모양이 짝 없이 추하고 밉다. 기수는 자기가 먼저 앞장을 서 나갔다. 그리고 등 뒤에 가까이 이르러

"너 거기서 먹는 게 뭐냐?"

하고 갑자기 소리치자 수만이는 깜짝 놀라 무춤하더니, 얼른 먹던 걸 호주머니에 감추고 입안에 씹던 걸 볼에 문 그대로 고개를 돌린다. 그리고 기수와 인환이 또 여러 아이들의 얼굴을 보자 다시금 놀란다.

기수는 엄한 얼굴로 그 앞에 한 발짝 다가선다.

"너 지금 먹던 거 이리 내놔라."

"……."

"먹던 거 이리 내놔."

수만이는 눈을 끔벅 입안의 걸 삼키고

"대체 뭐 말이냐."

"인마, 저 호주머니에 감춘 거 말야."

하고 인환이가 소리를 친다.

"아무리 먹고 싶어두 인마, 농업 실습으로 심은 고구말 캐 먹어?"

"뭐, 내가 언제 고구말 캐 먹었어?"

"그럼, 저 호주머니에 감춘 건 뭐야?"

"……."

"호주머니에 감춘 건 뭐야?"

"남의 호주머니에 든 게 뭐든 알아 뭐해."

"남의 호주머니?"

하고 인환이는 어이없다는 듯 한 번 웃고

"그 속에 우리가 도둑맞은 물건이 들었으니까 허는 말이다."

"내가 대체 뭘 훔쳤단 말야, 멀쩡한 사람을……."

"뭘 훔쳐? 고구마 말이다, 고구마."

"고구말 내가 훔치는 걸 네 눈으로 봤어?"

"그럼, 저 호주머니에 감춘 건 뭐야."

"……."

"호주머니에 감춘 거 냉큼 못 내놓겠니?"

"……."

"아, 못 내놓겠어?"

수만이는 여전히 입을 봉하고 섰더니, 갑자기 한마디로 딱 끊어서

"못 내놓겠다."

그리고 할 대로 해라 하는 태도로 양복 주머니를 두 손으로 움켜쥔다. 인환이는 좌우로 눈을 찡긋찡긋 군호(軍號 서로 눈짓이나 말 따위로 몰래 연락함)를 하더니 불시에 수만이에게로 달려들어 등 뒤로 허리를 껴안는다. 그리고 우우 대들어 팔을 붙잡고, 다리를 붙잡고, 그래도 몸을 빼치려 가만있지 않는 수만이 호주머니에 기수는 손을 넣었다. 그리고 수만이는 최후의 힘으로 붙잡힌 팔을 빼치자, 동시에 기수는 호주머니 속에 든 걸 끄집어내었다. 그러나 눈앞에 나타난 것은 딱딱하게 마른 눌은밥, 눌은밥 한 덩이였다. 묻지 않아도 수만이 어머니가 남의 집 부엌일을 해 주고 얻어 온 것이리라. 수만이는 무한 남부끄러움에 취해 고개를 들지 못하고 섰다. 그러나 그 수만이보다 갑절 부끄럽기는 인환이였다. 아이들이었다. 기수 자신이었다. 손에 든 한 덩이 눌은밥을 그대로 어찌할 줄을 몰라 멍하니 섰더니, 그걸 두 손으로 수만이 손에 쥐어 주며 다만 한마디 입안의 소리를 외고 그 앞에 깊이 머리를 숙인다.

"용서해라."

 나비를 잡는 아버지

작품 정리

작가: 현덕(372쪽 '작가와 작품 세계' 참조)

갈래: 성장 소설

배경: 시간 - 일제 강점기 / 공간 - 농촌 마을

시점: 3인칭 전지적 작가 시점

주제: 깊고 뜨거운 아버지의 사랑

출전: 미상

구성과 줄거리

발단 **바우는 경환이 나비를 잡는 것을 못마땅하게 여김**

바우의 심기가 좋지 않다. 소학교를 함께 다닌 경환이 여름 방학이 되어 집으로 내려온 것이다. 바우는 상급 학교에 진학한 경환을 볼 때마다 속이 상하고, 나비를 잡는 경환이 못마땅하다.

전개 **경환이 바우네 참외밭을 망치며 나비를 잡자 싸움이 벌어짐**

바우는 나비를 잡느라고 자기네 참외밭을 망가뜨린 경환에게 화를 낸다. 급기야 바우와 경환은 몸싸움을 벌인다.

위기 **바우의 부모는 소작이 떨어질까 봐 바우에게 용서를 빌라고 강요함**

어머니는 바우와 경환의 싸움 때문에 마름집에 불려 가고, 아버지는 바우에게 나비를 잡아 가지고 가서 빌라고 한다. 바우는 자존심 때문에 빌러 가지 않고, 아버지는 바우의 그림책을 찢어 버린다.

절정 **집을 나온 바우는 자기 대신 나비를 잡고 있는 아버지를 발견함**

바우는 자존심을 세워 주지 않는 부모에게 야속함을 느낀다. 집을 나온 바우는 메밀밭 근처에서 나비를 잡고 있는 아버지를 발견한다.

결말 **바우가 아버지의 사랑을 깨달음**

바우는 아버지에 대한 연민과 사랑을 느끼며 아버지를 부른다.

✐ 생각해 볼 문제

1. **바우의 그림책을 찢은 아버지의 행동에 담긴 의미를 여러 가지로 해석해 보자.**

   1) 아버지는 바우가 농사꾼이 되어야 한다고 생각하기 때문이다.
   2) 바우가 그림 그리는 시간에 나비를 잡아 오게 하기 위해서다.
   3) 바우가 그림 때문에 아버지에게 반항한다고 생각했기 때문이다.
   4) 그림 그리는 일은 가난하고 바쁜 생활에는 아무런 도움도 되지 않는 일이라고 생각했기 때문이다.

2. **바우가 아버지의 말대로 나비를 잡지 않은 이유는 무엇인가?**

   잘못한 것이 없는데도 경환에게 사과하는 것은 억울하고 자존심 상하는 일이기 때문이다. 오히려 경환이 나비를 잡기 위해 소중한 참외 농사를 망치는 잘못을 저질렀다. 바우는 경환이 아무리 마름집 아들이라고 해도 그럴 권리는 없다고 생각한다. 또한, 자신의 입장을 이해해 주지 않는 부모님이 야속하고 서운했을 것이다.

3. **아버지가 나비를 잡는 이유는 무엇인가?**

   바우는 나비를 잡으러 다니는 동갑내기 부잣집 아들 경환을 시샘한다. 결국 나비 잡기 때문에 아이들 싸움이 소작 문제로까지 얽히게 된다. 아버지는 바우에게 화를 내며 나비를 잡아 가지고 가서 경환에게 사과하라고 한다. 하지만 아버지는 바우를 대신해 나비를 잡는다. 표면적인 이유는 소작이 떨어질까 봐 아버지가 직접 나비를 잡은 것으로 볼 수 있다. 하지만 이면적으로는 자식에 대한 사랑과 바우의 자존심을 지켜 주기 위한 아버지의 마음으로 해석할 수 있다.

인물 관계도

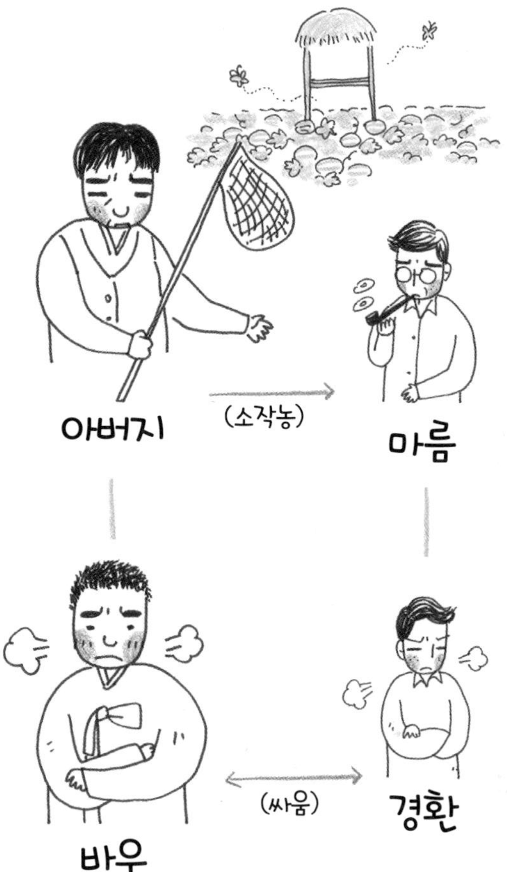

저(바우)와 소학교 친구였던 경환이 여름 방학을 맞아 집에 왔어요. 상급 학교에 다니는 걸 자랑하는 것도 싫은데 나비를 잡는다고 참외밭까지 망치자 싸울 수밖에 없었지요. 소작농인 부모님은 마름인 경환네 부모님이 신경 쓰였나 봐요. 나비를 잡아서 용서를 구하라고 하셨는데 너무 억울해서 그러지 않았어요. 그런데 저 대신 아버지가 나비를 잡는 모습을 봤지요. 울음이 터질 뻔했답니다.

나비를 잡는 아버지

황혼의 종로로 방향을 돌려서
빼스는 떠난다. 경쾌하게.

건들어진 노랫소리가 푸른 언덕을 넘어온다. 바우는 송아지를 뜯기며, 밤나무 그늘에 앉아 그림 그리는 책을 펴 들었다. 송아지가 움직이는 대로 자리를 옮겨 왔으며, 옆으로 풀을 뜯는 송아지 모양을 그리느라 열심히 들여다보고 연필을 놀리고 하더니, 잠시 멈추고 귀를 기울인다. 그리고 "흥!" 하고 빈정거리는 웃음을 한번 웃고는, 그 소리가 듣기 싫다는 듯 그편에 등을 대고 돌아앉는다.

'겨우 서울 가서 공부한다고 배워 가지고 온 것이 유행가 나부랭이 하고 나비 잡는 것하구.'

지난해 봄에 바우와 경환이는 한날에 그곳 소학교를 졸업을 하였다. 경환이는 서울로 상급 학교를 가고, 바우 자기는 집에서 꾸벅꾸벅 땅이나 파며 있지 않으면 아니될 때, 바우는 무척 슬퍼하고 억울해 하고, 따라서 경환이를 부러워도 하였다. 바우 자기가 값없이 보내는 그 하루하루에 경환이는 좋은 학교, 훌륭한 선생 아래서 날마다 새로워 가고 높아 갈 것을 생각할 때, 바우는 가만히 있지 못했다. 그 상급 학교에 가지 못하는 벌충을 여기다 하려는 듯이 틈 있는 대로 그림을 그리었고, 그것으로 즐거움이 되었다.

그리고 얼마 전에 그 경환이가 하기휴가를 하고 서울서 집에 돌아왔다. 그러나 전보다 얼굴빛이 희어지고, 바지통이 넓은 양복에 흰 테두리의 모자를 멋있게 쓴 것이 달라졌을 뿐, 하는 일이라고는 고작, 서울이 얼마나 좋고 자기 다니는 학교가 얼마나 훌륭한 곳인가를 자랑하는 것과 활동사진 배우 중 누구는 어떻고 누구는 어쩌고, 그리고 잡된 유행가를 부르고, 동네 어린아이들을 몰고 다니며 나비를 잡는 것이 전부였다. 아마 경환이 자기는 이러는 것으로 전일 보통학교 때 늘 바우에게 성적으로 머리를 눌려 오던 분풀이를 하려는 듯이 빼기며 다니는 것이다. 바우는 그 꼴이 곱게 보일 수 없었다.

꽃피는 남산으로 방향을 돌려서
빼스는 떠난다, 가로수 그늘.

노랫소리는 점점 가까워 온다. 그리고 잠시 언덕 너머가 떠들썩하더니, 호랑나비 한 마리가 피로한 나래로 갈팡질팡 날아와 밤나무 가지에 야트막하게 앉는다. 바우는 그 나비를 쉽게 잡을 수 있었다. 그리고 잠깐 그 호사스런 모양, 찬란한 빛깔을 들여다보다가 도로 날려 보내려 할 즈음, 언덕 위로 동네 아이들의 머리가 불쑥불쑥 나타나며, 뒤미처(그 뒤에 곧 잇따라) 경환이가 나비 잡는 채를 휘두르며 뛰어 내려온다. 경환이는 바우가 앉아 있는 밤나무 그늘로 들어서며,

"너, 호랑나비 어디로 날아가는지 봤니?"

하다가는, 바우 손에 잡히어 있는 나비를 보고는 반색을 한다.

"나 다우."

하고 으레 줄 것으로 알고 손을 내미는 것이나, 바우는 그 손을 툭 쳐 버리고 몸을 돌린다.

"넌 무슨 까닭으로 어린애들을 몰고 다니며 앰한(아무 잘못 없이 꾸중을 듣거나 벌을 받아 억울한) 나비를 못살게 하는 거냐?"

"뭐?"

하고 경환이는 뜻하지 않은 말에 잠시 멍하니 바라보다가는

"누가 장난으로 잡는 거냐? 학교서 숙제를 냈어. 동물 표본을 만들어 오라고."

"장난 아니믄, 벌써 너 나비 잡기 시작한 지가 며칠이냐. 그동안에 못 잡아도 백 마리는 잡았겠구나. 거 다 동물 표본 만들고도 모자라서 또 잡는 거냐?"

"모두 못쓰게 잡았으니까 그렇지. 날개가 상하구."

하더니, 경환이는 변색을 하고 한 발자국 다가서며,

"넌 남이 나빌 잡건 말건 무슨 상관이냐, 건방지게."

"나두 상관할 만해서 그런다."

"무슨 상관이야?"

"너 때문에 담부턴 나비 구경을 못 하게 되겠으니까 허는 말이다."

하고, 바우는 경환이 얼굴을 마주 노리다가

"늬가 동물 표본을 만들기 위해 나비가 필요하다면 난 그림 그리는 데 필

요한 나비야. 너만 위해서 생긴 나비는 아니지."

그러나 경환이는 "흥!" 하고 코웃음을 친다. 바우는 한층 음성을 높여 계속한다.

"그리고 어린아이들에게 잡된 유행가는 너 왜 가르치는 거냐? 부르고 싶으면 네나 부르지."

이 말엔 매우 괘씸한 모양, 경환이는 낯을 붉히며 대든다.

"이 동네서 나 하는 거 시비할 사람 없어. 건방지게 왜 이래?"

하는 그 말 속엔 분명 자기는 마름(지주를 대리해 소작권을 관리하는 사람)집 외아들로서 지위가 높은 몸, 너 같은 소나 뜯기는 놈에게 시비를 받을 몸이 아니라는 빈정거림이 있다. 바우는 썩 비위가 상해서

"흥!"

하고 마주 코웃음을 치고, 그리고 좀 더 골을 올리려고 두 손가락에 날개를 접어 쥔 나비를 이것 너 줄까, 하는 시늉으로 경환이 등을 향해 두어 번 겨누다가 그대로 공중으로 날려 버린다. 나비는, 방향이 없이 어지러이 한 바퀴 맴을 돌더니 언덕 아래로 높았다 낮았다 날아간다. 경환이는 갑자기 몸을 날려 그 나비를 좇아간다. 그러다가 나비가 아래 논 가운데로 날아가자 뒤돌아서 바우를 무섭게 한번 눈을 흘겨보고 그리고 돌 하나를 집어 근처에서 풀을 뜯고 있는 송아지를 때리고는 언덕 아래로 달아났다.

그러나 경환이의 심술은 이것만으로 고만두지 않았다. 송아지에게 먹을 만치 풀을 뜯기고, 언덕 아래로 몰고 내려와 수수밭 모퉁이를 돌아섰을 때, 바우는 다시금 놀랐다. 개울 건너 바우네 참외밭에서 경환이란 놈이 나비 잡는 채를 휘두르며 날뛰고 있다. 그까짓 송장나비를 잡으려고 그러는 것이 아닐 텐데, 경환이는 그 나비를 쫓아 구두 신은 발로 지금 한창 참외가 열기 시작하는 넝쿨을 함부로 질겅질겅 밟으며, 이리 뛰고 저리 뛰고 한다. 일부러 그러는 것이 분명하다. 나비를 잡는 척 참외밭으로 몰아넣고 참외 넝쿨을 결딴내는 것이리라. 바우는 눈이 뒤집혔다. 더욱이 그 참외밭은 장차 햇곡식 나기 전까지의 바우 집 식구들의 식량을 거기다 예산하고 있는 것이요, 바우 자기도 참외가 잘 열면 책 한 권쯤 사 달라려고 벼르고 있던 터다. 바우는 나는 듯 개울을 건너 뒤로 쫓아가 등줄기를 한 번 후리고 그리고

"인마, 눈 없어? 이거 못 봐?"

하고 낭자한(여기저기 흩어져 어지러운) 그 자취를 손으로 가리키며,

"넌 남의 집 농사 결딴내두 상관없니, 인마?"

그러나 경환이는,

"우리 집 땅 내가 밟았기로 무슨 상관이야."

하고, 기가 막히다는 듯 "피이!" 하고 고개를 옆으로 돌린다. 그러나 사실 기가 막히기는 바우다.

"우리 집 땅?"

하고, "허 참!" 하늘을 쳐다보고 탄식하고는,

"땅은 너희 집 거라두 참이('참외'의 사투리) 넝쿨은 우리 집 거 아니냐? 누가 너이 집 땅을 밟는대서 말야. 우리 집 참이 넝쿨을 결딴내니까 말이지."

그러니 경환이는 머리에 썼던 운동모자를 벗으며 한 발자국 다가선다.

"너이 집 참이 넝쿨은 그렇게 소중히 알면서, 어째 남의 나비 잡는 건 훼방을 놓는 거냐? 나두 장난으로 잡는 건 아냐."

"장난이 아닌지는 몰라도 넌 나비를 잡는 거고, 우리 집 참이 넝쿨은 거기서 양식도 팔고 그래야 헐 것이거든. 그래, 나비가 중하냐, 사람 사는 게 중하냐?"

바우는 팔을 저어 시늉하며 어느 것이 소중하냐고 턱을 대는데, 경환이는

"나두 거기 학교 성적이 달린 거야."

하고 "피이!" 하며 업신여기는 웃음을 짓더니,

"너이 집 집안 살림을 내가 알 게 뭐냐."

하고 같은 웃음으로 좌우를 돌라본다. 개울 건너 길가에 동네 아이들이 모여 섰고, 그 뒤로 지게를 진 어른들도 섰다. 바우는 낯이 화끈 달았다.

"뭐, 인마?"

하고 대뜸 상대의 멱살을 잡고

"그래서 남의 참이밭 결딴내는 거냐? 나빈 우리 집 참이밭에만 있구 다른 덴 없어, 인마?"

경환이는 멱살을 잡힌 채 이리저리 목을 저으며,

"이게 유도 맛을 보지 못해 이래. 너, 다 그랬니, 다 그랬어?"

하고 어르다가 날래게 궁둥이를 들이대고 팔을 낚아 넘겨치려 하나 그러나 원체 나무통처럼 버티고 섰는 바우의 몸은 호리호리한 경환의 허리 힘으로는 꺾이지 않았다. 도리어 바우가 슬쩍 딴죽을 걸고 밀자 경환이 자신이 쿵 나둥그러졌다. 그러나 쓰러졌다가 다시 일어설 때 경환이는 손에 돌을 집

어 들고 얼굴에 울음을 만들고는

"이 자식아, 남 나비 잡는 사람, 왜 때리고 훼방을 놓는 거야, 왜!"

하고 비겁하게 돌 든 손을 머리 위로 쳐들어 겨누는 것이다. 결국 싸움은 이때껏 아이들 등 뒤에 입을 벌리고 서서 보고만 있던 동네 어른 하나가 성큼성큼 개울을 건너가 사이를 뜯어 놓고 그리고 경환이를 참외밭 밖으로 이끌어 나간 것으로 끝났으나, 그러나 경환이가 손목을 이끌려 가면서 연해 뒤를 돌아보며, 어디 두고 보자고 벼르던 그 말이 허사가 아니었다.

바우가 자기 집 장독간 앞에서 벌통을 들여다보고 앉았는데, 경환이 집에서 부엌 심부름을 하는 계집아이가 왔다. 바우는 까닭 없이 가슴이 성큼했다.

"바우 어머니, 집에 있수?"

하고, 계집아이는 안방과 부엌을 기웃거리다가 마당에 섰는 바우를 보고,

"너, 우리 집 서울 학생 때렸니?"

하고 쳐다보다가 대답이 없으니까,

"너 야단났다. 우리 집 아씨가 막 역정이 나서 너이 어머니 불러오래, 애."

마침 우물에서 돌아오는 바우 어머니를 보고 계집아이는 다시 한번 그 말을 옮겨 들리며 함께 문밖으로 사라졌다.

'난 잘못한 거 없으니까.'

하면서 바우는 가슴이 두근거리었다. 일없이(아무런 까닭이나 실속 없이) 뒤꼍으로 갔다, 마당으로 나왔다 하며 어머니가 돌아올 때를 기다리면서 조마조마한다.

먼저, 아버지가 뒷밭에서 돌아왔다. 이맛살을 찌푸린 얼굴로, 아버지는 기색이 좋지 못하다. 호미를 마당 가운데 던지더니 아버지는 갑자기 큰소리를 냈다.

"참이밭에서 누구하구 싸웠니?"

바우는 벌통 앞에 돌아앉아서 말이 없다.

"너두 눈 있거든 참이밭에 좀 가 봐. 넝쿨 하나 성한 게 있나. 인마, 그 밭에 도지(도조. 남의 논밭을 빌려서 부치고 논밭을 빌린 대가로 해마다 내는 벼)가 을만지 아니? 벼루 열 말야. 참이는 안 돼두 낼 것은 내야지. 그리고 허구한 날 먹을 건 먹어야지. 그런 걱정은 없구, 인마, 참이밭에서 싸움이 뭐냐, 싸움이."

바우는 벌통 앞에서 일어서며 볼멘소리로

"누가 싸웠나. 경환이가 나비를 잡는다고 참이밭에서 막 넝쿨을 밟길래 말린 거지."

그러나 아버지는 일층 음성을 거슬렸다.

"내가 뭐랬어. 참이밭 근처서 멀리 떠나지 말고 지키랬지. 그놈의 그림책, 이리 내놔라. 그것만 잡고 앉았으면 정신없다가 참이밭을 결딴내는 것두 몰랐지, 인마."

하고, 그 그림책을 찾는 것처럼 두리번거리고 뒤꼍으로 가며 아버지는 혼잣말로, 서울 가서 공부한 것이 나비 잡는다고 남의 집 참외밭 결딴내는 거냐고 중얼거리며 울타리에서 호박잎을 따고 있다. 아마 부러진 참외 넝쿨을 그것으로 이어 보려는 것이리라. 조금 후, 아버지는 호박잎을 따 가지고 나오며,

"너이 어머니 어디 갔니?"

그러나 바우는 경환이 집에서 어머니를 불러 갔다는 말은 아니 나왔다. 묵묵히 바우는 대답이 없다. 하지만 아버지는 더 묻지 않아도 좋았다. 바로 그 어머니가 상기한 얼굴로 대문을 들어섰다.

어머니는 다짜고짜로 바우에게로 달려가 등줄기를 후리고는

"자식이 어떻게 했으면 어미 망신을 그렇게 시키니. 어서 나비 잡아 가지고 가서 빌어라, 빌어."

그리고 아버지를 향하고는,

"당신도 가 보우. 바깥사랑에서 부릅디다."

아버지는 어리둥절하여 바우와 어머니를 번갈아 쳐다보다가,

"어떻게 된 일이야, 응?"

그러나 어머니는 바우를 향해서만 또,

"남 나빌 잡거나 말거나 내버려 두지 어쭙잖게 훼방을 놓는 거냐?"

"누가 훼방을 놓았나? 남의 참이밭에 들어가 그러기에 못 하게 말린 거지."

"아, 늬가 밤나뭇골 언덕에서 손에 잡았던 나비까지 날려 보내며 뭐라구 그랬다는데그래."

그리고 어머니는 경환이 집 안주인이 꾸중꾸중하더라는 것, 그리고 바우가 나비를 잡아 가지고 와서 경환이에게 빌지 않으면 내년부턴 땅 얻어 부칠 생각을 말라더란 말을 옮기며 또 바우에게

"어서 나비 잡아 가지고 가서 빌어라, 빌어."

아버지는 연해 끙끙 땅이 꺼지는 못마땅한 소리로 뒷짐을 지고 마당을 오락가락하며 무섭게 눈을 흘겨 바우를 본다. 그리고 바우는 어머니가 등을 미는 대로 부엌으로 뒤꼍으로 피하다가는 대문 밖으로 나갔다. 그러나 담 밑에 붙

어 서서 움직이지 않는 바우를 어머니는 쫓아나와 다조진다(일이나 말을 바짝 재촉하다).

"이렇게 고집을 부리고 안 가면 어떡헐 셈이냐. 땅 떨어져도 좋겠니? 너두 소견이 있지."

그러나 바우는 어슬렁어슬렁 길로 나가더니 우물 앞 정자나무 앞에 이르자 걸음을 멈추고 동네 노인들이 장기를 두고 앉았는 것을 넋을 놓고 들여다보고 섰다. 장기가 두 판이 끝나고 세 판이 끝나고 모였던 사람이 헤어져도 바우는 자리를 뜨지 않는다. 바우는 다만 자기가 조금도 잘못한 것이 없는 것, 그러니까 누구에게든 머리를 굽힐 까닭이 없다는 고집이 정자나무 통만큼 뻣뻣할 뿐이었다.

해가 저물었다. 지붕 너머로 바우 집 굴뚝에도 연기가 오르고 그리고 그 연기가 잦아든 때에야 바우는 슬슬 눈치를 살피며 대문을 들어섰다. 그러나 건넌방 쪽에 눈이 갔을 때 바우는 크게 놀랐다. 아궁이 앞에 위하던 그림 그리는 책이 조각조각 찢기어 허옇게 흩어져 있다. 바우는 그 앞에 이르러 멍멍히 내려다보고 섰는데 등 뒤에서 아버지 음성이 났다.

"인마, 남은 서울 학교 다녀서 다 나비도 잡고 그러는 건데 건방지게 왜 다니며 훼방을 놓는 거냐, 훼방을."

그리고 바우가 그림 그리는 것과 그것은 아랑곳없는 일일 텐데 아버지는

"담부턴 내 눈앞에 그 그림 그리는 꼴 보이지 말어라. 네깐 놈이 그림 그걸루 남처럼 이름을 내겠니, 먹고살게 되겠니?"

하고, 돌아서 문밖으로 나가려다가 다시 돌아서며 아버지는

"나빈 잡아 갔지?"

하고 다져 묻는다. 바우는 고개를 숙인 채 묵묵하다. 아버지는 기가 막힌 듯 잠시 건너다보기만 하다가 언성을 높였다.

"이때껏 나가서 뭘 했어. 인마, 간 봄에 늙은 아비가 땅 얻어 부치느라고 갖은 애 다 쓰던 것을 네 눈으로도 보았지? 가뜩한데 너까지 말썽일 게 뭐냐. 어서 가서 빌지 못하겠어?"

아버지는 담뱃대 끝으로 바우의 수그린 머리를 찌를 듯 겨눈다. 그러는 대로 바우는 슬금슬금 피할 뿐, 조금도 걸음을 옮기려 하지 않는다.

"그래도 네 고집만 실 테냐. 그럴라거든 아주 나가거라. 아주 나가."

하고, 아버지는 빗자루를 들고 나섰다. 이런 때 어머니가 방에서 나와 그걸 빼앗아 던져 버리고,

"가서 빌기만 허면 뭘 하우. 나빌 잡아 가야지. 그리고 지금은 어두워서 잡겠수? 내일 잡아 가라지."

그리고 어머니는 바우의 등을 밀며

"어서 올라가 저녁이나 먹어라."

하지만 아버지는 여전히 못마땅한 눈으로 흘겨보며,

"저런 놈 저녁은 먹여 뭘 해. 아주 내쫓으라니깐그래."

하고, 자기가 먼저 문밖으로 나간다. 어머니는 그 아버지가 들어오기 전에 어서 저녁을 먹으라고 권한다. 그러나 바우는 섰는 자리에 그대로 고개를 숙이고 어머니가 달랠수록 더 짜증만 낸다. 한종일 아버지 어머니에게 애매한 미움을 받고 또 그림책을 찢기우고 한 그 억울한 심정이 가슴속에 벅차 다른 무엇이 들어갈 여지가 없었다.

이튿날 아침이다. 건넌방 모퉁이서 바우는 아버지와 얼굴이 마주쳤다. 아버지는 어제와 다름없는 그 얼굴 그 음성으로 부엌에서 아침을 짓는 어머니를 향해 소리쳤다.

"오늘도 저놈이 제 고집만 세고 나빌 잡아 가지 않거든, 밥 주지 말어."

그리고 바우를 향해서는

"오늘은 나빌 잡아 가지고 가 봐야 허지. 그러지 않으려거든 영 집에 들어올 생각 말어라, 인마."

아버지가 보이지 않는 곳에 이르자, 어머니는 부엌에서 나와 작은 음성으로 바우를 달랜다.

"아버지 속상하시게 하지 말고, 오늘은 나빌 잡아 가지고 가 봐라. 땅이 떨어지거나 하면 너는 좋겠니? 생각해 봐라."

바우는 여전히 말이 없다. 어머니는 그것을 바우가 순종하는 뜻으로 여긴 모양, 부엌에서 아침을 차리기에 분주하였다.

"얼른 밥 차려 줄게, 먹고 나가 봐."

그러나 바우는 어머니가 밥상을 날라 오기 전에 자기가 먼저 슬며시 집 밖으로 나갔다. 밥을 열 끼를 굶는 한이 있더라도 그 경환이 앞에 나비를 잡아 가지고 가서 머리를 숙이기는 무엇보다 싫었다. 아들의 그만한 체면쯤 보아줄 줄 모르고 자기네 요구만 고집하는 아버지가 그리고 어머니까지 바우는 무척 야속했다. 노여웠다.

바우는 동구 밖 아랫마을로 가는 길가 축동(물을 막기 위해 크게 쌓은 둑), 버드나무 그는 밑을 고개를 숙여 생각에 잠기며 걷는다. 아침부터 요란스레 매미는 울고, 속상하게 눈에 보이는 것은 여기저기 풀 위로 너풀거리는 나비다. 바우는 그 나비를 피해 가는 듯 문득 걸음을 바꿔 뒷산으로 올라갔다. 거기서 바우는 일상 하던 버릇으로 풀을 베어 널고 그 위에 벌렁 나둥그러져 하늘을 쳐다본다. 집에서보다 갑절 어버이에게 대한 야속함과 노여움이 사무친다.

'아버지 말대로 정말 집을 나오고 말까? 그러면 아버지도 뉘우칠 때가 있겠지. 그리고 서울 같은 도회로 나가서 어떻게 고학(苦學 학비를 스스로 벌어서 고생하며 배움)이라도 해 볼까?'

바우는 정말 그렇게 해 볼 것처럼 벌떡 일어선다. 그리고 걸음 걸리는 대로 따라 산 아래로 내려간다. 산 중턱쯤 이르렀다. 건너다보이는 맞은편 언덕을 너머 메밀밭 두덩에 허연 사람의 그림자가 엎드렸다 일어섰다 하며 무엇을 쫓는 모양으로 움직인다.

'흥! 경환이 저놈이 또 나비를 잡는구나.'

하고, 바우는 입가에 업신여기는 웃음을 짓는다. 산을 또 좀 내려와 바라볼 때 경환이로 본 그것은 어른이 분명했다.

'흥! 경환이란 놈이 저이 집 머슴을 시켜 나비를 잡게 하는구나.'

그리고 바우는 또 한번 같은 웃음을 웃는다.

바우는 산을 내려와 맞은편 언덕 위로 올라섰다. 그리고 가까운 거리에서 메밀밭을 내려다보았을 때, 그는 놀라 벌린 입을 다물지 못했다. 경환이 집 머슴으로 본 사람은 남 아닌 바로 자기 아버지였다. 아버지는 농립(농립모. 여름에 농사일을 할 때 쓰는 모자)을 벗어 들고 나비를 쫓아 엎드렸다 일어섰다 하며 그 똑똑지 못한 걸음으로 밭두덩을 지척지척 돌고 있다.

바우는 머리를 얻어맞은 듯 멍하니 아래를 바라보고 섰다. 그러다가 갑자기 언덕 모래 비탈을 지르르 미끄러져 내려가며 그렇게 빠른 속력으로 지금까지 잠기어 있던 어둔 마음에서 벗어나 그 아버지가 무척 불쌍하고 정답고 그리고 그 아버지를 위하여서는 어떠한 어려운 일이든지 못할 것이 없을 것 같고, 바우는 울음이 되어 터져 나오려는 마음을 가슴 가득히 참으며 언덕 아래 메밀밭을 향해 소리쳤다.

"아버지!"

"아버지!"

"아버지!"

치숙

작가와 작품 세계

채만식(1902~1950)

호는 백릉(白菱). 전라북도 옥구(현 군산시) 출생. 중앙고등보통학교를 거쳐 일본 와세다대학교 영문과를 중퇴했다. 귀국 후 〈동아일보〉, 〈조선일보〉 기자를 역임했다. 1925년 단편 「세 길로」가 〈조선문단〉에 추천되면서 등단했다. 그 후 희곡 「사라지는 그림자」, 단편 「화물자동차」, 「부촌」 등 동반작가적 경향의 작품을 발표했다. 1934년에 「레디메이드 인생」, 「인텔리와 빈대떡」 등 풍자적인 작품을 발표해 작가로서의 기반을 굳혔다. 그 뒤 단편 「치숙」, 「소망」, 「예수나 믿었더면」, 「지배자의 무덤」 등 풍자성이 짙은 작품을 계속 발표했다. 중편으로는 『태평천하』가 있고, 장편으로는 『탁류』가 있다.

식민지 시절 채만식의 사회적 관심사는 실직 인텔리들의 고뇌와 궁핍한 생활이었다. 「레디메이드 인생」, 「치숙」 등과 같은 작품에서 인텔리를 양산하면서 그들에게는 기회를 만들어 주지 않는 식민지 정책에 대해 비판한다. 그는 비판적인 글에 대한 일제의 검열을 피하기 위해 풍자라는 우회적 방법을 이용해 부정적인 사회 현실을 작품에 담았다.

작품 정리

갈래: 풍자 소설
배경: 시간 – 일제 강점기 / 공간 – 서울
시점: 1인칭 관찰자 시점
주제: 일제에 순응하는 '나'와 사회주의 사상을 가진 아저씨의 갈등
출전: 〈동아일보〉(1938)

✎ 구성과 줄거리

발단 사회주의 운동으로 옥살이를 한 아저씨는 출옥 후 폐병을 앓음

아저씨는 사회주의 운동을 한 혐의로 징역살이를 했다. 그는 출옥한 후 폐병으로 앓아 누워 있다. 나이가 서른셋이나 되는 아저씨는 일본에서 대학도 다녔지만 아직도 철이 들지 않은 실업자다.

전개 '나'는 아저씨와 고생하는 아주머니를 모두 답답하게 생각함

아저씨는 착한 아주머니를 소박 맞히고 신여성과 딴살림을 차린다. 소박을 맞은 아주머니는 일곱 살에 부모를 잃은 '나'를 데려다 키워 주셨다. 아주머니 덕에 '나'는 보통학교에도 4년간 다녔다. 그 후 아저씨는 감옥에 붙들려 가서 옥살이를 한다. 아주머니는 식모로 일한 돈을 모아 그 돈으로 집을 장만하고, 5년 만에 감옥에서 풀려난 아저씨를 맞이해 다시 살림을 한다. 아주머니는 이미 폐병 환자가 된 아저씨의 병 수발을 하지만 정작 아저씨는 자리에서 일어나면 또 사회주의 운동을 하겠다고 말한다.

위기 '나'는 철저히 일본인으로 동화되어 살아가겠다고 다짐함

대학까지 나왔지만 막벌이 노동밖에 할 수 없는 아저씨가 보통학교 4년밖에 다니지 않았지만 앞길이 훤히 트인 '나'보다 나은 것이 없다. 일한 만큼 대가를 받는 것이 아니라 부자의 것을 빼앗을 궁리만 하는 사회주의자들은 틀림없이 불한당이라고 '나'는 생각한다. '나'는 일본인 상점에서 일하고 있지만 열심히 일해서 일본 여자와 결혼하고 이름도 일본식으로 바꾸고 아이를 낳으면 일본인 학교에 보낼 꿈을 가지고 있다.

절정 '나'는 아저씨의 한심한 행태에 대해 비판함

'나'는 아저씨가 쓴 '경제'란 글을 보고 사회주의에 대해 반박하고 나섰다. 돈을 모아서 부자 되는 것이 경제가 아니냐는 '나'의 주장에 아저씨는 그것은 이재학이지 경제학이 아니라고 반박한다. '나'는 부자의 돈을 빼앗아 쓰는 사회주의를 공부한 아저씨가 대학을 잘못 다녔다고 공박했다. 아저씨는 일본인 주인의 눈에 들어 일본 여자에게 장가들어 잘살아보겠다는 '나'를 도리어 딱하다고 한다.

결말 '나'는 아저씨 같은 사람은 빨리 없어져야 한다고 생각함

'나'는 세상에 해만 끼치는 아저씨 같은 사람은 죽어 마땅하다고 생각한다.

✐ 생각해 볼 문제

1. '치숙'은 무엇을 의미하는가?

치숙(痴叔)은 어리석은 아재비를 뜻한다. 이 소설의 화자인 '나'는 아저씨를 어리석고 우둔하다고 생각한다. 소설 전체의 맥락으로 보면 반어적인 표현임을 알 수 있다. 독자는 이 소설을 읽으면서 화자에 대해 비판적인 시각을 갖게 되기 때문이다.

2. 이 작품에서 작가가 풍자하려고 하는 대상은 누구인가?

풍자 대상은 '나(화자)'와 아저씨 모두이지만 주된 대상은 화자다. 아직 소년인 화자는 전도된 가치를 신봉하고 있으면서도 자신의 문제점을 전혀 모르고 있다. 그런 화자가 아저씨를 신랄하게 비판하는 데서 아이러니가 발생한다. 작가는 화자가 비판하는 아저씨에 대해서도 어느 정도 비판적 태도를 보이고 있다. 아저씨는 화자의 말처럼 무능하고 현실 착오적인 삶을 사는 이상론자이기 때문이다.

3. 작가는 사회주의에 대해 어떤 시각을 가지고 있는가?

수준이 낮은 조카의 눈을 통해 사회주의를 비판함으로써 사회주의에 대한 긍정적인 측면을 부각시키는 한편, 이상론에 대해서는 비판적인 입장도 취하고 있다.

4. 이 작품의 서술 방식의 특징은 무엇인가?

「치숙」은 주인공이 직접 독자에게 일러바치듯이 직접 말하는 방식을 취하고 있다. 이야기의 진행이 생동감이 있기 때문에 조롱의 강도는 훨씬 커진다.

인물 관계도

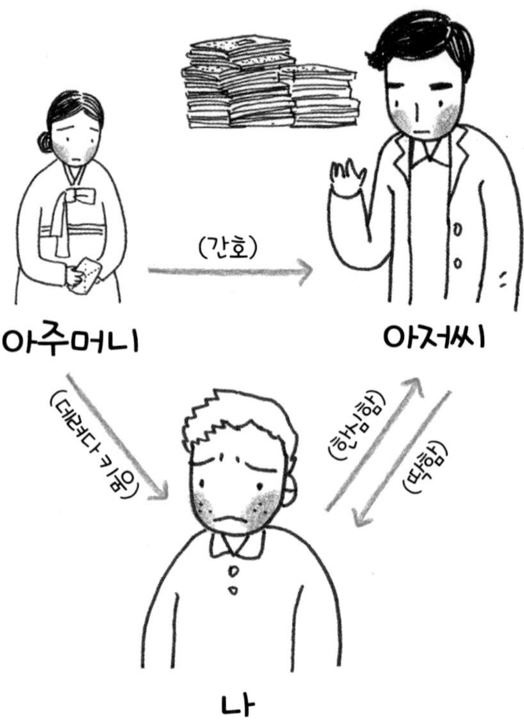

아저씨는 사회주의 운동을 하다가 옥살이를 했고 지금은 폐병을 앓고 있어요. 아주머니는 일찍 부모를 잃은 저(나)를 키워 주셨고, 아저씨 병간호를 하고 있지요. 저는 아저씨가 쓴 글을 보고 비판했어요. 하지만 아저씨는 오히려 제가 세상 물정을 모른다며 딱하게 보네요. 아저씨 같은 사람은 빨리 없어져야 하는데 계속 살아 있으니 걱정입니다.

치숙

우리 아저씨 말이지요? 아따 저 거시키, 한참 당년에 무엇이냐 그놈의 것, 사회주의라더냐 막걸리라더냐, 그걸 하다 징역 살고 나와서 폐병으로 시방 앓고 누웠는 우리 오촌 고모부 그 양반…….

뭐, 말두 마시오. 대체 사람이 어쩌면 글쎄……. 내 원!

신세 간데없지요.

자, 십 년 적공(積功 많은 힘을 들여 애를 씀), 대학교까지 공부한 것 풀어먹지도(써먹지도) 못했지요. 좋은 청춘 어영부영 다 보냈지요, 신분에는 전과자라는 붉은 도장 찍혔지요. 몸에는 몹쓸 병까지 들었지요. 이 신세를 해 가지골랑은 굴속 같은 오두막집 단칸 셋방 구석에서 사시장철 밤이나 낮이나 눈 따악 감고 드러누웠군요.

재산이 어디 집 터전인들 있을 턱이 있나요. 서 발 막대 내저어야 짚검불 하나 걸리는 것 없는 철빈(鐵貧 더할 수 없이 가난함)인데.

우리 아주머니가, 그래도 그 아주머니가, 어질고 얌전해서 그 알량한 남편 양반 받드느라 삯바느질이야 남의 집 품빨래야 화장품 장사야, 그 칙살스런(하는 짓이나 말 따위가 잘고 더러운 데가 있는) 벌이를 해다가 겨우겨우 목구멍에 풀칠을 하지요.

어디루 대나 그 양반은 죽는 게 두루 좋은 일인데 죽지도 아니해요.

우리 아주머니가 불쌍해요. 아, 진작 한 나이라도 젊어서 팔자를 고치는 게 아니라, 무슨 놈의 수난 후분(後分 늙은 뒤의 운수나 처지)을 바라고 있다가 끝끝내 고생을 하는지.

근 이십 년 소박을 당했지요.

이십 년을 설운 청춘 한숨으로 보내고서 다 늦게야 송장 여대치게 생긴 그 양반을 그래도 남편이라고 모셔다가는 병 수발 들랴, 먹고살랴, 애(마음과 힘의 수고로움)가 진(盡 다하여 없어짐)하고 다니는 걸 보면 참말 가엾어요.

그게 무슨 죄다짐이람? 팔자, 팔자 하지만 왜 팔자를 고치지를 못하고서 그래요. 우리 죄선(조선) 구식 부인네들은 다아 문명을 못하고 깨지를 못해서 그러지.

그 양반이 한시바삐 죽기나 했으면 우리 아주머니는 차라리 신세 편하리다.

심덕 좋겠다, 솜씨 얌전하겠다 하니, 어디 가선들 자기 일신 몸 가누고 편안히 못 지내요?

가만 있자, 열여섯 살에 아저씨네 집으로 시집을 갔다니깐, 그게 내가 세 살 적이니 꼬박 열여덟 해로군. 열여덟 해면 이십 년 아니오.

그때 우리 아저씨 양반은 나이 어리기도 했지만, 공부를 한답시고 서울로 동경으로 십여 년이나 돌아다녔고, 조금 자라서 색시 재미를 알 만하니까는 누가 이쁘달까 봐 이혼하자고 아주머니를 친정으로 쫓고는 통히(전혀) 불고(不顧 돌아보지 않음)를 하고…….

공부를 다 마치고 오더니만, 그담에는 그놈의 짓에 들입다 발광해 다니면서 명색 학생 출신이라는 딴 여편네를 얻어 살았지요. 그 여편네는 나도 몇 번 보았지만 상판대기라고 별반 출(내놓을) 수도 없이 생겼습디다. 그 인물로 남의 첩이야? 일색 소박은 있어도 박색 소박은 없다더니, 사실 소박맞은 우리 아주머니가 그 여편네게다 대면 월등 이뻤다우.

그래 그 뒤에, 그 양반은 필경 붙들려 가서 오 년이나 전중이(징역살이하는 사람을 속되게 이르는 말)를 살았지요. 그동안에 아주머니는 시집이고 친정이고 모두 폭 망해서 의지가지없이 됐지요.

그러니 어떻게 해요? 자칫하면 굶어 죽을 판인데.

할 수 없이 얻어먹고 살기도 해야 하려니와, 또 아저씨 나오는 것도 기다려야 한다고 나를 반연(攀緣 무엇에 이르기 위한 연줄로 삼음) 삼아 서울로 올라왔더군요. 그게 그러니까 아저씨가 나오던 그 전해로군.

그때 내가 나이는 어려도 두루 납뛴(날뛴) 보람이 있어서 이내 구라다상네 식모로 들어갔지요.

그 무렵에 참 내가 아주머니더러 여러 번 권면을 했지요. 그러지 말고 개가(改嫁 결혼했던 여자가 남편과 사별하거나 이혼해 다른 남자와 결혼함)를 가라고. 글쎄 어린 소견에도 보기에 퍽 딱하고 민망합디다.

계제(階梯 어떤 일을 할 수 있게 된 형편이나 기회)에 마침 또 좋은 자리가 있었고요. 미네상이라고 미쓰꼬시 앞에서 바나나 다다끼우리(투매(投賣). 손해를 무릅쓰고 주식이나 채권을 싼값에 팔아 버리는 일)를 하는 인데 사람이 퍽 좋아요.

우리 집 다이쇼(주인)도 잘 알고 하는데, 그이가 늘 나더러 죄선 오깜상하고 살았으면 좋겠다고, 중매 서 달라고 그래쌌어요.

돈은 모아 둔 게 없어도 다 벌어먹고 살 만하니까 그런 사람 만나서 살면 아주머니도 신세 편할 게 아니냐구요.

그런 걸 글쎄, 몇 번 말해도 흉한 소리 말라고 듣질 않는 걸 어떡허나요.

아무튼 그런 것 말고라도 참, 흰말(흰소리. 터무니없이 자랑으로 떠벌리거나 거드럭거리며 허풍을 떠는 말)이 아니라 이날 이때까지 내가 그 아주머니 뒤도 많이 보아 주었다우. 또 나도 그럴 만한 은공이 없잖아 있구요.

내가 일곱 살에 부모를 잃었지요. 그러고 나서 의탁할 곳이 없이 됐는데 그때 마침 소박을 맞고 친정살이를 하는 그 아주머니가 나를 데려다가 길러 주었지요.

그때만 해도 그 집이 그다지 군색하게 지내진 않았으니깐요. 아주머니도 아주머니지만 종조(從祖 할아버지의 형 또는 아우) 할머니며 할아버지도 슬하에 딴 자손이 없어서 나를 퍽 귀애하겠지요.

열두 살까지 그 집에서 자랐군요.

사 년이나마 보통학교도 다녔고.

아마 모르면 몰라도 그 집안에 그렇게 치패(致敗 살림이 결딴남)하지만 않았으면 나도 그냥 붙어 있어서 시방쯤은 전문학교까지는 다녔으리다.

이런 은공이 있으니까 나도 그걸 저버리지 않고 그래서 내 깜냥(일을 해내는 얼마간의 힘)에는 갚을 만치 갚노라고 갚은 셈이지요.

허기야 요새도 간혹 아주머니가 찾아와서 양식 없다는 사정을 더러 하곤 하는데 실토정(實吐情 사정이나 심정을 솔직하게 말함) 말이지 좀 성가시기는 해요.

그러는 족족 그 수응을 하자면 내 일을 못 하겠는걸. 그래 대개 잘라 떼기는 하지요.

그렇지만 그 밖에, 가령 양명절 때면 고깃근이라도 사 보낸다든지, 또 오며가며 들러 이야기 낱이라도 한다든지, 그런 건 결단코 범연히(차근차근한 맛이 없이 데면데면히) 하진 않으니까요.

아무튼 그래서, 아주머니는 꼬박 일 년 동안 구라다상네 집 오마니로 있으면서 월급 오 원씩 받는 걸 그대로 고스란히 저금을 하고, 또 틈틈이 삯바느질을 맡아다가 조금씩 벌어 보태고, 또 나올 무렵에 구라다상네 양주(兩主 바깥 주인과 안주인, 즉 부부를 말함)가 퍽 기특하다고 돈 칠 원을 상급으로 주고, 그런 게 이럭저럭 돈 백 원이나 존존히 됐지요.

그 돈으로 방 한 칸 얻고 살림 나부랭이도 조금 장만하고 그래 놓고서 마침 그 알량꼴량한 서방님이 놓여나오니까 그리로 모셔 들였지요.

놓여나오는 날 나도 가서 보았지만, 가막소(감옥) 문 앞에 막 나서자 아주머니가 기다리고 있으니까 그래도 눈물이 핑 돌던데요.

전에 그렇게도 죽을 동 살 동 모르고 좋아하던 첩년은 꼴도 안 뵈구요. 남의 첩년이란 건 다 그런 거지요, 뭐.

우리 아저씨 양반은 혹시 그 여편네가 오지 않았나 하고 사방을 휘휘 둘러보던데요. 속이 그렇게 없다니까. 여편네는커녕 아주머니하고 나하고 그 외는 어리친 개새끼 한 마리 없더라.

그래 막, 자동차에 올라타려다가 피를 토했지요. 나중에 들었지만 가막소 안에서 달포(한 달이 조금 넘는 기간) 전부터 토혈을 했다나 봐요.

그래 다 죽어 가는 반송장을 업어 오다시피 해다가 뉘어 놓고, 그날부터 아주머니는 불철주야로, 할 짓 못할 짓 다 해 가면서 부스대고 날뛴 덕에 병도 차차로 차도가 있고, 그러더니 인제는 완구히 살아는 났지요. 뭐 참 시방은 용 꼴인걸요, 용 꼴.

부인네 정성이 무서운 겝디다.

꼬박 삼 년이군. 나 같으면 돌아가신 부모가 살아오신대도 그 짓 못 해요.

자, 그러니 말이지요. 우리 아저씨라는 양반이 작히나 양심이 있고 다 그럴 양이면, 어허, 내가 어서 바삐 몸이 충실해져서, 어서 바삐 돈을 벌어다가 저 아내를 편안히 거느리고, 이 은공과 전날의 죄를 갚아야 하겠구나…… 이런 맘을 먹어야 할 게 아니냐구요?

아주머니의 은공을 갚자면 발에 흙이 묻을세라 업고 다녀도 참 못다 갚지요.

그러고저러고 간에 자기도 이제는 속 차려야지요. 하기야 속을 차려서 무얼 하재도 전과자니까 관리나 또 회사 같은 데는 들어가지 못하겠지만, 그야 자기가 저지른 일인 걸 누구를 원망할 일도 아니고, 그러니 막 벗어부치고 노동이라도 해야지요.

대학교 출신이 막벌이 노동이란 게 꼴 가관이지만 그래도 할 수 없지, 뭐.

그런 걸 보고 가만히 나를 생각하면, 만약 우리 증조할아버지네 집안이 그렇게 치패를 안 해서 나도 전문학교를 졸업을 했으면, 혹시 우리 아저씨 모양이 됐을지도 모를 테니 차라리 공부 많이 않고서 이 길로 들어선 게 다행이다…… 이런 생각이 들어요.

사실 우리 아저씨 양반은 대학교까지 졸업하고도 이제는 기껏 해먹을 거란 막벌이 노동밖에 없는데, 보통학교 사 년 겨우 다니고서도 시방 앞길이 환히 트인 내게다 대면 고츠카이(소사(小使). 관청이나 회사, 학교, 가게 따위에서 잔심부름을 시키기 위하여 고용한 사람)만도 못하지요.

아, 그런데 글쎄 막벌이 노동을 하고 어쩌고 하기는커녕 조금 바시시 살아날 만하니까 이 주책꾸러기 양반이 무슨 맘보를 먹는고 하니, 내 참 기가 막혀!

아니, 그놈의 것하고는 무슨 대천지원수가 졌단 말인지, 어쨌다고 그걸 끝끝내 하지 못해서 그 발광인고?

그러나마 그게 밥이 생기는 노릇이란 말인지? 명예를 얻는 노릇이란 말인지. 필경은, 붙잡혀 가서 징역 사는 놀음?

아마 그놈의 것이 아편하고 꼭 같은가 봐요. 그렇길래 한번 맛을 들이면 끊지를 못하지요?

그렇지만 실상 알고 보면 그게 그다지 재미가 난다거나 맛이 있다거나 그런 것도 아니더군 그래요. 부랑당(불한당. 때를 지어 다니던 강도)패던데요. 하릴없이(조금도 틀림이 없이) 부랑당팹디다.

저 서양 어디선가, 일하기 싫어하는 게으름뱅이 몇 놈이 양지쪽에 모여 앉아서 놀고먹을 궁리를 했더라나요. 우리 집 다이쇼가 다 자상하게 이야기를 해 줍디다.

게, 그 녀석들이 서로 구론(口論 구두로 논쟁함)을 하기를, 자, 이 세상에는 부자가 있고 가난한 사람이 있고 하니 그건 도무지 공평한 일이 아니다. 사람이란 건 이목구비하며 사지육신을 꼭 같이 타고났는데, 누구는 부자로 잘살고 누구는 가난하다니 그게 될 말이냐. 그러니 부자가 가진 것을 우리 가난한 사람들하고 다 같이 고르게 나눠 먹어야 경우가 옳다.

야— 그거 옳은 말이다. 야— 그 말 좋다. 자— 나눠 먹자.

아, 이렇게 설도를 해 가지고 우 하니 들고 일어났다는군요.

아—니, 그러니 그게 생 날 부랑당 놈의 짓이 아니고 무어요?

사람이란 것은 제가끔 분지복(分之福 분복. 타고난 복)이 있어서 기수를 잘 타고나든지 부지런하면 부자가 되는 법이요, 복록(福祿 복되고 영화로운 삶을 이르는 말)을 못 타고나든지 게으른 놈은 가난하게 사는 법이요, 다 이렇게 마련인데, 그거야말로 공평한 천리인 것을, 딥다('들입다'의 줄임말. 막 무리하게 힘을 들여) 불공평하다께 될 말이오? 그러고서 억지로 남의 것을 뺏어 먹자고 들다니 그놈들이 부랑당이지 무어요.

짓이 부랑당 짓일 뿐 아니라, 또 만약에 그러기로 들면 게으른 놈은 점점 더 게으름만 부리고 쫓아다니면서 부자 사람네가 가진 것만 뺏어 먹을 테니 이 세상은 통으로 도적놈의 판이 될 게 아니오? 그나마, 부자 사람네가 모아 둔 걸 다 뺏기고 더는 못 먹여 내는 날이면 그때는 이 세상 망하는 날이 아니오?

저마다 남이 농사지어 놓으면 그걸 뺏어 먹으려고 일 않고 번둥번둥 놀 것이고, 남이 옷감 짜 놓으면 그걸 뺏어다가 입으려고 번둥번둥 놀 것이고 그럴 테니 대체 곡식이며 옷감이며 그런 것이 다 어디서 나올 데가 있어야지요. 세상 망할밖에!

글쎄 그놈의 짓이 그렇게 세상 망쳐 놀 장본인 줄은 모르고서 가난한 놈들, 그중에도 일하기 싫은 게으름뱅이들이 위선 당장 부자 사람네 것을 뺏어 먹는다니까 거기 혹해 가지골랑 너도나도 와 하니 참섭(參涉 어떤 일에 끼어들어 간섭함)을 했다는구려.

바로 저 아라사(러시아의 우리말 표기)가 그랬대요.

그래서 아니나 다를까 농군들이 곡식을 안 만들기 때문에 사람이 수만 명씩 굶어 죽는다는구려. 빠안한 이치지 뭐.

위선 먹기는 곶감이 달다고 그 지랄들을 했다가 잘코사니(미운 사람의 불행을 고소하게 여길 때 하는 말)야!

아 그런데, 그 못된 놈의 풍습이 삽시간에 동서양 각국 안 간 데 없이 퍼져 가지골랑 한동안 내지(內地 외국이나 식민지에서 본국을 이르는 말로 여기서는 일본 본토를 말함)에도 마구 굉장히 드세게 돌아다녔고, 내지가 그러니까 멋도 모르는 죄선 영감상들도 덩달아서 그 흉내를 냈다나요.

그렇지만 시방은 그새 나라에서 엄하게 밝히고 금하고 한 덕에 많이 너끔해졌고 그런 마음먹는 사람은 별반 없다나 봐요.

그럴 게지, 글쎄. 아, 해서 좋을 양이면야 나라에선들 왜 금하며 무슨 원수가 졌다고 붙잡아다가 징역을 살리나요.

좋고 유익한 것이면 나라에서 도리어 장려하고, 잘할라치면 상급도 주고 그러잖아요.

활동사진이며 스모며 만자이(만담)며 또 왓쇼왓쇼(일본 전통 축제의 하나)랄지 세이레이 나가시(일본 전통 행사의 하나)랄지 라디오 체조랄지 그런 건 다 유익한 일이니까 나라에서 설도도 하고 그러잖아요.

나라라는 게 무언데? 그런 걸 다 잘 분간해서 이럴 건 이러고 저럴 건 저러라고 지시하고, 그 덕에 백성들은 제각기 제 분수대로 편안히 살도록 애써 주는 게 나라 아니오?

그놈의 것 사회주의만 하더라도 나라에서 금하질 않고 저희가 하는 대로 두어 두었어 보아? 시방쯤 세상이 무엇이 됐을지…….

다른 사람들도 낭패 본 사람이 많았겠지만, 위선 나만 하더라도 글쎄 어쩔 뻔했어! 아무 일도 다 틀리고 뒤죽박죽이지.

내 이상과 계획은 이렇거든요.

우리 집 다이쇼가 나를 자별히 귀애하고 신용을 하니까 인제 한 십 년만 더 있으면 한밑천 들여서 따로 장사를 시켜 줄 그런 눈치거든요.

그러거들랑 그것을 언덕 삼아 가지고 나는 삼십 년 동안 예순 살 환갑까지만 장사를 해서 꼭 십만 원을 모을 작정이지요. 십만 원이면 죄선 부자로 쳐도 천석꾼이니, 뭐 떵떵거리고 살 게 아니냐구요.

그리고 우리 다이쇼도 한 말이 있고 하니까, 나는 내지인 규수한테로 장가를 들래요. 다이쇼가 다 알아서 얌전한 자리를 골라 중매까지 서 준다고 그랬어요. 내지 여자가 참 좋지요.

나는 죄선 여자는 거저 주어도 싫어요.

구식 여자는 얌전은 해도 무식해서 내지인하고 교제하는 데 안 됐고, 신식 여자는 식자나 들었다는 게 건방져서 못쓰고, 도무지 그래서 죄선 여자는 신식이고 구식이고 다 제에발이야요.

내지 여자가 참 좋지 뭐. 인물이 개개 일자로 이쁘것다, 얌전하것다, 상냥하것다, 지식이 있어도 건방지지 않것다, 좀이나 좋아!

그리고 내지 여자한테 장가만 드는 게 아니라 성명도 내지인 성명으로 갈고, 집도 내지인 집에서 살고, 옷도 내지 옷을 입고, 밥도 내지식으로 먹고, 아이들도 내지인 이름을 지어서 내지인 학교에 보내고……,

내지인 학교라야지 죄선 학교는 너절해서 아이들 버려 놓기나 꼭 알맞지요.

그리고 나도 죄선말은 싹 걷어치우고 국어(일본 말)만 쓰고요.

이렇게 다 생활 법식부텀도 내지인처럼 해야만 돈도 내지인처럼 잘 모으게 되거든요.

내 이상이며 계획은 이래서 그 십만 원짜리 큰 부자가 바로 내다뵈고, 그리로 난 길이 환하게 트이고 해서 나는 시방 열심으로 길을 가고 있는데, 글쎄 그 미쳐 살기 든 놈들이 세상 망쳐 버릴 사회주의를 하려 드니, 내가 소름이 끼칠 게 아니냐구요? 말만 들어도 끔찍하지!

세상이 망해서 뒤집히면 그래 나는 어쩌란 말인고? 아무것도 다 허사가 될 테니 그런 억울할 데가 있더람?

뭐 참, 우리 집 다이쇼 말이 일일이 지당해요.

여느 절도나 강도나 사기나 그런 죄는 도적이면 도적을 해 가는 그 당장, 그 돈만 축을 내니까 오히려 죄가 가볍지만, 그놈의 것 사회주의인지 지랄인지는 온 세상을 뒤죽박죽을 만들어 놓고 나라를 통째로 소란하게 하니까 도저히 용서할 수가 없대요.

용서라니! 나 같으면 그런 놈들은 모조리 쓸어다가 마구 그저 그냥…….

그런 일을 생각하면, 털어놓고 말이지 우리 아저씬가 그 양반도 여간 불측(不測 생각이나 행동 따위가 괘씸하고 엉큼함)스러워 뵈질 않아요. 사실 아주머니만 아니면 내가 무슨 천주학이라고 나쁜 병까지 앓는 그 양반을 찾아다니나요. 죽는대도 코도 안 풀어 붙일걸.

그러나마 전자의 죄상을 다 회개를 하고 못된 마음을 씻어 버렸을세 말이지, 뭐 흰 개꼬리 삼 년이라더냐, 종시 그 모양일걸요.

그러니깐 그게 밉살머리스러워서, 더러 들렀다가 혹시 마주 앉아도 위정(일부러) 뼈끝 저린 소리나 내쏘아 주고 말을 다잡아 가지골랑 꼼짝 못하게시리 몰아세워 주곤 하지요.

저번에도 한번 혼을 단단히 내 주었지요. 아, 그랬더니 아주머니더러 한다는 소리가, 그 녀석 사람 버렸더라고, 아무짝에도 못쓰게 길이 들었더라고 그러더라나요.

내 원, 그 소리를 듣고 하도 어처구니가 없어서!

대체 사람도 유만부동(類萬不同 비슷한 것이 많으나 서로 같지 않음)이지, 그 아저씨가 나더러 사람 버렸느니 아무짝에도 못쓰게 길이 들었느니 하더라니, 원 입이 몇 개나 되면 그런 소리가 나오는 구멍도 있누? 죄선 벙어리가 다 말을 해도 나 같으면 할 말 없겠더구먼서도, 하면 다 말인 줄 아나 봐?

이를테면 그게 명색 훈계 비슷한 거렷다? 내게다가 맞대 놓고 그런 소리를 하다가는 되잡혀서 혼이 날 테니까 슬며시 아주머니더러 이르란 요량이던 게지?

기가 막혀서…… 하느님이 사람의 콧구멍을 두 개로 마련하기 참 다행이야.

글쎄 아무려면 내가 자기처럼 다아 공부는 못 하고 남의 집 고조(소승(小僧). 가게 일을 보아 주는 점원)) 노릇으로, 반또(번두(番頭). 지금의 수위) 노릇으로 이렇게 굴러먹을 값에 이래 보여도 표창을 두 번이나 받은 모범 점원이요, 남들이 똑똑하고 재주 있고 얌전하다고 칭찬이 놀랍고, 앞길이 환히 트인 유망한 청년인데, 그래 자기 눈에는 내가 버린 놈이고 아무짝에도 못 쓰게 길이 든 놈으로 보였단 말이지?

하하, 오옳지! 거 참 그렇겠군. 자기는 자기 하는 짓이 옳으니까 남이 하는 짓은 다 글렀단 말이렷다? 그러니까 나도 자기처럼 그놈의 것 사회주의인지 급살 맞을 것인지나 하다가 징역이나 살고 전과자나 되고 폐병이나 앓고, 다 그랬더라면 사람 버리지도 않고 아무짝에도 못 쓰게 길든 놈도 아니고 그럴 뻔했군그래!

흥! 참……. 제 밑 구린 줄 모르고서 남더러 어쩌구저쩌구 한다는 게, 꼭 우리 아저씨 그 양반을 두고 이른 말인가 봐.

그날도 실상 이랬더라우. 혼을 내주었더니, 아주머니더러 그런 소리를 하더란 그날 말이오.

그날이 마침 내가 쉬는 날이길래 아주머니더러 할 이야기도 있고 해서 아침결에 좀 들렀더니, 아주머니는 남의 혼인집으로 바느질을 해 주러 갔다고 없고, 아저씨 양반만 여전히 아랫목에 가서 드러누웠어요.

그런데 보니깐 어디서 모두 뒤져냈는지, 머리맡에다가 헌 언문 잡지를 수북이 쌓아 놓고는 그걸 뒤져요. 그래 나도 심심 삼아 한 권 집어 들고 떠들어 보았더니, 뭐 읽을 맛이 나야지요. 대체 죄선 사람들은 잡지 하나를 해도 어찌 모두 그 꼬락서니로 해 놓는지.

사진도 없지요, 망가(만화)도 없지요. 그러고는 맨판 까달스런 한문 글자로다가 처박아 놓으니 그걸 누구더러 보란 말인고?

더구나 우리 같은 놈은 언문도 그런대로 뜯어보기는 보아도 읽기에 여간 괴롭지가 않아요.

그러니 어려운 언문하고 까다로운 한문하고를 섞어서 쓴 글은 뜻을 몰라 못 보지요. 언문으로만 쓴 것은 소설 나부랭인데, 읽기가 힘이 들 뿐 아니라 또 죄선 사람이 쓴 소설이란 건 재미가 있어야죠. 나는 죄선 신문이나 죄선 잡지하구는 담쌓고 남 된 지 오랜걸요.

잡지야 뭐 〈킹구〉나 〈쇼넹구라부〉 덮어 먹을 잡지가 있나요. 참 좋아요. 한문 글자마다 가나를 달아 놓았으니 어떤 대문을 척 펴들어도 술술 내리 읽고 뜻을 휑하니 알 수가 있지요.

그리고 어떤 대문을 읽어도 유익한 교훈이나 재미나는 소설이지요.

소설 참 재미있어요. 그중에도 기쿠지 캉(菊池寬) 소설……. 어쩌면 그렇게도 아기자기하고도 달콤하고도 재미가 있는지. 그리고 요시가와 에이지, 그의 소설은 진찐바라바라(칼싸움) 하는 지다이모노(역사물)인데 마구 어깻바람이 나구요.

소설이 모두 그렇게 재미가 있지요, 망가가 많지요, 사진이 많지요, 그러고도 값은 좀 헐하나요. 십오 전이면 바로 고 전달치를 사 볼 수 있고, 보고 나서는 오 전에 도루 파는데요.

잡지도 기왕 하려거든 그렇게나 해야지, 죄선 사람들은 제엔장 큰소리는 곧잘 하더구먼서도 잡지 하나 반반한 거 못 만들어 내니!

그날도 글쎄 잡지가 그 꼴이라, 아예 글은 볼 멋도 없고 해서 혹시 망가나 사진이라도 있을까 하고 책장을 후르르 넘기노라니깐 마침 아저씨 이름이 있겠나요! 하도 신통해서 쓰윽 펴 들고 보았더니 제목이 첫 줄은 경제, 사회…… 무엇 어쩌구 잔주를 달아 놨겠지요.

그것만 보아도 벌써 그럴듯해요. 경제는 아저씨가 대학교에서 경제를 배웠다니까 경제 속은 잘 알 것이고, 또 사회는 그것 역시 사회주의를 했으니까 그 속도 잘 알 것이고, 그러니까 경제하고 사회주의하고 어떻게 서로 관계가 되는 것이며 어느 편이 옳다는 것이며 그런 소리를 썼을 게 분명해요.

뭐, 보나 안 보나 속이야 빠안하지요. 대학교까지 가설랑 경제를 배우고도 돈 모을 생각은 않고서 사회주의만 하고 다닌 양반이라 경제가 그르고 사회주의가 옳다고 우겨댔을 거니까요.

아무렇든 아저씨가 쓴 글이라는 게 신기해서 좀 보아 볼 양으로 쓰윽 훑어봤지요. 그러나 웬걸 읽어 먹을 재주가 있나요. 글자는 아주 어려운 자만 아니면 대강 알기는 알겠는데, 붙여 보아야 대체 무슨 뜻인지를 알 수가 있어야지요.

속이 상하길래 읽어 보자던 건 작파하고서 아저씨를 좀 따잡고 몰아세울 양으로 그 대목을 차악 펴 놨지요.

"아저씨?"

"왜 그러니?"

"아저씨가 여기다가 경제 무어라구 쓰구, 또 사회 무어라구 썼는데, 그러면 그게 경제를 하란 뜻이오? 사회주의를 하란 뜻이오?"

"뭐?"

못 알아듣고 뚜렷뚜렷(어리둥절하여 눈을 이리저리 굴리는 모양)해요. 자기가 쓰고도 오래 돼서 다 잊어버렸거나, 혹시 내가 말을 너무 까다롭게 내기 때문에 섬뻑 대답이 안 나왔거나 그랬겠지요. 그래 다시 조곤조곤 따졌지요.

"아저씨…… 경제란 것은 돈 모아서 부자되라는 것 아니오? 그런데, 사회주의란 것은 모아 둔 부자 사람의 돈을 뺏어 쓰는 것 아니오?"

"이 애가 시방!"

"아니, 들어 보세요."

"너, 그런 경제학, 그런 사회주의 어디서 배웠니?"

"배우나마나, 경제란 건 돈 많이 벌어서 아껴 쓰구 나머지 모아 두는 게 경제 아니오?"

"그건 보통, 경제한다는 뜻으루 쓰는 경제고, 경제학이니 경제적이니 하는 건 또 다르다."

"다를 게 무어요? 경제는 돈 모으는 것이고, 그러니까 경제학이면 돈 모으는 학문이지요."

"아니란다. 혹시 이재학(理財學 나라를 다스리는 데 필요한 자금의 조달, 관리, 운용 따위에 대하여 연구하는 학문)이라면 돈 모으는 학문이라고 해도 근리(近理 이치에 가까움)할지 모르지만 경제학은 그런 게 아니란다."

"아—니, 그렇다면 아저씨 대학교 잘못 다녔소. 경제 못하는 경제학 공부를 오 년이나 했으니 그게 무어란 말이오? 아저씨가 대학교까지 다니면서 경제 공부를 하구두 왜 돈을 못 모으나 했더니, 인제 보니깐 공부를 잘못해서 그랬군요!"

"공부를 잘못했다? 허허, 그랬을는지도 모르겠다. 옳다, 네 말이 옳아!"

이거 봐요 글쎄. 단박 꼼짝 못하잖나. 암만 대학교를 다니고, 속에는 육조를 배포했어도 그렇다니깐 글쎄…….

"아저씨?"

"왜 그러니?"

"그러면 아저씨는 대학교를 다니면서 돈 모아 부자되는 경제 공부를 한 게 아니라 모아 둔 부자 사람네 돈 뺏어 쓰는 사회주의 공부를 했으니 말이지요……."

"너는 사회주의가 무얼루 알구서 그러냐?"

"내가 그까짓 걸 몰라요?"

한바탕 주욱 설명을 했지요.

내 얼굴만 물끄러미 올려다보고 누웠더니 피식 한번 웃어요. 그러고는 그 양반이 하는 소리겠다요.

"그게 사회주의냐? 부랑당이지."

"아—니, 그럼 아저씨두 사회주의가 부랑당인 줄은 아시는구려?"

"내가 언제 사회주의가 부랑당이랬니?"

"방금 그리잖았어요?"

"글쎄, 그건 사회주의가 아니라 부랑당이란 그 말이다."

"거 보시우! 사회주의란 것은 그렇게 날부랑당이어요. 아저씨두 그렇다구 하면서 아니래시오?"

"이 애가 시방 입심 겨룸을 하재나!"

이거 봐요. 또 꼼짝 못하지요? 다아 이래요, 글쎄…….

"아저씨?"

"왜 그러니?"

"아저씨두 맘 달리 잡수시오."

"건 어떻게 하는 말이냐?"

"걱정 안 되시우?"

"나 같은 사람이 걱정이 무슨 걱정이냐? 나는 네가 걱정이더라."

"나는 뭐 버젓하게 요량이 있는걸요."

"어떻게?"

"이만저만한가요!"

또 한바탕 주욱 설명을 했지요. 이야기를 다 듣더니 그 양반 한다는 소리 좀 보아요.

"너두 딱한 사람이다!"
"왜요?"
"……."
"아니, 어째서 딱하다구 그러시우?"
"……."
"네? 아저씨?"
"……."
"아저씨?"
"왜 그래?"
"내가 딱하다구 그러셨지요?"
"아니다, 나 혼자 한 말이다."
"그래두……."
"이 애?"
"네?"
"사람이란 것은 누구를 물론허구 말이다, 아첨하는 것 같이 더러운 게 없느니라."
"아첨이오?"
"저, 위로는 제왕, 밑으로는 걸인, 그 모든 사람이 위선 시방 이 제도의 이 세상에서 말이다, 제가끔 제 분수대루 살어가는 데 있어서 말이다, 제 개성을 속여 가면서꺼정 생활에다가 아첨하는 것 같이 더러운 것이 없고, 그런 사람같이 가련한 사람은 없느니라. 사람이란 건 밥 두 그릇이 하필 밥 한 그릇보다 더 배가 부른 건 아니니까."
"그건 무슨 뜻인데요?"
"네가 일본인 여자와 결혼을 해서 성명까지 갈고 모든 생활 법도를 일본화하겠다는 것이 말이다."
"네, 그게 좋잖아요?"
"그것이 말이다, 진실로 깊은 교양이나 어진 지혜의 판단에서 우러나온 것이라면 그도 모를 노릇이겠지. 그렇지만 나는 보매, 네가 그런다는 것은 다른 뜻으로 그러는 것 같다."
"다른 뜻이라니요?"
"네 주인의 비위를 맞추고, 이웃의 비위를 맞추고 하자고……."

"그야 물론이지요! 다이쇼의 신용을 받아야 하고, 이웃 내지인들 하구도 좋게 지내야지요. 그래야 할 게 아니겠어요?"

"……."

"아저씨는 아직두 세상 물정을 모르시오. 나이는 나보담 많구 대학교 공부까지 했어도 일찌감치 고생살이를 한 나만큼 세상 물정은 모릅니다. 시방이 어느 세상인데 그러시우?"

"이 애?"

"네?"

"네가 방금 세상 물정이랬지?"

"네."

"앞길이 환하니 트였다구 그랬지?"

"네."

"환갑까지 십만 원 모은다구 그랬지?"

"네."

"네가 말하는 세상 물정하구 내가 말하려는 세상 물정하구 내용이 다르기도 하지만, 세상 물정이란 건 그야말로 그리 만만한 게 아니다."

"네?"

"사람이란 건 제아무리 날구 뛰어도 이 세상에 형적(形跡 사물의 형상과 자취를 아울러 이르는 말) 없이 그러나 세차게 주욱 흘러가는 힘, 그게 말하자면 세상 물정이겠는데, 결국 그것의 지배하에서 그것을 따라가지 별수가 없는 거다."

"네?"

"쉽게 말하면 계획이나 기회를 아무리 억지루 만들어 놓아도 결과가 뜻대루는 안 된단 말이다."

"젠장, 아저씨두…… 요전 〈킹구〉라는 잡지에두 보니까, 나폴레옹이라는 서양 영웅이 그랬답디다. 기회는 제가 만든다구. 그리고 불가능이란 말은 바보의 사전에서나 찾을 글자라구요. 아 자꾸자꾸 계획하구 기회를 만들구 해서 분투 노력해 나가면 이 세상 일 안 되는 일이 어디 있나요? 한 번 실패하거든 갑절 용기를 내 가지구 다시 일어서지요. 칠전팔기 모르시오?"

"나폴레옹도 세상 물정에 순응할 때는 성공했어도, 그것에 거슬리다가 실패를 했더란다. 너는 칠전팔기해서 성공한 몇 사람만 보았지, 여덟 번 일어섰다가 아홉 번째 가서 영영 쓰러지구는 다시 일어나지 못한 숱한 사람이 있는 건 모르는구나?"

"그래두 두구 보시우. 나는 천하 없어두 성공하구 말 테니……. 아저씨는 그래서 더구나 못써요. 일해 보기두 전에 안 될 줄로 낙심 먼저 하구……."

"하늘은 꼭 올라가 보구래야만 높은 줄 아니?"

원 마지막 가서는 할 소리가 없으니깐 동에도 닿지 않는 비유를 가져다 둘러대는 걸 보아요. 그게 어디 당한 말인고? 안 올라가 보면 뭐 하늘 높은 줄 모를 천하 멍텅구리도 있을까? 그만해 두려다가 심심하기에 또 말을 시켰지요.

"아저씨?"

"왜 그래?"

"아저씨는 인제 몸 다아 충실해지면 어떡허실려우?"

"무얼?"

"장차……."

"장차?"

"어떡허실 작정이세요?"

"작정이 새삼스럽게 무슨 작정이냐?"

"그럼 아저씨는 아무 작정 없이 살어가시우?"

"없기는?"

"있어요?"

"있잖구?"

"무언데요?"

"그새 지내 오던 대루……."

"그러면 저 거시키 무엇이냐 도루 또 그걸……?"

"그렇겠지."

"아저씨?"

"……."

"아저씨?"

"왜 그래?"

"인젠 그만두시우."

"그만두라구?"

"네."

"누가 심심소일루 그러는 줄 아느냐?"
"그렇잖구요?"
"……."
"아저씨?"
"……."
"아저씨?"
"왜 그래?"
"아저씨 올해 몇이지요?"
"서른셋."
"그러니 인제는 그만큼 해 두고 맘 잡어서 집안일 할 나이두 아니오?"
"집안일은 해서 무얼 하나?"
"그렇기루 들면 그 짓은 해서 또 무얼 하나요?"
"무얼 하려구 하는 게 아니란다."
"그럼, 아무 희망이나 목적이 없으면서 그래요?"
"목적? 희망?"
"네."
"개인의 목적이나 희망은 문제가 다르니까…… 문제가 안 되니까……."
"원, 그런 법도 있나요?"
"법?"
"그럼요!"
"법이라……!"
"아저씨?"
"……."
"아저씨?"
"왜 그래?"
"아주머니가 고맙잖습디까?"
"고맙지."
"불쌍하지요?"
"불쌍? 그렇지, 불쌍하다면 불쌍한 사람이지!"
"그런 줄은 아시느만?"
"알지."

"알면서 그러시우."

"고생을 낙으로, 그 쓰라린 맛을 씹고 씹고 하면서 그것에서 단맛을 알어내는 사람도 있느니라. 사람도 있는 게 아니라, 사람마다 무슨 일에고 진정과 정신을 꼬박 거기다가만 쓰면 그렇게 되는 법이니라. 그러니까 그쯤 되면 그때는 고생이 낙이지. 너의 아주머니만 두고 보더라도 고생이 고생이면서 고생이 아니고 고생하는 게 낙이란다."

"그렇다고 아저씨는 그걸 다행히만 여기시우?"

"아니."

"그러거들랑 아저씨두 아주머니한테 그 은공을 더러는 갚어야 옳을 게 아니오?"

"글쎄, 은공을 모르는 건 아니지만……."

"그러니 인제 병이나 확실히 다아 나으신 뒤엘라컨……."

"바빠서 원……."

글쎄 이 한다는 소리 좀 보지요? 시치미 뚜욱 떼고 누워서 바쁘다는군요!

사람 속 차릴 여망(輿望 어떤 개인이나 사회에 대한 많은 사람의 기대를 받음. 또는 그 기대) 없어요. 그저 어디로 대나 손톱만큼도 쓸모는 없고 남한테 사폐만 끼치고, 세상에 해독만 끼칠 사람이니, 뭐 하루바삐 죽어야 해요. 죽어야 하고, 또 죽어서 마땅해요. 그런데 글쎄 죽지를 않고 꼼지락꼼지락 도로 살아나니 성화라구는, 내…….

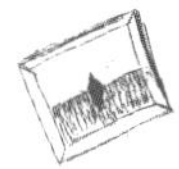

이상한 선생님

작품 정리

작가: 채만식(411쪽 '작가와 작품 세계' 참조)
갈래: 풍자 소설
배경: 시간 – 일제 강점기에서 광복 직후 / 공간 – 학교
시점: 1인칭 관찰자 시점
주제: 기회주의적이고 순응적인 인물의 부조리한 삶의 모습
출전: 〈어린이 나라〉(1949)

구성과 줄거리

발단 **박 선생님은 강 선생님과 만나기만 하면 싸움**

'뼘박이'라는 별명을 가진 박 선생님은 작은 키에 큰 머리를 가진 이상한 선생님이다. 키가 크고 잘 웃는 강 선생님과는 만나기만 하면 싸운다.

전개 **박 선생님은 조선말을 하는 학생들을 무섭게 혼냄**

박 선생님은 조선말을 사용하는 학생들을 발견하면 일본 말을 사용하지 않는다고 무섭게 혼을 내고 벌을 준다. 그러나 강 선생님은 우리가 조선말을 사용해도 혼을 내지 않고, 우리가 일본 말을 해도 다른 선생님이 없을 때에는 조선말을 한다.

위기 **해방 다음 날 박 선생님의 태도가 달라짐**

일본 천황이 항복을 선언하고, 교장 이하 일본 선생님, 친일파인 박 선생님은 기를 펴지 못한다. 강 선생님은 기뻐하며 만세를 부르고, 박 선생님에게 면박을 주다가 함께 만세를 부르자고 한다. 그 뒤로 박 선생님은 일본을 비판하는 발언을 한다.

절정 **박 선생님은 미국 말을 열심히 공부함**

강 선생님이 교장이 된 후 박 선생님과의 사이가 안 좋아진다. 강 선생님이 파면된 뒤 박 선생님이 교장이 된다. 박 선생님은 우리나라를 도와준 미국에 대해 알기 위해 미국 말을 열심히 공부한다.

결말 **우리는 박 선생님을 이상하게 생각함**

박 선생님은 고마운 나라 미국에 순종해야 한다고 말하고, 우리는 그런 박 선생님을 이상하게 여긴다.

✎ 생각해 볼 문제

1. 이 작품의 배경이 되는 해방 직후에서 6 · 25전쟁 직전까지, 한국 문학의 경향에 대해 조사해 보자.

광복 직후 우리 문학계는 민족 문학의 건설이라는 공동 목표를 설정하고서도 좌우익의 이데올로기 대립 상태를 지속했다. 또한, 이 시기에는 일제 강점기를 반성하고 광복의 참된 의미를 모색하고자 한 채만식의 「논 이야기」, 『민족의 죄인』, 김동인의 「반역자」, 이태준의 「해방 전후」와 같은 작품들이 발표되었다. 그 외에도 남과 북에 진주한 미국과 소련의 군정 문제와 분단 문제를 다룬 염상섭의 「삼팔선」, 「이합」 등이 있다.

2. 이 작품에서 강 선생님은 광복을 맞아 "그동안 지은 죄를 우리 조선 동포 앞에 속죄해야 할 때"라고 말한다. 이 '죄'의 의미가 무엇인지 채만식의 『민족의 죄인』과 연관 지어 설명해 보자.

『민족의 죄인』은 광복 직후 친일 행위자들에 대한 청산 문제가 대두되었을 때 나온 자전적 소설이다. 이 작품에서 화자는 자신의 친일 행위를 반성하는 동시에 그것이 생계를 위한 불가피한 일이었음을 변명하고 있다. 그러나 자기합리화에서 그치는 것이 아니라, 도덕성을 버리고 생존의 문제를 택한 것에 죄의식을 느끼고 있음을 고백한다. 「이상한 선생님」에서 강 선생님은 올바른 역사의식과 민족의식을 지니고 있으면서도 이를 적극적으로 실현하지 못하는 인물이다. 학생들이 조선말을 쓰는 것을 꾸짖지 않고, 자신도 일본인 교장과 다른 선생님들의 눈을 피해서 조선말을 사용한다는 점에서 한계를 드러낸다. 『민족의 죄인』의 '나'와 마찬가지로 도덕성과 생존 중에 생존을 택했다는 점에서 민족 앞에 죄를 지었으며, 이에 대한 반성이 필요함을 주장하고 있는 것이다.

✎인물 관계도

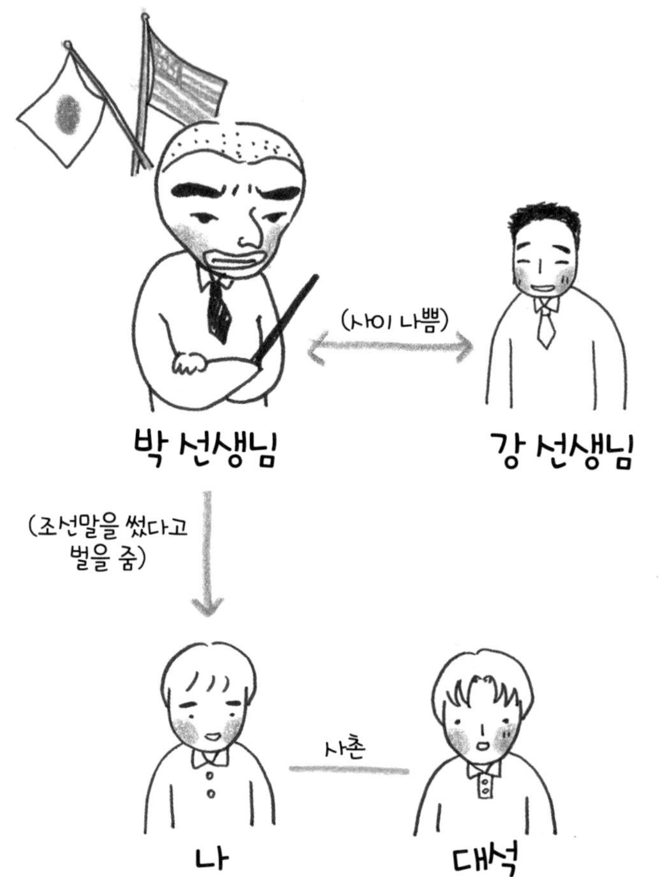

박 선생님은 우리가 조선말을 쓰면 일본 말을 쓰라고 혼냈지만 강 선생님은 정반대였어요. 두 분은 사이가 좋지 않았지요. 해방이 되자 저(나)의 사촌인 대석은 일본 천황을 욕했어요. 하지만 선생님들은 예전과 달리 별 꾸중을 하지 않았지요. 이제 박 선생님은 미국에 순종해야 한다며 미국 말을 열심히 공부하신답니다. 정말 이상한 선생님이지요?

이상한 선생님

1

우리 박 선생님은 참 이상한 선생님이었다.

박 선생님은 생긴 것부터가 무척 이상하게 생긴 선생님이었다. 키가 한 뼘밖에 안 되어서 뼘생 또는 뼘박이라는 별명이 있는 것처럼, 박 선생님의 키는 작은 사람 가운데서도 유난히 작은 키였다. 일본 정치 때에, 혈서로 지원병에 지원했다 체격 검사에 키가 제 척수(치수)에 차지 못해 낙방이 되었다면, 그래서 땅을 치고 울었다면, 얼마나 작은 키인지 알 일이다.

그런 작은 키에 몸집은 그저 한 줌만 하고. 이 한 줌만 한 몸집, 한 뼘만 한 키 위에 깜짝 놀랄 만큼 큰 머리통이 위태위태하게 올라앉아 있다. 그래서 박 선생님 또 하나의 별명은 대갈 장군이라고도 했다.

머리통이 그렇게 큰 박 선생님 얼굴은 어떻게 생겼느냐 하면, 또한 여느 사람과는 많이 달랐다.

뒤통수와 앞이마가 툭 내솟고, 내솟은 좁은 이마 밑으로 눈썹이 시꺼멓고, 왕방울 같은 두 눈은 부리부리하니 정기가 있고도 사납고, 코는 매부리코요, 입은 메기입으로 귀 밑까지 넓죽 째지고, 목소리는 쇠꼬챙이로 찌르는 것처럼 쨍쨍하고.

이런 대갈 장군인 뼘생 박 선생님과 아주 정반대로 생긴 이가 강 선생님이었다.

강 선생님은 키가 크고, 몸집도 크고, 얼굴이 너부룻하고, 얼굴이 검기는 해도 순하여 사나움이 든 데가 없고, 눈은 더 순하고, 허허 웃기를 잘 하고, 별로 성을 내는 일이 없고, 아무하고나 장난을 잘 하고……. 강 선생님은 이런 선생님이었다.

뼘박 박 선생님과 강 선생님은 만나면 싸움이었다.

하학을 하고 나서, 우리가 청소를 한 교실을 둘러보다가 또는 운동장에서(그러니까 우리들이 여럿이는 보지 않는 곳에서 말이다) 두 선생님이 만날라치면, 강 선생님은 괜히 장난이 하고 싶어 박 선생님을 먼저 건드리곤 했다.

"뼘박아, 담배 한 대 붙여 올려라."

강 선생님이 그 생긴 것처럼 느릿느릿한 말로 이렇게 장난을 청하고, 그런다치면 박 선생님은 벌써 성이 발끈 나 가지고

"까불지 말아, 죽여 놀 테니."

"얘야, 까불다니, 이 덕집엔 좀 억울하구나……. 아무튼 담배나 한 개 빌리자꾸나."

"나두 빠젓한 돈 주구 담배 샀어."

"아따 이 사람, 누가 자네더러 담배 도둑질했대나?"

"너두 돈 내구 담배 사 피우란 말야."

"에구 요 재리(매우 인색한 사람을 낮잡아 이르는 말)야! 몸이 요렇게 용잔하게(못생기고 연약하게) 생겼거들랑 속이나 좀 너그럽게 써요."

"몸 크구서 속 못 차리는 건, 볼 수 없더라."

하나는 커다란 몸집을 해 가지고 싱글싱글 웃으면서, 하나는 한 뼘만 한 키에 그 무섭게 큰 머리통을 한 얼굴을 바싹 대들고는 사나움이 졸졸 흐르면서, 그렇게 마주 서서 싸우는 모양은 마치 큰 수캐와 조그만 고양이가 마주 만난 형국이었다.

2

다른 학교에서도 다 그랬을 테지만 우리 학교에서도 그때 말로 '국어'라던 일본 말, 그 일본 말로만 말을 하게 하고 엄마 아빠 할 적부터 배운 조선말은 아주 한 마디도 쓰지 못하게 했다.

그러나 주재소의 순사, 면의 면 서기, 도 평의원을 한 송 주사, 또 군이나 도에서 연설하러 온 사람, 이런 사람들이나 조선 사람끼리 만나도 척척 일본 말로 인사를 하고 이야기를 했지, 다른 사람들이야 일본 사람과 만났을 때 말고는 다들 조선말로 말을 하고, 그래서 학교 문밖에만 나가면 만판 조선말로 말을 하는 사람들이요, 더구나 집에 돌아가면 어머니, 아버지, 언니, 누나, 아기 모두들 조선말을 했다. 그러니까 우리도 교실에서 공부를 하고 나와 운동장에서 우리끼리 놀고 할 때에는 암만 해도 일본 말보다 조선말이 더 많이, 더 잘 나왔다.

학교에서고 학교 밖에서고 조선말로 말을 하다 선생님한테 들키는 날이면 경을 치는 판이었다. 선생님들 중에서도 제일 심하게 밝히는 선생님이 뻠박 박 선생님이었다. 교장 선생님이나 다른 일본 선생님은 나무라기만

하고 마는 수가 있어도, 뼘박 박 선생님만은 절대로 용서가 없었다.

나도 여러 번 혼이 나 보았다.

한번은 상준이 녀석과 어떡하다 쌈이 붙었는데 둘이 서로 부둥켜안고 구르면서 이 자식아, 저 자식아, 죽어 봐, 때려 봐, 하면서 한참 때리고 제기고(팔꿈치나 발꿈치 따위로 지르고) 하는 참이었다.

그런데, 느닷없이

"고랏! 조생고데 겡까 스루야쓰가 이루까(이놈아! 조선말로 쌈하는 녀석이 어딨어)."

하면서 구둣발길로 넓적다리를 걷어차는 건, 정신 없는 중에도 뼘박 박 선생님이었다.

우리 둘이는 그 자리에서 빰이 붓도록 따귀를 맞았고, 공부 시간에 들어가지도 못하고 그 시간 동안 변소 청소를 했고, 그리고 조행(태도와 행실을 아울러 이르는 말) 점수를 듬뿍 깎였다.

이렇게 뼘박 박 선생님한테 제일 중한 벌을 받는 때가 언제냐 하면, 조선말로 지껄이다 들키는 때였다.

강 선생님은 그와 반대로 아무 시비가 없었다.

교실에서 공부를 할 때 빼고는 그리고 다른 선생님, 그중에서도 교장 이하 일본 선생님과 뼘박 박 선생님이 보지 않는 데서는, 강 선생님은 우리한테 일본 말로 말을 하지 않았다. 우리가 일본 말을 해도 강 선생님은 조선말을 하곤 했다.

우리가 어쩌다

"선생님은 왜 '국어'로 안 하세요?"

하고 물으면 강 선생님은 웃으면서

"나는 '국어'가 서툴러서 그런다."

하고 대답했다.

그렇지만 우리가 보기에도 강 선생님은 일본 말이 서투른 선생님이 아니었다.

3

해방이 되던 바로 그 이튿날이었다.

여름방학으로 놀던 때라, 나는 궁금해서 학교엘 가 보았다. 다른 아이들도 한 오십 명이나 와 있었다.

우리는 해방이라는 말은 아직 몰랐고, 일본에 전쟁이 지고 항복을 한 것만 알았다.

선생님들이, 그중에서도 뺌박 박 선생님이 그렇게도 일본(우리 대일본제국)은 결단코 전쟁에 지지 않는다고, 기어코 전쟁에 이기고 천하에 못된 미국, 영국을 거꾸러뜨려 천황 폐하의 위엄을 이 전 세계에 드날릴 날이 머지 않았다고, 하루에도 몇 번씩 그런 말을 해 쌓던 그 일본이 도리어 지고 항복을 하다니, 도무지 모를 일이었다.

직원실에는 교장 선생님과 두 일본 선생님 그리고 뺌박 박 선생님, 이렇게 네 분이 모여 앉아서 초상난 집처럼 모두 코가 쑤욱 빠져 가지고 있었다.

우리는 운동장 구석으로 혹은 직원실 앞뒤로 끼리끼리 모여 서서 제가끔 아는 대로 일본이 항복한 이야기를 하고 있었다.

그때 6학년에 다니던 우리 사촌 언니 대석이가 뒤늦게야 몇몇 동무와 함께 떨떨거리고 달려들었다. 대석 언니는 똘똘하고 기운 세고 싸움 잘 하고, 그러느라고 선생님들한테 꾸지람과 매는 도맡아 맞고, 반에서 성적은 제일 꼴찌인 천하 말썽꾼이었다. 대석 언니네 집은 읍에서 십 리나 되는 곳이었고, 그래서 오늘 아침에야 소문을 들었노라고 했다.

대석 언니는 직원실을 넌지시 넘겨다보더니 싱끗 웃으면서 처억 직원실 안으로 들어섰다.

직원실 안에 있던 교장 선생님이랑 다른 두 일본 선생님이랑은 못 본 체하고 고개를 숙이고 있는데, 뺌박 박 선생님이 눈을 흘기면서 영락없이 일본 말로

"난다(왜 그래)?"

하고 책망을 했다.

대석 언니는 그러나 무서워하지 않고 한다는 소리가

"선생님, 덴노헤이까가 고오상(천황 폐하가 항복)했대죠?"

하고 묻는 것이다.

뺌박 박 선생님은 성을 버럭 내어 그 큰 눈방울을 부라리면서 여전히 일본 말로

"잠자쿠 있어. 잘 알지두 못하면서…… 건방지게시리."

하고 쫓아와서 곧 한 대 갈길 듯이 을러댔다.

대석 언니는 되돌아 나오면서 커다랗게 소리쳤다.

"덴노헤이까 바가(천황 폐하 망할 자식)!"

"……."

만일 다른 때 누구든지 그런 소리를 했다간 당장 큰일이 날 판이었다. 그러나 교장 선생님이랑 두 일본 선생님은 그대로 못 들은 척 코만 빠뜨리고 앉았고, 뼘박 박 선생님도 잔뜩 눈만 흘기고 있을 뿐이지 아무렇지도 않았다. 그런 걸 보면 정녕 일본이 지고, 덴노헤이까가 항복을 했고, 그래서 인제는 기승을 떨지 못하는 모양인 것 같았다.

마침 강 선생님이 땀을 뻘뻘 흘리면서 헐떡거리고 뛰어왔다. 강 선생님은 본집이 이웃 고을이었다.

"오오, 느이들두 왔구나. 잘들 왔다. 느이들두 다들 알았지? 조선이, 우리 조선이 해방이 된 줄 알았지? 얘들아, 우리 조선이 독립이 됐단다, 독립이! 일본은 쫓겨 가구…… 그 지지리 우리 조선 사람을 못 살게 굴구 하시하구(남을 얕잡아 낮추고) 피를 빨아먹구 하던 일본이, 그 왜놈들이 죄다 쫓겨 가구, 우리 조선은 독립이 돼서 우리끼리 잘 살게 됐어, 잘 살게."

의젓하고 점잖던 강 선생님이 그렇게도 들이 날뛰고 덤비고 하는 것은 처음 보았다.

"자아, 만세 불러야지 만세. 독립 만세, 독립 만세 불러야지. 태극기 없니? 태극기, 아무두 안 가졌구나! 느인 참 태극기가 어떻게 생겼는지 구경도 못했을 게다. 가만있자, 내 태극기 만들어 가지구 나올게."

그러면서 강 선생님은 직원실로 들어갔다.

강 선생님이 직원실로 들어서는 것을 보고 교장 선생님이랑 두 일본 선생님은 인사를 하려고 풀기 없이 일어섰다.

강 선생님은 교장 선생님더러 말을 했다.

"당신들은 인제는 일없어. 어서 집으로 가 있다가 당신네 나라로 돌아갈 도리나 허우."

"……."

아무도 대꾸를 못 하는데, 뼘박 박 선생님이 주저주저하다가

"아니, 자상히 알아보기나 하구서……."

하니까 강 선생님이 버럭 큰소리로 말한다.

"무엇이 어째? 자넨 그래 무어가 미련이 남은 게 있어 왜놈들하고 대가리

맞대구 앉아서 수군덕거리나? 혈서로 지원병 지원 한번 더 해 보고파 그러나? 아따, 그다지 애닯거들랑 왜놈들 쫓겨 가는 꽁무니 따라 일본으로 가서 살지 그러나. 자네 같은 충신이면 일본서두 괄시는 안 하리."

"……."

뼘박 박 선생님은 그만 두말도 못 하고 얼굴이 벌게서 어쩔 줄을 몰라했다. 뼘박 박 선생님이 남한테 이렇게 꼼짝 못하는 것을 보기는 처음이었다.

강 선생님은 반지(얇고 흰, 질 좋은 일본 종이)를 여러 장 꺼내 놓고 붉은 잉크와 푸른 잉크로 태극기를 몇 장이고 그렸다. 그려 내놓고는 또 그리고, 그려 내놓고 또 그리고, 얼마를 그리면서, 그러다 아주 부드럽고 조용한 목소리로

"여보게 박 선생?"

하고 불렀다. 그러고는 잠자코 담배만 피우고 앉아 있는 뼘박 박 선생을 한번 돌려다보고 나서 타이르듯 말했다.

"내가 좀 흥분해서 말이 너무 박절했나(인정이 없고 쌀쌀했나) 보이. 어찌 생각하지 말게……. 그리고 인제는 자네나 나나, 그동안 지은 죄를 우리 조선 동포 앞에 속죄해야 할 때가 아닌가? 물론 이담에, 민족이 우리를 심판하고 죄에 따라 벌을 줄 날이 오겠지. 그러나 장차에 받을 민족의 심판과 벌은 장차에 받을 심판과 벌이고, 시방 당장 조선 민족의 한 사람으로 할 일이 조옴 많은가? 우리 같이 손목 잡구 건국에 도움 될 일을 하세. 자아, 이리 와서 태극기 그리게. 독립 만세부터 한바탕 부르세."

"……."

뼘박 박 선생님은 아무 소리도 않고 강 선생님 옆으로 와서 태극기를 그리기 시작했다.

그 뒤로 강 선생님과 뼘박 박 선생님은 사이가 매우 좋아졌다.

뼘박 박 선생님은 학과 시간마다 우리에게 여러 가지 좋은 이야기를 많이 해 주었다. 일본이 우리 조선을 뺏어 저의 나라에 속국으로 삼던 이야기도 해 주었다.

왜놈들은 천하의 불측한(생각이나 행동 따위가 괘씸하고 엉큼한) 인종이어서 남의 나라와 전쟁하기를 좋아하는 백성이라고 했다. 그래서 임진왜란 때에도 우리 조선에 쳐들어왔고, 그랬다가 이순신 장군이랑 권율 도원수한테 아주 혼이 나서 쫓겨 간 이야기도 해 주었다.

우리 조선은 역사가 사천 년이나 오래되고 그리고 세계의 어떤 나라 못

지않게 훌륭한 문화가 발달된 나라라는 이야기도 해 주었다.

뺌박 박 선생님은 한편으로 열심히 미국 말을 공부했다. 그러면서 우리더러 졸업을 하고 중학교에 가거들랑 미국 말을 무엇보다도 많이 공부하라고, 시방은 미국 말을 모르고는 훌륭한 사람이 되지 못한다고 했다.

뺌박 박 선생님은 한 일 년 그렇게 미국 말 공부를 하더니, 그다음부터는 미국 병정이 오든지 하면 일쑤(흔히 또는 으레 그러는 일) 통역을 하고 했다. 중학교에 다닐 때에 조금 배운 것이 있어서 그렇게 쉽게 체득했다고 했다.

미국 병정은 벼 공출(供出 국민이 국가의 수요에 따라 농업 생산물이나 기물 따위를 의무적으로 정부에 내어놓음)을 감독하러 와서 우리 뺌박 박 선생님을 꼬마 자동차에 태워 가지고 동네동네 돌아다녔다. 뺌박 박 선생님은 미국 양복을 얻어 입고, 미국 담배를 얻어 피우고, 미국 통조림이랑 과자를 얻어먹고 했다.

해방 뒤에 새로 온 김 교장 선생님이 갈려 가고 강 선생님이 교장이 되었다. 강 선생님이 교장이 된 다음부터는, 뺌박 박 선생님은 강 선생님과 도로 사이가 나빠졌다.

우리는 한 번 뺌박 박 선생님이 미국 담배를 피우고 있는 것을, 교장 선생님이

"자넨 그걸 무어라구, 주접스럽게 얻어 피우곤 하나?"

하고 핀잔하는 것을 보았다.

강 선생님은 교장이 된 지 일 년이 못 되어서 파면을 당했다.

어른들 말이, 강 선생님은 빨갱이라고 했다. 그래서 파면을 당했노라고 했다. 또 누구는, 뺌박 박 선생님이 강 선생님을 그렇게 꼬아 댄 것이지, 강 선생님은 하나도 빨갱이가 아니라고도 했다.

강 선생님이 파면을 당한 뒤를 물려받아 뺌박 박 선생님이 교장 선생님이 되었다. 교장이 된 뺌박 박 선생님은 그 작은 키가 으쓱했다.

뺌박 박 선생님은 미국을 침이 마르도록 칭찬했다. 이 세상에 미국같이 훌륭한 나라가 없고, 미국 사람같이 훌륭한 백성이 없다고 했다. 우리 조선은 미국 덕분에 해방이 되었으니까 미국을 누구보다도 고맙게 여기고, 미국이 시키는 대로 순종해야 하느니라고 했다.

우리가 혹시 말 끝에 "미국 놈……"이라고 하면, 뺌박 박 선생님은 단박 붙잡아다 벌을 세우곤 했다. 전에 "덴노헤이까 바가"라고 한 것만큼이나 엄한 벌을 주었다.

"이놈아 아무리 미련한 소견이기로, 자아 보아라. 우리 조선을 독립시켜 주느라구 자기 나라 백성을 많이 죽여 가면서 전쟁을 했지. 그래서 그 덕에 우리 조선이 왜놈의 압제에서 벗어나서 독립이 되질 아니했어? 그뿐인감? 독립을 시켜 주구 나서두 우리 조선 사람들 배 아니 고프구 편안히 잘 살라고 양식이야, 옷감이야, 기계야, 자동차야, 석유야, 설탕이야, 구두야, 무어 죄다 골고루 가져다 주지 않어? 그런데 그런 고마운 사람들더러, 미국 놈이 무어야?"

벌을 세우면서 뺌박 박 선생님은 이렇게 꾸짖곤 했다.

우리는 뺌박 박 선생님더러 미국에도 덴노헤이까가 있느냐고 물었다. 미국에 덴노헤이까가 있지 않고서야 그렇게 일본의 덴노헤이까처럼 우리 조선 사람을 친아들과 같이 사랑하고, 우리 조선 사람들이 잘 살도록 근심을 하며, 온갖 물건을 가져다 주고 할 이치가 없기 때문이었다 (해방 전에 뺌박 박 선생님은, 덴노헤이까는 우리 조선 사람들을 일본 사람들과 같이 사랑하고, 우리 조선 사람들이 잘 살기를 근심하신다고 늘 가르쳐 주곤 했다).

뺌박 박 선생님은 미국에는 덴노헤이까는 없고, 덴노헤이까보다 훌륭한 '돌멩이'라는 양반이 있다고 대답했다.

우리는 그럼 이번에는 그 '돌멩이'라는 훌륭한 어른을 위하여 미국 신민 노세이시(미국 신민 서사)를 부르고, 기미가요(일본의 국가) 대신 돌멩이 가요를 부르고 해야 하나 보다고 생각했다.

아무튼 뺌박 박 선생님은 참 이상한 선생님이었다.

작가와 작품 세계

염상섭(1897~1963)

호는 횡보(橫步). 서울 출생. 보성전문학교에 재학하던 중 1912년 일본으로 건너가 교토부립중학을 졸업했다. 게이오대학 사학과에 입학했으나 3 · 1 운동에 가담한 혐의로 투옥되었다가 귀국하고, 〈동아일보〉 기자가 되었다. 김동인과 벌인 논쟁을 계기로 1920년 〈창조〉에 대응하는 동인지 〈폐허〉를 김억, 남궁벽, 오상순, 황석우 등과 함께 창간했다. 1921년 〈개벽〉에 단편 「표본실의 청개구리」를 발표하면서 등단했다.

초기 작품인 「표본실의 청개구리」, 「제야」, 「묘지」, 「죽음과 그림자」 등은 시대의 암흑상을 보여 준다. 특히 「묘지」를 개제해 출간한 『만세전』에는 일제 치하의 보수주의적 속물이 등장하고 공동묘지 같은 암흑상이 묘사되어 있다. 단편 「잊을 수 없는 사람들」, 「금반지」, 「고독」, 「조그만 일」, 「밤」 등은 후기 작품으로 꼽힌다.

염상섭은 자연주의와 사실주의 문학을 뿌리내린 최초의 작가다. 특히 그의 처녀작인 「표본실의 청개구리」는 한국 최초의 자연주의적인 소설로 평가된다. 그 후에는 전형적인 사실주의 계열의 작품을 썼다. 치밀한 묘사와 관찰 기법은 일제 치하의 조부 · 아버지 · 손자의 삼대를 다룬 장편 『삼대』에 잘 드러난다.

작품 정리

갈래: 세태 소설
배경: 시간 - 해방 직후 1940년대 후반 / 공간 - 서울 황토현의 학교 부근
시점: 전지적 작가 시점
주제: 해방 후의 혼란상으로 인한 물질적 파산과 정신적 파산
출전: 〈신천지〉(1946)

구성과 줄거리

발단 정례 모친이 은행 빚을 얻어 문방구를 차림

정례 모친과 옥임은 소학교 때부터 같이 자라 동경여대를 함께 다닌 친구다. 동경에서 신여성 운동과 연애를 한 옥임은 친일파 도지사 출신 영감의 후실로 살아가고 있다. 정례 모친은 어떤 정당의 조직 부장인 신수 좋은 남자와 결혼했다. 정례 모친은 빈둥빈둥 노는 남편을 믿을 수 없어 문방구를 열기로 한다. 그녀는 남편을 졸라 집문서를 담보로 은행에서 30만 원을 빌린다.

전개 장사가 어려워지자 옥임에게 빚을 얻어 가게를 운영함

정례 모친은 돈이 부족해 월 2만 원의 배당을 하는 조건으로 옥임에게 10만 원을 투자받는다. 장사가 잘되지 않아 매월 1할 5푼의 이자로 10만 원을 빌린 것으로 전환하게 된다. 정례 모친은 가게 확장을 위해 교장에게 추가로 5만 원을 더 빌린다.

위기 정례 부친의 자동차 사업 실패로 이자도 못 갚게 됨

정례 모친은 정례 부친이 새로 시작한 자동차 사업이 실패해 옥임에게 진 빚의 이자도 제대로 갚지 못하게 된다. 옥임에게 지불해야 할이자가 여덟 달치나 밀려 12만 원이나 붙는다. 옥임은 원금에 이자를 합한 22만 원을 교장에게 주라고 한다. 자신이 교장에게 빌린 돈을 대환하라는 것이다. 고리대금업을 하는 옥임이 교장에게 돈을 빌렸을 리는 만무하다. 이제는 교장이 빚 독촉을 하게 된다.

절정 정례 모친이 옥임에게 진 빚 때문에 망신을 당함

옥임은 길에서 만난 정례 모친에게 젊은 서방을 믿고 돈을 갚지 않는다며 폭언한다. 망신을 당한 정례 모친은 골목으로 줄달음친다. 몰락한 영감의 후실인 옥임이 젊은 남편과 자식을 둔 정례 모친에게 분풀이를 한 것이다. 교장은 이튿날 정례 모친을 찾아와 빚 독촉을 한다.

결말 정례 모친이 교장에게 가게를 넘김

정례 모친은 교장에게 22만 원을 갚는다. 그 후 두 달 걸려서 교장에게 빌린 5만 원을 갚는다. 교장은 옥임에게 넘어간 가게를 5만 원을 얹어 주고 인수한다. 한편 정례 부친은 옥임의 성격 파탄을 한탄하는 정례 모친에게 돈을 찾아 주겠다며 위로한다.

생각해 볼 문제

1. '두 파산'은 각각 무엇을 두고 하는 말인가?

정례 모친의 물질적 파산과 옥임의 정신적 파탄을 의미한다. 정례 모친은 저당 잡힌 돈으로 문방구를 열지만 결국 가게를 잃게 된다. 옥임은 광복 직후 혼란한 사회에 휩쓸려 친구에게 빚을 독촉하는 고리대금업자로 전락한다.

2. 이 작품이 사실주의 문학의 대표작이라면 그 근거는 무엇인가?

일상의 세부적인 면까지 포착해 만연체로 묘사하고 있다. 이런 문체는 내용의 흐름을 유장하게 만들어 사건의 긴박감을 떨어뜨리기도 한다. 하지만 시대의 풍속도를 객관적으로 표현하기에는 적합한 기법이라고 할 수 있다.

3. 이 작품의 진술 방식의 특징은 무엇인가?

이 소설의 시점은 3인칭 전지적 작가 시점이다. 하지만 정례 모친의 관점에서 서술되기도 하고, 옥임의 관점에서 서술되기도 한다. 현대 소설의 시점은 유동적인 경우가 많다.

4. 교장 선생의 모습에서 엿볼 수 있는 당시의 사회상은 어떠한가?

교장 선생은 옥임과 같은 속물에 속한다. 한때는 근엄한 교장이었지만 이제는 정신적으로 파산해 가는 고리대금업자다. 사회 지도층 인사였던 교장을 통해 광복 이후 비생산적인 경제 활동이 성행하던 당시의 혼란한 사회상을 보여 주고 있다.

인물 관계도

옥임은 제(정례 모친) 친한 친구였어요. 우리는 함께 자라서 대학도 같이 나왔지요. 저는 옥임과 교장에게 돈을 빌려서 문방구를 하나 차렸지요. 그랬더니 교장은 매번 찾아와 빚 독촉을 하고, 옥임은 교장과 짜고 자기가 교장에게 진 빚을 대신 갚으라고 말했어요. 한바탕 크게 싸웠지만 결국 제 가게는 옥임에게 넘어갔어요. 제 친구가 너무 많이 변한 것이 슬프네요.

두 파산

1

“어머니, 교장이 또 오는군요.”

학교가 파한 뒤라 갑자기 조용해진 상점 앞길을, 열어 놓은 유리창 밖으로 내다보고 등상(藤床 등나무 줄기로 만든 걸상)에 앉았던 정례가 눈살을 찌푸리며 돌아다본다. 그렇지 않아도 돈 걱정에 팔려서 테이블 앞에 멀거니 앉았던 정례 모친도 저절로 양미간이 찌붓하여졌다. 점방 안에서 학교를 파해 가는 길에 공짜 만화를 보느라고 아이들이 저편 구석 진열대에 옹기종기 몰려섰다가, 교장이라는 말에 귀 번쩍하였는지 조그만 얼굴들을 쳐든다. 그러나 모시 두루마기 자락을 펄럭이며 우둥퉁한 중늙은이가 단장을 짚고 쑥 들어오는 것을 보고, 학생들이 저희끼리 눈짓을 하고 킥킥 웃어 버린다. 저희 학교 교장이 나온다는 줄 알았던 모양이다.

“어째 이렇게 쓸쓸하우?”

영감은 언제나 오면 하는 버릇으로 상점 안을 휘휘 둘러보며 말을 건다.

“어서 오십쇼. 아침 한때와 점심 한나절이 한창 붐비죠. 지금쯤이야 다 파해 가지 않았어요.”

안주인은 일어나지도 않고 앉은 채 무관히 대꾸를 하였다. 교장은 정례가 앉았던 등상을 내어 주니까 대신 걸터앉으며,

“딴은 그렇겠군요. 그래도 팔리는 거는 여전하겠죠?”

하고, 눈이 저절로 테이블 위의 손금고로 갔다. 이 역시 올 때마다 늘 캐어묻는 말이지마는, 또 무슨 딴 까닭이 있어 붙이는 수작 같아서 정례 어머니는,

“그야 다소 들쭉날쭉야 있죠마는, 원 요새 같아서는…….”

하고, 시들하게 대답을 하여 준다.

“어쨌든 좌처(坐處 여장을 풀거나 가게를 벌일 자리)가 좋으니까…… 하루에 두어 번쯤 바쁘고 편히 앉아서 네다섯 식구가 뜯어먹구 살면야 아낙네 소일루 그만 장사가 어디 있을까마는, 그래 그리구두 빚에 쫄리다니 알 수 없는 일이로군…….”

왜 그런지 이 영감이 싫고, 멸시하는 정례는 ‘누가 해 달라는 걱정인감!’

하는 생각에 입이 삐죽하여졌다.

“날마다 쓸쓸히 나가기야 하지만, 원체 물건이 자(細)니까 남는 게 변변해야죠?”

여주인은 또 마지못해 늘 하는 수작을 뇌었다. 그러나 오늘은 이 영감이 더 유난히 물건 쌓인 것이며, 진열장에 늘어 놓인 것을 눈여겨보는 것이었다. 정례 모녀는 그 뜻을 짐작하겠느니만큼 더욱 불쾌하였다.

여기는 여자중학교와 국민학교가 길 건너로 마주 붙은 네거리에서 조금 외진 골목 안이기는 하나, 두 학교를 상대로 하고 벌인 학용품 상점으로는 그야말로 좌처가 좋은 셈이다. 원래는 선술집이었다던가 하는 방 한 칸 달린 이 점방을 작년 봄에 팔천 원 월세로 얻어 가지고, 이것을 벌이고 앉을 제 국민학교 앞에는 벌써 매점이 있어서 어떨까도 하였으나, 여학교만은 시작하기 전부터 아는 선생을 세워 놓고, 선전도 하고 특약하다시피 하였던 관계인지 이때껏 재미를 보는 편이지, 이 장삿속으로만은 꿀리는 셈속은 아니다.

“이번에 두 달 셈을 한꺼번에 드리잤더니 또 역시 꿀립니다그려. 우선 밀린 거 한 달치만 받아 가시죠.”

정례 어머니는 테이블 위에 놓인 손금고를 땡그렁 열고서 백 원짜리를 척척 센다.

“이번에는 본전까지 될 줄 알았는데 이자나마 또 밀리니…… 장사는 깔쭉없이 잘되는데 그 원, 어째 그렇단 말씀유?”
하며, 영감은 혀를 찬다. 저편에서 만화를 보며 소근거리던 아이들은 교장이라던 이 늙은이가 본전이니 변리(邊利 꿔 준 돈에서 느는 이자)니 하는 소리에 눈들이 휘둥그레 건너다본다.

“칠천오백 원입니다. 세 보십쇼. 그러니, 댁 한 군데야 말이죠. 제일 무거운 짐이 아시다시피 김옥임네 십만 원의 일 할 오 부, 일만 오천 원이죠. 은행 조건 삼십만 원의 이자가 또 있죠. 기껏 벌어서 남 좋은 일 하는 거예요. 당신에게 이자 벌어 드리고 앉아 있는 셈이죠.”

영감은 옆에서 주인댁이 하는 말은 귀담아듣지도 않고 골똘히 돈을 세더니, 커다란 검정 헝겊 주머니를 허리춤에서 꺼내 놓는다. 옆에 서 있는 정례는 그 돈이 아깝고 영감의 푸둥푸둥한 손까지 밉기도 하여 가만히 내려다보고 있으려니까,

"그래, 이달치는 또 언제쯤 들르리까? 급히 내가 쓸 데가 있으니까 아무래도 본전까지 해 주어야 하겠는데……."

하고, 아까와는 딴판으로 퉁명스럽게 볼멘소리를 하였다. 만화를 들여다보던 아이들은 또 한 번 이편을 건너다본다.

보얗고 점잖게 생긴 신수가 딴은 교장 선생 같고, 거기다가 양복이나 입고 운동장의 교단에 올라서면 저희들도 움찔하려니 싶은 생각이 드는데, 이잣돈을 받아 들고 나서도 또 조르고 투덜대는 소리를 들으니, 설마 저런 교장이 있으랴 싶어 저희들끼리 또 눈짓을 하였다.

"되는 대로 갖다 드리죠. 하지만, 본전은 조금만 더 참아 주십쇼. 선생님 같은 어른이 돈 오만 원쯤에 무얼 그렇게 시급히 구십니까?"

정례 어머니는 본전을 해내라는 데에 얼레발('엉너리'의 방언. 남의 환심을 사려고 어벌쩡하게 서두르는 짓)을 치며 설설 기는 수작을 한다.

"아니, 이자 안 물구 어서 갚는 게 수가 아니겠나요?"

"선생님두 속 시원하신 말씀두 하십니다."

정례 어머니는 기가 막혀 웃어 보인다.

"참, 그런데 김옥임 여사가 무어라지 않습니까?"

그만 일어설 줄 알았던 교장은 담배를 붙여 새판으로 말을 꺼낸다.

"왜 무어라구 해요?"

정례 모녀는 무슨 말이 나오려는지 벌써 알아차리고 입이 삐죽하여졌다.

"글쎄, 그 이십만 원 조건을 대지루구 날더러 예서 받아가려니, 그래 어떻게들 이야기가 귀정(歸正 일이 바른 길로 돌아옴)이 났나요?"

영감의 말이 떨어지기가 무섭게 정례는 잔뜩 벼르고 있었던 듯이 모친의 앞장을 서서 가로 탄한다.

"교장 선생님! 그따위 경위 없는 말이 어디 있어요? 그건 요나마 우리 가게를 판들어 먹게 하구 말겠단 말이지 뭐예요?"

"응? 교장이라니? 교장은 별안간 무슨 교장? ……허허허."

영감은 허청 나오는 웃음을 터뜨리며 저편 아이들을 잠깐 거들떠보고 나서,

"글쎄, 그러니 빤히 사정을 아는 터에 이럴 수도 없고 저럴 수도 없고……."

하며, 말끝을 어물어물해 버린다. 이 영감이 해방 전까지는 어느 시골에선

지 오랫동안 보통학교 교장 노릇을 하였다는 말을 옥임에게서 들었기에 이 집에서는 이름은 자세히 모르고 하여 교장, 교장 하고 불러 왔던 것이 입버릇으로 급히 튀어나온 말이나, 고리대금업의 패를 차고 나선 지금에 그것을 내세우기도 싫고, 더구나 저런 소학교 아이들 앞에서는 창피한 생각도 드는 눈치였다.

"교장 선생님이 이럴 수두 없고 저럴 수두 없으실 게 뭐예요? 그 아주머니한테 받으실 건 그 아주머니한테 받으십쇼그려."

정례는 또 모친이 입을 벌릴 새도 없이 퐁퐁 쏘아 준다.

"너 왜 이러니?"

모친은 딸을 나무래 놓고,

"그렇게는 못하겠다구 벌써 끝낸 말인데, 또 왜 그럴꾸?"
하며, 말을 잘라 버린다.

"아, 그런데 김씨 편에서는 댁에서 승낙한 듯이 말하던데요?"

영감의 말눈치는 김옥임이 편을 들어서 이십만 원 조건인가를 여기서 받아 내려는 생각인 모양이다.

"딴소리, 내가 아무리 어수룩하기루 제 사패만 봐주고 제 춤에만 놀까요!"

정례 어머니는 코웃음을 쳤다.

김옥임이의 이십만 원 조건이라는 것이 요사이 이 두 모녀의 자나 깨나의 큰 걱정거리요, 그것을 생각하면 밥맛이 다 떨어질 지경이지만, 자초(自初 어떤 일이 비롯된 처음)는 정례 모녀가 이 상점을 벌이고 나자 장사가 잘될 성싶으니까, 김옥임이가 저도 한몫 끼우고자 자청을 하여 십만 원을 들여놓고 들어왔던 것이다. 그러고는, 그 가지고 들어온 동사(同事 동업) 밑천 십만 원의 두 곱을 빼 가고도, 또 새끼를 쳐서 오늘에 와서는 이십이만 원까지 달라는 것이다.

2

정례 모친은 남편을 졸라서 집문서를 은행에 넣고 천신만고하여 삼십만 원을 얻어 가지고 비벼 쓰고, 당장 급한 것 가리고 한 나머지 이십이삼만 원을 들고 이 가게를 벌였던 것이다. 팔천 원 월세에 보증금 팔만 원은 그만두고라도 점방 꾸미고, 탁자 들이고, 진열대 세 채 들여놓고 하기에만도 육칠만 원 들었으니, 갖다 놓은 물건이라야 십만 원어치도 못 되는 것이었다. 그러나 학생 아이들이 차츰 꼬이게 될수록 찾는 것은 많아 가고, 점심때에 찾는 빵이며 과자라도 벌여 놓고 싶고, 수실이니 수틀이니 여학교의 수예 재료들도 갖추갖추 가져다 놓고는 싶은데, 매일 시나브로 팔리는 것을 가지고는 미처 무더깃돈을 둘러 빼내는 수도 없는데, 짤금짤금 들어오는 그 돈 중에서 조금씩 뜯어서 당장 그날그날 살아가야는 하겠으니, 자연 쫄리는 판에 김옥임이가 한 다리 걸치자고 덤비니, 동사란 애초에 재미없는 일이거니와, 요 조그만 구멍가게를 동사로 해서 뜯어먹을 것이 무에 있겠느냐는 생각도 없지는 않았으나, 당장에 아쉬우니 오만 원씩 두 번에 질러서 십만 원 밑천을 받아들였던 것이다. 그러나 말이 동사지 이 할 넘어의 고리(高利)로 십만 원 돈을 쓴 거나 다름이 없었다. 빚놀이에 눈이 벌게 다니는 제 벌이가 바빠서도 그렇겠지만 하루 한 번이고, 이틀에 한 번, 저녁때 슬쩍 들러서 물건 판 치부책이나 떠들어 보고 가는 것밖에는 별로 거드는 일이 없었다. 실상은 그것이 쌩이질('씨양이질'의 준말. 한창 바쁠 때에 쓸데없는 일로 남을 귀찮게 하는 짓)이나 하고 부라퀴(자기에게 이로운 일이면 기를 쓰고 영악하게 덤비는 사람)같이 덤비는 것보다는 정례 모녀에게는 편하기도 하였던 것이다. 하여튼, 그러면서도 월말이 되면 이익의 삼분지 일가량은 되는 이만 원 돈을 꼬박꼬박 따 가곤 하였다. 담보물이 있으면 일 할, 신용 대부로 일 할 오 푼 변(邊 변리)인데, 동사란 말만 걸고 이 할(이 할이 안 될 때도 있었지만은) 셈속 좋을 때면 이 할 이상의 배당도 차례에 오니, 옥임이 생각에는 사실에 있어서는 이익이 좀 되려니 하는 의심도 없지 않았으나 그래도 별로 힘든 일을 하는 것도 아니요, 가만히 앉아서 이 할이면 허구한 날 뻴뻴거리고 싸지르면서 긁어 들이는 변릿돈(변리를 주기로 하고 빌리는 돈. 또는 변리를 받기로 하고 빌려 주는 돈)보다는 나은 셈이라고 생각하였던 것이다. 하여간, 올 들어서 밑천을 빼 가겠다고 하기까지 아홉 달 동안에 이십만 원 가까운 돈을 벌어 갔던 것이다.

그러나 정례 부친이 매일 요 구멍가게에서 용돈을 얻어다 쓰는 것만도 못할 일이라고 작년 겨울에 들어서 마지막 남은 땅뙈기를, 그야 예전과는 달라서 삼칠제(三七制 수확한 곡식의 3할은 지주가 갖고 나머지 7할을 소작인이 갖던 제도)인데다가 세금이니 비료니 하고 부담에 얽매이니까 그렇겠지마는, 하여간 아버지 전장(田莊 개인이 소유하는 논밭)으로 물려받은 것의 마지막으로 남은 것을 팔아 가지고, 전래에 없는 눈이라고 하여 서울 시내에서 전차가 사흘을 못 통할 동안에 택시를 부리면 땅 짚고 기기라 하여, 하이어를 한 대 사들여 놓고 택시를 부려 보았던 것이지만, 이것이 사흘돌이로 말썽을 부려 고장이요, 수선이요 하고 나중에는 이 상점의 돈까지 하루만 돌려라, 이틀만 참아라 하고 만 원, 이만 원 빼내 가고는 시치미를 딱 떼기 시작하니, 점방의 타격은 의외로 큰 것이었다. 이 꼴을 본 옥임이는 에그머니나 하는 생각이 들었던지, 올 들어서며부터 제 밑천을 빼내어 가겠다는 것이었다. 사실 잘못하다가는 자동차가 이 저자(시장에서 물건을 파는 가게) 터까지 들어먹을 판인데, 별안간 옥임이가 빠져나간다니 한편으로는 시원하나 십만 원을 모아 빼내 주는 도리가 없었다.

"이렇게 거덜거덜할 바에야 집어치우지."

겨울 방학 때라, 더구나 팔리는 것은 없고 쓸쓸하기도 하였지만, 옥임이는 날마다 십만 원 재촉을 하러 와서는 이런 소리도 하는 것이었다. 남은 집문서를 잡혀서 이거나마 시작해 놓고, 다섯 식구의 입을 매달고 있는 터인데 제 발만 쏙 빼놓았다고 이런 야멸찬 소리를 할 제, 정례 모녀는 얼굴을 빤히 쳐다보곤 하였다.

"세전 보증금이나 빼내구 뉘게 넘겨 버리지. 설비한 것하구 물건 남은 것 얼러서 한 십만 원을 받을까? 그렇다면 내 누구 하나 지시해 줄까?"

이렇게 권하기도 하는 것이었다. 뉘게 넘기게 해서라도 자기의 십만 원어서 뽑아 가려는 말이겠지마는, 어떻게 들으면 십만 원에 이 점방을 자기가 맡아 잡겠다는 말눈치인 듯싶었다.

"내가 바쁘지만 않으면 도틀어(여러 말 할 것 없이 죄다 몰아서) 맡아 가지고 훨씬 확장을 해 놓으면 이 꼴은 안 되겠지만, 어디 내가 틈이 있는 몸이어야지."

이렇게 운자를 떼는 것을 들으면 한 발 들여놓고 한 발 내놓는 수작 같기도 하였다. 자동차 동티(건드려서는 안 될 것을 공연히 건드려서 스스로 걱정이나 해를 입음)로 밑천을 홀딱 집어 먹힐까 보아서 발을 뺀다는 수작이다.

한편으로는 이렇게 한참을 꿀리고, 학교들은 방학을 하여 흥정이 없는 이판에, 번연히(분명히) 나올 구멍이 없는 십만 원을 해 달라고 못살게 굴면, 성이 가시니 상점을 맡아 가라는 말이 나오고 말리라는 배짱같이 보이는 것이었다. 모녀는 그것이 더 분하였다.

"저의 자수(自手 자기 혼자의 노력이나 힘)로는 엄두두 안 나구 남이 해 놓으니까 된 듯싶어서, 솔개미가 까치집 채어 들 듯이 이거나마 뺏어 가지구 저의 판을 만들어 보겠다는 것이지만, 첫째 이런 좋은 좌처를 왜 내놓을라구!"

누구보다도 정례가 바르르 떨었다.

"매사가 그렇지, 될성부르니까 뻭어 차구 앉았지. 거덜거덜하면 누가 눈이나 떠본다든!"

정례 모친은 코웃음을 치기만 하였다.

하여간, 이렇게 쫄리기를 반달쯤이나 하다가 급기야 팔만 원 보증금의 영수증을 옥임이에게 담보로 내주고, 출자금 십만 원은 일 할 오 푼 변의 빚으로 돌라매고 말았다. 옥임이로서는 매삭 이 할 배당의 맛도 잊을 수 없었으나, 이왕 상점을 제 손으로 못 휘두를 바에는 이편이 든든은 하였던 것이다.

그러고는 정례 모친은, 옥임이가 가끔 함께 들러서 알게 된 교장 선생님의 돈 오만 원을 얻어 가지고, 개학 초부터 찌부러져 가던 상점의 만회책(挽回策 처음 상태로 돌이킬 방책)을 다시 세웠던 것이다. 그러나 땅뙈기는 자동차 바람에 날려 보내고, 자동차는 수선비로 녹여 버리고 나니, 상점에서 흘러 나간 칠팔만 원이라는 돈을 고스란히 떼 버렸고, 그 보충으로 짊어진 것이 교장의 빚 오만 원이었다. 점점 더 심해 가는 물가에, 뜯어먹고 살아야는 하겠고, 내남없이 종이 한 장, 연필 한 자루라도 덜 사겠지 더 팔리지는 않으니, 매삭 두 자국 세 자국의 변리만 꺼 가기도 극난이었다. 그러고 보니, 자연 좋지 못한 감정으로 헤어진 옥임이한테 보낼 변리가 한 달, 두 달 밀리기 시작했던 것이다. 팔만 원 증서가 집문서만큼 믿음직하지 못하다고 기어이 일 할 오 푼으로 떼를 써서 제멋대로 내놓은 것이 더 얄미워서, 어디 네가 그 이자를 긁어다가 먹나, 내가 안 내고 배기나 해보자 하는 뱃심도 정례 모친에게는 없지 않았다. 옥임이는 역시 제가 좀 과하게 하였다고 뉘우치던지, 또 혹은 팔만 원 증서를 가졌느니만치 마음이 놓여서 그런지, 별로 들르지도 않으려니와, 들러서도 변리 재촉은 그리 하지 않았다. 도리어, 정례 어머니 편에서 변리가 밀려 미안하다는 말을 꺼내고 그 끝에,

"이 여름방학이나 지내고 개학 초에 한몫 보면 모두 내리다마는 원체 일 할 오 부야 과한 것이오. 그때 형편에는 한 달 후면 자동차를 팔아서라두 곧 갚겠거니 해서 아무려나 해 둔 것이지만, 벌써 이 월서부터 여덟 달이나 됐으니 무슨 수로 그걸 다 내우. 일 할씩만 해두 팔만 원이구려, 어이구…… 한 번만 깎읍시다."

하고, 슬쩍 비쳐 보면 옥임이도 그럴싸한 듯이,

"아무려나 좋두룩 합시다그려."

하고, 웃어 버리곤 하였다. 그러던 것이 개학이 되자, 이달 들어서 부쩍 재촉하면서 일 할 오 부 여덟 달치 변리 십이만 원, 아울러서 이십이만 원을 이 교장 영감에게 치뤄 달라는 것이다. 급한 사정으로 이 영감에게 이십만 원을 돌려썼는데, 한 달 변리 일 할에 이만 원을 얹으면 꼭 이십이만 원 부리가 맞으니, 셈 치기도 좋고 마침 잘되었다고 싱글싱글 웃어 가며 조르는 옥임이의 늙어 가는 얼굴이 더 모질어 보이고 얄밉상스러워 보였다. 마치 이십이만 원 부리를 채우느라고 그동안 여덟 달을 모른 척하고 내버려 두었던 것 같다. 정례 어머니는 기가 막혀서 말이 나오지를 않았다. 옥임이에게 속아 넘어간 것 같아서 분하였다. 그러나 분한 것은 고사하고 이러다가는 이 구멍가게나마 들어먹고 집 한 채 남은 것마저 까부라지지(부피가 점점 줄어지지) 않을까 하는 생각을 곰곰 하면 가슴이 더럭 내려앉는 것이었다. 소학교 적부터 한반에서 콧물을 흘리며 같이 자라났고, 동경 가서 여자대학을 다닐 때도 함께 고생하던 옥임이다. 더구나 제가 내놓는 십만 원은 한 푼 깔축(아주 적은 부족분)도 안 내고 이십만 원 가까운 돈을 벌어 주었으니, 아무리 눈에 돈동록(銅綠 돈에 대한 욕심을 비유적으로 이르는 말)이 슬었기로 제가 설마 내게 일 할 오 푼 변을 다 받으려 들기야 하랴! 한 갑절 얹어서 십육만 원쯤 해 주면 되려니 하는 속셈만 치고 있던 자기가 어리석다고 혼자 어이가 없어 실소를 하고 말았다. 그런, 십오륙만 원이기로 한꺼번에 빼내는 수는 없으니, 이번에 변리 육만 원만 마감을 하고서 본전은 오만 원씩 두 번에 갚자는 요량이었다. 집안 식구는 조밥에 새우젓 꽁댕이로 우겨 대더라도, 어떻든지 이 겨울방학이 돌아오기 전에 그 아니꼬운 옥임이 조건만이라도 끝을 내고야 말겠다고 이를 악무는 판인데 이렇게 둘러대고 보니, 살겠다고 기를 쓰고 기어 올라가는 놈의 발목을 아래에서 붙들고 늘어지는 것 같아서 맥이 풀리고, 사는 것이 귀찮게만 생각되는 것이었다. 평생에 빚이라고는 모르고 지냈는데, 편편히 노는 남편만 바라보고 있을 수가 없어서 시작한 노릇이라 은행에 삼십만 원이 그대로 있고, 옥임이에게 이십이만 원, 교장 영감에게 오만 원, 도합 오십칠만 원 빚을 어느덧 짊어지고 앉은 생각을 하면 밤에 잠이 아니 오고 앞이 캄캄하여 양잿물이라도 먹고 싶은 요사이의 정례 어머니이다.

"하여간 제게 십만 원 썼으면 썼지, 그걸 못 받을까 봐 선생님을 팔구 선생님더러 받아 오라는 것이지만, 내가 아무리 죽게 돼두 제게 떼먹히지는 않을 거니 염려 말라구 하셔요."

정례 어머니는 화를 바락 내었다. 해방 덕에 빚놀이를 시작해 가지고 돈 백만 원이나 착실히 잡았고, 깔려 있는 것만도 백만 원 이상은 되리라는 소문인데 이 영감에게 이십만 원 빚을 쓰다니 말이 되는 소린가. 못 받을까 애도 쓰이겠지마는 십이만 원 변리를 본전으로 돌라매어 넣고 변리에 새끼 변리, 손주 변리까지 우려먹자는 수단인 것이 뻔한 노릇이었다. 십만 원에 일 할 오 푼이면 일만 오천 원밖에 안 되나, 이십만 원으로 돌라매어 놓으면 일 할 변만 해도 매삭 이만 이천 원이니, 칠천 원이 더 붙는 것이다.

"그야 내 돈 안 쓴 것을 썼다고 하겠소? 깔려만 있고 회수가 안 되면 피차 돌려도 쓰는 것이지만, 나 역시 한 자국에 이십만 원씩 모개(이것저것 죄다 한데 묶은 수효) 내놓고 오래 둘 수는 없으니까, 이렇게 하면 어떻겠소……?"

영감은 무척 생색을 내고 이편 사정은 보아서, 석 달 기한하고 자기 조카의 돈 이십만 원을 돌려주게 할 터이니, 다시 말하면 조카에게 이십만 원을 일 할로 얻어 줄 터이니, 우수리 이만 원만 현금으로 내놓고 표를 한 장 써 내라는 것이다. 옥임이는 이 영감에게 미루고, 영감은 또 조카의 돈을 돌려쓴다고 표를 받겠다는 꼴이, 저희들끼리 무슨 꿍꿍이 속인지 알 수가 없으나, 요컨대 석 달 기한의 표를 받아 놓자는 것이요, 그 사품(어떤 일이나 동작이 진행되는 '마침 그때')에 칠천 원 변리를 더 받겠다는 수작이다. 특별히 일 할 변리 대신에 석 달 기한이라는 조건을 붙이는 것도 무슨 계교 속인지 알 수가 없다. 석 달 동안에 이십만 원을 만드는 재주도 없지마는, 석 달 후면 마침 겨울 방학이 될 때니, 차차 꿀려 들어가는 제일 어려운 고비일 것이다. 정례 어머니는 '이 연놈들이 무슨 원수를 졌다고 이렇게 짜고서들 못살게 구는 것인구?' 하는 생각에 한바탕 들이대고 싶은 것을 꾹 참으며,

"선생님께 쓴 돈 아니니, 교장 선생님은 아랑곳 마세요. 옥임이더러 와서 조르든 이 상점을 떠메어 가든 마음대로 하라죠."

하고, 딱 잘라 말을 하여 쫓아 보냈다.

3

그 후 근 일주일은 옥임이의 그림자도 보이지 않았다. 정례 모녀는 맞닥뜨리면 말수도 부족하거니와, 아귀다툼하는 것이 싫어서 그날그날 소리 없이 넘어가는 것이 다행하나, 어느 때 달려들어서 또 무슨 조건을 내놓고 졸라 댈지 불안은 한층 더하였다.

"응, 마침 잘 만났군. 그런데 그만하면 얘기는 끝났을 텐데, 웬 세도가 그리 좋아서 누구를 오너라 가거라 허구 아니꼽게 야단야……."

정례 모친이 황토현(서울 광화문 네거리) 정류장에서 차를 기다리며 열 틈에 끼어 섰으려니까, 이곳으로 향하여 오던 옥임이가 옆에 와서 딱 서며 시비를 건다.

"바쁘기야 하겠지만, 좀 못 들를 건 뭐구."

정례 모친은 옥임이의 기색이 좋지는 않아 보이나, 실없는 말이거니 하고 대꾸를 하며 열에서 빠져 나서려니까.

"그래, 그 돈은 갚는다는 거야, 안 갚을 작정이야? 넌 세도 좋은 젊은 서방을 믿고, 고 텃세루 남의 돈을 무쪽같이 떼먹으려 드나부다마는, 김옥임이두 그렇게 호락호락하지는 않아……."

원체 예쁘장한 상판이지만, 눈을 곤두세우고 대는 폼이 어려서부터 삼십 년 동안이나 보던 옥임이는 아니다. 전부터 '네 영감은 어째서 점점 더 젊어 가니? 거기다 대면 넌 어머니 같구나' 하고, 새롱새롱 놀리기도 하며, 육십이 넘은 아버지 같은 영감 밑에 쓸쓸히 사는 옥임이는 은근히 부러워도 하는 눈치였지마는, 밑도 끝도 없이 길바닥에서 젊은 서방을 들추어내는 것을 보고 정례 어머니는 어이가 없었다.

"늙은 영감에 넌더리가 나거든 젊은 서방 하나 또 얻으려무나."
하고, 정례 모친도 비꼬아 주고 싶었으나, 열을 지어 서 있는 사람들이 쳐다보며 픽픽 웃는 통에,

"이거 미쳐 나려나, 이건 무슨 객설이야?"
하며, 달래며 나무라며 끌고 가려 하였다.

"그래, 내 돈을 곱게 먹겠는가 생각을 해 보렴. 매달린 식솔은 많구, 병들어 누운 늙은 영감의 약값이라두 뜯어 쓰랴구 이렇게 쩔쩔거리고 다니는, 이년의 돈을 먹겠다는 너 같은 의리가 없는 년은 욕을 좀 단단히 봐야 정신이 날 거다마는, 제 사정 보아서 싼 변리에 좋은 자국을 지시해 바친 밖에! 그것두 마다니 남의 돈 생으로 먹자는 도둑년 같은 배짱 아니구 뭐야?"

오고 가는 사람이 우중우중 서며 구경났다고 바라보는데, 원체 히스테리증이 있는 줄은 짐작하지만, 창피한 줄도 모르고 기가 나서 대든다. 히스테리는 고사하고, 이것도 빚쟁이의 돈 받는 상투 수단인가 싶었다.

"누가 안 갚는 대냐? 돈두 중하지만 이게 무슨 꼬락서니냐 말야."

정례 어머니는 그래도 달래서 뒷골목으로 끌고 들어가려 하였다.

"난 돈밖에 몰라. 내일 모레면 거리로 나앉게 된 년이 체면은 뭐구, 우정은 다 뭐냐? 어쨌든 내 돈만 내놓으면 이러니저러니, 너 같은 장래 대신 부인께 나 같은 년이야 감히 말이나 붙여 보려 들겠다든!"

하며, 허청 나오는 코웃음을 친다. 구경꾼은 자꾸 모여드는데, 정례 모친은 생전에 처음 당하는 이런 봉욕(逢辱 욕된 일을 당함)에 눈앞이 아찔해지고 가슴이 꼭 메어 올랐으나, 언제까지나 이러고 섰다가는 예서 더 무슨 창피한 꼴을 볼까 무서워서, 선뜻 몸을 빼어 옆 골목으로 줄달음질 쳐 들어갔다. 뒤에서 발자국 소리가 없으니 옥임이는 제대로 간 모양이다.

정례 모친은 눈물이 핑 돌았다. 스물예닐곱까지 동경 바닥에서 신여성 운동이네, 연애네, 어쩌네 하고 멋대로 놀다가, 지금 영감의 후실로 들어앉아서 세상 고생을 알까, 아이를 한 번 낳아 보았을까, 사십 전의 젊은 한때를 도지사 대감의 실내 마님으로 떠받들려 제멋대로 호강도 하여 본 옥임이다. 지금도 어디가 사십이 훨씬 넘은 중늙은이로 보이랴?

머리를 곱게 지지고 엷은 얼굴 단장에, 번들거리는 미국제 핸드백을 착 끼고 나선 맵시가 어느 댁 유한마담으로 알 것이지, 설마 일 할, 일 할 오 푼으로 아귀다툼을 하고, 어려운 예전 동무를 쫓아다니며 울리는 고리대금업자로야 그 누가 짐작이나 할까? 해방이 되자, 고리대금이 전당국 대신으로 터놓고 하는 큰 생화(生貨 장사)가 되었지마는, 옥임이는 반민자(反民者 일제강점기에 반민족적인 행위를 한 사람)의 아내가 되리라는 것을 도리어 간판으로 내세우고 부라퀴같이 덤빈 것이다. 증경(曾經 일찍이 벼슬을 지냄) 도지사요, 전쟁 말기에는 무슨 군수품 회사의 취체역(取締役 예전에 주식회사의 이사를 이르던 말)인가 감사역을 지냈으니, 반민법이 국회에서 통과되는 날이면 중풍으로 삼 년째나 누운 영감이, 어서 돌아가 주기나 하기 전에야 으레 걸리고 말 것이요, 걸리는 날이면 떠메어다가 징역은 시키지 않을지 모르되, 지니고 있는 집칸이며 땅 섬지기나마 몰수당할 것이니, 비록 자식은 없을망정 자기는 자기대로 살길을 찾아야 하겠다고 나선 길이 이 길이었다. 상하 식솔을 혼자 떠맡고 영감의 약값을 제 손으로 벌어야 될 가련한 신세같이 우는 소리를 하지마는, 그래야 남의 욕을 덜 먹는 발뺌이 되는 것이다.

옥임이는 정례 모친이 혼쫄이 나서 달아나는 꼴을 그것 보라는 듯이 곁눈으로 흘겨보고는, 입귀(입의 양쪽 구석)를 샐룩하며 비웃고 버젓이 사람 틈을 헤치고 종로 편으로 내려갔다. 의기양양할 것도 없지마는, 가슴속이 후련하니, 머릿속이고 가슴속이고 뭉치고 비비꼬이던 것이 확 풀어져 스러지고, 피가 제대로 도는 것같이 기분이 시원하다.

그러나 그렇게 뭉치고 비비꼬인 것이라는 것이 반드시 정례 어머니에게 대한 악감정은 아니었다. 옥임이가 그 오랜 동무에게 이렇다 할 감정이 있을 까닭은 없었다. 다만, 아무리 요새 돈이라도 이십여만 원이라는 대금을 받아 내려면, 한 번 혼을 단단히 내고 제독을 주어야 하겠다고 벼르기는 하였지만, 얼떨결에 나온다는 말이, 젊은 서방을 둔 떠세(재물이나 힘 따위를 내세워 억지를 쓰는 짓)냐, 무엇이냐고 한 것은 구석 없는 말이었고, 지금 생각하니 우스웠다. 그러나 자기보다도 훨씬 늙어 보이고 살림에 찌든 정례 모친에게는 과분한 남편이라는 생각을 늘 하던 옥임이기는 하였다. 남의 남편을 보고 부럽다거나, 샘이 나거나 하는 그런 몰상식한 옥임이도 아니지만, 자식도 없이 군식구들만 들썩거리는 집에 들어가서 몸도 제대로 가누지 못하는 늙은 영감의 방을 들여다보면 공연히 짜증이 나고, 정례 어머니가 자식들을 공부시키느라고 어려운 살림에 얽매고 고생하나, 자기보다는 팔자가 좋다는 생각도 나는 것이었다.

내년이면 공과대학을 나오는 맏아들에, 중학교에 다니는, 어머니보다도 키가 큰 둘째 아들이 있고, 딸은 지금이라도 사위를 보게 다 길러 놓았고, 남편은 번둥번둥 놀며 마누라가 조리차(아껴서 알뜰히 쓰는 것)를 하는 용돈이나 받아 쓰고, 자동차로 땅돼기는 까불었을망정 신수가 멀쩡한 호남자(호걸의 풍모나 기품이 있고 남성다우며 풍채가 좋은 사나이)가 무슨 정당이라나 하는 곳의 조직 부장이니 훈련 부장이니 하고 돌아다니니, 때를 만나면 아닌 게 아니라 장래 대신이 되지 말라는 법도 없을 것이다. 팔구 삭 동안 장사를 하느라고 매일 들러보면, 젊은 영감을 등이라도 두드리고 머리를 쓰다듬어 줄 듯이 지성으로 고이는 꼴이란 아닌 게 아니라 옆에서 보기에도 부러운 생각이 들 때가 없지 않았지마는, 결혼들을 처음 했을 예전 시절이나, 도지사 관사에 들어서 드날릴 때야 어디 존재나 있던 위인들인가? 그것이 처지가 뒤바뀌어서 관 속에 한 발을 들여놓은 영감이나마 반민자로 지목이 가다니, 이런 것 저런 것을 생각하면 쭉쭉 뽑아 놓은 자식들과 한참 활동적인 허우대(겉모양이 보기 좋은 큰 체격) 좋은 남편에 둘러싸여 재미있고 기운차게 사는 양이 역시 부럽고, 저희만 잘된다는 것에 시기도 나는 것이었다. 보기 좋게 이년 저년을 붙이며 한

바탕 해 대고 나서 속이 후련한 것도 그러한 은연중의 시기였고, 공연한 자기 화풀이였는지 모른다.

옥임이는 그 길로 교장 영감 집에 들러서,

"혼을 단단히 내 주었으니까 이제는 딴소리 안 할 거외다. 내일 가서 표라도 받아다 주슈."

하고 일러 놓았다.

4

"오늘은 아퀴(일의 갈피를 잡아 마무르는 끝매듭)를 지어 주시렵니까? 언제 갚으나 갚고 말 것인데, 그걸루 의 상할 거야 있나요?"

이튿날 교장이 슬쩍 들러서 매우 점잖은 수작을 하는 것이었다.

"이렇게 말씀드리면 교장 선생님부터가 어떻게 들으실 줄 모르나, 김옥임이가 그렇게 되다니 불쌍해 못 견디겠어요. 예전에 셰익스피어의 원서를 끼구 다니구, '인형의 집'에 신이 나구, 엘렌 케이(스웨덴의 여성 사상가. 자유로운 성도덕을 주장)의 숭배자요 하던 그런 옥임이가, 동냥자루 같은 돈 전대를 차구 나서면 세상이 모두 돈닢으로 보이는지, 어린애 코 묻은 돈 바라고 이런 구멍가게에 나와 앉아 있는 나두 불쌍한 신세이지마는, 난 옥임이가 가엾어서 어제 울었습니다. 난 살림이나 파산 지경이지 옥임이는 성격 파산인가 보더군요……."

정례 어머니는 분하다 할지, 딱하다 할지, 속에 맺히고 서린 불쾌한 감정을 스스로 풀어 버리려는 듯이 웃으며 하소연을 하는 것이었다.

"그런 말씀을 하시니 나두 듣기에 좀 괴란쩍습니다마는(괴란쩍다. 보고 듣기에 창피해 얼굴이 뜨겁다), 모두 어려운 세상에 살자니까 그런 거죠, 별수 있나요, 그래도, 제 돈 내놓고 싸든 비싸든 이자라고 명토(일부러 꼭 지적해 말하는 이름이나 설명) 있는 돈을 어엿이 받아먹는 것은 아직도 양심이 있는 생활입니다. 입만 가지고 속여 먹고, 등쳐 먹고, 알로 먹고, 꿩으로 먹는 허울 좋은 불한당 아니고는 밥알이 올곧게 들어가지 못하는 지금 세상 아닙니까, 허허허."

하고, 교장은 자기 변명인지 옥임이 역성인지를 하는 것이었다.

이날 정례 어머니는 딸이 옆에서 한사코 말리며,

"그따위 돈은 안 갚아도 좋으니, 정장을 하든 어쩌든 마음대로 하라고 내버려 두세요."

하며 팔팔 뛰는 것을 모른 척하고, 이십만 원 표에 이만 원 현금을 얹어서 옥임이에게 갖다 주라고 내놓았다.

정례 모친은 그 후 두 달 걸려서 교장 영감의 오만 원 돈은 갚았으나, 석 달째 가서는 이 상점 주인이 바뀌어 들고야 말았다. 정말 교장 영감의 조카가 나서는가 하였더니, 교장의 딸 내외가 들어앉았다. 상점을 내놓고 만 바에는 자질구레한 셈속을 따진대야 죽은 아이 귀 만져 보기지 별수 없지만, 하여튼 이십만 원의 석 달 변리 육만 원이 또 늘어서 이십육만 원인데, 정례 모녀가 사글세의 보증금 팔만 원마저 못 찾고 두 손 털고 나선 것을 보면, 그 팔만 원을 아끼고 남은 십팔만 원이 점방의 설비와 남은 물건 값을 치른 것이었다. 물론 옥임이가 뒤에 앉아 맡은 것이나, 권리 값으로 오만 원 더 얹어서 교장 영감에게 팔아넘긴 것이었다. 옥임이는 좀 더 남겨 먹었을 것이로되, 교장 영감이 그 돈 받아 내는 데에 공로가 있었기 때문에 오만 원 얹어 먹고 말았고, 또 교장은 이북에서 내려온 딸 내외에게는 꼭 알맞은 장사라는 생각이 들어서 애초부터 침을 삼키고 눈독을 들이던 것이라, 이 상점을 손에 넣으려고 애도 썼지마는, 매득(買得 물건을 싼값으로 삼)하였다고 좋아하였다.

정례 모녀는 일 년 반 동안이나 죽도록 벌어서 죽 쑤어 개 좋은 일한 셈이라고 절통(切痛 몹시 원통해 함)을 하였으나, 그보다도 정례 모친은 오래간만에 몸이 편해져서 그렇기도 하였겠으나, 몸살 감기에 울화가 터져서 그만 몸져 누운 것이 반 달이나 끌었다.

"마누라, 염려 말아요. 김옥임이 돈쯤 먹자고만 들면 삼사십만 원쯤 금시 녹여내지, 가만있어요."

정례 부친은 앓는 마누라 옆에 앉아서 이렇게 위로하였다.

"옥임이 돈을 먹자는 것두 아니지만, 무슨 재주루?"

마누라는 말리는 것도 아니요, 부채질하는 것도 아닌 소리를 하였다.

"김옥임이도 요사이 자동차를 놀려 보구 싶어 한다는데, 마침 어수룩한 자동차 한 대가 나섰단 말이지. 조금만 참아요. 우리 집문서는 아무래두 김옥임 여사의 집으로 찾아가고 말 것이니……."

하며, 정례 부친은 앓는 아내를 위하여 뱃속 유하게 껄껄 웃었다.

독 짓는 늙은이

작가와 작품 세계

황순원(1915~2000)

평안남도 대동군에서 출생. 평양 숭실중학교를 거쳐 일본 와세다대학교 영문과를 졸업했다. 이 무렵 도쿄에서 이해랑 · 김동원 등과 함께 극예술 연구 단체인 '학생예술좌'를 창립하고 초기의 소박한 서정시들을 모아 첫 시집 『방가』를 출간했다. 첫 단편집 『늪』(1940)의 발간을 계기로 소설 창작에 열중하기 시작했다. 이후 「별」, 「그늘」 등의 환상적이고 심리적인 경향이 짙은 단편을 발표했다. 단편 「기러기」, 「황노인」, 「독 짓는 늙은이」 등과 시 「그날」 등 많은 작품을 쓴 상태에서 8 · 15 광복을 맞았다.

1946년 서울중학교 교사로 취임한 이후 「목넘이 마을의 개」, 『별과 같이 살다』를 발표했다. 주요 장편 소설로 『카인의 후예』, 『인간접목』, 『나무들 비탈에 서다』, 『일월』 등이 있다.

황순원의 소설은 서정적 아름다움과 예술성을 추구한다. 그가 시인으로 문학의 길에 들어섰기 때문일 것이다. 그의 작품은 간결하고 세련된 문체, 다양한 기법, 휴머니즘의 정신, 전통에 대한 애정 등을 갖추고 있어 한국 현대 소설의 전범으로 평가받는다.

작품 정리

갈래: 순수 소설

배경: 시간 - 근대화 초기 / 공간 - 어느 시골의 독 짓는 집

시점: 전지적 작가 시점

주제: 사라져 가는 전통을 지키려는 한 노인의 집념과 좌절

출전: 〈문예〉(1950)

구성과 줄거리

발단 송 영감의 아내가 조수와 함께 달아남

송 영감은 독 짓는 일을 평생의 업으로 삼고 살아왔지만 지금은 병든 몸이다. 송 영감의 아내는 병든 남편과 아들을 버리고 조수와 함께 달아나 버렸다. 송 영감은 도망간 아내에 대한 분노를 삭이지 못한다.

전개 송 영감은 독 짓기를 계속하지만 일이 뜻대로 되지 않음

도망간 아내에 대한 분노가 치밀어 오를수록 아들 당손이에 대한 애정은 깊어 간다. 송 영감은 조수가 지어 놓은 독을 깨부수고 싶은 충동을 강하게 느낀다. 그러나 당장 살아가기 위해 다시 독을 굽기로 마음먹는다. 송 영감은 쇠약해진 몸으로 독 짓기를 계속하지만 지쳐서 쓰러지기 일쑤다.

위기 앵두나무 집 할머니가 당손이를 남의 집에 주자고 함

송 영감이 쓰러질 때마다 아들 당손이는 아버지가 죽을까 봐 울먹인다. 당손이는 쓰러진 아버지가 깨어나자 이웃에 사는 방물장수 앵두나무 집 할머니가 준 밥그릇을 내민다. 다음 날 앵두나무 집 할머니가 미음 사발을 들고 송 영감을 찾아온다. 송 영감이 죽을지도 모른다고 생각한 앵두나무 집 할머니는 당손이를 좋은 집에 보내자고 제안한다. 송 영감은 고함치며 할머니를 쫓아낸다.

절정 송 영감이 독을 굽다가 쓰러짐

송 영감은 양식을 마련하기 위해 독을 짓기 시작하지만 한 가마도 채우지 못하고 독을 굽기 시작한다. 조수가 지은 독과 자신이 지은 독을 나란히 놓고 독을 굽던 송 영감은 자신이 지은 것만 튀고 있다는 사실을 깨닫는다. 송 영감은 어둠 속에서 다시 쓰러진다. 죽음을 예감한 송 영감은 당손이를 양자로 보내기로 결심한다.

결말 당손이를 남의 집에 주고 가마 속에 들어감

아들을 떠나보낸 뒤 공허함을 느낀 송 영감은 독 가마를 떠올린다. 송 영감은 자신의 생명을 마지막으로 발산하려는 듯 독 가마 속으로 들어가 단정히 무릎을 꿇고 앉는다.

생각해 볼 문제

1. 조수에 대한 송 영감의 감정은 무엇인가?

   조수가 아내를 빼앗아 간 것과 조수의 독은 깨어지지 않은 것은 젊은이가 늙은이보다 능력이 있다는 것을 의미한다. 따라서 조수에 대한 본질적 감정은 늙은이로서의 열등감이라고 할 수 있다.

2. 이 소설의 근간을 이루는 '늙은이'와 '젊은이'의 대립 관계는 어떤 의미를 지니는가?

   늙은이와 젊은이의 대결에서 젊은이가 승리하는 것은 어쩌면 당연하다. 그러나 송 영감은 조수의 배신을 계기로 다시 대결을 벌여 보고 싶은 원초적 집념에 사로잡힌다. 표면적인 갈등은 도망간 아내와 조수에 대한 배신감에서 비롯되지만, 더 심각한 갈등은 노쇠한 체력으로 독 짓기에 실패하는 데서 비롯된다.

3. 송 영감이 가마에 들어가 무릎을 꿇는 장면은 어떤 의미를 지니는가?

   송 영감에게 독 짓는 것은 자아를 실현하는 유일한 방법이다. 더 이상 독을 제대로 구워 낼 수 없다는 사실을 깨달은 송 영감은 스스로 목숨을 끊음으로써 장인 정신을 구현한다.

인물 관계도

아내는 조수와 달아나고 저(송 영감)와 당손이만 남았습니다. 평생 독 짓는 일을 했지만 몸이 안 좋아서 이제는 쉽지 않네요. 이웃 노파가 당손이를 남의 집에 보내자고 했지만 말도 안 되는 소리라며 화를 냈어요. 하지만 점점 세상을 떠날 날이 가까워지는 것 같아 결국 당손이를 남의 집에 보냈어요. 저는 독 가마 안에 들어가 죽음을 기다렸지요.

독 짓는 늙은이

이년! 이 백 번 죽에두 쌀 년! 앓는 남편두 남편이디만, 어린 자식을 놔두구 그래 도망을 가? 것두 아들놈 같은 조수 놈하구서 …… 그래 지금 한창 나이란 말이디? 그렇다구 이년, 내가 아무리 늙구 병들었기루서니 거랑질(비럭질. 남에게 구걸하는 짓을 낮잡아 이르는 말)이야 할 줄 아니? 이녀언! 하는데, 옆에 누웠던 어린 아들이, 아바지, 아바지이! 하였으나 송 영감은 꿈속에서 자기 품에 안은 아들이 아바지, 아바지이! 하고 부르는 것으로 알며, 오냐 데건 네 에미가 아니다! 하고 꼭 품에 껴안는 것을, 옆에 누운 어린 아들이 그냥 울먹울먹한 목소리로 아버지를 불러, 잠꼬대에서 송 영감을 깨워 놓았다.

송 영감은 잠들기 전보다 더 머리가 무겁고 언짢았다. 애가 종내 훌쩍 훌쩍 울기 시작했다. 오, 오, 하며 송 영감은 잠꼬대 속에서처럼 애를 끌어안았다. 자기의 더운 몸에 별나게 애의 몸이 찼다. 벌써부터 이렇게 얼리어서 될 말이냐고, 송 영감은 더 바싹 애를 껴안았다. 그리고 훌쩍이는 이제 일곱 살 난 애를 그렇게 안고 있는 동안 송 영감은 다시 이 어린것을 두고 도망간 아내가 새롭게 괘씸했다. 아내와 함께 여드름 많던 조수가 떠올랐다. 그러자 그 아들 같은 조수에게 동년배의 사내와 사내가 느끼는 어떤 적수감이 불길처럼 송 영감의 괴로운 몸을 휩쌌다.

송 영감 자신이 집증(執症 병의 증세를 살피어 알아냄) 잡히지 않는 병으로 앓아누웠기 때문에 조수가 이 가을로 마지막 가마에 넣으려고 거의 혼자서 지어 놓다시피 한 중옹 통옹 반옹 머쎄기 같은 크고 작은 독들이 구월 보름 가까운 달빛에 하나하나 도망간 조수의 그림자같이 느껴졌을 때, 송 영감은 벌떡 일어나 부채방망이를 들어 모조리 깨부수고 싶은 충동을 받았으나, 다음 순간 내일부터라도 자기가 독을 지어 한 가마 채워 가지고 구워 내야 당장 자기네 부자가 살아갈 것이라는 생각에 미치면서는, 정말 그러는 수밖에 다른 도리가 없다고 지그시 무거운 눈을 감아 버렸다.

날이 밝자 송 영감은 열에 뜬 머리를 수건으로 동이고 일어나 앉아, 애더러는 흙 이길 왱손이(흙 반죽하는 사람)를 부르러 보내 놓고, 왱손이 올 새가 바빠서 자기 손으로 흙을 이겨 틀 위에 올려놓았다. 송 영감의 손은 자꾸 떨리었다. 그러나 반쯤 독을 지어 올려, 안은 조마구('작은 주먹'을 귀엽게 이르는 말) 밖은 부채마치로 맞두드리며 일변 발로는 틀을 돌리는 익은 솜씨만은 앓아눕기 전과 다를 바 없는 듯했다. 왱손이가 흙을 이겨 주는 대로 중옹 몇 개를 지어 냈다.

그러나 차차 송 영감의 솜씨에는 틈이 생기기 시작했다. 더구나 조마구와 부채마치로 두드려 올릴 때, 퍼뜩 눈앞에 아내와 조수의 환영이 떠오르면 짓던 독을 때리는지 아내와 조수를 때리는지 분간 못하는 새, 독이 그만 얇게 못나게 지어지곤 했다. 그리고 전을 잡는 손이 떨려, 가뜩이나 제일 힘든 마무리의 전이 잘 잡혀지지를 않았다. 열 때문도 있었다. 영감은 쓰러지듯이 짓던 독 옆에 눕고 말았다.

송 영감이 정신이 들었을 때는 저녁때가 기울어서였다. 왱손이도 흙 몇 덩이를 이겨 놓고 가고 없었다. 언제부터인가 바깥 저녁 그늘 속에 애가 남쪽 장길을 향해 쪼그리고 앉아 있었다. 어머니를 기다리는 거리라. 언제나처럼 장보러 간 어머니가 언제나처럼 저녁때면 조수에게 장감('장거리'의 북한어)을 지워 가지고 돌아올 줄로만 아직 아는가 보다.

밖을 내다보던 송 영감은 제 힘만이 아닌 어떤 힘으로 벌떡 일어나 다시 독 짓기를 시작하는 것이었으나, 이번에는 겨우 한 개를 짓고는 다시 쓰러지듯이 눕고 말았다.

다음에 송 영감이 정신이 든 것은 아주 어두운 속에서 애가 흔들어 깨워서였다. 울먹이던 애가 깨나는 아버지를 보고 그제야 안심된 듯이 저쪽에서 밥그릇을 가져다 아버지 앞에 놓았다. 웬 거냐고 하니까 애가, 앵두나무집 할머니가 주더라고 한다. 송 영감은 확 분노가 치밀어, 누가 거랑질해 오라더냐고 밥그릇을 밀쳐 놓자 애가 훌쩍훌쩍 울기 시작했다. 송 영감은 아침에 어제의 저녁밥 남은 것을 조금 뜨는 것처럼 하고는 하루 종일 아무것도 입에 대지 않은 것을 생각하고는, 애도 아직 저녁을 못 먹었을지 모른다고 밥그릇을 도로 끌어다 한 술 입에 떠 넣으며 이번에는 애 보고, 맛있으니 너도 먹으라는 것이었으나, 자신은 입맛을 잃은 탓만도 아닌 무엇이 밥 넘기려는 목에서 치밀어 올라오곤 해, 좀처럼 밥을 넘길 수가 없었다.

다음 날 아침에는 송 영감이 죽인지 밥인지 모를 것을 끓였다. 여전히 입맛은 없었으나 어제저녁처럼 목이 메어 오르는 것은 없었다. 오늘도 또 지어 올리는 독을 말리느라고 처음에는 독 밖에 피워 놓았다가 독이 한 반쯤 지어지면 독 안에 매달아 놓은 숯불의 숯내까지가 머리를 더 무겁게 했다. 사십 년래 없이 숯내를 다 먹는 듯했다. 송 영감은 어제보다 더 쓰러져 넘어지는 도수가 많았다. 흙 이기던 왱손이가 이래서는 도무지 한 가마 채우지 못하리라고 송 영감에게 내년에 마저 지어 첫 가마에 넣도록 하는 게 어떠냐고 몇 번이고 권해 보았으나 송 영감은 일어났다가는 쓰러지고, 일어났다가는 쓰러지고 하면서도 독 짓기를 그만두려고 하지는 않았다.

송 영감이 한번 쓰러져 있는데 방물장수 앵두나무 집 할머니가 와서, 앓는 몸을 돌봐야 하지 않느냐고 하며, 조미음 사발을 송 영감 입 가까이 내려놓았다. 송 영감은 어제 어린 아들에게 거랑질해 왔다고 고함을 쳤던 일을 생각하며, 이 아무에게나 친절한 앵두나무 집 할머니에게 미안한 생각이 들어, 어제만 해도 애한테 밥이랑 그렇게 많이 줘 보내서 잘 먹었는데 또 이렇게 미음까지 쑤어 오면 어떡하느냐고 했다. 앵두나무 집 할머니는 그저, 어서 식기 전에 한 모금 마셔 보라고만 했다. 그리고 송 영감이 미음을 몇 모금 못 마시고 사발에서 힘없이 입을 떼는 것을 보고 앵두나무 집 할머니는, 정말 이 영감이 이번 병으로 죽으려는가 보다는 생각이라도 든 듯, 당손이('맏아들'의 방언)를 어디 좋은 자리가 있으면 주어 버리는 게 어떠냐고 했다. 송 영감은 쓰러져 있던 사람 같지 않게 눈을 흡떠 앵두나무 집 할머니를 쏘아보았다. 그리고 어느새 송 영감의 손은 앞에 놓인 미음사발을 앵두나무 집 할머니에게로 떼밀치고 있었다. 그런 말하러 이런 것을 가져왔느냐고, 썩썩 눈앞에서 없어지라고, 송 영감은 또 쓰러져 있던 사람 같지 않게 고함쳤다. 앵두나무 집 할머니는 송 영감의 고집을 아는 터라 더 무슨 말을 하지 않았다.

앵두나무 집 할머니가 가자, 송 영감은 지금 밖에서 자기의 어린 아들이 어디로 업혀가기나 하는 듯이 밖을 향해 목청껏, 당손아! 하고 애를 불러 대기 시작했다. 그러다가 애가 뜸막 문에 나타나는 것을 이번에는 애의 얼굴을 잊지나 않으려는 듯이 한참 쳐다보다가 그만 기운이 지쳐 눈을 감아 버리고 말았다. 애는 또 전에 없이 자기를 쳐다보는 아버지가 무서워 아버지에게 더 가까이 가지 못하고 섰다가, 아버지가 눈을 감자 더 겁이 나 훌쩍이기 시작했다.

날이 갈수록 송 영감은 독 짓기보다 자리에 쓰러져 있는 때가 많았다. 백 개가 못 차니 아직 이십여 개를 더 지어야 한 가마 충수(充數 정해 놓은 수효를 채움)가 되는 것이다. 한 가마를 채우게 짓자 하고 마음만은 급해지는 것이었으나, 몸을 일으키다가 도로 쓰러지며 흰 털 섞인 노랑수염의 입을 벌리고 어깨숨을 쉬곤 했다.

그러한 어느 날, 물감이며 바늘을 가지고 한돌림 돌고 온 앵두나무 집 할머니가 찾아와서는 마침 좋은 자리가 있으니 당손이를 주어 버리고 말자는 말로, 말이 난 자리는 재물도 넉넉하지만 무엇보다도 사람들 마음씨가 무던하다는 말이며, 그 집에 전에 어떤 젊은 내외가 살림을 엎어치우고 내버린 애를 하나 얻어다 길렀는데 얼마 전에 그 친아버지 되는 사람이 여남은 살이나 된 그 애를 찾아갔다는 말이며, 그때 한 재물 주어 보내고서는 영감 내외가 마주 앉아 얼마 동안을 친자식 잃은 듯이 울었는지 모른다는 말이며, 그래 이번에는 아버지 없는 애를 하나 얻어다 기르겠다더라는 말을 하면서, 꼭 그 자리에 당손이를 주어 버리고 말자고 했다. 송 영감은 앵두나무 집 할머니와 일전의 일이 있은 뒤에도 앵두나무 집 할머니가 애를 통해서 먹을 것 같은 것을 보내는 것이, 흔히 이런 노파에게 있기 쉬운 이런 주선이라도 해 주면 나중에 자기에게 돌아오는 것이 있어 그걸 탐내서 그러는 건 아니라고, 그저 인정 많은 늙은이라 이편을 위해 주는 마음에서 그런다는 것만은 아는 터이지만, 송 영감은 오늘도 저도 모를 힘으로, 그런 소리를 하려거든 아예 다시는 오지도 말라고, 자기 눈에 흙 들기 전에는 내놓지 못한다고 했다. 앵두나무 집 할머니는 그렇게 고집만 부리지 말고 영감이 살아서 좋은 자리로 가는 걸 보아야 마음이 놓이지 않겠느냐는 말로, 사실 말이지 성한 사람도 언제 무슨 변을 당할는지 모르는데 앓는 사람의 일을 내일 어떻게 될는지 누가 아느냐고 하며, 더구나 겨울도 닥쳐오고 하니 잘 생각해 보라고 했다. 송 영감은 그저 자기가 거랑질을 해서라도 애를 굶기지는 않을 테니 염려 말라고 했다.

앵두나무 집 할머니가 돌아간 뒤, 송 영감은 지금 자기가 거랑질을 해서라도 애를 굶기지는 않겠다고 했지만, 그리고 사실 아내가 무엇보다도 자기와 같이 살다가는 거랑질을 할 게 무서워 도망갔음에 틀림없지만, 자기가 병만 나아 일어나는 날이면 아직 일등 호주라는 칭호 아래 얼마든지 독을 지을 수 있다는 생각과 함께, 이제 한 가마 독만 채워 전처럼 잘만 구워내면 거기서 겨울 양식과 내년에 할 밑천까지도 나올 수 있다는 희망으로 어서 한 가마를 채우자고 다시 마음이 조급해지는 것이었다.

하루는 송 영감이 날씨를 가려 종시 한 가마가 차지 못하는 독을 왱손이의 도움을 받아 밖으로 내고야 말았다. 지어진 독만으로라도 한 가마 구워 내리라는 생각이었다. 독 말리기, 말리기라기보다도 바람 쐬기다. 햇볕도 있어야 하지만 바람이 있어야 한다. 안개 같은 것이 낀 날은 좋지 못하다. 안개가 걷히며 바람 한 점 없이 해가 갑자기 쨍쨍 내리쬐면 그야말로 건잡을 새 없이 독들이 세로 가로 터져 나간다. 그런데 오늘은 바람이 좀 치는 게 독 말리기에 아주 좋은 날씨였다.

독들을 마당에 내이자 독 가마 속에서 거지들이, 무슨 독을 지금 굽느냐고 중얼거리며 제가끔의 넝마 살림들을 안고 나왔다. 이 거지들은 가을철이 되면 이렇게 독 가마를 찾아들어 초가을에는 가마 초입에서 살다, 겨울이 되면서 차차 가마가 식어감에 따라 온기를 찾아 가마 속 깊이로 들어가며 한겨울을 나는 것이다.

송 영감은 거지들에게, 지금 뜸막이 비었으니 독 구워 내는 동안 거기에 들 가 있으라고 하려다가 그만두었다. 전에 없이 거지들을 자기 집에 들인다는 것이 마치 자기가 거지나 되는 것처럼 느껴졌던 것이다.

가마에서 나온 거지들은 혹 더러는 인가를 찾아 동냥을 가고, 혹 한 패는 양지바른 데를 골라 드러누웠고, 몇 이는 아무 데고 앉아서 이 사냥 같은 것을 하기 시작했다.

송 영감도 양지에 앉아서 독이 하얗게 마르는 정도를 지키고 있었다.

독들을 가마에 넣을 때가 되었다. 송 영감 자신이 가마 속까지 들어가 전에는 되도록 독이 여러 개 들어가도록만 힘쓰던 것을 이번에는 도망간 조수와 자기의 크기 같은 독이 되도록 아궁이에서 같은 거리에 나란히 놓이게만 힘썼다. 마치 누구의 독이 잘 지어졌나 내기라도 해 보려는 듯이.

늦저녁 때쯤 해서 불질이 시작됐다. 불질, 결국은 이 불질이 독을 쓰게도 못 쓰게도 만드는 것이다. 지은 독에 따라서 세게 때야 할 때 약하게 때도, 약하게 때야 할 때 지나치게 세게 때도, 또는 불을 더 때도 덜 때도 안 된다. 처음에 슬슬 때다가 점점 세게 때기 시작하여 서너 시간 지나면 하얗던 독들이 흑색으로 변한다. 거기서 또 너더댓 시간만 때면 독들은 다시 처음의 하얗던 대로 되고, 다음에 적색으로 됐다가 이번에는 아주 샛말갛게 되는데, 그것은 마치 쇠가 녹는 듯, 하늘의 햇빛을 쳐다보는 듯이 된다. 정말 다음 날 하늘에는 맑은 햇빛이 빛나고 있었다.

곁불 놓기를 시작했다. 독 가마 양옆으로 뚫은 곁창 구멍으로 나무를 넣는 것이다.

이제는 소나무를 단으로 넣기 시작했다. 아궁이와 곁창의 불길이 길을 잃고 확확 내쏜다. 이 불길이 그대로 어제 늦저녁부터 아궁이에서 좀 떨어진 한곳에 일어나 앉았다 누웠다 하며 한결같이 불질하는 것을 지키고 있는 송 영감의 두 눈 속에서도 타고 있었다.

이렇게 이날 해도 다 저물었다. 그러는데 한편 곁창에서 불질하던 왱손이가 곁창 속을 들여다보는 듯하더니, 분주히 이리로 달려오는 것이었다. 송 영감은 벌써 왱손이가 불질하던 곁창의 위치로써 그것이 자기의 독이 들어 있는 자리라는 것을 알고 왱손이가 뭐라기 전에 먼저, 무너앉았느냐고 했다. 왱손이는 그렇다고 하면서, 이젠 독이 좀 덜 익더라도 곁불질을 그만두고 아궁이를 막아 버리자고 했다. 그러나 송 영감은 그저, 그만두라고 할 때까지 그냥 불질을 하라고 했다.

거지들이 날이 저물었다고 독 가마 부근으로 모여들었다.

송 영감이, 이제 조금만 더, 하고 속을 죄고 있을 때였다. 가마 속에서 갑자기 뚜왕! 뚜왕! 하고 독 튀는 소리가 울려나왔다. 송 영감은 처음에 벌떡 반쯤 일어나다가 도로 주저앉으며 이상스레 빛나는 눈을 한곳에 머물린 채 귀를 기울였다. 송 영감은 가마에 넣은 독의 위치로, 지금 것은 자기가 지은 독, 지금 것도 자기가 지은 독, 하고 있었다. 이렇게 튀는 것은 거의 송 영감의 것뿐이었다. 그리고 송 영감은 또 그 튀는 소리로 해서 그것이 자기가 앓다가 일어나 처음에 지은 몇 개의 독만이 튀지 않고 남은 것을 알며, 왱손이의 거치적거린다고 거지들을 꾸짖는 소리를 멀리 들으면서 어둠 속에 그만 쓰러지고 말았다.

다음 날 송 영감이 정신이 들었을 때에는 자기네 뜸막 안에 뉘어 있었다. 옆에서 작은 몸을 오그리고 훌쩍거리던 애가 아버지가 정신 든 것을 보고 더 크게 훌쩍거리기 시작했다. 송 영감이 저도 모르게 애보고 안 죽는다, 안 죽는다, 했다. 그러나 송 영감은 또 속으로는, 지금 자기는 죽어가고 있다고 부르짖고 있었다.

이튿날 송 영감은 애를 시켜 앵두나무 집 할머니를 오게 했다. 앵두나무 집 할머니가 오자 송 영감은 애더러 놀러 나가라고 하며 유심히 애의 얼굴을 쳐다보는 것이었다. 마치 애의 얼굴을 잊지 않으려는 듯이.

앵두나무 집 할머니와 단둘이 되자 송 영감은 눈을 감으며, 요전에 말하던 자리에 아직 애를 보낼 수 있겠느냐고 물었다. 앵두나무 집 할머니는 된다고 했다. 얼마나 먼 곳이냐고 했다. 여기서 한 이삼십 리 잘 된다는 대답이었다. 그러면 지금이라도 보낼 수 있느냐고 했다. 당장이라도 데려가기만 하면 된다고 하면서 앵두나무 집 할머니는 치마 속에서 지전 몇 장을 꺼내어 그냥 눈을 감고 있는 송 영감의 손에 쥐어 주며, 아무 때나 애를 데려오게 되면 주라고 해서 맡아 두었던 것이라고 했다.

송 영감이 갑자기 눈을 뜨면서 앵두나무 집 할머니에게 돈을 도로 내밀었다. 자기에게는 아무 소용없으니 애 업고 가는 사람에게나 주어 달라는 것이었다. 그러고는 다시 눈을 감았다. 앵두나무 집 할머니는 애 업고 가는 사람 줄 것은 따로 있다고 했다. 송 영감은 그래도 그 사람을 주어 애를 잘 업어다 주게 해 달라고 하면서, 어서 애나 불러다 자기가 죽었다고 하라고 했다. 앵두나무 집 할머니가 무슨 말을 하려는 듯하다가 저고릿고름으로 눈을 닦으며 밖으로 나갔다.

송 영감은 눈을 감은 채 가쁜 숨을 죽이고 있었다. 그리고 무슨 일이 있더라도 눈물일랑 흘리지 않으리라 했다.

그러나 앵두나무 집 할머니가 애를 데리고 와 저렇게 너의 아버지가 죽었다고 했을 때, 감은 송 영감의 눈에서는 절로 눈물이 흘러내림을 어찌할 수 없었다. 앵두나무 집 할머니는 억해 오는 목소리를 겨우 참고, 저것 보라고 벌써 눈에서 썩은 물이 나온다고 하고는, 그러지 않아도 앵두나무 집 할머니의 손을 잡은 채 더 아버지에게 가까이 갈 생각을 않는 애의 손을 끌고 그곳을 나왔다.

그냥 감은 송 영감의 눈에서 다시 썩은 물 같은, 그러나 뜨거운 새 눈물줄기가 흘러내렸다. 그러는데 어디선가 애의 훌쩍훌쩍 우는 소리가 들리는 듯했다. 눈을 떴다. 아무도 있을 리 없었다. 지어 놓은 독이라도 한 개 있었으면 싶었다. 순간 뜸막 속 전체만 한 공허가 송 영감의 파리한 가슴을 억눌렀다. 온몸이 오므라들고 차옴을 송 영감은 느꼈다.

그러는 송 영감의 눈앞에 독 가마가 떠올랐다. 그러자 송 영감은 그리로 가리라는 생각이 불현듯 일었다. 거기에만 가면 몸이 녹여지리라. 송 영감은 기는 걸음으로 뜸막을 나섰다.

거지들이 초입에 누워 있다가 지금 기어 들어오는 게 누구라는 것도 알려 하지 않고, 구무럭거려 자리를 내주었다. 송 영감은 한 옆에 몸을 쓰러뜨렸다. 우선 몸이 녹는 듯해 좋았다.

그러나 송 영감은 다시 일어나 가마 안쪽으로 기기 시작했다. 무언가 지금의 온기로써는 부족이라도 한 듯이. 곧 예사 사람으로는 더 견딜 수 없는 뜨거운 데까지 이르렀다. 그런데도 송 영감은 기기를 멈추지 않았다. 그렇다고 그냥 덮어놓고 기는 것은 아니었다. 지금 마지막으로 남은 생명이 발산하는 듯 어둑한 속에서도 이상스레 빛나는 송 영감의 눈은 무엇을 찾고 있는 것이었다. 그러다가 열어젖힌 곁창으로 새어 들어오는 늦가을 맑은 햇빛 속에서 송 영감은 기던 걸음을 멈추었다. 자기가 찾던 것이 예 있다는 듯이. 거기에는 터져 나간 송 영감 자신의 독 조각들이 흩어져 있었다.

송 영감은 조용히 몸을 일으켜 단정히, 아주 단정히 무릎을 꿇고 앉았다. 이렇게 해서 그 자신이 터져 나간 자기의 독 대신이라도 하려는 것처럼.

소나기

작품 정리

작가: 황순원(461쪽 '작가와 작품 세계' 참조)
갈래: 성장 소설
배경: 시간 - 가을 / 공간 - 어느 시골
시점: 3인칭 작가 관찰자 시점(부분적으로 3인칭 전지적 작가 시점)
주제: 소년과 소녀의 순수한 사랑
출전: 〈신문학〉(1953)

구성과 줄거리

발단 **소년과 소녀가 개울가에서 만남**

소년은 징검다리에 앉아 물장난을 하는 소녀를 만난다. 하지만 며칠이 지나도록 소년이 말을 걸지 않자 소녀는 물속에서 조약돌 하나를 집어 "이 바보!" 하며 소년에게 던진다. 그리고 가을 햇빛이 부서지는 갈밭 속으로 사라진다. 다음 날 소년은 개울가로 나와 보았으나 소녀는 보이지 않는다. 그날부터 소년은 소녀에 대한 애틋한 그리움에 사로잡힌다.

전개 **소년과 소녀가 산에 놀러 갔다가 친해짐**

소년과 소녀가 개울가에서 다시 만났을 때 소녀는 비단조개를 소년에게 보이면서 먼저 말을 건넨다. 좀 더 가까워진 둘은 황금빛으로 물든 가을 들판을 달려 산 밑까지 가게 되고 송아지를 타고 놀다가 소나기를 만난다.

위기 **소년과 소녀가 소나기를 만나 더욱 가까워짐**

둘은 수숫단 속에 들어가 비를 피한다. 비가 그친 후 돌아오는 길에 소년은 소녀를 업고 물이 불은 도랑을 건넌다. 소년의 잠방이까지 물이 차오르자 소녀는 "어머나!" 하고 소리를 지르며 소년의 목을 그러안는다. 그 후 소년은 소녀를 오랫동안 보지 못한다.

절정 **소녀가 이사 간다는 소식을 들은 소년은 서운함을 느낌**

그러던 어느 날 소년과 소녀는 다시 만난다. 그때 소년은 소녀가 그날 소나기를 맞아 많이 앓았고 아직도 앓고 있다는 것을 알게 된다. 소녀는 소년에게 분홍 스웨터 앞자락을 보이며 흙물이 들었다고 말한다. 그것은 소년이 소녀를 업고 개울물을 건널 때 소년의 등에서 옮은 물이다. 그리고 소녀는 곧 이사를 간다고 말한다. 그날 밤 소년은 소녀에게 주기 위해 덕쇠 할아버지네 호두밭에서 몰래 호두를 딴다.

결말 **아버지로부터 소녀의 죽음을 전해 들음**

소녀가 이사 가기로 한 전날 저녁, 소년은 마을에 갔다 온 아버지가 어머니에게 소녀가 죽었다고 말하는 것을 잠결에 듣는다.

생각해 볼 문제

1. 이 작품의 제목에는 어떤 의미가 담겨 있는가?

소년과 소녀는 산에서 갑자기 '소나기'를 만나 더욱 가까워진다. 이런 점에서 '소나기'는 두 사람의 관계를 맺어 준 매개체라고 할 수 있다. '소나기'의 사전적 의미는 '갑자기 세차게 쏟아지다가 곧 그치는 비'다. 따라서 이 작품의 제목에는 소년과 소녀의 짧은 사랑이라는 의미도 담겨 있다. 즉, 소녀의 죽음 때문에 소년과 소녀의 만남이 짧게 끝날 수밖에 없었다는 의미를 내포한다.

2. 이 작품을 통해 작가가 전하려고 한 메시지는 무엇인가?

누구나 어린 시절이 있고, 세월이 흐를수록 그 시절을 그리워하며 살아간다. 하지만 어른이 되는 과정에는 아름답고 행복한 기억만 있는 것이 아니다. 일종의 통과 의례처럼 많은 시련이 있다. 이 작품에서는 소년과 소녀의 가슴 떨리는 만남과 사랑이 아름답게 그려지고 있지만 동시에 소녀의 죽음도 다루고 있다. 작가는 소년이 이런 여러 사건을 겪으면서 성장해 간다는 메시지를 담았다.

인물 관계도

시골에 사는 저(소년)는 도시에서 온 한 소녀를 만나 조금씩 친해졌어요. 우리가 함께 산에 놀러 갔던 날 갑자기 소나기가 내렸지요. 저는 급하게 수숫단을 세웠지요. 그 안이 좁아서 소녀만 들어가게 했는데 소녀가 들어와 앉으라고 하더라고요. 도랑물이 많이 불어서 제가 소녀를 업어 주기도 했지요. 그런데 소녀가 죽다니요? 잘못 들은 거겠지요?

소나기

소년은 개울가에서 소녀를 보자 곧 윤 초시네 증손녀(曾孫女) 딸이라는 걸 알 수 있었다. 소녀는 개울에다 손을 잠그고 물장난을 하고 있는 것이다. 서울서는 이런 개울물을 보지 못하기나 한 듯이.

벌써 며칠째 소녀는, 학교에서 돌아오는 길에 물장난이었다. 그런데 어제까지 개울 기슭에서 하더니, 오늘은 징검다리 한가운데 앉아서 하고 있다.

소년은 개울둑에 앉아 버렸다. 소녀가 비키기를 기다리자는 것이다.

요행 지나가는 사람이 있어, 소녀가 길을 비켜 주었다.

다음 날은 좀 늦게 개울가로 나왔다.

이날은 소녀가 징검다리 한가운데 앉아 세수를 하고 있었다. 분홍 스웨터 소매를 걷어 올린 팔과 목덜미가 마냥 희었다.

한참 세수를 하고 나더니, 이번에는 물속을 빤히 들여다본다. 얼굴이라도 비추어 보는 것이리라. 갑자기 물을 움켜 낸다. 고기 새끼라도 지나가는 듯.

소녀는 소년이 개울둑에 앉아 있는 걸 아는지 모르는지 그냥 날쌔게 물만 움켜 낸다. 그러나 번번이 허탕이다. 그대로 재미있는 양, 자꾸 물만 움킨다. 어제처럼 개울을 건너는 사람이 있어야 길을 비킬 모양이다.

그러다가 소녀가 물속에서 무엇을 하나 집어낸다. 하얀 조약돌이었다. 그러고는 벌떡 일어나 팔짝팔짝 징검다리를 뛰어 건너간다.

다 건너가더니만 홱 이리로 돌아서며,

"이 바보."

조약돌이 날아왔다.

소년은 저도 모르게 벌떡 일어섰다.

단발머리를 나풀거리며 소녀가 막 달린다. 갈밭 사잇길로 들어섰다. 뒤에는 청량한 가을 햇살 아래 빛나는 갈꽃뿐.

이제 저쯤 갈밭머리로 소녀가 나타나리라. 꽤 오랜 시간이 지났다고 생각했다. 그런데도 소녀는 나타나지 않는다. 발돋움을 했다. 그러고도 상당한 시간이 지났다고 생각됐다.

저쪽 갈밭머리에 갈꽃이 한 옴큼 움직였다. 소녀가 갈꽃을 안고 있었다. 그리고 이제는 천천한 걸음이었다. 유난히 맑은 가을 햇살이 소녀의 갈꽃 머리에서 반짝거렸다. 소녀 아닌 갈꽃이 들길을 걸어가는 것만 같았다.

소년은 이 갈꽃이 아주 뵈지 않게 되기까지 그대로 서 있었다. 문득 소녀가 던진 조약돌을 내려다보았다. 물기가 걷혀 있었다. 소년은 조약돌을 집어 주머니에 넣었다.

다음 날부터 좀 더 늦게 개울가로 나왔다. 소녀의 그림자가 뵈지 않았다. 다행이었다. 그러나 이상한 일이었다. 소녀의 그림자가 뵈지 않는 날이 계속될수록 소년의 가슴 한구석에는 어딘가 허전함이 자리 잡는 것이었다. 주머니 속 조약돌을 주무르는 버릇이 생겼다.

그러한 어떤 날, 소년은 전에 소녀가 앉아 물장난을 하던 징검다리 한가운데에 앉아 보았다. 물속에 손을 잠갔다. 세수를 하였다. 물속을 들여다보았다. 검게 탄 얼굴이 그대로 비치었다. 싫었다.

소년은 두 손으로 물속의 얼굴을 움키었다. 몇 번이고 움키었다. 그러다가 깜짝 놀라 일어나고 말았다. 소녀가 이리로 건너오고 있지 않느냐.

숨어서 내가 하는 일을 엿보고 있었구나. 소년은 달리기를 시작했다. 디딤돌을 헛디뎠다. 한 발이 물속에 빠졌다. 더 달렸다.

몸을 가릴 데가 있어 줬으면 좋겠다. 이쪽 길에는 갈밭도 없다. 메밀밭이다. 전에 없이 메밀꽃 냄새가 짜릿하니 코를 찌른다고 생각됐다. 미간이 아찔했다. 찝찔한 액체가 입술에 흘러들었다. 코피였다. 소년은 한 손으로 코피를 훔쳐 내면서 그냥 달렸다. 어디선가 '바보, 바보' 하는 소리가 자꾸만 뒤따라오는 것 같았다.

토요일이었다.

개울가에 이르니 며칠째 보이지 않던 소녀가 건너편 가에 앉아 물장난을 하고 있었다.

모르는 체 징검다리를 건너기 시작했다. 얼마 전에 소녀 앞에서 한 번 실수를 했을 뿐, 여태 큰길 가듯이 건너던 징검다리를 오늘은 조심스럽게 건넌다.

"얘."

못 들은 체했다. 둑 위로 올라섰다.

"얘, 이게 무슨 조개지?"

자기도 모르게 돌아섰다. 소녀의 맑고 검은 눈과 마주쳤다. 얼른 소녀의 손바닥으로 눈을 떨구었다.

"비단조개."

"이름도 참 곱다."

갈림길에 왔다. 여기서 소녀는 아래편으로 한 삼 마장(거리의 단위. 오 리나 십 리가 못 되는 거리)쯤, 소년은 우대로(위쪽으로) 한 십 리 가까운 길을 가야 한다.

소녀가 걸음을 멈추며,

"너, 저 산 너머에 가 본 일 있니?"

벌 끝을 가리켰다.

"없다."

"우리 가 보지 않으련? 시골 오니까 혼자서 심심해 못 견디겠다."

"저래 봬도 멀다."

"멀면 얼마나 멀기에? 서울 있을 땐 사뭇 먼 데까지 소풍 갔었다."

소녀의 눈이 금세 바보, 바보, 할 것만 같았다.

논 사잇길로 들어섰다. 벼 가을걷이하는 곁을 지났다.

허수아비가 서 있었다. 소년이 새끼줄을 흔들었다. 참새가 몇 마리 날아간다. 참, 오늘은 일찍 집으로 돌아가 텃논(집터에 딸리거나 마을 가까이 있는 논)의 참새를 봐야 할걸, 하는 생각이 든다.

"야, 재밌다!"

소녀가 허수아비 줄을 잡더니 흔들어 댄다. 허수아비가 대고(계속해 자꾸) 우쭐거리며 춤을 춘다. 소녀의 왼쪽 볼에 살포시 보조개가 패었다.

저만치 허수아비가 또 서 있다. 소녀가 그리로 달려간다. 그 뒤를 소년도 달렸다. 오늘 같은 날은 일찌감치 집으로 돌아가 집안일을 도와야 한다는 생각을 잊어버리기라도 하려는 듯이.

소녀의 곁을 스쳐 그냥 달린다. 메뚜기가 따끔따끔 얼굴에 와 부딪친다. 쪽빛으로 한껏 개인 가을 하늘이 소년의 눈앞에서 맴을 돈다. 어지럽다. 저놈의 독수리, 저놈의 독수리, 저놈의 독수리가 맴을 돌고 있기 때문이다.

돌아다보니 소녀는 지금 자기가 지나쳐 온 허수아비를 흔들고 있다. 좀 전 허수아비보다 더 우쭐거린다.

논이 끝난 곳에 도랑이 하나 있었다. 소녀가 먼저 뛰어 건넜다.

거기서부터 산 밑까지는 밭이었다.

수숫단을 세워 놓은 밭머리를 지났다.

"저게 뭐니?"

"원두막."

"여기 참외, 맛있니?"

"그럼, 참외 맛도 좋지만 수박 맛은 더 좋다."

"하나 먹어 봤으면."

소년이 참외 그루에 심은 무밭으로 들어가, 무 두 밑을 뽑아 왔다. 아직 밑이 덜 들어 있었다. 잎을 비틀어 팽개친 후 소녀에게 한 개 건넨다. 그러고는 이렇게 먹어야 한다는 듯이 먼저 대강이를 한 입 베물어 낸 다음, 손톱으로 한 돌이 껍질을 벗겨 우쩍 깨문다.

소녀도 따라 했다. 그러나 세 입도 못 먹고,

"아, 맵고 지려."

하며 집어던지고 만다.

"참, 맛없어 못 먹겠다."

소년이 더 멀리 팽개쳐 버렸다.

산이 가까워졌다.

단풍이 눈에 따가웠다.

"야아!"

소녀가 산을 향해 달려갔다. 이번은 소년이 뒤따라 달리지 않았다. 그러고도 곧 소녀보다 더 많은 꽃을 꺾었다.

"이게 들국화, 이게 싸리꽃, 이게 도라지꽃……."

"도라지꽃이 이렇게 예쁜 줄은 몰랐네. 난 보랏빛이 좋아! ……근데 이 양산같이 생긴 노란 꽃이 뭐지?"

"마타리꽃."

소녀는 마타리꽃을 양산 받듯이 해 보인다. 약간 상기된 얼굴에 살포시 보조개를 떠올리며.

다시 소년은 꽃 한 옴큼을 꺾어 왔다. 싱싱한 꽃가지만 골라 소녀에게 건넨다.

그러나 소녀는,

"하나도 버리지 말어."

산마루께로 올라갔다.

맞은편 골짜기에 오순도순 초가집이 몇 모여 있었다.

누가 말한 것도 아닌데 바위에 나란히 걸터앉았다. 별로 주위가 조용해진 것 같았다. 따가운 가을 햇살만이 말라 가는 풀 냄새를 퍼뜨리고 있었다.

"저건 또 무슨 꽃이지?"

적잖이 비탈진 곳에 칡덩굴이 엉켜 끝물(그해의 맨 나중에 핀) 꽃을 달고 있었다.

"꼭 등꽃 같네. 서울 우리 학교에 큰 등나무가 있었단다. 저 꽃을 보니까 등나무 밑에서 놀던 동무들 생각이 난다."

소녀가 조용히 일어나 비탈진 곳으로 간다. 꽃송이가 달린 줄기를 잡고 끊기 시작한다. 좀처럼 끊어지지 않는다. 안간힘을 쓰다가 그만 미끄러지고 만다. 칡덩굴을 그러쥐었다.

소년이 놀라 달려갔다. 소녀가 손을 내밀었다. 손을 잡아 이끌어 올리며, 소년은 제가 꺾어다 줄 것을 잘못했다고 뉘우친다.

소녀의 오른쪽 무릎에 핏방울이 내맺혔다. 소년은 저도 모르게 생채기(긁혀서 생긴 작은 상처)에 입술을 가져다 대고 빨기 시작했다. 그러다가 무슨 생각을 했는지 홱 일어나 저쪽으로 달려간다.

좀 만에 숨이 차 돌아온 소년은,

"이걸 바르면 낫는다."

송진을 생채기에다 문질러 바르고는 그 달음으로 칡덩굴 있는 데로 내려가 꽃 달린 몇 줄기를 이빨로 끊어 가지고 올라온다. 그러고는,

"저기 송아지가 있다. 그리 가 보자."

누렁 송아지였다. 아직 코뚜레도 꿰지 않았다.

소년이 고삐를 바투(아주 짧게) 잡아 쥐고 등을 긁어 주는 척 훌쩍 올라탔다. 송아지가 껑충거리며 돌아간다.

소녀의 흰 얼굴이, 분홍 스웨터가, 남색 스커트가 안고 있는 꽃과 함께 범벅이 된다. 모두가 하나의 큰 꽃묶음 같다. 어지럽다. 그러나 내리지 않으리라. 자랑스러웠다. 이것만은 소녀가 흉내 내지 못할 자기 혼자만이 할 수 있는 일인 것이다.

"너희, 예서 뭣들 하느냐?"

농부 하나가 억새풀 사이로 올라왔다.

송아지 등에서 뛰어내렸다. 어린 송아지를 타서 허리가 상하면 어쩌느냐고 꾸지람을 들을 것만 같다.

그런데 나룻(수염)이 긴 농부는 소녀 편을 한번 훑어보고는 그저 송아지 고삐를 풀어내면서,

"어서들 집으로 가거라. 소나기가 올라."

참 먹장구름 한 장이 머리 위에 와 있다. 갑자기 사면이 소란스러워진 것 같다. 바람이 우수수 소리를 내며 지나간다. 삽시간에 주위가 보랏빛으로 변했다.

산을 내려오는데 떡갈나뭇잎에서 빗방울 듣는(떨어지는) 소리가 난다. 굵은 빗방울이었다. 목덜미가 선뜻선뜻했다. 그러자 대번에 눈앞을 가로막는 빗줄기.

비안개 속에 원두막이 보였다. 그리로 가 비를 그을 수밖에.

그러나 원두막은 기둥이 기울고 지붕도 갈래갈래 찢어져 있었다. 그런대로 비가 덜 새는 곳을 가려 소녀를 들어서게 했다. 소녀의 입술이 파랗게 질려 있었다. 어깨를 자꾸 떨었다.

무명 겹저고리를 벗어 소녀의 어깨를 싸 주었다. 소녀는 비에 젖은 눈을 들어 한번 쳐다보았을 뿐, 소년이 하는 대로 잠자코 있었다. 그러면서 안고 온 꽃묶음 속에서 가지가 꺾이고 꽃이 일그러진 송이를 골라 발밑에 버린다. 소녀가 들어선 곳도 비가 새기 시작했다. 더 거기서 비를 그을 수 없었다.

밖을 내다보던 소년이 무엇을 생각했는지 수수밭 쪽으로 달려간다. 세워 놓은 수숫단 속을 비집어 보더니 옆의 수숫단을 날라다 덧세운다. 다시 속을 비집어 본다. 그러고는 소녀 쪽을 향해 손짓을 한다.

수숫단 속은 비는 안 새었다. 그저 어둡고 좁은 게 안됐다. 앞에 나앉은 소년은 그냥 비를 맞아야만 했다. 그런 소년의 어깨에서 김이 올랐다.

소녀가 속삭이듯이, 이리 들어와 앉으라고 했다. 괜찮다고 했다. 소녀가 다시 들어와 앉으라고 했다. 할 수 없이 뒷걸음질을 쳤다. 그 바람에, 소녀가 안고 있는 꽃묶음이 우그러들었다. 그러나 소녀는 상관없다고 생각했다. 비에 젖은 소년의 몸 내음새가 확 코에 끼얹혀졌다. 그러나 고개를 돌리지 않았다. 도리어 소년의 몸기운으로 해서 떨리던 몸이 적이 누그러지는 느낌이었다.

소란하던 수숫잎 소리가 뚝 그쳤다. 밖이 멀개졌다.

수숫단 속을 벗어 나왔다. 멀지 않은 앞쪽에 햇빛이 눈부시게 내리붓고 있었다. 도랑 있는 곳까지 와 보니, 엄청나게 물이 불어 있었다. 빛마저 제법 붉은 흙탕물이었다. 뛰어 건널 수가 없었다.

소년이 등을 돌려댔다. 소녀가 순순히 업히었다. 걷어 올린 소년의 잠방이(가랑이가 무릎까지 내려오도록 짧게 만든 홑바지)까지 물이 올라왔다. 소녀는, 어머나 소리를 지르며 소년의 목을 그러안았다.

개울가에 다다르기 전에 가을 하늘이 언제 그랬는가 싶게 구름 한 점 없이 쪽빛으로 개어 있었다.

그 뒤로 소녀의 모습이 보이지 않았다. 매일같이 개울가로 달려와 봐도 뵈지 않았다. 학교에서 쉬는 시간에 운동장을 살피기도 했다. 남몰래 5학년 여자 반을 엿보기도 했다. 그러나 보이지 않았다.

그날도 소년은 주머니 속 흰 조약돌만 만지작거리며 개울가로 나왔다. 그랬더니 이쪽 개울둑에 소녀가 앉아 있는 게 아닌가.

소년은 가슴부터 두근거렸다.

"그동안 앓았다."

알아보게 소녀의 얼굴이 해쓱해져 있었다.

"그날 소나기 맞은 탓 아냐?"

소녀가 가만히 고개를 끄덕였다.

"인제 다 낫냐?"

"아직도……."

"그럼 누워 있어야지."

"하도 갑갑해서 나왔다. ……그날 참 재밌었어. ……근데 그날 어디서 이런 물이 들었는지 잘 지지 않는다."

소녀가 분홍 스웨터 앞자락을 내려다본다. 거기에 검붉은 진흙물 같은 게 들어 있었다.

소녀가 가만히 보조개를 떠올리며,

"이게 무슨 물 같니?"

소년은 스웨터 앞자락만 바라보고 있었다.

"내, 생각해 냈다. 그날 도랑을 건널 때 내가 업힌 일 있지? 그때 네 등에서 옮은 물이다."

소년은 얼굴이 확 달아오름을 느꼈다.

갈림길에서 소녀는,

"저, 오늘 아침에 우리 집에서 대추를 땄다. 낼 제사 지내려구……."

대추 한 줌을 내어 준다. 소년은 주춤한다.

"맛봐라. 우리 증조할아버지가 심었다는데, 아주 달다."

소년은 두 손을 오그려 내밀며,

"참, 알도 굵다!"

"그리구 저, 우리 이번에 제사 지내고 나서 좀 있다 집을 내주게 됐다."

소년은 소녀네가 이사해 오기 전에 벌써 어른들의 이야기를 들어서, 윤초시 손자가 서울서 사업에 실패해 가지고 고향에 돌아오지 않을 수 없게 됐다는 걸 알고 있었다. 그것이 이번에는 고향 집마저 남의 손에 넘기게 된 모양이었다.

"왜 그런지 난 이사 가는 게 싫어졌다. 어른들이 하는 일이니 어쩔 수 없지만……."

전에 없이 소녀의 까만 눈에 쓸쓸한 빛이 떠돌았다.

소녀와 헤어져 돌아오는 길에 소년은 혼잣속으로 소녀가 이사를 간다는 말을 수없이 되뇌어 보았다. 무어 그리 안타까울 것도 서러울 것도 없었다. 그렇건만 소년은 지금 자기가 씹고 있는 대추알의 단맛을 모르고 있었다.

이날 밤, 소년은 몰래 덕쇠 할아버지네 호두밭으로 갔다.

낮에 봐 두었던 나무로 올라갔다. 그리고 봐 두었던 가지를 향해 작대기를 내리쳤다. 호두송이 떨어지는 소리가 별나게 크게 들렸다. 가슴이 선뜩했다. 그러나 다음 순간, 굵은 호두야 많이 떨어져라, 많이 떨어져라, 저도 모를 힘에 이끌려 마구 작대기를 내리치는 것이었다.

돌아오는 길에는 열이틀 달이 지우는 그늘만 골라 짚었다. 그늘의 고마움을 처음 느꼈다.

불룩한 주머니를 어루만졌다. 호두송이를 맨손으로 깠다가는 옴이 오르기 쉽다는 말 같은 건 아무렇지도 않았다. 그저 근동(近洞 가까운 이웃 동네)에서 제일가는 이 덕쇠 할아버지네 호두를 어서 소녀에게 맛보여야 한다는 생각만이 앞섰다.

그러다 아차 하는 생각이 들었다. 소녀더러 병이 좀 낫거들랑 이사 가기 전에 한번 개울가로 나와 달라는 말을 못 해 둔 것이었다. 바보 같은 것, 바보 같은 것.

이튿날, 소년이 학교에서 돌아오니 아버지가 나들이옷으로 갈아입고 닭 한 마리를 안고 있었다.

어디 가시느냐고 물었다.

그 말에도 대꾸도 없이 아버지는 안고 있는 닭의 무게를 겨냥해 보면서,

"이만하면 될까?"

어머니가 망태기를 내주며,

"벌써 며칠째 '걀걀' 하고 알 낳을 자리를 보든데요. 크진 않아도 살은 쪘을 거예요."

소년이 이번에는 어머니한테 어디 가시느냐고 물어보았다.

"저, 서당골 윤 초시 댁에 가신다. 제사상에라도 놓으시라고……."

"그럼, 큰 놈으로 하나 가져가지. 저 얼룩 수탉으루……."

이 말에 아버지는 허허 웃고 나서,

"인마, 그래도 이게 실속이 있다."

소년은 공연히 열적어(열없어. 좀 겸연쩍고 부끄러워), 책보를 집어던지고는 외양간으로 가, 쇠잔등을 한번 철썩 갈겼다. 쇠파리라도 잡는 척.

개울물은 날로 여물어 갔다.

소년은 갈림길에서 아래쪽으로 가 보았다. 갈밭머리에서 바라보는 서당골 마을은 쪽빛 하늘 아래 한결 가까워 보였다.

어른들의 말이, 내일 소녀네가 양평읍으로 이사 간다는 것이었다. 거기 가서는 조그마한 가겟방을 보게 되리라는 것이었다.

소년은 저도 모르게 주머니 속 호두알을 만지작거리며, 한 손으로는 수없이 갈꽃을 휘어 꺾고 있었다.

그날 밤, 소년은 자리에 누워서도 같은 생각뿐이었다. 내일 소녀네가 이사하는 걸 가 보나 어쩌나, 가면 소녀를 보게 될까 어떨까.

그러다가 까무룩 잠이 들었는가 하는데,

"허, 참 세상일도……."

마을 갔던 아버지가 언제 돌아왔는지,

"윤 초시 댁도 말이 아니야, 그 많던 전답을 다 팔아 버리고, 대대로 살아

오던 집마저 남의 손에 넘기더니, 또 악상(惡喪 자식이 부모보다 먼저 죽는 일)까지 당하는 걸 보면…….”

남폿불(남포등에 켜 놓은 불. '남포'는 '램프'에서 유래한 말) 밑에서 바느질감을 안고 있던 어머니가,

“증손이라곤 계집애 그 애 하나뿐이었지요?”

“그렇지. 사내애 둘 있던 건 어려서 잃구…….”

“어쩌면 그렇게 자식 복이 없을까.”

“글쎄 말이지. 이번 앤 꽤 여러 날 앓는 걸 약두 변변히 못 써 봤다더군. 지금 같아서는 윤 초시네두 대가 끊긴 셈이지. ……그런데 참, 이번 계집애는 어린것이 여간 잔망스럽지(얄밉도록 맹랑한 데가 있지) 않어. 글쎄, 죽기 전에 이런 말을 했다지 않어? 자기가 죽거든 자기 입던 옷을 꼭 그대로 입혀서 묻어 달라구…….”

학

작품 정리

작가: 황순원(461쪽 '작가와 작품 세계' 참조)

갈래: 전쟁 소설

배경: 시간 - 1950년 전쟁 당시의 가을 / 공간 - 삼팔선에 접경한 북쪽 마을

시점: 3인칭 작가 관찰자 시점(부분적으로 전지적 작가 시점)

주제: 사상과 이념을 초월한 순수한 우정

출전: 〈신천지〉(1953)

구성과 줄거리

발단 **6 · 25전쟁 당시 마을에 국군이 들어옴**

성삼과 덕재는 어린 시절 삼팔선 부근의 한 마을에서 단짝 친구로 지냈다. 성삼은 치안대원으로 고향 마을에 돌아온다.

전개 **성삼이 자청해서 친구 덕재를 호송함**

성삼은 동네 치안대에서 인민군 협력자 덕재가 포승줄에 묶여 있는 것을 보고 놀란다. 성삼은 덕재를 청단까지 호송하겠다고 자청한다.

위기 **성삼과 덕재의 갈등이 고조되지만 옛 우정이 되살아남**

성삼은 덕재를 호송하면서 어린 시절 호박잎 담배를 나눠 피우던 추억과 혹부리 할아버지네 밤을 서리하다가 들켜 혼이 난 추억들을 떠올린다. 성삼은 농민 동맹 부위원장까지 지낸 덕재에게 적대감을 품기도 하지만 대화를 통해 진실을 알게 된다. 덕재는 어떤 이념에 대한 동조도 없이 단지 빈농이라는 이유만으로 이용당했을 뿐이다. 덕재는 병석에 있는 아버지와 농사에 대한 애착 때문에 피난을 가지 않았다고 성삼에게 털어놓는다.

절정 **성삼은 학 사냥을 하던 어린 시절의 추억을 회상함**

성삼은 고갯길을 내려오면서 학 떼를 발견하고 어린 시절에 대한 회상에 잠긴다. 성삼과 덕재는 학을 잡아 얽어매 놓고 장난을 쳤다. 어느 날 사냥꾼이 학을 잡으러 왔다는 소문을 듣고 둘은 학 발목의 올가미를 풀어 주었다.

결말 성삼이 덕재의 포승줄을 풀어 줌

성삼은 덕재에게 학 사냥이나 한번 하자며 포승줄을 풀어 준다. 덕재는 성삼이 자신을 쏘아 죽이려는 것으로 오해한다. "어이, 왜 맹추같이 게서 있는 거야?" 성삼의 재촉에 덕재도 무엇인가 깨달은 듯 잡풀 사이를 기기 시작한다. 때마침 단정학 두세 마리가 유유히 날아간다.

생각해 볼 문제

1. 학 사냥의 추억은 이 작품에서 어떤 기능을 하는가?

이념 때문에 상실된 우정을 회복시켜 주는 매개체 역할을 한다.

2. 갈등의 고조와 해소를 암시하는 공간 배경은 무엇인가?

고갯길을 올라가며 갈등이 고조되다가 고갯길을 내려올 때 갈등이 해소되고 있다. 치안대원 성삼은 인민군 협력자 덕재를 호송해야 하는 임무와 옛 우정 사이에서 갈등한다. 하지만 그 갈등은 고개를 넘으면서 해소되고 들판에 이르러서는 덕재의 포승줄을 풀어 주게 된다.

3. 이 작품의 마지막 부분인 "단정학 두세 마리가 높푸른 가을 하늘에 큰 날개를 펴고 유유히 날고 있었다."라는 표현은 무엇을 암시하는가?

이데올로기가 순수한 우정까지 얽맬 수는 없다는 인도주의적 정신이 깔려 있다. 자유와 평화를 상징하는 학은 성삼과 덕재의 우정과 덕재의 자유를 의미하듯 유유히 날아간다.

4. 이 작품의 구성과 문체의 특징을 지적해 보자.

이 소설은 시간의 순서에 따라 전개되면서도 과거의 사건들이 중간중간에 삽입되어 있다. 호박잎 담배와 밤 서리, 학 사냥 등에 관한 추억은 성삼과 덕재의 우정을 회복시키는 역할을 한다. 작가는 과감한 생략과 암시를 사용하면서도 서정적인 문체를 통해 무거운 주제를 예술적으로 형상화하고 있다.

인물 관계도

치안대원인 저(성삼)는 인민군 협력자 덕재가 묶여 있는 것을 보았어요. 덕재와 저는 어린 시절 단짝 친구였지요. 저는 자청해서 덕재를 호송했어요. 덕재와 대화하면서 잠시 적대감을 품었지만 곧 진실을 알게 되었지요. 학 떼를 보자 덕재와 학 사냥을 하던 어린 시절이 떠올랐어요. 결국 저는 학 사냥이나 한번 하자며 덕재의 포승줄을 풀어 주었답니다.

학

삼팔 접경의 이 북쪽 마을은 드높이 갠 가을하늘 아래 한껏 고즈넉했다.

주인 없는 집 봉당에 흰 박통(쪼개지 아니한 통째로의 박)만이 흰 박통만을 의지하고 굴러 있었다.

어쩌다 만나는 늙은이는 담뱃대부터 뒤로 돌렸다. 아이들은 또 아이들대로 멀찌감치서 미리 길을 비켰다. 모두 겁에 질린 얼굴들이었다.

동네 전체로는 이번 동란에 깨어진 자국이라곤 별로 없었다. 그러나 어쩐지 자기가 어려서 자란 옛 마을은 아닌 성싶었다.

뒷산 밤나무 기슭에서 성삼이는 발걸음을 멈추었다. 거기 한 나무에 기어올랐다. 귓속 멀리서, 요놈의 자식들이 또 남의 밤나무에 올라가는구나, 하는 혹부리 할아버지의 고함 소리가 들려왔다. 그 혹부리 할아버지도 그새 세상을 떠났는가, 몇 사람 만난 동네 늙은이 가운데 뵈지 않았다.

성삼이는 밤나무를 안은 채 잠시 푸른 가을하늘을 치어다보았다. 흔들지도 않은 밤나무 가지에서 남은 밤송이가 저 혼자 아람(밤 따위가 충분히 익어 저절로 떨어질 정도가 된 상태)이 벌어져 떨어져 내렸다.

임시 치안대 사무소로 쓰고 있는 집 앞에 이르니, 웬 청년 하나가 포승에 묶이어 있다.

이 마을에서 처음 보다시피 하는 젊은이라, 가까이 가 얼굴을 들여다보았다. 깜짝 놀랐다. 바로 어려서 단짝 동무였던 덕재가 아니냐.

천태에서 같이 온 치안 대원에게 어찌된 일이냐고 물었다. 농민 동맹 부위원장을 지낸 놈인데 지금 자기 집에 잠복해 있는 걸 붙들어 왔다는 것이다. 성삼이는 거기 봉당 위에 앉아 담배를 피워 물었다.

덕재를 청단까지 호송하기로 되었다. 치안 대원 청년 하나가 데리고 가기로 했다.

성삼이가 다 탄 담배꼬투리에서 새로 담뱃불을 댕겨 가지고 일어섰다.

"이 자식은 내가 데리구 가지요."

덕재는 한결같이 외면한 채 성삼이 쪽은 보려고도 하지 않았다.

동구 밖을 벗어났다.

성삼이는 연거푸 담배만 피웠다. 담배 맛은 몰랐다. 그저 연기만 기껏 빨았다 내뿜곤 했다. 그러다가 문득 이 덕재 녀석도 담배 생각이 나려니 하는 생각이 들었다. 어려서 어른들 몰래 담모퉁이에서 호박잎 담배를 나눠 피우던 생각이 났다. 그러나 오늘 이놈에게 담배를 권하다니 될 말이냐.

한번은 어려서 덕재와 같이 혹부리 할아버지네 밤을 훔치러 간 일이 있었다. 성삼이가 나무에 올라갈 차례였다. 별안간 혹부리 할아버지의 고함소리가 들려왔다. 나무에서 미끄러져 떨어졌다. 엉덩이에 밤송이가 찔렸다. 그러나 그냥 달렸다. 혹부리 할아버지가 못 따라올 만큼 멀리 가서야 절로 눈물이 찔끔거려졌다. 덕재가 불쑥 자기 밤을 한 줌 꺼내어 성삼이 호주머니에 넣어 주었다…….

성삼이는 새로 불을 댕겨 문 담배를 내던졌다. 그러고는 이 덕재 자식을 데리고 가는 동안 다시 담배는 붙여 물지 않으리라 마음먹는다.

고갯길에 다다랐다. 이 고개는 해방 전전해 성삼이가 삼팔 이남 천태 부근으로 이사 가기까지 덕재와 더불어 늘 꼴 베러 넘나들던 고개다.

성삼이는 와락 저도 모를 화가 치밀어 고함을 질렀다.

"이 자식아, 그동안 사람을 멫이나 죽였냐?"

그제야 덕재가 힐끗 이쪽을 바라다보더니 다시 고개를 거둔다.

"이 자식아, 사람 멫이나 죽였어?"

덕재가 다시 고개를 이리로 돌린다. 그러고는 성삼이를 쏘아본다. 그 눈이 점점 빛을 더해 가며 제법 수염발 잡힌 입언저리가 실룩거리더니,

"그래 너는 사람을 그렇게 죽여 봤니?"

이 자식이! 그러면서도 성삼이의 가슴 한복판이 환해짐을 느낀다. 막혔던 무엇이 풀려 내리는 것만 같은. 그러나,

"농민 동맹 부위원장쯤 지낸 놈이 왜 피하지 않구 있었어? 필시 무슨 사명을 맡구 잠복해 있는 거지?"

덕재는 말이 없다.

"바른대루 말해라. 무슨 사명을 띠구 숨어 있었냐?"

그냥 덕재는 잠잠히 걷기만 한다. 역시 이 자식 속이 꿀리는 모양이구나. 이런 때 한번 낯짝을 봤으면 좋겠는데 외면한 채 다시는 고개를 돌리지 않

는다.

성삼이는 허리에 찬 권총을 잡으며,

"변명은 소용없다. 영락없이 넌 총살감이니까. 그저 여기서 바른대루 말이나 해 봐라."

덕재는 그냥 외면한 채,

"변명은 할려구두 않는다. 내가 제일 빈농(貧農 가난한 농민)의 자식인 데다가 근농꾼(부지런히 농사 짓는 농민)이라구 해서 농민 동맹 부위원장 됐든 게 죽을 죄라면 하는 수 없는 거구, 나는 예나 이제나 땅 파먹는 재주밖에 없는 사람이다."

그리고 잠시 사이를 두어,

"지금 집에 아버지가 앓아누웠다. 벌써 한 반년 된다."

덕재 아버지는 홀아비로 덕재 하나만 데리고 늙어 오는 빈농꾼이었다. 칠 년 전에 벌써 허리가 굽고 검버섯이 돋은 얼굴이었다.

"장간 안 들었냐?"

잠시 후에,

"들었다."

"누와?"

"꼬맹이와."

아니 꼬맹이와? 거 재미있다. 하늘 높은 줄 모르고 땅 넓은 줄만 알아, 키는 작고 똥똥하기만 한 꼬맹이. 무던히 새침데기였다. 그것이 얄미워서 덕재와 자기는 번번이 놀려서 울려 주곤 했다. 그 꼬맹이한테 덕재가 장가를 들었다는 것이다.

"그래 애가 몇이나 되나?"

"이 가을에 첫애를 낳는대나."

성삼이는 그만 저도 모르게 터져 나오려는 웃음을 겨우 참았다. 제 입으로 애가 몇이나 되느냐 묻고서도 이 가을에 첫애를 낳게 됐다는 말을 듣고는 우스워 못 견디겠는 것이다. 그러지 않아도 작은 몸에 큰 배를 한 아름 안고 있을 꼬맹이. 그러나 이런 때 그런 일로 웃거나 농담을 할 처지가 아니라는 걸 깨달으며,

"하여튼 네가 피하지 않구 남아 있는 건 수상하지 않어?"

"나두 피하려구 했었어. 이번에 이남서 쳐들어오믄 사내란 사낸 모조리 잡아 죽인다구 열일곱에서 마흔 살까지의 남자는 강제루 북으로 이동하게

됐었어. 할 수 없이 나두 아버질 업구라두 피난 갈까 했지. 그랬드니 아버지가 안 된다는 거야. 농사꾼이 다 지어 놓은 농살 내버려 두구 어딜 간단 말이냐구. 그래 나만 믿구 농사일루 늙으신 아버지의 마지막 눈이나마 내 손으루 감겨 드려야겠구, 사실 우리같이 땅이나 파먹는 것이 피난 간댔자 별 수 있는 것두 아니구…….”

지난 유월 달에는 성삼이 편에서 피난을 갔었다. 밤에 몰래 아버지더러 피난 갈 이야기를 했다. 그때 성삼이 아버지도 같은 말을 했다. 농사꾼이 농사일을 늘어놓구 어디루 피난 간단 말이냐. 성삼이 혼자서 피난을 갔다. 남쪽 어느 낯선 거리와 촌락을 헤매 다니면서 언제나 머리에서 떠나지 않는 건 늙은 부모와 어린 처자에게 맡기고 나온 농사일이었다. 다행히 그때나 이제나 자기네 식구들은 몸 성히들 있다.

고갯마루를 넘었다. 어느새 이번에는 성삼이 편에서 외면을 하고 걷고 있었다. 가을 햇볕이 자꾸 이마에 따가웠다. 참 오늘 같은 날은 타작하기에 꼭 알맞은 날씨라고 생각했다.

고개를 다 내려온 곳에서 성삼이는 주춤 발걸음을 멈추었다.

저쪽 벌 한가운데 흰 옷을 입은 사람들이 허리를 굽히고 섰는 것 같은 것은 틀림없는 학 떼였다. 소위 삼팔선 완충 지대가 되었던 이곳. 사람이 살고 있지 않은 그동안에도 이들 학들만은 전대로 살고 있는 것이었다.

지난날 성삼이와 덕재가 아직 열두어 살쯤 났을 때 일이었다. 어른들 몰래 둘이서 올가미를 놓아 여기 학 한 마리를 잡은 일이 있었다. 단정학(丹頂鶴 붉은 볏을 가진 학)이었다. 새끼로 날개까지 얽어매 놓고는 매일같이 둘이서 나와 학의 목을 쓸어안는다, 등에 올라탄다, 야단을 했다. 그러한 어느 날이었다. 동네 어른들의 수군거리는 소리를 들었다. 서울서 누가 학을 쏘러 왔다는 것이다. 무슨 표본인가를 만들기 위해서 총독부의 허가까지 맡아 가지고 왔다는 것이다. 그 길로 둘이는 벌로 내달렸다. 이제는 어른들한테 들켜 꾸지람 듣는 것 같은 건 문제가 아니었다. 그저 자기네의 학이 죽어서는 안 된다는 생각뿐이었다. 숨 돌릴 겨를도 없이 잡풀 새를 기어 학 발목의 올가미를 풀고 날개의 새끼를 끌렀다. 그런데 학은 잘 걷지도 못하는 것이다. 그동안 얽매여 시달렸던 탓이리라. 둘이서 학을 마주 안아 공중에 투쳤다. 별안간 총소리가 들렸다. 학이 두서너 번 날갯짓을 하다가 그대로 내려왔다.

맞았구나. 그러나 다음 순간, 바로 옆 풀숲에서 펄럭 단정학 한 마리가 날개를 펴자 땅에 내려앉았던 자기네 학도 긴 목을 뽑아 한 번 울음을 울더니 그대로 공중에 날아올라, 두 소년의 머리 위에 둥그라미를 그리며 저쪽 멀리로 날아가 버리는 것이었다. 두 소년은 언제까지나 자기네 학이 사라진 푸른 하늘에서 눈을 뗄 줄을 몰랐다…….

"얘, 우리 학 사냥이나 한번 하구 가자."

성삼이가 불쑥 이런 말을 했다.

덕재는 무슨 영문인지 몰라 어리둥절해 있는데,

"내 이걸루 올가밀 만들어 놀께 너 학을 몰아오너라."

포승줄을 풀어 쥐더니, 어느새 잡풀 새로 기는 걸음을 쳤다.

대번 덕재의 얼굴에서 핏기가 걷혔다. 좀 전에, 너는 총살감이라던 말이 퍼뜩 머리를 스치고 지나갔다. 이제 성삼이가 기어가는 쪽 어디서 총알이 날아오리라.

저만치서 성삼이가 홱 고개를 돌렸다.

"어이, 왜 멍추같이 서 있는 게야? 어서 학이나 몰아오너라."

그제서야 덕재도 무엇을 깨달은 듯 잡풀 새를 기기 시작했다.

때마침 단정학 두세 마리가 높푸른 가을하늘에 곧 날개를 펴고 유유히 날고 있었다.

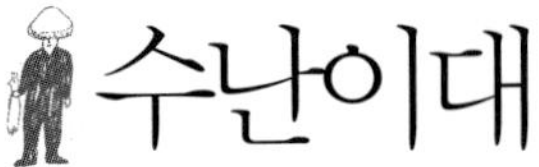

수난이대

작가와 작품 세계

하근찬(1931~2007)

경북 영천 출생. 동아대학교 토목과를 중퇴했다. 1957년 〈한국일보〉에 「수난이대」가 당선되면서 문단에 등단했다. 주요 작품으로 단편 「낙뢰」, 「흰 종이 수염」, 「나룻배 이야기」, 「삼각의 집」, 「족제비」 등과 장편 『야호』, 『산에 들에』 등이 있다. 1973년 단편집 『수난이대』, 『산울림』, 『검은 자화상』 등을 출간했다.

「수난이대」는 궁핍한 농촌을 무대로 민족의 비극과 사회 병리의 단면을 포착해 형상화함으로써 작품이 조화된 구도를 유지하고 있다는 평가를 받는다. 실존주의와 전후파적 풍조의 영향으로 관념적 난삽함이 유행하던 1950년대 후반에, 시골 사람들의 이야기를 역사적 현실과 연관시킨 점은 문학사적으로 큰 의미를 지닌다.

그의 작품에서 농촌은 사회적 변화에서 유리된 자연 공간이 아니다. 오히려 역사적 수난과 고통이 축적되어 온 삶의 현장이다. 「수난이대」는 농촌의 삶과 현실이 역사적 상황 의식에 대응되어 문제성을 드러내고 있다.

작품 정리

갈래: 가족사 소설, 전후 소설

배경: 시간 - 일제 강점기에서 6 · 25전쟁 직후까지

공간 - 현실적 공간: 전쟁의 상흔이 남아 있는 농촌

허구적 공간: 태평양 전쟁 당시 어떤 섬과 6 · 25 전쟁터

시점: 전지적 작가 시점(작가 관찰자 시점 혼용)

주제: 민족의 수난과 이를 극복하려는 의지

출전: 〈한국일보〉(1957)

✎ 구성과 줄거리

발단 만도가 6 · 25전쟁터에서 돌아오는 아들을 마중 나감

박만도는 삼대독자인 진수가 살아서 돌아온다는 통지를 받고 이른 아침부터 서둘러 역에 나간다.

전개 일제의 징용에 끌려가 한쪽 팔을 잃은 과거를 회상함

만도는 아들이 병원에서 나온다는 말에 걱정한다. 하지만 자신처럼 되지는 않았으리라 확신하며 한쪽 팔이 없는 자신의 모습을 내려다본다. 진수에게 주려고 장에서 고등어 한 마리를 사들고 온 만도는 역 대합실에서 과거를 회상한다. 그는 일제의 강제 징용에 끌려가 남양의 어떤 섬에 도착한다. 어느 날 그는 공습을 피해 다이너마이트를 장치한 굴에 들어갔다가 팔을 잃는다.

위기 아들이 한쪽 다리를 잃은 것을 보고 실망함

만도는 기차에서 내린 아들이 한쪽 다리가 없이 지팡이를 짚고 있는 것을 보고 크게 실망한다. 아버지와 아들은 앞서거니 뒤서거니 하며 집으로 향한다. 진수는 자신이 뒤처지기 시작하자 눈물을 참느라 애쓴다.

절정 만도가 아들의 하소연을 듣고 위로함

만도는 주막에 들러 술을 마시고 진수에게는 국수를 시켜 준다. 집으로 돌아가면서 술기운이 돈 만도는 자초지종을 묻는다. 수류탄 때문에 그렇게 되었다는 것을 알게 된 만도는 앞으로 어떻게 살아가야 하느냐고 하소연하는 아들을 위로한다.

결말 외나무다리에서 아버지가 아들을 업고 건넘

외나무다리에 이르자 만도는 머뭇거리는 진수에게 등에 업히라고 한다. 진수는 지팡이와 고등어를 각각 한 손에 들고 아버지 등에 업힌다. 서로를 의지하며 다리를 건너는 부자를 우뚝 솟아오른 용머리재가 가만히 내려다본다.

생각해 볼 문제

1. 이 작품의 구성상 특징을 살펴보자.

이 작품은 내용상으로 구분하면 전형적인 5단계 구성을 취하고 있다. 하지만 결말 부분을 심리적인 측면에서 해석해 보면 또 하나의 절정으로 볼 수도 있다. 즉 「수난이대」에서도 현대 소설이 가지고 있는 결말이 없는 구성을 찾아볼 수 있는 것이다.

> 만도가 전장에서 돌아오는 진수를 마중 나감(발단) - 만도의 과거 회상(전개) - 다리 불구가 된 진수가 돌아옴(위기) - 술로 마음을 달램(절정) - 힘을 합해 외나무다리를 건넘(절정 혹은 결말).

전체적으로는 진수를 마중나간 만도가 진수와 만나서 집으로 돌아오기까지의 과정을 묘사하고 있다. 또한, 시간의 흐름에 따른 순차적인 구성을 보여 준다.

2. 이 작품에서 '주막, 술, 외나무 다리'는 무엇을 상징하는가?

주막은 만도와 진수의 마음이 합일하는 완충 공간의 역할을 하고, 술은 절망을 희망으로 바꾸는 촉매 역할을 한다. 외나무다리는 만도와 진수가 앞으로 겪게 될 힘겨운 삶을 상징한다.

3. 아버지는 제2차 세계 대전으로, 아들은 6 · 25 전쟁으로 불구가 된다. 아버지가 아들을 업고 외나무다리를 건너는 장면을 통해 전하고자 한 이 소설의 주제는 무엇인가?

팔을 잃은 아버지와 다리를 잃은 아들이 외나무다리를 건너는 모습은 한 가족의 비극인 동시에 우리 민족의 비극이기도 하다. 전후 소설의 비극적 미학이 돋보이는 장면이다. 작가는 서로 의지하며 살아간다면 아무리 어려운 현실이라도 극복할 수 있다는 주제 의식을 드러내고 있다.

인물 관계도

저(만도)는 일제의 강제 징용에 끌려가 팔 한쪽을 잃었어요. 6·25 전쟁터에 나간 아들(진수)이 돌아온다는 소식을 듣고 서둘러 역으로 나갔지요. 그런데 역에서 만난 진수는 한쪽 다리가 없이 지팡이를 짚고 있더군요. 어찌나 마음이 아프던지요. 집에 가는 길에 외나무다리에 이르자 진수가 머뭇거렸어요. 저는 진수를 등에 업고 외나무다리를 건넜답니다.

수난이대

진수가 돌아온다. 진수가 살아서 돌아온다. 아무개는 전사했다는 통지가 왔고, 아무개는 죽었는지 살았는지 통 소식이 없는데, 우리 진수는 살아서 오늘 돌아오는 것이다. 생각할수록 어깻바람이 날 일이다. 그래 그런지 몰라도 박만도는 여느 때 같으면 아무래도 한두 군데 앉아 쉬어야 넘어설 수 있는 용머리재를 단숨에 올라채고 만 것이다. 가슴이 펄럭거리고 허벅지가 뻐근했다. 그러나 그는 고갯마루에서도 쉴 생각을 하지 않았다. 들 건너 멀리 바라보이는 정거장에서 연기가 물씬물씬 피어오르며 삐익 기적 소리가 들려왔기 때문이다. 아들이 타고 내려올 기차는 점심때가 가까워 도착한다는 것을 모르는 바 아니다. 해가 이제 겨우 산등성이 위로 한 뼘가량 떠올랐으니, 오정이 되려면 아직 차례 멀은 것이다. 그러나 그는 공연히 마음이 바빴다. 까짓것, 잠시 앉아 쉬면 뭐할 끼고.

만도는 손가락으로 한쪽 콧구멍을 누르면서 팽! 마른 코를 풀어 던졌다. 그리고 휘청휘청 고갯길을 내려가는 것이다.

내리막은 오르막에 비하면 아무것도 아니었다. 대구(대고. 계속해 자꾸) 팔을 흔들라치면 절로 굴러 내려가는 것이다. 만도는 오른쪽 팔만을 앞뒤로 흔들고 있었다. 왼쪽 팔은 조끼 주머니에 아무렇게나 쑤셔 넣고 있는 것이다. 삼대독자가 죽다니 말이 되나, 살아서 돌아와야 일이 옳고말고. 그런데 병원에서 나온다 하니 어디를 좀 다치기는 다친 모양이지만, 설마 나같이 이렇게사 되지 않았겠지. 만도는 왼쪽 조끼 주머니에 꽂힌 소맷자락을 내려다보았다. 그 소맷자락 속에는 아무것도 든 것이 없었다. 그저 소맷자락만이 어깨 밑으로 덜렁 처져 있는 것이다. 그래서 노상 그쪽은 조끼 주머니 속에 꽂혀 있는 것이다. 볼기짝이나 장딴지 같은 데를 총알이 약간 스쳐갔을 따름이겠지. 나처럼 팔뚝 하나가 몽땅 달아날 지경이었다면 그 엄살스런 놈이 견뎌 냈을 턱이 없고말고. 슬며시 걱정이 되기도 하는 듯, 그는 속으로 이런 소리를 주워섬겼다.

내리막길은 빨랐다. 벌써 고갯마루가 저만큼 높이 쳐다보이는 것이다. 산모퉁이를 돌아서면 이제 들판이다. 내리막길을 쏘아 내려온 기운 그대로,

만도는 들길을 잰걸음 쳐 나가다가 개천 둑에 이르러서야 걸음을 멈추었다. 외나무다리가 놓여 있는 조그마한 시냇물이었다. 한여름 장마철에 들어설라치면 배꼽이 묻히는 수도 있었지마는, 요즈막엔 무릎이 잠길 듯 말 듯한 물인 것이다. 가을이 깊어지면서부터 물은 밑바닥이 환히 들여다보일만큼 맑아져 갔다. 소리도 없이 미끄러져 내려가는 물을 가만히 내려다보고 있으면 절로 이촉(치근. 잇몸 속에 들어 있는 이의 뿌리)이 시려온다.

만도는 물 기슭에 내려가서 쭈그리고 앉아 한 손으로 고의춤(고의나 바지의 허리를 접어서 여민 사이)을 풀어 헤쳤다. 오줌을 찌익 갈기는 것이다. 거울 면처럼 맑은 물 위에 오줌이 가서 부글부글 끓어오르며 뿌우연 거품을 이루니 여기저기서 물고기 떼가 모여든다. 제법 엄지손가락만씩 한 피리('피라미'의 방언)도 여러 마리다. 한 바가지 잡아서 회쳐 놓고 한잔 쭈욱 들이켰으면……. 군침이 목구멍에서 꿀꺽했다. 고기 떼를 향해서 마른 코를 팽팽 풀어 던지고, 그는 외나무다리를 조심히 디뎠다.

길이가 얼마 되지 않는 다리였으나 아래로 몸을 내려다보면 제법 아찔했다. 그는 이 외나무다리를 퍽 조심한다.

언젠가 한번, 읍에서 술이 꽤 되어 가지고 흥청거리며 돌아오다가, 물에 굴러 떨어진 일이 있었던 것이다. 지나치는 사람이 없었기에 망정이지, 누가 보았더라면 큰 웃음거리가 될 뻔했었다. 발목 하나를 약간 접쳤을 뿐, 크게 다친 데는 없었다. 이른 가을철이었기 때문에 옷을 벗어 둑에 널어놓고 말릴 수는 있었으나 여간 창피스러운 것이 아니었다. 옷이 말짱 젖었다거나 옷이 마를 때까지 발가벗고 기다려야 한다거나 해서가 아니었다. 팔뚝 하나가 몽땅 잘라져 나간 흉측한 몸뚱이를 하늘 앞에 드러내 놓고 있어야 했기 때문이었다. 지나치는 사람이 있을라치면, 하는 수 없이 물속으로 뛰어 들어가서 얼굴만 내놓고 앉아 있었다. 물이 선뜩해서 아래턱이 덜덜거렸으나, 오그라 붙는 사타구니를 한 손으로 꽉 움켜쥐고 버티는 수밖에 없었다.

"흐흐흐……."

그때 일을 생각하면 지금도 곧 웃음이 터져 나오는 것이다. 하늘로 쳐들린 콧구멍이 연방 벌름거렸다.

개천을 건너서 논두렁길을 한참 부지런히 걸어가노라면 읍으로 들어가는 한길이 나선다. 도로변에 먼지를 부옇게 덮어쓰고 도사리고 앉아 있는 초가집은 주막이다. 만도가 읍네 나올 때마다 한 번씩 들르곤 하는 단골집인 것이다. 이 집 눈썹이 짙은 여편네와는 예사로 농을 주고받는 사이다.

술방 문턱을 들어서며 만도가,

"서방님 들어가신다."

하면, 여편네는,

"아이 문둥아 어서 오느라."

하는 것이 인사처럼 되어 있었다. 만도는 여간 언짢은 일이 있어도 이 여편네의 궁둥이 곁에 가서 앉으면 속이 절로 쑥 내려가는 것이었다.

주막 앞을 지나치면서 만도는 술방 문을 열어 볼까 했으나, 방문 앞에 신이 여러 켤레 널려 있고, 방 안에서 웃음소리가 요란하기 때문에 돌아오는 길에 들르기로 하였다.

신작로에 나서면 금시 읍이었다. 만도는 읍 들머리에서 잠시 망설이다가, 정거장 쪽과는 반대되는 방향으로 걸음을 옮겼다. 장거리를 찾아가는 것이었다. 진수가 돌아오는데 고등어나 한 손 사 가지고 가야 될 거 아닌가, 싶어서였다. 장날은 아니었으나, 고깃전에는 없는 고기가 없었다. 이것을 살까 하면 저것이 좋아 보이고 그것을 사러 가면 또 그 옆의 것이 먹음직해 보였다. 한참 이리저리 서성거리다가 결국은 고등어 한 손이었다. 그것을 달랑달랑 들고 정거장을 향해 가는데, 겨드랑 밑이 간질간질해 왔다. 그러나 한쪽밖에 없는 손에 고등어를 들었으니 참 딱했다. 어깻죽지를 연방 위아래로 움직거리는 수밖에 없었다.

정거장 대합실에 들어선 만도는 먼저 벽에 걸린 시계부터 바라보았다. 두 시 이십 분이었다. 벌써 두 시 이십 분이니 내가 잘못 보았나? 아무리 두 눈을 씻고 보아도 시계는 틀림없는 두 시 이십 분이었다. 한쪽 걸상에 가서 궁둥이를 붙이면서도 곧장 미심쩍어 했다. 두 시 이십 분이라니, 그럼 벌써 점심때가 겨웠단 말인가? 말도 아닌 것이다. 자세히 보니 시계는 유리가 깨어졌고 먼지가 꺼멓게 앉아 있었다. 그러면 그렇지, 엉터리였다. 벌써 그렇게 되었을 리가 없는 것이다.

"여보이소, 지금 몇 싱교?"

맞은편에 앉은 양복쟁이한테 물어보았다.

"열 시 사십 분이오."

"예, 그렁교."

만도는 고개를 굽실하고는 두 눈을 연방 껌벅거렸다. 열 시 사십 분이라, 보자 그럼 아직도 한 시간이나 넘어 남았구나. 그는 안심이 되는 듯 후유, 숨을 내쉬었다. 궐련을 한 개 빼 물고 불을 댕겼다.

정거장 대합실에 와서 이렇게 도사리고 앉아 있노라면, 만도는 곧잘 생각나는 일이 한 가지 있었다. 그 일이 머리에 떠오르면 등골을 찬 기운이 쫙 스쳐 내려가는 것이었다. 손가락이 시퍼렇게 굳어진 이끼 낀 나무토막 같은 팔뚝이 지금도 저만큼 눈앞에 보이는 듯했다.

바로 이 정거장 마당에 백 명 남짓한 사람들이 모여 웅성거리고 있었다. 그중에는 만도도 섞여 있었다. 기차를 기다리고 있는 것이었으나, 그들은 모두 자기네들이 어디로 가는 것인지 알지를 못했다. 그저 차를 타라면 탈 사람들이었다. 징용에 끌려 나가는 사람들이었다. 그러니까 지금으로부터 십이삼 년 옛날의 이야기인 것이다.

북해도 탄광으로 갈 것이라는 사람도 있었고 틀림없이 남양 군도로 간다는 사람도 있었다. 더러는 만주로 가면 좋겠다고 하기도 했다. 만도는 북해도가 아니면 남양 군도일 것이고, 거기도 아니면 만주겠지, 설마 저희들이 하늘 밖으로야 끌고 가겠느냐고 아무렇지도 않은 듯이 그 들창코로 담배 연기를 푹푹 내뿜고 있었다. 그러나 마음이 좀 덜 좋은 것은 마누라가 저쪽 변소 모퉁이 벚나무 밑에 우두커니 서서 한눈도 안 팔고 이쪽만을 바라보고 있는 때문이었다. 그래서 그는 주머니 속에 성냥을 두고도 옆사람에게 불을 빌리자고 하며 슬며시 돌아서 버리곤 했다.

플랫폼으로 나가면서 뒤를 돌아보니 마누라는 울 밖에 서서 수건으로 코를 눌러 대고 있는 것이었다. 만도는 코허리가 찡했다. 기차가 꽥꽥 소리를 지르면서 덜커덩! 하고 움직이기 시작했을 때는 정말 덜 좋았다. 눈앞이 뿌우옇게 흐려지는 것을 어쩌지 못했다. 그러나 정거장이 까맣게 멀어져 가고 차창 밖으로 새로운 풍경이 휙휙 날아들자, 그제야 아무렇지도 않아지는 것이었다. 오히려 기분이 유쾌해지는 것 같기도 했다.

바다를 본 것도 처음이었고, 그처럼 큰 배에 몸을 실어 본 것은 더구나 처음이었다. 배 밑창에 엎드려서 꽥꽥 게워 내는 사람들이 많았으나, 만도는 그저 골이 좀 띵했을 뿐 아무렇지도 않았다. 더러는 하루에 두 개씩 주는 뭉치 밥을 남기기도 했으나, 그는 한꺼번에 하루 것을 뚝딱해도 시원찮았다.

모두들 내릴 준비를 하라는 명령이 떨어진 것은 사흘째 되는 날 황혼 때였다. 제가끔 봇짐을 챙기기에 바빴다. 만도도 호박덩이만 한 보따리를 옆구리에 덜렁 찼다. 갑판 위에 올라가 보니 하늘은 활활 타오르고 있고, 바닷물은 불에 녹은 쇠처럼 벌겋게 출렁거리고 있었다. 지금 막 태양이 물 위로 뚝딱 떨어져 가는 것이었다. 햇덩어리가 어쩌면 그렇게 크고 붉은지 정말 처음이었다. 그리고 바다 위에 주황빛으로 번쩍거리는 커다란 산이 둥둥 떠 있는 것이었다. 무시무시하도록 황홀한 광경에 모두들 딱 벌어진 입을 다물 줄 몰랐다. 만도는 어깨마루를 버쩍 들어 올리면서, 히야 고함을 질러 댔다. 그러나 섬에서 그들을 기다리고 있는 것은 숨 막히는 더위와 강제노동과 그리고, 잠자리만씩이나 한 모기 떼……. 그런 것뿐이었다.

섬에다가 비행장을 닦는 것이었다. 모기에게 물려 혹이 된 자리를 벅벅 긁으며, 비 오듯 쏟아지는 땀을 무릅쓰고, 아침부터 해가 떨어질 때까지 산을 허물어 내고, 흙을 나르고 하기란, 고향에서 농사일에 뼈가 굳어진 몸에도 이만저만한 고역이 아니었다. 물도 입에 맞지 않았고, 음식도 이내 변하곤 해서 도저히 견디어 낼 것 같지가 않았다. 게다가 병까지 돌았다. 일을 하다가도 벌떡 자빠지기가 예사였다. 그러나 만도는 아침저녁으로 약간씩 설사를 했을 뿐, 넘어지지는 않았다. 물도 차츰 입에 맞아 갔고, 고된 일도 날이 감에 따라 몸에 배어 드는 것이었다. 밤에 날개를 치며 몰려드는 모기떼만 아니면 그냥저냥 배겨 내겠는데, 정말 그놈의 모기들만은 질색이었다.

사람의 일이란 무서운 것이었다. 그처럼 험난하던 산과 산 틈바구니에 비행장을 닦아 내고야 말았던 것이다. 허나 일은 그것으로 끝나는 것이 아니고, 오히려 더 벅찬 일이 닥치는 것이었다. 연합군의 비행기가 날아들면서부터 일은 밤중까지 계속되었다. 산허리에 굴을 파 들어가는 것이었다. 비행기를 집어넣을 굴이었다. 그리고 모든 시설을 다 굴속으로 옮겨야 하는 것이었다.

여기저기 다이너마이트 튀는 소리가 산을 흔들어 댔다. 앵앵앵 하고 공습경보가 나면 일을 하던 손을 놓고 모두가 굴 바닥에 납작납작 엎드려 있어야 했다. 비행기가 돌아갈 때까지 그러고 있는 것이었다. 어떤 때는 근 한 시간 가까이나 엎드려 있어야 하는 때도 있었는데 차라리 그것이 얼마나 편한지 몰랐다. 그래서 더러는 공습이 있기를 은근히 기다리기도 했다. 때로는 공습 경보의 사이렌을 듣지 못하고 그냥 일을 계속하는 수도 있었다.

그럴 때면 모두 큰 손해를 보았다고 야단들이었다. 어떻게 된 셈인지 사이렌이 미처 불기 전에 비행기가 산등성이를 넘어 달려드는 수도 있었다. 그럴 때는 정말 질겁을 하는 것이었다. 가장 많은 손해를 입는 것도 그런 경우였다. 만도가 한쪽 팔뚝을 잃어버린 것도 바로 그런 때의 일이었다.

여느 날과 다름없이 굴속에서 바위를 허물어 내고 있었다. 바위 틈서리에 구멍을 뚫어서 다이너마이트를 장치하는 하는 것이었다. 장치가 다 되면 모두 바깥으로 나가고, 한 사람만 남아서 불을 댕기는 것이다. 그리고 그것이 터지기 전에 얼른 밖으로 뛰어나와야 되었다.

만도가 불을 댕기는 차례였다. 모두 바깥으로 나가 버린 다음 그는 성냥을 꺼냈다. 그런데 웬 영문인지 기분이 께름칙했다. 모기에게 물린 자리가 자꾸 쑥쑥 쑤시는 것이다. 긁적긁적 긁어 댔으나 도무지 시원한 맛이 없었다. 그는 이맛살을 찌푸리면서 성냥을 득 그었다. 그래 그런지 몰라도, 불은 이내 픽 하고 꺼져 버렸다. 성냥 알맹이 네 개째에서 겨우 심지에 불이 당겨 졌다. 심지에 불이 붙는 것을 보자 그는 얼른 몸을 굴 밖으로 날렸다. 바깥으로 막 나서려는 때였다. 산이 무너지는 듯한 소리와 함께 사나운 바람이 귓전을 후려갈기는 것이었다. 만도는 정신이 아찔했다. 공습이었던 것이다. 산등성이를 넘어 달려든 비행기가 머리 위로 아슬아슬하게 지나가는 것이었다. 미처 정신을 차리기도 전에 또 한 대가 뒤따라 날아드는 것이 아닌가. 만도는 그만 넋을 잃고 굴 안으로 도로 달려 들어갔다. 달려 들어가서 굴 바닥에 아무렇게나 팍 엎드러져 버리고 말았다. 그 순간이었다. 꽝! 굴 안이 미어지는 듯하면서 다이너마이트가 터졌다. 만도의 두 눈에서 불이 번쩍했다.

만도가 어렴풋이 눈을 떠 보니, 바로 거기 눈앞에 누구의 것인지 모를 팔뚝이 하나 아무렇게나 던져져 있었다. 손가락이 시퍼렇게 굳어져서, 마치 이끼 낀 나무토막처럼 보이는 것이었다. 만도는 그것이 자기의 어깨에 붙어 있던 것인 줄을 알자, 그만 으악! 하고 정신을 잃어버렸다. 재차 눈을 떴을 때는 그는 푹삭한 담요 속에 누워 있었고, 한쪽 어깻죽지가 못 견디게 쿡쿡 쑤셔 댔다. 절단 수술은 이미 끝난 뒤였다.

꽤애액— 기적 소리였다. 멀리 산모퉁이를 돌아오는가 보다. 만도는 앉았던 자리를 털고 벌떡 일어서며, 옆에 놓아두었던 고등어를 집어 들었다. 기적 소리가 가까워질수록 그의 가슴은 울렁거렸다. 대합실 밖으로 뛰어나가 플랫폼이 잘 보이는 울타리 쪽으로 가서 발돋움을 하였다.

째랑째랑 하고 종이 울자, 잠시 후 차는 소리를 지르면서 달려들었다. 기관차의 옆구리에서는 김이 픽픽 풍겨 나왔다. 만도의 얼굴은 바짝 긴장되었다. 시커먼 열차 속에서 꾸역꾸역 사람들이 밀려 나왔다. 꽤 많은 손님이 쏟아져 내리는 것이었다. 만도의 두 눈은 곧장 이리저리 굴렀다. 그러나 아들의 모습은 쉽사리 눈에 띄지 않았다. 저쪽 출찰구로 밀려가는 사람들의 물결 속에, 두 개의 지팡이를 의지하고 절룩거리며 걸어 나가는 상이군인(傷痍軍人 전투나 군사상 공무 중에 몸을 다친 군인)이 있었으나, 만도는 그 사람에게 주의를 기울이지는 않았다.

기차에서 내릴 사람은 모두 내렸는가 보다. 이제 미처 차에 오르지 못한 사람들이 플랫폼을 이리저리 서성거리고 있을 뿐인 것이다. 그놈이 거짓으로 편지를 띄웠을 리는 없을 건데……. 만도는 자꾸 가슴이 떨렸다. 이상한 일이다, 하고 있을 때였다. 분명히 뒤에서,

"아부지!"

부르는 소리가 들렸다. 만도는 깜짝 놀라며, 얼른 뒤를 돌아보았다. 그 순간, 만도의 두 눈은 무섭도록 크게 떠지고 입은 딱 벌어졌다. 틀림없는 아들이었으나, 옛날과 같은 진수는 아니었다. 양쪽 겨드랑이에 지팡이를 끼고 서 있는데, 스쳐가는 바람결에 한쪽 바짓가랑이가 펄럭거리는 것이 아닌가.

만도는 눈앞이 노오래지는 것을 어쩌지 못했다. 한참 동안 그저 멍멍하기만 하다가, 코허리가 찡해지면서 두 눈에 뜨거운 것이 핑 도는 것이었다.

"에라이 이놈아!"

만도의 입술에서 모지게 튀어나온 첫마디였다. 떨리는 목소리였다. 고등어를 든 손이 불끈 주먹을 쥐고 있었다.

"이기 무슨 꼴이고, 이기."

"아부지!"

"이놈아, 이놈아……."

만도의 들창코가 크게 벌름거리다가 훌쩍 물코를 들이마셨다.

진수의 두 눈에서는 어느 결에 눈물이 꾀죄죄하게 흘러내리고 있었다. 만도는 모든 게 진수의 잘못이기나 한 듯 험한 얼굴로,

"가자, 어서!"

무뚝뚝한 한마디를 내던지고는 성큼성큼 앞장을 서 가는 것이었다.

진수는 입술에 내려와 묻는 짭짤한 것을 혀끝으로 날름 핥아 버리면서, 절름절름 아버지의 뒤를 따랐다.

앞장서 가는 만도는 뒤따라오는 진수를 한 번도 돌아보지 않았다. 한눈을 파는 법도 없었다. 무겁디무거운 짐을 진 사람처럼 땅바닥만을 내려다보며, 이따금 끙끙거리면서 부지런히 걸어만 가는 것이다. 지팡이에 몸을 의지하고 걷는 진수가 성한 사람의, 게다가 부지런히 걷는 걸음을 당해 낼 수는 도저히 없었다. 한 걸음 두 걸음씩 뒤지기 시작한 것이, 그만 작은 소리로 불러서는 들리지 않을 만큼 떨어져 버리고 말았다. 진수는 목구멍을 왈칵 넘어오려는 뜨거운 기운을 꾹 참느라고 어금니를 야물게 깨물어 보기도 하였다. 그리고 두 개의 지팡이와 한 개의 다리를 열심히 움직여 대는 것이었다.

앞서 간 만도는 주막집 앞에 이르자, 비로소 한 번 뒤를 돌아보았다. 진수는 오다가 나무 밑의 그늘에서 오줌을 누고 있었다. 지팡이는 땅바닥에 던져 놓고, 한쪽 손으로는 볼일을 보고, 한쪽 손으로는 나무 둥치를 감싸 안고 있는 모양이 을씨년스럽기 이를 데 없는 꼬락서니였다. 만도는 눈살을 찌푸리며, 으음! 하고 신음 소리 비슷한 무거운 소리를 토했다. 그리고 술방 앞으로 가서 방문을 왈칵 잡아당겼다.

기역 자 판 안에 도사리고 앉아서 속옷을 뒤집어 까고 이를 잡고 있던 여편네가 킥하고 웃으며 후닥닥 옷섶을 여몄다. 그러나 만도는 웃지를 않았다. 방문턱을 넘어서면서도 서방님 들어가신다는 소리를 내뱉지 않았다. 아마 이처럼 뚝뚝한 얼굴을 하고 이 술방에 들어서기란 처음일 것이다. 여편네가 멋도 모르고,

"오늘은 서방님 아닌가 배."

하고 킬킬 웃었으나, 만도는 으음! 또 무거운 신음 소리를 했을 뿐 도시 기분을 내지 않았다. 기역 자 판 앞에 가서 쭈그리고 앉기가 바쁘게,

"빨리 빨리."

재촉을 하였다.

"하따나, 어지간히도 바쁜가 배."

"빨리 꼬빼기(곱빼기)로 한 사발 달라니까구마."

"오늘은 와 이카노?"

여편네가 쳐 주는 술사발을 받아 들며, 만도는 휴유…… 하고 숨을 크게 내쉬었다. 그리고 입을 얼른 사발로 가져갔다. 꿀꿀꿀, 잘도 넘어가는 것이다. 그 큰 사발을 단숨에 비워 버리고는, 도로 여편네 눈앞으로 불쑥 내밀었다. 그렇게 거들빼기로 석 잔을 해치우고사 으으윽! 하고 게트림(거만스럽게 거드름을 피우며 하는 트림)을 하였다. 여편네가 눈을 휘둥그레 가지고 혀를 내둘렀다. 빈속에 술을 그처럼 때려 마시고 보니, 금세 눈두덩이 확확 달아오르고, 귀뿌리가 발갛게 익어 갔다.

술기가 얼큰하게 돌자, 이제 좀 속이 풀리는 성싶어 방문을 열고 바깥을 내다보았다. 진수는 이마에 땀을 척척 흘리면서 저만큼 오고 있었다.

"진수야!"

버럭 소리를 질렀다.

"이리 들어와 보래."

진수는 아무런 대꾸도 없이 어기적어기적 다가왔다. 다가와서 방 문턱에 걸터앉으니까, 여편네가 보고,

"방으로 좀 들어오이소."

하였다.

"여기 좋심더."

그는 수세미 같은 손수건으로 이마와 코언저리를 아무렇게나 훔친다.

"마 아무 데서나 묵어라. 저, 국수 한 그릇 말아 주소."

"야."

"꼬빼기로 잘 좀……. 참지름도 치소, 알았능교?"

"야아."

여편네는 코로 히죽 웃으면서 만도의 옆구리를 살짝 꼬집고는, 소쿠리에서 삶은 국수 두 뭉텅이를 집어 들었다.

진수가 국수를 훌훌 끌어 넣고 있을 때, 여편네는 만도의 귓전으로 얼굴을 살짝 갖다 댄다.

"아들이가?"

만도는 고개를 약간 앞뒤로 끄덕거렸을 뿐, 좋은 기색을 하지 않았다. 진수가 국물을 훌쩍 들이마시고 나자, 만도는,

"한 그릇 더 묵을래?"

하였다.

"아니예."
"한 그릇 더 묵지 와."
"고만 묵을랍니더."
진수는 입술을 싹 닦으며 푸시시 자리에서 일어났다.
주막을 나선 그들 부자는 논두렁길로 접어들었다. 아까와 같이 만도가 앞장을 서는 것이 아니라, 이번에는 진수를 앞세웠다. 지팡이를 짚고 찌긋둥찌긋둥 앞서 가는 아들의 뒷모습을 바라보며, 팔뚝이 하나밖에 없는 아버지가 느릿느릿 따라가는 것이다. 손에 매달린 고등어가 대구 달랑달랑 춤을 추었다. 너무 급하게 들이마셔서 그런지, 만도의 뱃속에서는 우글우글 술이 끓고, 다리가 휘청거렸다. 콧구멍으로 더운 숨을 훅훅 내불어 보니 정신이 아른해서 역시 좋았다.
"진수야!"
"예."
"니 우째다가 그래 됐노?"
"전쟁하다가 이래 안 됐심니꼬. 수류탄 쪼가리에 맞았심더."
"수류탄 쪼가리에?"
"예."
"음……."
"얼른 낫지 않고 막 썩어 들어가기 땜에 군의관이 짤라 버립디더, 병원에서예."
"……."
"아부지!"
"와?"
"이래 가지고 우째 살까 싶습니더."
"우째 살긴 뭘 우째 살아? 목숨만 붙어 있으면 다 사는 기다. 그런 소리 하지 마라."
"……."
"나 봐라, 팔뚝이 하나 없어도 잘만 안 사나. 남 봄에 좀 덜 좋아서 그렇지, 살기사 와 못 살아."
"차라리 아부지같이 팔이 하나 없는 편이 낫겠어예. 다리가 없어 노니, 첫째 걸어 댕기기에 불편해서 똑 죽겠심더."

"야야. 안 그렇다. 걸어 댕기기만 하면 뭐하노, 손을 지대로 놀려야 일이 뜻대로 되지."

"그러까예?"

"그렇다니까. 그러니까 집에 앉아서 할 일은 니가 하고, 나댕기메 할 일은 내가 하고, 그라면 안 되겠나, 그제?"

"예."

진수는 가벼운 한숨을 내쉬며 아버지를 돌아보았다. 만도는 돌아보는 아들의 얼굴을 향해 지그시 웃어 주었다.

술을 마시고 나면 이내 오줌이 마려워지는 것이다. 만도는 길가에 아무렇게나 쭈그리고 앉아서 고기 묶음을 입에 물려고 하였다. 그것을 본 진수는,

"아부지, 그 고등어 이리 주이소."

하였다.

팔이 하나밖에 없는 몸으로 물건을 손에 든 채 소변을 볼 수는 없는 것이다. 아버지가 볼일을 마칠 때까지, 진수는 저만큼 떨어져 서서 지팡이를 한쪽 손에 모아 쥐고, 다른 손으로 고등어를 들고 있었다. 볼일을 다 본 만도는 얼른 가서 아들의 손에서 고등어를 다시 받아 든다.

개천 둑에 이르렀다. 외나무다리가 놓여 있는 그 시냇물이다. 진수는 슬그머니 걱정이 되었다. 물은 그렇게 깊은 것 같지 않지만, 밑바닥이 모래흙이어서 지팡이를 짚고 건너가기가 만만할 것 같지 않기 때문이다. 외나무다리는 도저히 건너갈 재주가 없고……. 진수는 하는 수 없이 둑에 퍼지고 앉아서 바짓가랑이를 걷어 올리기 시작했다.

만도는 잠시 멀뚱히 서서 아들의 하는 양을 내려다보고 있다가,

"진수야, 그만두고, 자아 업자."

하는 것이었다.

"업고 건너면 일이 다 되는 거 아니가. 자아, 이거 받아라."

고등어 묶음을 진수 앞으로 민다.

진수는 퍽 난처해하면서, 못 이기는 듯이 그것을 받아 들었다. 만도는 등허리를 아들 앞에 갖다 대고, 하나밖에 없는 팔을 뒤로 버쩍 내밀며,

"자아, 어서!"

했다.

진수는 지팡이와 고등어를 각각 한 손에 쥐고, 아버지의 등허리로 가서

슬그머니 업혔다. 만도는 팔뚝을 뒤로 돌리면서, 아들의 하나뿐인 다리를 꽉 안았다. 그리고,

"팔로 내 목을 감아야 될 끼다."

했다.

진수는 무척 황송한 듯 한쪽 눈을 찍 감으면서, 고등어와 지팡이를 든 두 팔로 아버지의 굵은 목덜미를 부둥켜안았다.

만도는 아랫배에 힘을 주며, 끙! 하고 일어났다. 아랫도리가 약간 후들거렸으나 걸어갈 만은 했다. 외나무다리 위로 조심조심 발을 내디디며 만도는 속으로, 이제 새파랗게 젊은 놈이 벌써 이게 무슨 꼴이고. 세상을 잘못 만나서 진수 니 신세도 참 똥이다, 똥. 이런 소리를 주워섬겼고, 아버지의 등에 업힌 진수는 곧장 미안스러운 얼굴을 하며,

'나꺼정 이렇게 되다니, 아부지도 참 복도 더럽게 없지. 차라리 내가 죽어 버렸더라면 나았을 낀데…….'

하고 중얼거렸다.

만도는 아직 술기가 약간 있었으나, 용케 몸을 가누며 아들을 업고 외나무다리를 조심조심 건너가는 것이었다.

눈앞에 우뚝 솟은 용머리재가 이 광경을 가만히 내려다보고 있었다.

서울, 1964년 겨울

작가와 작품 세계

김승옥(1941~)

일본 오사카(大阪) 출생. 서울대학교 문리대 불문과를 졸업하였다. 1962년 〈한국일보〉에 「생명연습」으로 등단하였다. 김승옥 소설의 특징은 크게 두 시기로 나누어 볼 수 있다. 「환상수첩」, 「확인해 본 열다섯 개의 고정관념」, 「생명연습」 등의 초기 소설은 환각이나 환상에 대한 강렬한 동경을 보여 준다. 「무진기행」 이후의 후기 소설은 주로 산업 사회에서 살아가는 인간들의 상실감이 형상화되어 있다. 현실의 엄정한 법칙성을 인정하고 꿈이나 환상이 사라진 삶에 대한 환멸과 허무 의지로 가득 차 있다. 대표적인 작품은 「서울, 1964년 겨울」, 「야행」, 「차나 한잔」, 「염소는 힘이 세다」, 「1960년대식」, 「서울 달빛 0장」 등이며, 김승옥은 「서울, 1964년 겨울」로 1965년에 동인문학상을 수상하였다.

김승옥 소설의 특징은 성(性)을 모티브로 포착해 개체의 자아를 찾아 나가는 데 있다. 이런 의미에서 개체와 전체의 관계, 사랑과 증오, 연민과 분노 등이 중요한 주제다. 그는 인간의 내밀성을 유려한 문체로 표현해 '감수성의 혁명'을 이루었다는 평가를 받기도 한다.

작품 정리

갈래: 단편 소설, 순수 소설, 도시 소설
배경: 시간 – 1964년 / 공간 – 서울
시점: 1인칭 주인공 시점
주제: 뚜렷한 가치관을 갖지 못한 사람들의 심리적 방황과 인간적 연대감의 상실
출전 : 〈사상계〉(1965)

구성과 줄거리

발단 '나'와 '안'은 선술집에서 무의미한 대화를 나눔

구청 병사계에 근무하는 '나'와 대학원생인 '안'은 선술집에서 우연히 만나 대화를 나눈다. '나'는 육군사관학교에 불합격한 후 현실에 안주하며 살아가고 있다. '안'과 '나'가 밤거리에 나온 이유는 그저 낭만적 미소를 짓는 예쁜 여자나 거리의 네온사인에 취하기 위해서다.

전개 30대 중반의 사내가 끼어들어 동행을 요청함

선술집에서 어떤 사내가 우리에게 말을 걸어온다. 그는 자신이 술을 사겠다며 함께 가 줄 것을 요청한다. 그다지 달갑지 않았지만 우리는 근처의 중국집으로 들어간다. 사내는 오늘 자신의 아내가 죽었고 장례를 치를 돈이 없어 아내의 시신을 병원에 팔았다고 이야기한다. 그리고 오늘 그 돈을 모두 써 버릴 때까지 자신과 함께 있어 달라고 부탁한다.

위기 사내는 아내의 시신을 판 돈을 불 속에 던짐

세 사람은 택시를 잡아타고 소방차를 뒤따른다. 사내는 호주머니를 뒤져서 돈을 모두 '안'에게 준다. '안'과 '나'는 돈을 세어 보고 다시 그에게 돌려준다. 화재가 난 곳에 도착한 세 사람은 페인트 통 위에 앉아서 불구경을 한다. 아내가 타고 있다는 환각에 사로잡힌 사내는 남은 돈을 흰 보자기에 싸서 불 속으로 던진다.

절정 사내는 같은 방에 들자고 하지만 각자 다른 방에 투숙함

'나'와 '안'이 사내에게 작별을 청하자 그는 혼자 있기 무서우니 같이 있자고 하소연한다. 사내는 자신이 여관비를 내겠다면서 어느 집에 들러 월부 책값을 요구한다. 통금 시간이 다 되어서야 여관에 든 세 사람은 혼자 있기 싫다는 사내의 말을 외면하고 각자 다른 방으로 들어간다.

결말 다음 날 사내가 주검으로 발견되고 '나'와 '안'은 헤어짐

다음 날 아침 '안'이 '나'를 깨우며 사내가 죽었다고 말한다. '나'와 '안'은 그가 자살했을 것이라고 단정하고 서둘러서 여관을 나선다. '안'은 사내의 죽음을 예상했지만 그를 살릴 수 있는 유일한 방법은 혼자 두는 것이라 생각했다고 말한다. '나'와 '안'은 "스물다섯 살이지만 너무 많이 늙었음."에 동의하면서 헤어진다.

생각해 볼 문제

1. '나'와 '안'의 대화를 통해 작가가 말하고자 하는 것은 무엇인가?

작가는 두 사람의 대화를 통해 현대인의 의미 없는 만남과 삶의 파편성, 소외 의식을 드러내고자 했다. 두 사람의 대화는 상대방을 이해하기 위한 것이 아니라 무의미한 말놀이에 불과하다. 이는 인간적 소통이 단절된 현대인의 모습을 상징적으로 보여 준다. 이 소설에서 언어적 단절은 고의적으로 부각되는데, 이는 이 작품의 주제인 의사소통 단절과 개인으로 파편화된 현대인의 모습을 효과적으로 보여 주기 위한 것이다.

2. 사내가 '나'와 '안'에게 원하는 것은 무엇인가?

사내는 자신의 이야기를 들어주고 아내의 시체를 판 돈을 다 쓸 때까지 함께 있어 달라고 부탁한다. 사내의 요구는 의사소통과 공유, 즉 '인간과 인간의 연대 의식'에 대한 요구라고 할 수 있다. 그러나 자신을 진심으로 대해 줄 사람을 찾지 못한 사내는 결국 죽음을 택하게 된다.

3. 익명화된 세 사람, '나', '안', '사내'가 각자 다른 방을 쓰는 것은 어떤 의미인가?

세 사람은 구체적인 이름을 사용해 서로에게 진실한 모습을 보이기보다는 익명을 통해 서로 간의 거리를 확보하고 있다. 그들이 벽을 사이에 두고 각각 다른 방으로 들어가는 행위는 다른 사람들과 진심으로 관계를 맺지 않고 살아가는 현대인의 고립된 삶을 보여 준다.

4. '안'이 "우리가 너무 늙어 버린 것 같지 않습니까?"라고 말한 이유는 무엇인가?

무의미한 대화를 나누던 '나'와 '안'은 사내의 죽음을 방치하는 등 늙은이처럼 무덤덤한 모습을 보인다. 스물다섯 살의 젊은이는 열정을 가지고 현실을 비판하거나 저항적 행동을 보여 줄 수 있어야 한다. 그러나 '나'와 '안'은 주변에 대해 무관심한 모습을 보이고 현실에 순응하는 태도를 취한다. 따라서 '안'의 말은 사회적 역할을 다하지 못했다는 자책의 의미를 지니고 있다.

인물 관계도

저(나)와 '안'은 선술집에서 우연히 처음 만나 대화를 나눠요. 그러던 중 한 사내가 끼어들어 동행하자고 하지요. 사내는 오늘 자신의 아내가 죽었고 장례 치를 돈이 없어 아내의 시체를 병원에 팔았다고 말해요. 그들은 통금 시간이 다 되어 여관에 들고, 각자 다른 방으로 들어가요. 혼자 있기 싫다던 사내는 다음 날 결국 목숨을 끊고 말았어요.

서울, 1964년 겨울

1964년 겨울을 서울에서 지냈던 사람이라면 누구나 알고 있겠지만, 밤이 되면 거리에 나타나는 선술집—오뎅과 군참새와 세 가지 종류의 술 등을 팔고 있고, 얼어붙은 거리를 휩쓸며 부는 차가운 바람이 펄럭거리게 하는 포장을 들치고 안으로 들어서게 되어 있고, 그 안에 들어서면 카바이드(carbide 물과 반응하면 아세틸렌 가스를 발생시키는 물질) 불의 길쭉한 불꽃이 바람에 흔들리고 있고, 염색한 군용(軍用) 잠바를 입고 있는 중년 사내가 술을 따르고 안주를 구워 주고 있는 그러한 선술집에서, 그날 밤, 우리 세 사람은 우연히 만났다. 우리 세 사람이란 나와 도수 높은 안경을 쓴 안(安)이라는 대학원 학생과 정체를 알 수 없지만 요컨대 가난뱅이라는 것만은 분명하여 그의 정체를 꼭 알고 싶다는 생각은 조금도 나지 않는 서른대여섯 살짜리 사내를 말한다.

먼저 말을 주고받게 된 것은 나와 대학원생이었는데, 뭐 그렇고 그런 자기소개가 끝났을 때는 나는 그가 안 씨라는 성을 가진 스물다섯 살짜리 대한민국 청년, 대학 구경을 해보지 못한 나로서는 상상이 되지 않는 전공을 가진 대학원생, 부잣집 장남이라는 걸 알았고, 그는 내가 스물다섯 살짜리 시골 출신, 고등학교는 나오고 육군사관학교를 지원했다가 실패하고 나서 군대에 갔다가 임질에 한 번 걸려 본 적이 있고, 지금은 구청 병사계(兵事係)에서 일하고 있다는 것을 아마 알았을 것이다.

자기소개들은 끝났지만 그러고 나서는 서로 할 얘기가 없었다. 잠시 동안은 조용히 술만 마셨는데, 나는 새카맣게 구워진 군참새를 집을 때 할 말이 생겼기 때문에 마음속으로 군참새에게 감사하고 나서 얘기를 시작했다.

"안 형, 파리를 사랑하십니까?"

"아니오, 아직까진……."

그가 말했다.

"김 형은 파리를 사랑하세요?"

"예."

라고 나는 대답했다.

"날 수 있으니까요. 아닙니다. 날 수 있는 것으로서 동시에 내 손에 붙잡힐 수 있는 것이니까요. 날 수 있는 것으로서 손안에 잡아본 적이 있으세요?"

"가만 계셔 보세요."

그는 안경 속에서 나를 멀거니 바라보며 잠시 동안 표정을 꼼지락거리고 있었다. 그리고 말했다.

"없어요. 나도 파리밖에는……."

낮엔 이상스럽게도 날씨가 따뜻했기 때문에 길은 얼음이 녹아서 흙물로 가득했었는데 밤이 되면서부터 다시 기온이 내려가고 흙물은 우리의 발밑에서 다시 얼어붙기 시작했다. 소가죽으로 지어진 내 검정 구두는 얼고 있는 땅바닥에서 올라오고 있는 찬 기운을 충분히 막아내지 못하고 있었다. 사실 이런 술집이란, 집으로 돌아가는 길에 잠깐 한잔하고 싶은 생각이 든 사람이나 들어올 데지, 마시면서 곁에 선 사람과 무슨 얘기를 주고받을 데는 되지 못하는 곳이다. 그런 생각이 문득 들었지만 그 안경잡이가 때마침 나에게 기특한 질문을 했기 때문에 나는 '이 놈 그럴듯하다.'고 생각되어 추위 때문에 저려 드는 내 발바닥에 조금만 참으라고 부탁했다.

"김 형, 꿈틀거리는 것을 사랑하십니까?"

하고 그가 내게 물었던 것이다.

"사랑하구말구요."

나는 갑자기 의기양양해져서 대답했다. 추억이란 그것이 슬픈 것이든지 기쁜 것이든지 그것을 생각하는 사람을 의기양양하게 한다. 슬픈 추억일 때는 고즈넉이 의기양양해지고 기쁜 추억일 때는 소란스럽게 의기양양해진다.

"사관학교 시험에서 미역국을 먹고 나서도 얼마 동안, 나는 나처럼 대학입학시험에 실패한 친구 하나와 미아리에 하숙하고 있었습니다. 서울엔 그때가 처음이었죠. 장교가 된다는 꿈이 깨어져서 나는 퍽 실의에 빠져 있었습니다. 그때 영영 실의해 버린 느낌입니다. 아시겠지만 꿈이 크면 클수록 실패가 주는 절망감도 대단한 힘을 발휘하더군요. 그 무렵 재미를 붙인 게 아침의 만원된 버스 칸이었습니다. 함께 있는 친구와 나는 하숙집의 아침 밥상을 밀어 놓기가 바쁘게 미아리고개 위에 있는 버스 정류장으로 달려갑니다. 개처럼 숨을 헐떡거리면서 말입니다. 시골에서 처음으로 서울에 올라온 청년들의 눈에 가장 부럽고 신기하게 비치는 게 무언지 아십니까? 부러운 건 뭐니 뭐니 해도, 밤이 되면 빌딩들의 창에 켜지는 불빛, 아니 그 불빛 속에서 이리저리 움직이고 있는 사람들이고, 신기한 건 버스 칸 속에서 일 센티미터도 안 되는 간격을 두고 자기 곁에 예쁜 아가씨가 서 있다는 사실입니다. 때로는 아가씨들과 팔목의 살을 대고 있기도 하고 허벅다리를 비비고 서 있을 수도 있어서 그것 때문에 나는 하루 종일 시내버스를 이것저것 갈아타면서 보낸 적도 있습니다. 물론 그날 밤에는 너무 피로해서 토했습니다만……."

"잠깐, 무슨 얘기를 하시자는 겁니까?"

"꿈틀거리는 것을 사랑한다는 얘기를 하려던 참이었습니다. 들어 보세요. 그 친구와 나는 출근 시간의 만원 버스 속을 쓰리꾼(소매치기)들처럼 안으로 비집고 들어갑니다. 그리고 자리를 잡고 앉아 있는 젊은 여자 앞에 섭니다. 나는 한 손으로 손잡이를 잡고 나서, 달려오느라고 좀 멍해진 머리를 올리고 있는 손에 기댑니다. 그리고 내 앞에 앉아 있는 여자의 아랫배 쪽으로 천천히 시선을 보냅니다. 그러면 처음엔 얼른 눈에 뜨이지 않지만 시간이 조금 가고 내 시선이 투명해지면서부터 나는 그 여자의 아랫배가 조용히 오르내리는 것을 볼 수 있습니다……."

"오르내린다는 건…… 호흡 때문에 그러는 것이겠죠?"

"물론입니다. 시체의 아랫배는 꿈쩍도 하지 않으니까요. 하여튼…… 나는 그 아침의 만원 버스 칸 속에서 보는 젊은 여자 아랫배의 조용한 움직임을 보고 있으면 왜 그렇게 마음이 편안해지고 맑아지는지 모르겠습니다. 나는 그 움직임을 지독하게 사랑합니다."

"퍽 음탕한 얘기군요."

라고 안은 기묘한 음성으로 말했다. 나는 화가 났다. 그 얘기는, 내가 만일 라디오의 박사 게임 같은 데에 나가게 돼서 '세상에서 가장 신선한 것은?'이라는 질문을 받게 되었을 때, 남들은 상추니 오월의 새벽이니 천사의 이마니 하고 대답하겠지만 나는 그 움직임이 가장 신선한 것이라고 대답하려니 하고 일부러 기억해 두었던 것이었다.

"아니 음탕한 얘기가 아닙니다."

나는 강경한 태도로 말했다.

"그 얘기는 정말입니다."

"음탕하지 않다는 것과 정말이라는 것 사이엔 어떤 관계가 있죠?"

"모르겠습니다. 관계 같은 것은 난 모릅니다. 요컨대……"

"그렇지만 그 동작은 '오르내린다'는 것이지 꿈틀거린다는 것은 아니군요. 김 형은 아직 꿈틀거리는 것을 사랑하지 않으시구먼."

우리는 다시 침묵 속으로 떨어져서 술잔만 만지작거리고 있었다. 개새끼, 그게 꿈틀거리는 게 아니라고 해도 괜찮다, 하고 나는 생각하고 있었다. 그런데 잠시 후에 그가 말했다.

"난 지금 생각해 봤는데, 김 형의 그 오르내림도 역시 꿈틀거림의 일종이라는 결론을 얻었습니다."

"그렇죠?"

나는 즐거워졌다.

"그것은 틀림없는 꿈틀거림입니다. 난 여자의 아랫배를 가장 사랑합니다. 안 형은 어떤 꿈틀거림을 사랑합니까?"

"어떤 꿈틀거림이 아닙니다. 그냥 꿈틀거리는 거죠. 그냥 말입니다. 예를 들면…… 데모도……."

"데모가? 데모를? 그러니까 데모……."

"서울은 모든 욕망의 집결지입니다. 아시겠습니까?"

"모르겠습니다."

라고 나는 할 수 있는 한 깨끗한 음성을 지어서 대답했다.

그때 우리의 대화는 또 끊어졌다. 이번엔 침묵이 오래 계속되었다. 나는 술잔을 입으로 가져갔다. 내가 잔을 비우고 났을 때 그도 잔을 입에 대고 눈을 감고 마시고 있는 게 보였다. 나는 이젠 자리를 떠나야 할 때가 되었다고 다소 서글픈 기분으로 생각했다. 결국 그렇고 그렇다. 또 한 번 확인된 것에 지나지 않다고 생각하면서, '자 그럼 다음에 또…….'라고 말할까, '재미있었습니다.'라고 말할까, 궁리하고 있는데 술잔을 비운 안이 갑자기 한 손으로 내 한쪽 손을 살그머니 잡으면서 말했다.

"우리가 거짓말을 하고 있었다고 생각하지 않으십니까?"

"아니오."

나는 좀 귀찮은 생각이 들었다.

"안 형은 거짓말을 했는지 모르지만 내가 한 얘기는 정말이었습니다."

"난 우리가 거짓말을 하고 있었던 것 같은 느낌이 듭니다."

그는 붉어진 눈두덩을 안경 속에서 두어 번 끔벅거리고 나서 말했다.

"난 우리 또래의 친구를 새로 알게 되면 꼭 꿈틀거림에 대한 얘기를 하고 싶어집니다. 그래서 얘기를 합니다. 그렇지만 얘기는 오 분도 안 돼서 끝나 버립니다."

나는 그가 무슨 이야기를 하고 있는지 알 듯하기도 했고 모를 것 같기도 했다.

"우리 다른 얘기합시다."

하고 그가 다시 말했다.

나는 심각한 얘기를 좋아하는 이 친구를 골려 주기 위해서, 그리고 한편으로는 자기의 음성을 자기가 들을 수 있는 취한 사람의 특권을 맛보고 싶어서 얘기를 시작했다.

"평화시장 앞에서 줄지어 선 가로등들 중에서 동쪽으로부터 여덟 번째 등은 불이 켜져 있지 않습니다……."

나는 그가 좀 어리둥절해하는 것을 보자 더욱 신이 나서 얘기를 계속했다.

"……그리고 화신백화점 육 층의 창들 중에서는 그중 세 개에서만 불빛이 나오고 있었습니다……."

그러자 이번엔 내가 어리둥절해질 사태가 벌어졌다. 안의 얼굴에 놀라운 기쁨이 빛나기 시작했기 때문이다.

그가 빠른 말씨로 얘기하기 시작했다.

"서대문 버스 정거장에는 사람이 서른두 명 있는데 그중 여자가 열일곱 명이고 어린애는 다섯 명, 젊은이는 스물한 명, 노인이 여섯 명입니다."

"그건 언제 일이지요?"

"오늘 저녁 일곱 시 십오 분 현재입니다."

"아"

하고 나는 잠깐 절망적인 기분이었다가 그 반작용인 듯 굉장히 기분이 좋아져서 털어놓기 시작했다.

"단성사 옆 골목의 첫 번째 쓰레기통에는 초콜릿 포장지가 두 장 있습니다."

"그건 언제?"

"지난 십사 일 저녁 아홉 시 현재입니다."

"적십자병원 정문 앞에 있는 호두나무의 가지 하나는 부러져 있습니다."

"을지로 삼가에 있는 간판 없는 한 술집에는 미자라는 이름을 가진 색시가 다섯 명 있는데, 그 집에 들어온 순서대로 큰 미자, 둘째 미자, 셋째 미자, 넷째 미자, 막내 미자라고들 합니다."

"그렇지만 그건 다른 사람들도 알고 있겠군요. 그 술집에 들어가 본 사람은 꼭 김 형 하나뿐이 아닐 테니까요."

"아 참, 그렇군요. 난 미처 그걸 생각하지 못했는데. 난 그중에 큰 미자와 하룻저녁 같이 잤는데 그 여자는 다음 날 아침 일수(日收)로 물건을 파는 여자가 왔을 때 내게 팬티 하나를 사 주었습니다. 그런데 그 여자가 저금통으로 사용하고 있는 한 되들이 빈 술병에는 돈이 백십 원 들어 있었습니다."

"그건 얘기가 됩니다. 그 사실은 완전히 김 형의 소유입니다."

우리의 말투는 점점 서로를 존중해 가고 있었다.

"나는……."

하고 우리는 동시에 말을 시작하기도 했다. 그럴 때는 번갈아서 서로 양보했다.

"나는……."

이번에는 그가 말할 차례였다.

"서대문 근처에서 서울역 쪽으로 가는 전차의 트롤리(trolley 전차의 전극 꼭대기에 달린 작은 쇠바퀴)가 내 시야 속에서 꼭 다섯 번 파란 불꽃을 튀기는 것을 보았습니다. 그건 오늘 밤 일곱 시 십오 분에 거길 지나가는 전차였습니다."

"안 형은 오늘 저녁엔 서대문 근처에서 살고 있었군요."

"예, 서대문 근처에서만……."

"난 종로 이가 쪽입니다. 영보빌딩 안에 있는 변소 문의 손잡이 조금 밑에는 약 이 센티미터가량의 손톱자국이 있습니다."

하하하하, 하고 그는 소리 내어 웃었다.

"그건 김 형이 만들어 놓은 자국이겠지요?"

나는 무안했지만 고개를 끄덕이지 않을 수 없었다. 그건 사실이었다.

"어떻게 아세요?"

하고 나는 그에게 물었다.

"나도 그런 경험이 있으니까요."

그가 대답했다.

"그렇지만 별로 기분 좋은 기억이 못 되더군요. 역시 우리는 그냥 바라보고 발견하고 비밀히 간직해 두는 편이 좋겠어요. 그런 짓을 하고 나서는 뒷

맛이 좋지 않더군요."

"난 그런 짓을 많이 했습니다만 오히려 기분이 좋았……."

좋았다고 말하려고 했는데, 갑자기 내가 했던 모든 그것에 대한 혐오감이 치밀어서 나는 말을 그치고 그의 의견에 동의하는 고갯짓을 해 버렸다.

그러나 그때 나는 이상스럽다는 생각이 들었다. 내가 약 삼십 분 전에 들은 말이 틀림없다면 지금 내 옆에서 안경을 번쩍이고 앉아 있는 친구는 틀림없는 부잣집 아들이고 높은 공부를 한 청년이다. 그런데 왜 그가 이래야만 되는가?

"안 형이 부잣집 아들이라는 것은 사실이겠지요? 그리고 대학원생이라는 것도……."

내가 물었다.

"부동산만 해도 대략 삼천만 원쯤 되면 부자가 아닐까요? 물론 내 아버지 재산이지만 말입니다. 그리고 대학원생이라는 건 여기 학생증이 있으니까……."

그러면서 그는 호주머니를 뒤적거리면서 지갑을 꺼냈다.

"학생증까진 필요 없습니다. 실은 좀 의심스러운 게 있어서요. 안 형 같은 사람이 추운 밤에 싸구려 선술집에 앉아서 나 같은 친구나 간직할 만한 일에 대해서 얘기하고 있다는 것이 이상스럽다는 생각이 방금 들었습니다."

"그건…… 그건……."

그는 좀 열띤 음성으로 말했다.

"그건…… 그렇지만 먼저 물어보고 싶은 게 있는데요. 김 형이 추운 밤에 밤거리를 쏘다니는 이유는 무엇입니까?"

"습관은 아닙니다. 나 같은 가난뱅이는 호주머니에 돈이 좀 생겨야 밤거리에 나올 수 있으니까요."

"글쎄, 밤거리에 나오는 이유는 뭡니까?"

"하숙방에 들어앉아서 벽이나 쳐다보고 있는 것보다는 나으니까요."

"밤거리에 나오면 뭔가 좀 풍부해지는 느낌이 들지 않습니까?"

"뭐가요?"

"그 뭔가가. 그러니까 생(生)이라고 해도 좋겠지요. 난 김 형이 왜 그런 질문을 하는지 그 이유를 조금은 알 것 같습니다. 내 대답은 이렇습니다. 밤이 됩니다. 난 집에서 거리로 나옵니다. 난 모든 것에서 해방된 것을 느낍니다.

아니, 실제로는 그렇지 않을는지 모르지만 그렇게 느낀다는 말입니다. 김 형은 그렇게 안 느낍니까?"

"글쎄요."

"나는 사물의 틈에 끼어서가 아니라 사물을 멀리 두고 바라보게 됩니다. 안 그렇습니까?"

"글쎄요, 좀……."

"아니, 어렵다고 말하지 마세요. 이를테면 낮엔 그저 스쳐 지나가던 모든 것이 밤이 되면 내 시선 앞에서 자기들의 벌거벗은 몸을 송두리째 드러내 놓고 쩔쩔맨단 말입니다. 그런데 그게 의미가 없는 일일까요? 그런, 사물을 바라보며 즐거워한다는 일이 말입니다."

"의미요? 그게 무슨 의미가 있습니까? 난 무슨 의미가 있기 때문에 종로 이가에 있는 빌딩들의 벽돌 수를 헤아리는 일을 하는 게 아닙니다. 그냥……."

"그렇죠? 무의미한 겁니다. 아니 사실은 의미가 있는지도 모르지만 난 아직 그걸 모릅니다. 김 형도 아직 모르는 모양인데 우리 한번 함께 그거나 찾아볼까요. 일부러 만들어 붙이지는 말고요."

"좀 어리둥절하군요. 그게 안 형의 대답입니까? 난 좀 어리둥절한데요. 갑자기 의미라는 말이 나오니까."

"아, 참, 미안합니다. 내 대답은 아마 이렇게 될 것 같군요. 그냥 뭔가 뿌듯해지는 느낌이 들기 때문에 밤거리로 나온다고."

그는 이번엔 목소리를 낮추어서 말했다.

"김 형과 나는 서로 다른 길을 걸어서 같은 지점에 온 것 같습니다. 만일 이 지점이 잘못된 지점이라고 해도 우리 탓은 아닐 거예요."

그는 이번엔 쾌활한 음성으로 말했다.

"자, 여기서 이럴 게 아니라 어디 따뜻한 데 가서 정식으로 한 잔씩 하고 헤어집시다. 난 한 바퀴 돌고 여관으로 갑니다. 가끔 이렇게 밤거리를 쏘다니는 밤엔 꼭 여관에서 자고 갑니다. 여관엘 찾아든다는 프로가 내게는 최고죠."

우리는 각기 계산하기 위해서 호주머니에 손을 넣었다. 그때 한 사내가 우리에게 말을 걸어왔다. 우리 곁에서 술잔을 받아 놓고 연탄불에 손을 쬐고 있던 사내였는데, 술을 마시기 위해서 거기에 들어온 것이 아니라 불이 쬐고 싶어서 잠깐 들렀다는 꼴을 하고 있었다. 제법 깨끗한 코트를 입고 있었고 머리엔 기름도 얌전하게 발라서 카바이드 등의 불꽃이 너풀댈 때마다 머리칼의 하이라이트가 이리저리 움직이고 있었다. 그러나 어디선지는 분명하지는 않았지만 가난뱅이 냄새가 나는 서른대여섯 살짜리 사내였다. 아마 빈약하게 생긴 턱 때문이었을까. 아니면 유난히 새빨간 눈시울 때문이었을까. 그 사내가 나나 안 중의 어느 누구에게라고 할 것 없이 그냥 우리 쪽을 향하여 말을 걸어온 것이다.

"미안하지만 제가 함께 가도 괜찮을까요? 제게 돈은 얼마든지 있습니다만……."

이라고 그 사내는 힘없는 음성으로 말했다.

그 힘없는 음성으로 봐서는 꼭 끼워 달라는 건 아니라는 것 같았지만, 한편으로는 우리와 함께 가고 싶은 생각이 간절하다는 것 같기도 했다. 나와 안은 잠깐 얼굴을 마주 보고 나서,

"아저씨 술값만 있다면……."

이라고 내가 말했다.

"함께 가시죠."

라고 안도 내 말을 이었다.

"고맙습니다."

하고 그 사내는 여전히 힘없는 음성으로 말하면서 우리를 따라왔다.

안은 일이 좀 이상하게 되었다는 얼굴을 하고 있었고, 나 역시 유쾌한 예감이 들지는 않았다. 술좌석에서 알게 된 사람끼리는 의외로 재미있게 놀게 되는 것을 몇 번의 경험으로 알고 있었지만, 대개의 경우, 이렇게 힘없는 목소리로 끼어드는 양반은 없었다. 즐거움이 넘치고 넘친다는 얼굴로 요란스럽게 끼어들어야만 일이 되는 것이었다. 우리는 갑자기 목적지를 잊은 사람들처럼 사방을 두리번거리면서 느릿느릿 걸어갔다. 전봇대에 붙은 약 광고판 속에서는 예쁜 여자가 '춥지만 할 수 있느냐.'는 듯한 쓸쓸한 미소를 띠고 우리를 내려다보고 있었고, 어떤 빌딩의 옥상에서는 소주 광고의 네온사인이 열심히 명멸(明滅 불이 켜졌다 꺼졌다 함)하고 있었고, 소주 광고 곁에서는 약 광고의 네온사인이 하마터면 잊어버릴 뻔했다는 듯이 황급히 꺼졌다간 다시 켜져서 오랫동안 빛나고 있었고, 이젠 완전히 얼어붙은 길 위에는 거지가 돌덩이처럼 여기저기 엎드려 있었고, 그 돌덩이 앞을 사람들이 힘껏

웅크리고 빠르게 지나가고 있었다. 종이 한 장이 바람에 휙 날리어 거리의 저쪽에서 이쪽으로 날아오고 있었다. 그 종잇조각은 내 발밑에 떨어졌다. 나는 그 종잇조각을 집어 들었는데 그것은 '미희(美姬) 서비스, 특별 염가(特別廉價)'라는 것을 강조한 어느 비어홀의 광고지였다.

"지금 몇 시쯤 되었습니까?"

하고 힘없는 아저씨가 안에게 물었다.

"아홉 시 십 분 전입니다."

라고 잠시 후에 안이 대답했다.

"저녁들은 하셨습니까? 난 아직 저녁을 안 했는데, 제가 살 테니까 같이 가시겠어요?"

힘없는 아저씨가 이번엔 나와 안을 번갈아 보며 말했다.

"먹었습니다."

하고 나와 안은 동시에 대답했다.

"혼자서 하시죠."

라고 내가 말했다.

"그만두겠습니다."

힘없는 아저씨가 대답했다.

"하세요. 따라가 드릴 테니까요."

안이 말했다.

"감사합니다. 그럼……."

우리는 근처의 중국 요릿집으로 들어갔다. 방으로 들어가서 앉았을 때, 아저씨는 또 한 번 간곡하게 우리가 뭘 좀 들 것을 권했다. 우리는 또 한 번 사양했다. 그는 또 권했다.

"아주 비싼 걸 시켜도 괜찮겠습니까?"

라고 나는 그의 권유를 철회시키기 위해서 말했다.

"네, 사양 마시고."

그가 처음으로 힘 있는 목소리로 말했다.

"돈을 써 버리기로 결심했으니까요."

나는 그 사내에게 어떤 꿍꿍이속이 있는 것만 같은 느낌이 들어서 좀 불안했지만, 통닭과 술을 시켜 달라고 했다. 그는 자기가 주문한 것 외에 내가 말한 것도 사환(使喚 잔심부름을 시키기 위해 고용한 사람)에게 청했다. 안은 어처구니없는 얼굴로 나를 보았다. 나는 그때 마침 옆방에서 들려오고 있는 여자의 불그레한 신음소리를 듣고만 있었다.

"이 형도 뭘 좀 드시죠?"

라고 아저씨가 안에게 말했다.

"아니 전……."

안은 술이 다 깬다는 듯이 펄쩍 뛰고 사양했다.

우리는 조용히 옆방의 다급해져 가는 신음소리에 귀를 기울이고 있었다. 전차의 끽끽거리는 소리와 홍수 난 강물 소리 같은 자동차들의 달리는 소리도 희미하게 들려오고 있었고 가까운 곳에선 이따금 초인종 울리는 소리도 들렸다. 우리의 방은 어색한 침묵에 싸여 있었다.

"말씀드리고 싶은 게 있는데요."

마음씨 좋은 아저씨가 말하기 시작했다.

"들어 주시면 고맙겠습니다. ……오늘 낮에 제 아내가 죽었습니다. 세브란스병원에 입원하고 있었는데……."

그는 이젠 슬프지도 않다는 얼굴로 우리를 빤히 쳐다보며 말하고 있었다.

"네에에."

"그거 안되셨군요."

라고 안과 나는 각각 조의를 표했다.

"아내와 나는 참 재미있게 살았습니다. 아내가 어린애를 낳지 못하기 때문에 시간은 몽땅 우리 두 사람의 것이었습니다. 돈은 넉넉하지 못했습니다만 그래도 돈이 생기면 우리는 어디든지 같이 다니면서 재미있게 지냈습니다. 딸기 철엔 수원에도 가고, 포도 철에 안양에도 가고, 여름이면 대천에도 가고, 가을엔 경주에도 가 보고, 밤엔 함께 영화 구경, 쇼 구경하러 열심히 극장에 쫓아다니기도 했습니다……."

"무슨 병환이셨던가요?"

하고 안이 조심스럽게 물었다.

"급성 뇌막염이라고 의사가 그랬습니다. 아내는 옛날에 급성 맹장염 수술을 받은 적도 있고, 급성 폐렴을 앓은 적도 있다고 했습니다만 모두 괜찮았었는데 이번의 급성엔 결국 죽고 말았습니다. ……죽고 말았습니다."

사내는 고개를 떨구고 한참 동안 무언지 입을 우물거리고 있었다. 안이 손가락으로 내 무릎을 찌르며 우리는 꺼지는 게 어떻겠느냐는 눈짓을 보냈다.

나 역시 동감이었지만 그때 그 사내가 다시 고개를 들고 말을 계속했기 때문에 우리는 눌러앉아 있을 수밖에 없었다.

"아내와는 재작년에 결혼했습니다. 우연히 알게 되었습니다. 친정이 대구 근처에 있다는 얘기만 했지 한 번도 친정과는 내왕이 없었습니다. 난 처갓집이 어딘지도 모릅니다. 그래서 할 수 없었어요."

그는 다시 고개를 떨구고 입을 우물거렸다.

"뭘 할 수 없었다는 말입니까?"

내가 물었다. 그는 내 말을 못 들은 것 같았다. 그러나 한참 후에 다시 고개를 들고 마치 애원하는 듯한 눈빛으로 말을 이었다.

"아내의 시체를 병원에 팔았습니다. 할 수 없었습니다. 난 서적 월부판매 외교원에 지나지 않습니다. 할 수 없었습니다. 돈 사천 원을 주더군요. 난 두 분을 만나기 얼마 전까지도 세브란스병원 울타리 곁에 서 있었습니다. 아내가 누워 있을 시체실이 있는 건물을 알아보려고 했습니다만 어딘지 알 수 없었습니다. 그냥 울타리 곁에 앉아서 병원의 큰 굴뚝에서 나오는 희끄무레한 연기만 바라보고 있었습니다. 아내는 어떻게 될까요? 학생들이 해부 실습하느라고 톱으로 머리를 가르고 칼로 배를 찢고 한다는데 정말 그러겠지요?"

우리는 입을 다물고 있을 수밖에 없었다. 사환이 다쿠앙(단무지)과 양파가 담긴 접시를 갖다 놓고 나갔다.

"기분 나쁜 얘길 해서 미안합니다. 다만 누구에게라도 얘기하지 않고서는 견딜 수 없었습니다. 한 가지만 의논해 보고 싶은데, 이 돈을 어떻게 하면 좋을까요? 저는 오늘 저녁에 다 써버리고 싶은데요."

"쓰십시오."

안이 얼른 대답했다.

"이 돈이 다 없어질 때까지 함께 있어 주시겠어요?"

사내가 말했다. 우리는 얼른 대답하지 못했다.

"함께 있어 주십시오."

사내가 말했다. 우리는 승낙했다.

"멋있게 한번 써 봅시다."

라고 사내는 우리와 만난 후 처음으로 웃으면서, 그러나 여전히 힘없는 음성으로 말했다.

중국집에서 거리로 나왔을 때는 우리는 모두 취해 있었고, 돈은 천 원이 없어졌고, 사내는 한쪽 눈으로는 울고 다른 쪽 눈으로는 웃고 있었고, 안은 도망갈 궁리를 하기에도 지쳐 버렸다고 내게 말하고 있었고, 나는

"악센트 찍는 문제를 모두 틀려 버렸단 말야, 악센트 말야."

라고 중얼거리고 있었고, 거리는 영화에서 본 식민지의 거리처럼 춥고 한산했고, 그러나 여전히 소주 광고는 부지런히, 약 광고는 게으름을 피우며 반짝이고 있었고, 전봇대의 아가씨는 '그저 그래요.'라고 웃고 있었다.

"이제 어디로 갈까?"

하고 아저씨가 말했다.

"어디로 갈까?"

안이 말하고,

"어디로 갈까?"

라고 나도 그들의 말을 흉내 냈다.

아무 데도 갈 데가 없었다. 방금 우리가 나온 중국집 곁에 양품점의 쇼윈도가 있었다. 사내가 그쪽을 가리키며 우리를 끌어당겼다. 우리는 양품점 안으로 들어갔다.

"넥타이를 골라 가져. 내 아내가 사 주는 거야."

사내가 호통을 쳤다.

우리는 알록달록한 넥타이를 하나씩 들었고, 돈은 육백 원이 없어져 버렸다. 우리는 양품점에서 나왔다.

"어디로 갈까?"

라고 사내가 말했다.

갈 데는 계속해서 없었다. 양품점의 앞에는 귤 장수가 있었다.

"아내는 귤을 좋아했다."고 외치며 사내는 귤을 벌여 놓은 수레 앞으로 돌진했다. 삼백 원이 없어졌다. 우리는 이빨로 귤껍질을 벗기면서 그 부근에서 서성거렸다.

"택시!"

사내가 고함쳤다.

택시가 우리 앞에서 멎었다. 우리가 차에 오르자마자 사내는,

"세브란스로!"

라고 말했다.

"안 됩니다. 소용없습니다."

안이 재빠르게 외쳤다.

"안 될까?"

사내는 중얼거렸다.

"그럼 어디로?"

아무도 대답하지 않았다.

"어디로 가시는 겁니까?"

라고 운전수가 짜증 난 음성으로 말했다.

"갈 데가 없으면 빨리 내리쇼."

우리는 차에서 내렸다. 결국 우리는 중국집에서 스무 발자국도 더 벗어나지 못하고 있었다.

거리의 저쪽 끝에서 요란한 사이렌 소리가 나타나서 점점 가깝게 달려들었다. 소방차 두 대가 우리 앞을 빠르고 시끄럽게 지나쳐 갔다.

"택시!"

사내가 고함쳤다.

택시가 우리 앞에 멎었다. 우리가 차에 오르자마자 사내는,

"저 소방차 뒤를 따라갑시다."

라고 말했다.

나는 귤껍질 세 개째를 벗기고 있었다.

"지금 불구경하러 가고 있는 겁니까"

라고 안이 아저씨에게 말했다.

"안 됩니다. 시간이 없습니다. 벌써 열 시 반인데요. 좀 더 재미있게 지내야죠. 돈은 이제 얼마 남았습니까?"

아저씨는 호주머니를 뒤져서 돈을 모두 털어 냈다. 그리고 그것을 안에게 건네줬다. 안과 나는 헤아려 봤다. 천구백 원하고 동전이 몇 개, 십 원짜리가 몇 장이 있었다.

"됐습니다."

안은 다시 돈을 돌려주면서 말했다.

"세상엔 다행히 여자의 특징만 중점적으로 내보이는 여자들이 있습니다."

"내 아내 얘깁니까?"

라고 사내가 슬픈 음성으로 물었다.

"내 아내의 특징은 잘 웃는다는 것이었습니다."

"아닙니다. 종삼(鐘三)으로 가자는 얘기였습니다."

안이 말했다.

사내는 안을 경멸하는 듯한 웃음을 띠며 고개를 돌려 버렸다. 그러는 사이에 우리는 화재가 난 곳에 도착했다. 삼십 원이 없어졌다. 화재가 난 곳은 아래층인 페인트 상점이었는데 지금은 미용 학원 이 층에서 불길이 창으로부터 뿜어 나오고 있었다. 경찰들의 호각 소리, 소방차들의 사이렌 소리, 불길 속에서 나는 탁탁 소리, 물줄기가 건물의 벽에 부딪혀서 나는 소리. 그러나 사람들의 소리는 아무것도 나지 않았다. 사람들은 불빛에 비쳐 무안당한 사람들처럼 붉은 얼굴로, 정물처럼 서 있었다.

우리는 발밑에 굴러 있는 페인트 든 통을 하나씩 궁둥이 밑에 깔고 웅크리고 앉아서 불구경을 했다. 나는 불이 좀 더 오래 타기를 바랐다. 미용 학원이라는 간판에 불이 붙고 있었다. '원'자에 불이 붙기 시작했다.

"김 형, 우리 얘기나 합시다."

하고 안이 말했다.

"화재 같은 건 아무것도 아닙니다. 내일 아침 신문에서 볼 것을 오늘 밤에 미리 봤다는 차이밖에 없습니다. 저 화재는 김 형의 것도 아니고 내 것도 아니고 이 아저씨 것도 아닙니다. 우리 모두의 것이 돼 버립니다. 그러기 때문에 난 화재엔 흥미가 없습니다. 김 형은 어떻게 생각하십니까?"

"동감입니다."

나는 아무렇게나 대답하며 이젠 '학' 자에 불이 붙고 있는 것을 보았다.

"아니 난 방금 말을 잘못했습니다. 화재는 우리 모두의 것이 아니라 화재는 오로지 화재 자신의 것입니다. 화재에 대해서 우리는 아무것도 아닙니다. 그러기 때문에 난 화재에 흥미가 없습니다. 김 형은 어떻게 생각하십니까?"

"동감입니다."

물줄기 하나가 불타고 있는 '학'으로 달려들고 있었다. 물이 닿는 곳에서는 회색 연기가 피어올랐다. 힘없는 아저씨가 갑자기 힘차게 깡통으로부터 일어섰다.

"내 아냅니다."

하고 사내는 환한 불길 속을 손가락질하며 눈을 크게 뜨고 소리쳤다.

"내 아내가 머리를 막 흔들고 있습니다. 골치가 깨질 듯이 아프다고 머리를 막 흔들고 있습니다. 여보…….”

“골치가 깨질 듯이 아픈 게 뇌막염의 증세입니다. 그렇지만 저건 바람에 휘날리는 불길입니다. 앉으세요. 불 속에 아주머님이 계실 리가 있습니까?” 라고 안이 아저씨를 끌어 앉히며 말했다. 그러고 나서 안은 나에게 나지막하게 속삭였다.

“이 양반, 우릴 웃기는데요.”

나는 꺼졌다고 생각하고 있던 ‘학’에 다시 불이 붙고 있는 것을 보았다. 물줄기가 다시 그곳으로 뻗어 가고 있었다. 그러나 물줄기는 겨냥을 잘 잡지 못하고 이러저리 흔들리고 있었다. 불은 날쌔게 ‘용’을 핥고 있었다. 나는 ‘미’까지 어서 불붙기를 바라고 있었고 그리고 그 간판에 불이 붙는 과정을 그 많은 불구경꾼들 중에서 나 혼자만 알고 있기를 바랐다. 그러나 그때 문득 나는 불이 생명을 가진 것처럼 생각되어서, 내가 조금 전에 바라고 있던 것을 취소해 버렸다.

무언가 하얀 것이 우리가 웅크리고 앉아 있는 곳에서 불타고 있는 건물 쪽으로 날아가는 것이 보였다. 그 비둘기는 불 속으로 떨어졌다.

“무엇이 불 속으로 날아 들어갔지요?”

내가 안을 돌아다보며 물었다.

“예, 뭐가 날아갔습니다.”

안은 나에게 대답하고 나서 이번엔 아저씨를 돌아다보며,

“보셨어요?”

하고 그에게 물었다.

아저씨는 잠자코 앉아 있었다. 그때 순경 한 사람이 우리 쪽으로 달려왔다.

“당신이다.”

라고 순경은 아저씨를 한 손으로 붙잡으면서 말했다.

“방금 무엇을 불 속에 던졌소?”

“아무것도 안 던졌습니다.”

“뭐라구요?”

순경은 때릴 듯한 시늉을 하며 아저씨에게 소리쳤다.

“내가 던지는 걸 봤단 말요. 무얼 불 속에 던졌소?”

“돈입니다.”

“돈?”

"돈과 돌을 수건에 싸서 던졌습니다."
"정말이오?"
순경은 우리에게 물었다.
"예, 돈이었습니다. 이 아저씨는 불난 곳에 돈을 던지면 장사가 잘된다는 이상한 믿음을 가졌답니다. 말하자면 좀 돌았다고 할 수 있는 사람이지만 나쁜 짓을 결코 하지 않는 장사꾼입니다."
안이 대답했다.
"돈은 얼마였소?"
"일 원짜리 동전 한 개였습니다."
안이 다시 대답했다.
순경이 가고 났을 때 안이 사내에게 물었다.
"정말 돈을 던졌습니까?"
"예."
"모두?"
"예."
우리는 꽤 오랫동안 불꽃이 튀는 탁탁 소리에 귀를 기울이고 있었다. 한참 후에 안이 사내에게 말했다.
"결국 그 돈은 다 쓴 셈이군요……. 자, 이젠 약속이 끝났으니 우린 가겠습니다."
"안녕히 계십시오."
라고 나는 아저씨에게 작별 인사를 했다.
안과 나는 돌아서서 걷기 시작했다. 사내가 우리를 쫓아와서 안과 나의 팔을 한쪽씩 붙잡았다.
"나 혼자 있기가 무섭습니다."
그는 벌벌 떨며 말했다.
"곧 통행금지 시간이 됩니다. 난 여관으로 가서 잘 작정입니다."
안이 말했다.
"난 집으로 갈 겁니다."
내가 말했다.
"함께 갈 수 없겠습니까? 오늘 밤만 같이 지내 주십시오. 부탁합니다. 잠깐만 저를 따라와 주십시오."

사내는 말하고 나서 나를 붙잡고 있는 자기의 팔을 부채질하듯이 흔들었다. 아마 안의 팔에 대해서도 그렇게 했으리라.

"어디로 가자는 겁니까?"

나는 아저씨에게 물었다.

"여관비를 구하러 잠깐 이 근처에 들렀다가 모두 함께 여관으로 갔으면 하는데요."

"여관에요?"

나는 내 호주머니 속에 든 돈을 손가락으로 계산해 보며 말했다.

"여관비라면 내가 모두 내겠으니 그럼 함께 가시지요."

안이 나와 사내에게 말했다.

"아닙니다. 폐를 끼쳐 드리고 싶지 않습니다. 잠깐만 절 따라와 주십시오."

"돈을 빌리러 가는 겁니까?"

"아닙니다. 받아야 할 돈이 있습니다."

"이 근처에요?"

"예, 여기가 남영동이라면."

"아마 틀림없는 남영동인 것 같군요."

내가 말했다.

사내가 앞장을 서고 안과 내가 그 뒤를 좇아서 우리는 화재로부터 멀어져 갔다.

"빚 받으러 가기에는 시간이 너무 늦었습니다."

안이 사내에게 말했다.

"그렇지만 저는 받아야만 합니다."

우리는 어느 어두운 골목길로 들어섰다. 골목의 모퉁이를 몇 개인가 돌고 난 뒤에 사내는 대문 앞에 전등이 켜져 있는 집 앞에서 멈췄다. 나와 안은 사내로부터 열 발짝쯤 떨어진 곳에서 멈췄다. 사내가 벨을 눌렀다. 잠시 후에 대문이 열리고, 사내가 대문 앞에 선 사람과 말하는 소리가 들렸다.

"주인아저씨를 뵙고 싶은데요."

"주무시는데요."

"그럼 주인아주머니는……."

"주무시는데요."

"꼭 뵈어야겠는데요."

"기다려 보세요."

대문이 다시 닫혔다. 안이 달려가서 사내의 팔을 잡아끌었다.

"그냥 가시죠?"

"괜찮습니다. 받아야 할 돈이니까요."

안이 다시 먼저 서 있던 곳으로 걸어왔다. 대문이 열렸다.

"밤늦게 죄송합니다."

사내가 대문을 향해 고개를 숙이며 말했다.

"누구시죠?"

대문은 잠에 취한 여자의 음성을 냈다.

"죄송합니다. 이렇게 너무 늦게 찾아와서, 실은……."

"누구시죠? 술 취하신 것 같은데……."

"월부 책값 받으러 온 사람입니다."

하고, 사내는 비명 같은 높은 소리로 외쳤다.

"월부 책값 받으러 온 사람입니다."

이번엔 사내는 문기둥에 두 손을 짚고 앞으로 뻗은 자기 팔 위에 얼굴을 파묻으며 울음을 터뜨렸다.

"월부 책값 받으러 온 사람입니다. 월부 책값……."

사내는 계속해서 흐느꼈다.

"내일 낮에 오세요."

대문이 탕 닫혔다.

사내는 계속해서 울고 있었다. 사내는 가끔 '여보'라고 중얼거리며 오랫동안 울고 있었다. 우리는 여전히 열 발짝쯤 떨어진 곳에서 그가 울음을 그치기를 기다리고 있었다. 한참 후에 그가 우리 앞으로 비틀비틀 걸어왔다. 우리는 모두 고개를 숙이고 어두운 골목길을 걸어서 거리로 나왔다. 적막한 거리에는 찬 바람이 세차게 불고 있었다.

"몹시 춥군요."

라고 사내는 우리를 염려한다는 음성으로 말했다.

"추운데요. 빨리 여관으로 갑시다."

안이 말했다.

"방을 한 사람씩 따로 잡을까요?"

여관에 들어갔을 때 안이 우리에게 말했다.

"그게 좋겠지요?"
"모두 한방에 드는 게 좋겠어요."
라고 나는 아저씨를 생각해서 말했다.
아저씨는 그저 우리 처분만 바란다는 듯한 태도로, 또는 지금 자기가 서 있는 곳이 어딘지도 모른다는 태도로 멍하니 서 있었다. 여관에 들어서자 우리는 모든 프로가 끝나 버린 극장에서 나오는 때처럼 어찌할 바를 모르고 거북스럽기만 했다. 여관에 비한다면 거리가 우리에게 더 좋았던 셈이었다. 벽으로 나누어진 방들, 그것이 우리가 들어가야 할 곳이었다.
"모두 같은 방에 들기로 하는 것이 어떻겠어요?"
내가 다시 말했다.
"난 지금 아주 피곤합니다."
안이 말했다.
"방은 각각 하나씩 차지하고 자기로 하지요."
"혼자 있기가 싫습니다."
라고 아저씨가 중얼거렸다.
"혼자 주무시는 게 편하실 거예요."
안이 말했다.
우리는 복도에서 헤어져 사환이 지적해 준, 나란히 붙은 방 세 개에 각각 한 사람씩 들어갔다.
"화투라도 사다가 놉시다."
헤어지기 전에 내가 말했지만,
"난 아주 피곤합니다. 하시고 싶으면 두 분이나 하세요."
라고 안은 말하고 나서 자기의 방으로 들어가 버렸다.
"나도 피곤해 죽겠습니다. 안녕히 주무세요."
라고 나는 아저씨에게 말하고 나서 내 방으로 들어갔다. 숙박계엔 거짓 이름, 거짓 주소, 거짓 나이, 거짓 직업을 쓰고 나서 사환이 가져다 놓은 자리끼(밤에 자다가 마시기 위해 잠자리의 머리맡에 준비해 두는 물)를 마시고 나는 이불을 뒤집어썼다. 나는 꿈도 안 꾸고 잘 잤다.
다음 날 아침 일찍 안이 나를 깨웠다.
"그 양반, 역시 죽어 버렸습니다."
안이 내 귀에 입을 대고 그렇게 속삭였다.

"예?"
나는 잠이 깨끗이 깨어 버렸다.
"방금 그 방에 들어가 보았는데 역시 죽어 버렸습니다."
"역시……."
나는 말했다.
"사람들이 알고 있습니까?"
"아직까진 아무도 모르는 것 같습니다. 우선 빨리 도망해 버리는 게 시끄럽지 않을 것 같습니다."
"자살이지요?"
"물론 그렇겠죠."
나는 급하게 옷을 주워 입었다. 개미 한 마리가 방바닥을 내 발이 있는 쪽으로 기어오고 있었다. 그 개미가 내 발을 붙잡으려고 하는 것 같은 느낌이 들어서 나는 얼른 자리를 옮겨 디디었다.
밖의 이른 아침에는 싸락눈이 내리고 있었다. 우리는 할 수 있는 한 빠른 걸음으로 여관에서 떨어져 갔다.
"난 그가 죽으리라는 것을 알고 있었습니다."
안이 말했다.
"난 짐작도 못했습니다."
라고 나는 사실대로 이야기했다.
"난 짐작하고 있었습니다."
그는 코트의 깃을 세우며 말했다.
"그렇지만 어떻게 합니까?"
"그렇지요. 할 수 없지요. 난 짐작도 못 했는데……."
내가 말했다.
"짐작했다고 하면 어떻게 하겠어요?"
그가 내게 물었다.
"씨팔 것, 어떻게 합니까? 그 양반 우리더러 어떡하라는 건지……."
"그러게 말입니다. 혼자 놓아두면 죽지 않을 줄 알았습니다. 그게 내가 생각해 본 최선의, 그리고 유일한 방법이었습니다."
"난 그 양반이 죽으리라는 짐작도 못했다니까요. 씨팔 것, 약을 호주머니에 넣고 다녔던 모양이군요."

안은 눈을 맞고 있는 어느 앙상한 가로수 밑에서 멈췄다. 나도 그를 따라가서 멈췄다. 그가 이상하다는 얼굴로 나에게 물었다.

"김 형, 우리는 분명히 스물다섯 살짜리죠?"

"난 분명히 그렇습니다."

"나도 그건 분명합니다."

그는 고개를 한 번 기웃했다.

"두려워집니다."

"뭐가요?"

내가 물었다.

"그 뭔가가, 그러니까……."

그가 한숨 같은 음성으로 말했다.

"우리가 너무 늙어 버린 것 같지 않습니까?"

"우린 이제 겨우 스물다섯 살입니다."

나는 말했다.

"하여튼……."

하고 그가 내게 손을 내밀며 말했다.

"자, 여기서 헤어집시다. 재미 많이 보세요."

하고 나도 그의 손을 잡으며 말했다.

우리는 헤어졌다. 나는 마침 버스가 막 도착한 길 건너편의 버스 정류장으로 달려갔다. 버스에 올라서 창으로 내다보니 안은 앙상한 나뭇가지 사이로 내리는 눈을 맞으며 무언지 곰곰이 생각하고 서 있었다.

뫼비우스의 띠

작가와 작품 세계

조세희(1942~)

경기도 가평군 출생. 1963년 서라벌예술대학교 문예창작과를 졸업하고 1965년 경희대학교 국문과를 졸업했다. 1965년 〈경향신문〉에 「돛대 없는 장선(葬船)」이 당선되어 등단했으며, 1979년 '난장이' 연작으로 동인문학상을 수상했다. 1975년 '난장이' 연작의 첫 작품인 「칼날」을 발표하면서 문단의 각광을 받기 시작한다. 1976년 '난장이' 연작 「뫼비우스의 띠」, 「우주공간」, 「난장이가 쏘아 올린 작은 공」 등을 발표했으며, 1977년 역시 '난장이' 연작 「육교 위에서」, 「궤도 회전」, 「은강 노동 가족의 생계비」, 「잘못은 신에게도 있다」 등을 발표했다. 1978년 「클라인씨의 병」, 「내 그물로 오는 가시고기」, 「에필로그」를 이전의 '난장이' 연작과 함께 묶어 『난장이가 쏘아 올린 작은 공』으로 출간했다. '난장이' 연작 외에 대표작으로는 「오늘 쓰러진 네모」, 「긴팽이 모자」 등이 있다.

조세희는 1970년대 한국 사회의 최대 과제였던 빈부와 노사의 대립을 극적으로 제시했다. 그는 '난장이' 연작에 환상적 기법을 도입함으로써 계급적인 대립과 갈등이 마치 동화의 세계에 존재하는 것처럼 묘사했다. 이는 현실의 냉혹함을 더욱 강조하는 역할을 한다. '난장이' 연작 형식은 소설 양식을 확대해 종래의 단편과 장편이 보여 줄 수 없는 현실 대응 방식을 보여 주었다.

작품 정리

갈래: 액자 소설, 연작 소설, 모더니즘 소설
배경: 시간 – 1970년대 / 공간 – 서울의 한 재개발 지역
시점: 3인칭 전지적 작가 시점
주제: 산업화 진행 과정에서 나타난 인간 소외 현상
출전: 〈문학과지성〉(1976)

✎ 구성과 줄거리

발단 (외화) 수학 교사가 '뫼비우스의 띠' 이야기를 들려줌

수학 교사는 학생들에게 굴뚝 청소를 하는 두 아이의 우화를 제시한 후 '뫼비우스의 띠'에 대해 설명한다. 교사의 질문에 학생들은 상식적인 대답을 하고, 고정 관념을 깨는 교사의 설명을 듣고 감탄한다.

전개 (내화) 앉은뱅이와 꼽추는 삶의 터전을 잃고 복수를 결심함

앉은뱅이와 꼽추는 아파트 재개발 때문에 집을 헐값에 빼앗기자 복수를 결심한다.

위기 (내화) 꼽추와 함께 복수를 결심한 앉은뱅이는 부동산 업자를 잔인하게 죽임

앉은뱅이는 적극적인 반면 꼽추는 겁을 낸다. 앉은뱅이는 저녁이 되어 집으로 돌아가는 부동산 업자의 길을 막는다. 앉은뱅이가 집값에 대한 요구 사항을 말하자 부동산 업자는 거짓말을 하고 폭력을 휘두른다.

절정 (내화) 꼽추는 앉은뱅이의 폭력에 환멸을 느끼고 그와 함께하지 않기로 함

부동산 업자의 거짓말에 화가 난 앉은뱅이는 이십만 원씩 두 뭉치의 돈을 빼앗은 다음, 업자를 차에 태운 뒤 기름을 붓고 불을 지른다. 앉은뱅이는 돈으로 강냉이 기계를 사서 살아갈 계획을 세우지만 꼽추는 약장수를 따라서 가겠다고 말한다. 꼽추가 사라지고 혼자 남은 앉은뱅이는 눈물을 흘린다.

결말 (외화) 교사는 '뫼비우스의 띠'의 의미를 되새기며 지식의 폭력화를 경고함

수학 교사는 안과 밖이 구분되지 않는 '뫼비우스의 띠'에 대해 설명한다. 지식을 이익에 따라 쓰지 말라고 충고한다.

✎ 생각해 볼 문제

1. 이 작품은 연작 소설 『난장이가 쏘아 올린 작은 공』에 실린 12편 가운데 하나다. 「뫼비우스의 띠」는 다른 작품과 달리 액자 소설의 형태를 보여 준다. 외화와 내화가 어떻게 연결되어 있는지 제목과 연관 지어 설명해 보자.

외화는 수학 교사의 질문에 대한 학생들의 대답을 제시한다. 수학 교사는 안쪽과 바깥쪽이 구별되지 않는 곡면인 뫼비우스의 띠에 대해 설명하면서 흑백 논리와 고정 관념의 문제점을 학생들에게 일깨운다. 내화에는 앉은뱅이와 꼽추가 부동산 업자의 돈을 빼앗고 살해하는 내용이 담겨 있다. 자신의 돈을 가로챈 부동산 업자를 납치한 뒤 살해한 앉은뱅이는 피해자와 가해자의 양면성을 가졌다. 결국 누가 피해자이고 가해자인지 알 수 없는 왜곡된 현실(내화)이 수업 상황(외화)과 긴밀하게 비유적으로 연결된다.

2. 수학 교사가 들려준 굴뚝 청소 이야기와 '뫼비우스의 띠'는 무엇을 의미하나?

굴뚝 청소 후에 얼굴이 깨끗한 아이는 더러운 아이를 보고 얼굴을 씻는다. 우리의 삶은 다른 사람과의 관계 속에서 이뤄진다. 인간은 상대방을 통해 자신의 상황을 파악하는 데 익숙해져 있다. 이러한 상대성은 왜곡된 선택을 유도하거나 자아를 상실하게 하는 원인이 되기도 한다. 인간은 일정 부분 고정 관념과 흑백 논리에서 벗어날 수 없는 한계를 갖고 있지만, 고정 관념에서 벗어나 문제를 해결할 수 있는 지혜 역시 갖추고 있다. 이런 인간의 속성은 모든 면이 이어져 있는 '뫼비우스의 띠'로 설명할 수 있다.

3. '앉은뱅이'와 '꼽추'가 상징하는 것은 무엇인가?

신체적 장애를 가진 앉은뱅이와 꼽추는 사회적 약자를 상징한다. 반면 자신을 지킬 힘을 소유한 비장애인인 약장수는 '완전한 사람'으로 설정되어 있다.

4. 꼽추가 앉은뱅이와 동행하기를 거부하는 이유는 무엇인가?

부동산 업자는 가해자이지만 살인 행위에 대해 죄의식을 느끼지 않는 앉은뱅이 역시 문제가 있다. 결국 두 사람은 모두 가해자인 동시에 피해자다. 꼽추는 앉은뱅이의 잔인함에 이질감과 두려움을 느껴 그를 떠나 약장수에게 간 것이다.

인물 관계도

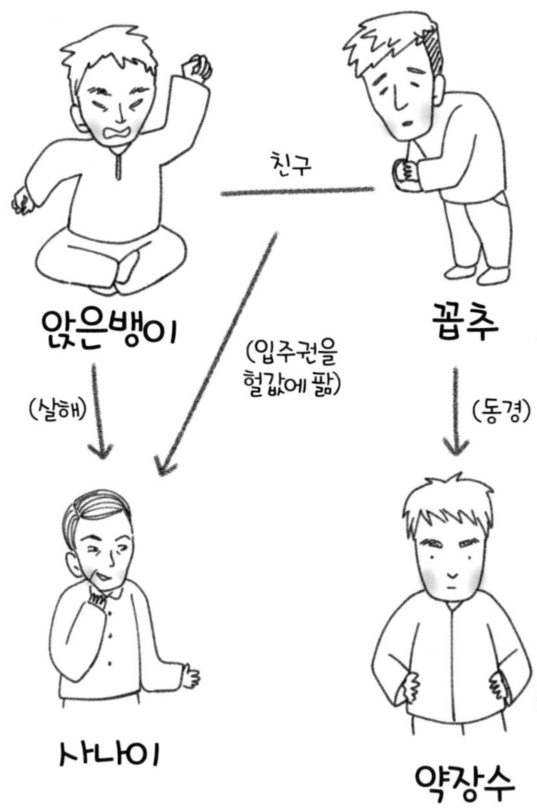

수학 시간에 선생님이 우리들(학생)에게 앉은뱅이와 꼽추의 이야기를 해 주었어요. 앉은뱅이와 꼽추는 아파트 재개발 때문에 집을 잃었고 입주권은 사나이에게 헐값에 팔아 버렸지요. 앉은뱅이가 사나이를 죽여 버리자 꼽추는 앉은뱅이와 결별해 약장수를 따라가기로 했어요. 선생님은 지식을 제대로 쓰라는 교훈을 남기고 수업을 끝냈어요.

뫼비우스의 띠

수학 담당 교사가 교실로 들어갔다. 학생들은 그의 손에 책이 들려 있지 않은 것을 보았다. 학생들은 교사를 신뢰했다. 이 학교에서 학생들이 신뢰하는 유일한 교사였다.

그가 입을 열었다.

제군, 지난 1년 동안 고생 많았다. 정말 모두 열심히들 공부해 주었다. 그래서 이 마지막 시간만은 입학시험과 상관이 없는 이야기를 하고 싶었다. 나는 몇 권의 책을 뒤적여 보다가 제군과 함께 이야기해 보고 싶은 것을 발견했다. 일단 내가 묻는 형식을 취하겠다. 두 아이가 굴뚝 청소를 했다. 한 아이가 얼굴이 새까맣게 되어 내려왔고, 또 한 아이는 그을음을 전혀 묻히지 않은 깨끗한 얼굴로 내려왔다. 제군은 어느 쪽의 아이가 얼굴을 씻을 것이라고 생각하는가?

학생들은 교단 위에 서 있는 교사를 바라보았다. 아무도 얼른 대답을 하지 못했다.

잠시 후에 한 학생이 일어섰다.

얼굴이 더러운 아이가 얼굴을 씻을 것입니다.

그런데, 그렇지가 않다.

교사가 말했다.

왜 그렇습니까?

다른 학생이 물었다.

교사는 말했다.

한 아이는 깨끗한 얼굴, 한 아이는 더러운 얼굴을 하고 굴뚝에서 내려왔다. 얼굴이 더러운 아이는 깨끗한 얼굴의 아이를 보고 자기도 깨끗하다고 생각한다. 이와 반대로 깨끗한 얼굴을 한 아이는 상대방의 더러운 얼굴을 보고 자기도 더럽다고 생각할 것이다.

학생들이 놀람의 소리를 냈다. 그들은 교단 위에 서 있는 교사에게서 눈을 떼지 않았다.

한 번만 더 묻겠다.

교사가 말했다.

두 아이가 굴뚝 청소를 했다. 한 아이는 얼굴이 새까맣게 되어 내려왔고, 또 한 아이는 그을음을 전혀 묻히지 않은 깨끗한 얼굴로 내려왔다. 제군은 어느 쪽의 아이가 얼굴을 씻을 것이라고 생각하는가?

똑같은 질문이었다. 이번에는 한 학생이 얼른 일어나 대답했다.

저희들은 답을 알고 있습니다. 얼굴이 깨끗한 아이가 얼굴을 씻을 것입니다.

학생들은 교사의 말을 기다렸다.

교사는 말했다.

그 답은 틀렸다.

왜 그렇습니까?

더 이상의 질문을 받지 않을 테니까 잘 들어 주기 바란다. 두 아이는 함께 똑같은 굴뚝을 청소했다. 따라서 한 아이의 얼굴이 깨끗한데 다른 한 아이의 얼굴은 더럽다는 일은 있을 수가 없다.

교사는 분필을 들고 돌아섰다. 그는 칠판 위에다 '뫼비우스의 띠'라고 썼다.

제군이 이미 교과서를 통해서 알고 있는 것이지만, 이것 역시 입학시험과는 상관없는 이야기니까 가벼운 마음으로 들어 주기 바란다. 면에는 안과 겉이 있다. 예를 들자. 종이는 앞뒤 양면을 갖고 지구는 내부와 외부를 갖는다. 평면인 종이를 길쭉한 직사각형으로 오려서 그 양끝을 맞붙이면 역시 안과 겉 양면이 있게 된다. 그런데 이것을 한번 꼬아 양끝을 붙이면 안과 겉을 구별할 수 없는, 즉 한쪽 면만 갖는 곡면(이차원 공간으로, 공간 내의 어떤 점의 근방도 평면의 일부분과 동일시할 수 있는 것)이 된다. 이것이 제군이 교과서를 통해서 잘 알고 있는 뫼비우스의 띠이다. 여기서 안과 겉을 구별할 수 없는 곡면을 생각해 보자.

앉은뱅이는 콩밭으로 들어갔다. 아직 날이 저물기 전이어서 잘 여문 콩대를 몇 개 골라 꺾을 수 있었다. 콩밭에 잡초가 너무 많았다. 앉은뱅이는 꺾은 콩대를 가슴에 끼고 밭고랑 사이를 기었다. 조용해서 잡초의 씨앗 떨어지는 소리까지 그는 들을 수 있었다. 말이 콩밭이지 잡초밭이나 마찬가지였다. 앉은뱅이는 황톳길을 나와 콩대를 빼었다. 나무 타는 냄새가 좋았다. 날은 금방 저물기 시작했다. 그가 콩밭으로 들어가기 전에 불을 붙여 놓은 나무들이 빨갛게 타 들어갔다. 그는 깨어진 철판을 불 위에 놓고 콩을 까 넣었다. 바짝 마른나무는 연기 한 줄기 내지 않고 잘 탔다. 그 나무는 몇 시간 전까지만 해도 꼽추네 마루로 깔려 있었던 것이다.

사람들이 꼽추네 집을 무너뜨렸다. 쇠망치를 든 사나이들이 한쪽 벽을 부수고 뒤로 물러서자 북쪽 지붕이 거짓말처럼 내려앉았다. 그들은 더 이상 꼽추네 집에 손을 대지 않았고, 미루나무 옆 털여뀌풀 위에 앉아 있던 꼽추는 일어서면서 하늘만 쳐다보았다. 그의 부인은 네 아이와 함께 종자로 남겨 두었던 옥수수를 마당가에서 탔다. 쇠망치를 든 사나이들은 다음 집으로 건너가기 전에 꼽추네 식구들을 말없이 바라보았다. 아무도 덤벼들지 않았고, 아무도 울지 않았다. 이것이 그들에게 무서움을 주었다.

주위가 어두워 왔다. 앉은뱅이는 먹이를 찾아 나선 몇 마리의 쏙독새가 들판에 낮게 나는 날개 소리를 들었다. 그는 철판 위에 계속 콩을 까 넣었다. 나무 타는 냄새와 콩 익는 냄새가 좋았다. 호수 건너편으로 한 떼의 사람들이 지나가고 있었다. 아파트 공사장 인부들이었다. 앉은뱅이는 호숫가 들판을 가로지른 그들의 실루엣이 버스 정류장 쪽으로 이어지는 것을 보았다.

그는 꼽추의 발짝 소리를 기다리면서 철판을 불 위에서 끌어 내렸다. 꼽추의 발짝 소리는 들리지 않았다. 꼽추의 부인, 큰아이, 작은아이 모두 잘 참았다. 그는 익은 콩을 입 안에 넣고 씹었다. 꼽추네 마루는 아주 잘 탔다. 동네 사람들이 참지 못하고 쇠망치를 든 사나이들에게 울면서 달라붙었다. 사람들은 집단행동에 대해서는 책임을 지지 않아도 되는 것으로 믿고 있었다. 그들은 쇠망치를 든 한 사나이를 끌어내어 치고받았다. 그는 몇 분 뒤에 피를 흘리며 일어나 한쪽 팔을 흔들더니 입에 물고 있던 피를 확 뱉어 냈다. 부러진 앞니들이 피에 섞여 나왔다.

앉은뱅이는 쇠망치를 든 사나이들이 다가오자 코스모스가 한창인 길옆으로 비켜 앉으며 집을 가리켰다. 앉은뱅이네 식구들은 꼽추네 식구들보다 대가 약했다. 부인은 펌프대 뒤쪽에 쪼그리고 앉더니 때 묻은 치마를 올려 얼굴을 감쌌다. 아이들은 그 옆에서 연신 두 눈을 쓸어 내렸다. 지붕과 벽은 순식간에 내려앉고 먼지만 올랐다.

앉은뱅이는 꼽추가 다가오는 발짝 소리를 들었다. 꼽추는 들고 온 플라스틱 통을 불기가 닿지 않을 곳에 놓았다. 통에 휘발유가 가득 들어 있었다. 꼽추는 이 무거운 통을 들고 어두운 십 리 벌판길을 걸어왔다. 그 벌판 끝 공터에는 약장수들이 은박지에 싼 산토닌(회충 구충제의 하나)을 팔고 있었다.

그들은 폐차장에서 망가진 승용차를 사 몰고 다녔다. 차 안에는 나왕 각목, 단단한 돌, 맥주병, 긴 못, 숫돌에 날카롭게 간 장검들을 실었다. 사범이라는 사람이 사용하는 도구였다. 그는 손으로 돌과 맥주병을 깨고, 나왕 각목을 부러뜨리고, 나무에 박아 끝을 구부린 긴 못을 이로 뽑았다. 그가 날카로운 장검을 손아귀에 넣어 나일론 끈으로 묶고, 그 칼끝을 배에 대어 눌러 뺄 때 사람들은 온몸 피부 조직이 칼날 밑에서 짓이겨지는 착각을 느끼고는 했다. 사범은 아무렇지도 않았다.

그의 힘은 무서웠다. 꼽추는 그에게서 휘발유를 얻었다. 승용차의 구조도 자세히 살펴보았다. 앉은뱅이는 꼽추가 어둠 속에 잠겨 있는 동네 쪽으로 고개를 돌리고 서 있는 것을 보았다. 꼽추가 주저앉자 그는 철판을 밀어 주었다. 꼽추는 콩을 입으로 가져가다 말고 낮게 물었다.

"무슨 소리지?"

"응?"

"무슨 소리가 났어."

두 사람은 잠깐 숨소리를 죽였다.

"새가 날아다니는 소리야."

앉은뱅이가 말했다.

"쏙독새가 먹이를 찾아 날고 있어."

"밤에?"

"낮에 잠을 잔다구, 나무에 혹처럼 붙어서 잠을 자는 새야."

꼽추는 입으로 가져가던 콩을 철판 위에 놓았다. 앉은뱅이는 꼽추가 떨리는 손으로 담배를 피워 무는 것을 보았다.

"왜 그래?"

앉은뱅이가 물었다.

"아무것도 아냐."

꼽추가 말했다.

"겁이 나서 그래?"

"무서울 건 없어."

"마음이 내키지 않으면 들어가."

꼽추는 고개를 저었다. 꼽추네 아이들은 천막 안에서 잠을 잤다. 그 아이들은 잠들기 전에 천막 앞에다 불을 피웠다. 앉은뱅이네 아이들이 저희 집 부엌 문짝을 가져와 불 위에 놓았다. 다 부서져 팔 수도 없는 것이었다.

천막 안은 캄캄했다. 불 앞에 모여 섰던 동네 사람들이 흩어져 가자 집들이 들어섰던 어수선한 땅은 어둠에 싸였다. 어른들은 한줄기 부연 불빛을 따라갔다.

방범 초소 앞 공터에 승용차가 서 있었고, 사나이는 차 안에서 몇 사람이 건네준 종이쪽지와 인감 증명을 들여다보았다. 사나이는 밖으로 돈을 내밀었다. 사람들은 차 앞 쪼그리고 앉아 돈을 세었다.

앉은뱅이는 철판을 다시 불 위에 올려놓고 콩을 까 넣었다. 그는 꼽추가 콩이라도 먹는 것을 보고 싶었다. 그는 꼽추가 지난 며칠 동안 무엇을 먹는 것을 본 적이 없다.

"나올 때가 됐잖아?"

꼽추가 물었다. 그의 담배는 바짝 타 들어가 두 손가락 끝에 걸려 있었다.

"됐어."

앉은뱅이가 말했다.

"그 자가 날 죽이지만 않게 해 줘, 살이 피둥피둥 찐 친구야. 그 몸무게로 눌러 오면 난 숨 한번 제대로 못 쉬고 뻗을 거야."

"그러면서 날더러 들어가래?"

"자네가 들어가면 다른 방법을 써야지."

"다른 방법?"

"묻지 마."

앉은뱅이는 고개를 돌렸다. 그의 시야를 아파트 건물들이 가렸다. 벌판 서쪽 끝에서 동쪽 끝까지 잔뜩 들어선 아파트의 골조들이 시꺼먼 모습으로 서 있었다. 꼽추가 두 손으로 모래흙을 퍼 불 위에 뿌렸다. 앉은뱅이는 철판을 끌어 내렸다. 그는 꼽추가 불을 다 끌 때까지 묵묵히 보고만 있었다. 마지막 한 점의 불까지 덮어 버리자 주위는 어둠에 싸였다.

"불을 켰어."

꼽추가 말했다. 앉은뱅이는 동네 쪽으로 고개를 돌렸다. 승용차의 불빛이 밤하늘을 몇 번 휘둘러 젓더니 서서히 움직이기 시작했다.

"먹어."

앉은뱅이가 철판을 밀어 놓으며 말했다. 꼽추는 철판을 콩밭으로 차 버렸다. 그는 휘발유가 든 플라스틱 통을 들고 앞서 걸었다. 앉은뱅이는 급히 그의 뒤를 따라갔다. 길이 움푹 파인 곳에 물이 괴어 있었다. 물 가운데 디딤돌이 두 개 놓여 있어 꼽추는 어림짐작으로 그것들을 밟고 건너뛰었다. 그는 앉은뱅이를 기다렸다. 앉은뱅이는 물웅덩이를 피해 길가 잡초 위로 기어 꼽추가 양쪽 주머니에 꼭꼭 감아 넣었던 전깃줄을 꺼내 친구에게 보였다. 꼽추는 고개를 끄덕이고 바른쪽 콩밭으로 들어가 숨었다. 앉은뱅이는 사방이 너무 조용해 겁이 났다. 그래서 친구에게 말을 걸었다.

"오늘 시세 알아봤어?"

"응."

꼽추는 보이지 않고 목소리만 들려왔다.

"얼마래?"

"삼십팔만 원."

앉은뱅이는 더 이상 말할 기분이 나지 않았다.

"앞을 봐."

꼽추가 콩밭 속에서 말해 왔다. 앉은뱅이는 두 줄기의 불빛이 밤하늘을 휘저으며 다가오는 것을 보았다. 불빛 이외에는 아무것도 보이지 않았다. 눈을 감았다. 밝은 불빛은 앉은뱅이의 망막에 진한 어둠만 남겼다. 그는 꼼짝을 하지 않았다. 승용차가 물웅덩이를 건너며 경적을 울려대도 그는 꼼짝하지 않았다. 완충기가 그의 턱을 밀어붙이더니 승용차는 멎었다. 욕을 퍼부어대는 사나이의 목소리가 들려왔다.

꼽추는 바른쪽 콩밭에서 몸을 찰싹 붙였다. 사나이가 문을 열고 나왔다. 앉은뱅이는 옆으로 몸을 들더니 눈이 부신 얼굴로 사나이를 올려다보았다.

"이봐, 왜 그래?"

사나이가 외쳤다. 앉은뱅이가 작은 목소리로 뭐라고 중얼거리고 있었다. 사나이는 허리를 굽히며 물었다.

"뭐라고?"

"죽고 싶다구."

앉은뱅이가 말했다.

"내 위로 차를 몰아가. 나를 상관하지 말구."

그 목소리가 아주 작아 사나이는 앉은뱅이 옆에 쭈그리고 앉았다.
"이유나 알자. 도대체 왜 그러는 거야?"
"나를 알겠어?"
"알잖구. 나에게 입주권을 팔았잖아."
"그래, 당신이 십육만 원에 사갔지."
"나를 원망할 건 없어. 나는 시에서 주는 이주 보조금보다 만 원이나 더 준 거야."
"아무도 원망하지 않아."
앉은뱅이가 말했다.
"우린 그 돈으로 전세 들었던 사람을 내보낼 수 있었어."
"이봐, 길을 비키게."
사나이가 말했다. 앉은뱅이는 얼굴을 돌렸다.
"전셋돈을 빼 주니까 끝이야."
"아파트 입주 능력이 없어서 팔아버린 것 아냐? 그런데 이제 와서 무슨 이야길 하는 거야?"
"집이 헐린 걸 봤지?"
"봤어."
사나이의 목소리가 거칠어졌다.
"우리 집이 없어졌어."
앉은뱅이의 목소리는 여전히 작았다.
"당신은 나에게 이십만 원을 더 줘야 돼."
"뭐라구?"
"아무것도 모른다고 그럴 수가 있어? 삼십팔만 원짜리를 십육만 원에 사다 이십이만 원씩이나 더 받고 넘긴다는 건 말이 안 돼. 나에게 이십만 원을 줘도 이만 원의 이익을 보는 것 아냐? 더구나 당신은 우리 동네 입주권을 몰아 사 버렸지?"
"비켜!"
사나이가 몸을 일으켰다.
"비키지 않으면 집어던질 테야."
"마음대로 해."
아주 짧은 순간 앉은뱅이는 정신을 잃었었다. 사나이의 구둣발이 그의 가슴을 차 버렸던 것이다. 앉은뱅이는 거듭 들어오는 사나이의 구둣발을 정신없이 잡고 늘어졌다. 앉은뱅이는 너무 약했다. 사나이는 앉은뱅이의 얼굴을 큰 주먹으로 몇 번 쥐어박더니 번쩍 들어 풀숲으로 내던졌다.

그는 거꾸로 처박히듯 내던져진 앉은뱅이가 길 위로 기어 나오려고 곰지락거리는 것을 확인하고 돌아섰다. 방해물이 기어 나오기 전에 빨리 지나가야 했다.

그는 승용차 안으로 들어가기 위해 몸을 굽혔다. 순간, 검은 그림자가 그의 명치 밑을 힘껏 차 왔다. 사나이의 큰 몸이 힘없이 나가떨어졌다. 콩밭에 숨어 있던 꼽추가 차 안으로 들어가 있다 죽을힘을 다해 사나이를 차 버렸던 것이다.

"돈을 줄게!"

사나이는 말을 하고 싶었다. 그러나 그는 말을 할 수가 없었다. 꼽추가 그의 입에 큰 반창고를 붙인 뒤였다. 몸도 움직일 수가 없었다. 그의 몸은 전깃줄로 꽁꽁 묶여 있었다. 사나이는 꼽추가 앉은뱅이를 차 앞으로 끌고 가는 것을 보았다. 불빛에 드러난 앉은뱅이의 얼굴은 피투성이였다. 꼽추가 그의 얼굴을 씻어 주었다. 앉은뱅이는 울고 있었다.

"내가 뻗는 꼴을 보고 싶었지?"

앉은뱅이가 말했다.

"그렇지 않으면 좀 더 빨리 나왔어야 했어. 자넨 내가 뻗는 꼴을 보고 싶었던 거야."

"그만둬."

꼽추가 몸을 돌려 걸으며 말했다.

"저 자를 차에 태워야 돼. 그리고 가방을 찾아야지."

"태워."

앉은뱅이가 따라오며 말했다. 사나이는 온몸을 뒤틀다 지쳐 조용히 누워 있었다.

꼽추가 차 안으로 들어가 밤하늘을 일직선으로 가르며 켜져 있던 두 줄기의 불을 꺼 버렸다. 엔진도 껐다. 그는 운전석 밑에서 검정색 가방을 찾았다.

밖에서는 앉은뱅이가 사나이의 등을 받쳐 밀어 앉혔다. 꼽추가 나와 허리를 끼어 안아 일으켰다. 두 친구는 사나이의 몸을 떠받치듯 밀어 운전석으로 올려 앉혔다.

"나를 저자 옆에 앉혀 줘."

앉은뱅이가 말했다. 꼽추가 그를 안아 바른쪽 좌석에 앉혀 주었다. 자신은 뒤쪽으로 들어가 검정색 가방을 열었다. 사나이는 보기만 했다.

"돈과 서류야."

꼽추가 말했다.

"보여 줘."

앉은뱅이가 말했다. 사나이는 앉은뱅이와 꼽추가 자기의 모든 것을 갖고 있다는 것을 알았다.

"우리 것은 벌써 팔아 버렸어."

앉은뱅이가 가방 안을 뒤적이면서 말했다. 사나이는 두 눈만 껌벅거렸다.

"잘 봐."

"우리 이름이 이 공책에 적혀 있어. 그런데 연필로 그어 버린 거야. 이건 팔았다는 뜻이야."

앉은뱅이가 쳐다보자 사나이가 고개만 끄덕였다.

"삼십팔만 원에?"

사나이가 다시 고개를 끄덕였다.

"돈을 세어 봐."

꼽추가 말했다. 앉은뱅이가 돈을 세기 시작했다. 그는 꼭 이십만 원씩 두 뭉치의 돈만 꺼냈다.

"이건 우리 돈야."

앉은뱅이가 말했다. 사나이는 다시 고개만 끄덕였다. 그는 앉은뱅이가 뒷좌석의 친구에게 한 뭉치의 돈을 넘겨주는 것을 보았다. 앉은뱅이의 손이 부들부들 떨렸다. 꼽추의 손도 마찬가지로 떨렸다. 두 친구의 가슴은 더 떨렸다.

앉은뱅이는 앞가슴을 풀어헤쳐 돈뭉치를 넣더니 단추를 잠그고 옷깃을 여몄다. 꼽추는 웃옷 바른쪽 주머니에 넣었다. 꼽추의 옷에는 안주머니가 없었다.

돈을 챙겨 넣자 내일 할 일들이 머리에 떠올랐다. 앉은뱅이의 머리에도 내일 할 일들이 떠올랐다. 아이들은 천막 안에서 잠을 자고 있었다.

"통을 가져 와."

앉은뱅이가 말했다. 그의 손에는 마지막 전깃줄이 들려 있었다. 밖으로 나온 꼽추는 콩밭에서 플라스틱 통을 찾았다. 그는 친구의 얼굴만 보았다. 그 이외에는 정말 아무것도 보지 않았다. 그는 승용차 옆을 떠나 동네를 향해 걷기 시작했다. 유난히 조용한 밤이었다. 불빛 한 점 없어 동네가 어디쯤 앉아 있는지 알 수 없을 정도였다. 그는 이따금 걸음을 멈추고 앉은뱅이가 기어오는 소리를 듣기 위해 귀를 기울였다.

앉은뱅이는 승용차 안에서 몸을 굴려 밖으로 떨어져 나올 것이다. 그는 문을 쾅 닫고 아주 빠르게 손을 놀려 어둠 깔린 황톳길 위를 기어올 것이다.

꼽추는 자기의 평상 걸음과 손을 빠르게 놀렸을 때의 앉은뱅이의 속도를 생각하면서 걸었다.

동네 입구로 들어선 꼽추는 헐린 외딴집 마당가로 가 펌프의 손잡이를 눌렀다. 그는 두 손으로 물을 받아 입을 축였다. 그 손을 웃옷 바른쪽 주머니에 대어 보았다. 앉은뱅이가 가쁜 숨을 몰아쉬며 기어오고 있었다. 꼽추는 앞으로 다가가 앉은뱅이의 얼굴을 들여다보았다. 어두워서 잘 보이지 않았다.

앉은뱅이의 몸에서는 휘발유 냄새가 났다. 꼽추가 펌프를 찧어 앉은뱅이의 얼굴을 씻어 주었다. 앉은뱅이는 얼굴이 쓰라려 눈을 감았다. 그러나 이런 아픔쯤은 아무것도 아니었다. 그는 가슴속에 들어 있는 돈과 내일 할 일들을 생각했다. 그가 기어온 황톳길 저쪽 끝에서 불길이 솟아올랐다. 그는 일어서려는 친구를 잡아 앉혔다.

쇠망치를 든 사람들이 왔을 때 꼽추네 식구들은 정말 잘 참았다. 앉은뱅이네 식구는 꼽추네 식구들보다 대가 약했다. 앉은뱅이는 갑자기 일어서려고 한 친구가 마음에 들지 않았다. 폭발 소리가 들려왔을 때는 앉은뱅이도 놀랐다. 그러나 그것도 잠깐뿐이었다. 불길도 자고 폭발 소리도 자 버렸다.

어둠과 침묵이 두 사람을 싸고 있었다. 꼽추가 앞서 걸었다. 앉은뱅이가 그 뒤를 따랐다.

"살 게 많아."

그가 말했다.

"모터가 달린 자전거와 리어카를 사야 돼. 그다음에 강냉이 기계를 사야지. 자네는 운전만 하면 돼. 내가 기어 다니는 꼴은 보지 않게 될 거야."

앉은뱅이는 친구의 반응을 기다렸다. 꼽추는 말이 없었다.

"왜 그래?"

앉은뱅이는 급히 따라가 꼽추의 바짓가랑이를 잡았다.

"이봐, 왜 그래?"

"아무것도 아냐."

꼽추가 말했다.

"겁이 나서 그래?"

앉은뱅이가 물었다.

"아무렇지도 않아."

꼽추가 말했다.

"묘해. 이런 기분은 처음야."

"그럼 잘됐어."

"잘된 게 아냐."

앉은뱅이는 이렇게 차분한 친구의 목소리를 처음 들었다.

"나는 자네와 가지 않겠어."

"뭐!"

"자네와 가지 않겠다구."

"갑자기 무슨 소릴 하는 거야? 내일 삼양동이나 거여동으로 가자구. 그곳엔 방이 많아. 식구들을 안정시켜 놓고 우린 강냉이 기계를 끌고 나오면 되는 거야. 모터가 달린 자전거를 사면 못 갈 곳이 없어. 갈현동에 갔었던 일 생각나? 몇 방을 튀겼었는지 벌써 잊었어? 밤 아홉 시까지 계속 돌려댔었잖아. 그들은 강냉이를 먹기 위해 튀기러 오는 게 아냐. 옛날 생각이 나서 아이들을 앞세우고 올 뿐야. 그런 델 찾아다니면 돼. 우린 며칠에 한 번씩 집에 돌아가 여편네가 입을 벌릴 정도의 돈을 쏟아 놓을 수가 있다구. 그런데 자네는 무슨 생각을 하는 거야?"

"나는 사범을 따라갈 생각야."

"그 약장수?"

"응."

"미쳤어? 그 나이에 무슨 약장사를 하겠다는 거야?"

"완전한 사람은 얼마 없어. 그는 완전한 사람야. 죽을힘을 다해 일하고 그 무서운 대가로 먹고살아. 그가 파는 기생충 약은 가짜가 아냐. 그는 자기의 일을 훌륭히 도와줄 수 있는 내 몸의 특징을 인정해 줄 거야."

꼽추는 이렇게 말하고 한마디 덧붙였다.
"내가 무서워하는 것은 자네의 마음야."
"그러니까, 알겠네."
앉은뱅이가 말했다.
"가, 막지 않겠어. 나는 아무도 죽이지 않았어."
"어쨌든."
꼽추가 돌아서면서 말했다.
"무슨 해결이 나야 말이지."
어둠이 친구를 감싸 앉은뱅이는 발짝 소리밖에 듣지 못했다. 조금 있자 발짝 소리도 들리지 않았다. 그는 아이들이 잠든 천막을 찾아 기어가기 시작했다. 울지 않겠다고 이를 악물었다. 그러나 흐르는 눈물은 어쩔 수 없었다. 그는 이 밤이 또 얼마나 길까 생각했다.

교사는 두 손을 교탁 위에 얹었다. 그는 제자들을 향해 말했다.
끝으로 내부와 외부가 따로 없는 입체는 없는지 생각해 보자. 내부와 외부를 경계 지을 수 없는 입체, 즉 뫼비우스의 입체를 상상해 보라. 우주는 무한하고 끝이 없어 내부와 외부를 구분할 수 없을 것 같다. 간단한 뫼비우스의 띠에 많은 진리가 숨어 있는 것이다. 내가 마지막 시간에 왜 굴뚝 이야기나 하고, 띠 이야기를 하는지 제군은 생각해 주리라 믿는다. 차차 알게 되겠지만 인간의 지식은 터무니없이 간사한 역할을 맡을 때가 많다. 제군은 이제 대학에 가 더 많은 것을 배우게 될 것이다. 제군은 결코 제군의 지식이 제군이 입을 이익에 맞추어 쓰여지는 일이 없도록 하라. 나는 제군을 정상적인 학교 교육을 받은 사람, 사물을 옳게 이해할 줄 아는 사람으로 가르치려고 노력했다. 이제 나의 노력이 어떠했나 자신을 테스트해 볼 기회가 온 것 같다. 다른 인사말은 서로 생략하기로 하자.
차렷!
반장이 벌떡 일어서며 소리쳤다.
경례!
교사는 상체를 굽혀 답례하고 교단에서 내려왔다. 그는 교실에서 나갔다.
겨울 해는 이미 기울어 교실 안이 어두워 왔다.

난장이가 쏘아 올린 작은 공

작품 정리

작가: 조세희(536쪽 '작가와 작품 세계' 참조)

갈래: 연작 소설

배경: 시간 - 1970년대 / 공간 - 서울의 한 재개발 지역(낙원구 행복동)

시점: 1인칭 주인공 시점

주제: 도시 빈민이 겪는 삶의 고통과 좌절

출전: 〈문학과지성〉(1976)

구성과 줄거리

발단 **'나'의 집에 철거 계고장이 도착함**

'난장이'라고 불리는 아버지, 어머니와 '나(영수)', 영호, 막내딸인 영희로 구성된 다섯 식구는 날마다 천국을 생각하며 지겨운 생활을 견뎌 나간다. 그러던 어느 날 통장으로부터 집을 자진 철거하라는 철거 계고장을 받는다.

전개 **명희네 돈을 갚기 위해 입주권의 값이 오르기를 바람**

몇몇 거간꾼들이 우리에게도 입주권을 팔라고 하지만 우리는 그냥 돌아온다. 이웃에 사는 명희 어머니가 15만 원을 빌려 준 덕택으로 어머니는 건넌방 전셋돈을 해결한다. 밤에 다시 온 명희 어머니는 입주권이 18만 5천 원으로 올랐다며 좀 더 기다려 보라고 한다.

위기 **투기업자에게 입주권을 팔지만 영희는 가족 몰래 투기업자를 따라감**

투기업자와 아버지는 입주권 매매 계약을 하고, 다음 날 어머니는 명희 어머니에게 빌린 돈 15만 원을 갚는다. 한편, 영희는 입주권을 판 그날 입주권을 되찾기 위해 투기업자를 따라간다. 하지만 영희는 입주권을 되찾지 못하고 투기업자의 집에서 지내게 된다.

절정 **집이 철거되고 아버지가 사라짐**

철거일 아침, 아버지와 알고 지내던 지섭이 쇠고기를 사 들고 집에 온다.

아침 식사를 마치고 짐을 밖으로 끌어내자 철거반원들은 집을 부순다. 이에 지섭이 철거를 지휘하는 사나이에게 항의하며 그의 안면에 주먹을 내지르자 철거반원들이 한꺼번에 달려들어 지섭을 끌고 간다.

결말 영희는 입주권을 되찾지만 아버지의 죽음을 전해 들음

투기업자의 금고에서 입주권과 돈, 칼을 가지고 뛰쳐나온 영희는 행복동 동사무소로 향한다. 동사무소에서 아버지에 관한 소식을 듣고 윤신애 아주머니 집을 찾아갔다가 아버지의 죽음을 전해 듣는다. 영희는 큰오빠에게 아버지를 난장이라고 부르는 악당은 죽여 버리라고 말한다.

생각해 볼 문제

1. '난장이'와 난장이가 쏘아 올린 작은 '공'의 상징적 의미는 무엇인가?

1970년대는 산업화가 급속하게 진행되면서 경제 발전이 빠르게 이루어진 시기였다. 하지만 산업화로 말미암아 농촌이 해체되자 농민들은 도시의 노동자로 내몰렸고, 도시 빈민층을 이루며 열악한 환경 속에서 살 수밖에 없었다. 이 작품 속의 '난장이'는 「뫼비우스의 띠」에 등장하는 '앉은뱅이'나 '꼽추'와 마찬가지로 가난하고 소외된 약자를 대표한다. 그리고 '난장이'가 쏘아 올린 작은 '공'은 날아오르고자 하는 꿈을 의미한다. 사회의 구조적 모순인 빈부 격차와 불평등에서 벗어나고자 하는 약자의 꿈을 상징하는 것이다.

2 '난장이' 가족이 사는 '낙원구 행복동'이라는 지명의 의미는 무엇인가?

이곳은 재개발이 되기 전에는 비록 판잣집 같기는 했지만 그래도 집 걱정 없이 살 수 있는 행복한 공간이었다. 그러나 재개발이 되면서 '난장이' 가족과 주민들이 더 이상 살 수 없는 공간이 되고 만다. 이런 의미에서 '낙원구'나 '행복동'은 반어적이고 냉소적인 의미를 지닌 곳이다. 이 지명은 주민들의 암울한 현실을 더욱 효과적으로 드러낸다.

인물 관계도

사람들은 아버지를 난장이라고 불러요. 아버지, 어머니, 저(영수), 영호와 영희, 우리 다섯 식구가 사는 낙원구 행복동은 재개발 지역이에요. 우리 가족도 철거 계고장을 받았고, 결국 입주권을 팔아서 빚을 갚았지요. 우리 집이 강제로 철거되자 아버지는 공장에서 투신하고 말았어요.

난장이가 쏘아 올린 작은 공

1

사람들은 아버지를 난장이라고 불렀다. 사람들은 옳게 보았다. 아버지는 난장이였다. 불행하게도 사람들은 아버지를 보는 것 하나만 옳았다. 그밖의 것들은 하나도 옳지 않았다. 나는 아버지 · 어머니 · 영호 · 영희, 그리고 나를 포함한 다섯 식구의 모든 것을 걸고 그들이 옳지 않다는 것을 언제나 말할 수 있다. 나의 '모든 것'이라는 표현에는 '다섯 식구의 목숨'이 포함되어 있다. 천국에 사는 사람들은 지옥을 생각할 필요가 없다. 그러나 우리 다섯 식구는 지옥에 살면서 천국을 생각했다. 단 하루도 천국을 생각해 보지 않은 날이 없다. 하루하루의 생활이 지겨웠기 때문이다. 우리의 생활은 전쟁과 같았다. 우리는 그 전쟁에서 날마다 지기만 했다. 그런데도 어머니는 모든 것을 잘 참았다. 그러나 그날 아침 일만은 참기 어려웠던 것 같다.

"통장이 이걸 가져왔어요."

내가 말했다. 어머니는 조각 마루 끝에 앉아 아침 식사를 하고 있었다.

"그게 뭐냐?"

"철거 계고장(戒告狀 행정상의 의무 이행을 재촉하는 내용을 담은 문서)예요."

"기어코 왔구나."

어머니가 말했다.

"그러니까 집을 헐라는 거지? 우리가 꼭 받아야 할 것 중의 하나가 이제 나온 셈이구나!"

어머니는 식사를 중단했다. 나는 어머니의 밥상을 내려다보았다. 보리밥에 까만 된장, 그리고 시든 고추 두어 개와 졸인 감자.

나는 어머니를 위해 철거 계고장을 천천히 읽었다.

낙 원 구

주택: 444,1 __________ 197×. 9. 10

수신: 서울특별시 낙원구 행복동 46번지의 1839 김불이 귀하

제목: 재개발 사업 구역 및 고지대 건물 철거 지시

귀하 소유 아래 표시 건물은 주택 개량 촉진에 관한 임시 조치법에 따라 행복 3구역 재개발 지구로 지정되어 서울특별시 주택 개량 재개발 사업 시행 조례 제15조, 건축법 제5조 및 동법 제42조의 규정에 의하여 197×. 9. 30까지 자진 철거할 것을 명합니다. 만일 위 기일까지 자진 철거하지 않을 경우에는 행정 대집행법의 정하는 바에 의하여 강제 철거하고 그 비용은 귀하로부터 징수하겠습니다.

철거 대상 건물 표시

서울특별시 낙원구 행복동 46번지의 1839

구조 건평 평

끝

낙원구청장

어머니는 조각 마루 끝에 앉아 말이 없었다. 벽돌 공장의 높은 굴뚝 그림자가 시멘트 담에서 꺾어지며 좁은 마당을 덮었다. 동네 사람들이 골목으로 나와 뭐라고 소리치고 있었다. 통장은 그들 사이를 비집고 나와 방죽 쪽으로 걸음을 옮겼다. 어머니는 식사를 끝내지 않은 밥상을 들고 부엌으로 들어갔다. 어머니는 두 무릎을 곧추세우고 앉았다. 그리고 손을 들어 부엌 바닥을 한 번 치고 가슴을 한 번 쳤다.

나는 동사무소로 갔다. 행복동 주민들이 잔뜩 몰려들어 자기의 의견들을 큰 소리로 말하고 있었다. 들을 사람은 두셋밖에 안 되는데 수십 명이 거의 동시에 떠들어 대고 있었다. 쓸데없는 짓이었다. 떠든다고 해결될 문제는 아니었다.

나는 바깥 게시판에 적혀 있는 공고문을 읽었다. 거기에는 아파트 입주

절차와 아파트 입주를 포기할 경우 탈 수 있는 이주 보조금 액수 등이 적혀 있었다. 동사무소 주위는 시장 바닥과 같았다. 주민들과 아파트 거간꾼(흥정을 붙이는 일을 직업으로 하는 사람)들이 한데 뒤엉켜 이리 몰리고 저리 몰리고 했다.

나는 거기서 아버지와 두 동생을 만났다. 아버지는 도장포(圖章鋪 도장을 새겨 주는 가게) 앞에 앉아 있었다. 영호는 내가 방금 물러선 게시판 앞으로 갔다. 영희는 골목 입구에 세워 놓은 검정색 승용차 옆에 서 있었다. 아침 일찍 일들을 찾아 나섰다가 철거 계고장이 나왔다는 소리를 듣고 돌아온 것이었다. 누군들 이런 날 일을 할 수 있을까. 나는 아버지 옆으로 가 아버지의 공구들이 들어 있는 부대를 둘러메었다. 영호가 다가오더니 나의 어깨에서 그 부대를 내려 옮겨 메었다. 나는 아주 자연스럽게 그것을 넘겨주면서 이쪽으로 걸어오는 영희를 보았다. 영희의 얼굴은 발갛게 상기되어 있었다. 몇 사람의 거간꾼들이 우리를 둘러싸고 아파트 입주권을 팔라고 했다. 아버지가 책을 읽고 있었다. 우리는 아버지가 책을 읽는 것을 처음 보았다. 표지를 쌌기 때문에 무슨 책을 읽는지도 알 수 없었다. 영희가 허리를 굽혀 아버지의 손을 잡아끌었다. 아버지는 우리들의 얼굴을 물끄러미 쳐다보더니 자리를 털고 일어났다. "난장이가 간다."고 처음 보는 사람들이 말했다.

어머니는 대문 기둥에 붙어 있는 알루미늄 표찰을 떼기 위해 식칼로 못을 뽑고 있었다. 내가 식칼을 받아 반대쪽 못을 뽑았다. 영호는 어머니와 내가 하는 일이 못마땅한 모양이었다. 그러나 마음에 드는 일이 우리에게 일어나 주기를 바랄 수는 없는 일이었다. 어머니는 무허가 건물 번호가 새겨진 알루미늄 표찰을 빨리 떼어 간직하지 않으면 나중에 괴로운 일이 생길 것이라는 것을 알고 있었다.

어머니는 손바닥에 놓인 표찰을 말없이 들여다보았다. 영희가 이번에는 어머니의 손을 잡아끌었다.

"너희들이 놀게 되지만 않았어도 난 별걱정을 안 했을 거다."

어머니가 말했다.

"스무 날 안에 무슨 뾰족한 수가 생기겠니. 이제 하나하나 정리를 해야지."

"입주권을 팔려고 그래요?"

영희가 물었다.

"팔긴 왜 팔아!"

영호가 큰 소리로 말했다.

"그럼 아파트 입주할 돈이 있어야지."
"아파트로도 안 가."
"그럼 어떻게 할 거야?"
"여기서 그냥 사는 거야. 이건 우리 집이다."
영호는 성큼성큼 돌계단을 올라가 아버지의 부대를 마루 밑에 놓았다.
"한 달 전만 해도 그런 이야길 하는 사람이 있었다."
아버지가 말했다. 어머니가 내준 철거 계고장을 막 읽고 난 참이었다.
"시에서 아파트를 지어 놨다니까 얘긴 그걸로 끝난 거다."
"그건 우릴 위해서 지은 게 아녜요."
영호가 말했다.
"돈도 많이 있어야 되잖아요?"
영희는 마당가 팬지(삼색제비꽃) 앞에 서 있었다.
"우린 못 떠나. 갈 곳이 없어. 그렇지 큰오빠?"
"어떤 놈이든 집을 헐러 오는 놈은 그냥 놔두지 않을 테야."
영호가 말했다.
"그만둬."
내가 말했다.
"그들 옆엔 법이 있다."
아버지 말대로 모든 이야기는 끝나 버린 것이나 마찬가지였다. 마당가 팬지 앞에 서 있던 영희가 고개를 돌렸다. 영희는 울고 있었다. 어렸을 때부터 영희는 잘 울었다. 그때 나는 말했다.
"울지 마, 영희야."
"자꾸 울음이 나와."
"그럼, 소리를 내지 말고 울어."
"응."
그러나 풀밭에서 영희는 소리를 내어 울었다. 나는 손으로 영희의 입을 막았다. 영희의 몸에서는 풀 냄새가 났다. 개천 건너 주택가 골목에서는 고기 굽는 냄새가 났다. 나는 그것이 고기 굽는 냄새인 줄 알면서도 어머니에게 묻고는 했다.
"엄마, 이게 무슨 냄새야?"
어머니는 말없이 걸었다. 나는 다시 물었다.

"엄마, 이게 무슨 냄새지?"
어머니는 나의 손을 잡았다. 어머니는 걸음을 빨리하면서 말했다.
"고기 굽는 냄새란다. 우리도 나중에 해 먹자."
"나중에 언제?"
"자, 빨리 가자."
어머니는 말했다.
"너도 공부를 열심히 하면 좋은 집에 살 수 있고, 고기도 날마다 먹을 수 있단다."
"거짓말!"
어머니의 손을 뿌리치면서 내가 말했다.
"아버지는 나쁜 사람야."
어머니가 우뚝 섰다.
"너 방금 뭐라고 했니?"
"우리 아버지는 나쁜 사람야."
"너 매 좀 맞아야겠구나. 아버지는 좋은 분이다."
"나도 주머니가 달린 옷을 입고 싶어."
"빨리 가자."
"엄마는 왜 우리들 옷에 주머니를 안 달아 주지? 돈도 넣어 주지 못하고, 먹을 것도 넣어 줄 게 없어서 그렇지?"
"아버지에 대해 말을 막 하면 너 매 맞을 줄 알아라."
"아버지는 악당도 못 돼. 악당은 돈이나 많지."
"아버지는 좋은 분이다."
"알아."
나는 말했다.
"수백 번도 더 들었어. 그렇지만 이젠 속지 않아."
"엄마, 큰오빠는 말을 안 들어."
영희는 부엌문 앞에 서서 말했다.
"엄마 몰래 또 고기 냄새 맡으러 갔었대. 나는 안 갔어."
어머니는 아무 말이 없었다. 나는 영희를 흘겨보았다. 영희는 또 말했다.
"엄마, 큰오빠가 고기 냄새 맡으러 갔었다고 말했더니 때리려고 그래."
영희는 좀처럼 울음을 그치지 못했다. 나는 영희의 입에서 손을 떼었다.

영희를 풀밭으로 끌고 들어간 것이 잘못이었다. 영희를 때려 주고 나는 후회했다. 귀여운 영희의 얼굴은 눈물로 젖었다. 우리는 그때 주머니 없는 옷을 입고 있었다.

아버지는 철거 계고장을 마루 끝에 놓고 책을 읽었다. 우리는 아버지에게서 무엇을 바라지는 않았다. 아버지는 그동안 충분히 일했다. 고생도 충분히 했다. 아버지만 고생을 한 것이 아니다. 아버지의 아버지, 아버지의 할아버지, 할아버지의 아버지, 그 아버지의 할아버지—또—대대로 거슬러 올라간다. 그들은 아버지보다 더 심한 고생을 했을 수도 있다. 나는 공장에서 이상한 매매 문서가 든 원고를 조판한 적이 있다. 그 내용의 일부를 짜기 위해 나는 열심히 손을 놀렸다.

婢(비) 金伊德(김이덕)의 한 소생 奴(노) 今同(금동) 庚寅生(경인생), 奴 今同의 양처 소생 奴 金今伊(김금이) 丁卯生(정묘생), 奴 今同의 양처 소생 奴 德水(덕수) 己巳生(기사생), 奴 今同의 양처 소생 奴 存世(존세) 辛未生(신미생), 奴 今同의 양처 소생 奴 永石(영석) 癸酉生(계유생), 奴 金今伊의 양처 소생 奴 鐵壽(철수) 丙戌生(병술생), 奴 金今伊의 양처 소생 奴 今山(금산) 戊子生(무자생).

나는 그때 이것이 무엇인지 몰랐다. 그 판을 짜고 다음 판을 짜 나가다 겨우 알았다. 노비 매매 문서의 한 부분이었다. 나는 열흘 동안 같은 책을 조판했다. 그 열흘 동안 나는 아버지와 아무 말도 하지 않았다. 어머니하고도 이야기를 하지 않았다. 나는 어머니의 어머니, 어머니의 할머니, 할머니의 어머니, 그 어머니의 할머니들이 최하층의 천인으로서 무슨 일을 해 왔는지 알고 있었다. 어머니라고 달라진 것은 없었다. 마음 편할 날이 없고, 몸으로 치러야 하는 노역은 같았다. 우리의 조상은 세습하여 신역(身役 관아에 속한 종과 개인이 부리던 종이 치르던 노역)을 바쳤다. 우리의 조상은 상속 · 매매 · 기증 · 공출(농업 생산물이나 기물 따위를 정부에 내어놓음)의 대상이었다.

어느 날 어머니는 나에게 말했다.

"너희들은 엄마를 잘못 두어 이 고생이다. 아버지하고는 상관이 없단다."

어머니는 장남인 나에게만 말했다. 외할머니에게 들은 말을 나에게 전한 것이다. 천년을 두고 우리의 조상은 자손들에게 이 말을 남겼다. 그러나 나는 알고 있었다. 아버지도 씨종(대대로 내려가며 종노릇을 하는 사람의 자식)이었다.

할아버지의 아버지 대에 노비제는 사라졌다. 증조부 내외분은 아무것도 몰랐다. 나중에서야 해방을 맞았다는 것을 알았으나 두 분이 한 말은 오히려 "저희들을 내쫓지 마십시오."였다. 할아버지는 달랐다. 할아버지는 유습(遺習 예로부터 전해 오는 풍속)에서 벗어나려고 했다. 늙은 주인은 할아버지에게 집과 땅을 주었다. 그러나 쓸데없는 일이었다. 모르는 면에서는 할아버지나 증조부나 같았다. 증조부 대까지는 선조들이 살아온 경험이 도움이 되었으나 할아버지 대에는 그것이 도움을 주지 못했다. 할아버지에게는 어떤 교육도 없었고 경험도 없었다. 할아버지는 집과 땅을 잃었다.

• 뒷부분 줄거리

뒷집 명희 어머니는 입주권을 팔고 와서는 어머니에게 어차피 아파트로 입주하지 못할 바에는 빨리 팔고 떠날 생각을 하라고 한다. 다시 온 명희 어머니는 입주권 가격이 올랐다며 좀 더 기다려 보라고 한다. 동사무소에 간 영호는 한 투기업자에게 25만 원에 입주권을 사겠다는 제안을 받는다. 아버지는 투기업자와 매매 계약을 하고 어머니는 명희 어머니에게 빌린 돈 15만 원을 갚는다. 명희 어머니는 집을 헐고 동네를 떠난다.

어머니가 아침 밥상을 차리는 동안 철거반원들이 집으로 들이닥친다. 식구들이 아침 식사를 하는 도중에도 철거반원들은 담을 쇠망치로 부수는 일에 열중한다. 담을 부수고 집 안으로 들어온 철거반원들은 가족들이 식사를 마치고 짐을 빼자마자 집을 무너뜨린다. 아버지와 각별한 사이인 지섭이 화가 나 철거를 지휘하던 사내에게 주먹을 날리자 철거반원들이 한꺼번에 달려들어 지섭을 두들겨 팬다.

입주권을 판 날 영희는 투기업자를 따라가 입주권을 되찾아 오려고 하지만 실패하고 그의 집에서 지내게 된다. 어느 날 영희는 투기업자가 자신에게 한 것처럼 그를 마취시킨 뒤 금고에서 입주권과 돈, 칼을 꺼내 도망쳐 나온다. 행복동 동사무소에서 아파트 입주를 위한 철거 확인 절차를 마친 영희는 가족을 찾기 위해 윤신애 아주머니를 찾아간다. 영희는 아버지가 벽돌 공장 굴뚝에서 자살했음을 알게 된다.

사평역

작가와 작품 세계

임철우(1954~)

전남 완도 출생. 전남대학교 및 서강대학교 대학원 영문과를 졸업했다. 1981년 〈서울신문〉 신춘문예에 「개도둑」이 당선되어 등단했다. 한국일보창작문학상, 이상문학상, 대산문학상, 요산문학상 등을 수상했다. 주요 작품으로는 『아버지의 땅』, 『그리운 남쪽』, 『달빛 밟기』, 『불임기』, 『직선과 독가스』 등의 작품집과 장편 「붉은 산, 흰 새」, 「그 섬에 가고 싶다」, 「봄날」 등이 있다. 1995년부터 2016년까지 한신대학교 문예창작과 교수를 역임했다.

임철우의 소설은 분단 문제와 이념의 폭력성을 고발하는 데 초점이 맞추어져 있다. 특히 직접 체험했던 1980년 5 · 18 민주화운동을 소재로 한 작품을 지속적으로 발표했는데, 당시의 모습을 기록한 다큐멘터리 형식의 장편소설 「봄날」은 그 결정판에 해당하는 작품이다.

「사평역」, 「등대 아래서 휘파람」에서는 매우 서정적인 세계를 보여 준다. 그의 작품에 나타나는 서정성은 간결하고 서정적인 문체와 인간에 대한 따뜻한 시선 등에서 기인한다. 이런 점은 정치적 권력에 대한 비판적인 시선 이면에 휴머니즘에 대한 작가의 깊은 애착이 놓여 있음을 짐작하게 해 준다.

작품 정리

갈래: 단편 소설
배경: 시간 - 1970~1980년대 / 공간 - 간이역 대합실
시점: 전지적 작가 시점
주제: 삶의 애환과 인간에 대한 따뜻한 시선
출전: 〈민족과 문학〉(1983)

✎ 구성과 줄거리

발단 시골 간이역 대합실에서 몇 사람이 기차를 기다리고 있음

작은 산골 간이역의 역장은 30분이 지나도 오지 않는 막차를 기다리며 대합실을 둘러본다. 눈까지 내려 더욱 추운 겨울밤, 사람들은 한가운데 놓인 톱밥 난로 주위에 앉아 있다.

전개 대합실에 모인 사람들이 각자의 사연을 회상함

대합실에 모인 사람들의 사연은 매우 다양하다. 병이 난 아버지와 함께 읍내 병원에 가려는 농부와 그의 아버지, 난리 후 옥살이를 하다가 출소한 중년 사내, 학생 운동을 하다가 대학에서 제적된 대학생, 서울에서 음식점을 하는 서울 여자, 술집에서 일하는 춘심이는 생각에 잠겨 열차를 기다린다.

절정 사람들이 산다는 것이 무엇일지 생각함

그들은 각자의 사연을 가슴에 품은 채 톱밥 난로의 불빛을 바라본다. 누군가가 "흐유, 산다는 게 대체 뭣이 간디……."라고 말하자 모두 산다는 것은 무엇일지 생각한다. 중년 사내에게 삶이란 감옥처럼 갇힌 공간에서 언제 올지 모를 희망을 기다리는 것이다. 농부는 일하고 근심하다가 늙고 병들어 죽는 것이라고 생각한다. 서울 여자에게 삶이란 돈이며, 춘심이는 삶에 별다른 의미를 부여하지 않는다. 대학생에게 삶은 세상과 구별할 수 없는 무엇이지만 그러한 신념도 혼란을 겪고 있다. 행상꾼 아낙네들은 삶이 무엇일지 생각해 보는 것조차 사치일 뿐이다.

결말 다들 막차에 올라타 사평역을 떠남

두 시간이 지나자 완행열차가 도착한다. 미친 여자를 제외하고 모두가 막차에 올라탄다. 역장은 미친 여자를 위해 난로에 톱밥을 더 붓는다.

✎ 생각해 볼 문제

1. '기차역'과 '기차'가 의미하는 바는 무엇인가?

기차역은 다른 곳으로 떠나기 위한 장소인 동시에 각각의 인물들이 과거의 삶을 되돌아보게 만드는 장소이다. 펄펄 내리는 눈은 춥고 쓸쓸한 느낌을 주어 산업화 시대 속에서 힘들게 살아가는 서민들의 모습을 형상화한다. 기차는 삶의 희망을 상징한다. 사람들이 기차를 기다리지만 기차는 시간이 지나도 오지 않는다. 이는 고통받는 사람들에게 희망이 쉽게 찾아오지 않는다는 걸 의미한다. 반면 기차가 연착되었기 때문에 이들은 자신의 삶을 돌아볼 수 있는 기회를 얻게 되기도 한다.

2. '난로'와 '톱밥'의 역할은 무엇인가?

청년이 톱밥 한 줌을 집어 들어 난로의 불빛 속에 뿌려 넣자 주황색 불꽃이 타오른다. 이러한 불빛은 사람들에게 사색의 분위기를 제공해 과거를 회상하고 성찰하게 되는 계기가 된다. 불꽃을 바라보는 사람들은 말로 표현할 수 없는 교감을 느끼게 된다. 각자 다른 삶을 살아가는 사람들이지만 난로의 불꽃을 바라보는 순간에는 하나가 된다.

3. 이 작품의 서술상의 특징은 무엇인가?

이 작품에서는 뚜렷한 주인공이 등장하거나 특별한 사건이 전개되지 않는다. 또한 작품 속에 '초점 화자'가 설정되어 있다. 초점 화자란 전지적 작가 시점의 소설에서 내면이 서술되는 중심 화자를 말한다. 작가는 사평역 대합실에 모여든 사람들을 모두 초점 화자로 설정하고 이들의 숨겨진 사연을 들려준다. 「사평역」에서 초점 화자는 대학생, 중년 사내, 서울 여자 등으로 계속 바뀐다.

인물 관계도

역장

대학생　중년 사내　서울 여자　춘심이

행상꾼 아낙네들　농부와 아버지　미친 여자

추운 겨울, 작은 시골 간이역에서 농부와 아버지, 중년 사내, 대학생, 서울 여자, 춘심이 등은 오지 않는 기차를 기다리고 있어요. 눈까지 내려 무척 추운 날씨예요. 이들은 난롯불을 쬐며 각자 자신의 사연을 떠올리고 삶이란 무엇일까 생각하지요. 기차는 언제 오는 것일까요?

사평역

> 내면 깊숙이 할 말들은 가득해도
> 청색의 손바닥을 불빛 속에 적셔 두고
> 모두들 아무 말도 하지 않았다.
> -곽재구의 시 「사평역에서」

막차는 좀처럼 오지 않았다.

별로 복잡한 내용이랄 것도 없는 장부를 마저 꼼꼼히 확인해 보고 나서야 늙은 역장은 돋보기안경을 벗어 책상 위에 놓고 일어선다.

벌써 삼십 분이나 지났군. 출입문 위쪽에 붙은 낡은 벽시계가 여덟 시 십오 분을 가리키고 있다. 하긴 뭐 벌써라는 말을 쓰는 것도 새삼스럽다고 그는 고쳐 생각한다. 이렇게 작은 산골 간이역(簡易驛 일반 역과 달리 역무원이 없고 정차만 하는 역)에서 제시간에 정확히 도착하는 완행열차를 보기가 그리 쉬운 일은 아님을 익히 알고 있는 탓이다. 더구나 오늘은 눈까지 내리고 있지 않은가.

역장은 손바닥을 비비며 창가로 다가가더니 유리창 너머로 무심히 시선을 던진다. 건널목 옆 외눈박이 수은등이 껑충하게 서서 홀로 눈을 맞으며 희뿌연 얼굴로 땅바닥을 내려다보고 있다. 송이눈이다. 갓난아이의 주먹만한 눈송이들은 어둠 저편에 까맣게 숨어 있다가 느닷없이 수은등의 불빛 속에 뛰어 들어오면서 뚱그렇게 놀란 표정을 채 지우지 못한 채 땅바닥으로 곤두박질치고 있다. 굉장한 눈이다. 바람도 그리 없는데 눈발이 비스듬히 비껴 날리고 있다. 늙은 역장은 조금은 근심스런 기색으로 유리창에 얼굴을 바짝 대어본다. 하지만 콧김이 먼저 재빠르게 유리창에 달라붙어 뿌연 물방울을 만들었기 때문에 소매로 훔쳐내야 했다. 철길은 아직까지는 이상이 없었다.

그는 두 줄기가 레일이 두툼한 눈을 뒤집어쓴 채 멀리 뻗어나간 쪽을 바라본다. 낮엔 철길이 저만치 산모퉁이를 돌아가는 모습까지 뚜렷이 보였다. 봄날 몸을 푼 강물이 흐르듯 반원을 그리며 유유히 산모퉁이를 돌아 사라지는 철길의 끝을 보고 있노라면 마치도 모든 걸 다 마치고 평온하게 죽음을 맞이하는 어느 노년의 모습처럼 그것은 퍽이나 안온하고 평화로운 느낌을 주곤 하는 것이다. 하지만 지금, 철길은 훨씬 앞당겨져서 끝나 있다. 수은등 불빛이 약해지는 부분에서부터 차츰 희미해져 가다가 이윽고 흐물흐물 녹아 버렸는가 싶게 철길은 더 이상 볼 수가 없다. 그 저편은 칠흙 같은 어둠이다. 어둠에 삼켜져 버린 철길의 끝이 오늘밤은 까닭 없이 늙은 역장의 가슴 한구석을 썰렁하게 만든다. 그는 공연히 어깨를 떨어 보며 오른편 유리창 쪽으로 몸을 돌린다. 그쪽은 대합실과 접해 있는 이를테면 매표구라고 불리는 곳이다.

역장은 먼지 낀 유리를 통해 대합실 안을 대충 휘둘러본다. 대합실이라고 해야 고작 초등학교 교실 하나 정도의 크기이다. 일제 때 처음 지어졌다는 그 작은 역사 건물은 두 칸으로 나뉘어져서 각각 사무실과 대합실로 쓰이고 있는 터였다. 대개의 간이역이 그렇듯이 대합실 내부엔 눈에 띌만한 시설물이라곤 거의 없다. 유난히 높은 천장과 하얗게 회칠한 사방 벽 때문에 열 평도 채 못 되는 공간이 턱없이 넓어 보여서 더욱 을씨년스런 느낌을 준다. 천장까지 올라가 매미마냥 납작하니 붙어 있는 형광등의 불빛이 실내 풍경을 어슴푸레하게 드러내 주고 있다.

지금 대합실에 남아 있는 사람은 모두 다섯이다. 한가운데에 톱밥 난로가 놓여져 있고 그 주위로 세 사람이 달라붙어 있다. 난로는 양철통 두 개를 맞붙여서 세워 놓은 듯한 꼬락서니로, 그나마 녹이 잔뜩 슬어 있어서 그간 겨울을 몇 차례나 맞고 보냈는지 어림잡기조차 힘들다. 난로의 허리께에 톱날 모양으로 촘촘히 뚫린 구멍 새로는 톱밥(나무를 톱질할 때 쓸려 나오는 가루)이 타 들어 가면서 내는 빨간 불빛이 내비치고 있다. 하지만 형편없이 낡아빠진 그 난로 하나로 겨울밤의 찬 공기를 덥히기에는 어림도 없을 듯싶다.

난롯가에 모여 있는 셋 중 한 사람만 유일하게 등받이 없는 의자에 앉아 있는데, 그러고 있는 것도 힘겨운지 등 뒤에 서 있는 사람의 팔에 반쯤 기댄 자세로 힘없이 안겨 있다. 그는 아까부터 줄곧 콜록거리고 있는 중늙은이로, 오래 앓아 오던 병이 요즘 들어 부쩍 심해져서 가까운 도회지(都會地 인구가 많고 번화한 지역을 일반적으로 이르는 말)의 병원을 찾아가려는 길이라는 것을 역장도 알고 있다. 등을 떠받치고 있는 건장한 팔뚝의 임자는 바로 노인의 아들이다. 대합실에 있는 다섯 사람 가운데에서 그들 두 부자만이 역장에겐 낯익은 인물들이다.

그 곁에서 난로를 등진 채 불을 쬐고 있는 중년의 사내는 처음 보는 얼굴이다. 마흔은 넘었을까 싶은 사내는 싸구려 털실 모자에 때 묻은 구식 오바를 걸쳐 입었는데 첫눈에도 무척 음울해 뵈는 표정을 지니고 있다. 길게 자란 턱수염이며, 가무잡잡한 얼굴 그리고 유난히 번뜩이는 눈빛이 왠지 섬뜩하다. 오랜 세월을 햇볕 한 오라기 들지 않는 토굴 속에 갇혀 보낸 사람처럼 사내의 눈은 기묘한 광채마저 띠고 있다.

그 셋 말고도 저만치 벽을 따라 길게 붙어 있는 나무의자엔 잠바 차림의 청년 하나가 웅크리고 앉아 있다. 그리고 청년으로부터 약간 떨어진 곳에는 미친 여자가 의자 위에 벌렁 누워 있다. 닥치는 대로 옷을 껴입은 여자는 속을 가득 채운 걸레 보퉁이(물건을 보에 싸서 꾸려 놓은 것) 모양으로 몸집이 퉁퉁하다.

청년은 추운지 호주머니에 두 손을 찔러넣은 채 어깻죽지를 잔뜩 웅크리고 있으면서도 무슨 까닭인지 난로 곁으로 갈 생각은 하지 않는 눈치다. 뭔가 골똘히 생각하는 표정으로 청년은 들여다볼 만한 것이라곤 아무것도 없는 시멘트 바닥을 뚫어져라 내려다보고 있다.

톱밥이 부족할 것 같은데…….

창 너머 그들을 하나하나 둘러보다가 문득 난로 쪽을 슬쩍 쳐다보며 늙은 역장은 중얼거린다. 불을 지핀 게 두어 시간 전이니 지금쯤은 톱밥이 거의 동이 났을 것이다.

톱밥은 역사 바깥의 임시 창고에 저장해 놓고 있었다. 월동용 톱밥이 필요량의 절반 정도밖에 남아 있지 않다는 사실을 역장은 아까서야 알았다. 미리미리 충분한 톱밥을 확보해 두는 것은 김 씨가 맡은 일이었지만 미처 확인하지 못한 자신에게도 책임은 있다고 역장은 생각한다. 역원이라고 해야 역장인 자신까지 합해 기껏 세 명뿐이니 서로 책임을 확실히 구분 지을 수 있는 일 따위란 애당초 있을 턱이 없었다. 하필 이날따라 사무원인 장 씨는 자리를 비우고 없는 참이었다. 아내의 해산일이라고 어제 아침 고향인 K시로 달려갔으므로 그가 돌아올 때까지는 역장은 김 씨와 둘이서 교대로 야근을 해야 할 처지였다.

하지만 톱밥은 우선 당분간 창고에 남아 있는 것으로 이럭저럭 견디어낼 수 있으리라. 대합실 난로는 하루 두 차례씩만 피우면 되니까.

역장은 웅크렸던 어깨를 한 번 힘차게 펴 보기도 하고 두 팔을 앞뒤로 흔들어 보기도 한다. 역시 춥긴 마찬가지다. 그새 손발이 시려오기 시작했으므로 역장은 코를 훌쩍이며 엉금엉금 책상 앞으로 되돌아간다. 그리고는 사무실용으로 쓰고 있는 석유 난로를 마주하고 앉아 손발을 펼쳐 널었다.

"아야, 말이다. 이러다가 기차가 영 안 올라는 갑다."

"아따, 아부님도 참. 좀 기다려보십시다. 설마 온다는 기차가 안 오기사 할랍디여."

아들은 짜증스럽다는 듯이 얼굴도 돌리지 않고 건성 대답한다. 그는 삼십 대 중반의 농부다. 다시 노인이 쿨룩거리기 시작한다. 그때마다 빈약하기 그지없는 가슴팍이 훤히 드러나도록 흔들리고 있다. 아들은 흘끗 노인을 내려다보았으나 이내 고개를 돌리고 난로만 들여다본다. 노인에겐 미안한 일이긴 하나 아들은 모든 게 죄다 짜증스럽다. 벌써 몇 달째 끌어온 노인의 병도 그렇고, 하필이면 이런 날, 그것도 밤중에 눈까지 펑펑 쏟아져 내리는데 기차를 타야 한다는 일도 그렇다. 그 모두가 노인의 괴팍한 성깔 탓이라는 생각이 들자 그는 버럭 소리라도 질러 주고 싶은 심정이다.

아들이 전에도 여러 번 읍내 병원에 가 보자고 했지만, 막무가내로 고집을 피우며 죽더라도 그냥 집에서 죽겠노라던 노인이 난데없게도 이날 점심나절에는 스스로 먼저 병원엘 가자면서 나선 것이었다. 소피(오줌)에 혈이 반이 넘게 섞여 나온다는 거였다. 부랴부랴 차비를 꾸리고 나니, 이번엔 하루 두 차례씩 왕래하는 버스는 멀미 때문에 절대로 타지 않겠다며 노인은 한사코 역으로 가자고 우겼다. 이놈아, 병원에 닿기도 전에 내 죽는 꼴을 볼라고 그라냐. 놔라. 싫으면 나 혼자라도 갈란다. 어찌나 엄살을 떠는 통에 할 수 없이 노인을 등에 업고 나오긴 했는데, 그나마 일이 안 되려니까 기차마저 감감무소식이었다.

"빌어묵을 눔의 기차가……."

농부는 문득 치밀어오르는 욕지거리를 황황히(갈팡질팡 어쩔 줄 모를 정도로 급하게) 깨물며 지레 놀라 노인의 눈치를 살핀다. 다행히 눈곱 낀 노인의 눈은 아까처럼 질끈 닫혀져 있다. 아들은 고통으로 짙게 고랑을 파고 있는 노인의 추한 얼굴을 내려다보고는 약간 죄스러운 맘이 된다.

이거, 내가 무슨 짓이다냐. 죄 받는다. 죄 받어…….

노인이 또 쿨룩쿨룩 기침을 토해낸다. 가슴 밑바닥을 쇠갈퀴로 긁어내는 듯한 고통스런 기침 소리.

그들 부자 곁에 서서 등을 돌린 채 난로의 불기를 쬐고 있는 중년 사내는 자지러지는 기침 소리를 들을 때마다 깜짝깜짝 놀라는 시늉을 한다. 기침 소리를 들으면 사내에겐 불현듯 떠오르는 얼굴이 하나 있다. 감방장인 늙은 허 씨다. 고질(痼疾 오래되어 고치기 어려운 병)인 해소병(해수병. 기침을 심하게 하는 병)으로 맨날 골골거리던 허 씨는 그것이 감방에 들어와 얻은 병이라고 했다. 난리 후에 사상범으로 잡혀 무기형을 받은 허 씨는 스물일곱 살부터 시작한 교도소 생활이 벌써 이십오 년에 이르고 있었지만, 언제나 갓 들어온 신참마냥 말도 없고 어리숙해 뵈는 사람이었다.

자네 운이 좋은 걸세. 쿨룩쿨룩. 나가면 혹 우리 집에 한번 들러 봐 줄라나. 이거 원, 소식 끊긴지가 하도 오래돼 놔서…… 죽었는지, 살았는지…….

사내가 출감하던 날, 허 씨는 고참 무기수답지 않게 눈물까지 글썽이며 사내의 손을 오래오래 잡고 있었다.

사내는 저만치 유리창 밖으로 들이치는 눈발 속에서 희끗희끗한 허 씨의 머리카락이며 움푹 패어 들어간 눈자위를 기억해 내고 있다.

아마 지금쯤 그곳은 잠자리에 들 시간일 것이다. 젓가락을 꽂아 놓은 듯한 을씨년스런 창살 너머로 이 밤 거기에도 눈이 오고 있을까. 섬뜩한 탐조등의 불빛이 끊임없이 어둠을 면도질해 대고 있을 교도소의 밤이 뇌리에 떠오른다. 사내의 눈빛은 불현듯 그윽하게 가라앉고 있다. 그곳엔 사내가 잃어버린 열두 해 동안의 세월이 남아 있었다. 이렇듯 멀리 떨어져서도 그 모든 것들을 눈앞에 훤히 그려낼 수 있을 만큼 어느덧 사내는 이미 그 생활의 일부가 되어 있었다.

출감한 지 며칠이 지났건만 사내는 감방 밖에서 보낸 그간의 시간이 오히려 꿈처럼 현실감이 없다. 푸른 옷과 잿빛의 벽, 구린내 같은 밥 냄새, 땀 냄새, 복도를 걷는 간수의 구둣발 소리, 쩔그렁대는 쇳소리…… 그런 모든 익숙한 색깔과 촉감, 냄새, 소리, 그리고 언제나 똑같이 반복되는 일과 같은 것들이 별안간 그에게서 떨어져 나가버리고 대신에 전혀 생소한 또 다른 사물들의 질서가 사내에게 일방적으로 떠맡겨진 거였다. 그 새로운 모든 것들은 다만 사내를 당혹감에 빠뜨리고 거북하게 만들 뿐이었다. 그 때문에 사내는 출감 후부터 자꾸만 무엇인가 대단히 커다란 것을 빼앗겼다는 느낌을 감출 수가 없었다. 감방 안에서 사내는 손바닥 안에 움켜쥔 모래알이 빠져나가듯 하릴없이 축소되어가고 있는 자기 몫의 삶의 부피를 안타깝게 저울질해 보곤 했었다. 하지만 기이한 일이다. 낯선 시골 역에 홀로 앉아 있는 이 순간 정작 자기가 빼앗긴 것은 흘려보내는지 모르게 보낸 지난 십이 년의 세월이 아니라, 오히려 그 푸른 옷과 잿빛 담벼락과 퀴퀴한 냄새들이 배어 있는 사각형의 좁은 공간일지도 모른다는 가당찮은(도무지 사리에 맞지 않고 엉뚱한) 느낌이 문득문득 들곤 하는 거였다.

쿨룩쿨룩. 아, 저 기침 소리. 사내는 흠칫 몸을 돌려 소리가 나는 쪽을 찾는다. 그러나 그것은 감방장 허 씨가 아니다. 낯 모르는 사람들뿐. 사내는 낮게 한숨을 토해내며 고개를 흔들어 버리고 만다.

밖엔 간간이 바람이 불고 있다. 전깃줄이 윙윙 휘파람을 불었고 무엇인가 바람에 휩쓸려 다니며 연신 딸그락 소리를 낸다.

대합실 안은 조용하다. 산골짜기를 돌아 달려온 바람이 역사 건물을 지나칠 때마다 유리창이 덜그럭거리고 이따금 난로 속에서 톱밥이 톡톡 튀어 오를 뿐 사람들은 아무도 입을 열지 않는다. 저만치 혼자 쭈그려 앉은 청년은 줄곧 창밖의 바람 소리를 헤아리고 있던 참이다. 이윽고 청년은 의자에서 몸을 일으킨다. 딱딱한 나무 의자로부터 스며오는 한기로 엉덩이가 시리다. 창가로 다가가다 말고 그는 문득 누워 있는 미친 여자 쪽을 근심스레 살핀다. 여자는 새우등을 하고 모로 누웠는데 시체가 아닌가 싶을 만큼 미동조차 없다.

세상에, 이렇게 추운 곳에서…… 그런 지경에도 사람이 잠들 수 있다는 사실이 청년은 도대체 믿기지 않는 모양이다. 여자에게서는 가느다란 숨소리만 이따금 새어 나오고 있다.

청년은 다시 유리창 밖을 내다본다. 밤새 오려는가. 송이눈이 쏟아져 내리고 있다. 대합실 안에서 새어 나간 불빛이 유리창 가까운 땅바닥 위에 수북하게 쌓인 눈을 비추고 있다. 하얗게 쏟아지는 눈발을 망연히(아득히) 바라보며 청년은 그것이 무수한 나비 떼 같다고 생각한다.

그래. 나비 떼야. 활활 타오르는 불길 속으로 밤이 되면 미친 듯 날아 들어와 비명조차 지르지 못하고 타 죽어가는 수많은 흰 나비 떼들…….

그는 대학생이다. 아니, 정확히 말하면 그건 보름 전까지의 이야기이다. 청년은 아직도 저고리 안주머니에 학생증을 지니고 있긴 하지만 앞으로 그것을 사용해 볼 기회는 영영 없을지도 모른다. 이젠 누렇게 바랜 어린 날의 사진만큼의 의미도 없는 그것을 미련 없이 찢어버려야 하리라는 걸 잘 알고 있었음에도 불구하고, 여전히 간직하고 있는 자신을 스스로 감상적이라고 비난하고 있는 중이다.

청년은 유리창에 반사된 톱밥 난로의 불빛을 응시한다. 그 주홍의 불빛은 창유리 위에 놀랍도록 선명하게 재생되어지고 있었으므로 청년은 그것이 정작 실물이 아닌가 하는 착각을 일으킬 뻔했다. 그것은 한 폭의 그림처럼 아름다웠다. 먹빛 어둠은 화폭으로 드리워지고 네모진 창틀 너머 순백의 눈송이들이 화폭 위에 무수히 흩날리고 있다. 거기에 톱밥 난로의 불꽃이 선연한 주홍색으로 투영되어지자 한순간 그 모든 것들은 기막힌 아름다움을 이루어내는 것이었다. 아아, 저건 꿈일 것이다. 아름답지만 존재하지 않는 것, 존재하지 않으므로 아름다운 것. 청년은 불현듯 눈빛을 빛내며 한 발 창 쪽으로 다가서고 있다.

—아우슈비츠의 학살이 있었고, 그 후 아무도 아름다움을 노래하지 않았다. 더는 누구도 꿈꾸지 않았다.

—침묵, 잠, 그리고 죽음.

—가슴의 뜨거움에 대해서 우리는 얼마나 오래 생각해야 하는 것일까, 이 ×자식들아.

그날, 청년은 누군가가 어지럽게 볼펜으로 휘갈겨 놓은 책상 위의 낙서들을 물끄러미 내려다보며 홀로 강의실에 앉아 있었다. 텅 빈 하오(下吾 오후)의 교정엔 차츰 땅거미가 깔리기 시작하고 플라타너스 나무에 설치된 스피커로부터 나지막이 흘러나오고 있는 교내 방송의 고전 음악을 들으며 학생들이 띄엄띄엄 집으로 돌아가고 있을 무렵이었다. 그는 바로 전날 밤, 제적처분되었다는 사실을 학교로부터 통고 받았었다. 주인도 없는 새에 주인도 아닌 사람들이 주인도 모르게 자신의 이름 석 자를 제멋대로 재판했다는 거였다. 이튿날 조간신문 귀퉁이에서 제 이름을 찾아냈을 때 그는 한동안 자신과 기사 속의 그 이름과의 정확한 관계를 찾아내려 애를 썼다. 끝내 실감이 나지 않아서 여느 때 하듯 귀퉁이가 쭈그러진 책가방을 챙겨 들고 쭈뼛쭈뼛 강의실로 들어서자마자 친구들은 너도나도 그를 에워쌌다. 아침부터 학교 뒤 막걸리집으로 끌고 가 술을 퍼먹이던 녀석들 중 몇은 저쪽에서 먼저 찔찔 짜기도 했다.

하는 데까진 해 봤네만 나로서도 어쩔 수가 없었네. 자네 볼 면목이 없구먼.

지도 교수는 짐짓 눈물겨운 표정으로 그의 손을 덥석 잡아주었다.

괜찮습니다.

모두들 돌아가 버린 텅 빈 강의실은 관 속처럼 고요했다. 창틈으로 비껴 들어온 일몰의 잔광이 소리 없이 부유하는 무수한 먼지의 입자를 하나하나 허공으로 떠올리고 있었다. 미처 덜 지운 칠판의 글자들, 분필 가루 냄새, 휴식 중인 군대의 대오(隊伍 대열)마냥 흐트러져 있는 책상들, 강의실 바닥의 얼룩…… 그런 오래 친숙해 온 사물들 속에서 그는 노교수의 나직한 음성과 친구들의 웅얼거림, 그들의 체온과 호흡과 웃음소리와 함성이 아무도 없는 그 순간에 또렷하게 되살아나오고 있음을 놀라움으로 지켜보고 있었다. 그리고 삼 년 동안이나 자신을 그 한 부분으로 포함시켜 왔던 친숙한 이름들로부터 대관절 무엇이 그를 억지로 떼어 내려 하고 있는 것인가에 대해 오래오래 생각했다. 그러나 끝내 알 수가 없었다. 강의실 문을 잠그러 들어왔다가 그를 발견한 수위가 의심스런 눈초리로 당장 나가기를 명령했을 때까지도 그는 해답을 찾지 못했다.

문학부 건물을 나설 즈음, 백마고지 전투에서 훈장까지 받은 역전의 상이용사(傷痍勇士 군에서 복무하다가 부상을 입고 제대한 전사)인 수위 아저씨가 절뚝이며 뒤쫓아 나오더니 그의 가슴에 가방을 내던져주고 가 버렸다. 그는 깜박 잊고 가방을 두고 온 거였다. 그러자 주체할 수 없이 웃음이 터져 나오기 시작했다. 무엇이 그토록 우스웠는지 모른다. 그는 혼자 미친 듯 웃어 제꼈다. 한참이나 벤치에 엎디어 킬킬대다가 그는 뱃속에 든 오물을 모조리 토해내고 말았다. 토하면서도 자꾸만 웃고 또 웃었다. 그러다가 끝내 울음이 터져 나와 버렸던 거였다.

덜커덩.

대합실 출입문이 열리며 한 떼의 사람들이 나타난다. 우연인지 모르지만 네 사람 다 여자들이다. 그녀들의 등 뒤로 삼동(三冬 겨울의 석 달)의 시린 바깥바람이 바싹 달라붙어 함께 들어왔다. 바람 끝에 묻어온 싸늘한 냉기에 놀라서 대합실 안에 있던 사람들의 고개가 일제히 그쪽으로 꺾여진다.

첫눈에도 그녀들이 모두 일행이 아니라는 걸 쉽게 알 수 있다. 몸집이 큰 중년 여자와 바바리코트를 입은 처녀, 그리고 나머지 둘은 큼지막한 보따리를 하나씩 이고 오는 품이 무슨 행상꾼 아낙네들이 분명하다. 그녀들은 무척 서둘러 온 눈치다. 머플러며 어깨 위에 눈이 수북하다. 추위에 바짝 얼은 뺨을 씰룩이며 가쁜 입김을 뿜어내고 있다.

"기차, 떠난 건 아니죠?"

맨 처음 들어섰던 중년 여자가 그 말부터 묻는다. 그녀는 아까 문을 여는 순간 난롯가에 서 있는 사람들을 보고 기차가 오지 않았다는 걸 짐작했었지만 그래도 재차 확인하려는 속셈이다.

"아, 와야 뜨든지 말든지 하지요. 그 빌어묵을 놈의 기차가 한 시간이 넘었는디도 감감무소식이다니께요."

늙은이를 받쳐 주고 있던 농부가 부아가 나서 대꾸한다.

그 말에 중년 여인은 대단히 만족한 표정을 역력히 떠올린다. 아예 기뻐 어쩌지 못하겠다는 양 헤벌쭉 웃기까지 한다. 웃고 있는 그녀의 빨갛게 칠한 입술을 손으로 쥐어뜯어 주었으면 싶지만 농부는 참는다. 이 여편네는 기차가 연착하기를 오매불망(悟寐不忘 자나 깨나 잊지 못함)하고 있었다는 투로구나, 젠장.

"후유, 다행이지 뭐야. 난 틀림없이 놓쳐버린 줄로만 여겼다구요. 고생한 보람이 있군요."

농부는 눈살을 찌푸리며 여자를 훑어본다. 그녀는 꽤 비쌀 게 틀림없는 밍크 목도리를 두르고 있지만 참 지독히도 뚱뚱하다. 기름 찬 아랫배가 개구리 모양 불룩하고, 코트 속에 감춘 살덩어리가 터져 나올 듯 코트 자락을 압박하고 있다. 농부는 여인의 무릎에 여기저기 짓이겨진 눈을 훔쳐보며 저렇듯 둔하고 커다란 몸뚱이가 논밭에 미끄러져 뒹굴었을 때 얼마나 거창한 소리가 났을까 하고 상상해 보는 걸로 화풀이를 대신한다.

처녀는 머리에서 눈을 털어내고 있고 행상꾼 아낙네들은 보따리를 내려놓은 다음 난로로 달려와 한 자리씩 차지했다. 그러다가 뚱뚱보 중년 여자가 표를 사기 위해 매표구 쪽으로 가는 눈치였으므로 나머지 세 여자도 어정어정 그녀를 따라간다.

"여보세요. 기차 아직 안 왔대믄서요?"

뚱뚱보가 매표구 유리창을 두드리며 뻔한 질문을 안으로 쑤셔 박아 넣었을 때 늙은 역장은 벌써 차표를 준비하고 있던 참이다.

"예예. 조금만 기다리십시오. 곧 올 겁니다."

역장은 표를 넉 장 팔았다. 처녀와 중년 여인은 서울행이고 아낙네들은 읍내까지 가는 모양이다.

그녀들이 다시 난로 쪽으로 달려가고 나자 역장은 대합실을 넘겨다보며 오늘 막차는 뜻밖에 손님이 많은 편이라고 생각한다. 대합실에 있는 아홉 명 가운데서 표를 산 사람은 여덟이다. 의자 위에서 웅크린 채 잠들어 있는 그 미친 여자는 늘 공짜 승객이기 때문이다. 아홉 시 오 분 전이다. 역장은 암만해도 톱밥을 더 가져다 주어야 하리라고 여기며 장갑을 찾아 끼고 일어선다.

난로를 에워싸고 있는 사람은 어느덧 일곱으로 불어났다. 늦게 나타난 것이 무슨 특권인 양, 여자들은 비좁은 틈을 비집고 들어와 각기 섭섭지 않게 공간을 확보했다. 그 통에 중년 사내는 연통 뒤켠으로 밀려나고 말았다.

청년은 아직도 저만치 창가에 서 있고 미친 여자는 죽은 듯 움직이지 않는다.

한동안 여자들은 추위 속을 걸어온 끝에 마침내 불기를 쬘 수 있게 되었다는 사실에 감격해서 한마디씩 호들갑을 떨기 시작한다. 덕분에 푹 가라앉아 있던 대합실이 부쩍 활기를 띠는 것 같다.

"영락없이 난 얼어 죽는 줄 알았당께. 발톱이 다 빠질 것 같드라고, 금매."

"그랑께 내 뭐라고 그랍디여. 눈 오는 날은 일찌감치 기차 탈 염(念 생각)을 해야 된다고라우. 싸래기만 조금 쏟아져도 버스가 망월재를 못 넘어간당께요."

"글씨. 자네 말을 들을 거신디. 무담씨('공연히'의 방언) 그놈의 버스 기다리니라고 생고생만 했네, 그랴."

아낙네들은 목청도 크다. 그녀들의 목소리가 대합실 사방 벽을 쨍쨍 울리며 튕겨다닌다. 그녀들은 눈에 길이 막혀 버스가 오지 못한다는 걸 늦게야 전해 듣고는, 으레 지각하기 일쑤인 완행열차를 혹시나 탈 수 있을까 하고 역까지 허겁지겁 달려 나온 참이었다.

"어머, 안심하긴 아직 일러요. 혹시 누가 알아요. 기차도 와 봐야 오는가 부다 하지."

뚱뚱이 여자가 말했을 때 아낙네들은 문득 멀뚱한 얼굴로 그녀를 쳐다본다. 하지만 둘 중 누구도 그 말을 선뜻 받지 못한다. 눈부시게 흰 밍크 목도리와 값비싼 코트를 걸친 여자의 반질반질한 서울 말씨가 그녀들을 주저하게 했을 것이다. 무엇보다도 그녀가 난로 가까이 바로 그녀들의 코앞에 보란 듯이 펼쳐 놓은 손, 비록 과도한 영양 섭취 탓으로 뭉뚝하게 살이 쪄서 예쁘지는 않지만 그래도 뽀얗게 살집이 고운 그 손가락에 훌륭한 보석 반지가, 그것도 두 개씩이나 둘러져 있는 것 때문에 아낙네들은 은근히 기가 질린다. 저 여자는 구정물 통에 손 한 번 담가 보지 않고 사는 모양인갑네. 아낙네들은 불어터진 오징어발 모양 볼품없이 아무렇게나 난로 위에 펼쳐 놓은 자기들 손이 문득 죄없이 부끄럽다.

뚱뚱이 서울 여자는 눈치도 빠르다. 주위의 그런 분위기를 이내 간파해 내고 내심 우쭐한다. 그녀는 이제 얼었던 몸이 풀리고 나니 입이 심심해지기 시작한다. 하지만 시골 보따리 장사 여편네들 따위와 얘기한다는 것은 자신의 품위에도 관계가 있을 것이므로 다른 마땅한 상대를 찾기 위해 고개를 휘둘러본다.

마침, 맞은편에 서 있는 바바리코트 아가씨에게 초점이 맞춰진다. 스물대여섯쯤. 화장이 짙은 편이고, 머리엔 노리끼한 물을 들였다. 얼굴은 제법 반반한 편이지만 어딘지 불결감 같은 게 숨어 있는 듯하다. 도시의 뒷골목, 어둡고 침침한 실내, 야하게 쏟아지는 빨간 불빛, 청승맞은 유행가 가락…… 그런 짤막한 인상들이 티브이 광고처럼 서울 여자의 시야에 잠깐씩 머무르다 사라진다.

틀림없어. 그렇고 그런 계집애로군.

아무리 눈가림을 해도 낸 눈은 속일 수가 없지, 하고 뚱뚱이 서울 여자는 바바리 아가씨에 대한 까닭 없는 악의를 준비하며 확신하듯 중얼거린다.

바바리코트 처녀는 고개를 갸웃 숙인다. 처녀는 맞은편 중년 여자의 시선이 제게 따갑게 부어지고 있음을 느끼면서도 일부러 모른 척한다.

흥, 지까짓 게 쳐다보면 어때.

처녀의 이름은 춘심이다. 그래, 춘심이가 내 이름이다. 어쩔래. 그녀는 은근히 부아가 치민다. 도대체 사람들은 뻔뻔스럽게 왜 남을 찬찬히 훑어보는 개 같은 버르장머리를 갖고 있는지 모르겠다. 그녀는 다른 사람들이 자기를 쳐다보는 듯한 눈치가 뵈면 아주 딱 질색이다. 그것은 흡사 온몸을 하나하나 발가벗기는 것 같아서 불쾌하기 그지없다. 참 알 수 없는 일인 것이, 그녀는 어둠 속에서 혹은 빨간 살구알 전등이 유혹하듯 은근한 불빛을 쏟아내는 방구석에서, 또는 취한 사내들과 뚜덕뚜덕 젓가락 장단을 맞춰가며 뽕짝을 불러대는 술자리에서라면 누구 못지않은 용감한 여자인 것이다.

부끄러움? 흥, 그따위 잊은 지 왕년이다. 실오라기 같은 팬티 한 잎 걸치고 홀랑 벗어 제친 몸뚱이 하나만으로도 사내들 얼을 빼놓기쯤이야 그녀에겐 식은 죽 먹기다. 춘심이. 적어도 신촌 바닥에서 민들레집 춘심이 하면 아직은 일류다. 하지만 그런 그녀가 대낮에 한길에 나서기만 하면 형편없는 겁쟁이 계집애가 되고 마는 거였다. 무슨 벌거지(벌레) 떼처럼 무수히 거리를 오가는 행인들 중에 민들레집 춘심이의 얼굴을 기억할 사람이라곤 좀체 없을 터인데도 그녀는 언제나 고개를 쳐들기가 어려웠다. 벌써 삼 년째 되어가는 이력에도 불구하고 그 버릇은 여전히 떨어지지 않고 있었다.

춘심이는 애써 고개를 빳빳이 세워 뚱뚱이 여자가 자기를 여전히 뻔뻔스레 훑고 있음을 확인한다. 이제 춘심이는 아까보다 훨씬 오만한 표정을 떠올리며 무심한 척 난로의 불빛만 들여다보기로 한다.

춘심이는 고향에 내려왔다가 서울로 다시 올라가는 길이다. 중학을 졸업하고 나서 몇 년 빈둥거리다가 어느 날 밤 무작정 상경한 후로—그때도 바로 이 기차였다—삼 년 만에 처음 찾아온 고향집이었다. 그래도 편지는 가끔 띄웠었다. 물론 이쪽 주소는 한 번도 알려주지 않았다. 화장품 회사에 다닌다고 전해두긴 했지만 식구들이 꼭 믿는 눈치는 아니었다.

어쨌든 그녀의 귀향은 비교적 환영을 받은 셈이었다. 때 묻은 가방 하나만 꿰차고 줄행랑을 친 계집애가 완연한 멋쟁이 처녀로 변신해서 얼마의 돈과 식구들은 물론 친척 어른들 몫까지 옷가지며 자질구레한 선물들을 꾸려 갖고 나타났으니 그럴 법도 했다. 휴가를 틈타 내려온 걸로 된 그 닷새 동안, 오랜만에 그녀는 고향에서 어린 시절의 행복을 되찾은 기분이었다. 이름도 춘심이가 아니라, 예전의 옥자로 돌아왔다. 하지만 고무줄처럼 느즈러진(긴장이 풀려 느긋해진) 시골 생활이 조금씩 지겨워지기 시작했을 즈음, 알맞게도 닷새간의 옥자 역은 끝나주었으므로 그녀는 다시 춘심이가 되기 위해 산골짜기 고향집을 나선 거였다.

언니, 나도 언니 댕기는 회사에 취직 좀 시켜 주소 잉.

그래, 염려 마. 내 서울 가서 연락해 줄게.

더러는 콧물을 찍어내고 있는 식구들을 뒤로한 채, 하이힐을 삐적거리며 고샅(시골 마을의 좁은 골목길)을 빠져나올 때 동생 옥분이가 쪼르르 뒤쫓아 나와 신신당부하던 일이 떠올라 춘심이는 혼자 쓴웃음을 짓는다.

미친년. 그 짓이 뭔지도 모르구…….

문득 가슴 한쪽이 싸아 아려와서 그녀는 손수건을 꺼내어 핑 코를 푼다.

이윽고 멀리서 기적 소리가 울려왔다.

기차다. 온다. 행상꾼 아낙네들과 서울 여자가 맨 먼저 짐꾸러미를 챙겨 들었고, 의자에 앉아 졸고 있는 노인을 황급히 흔들어 깨워 농부가 등에 업었다. 중년 사내와 창가에 혼자 서 있던 대학생도 천천히 몸을 돌려 세운다. 미친 여자마저 그 소란통에 부스스 일어났다.

그들이 문을 열어젖히고 플랫폼 쪽으로 바삐 몰려가고 있을 때 저편 어둠을 질러오는 불빛을 확실히 볼 수 있었다. 하지만 뜻밖에 기차는 속도를 조금도 늦추지 않은 채로 그들을 지나쳐 가고 말았다. 유난히 밝은 기차 내부의 불빛과 승객들의 거뭇거뭇한 머리통 정도조차도 언뜻 분간하기 어려웠을 만큼 기차는 쏜살같이 반대쪽으로 내달려 가버렸다.

기차가 사라지고 난 뒤 사위는 다시금 고요해졌다. 눈발이 하염없이 쏟아지고 있을 뿐 모두가 아까 그대로 남아 있다. 달려 나왔던 사람들은 한참이나 어안이 벙벙하다. 방금 그들의 눈앞을 스쳐 지나간 것은 꿈속에서 본 휘황한 도깨비불이거나 난데없는 돌풍에 휩쓸려 날아가 버린 무슨 발광체였는지도 모른다. 그만큼 그것은 순식간에 일어난 일이었다.

기차가 스쳐간 어둠 저편에서 손전등을 든 늙은 역장이 나타나 그것이 특급 열차라고 알려 주었을 때에야 사람들은 풀죽은 모습으로 대합실로 어기적어기적 되돌아왔다.

"나 원 참, 좋다가 말았구마이."

누군가 투덜댔다. 난로를 차지하고 둘러서서 한동안은 모두들 입을 봉하고 있다. 저마다 실망한 기색이다. 대학생은 아까처럼 창을 내다보고 있고 미친 여자는 의자에 멀뚱하게 앉아 있다.

조금 있으려니, 문이 열리며 역장이 바께쓰를 들고 나타난다. 바께스 속엔 톱밥이 가득 들어 있다.

"추위에 고생하십니다요."

농부가 얼른 인사를 차린다. 그에겐 제복을 입은 사람은 무조건 존경의 대상이 된다.

"뭘요. 그나저나 이거 죄송합니다. 기차가 자꾸 늦어지는군요."

눈이 오니까 그렇겠지라우, 하고 너그러운 소리를 농부가 또 덧붙인다. 역장은 난로 뚜껑을 열고 안을 살펴본다. 생각보다 톱밥이 꽤 남았다. 바께쓰를 기울여 톱밥을 반쯤 쏟아 넣은 다음 바께쓰는 다시 바닥에 내려놓는다. 역장은 돌아가지 않고 함께 이야기를 주고받기 시작한다. 그도 역시 무료했으리라.

눈 얘기, 지난 농사와 물가에 관한 얘기, 얼마 전 새로 갈린 면장과 머잖아 읍내에 생기게 된다는 종합 병원 이야기에 이르기까지 화제는 이어진다. 처음엔 역장과 농부가 주연이지만 차츰 여자들도 끼어들게 된다. 그들 중 음울한 표정의 젊은 사내만이 끝내 입을 열지 않은 채로이다.

역장이 나타나는 바람에 자리가 더욱 좁아졌으므로, 중년 사내는 난로 가까이 놓아둔 자신의 작은 보퉁이를 한켠으로 치워놓는다. 그 보퉁이엔 한 두름의 굴비, 그리고 낡고 때 묻은 내복 따위 같은 사내의 옷가지가 들어 있을 뿐이다. 그것은 사내가 벽돌담 저쪽의 세상에서 가지고 나온 유일한 재산이다.

"선생은 향촌리에 사시우?"

늙은 역장이 곁의 중년 사내에게 묻는다.

"아, 아닙니다."

"그래요. 근데 무슨 일로……."

"누굴 찾아왔다가 그만 못 만나고 가는 길입지요."

"누굴 찾으시는데요. 어디 말씀해 보구려. 이 근처 삼십 리 안팎에 있는 동네라면 내가 얼추 다 아니까요. 허허."

"아, 아닙니다. 제가 주소를 잘못 알았었나 봅니다."

오, 그래요. 역장은 사내가 뭔가 말하기를 꺼려한다는 느낌을 받았으므로 더 캐묻지 않는다.

톱밥 난로의 열기가 점점 강하게 퍼져 오르고 있다. 역장은 난로의 뚜껑을 닫고 나서 한산도를 꺼내 사내와 농부에게 권한다. 그들은 담배를 피우기 시작한다.

사내는 기차를 타기 전, 서울역 앞에서 그 굴비 한 두름을 샀었다. 언젠가 감방에서 허 씨가 흰 쌀밥에 잘 구운 굴비를 먹고 싶다고 말한 적이 있었기 때문인지도 모른다. 비록 허 씨 자신은 먹을 수 없겠지만, 홀로 산다는 허 씨의 칠순 노모에게 빈손으로 찾아갈 수는 없을 것이라는 생각에 역 광장의 행상꾼에게서 한 두름을 샀다. 그리고 밤 내내 완행열차를 타고 이날 새벽 사평역에서 내려 허 씨가 일러준 대로 그 조그마한 산골 마을을 찾아들었던 것이다.

하지만 허 씨의 노모는 이미 만날 수가 없었다. 죽어 묻힌 지가 오 년도 넘었다고 했다. 노모가 죽은 이듬해, 허 씨의 형도 식솔들을 데리고 훌훌 마을을 떴고, 그 후 그들의 소식은 영영 끊어졌다는 거였다.

그 말을 전해 듣는 순간 사내는 사지의 힘이 일시에 빠져나가는 듯한 허탈감을 맛보았다. 어느덧 초로(初老 노년기에 접어드는 나이)에 접어든 허 씨의 쓸쓸한 모습이 눈앞에 선히 떠올랐다. 노모의 죽음조차 모르고 비좁은 벽돌담 안에 갇힌 채 다만 다른 사람들의 것일 따름인 그 숱한 계절들을 맞고 보내다가, 어느 날인가는 푸른 옷에 싸여 죽음을 맞아야 할 한 늙고 병든 무기수의 얼굴이 사내의 발길을 차마 돌릴 수 없도록 만드는 거였다. 등 뒤에 두고 돌아서려니, 사내는 그 마을이 바로 자기의 고향인 듯한 느낌이 들었다. 그의 고향은 본디 이북이었지만 피난 통에 가족들과 헤어져 집도 부모도 없이 떠돌아다니며 커 왔던 것이었다.

하염없이 눈송이만 펑펑 쏟아지는 산길을 걸어 나오며 사내는 자꾸만 발을 헛디뎠다. 문득 되돌아보면 멀리 산골 초가의 굴뚝에선 저녁 짓는 연기가 은은히 피어오르고 있었다. 눈 내리는 산자락에 고요히 묻혀 가는 저녁 무렵의 산골 풍경은 눈물겹도록 평화스러워 보였다.

이보쇼, 허 씨. 당신이나 나는 이젠 매양(언제나. 늘) 마찬가지구려. 피차 어디 찾아갈 곳 하나 없어졌으니 말이오. 하지만 그래도 당신은 나보다야 낫소. 그 속에 있으면 애써 고향을 찾아 나설 수도, 또 그래야 할 필요도 없을 테니까 말이외다. 허허허. 그나저나 난 도대체 이제부터 어디로 가야 한다는 말이오.

사내는 휘적휘적 눈길을 헤쳐 내려오며 몇 번이나 그렇게 넋두리를 했다.

역장은 시계를 본다. 아홉 시 반. 이거 너무 늦는걸. 그러다가 역장은 저만치 창가에서 서성이고 있는 청년을 새삼 발견한다.

청년은 벽에 붙은 지명 수배자 포스터를 들여다보고 있는 참이다. 포스터엔 스무 명 남짓, 지극히 평범하게 생긴 한국 사람들의 얼굴이 적혀져 있고 그 밑에 성명, 나이, 범행 내용, 인상착의 따위가 기록되어 있다. 그 중 몇은 '검거'라고 쓰인 붉은 도장이 쿵쿵 박혀져 있다. 수배자들의 사진 가운데엔 대학생이 아는 얼굴도 하나 끼여 있다. 그는 청년의 선배이다. 시위를 주동한 혐의로 선배는 몇 달 전부터 수배되어 있는 중이다. 청년은 지금 그 선배의 사진과 무슨 얘기라도 나누는 양 골똘히 마주 대하고 있다. 바로 그때 역장이 청년을 불렀으므로 청년은 적이 놀란 모양이다.

"이봐요, 젊은이. 추운데 거기 있지 말고 이리 와서 불 좀 쬐구려."

청년은 우물쭈물하더니 이윽고 난로 쪽으로 걸어온다. 그리고 역장에게 꾸벅 고개를 숙인다.

"누구…… 더라."

역장은 의외라는 표정이다. 청년의 얼굴이 금방 기억나지 않는다.

"저, 역장님은 잘 모르실 거예요. 고등학교 때 통학하면서 줄곧 뵈었는데…… 재 너머 오동삼 씨가 제……."

"아아, 이제야 알겠네. 자네가 바로 오 씨 큰아들이구먼. 지금 대학에 다닌다면서, 그렇지?"

"예……."

"맞아. 작년 여름에 내려왔을 때도 봤었지. 그래, 방학이라서 집에 왔구먼."

"예……."

역장은 청년을 새삼 믿음직스러운 듯 바라본다. 역장은 그를 기억해 낼 수 있다. 어릴 때부터 남달리 성실하고 착한 학생 같았었다. 여느 애들과는 다르게 생각이 많아 뵀고 늘 손에 책이 들려져 있는 것도 대견스러웠다. 그러길래 청년이 인근 마을에선 유일하게 도회지의 국립 대학에 합격했다는 소문을 들었을 때, 그게 우연이 아니라고 여겼던 것이다.

"아믄, 공부 열심히 해서 성공해야지. 뒷바라지하시느라 촌구석에서 뼈 빠지게 고생하시는 부모님 호강도 시켜드리고, 고향에 좋은 일도 많이 해야 하네. 알겠는가."

"예……."

역장이 어깨를 툭툭 두드려주며 격려했고, 청년은 고개를 떨군 채 희미한 대답을 한다.

불현듯 청년의 뇌리엔 아버지의 얼굴이 떠오른다. 소나무 등걸처럼 투부룩한 아버지의 손. 그 손으로 아버지는 평생을 논밭만 일구며 살아왔다. 아버지의 꿈은 판사 아들을 두는 거였다. 그렇게만 된다면 내일 죽어도 한이 없노라고, 젊은 시절을 남의 집 머슴으로 전전했던 가난한 아버지는 대학생이 된 아들 앞에서 주먹을 불끈 쥐어 보이곤 하던 거였다.

청년에겐 동생이 다섯이나 있었다. 모두가 초등학교만 겨우 마쳤거나 아직 다니고 있는 중이었다. 청년은 그의 집의 유일한 희망이었고, 어김없이 찾아올 밝아오는 새벽이었다. 그런 부모와 형제들 앞에서 끝내 퇴학당했다는 말을 꺼낼 수가 없었다. 언젠가 여름에 자기도 그냥 집에 내려와 농사나 짓는 게 어떻겠느냐고 한마디 건넸다가 그만 노발대발한 아버지에게 용서를 비느라 혼쭐이 난 적도 있었다. 결국 아무런 얘기도 꺼내 보지 못하고 이젠 누구 하나 찾아갈 사람도 없는 그 거대한 도시를 향해 집을 나섰을 때 청년은 하마터면 울음을 터뜨릴 뻔하였다.

자. 이거 받으라이. 느그 아부지가 준 돈은 책값하고 하숙비 빼면 니 쓸 것도 부족하꺼이다. 괜찮다이. 내, 그동안 몰래 너 오면 줄라고 모아둔 돈이니께. 달걀도 모았다가 팔고 동네 밭일 해 주고 품삯 받은 거이다. 아무쪼록 애껴쓰면서, 공부도 좋재만 항상 몸을 살펴야 쓴다이.

동구 밖까지 따라 나온 어머니는 꾸깃꾸깃 때에 절은 돈을 억지로 손에 쥐어 주었다. 어머니와 동생들은 마른버짐이 허옇게 핀 얼굴로 그가 고개를 꼬박 넘어설 때까지 손을 흔들고 있었다.

흥, 대학생? 그까짓 대학생이 무슨 별거라구…….

춘심이가 역장과 청년의 대화를 들으며 입을 비쭉인다.

춘심이가 벌써 삼 년이나 몸 비비고 사는 민들레집 근방 일대엔 서너 개의 대학이 몰려 있었으므로 허구한 날 보는 게 대학생이었다. 그 녀석들은 덜렁대며 책가방을 들고 다니긴 하지만 대체 언제 공부를 하는 줄 모르겠다고 그녀는 늘 의아해했다. 아침이면 교문을 엄청난 수가 떼를 지어 몰려들어갔고 어쩌다 교문 앞을 지나치다 보면 거의 날마다 무슨 운동회다 축제 행사다 해서 교정이 빽적지근하도록 시끄러웠다. 게다가 삐끗하면 데모다 시위다 하여 죄 없는 부근 주민들까지 매운 냄새를 맡게 만들었기 때문에 번번이 장사에 지장도 많았다. 하필 학교 정문으로 통하는 네거리 길목에 자리 잡은 민들레집으로서는 데모가 터졌다 하면 그날 장사는 종을 쳤다. 그런 날은 일찌감치 문 닫고 그녀들은 옥상으로 올라가 한여름에도 신라 시대 장군들처럼 투구에다 갑옷 차림으로 학교 문 앞을 겹겹이 막고 도열해 있는 사람들을 재미나게 구경하는 거였다.

하교 시간이면 술집들이 빽빽하게 들어차기 시작했다. 무슨 뼈 빠지는 막노동이라도 종일 하고 온 사람처럼 열나게 술을 퍼마시는 녀석들, 알아듣지도 못할 골치 아픈 얘기 따위나 해대며 괜스레 진지한 척 애쓰는 배부른 녀석들. 그것이 춘심이네가 생각하는 대학생들이었다. 그러다가 그들은 자정이 넘어서야 곤드레가 되어 더러는 민들레집을 찾아 기어들어 오기도 했는데 가끔 술값이 모자라 이튿날 아침이면 가방을 잡혀두고 허겁지겁 돈 구하러 뛰어나가는 얼빠진 녀석들도 있었다.

그러나 아무리 비쭉여대긴 해도 대학생은 역시 부러운 존재였다. 그들은 모두 머잖아 도심지의 고층 빌딩을 넥타이 차림으로 오르락내리락할 것이고, 유식한 잘난 상대를 만나 그럴싸한 신혼살림에 그럴싸하게 살아갈 것이라는 빤한 사실 때문인지도 모른다. 언젠가 춘심이는 민들레집 계집애들과 함께 일이 없는 오후에 근처 대학교로 놀러 갔었다. 그러나 그녀들은 교문에 들어서기도 전에 수위한테 내쫓김을 당했다. 씨발, 여대생은 얼굴에 무슨 금딱지라도 붙이고 다닌다던. 춘심이는 홧김에 씹고 있던 껌을 교문 돌기둥에 꾹꾹 눌러 붙여놓고 왔었다.

쿨룩쿨룩.

노인이 기침을 시작한다. 농부는 노인의 가슴을 크고 볼품없는 손으로 문질러 준다. 난로가 달아오르고 있다. 훈훈한 열기가 주위에 서 있는 사람들의 몸을 기분 좋게 적신다.

남자들이 담배를 피우는 모습을 보고 있으려니 여자들은 문득 입 안이 허전한가 보다. 아낙네 하나가 보따리에 손을 집어넣고 무엇인가를 찾고 있다. 이윽고 아낙의 손끝에 북어 두 마리가 따라 나온다. 그녀는 그걸 대뜸 난로 위에 얹어 굽더니 북북 찢어 내어 사람들에게 골고루 나누어 준다.

"벤벤찮으요만 잡숴들 보실라요. 입이 궁금할 때는 이것도 맛이 괜찮합디다."

"고맙긴 하오만, 이렇게 먹어버리면 뭐 남기나 하겠소?"

역장이 한 조각 받아들며 말한다.

"밑질 때 밑지드라도 먹고 싶을 때는 먹어야지라우. 거시기, 금강산도 식후갱이라 안 합디여. 히히히."

아낙은 제법 유식한 말을 했다는 생각에 스스로 대견해서 익살맞게 이빨을 드러내고 웃는다.

농부와 대학생과 춘심이도 한 오라기씩 입에 넣고 우물거리고 있다. 뚱뚱이 서울 여자는 마지못한 시늉으로 그걸 받더니, 행여 더러운 것이라도 묻지 않았나 싶은 듯 손가락 끝에서 요모조모 뜯어보다가 입에 넣었다. 그녀는 여전히 마지못한 표정을 짓고 있었지만 속으로는 그게 생긴 것보다는 맛이 괜찮다고 생각한다. 그러고 보니 그녀는 저녁을 거른 채로였다.

"북어를 팔러 다니시는가 부죠."

뚱뚱이 여자는 북어 얻어먹은 걸 반지르르한 서울말로 갚아야겠다는 속셈이다.

"북어뿐 아니라 김, 멸치, 미역 같은 해산물도 갖고 다녀라우. 산골이라 해산물이 귀해서 그런지 사평에 오면 그런대로 사 주는 편입디다."

"저쪽 아주머니두요? 보따리가 꽤 커 보이는데."

"아니라우. 나는 옷장사요. 정초도 가까워 오고 해서 애들 옷가지랑 노인네 솜바지 같은 걸 조까 많이 떼어 와 봤등만, 이번엔 영 재미를 못 봤소야. 삼사일 전에 다른 옷장사가 먼저 들러 갔다고 그럽디다. 오가는 차비 빠지기도 힘들게 돼부렀는 갑소."

"아따, 성님도 엄살은. 그만큼 팔았으면 됐지, 손해는 무슨 손해요."

젊은 아낙은 북어 두 마리를 더 꺼내어 난로에 얹으며 호들갑을 떤다.

"근데 이거 기차도 다 틀린 건 아닌지 모르겠네. 어떡하믄 좋지. 이눔의 시골 바닥엔 여관 하나도 안 보이던데, 쯧."

서울 여자가 코를 찡그린다.

"누구, 아는 사람을 찾아오신 게 아닌갑네요?"

젊은 아낙이 퍽 호의를 보이며 묻는다.

"아는 사람이 누가 있겠수. 이런 두메산골은 눈 째지고 나서 첨 와 봤다구요. 말만 들었지, 종이쪽지 하나 들구 찾아와 보니깐 이거 원. 이게 모두가 다 그……."

모두가 다 그 몹쓸 년 때문이지 뭐야, 하려다가 서울 여자는 입을 오므리고 만다. 단무지같이 누렇게 뜬 사평댁의 낯빛이 눈에 선하게 떠오른 까닭이다.

뚱뚱이 여자는 이날 아침 버스로 사평에 도착했다. 하지만 사평댁이 사는 마을은 고개를 둘이나 넘어야 하는 산골짜기에 있었다. 커다란 몸집을 절구통 옮기듯 씩씩거리며 두어 시간이나 걸려 마을에 다다랐을 때는 점심나절이 한참 넘어서였다.

그녀는 사평댁을 만나면 머리채부터 휘어잡고 그동안 쌓인 분풀이를 톡톡히 할 참으로 벼르고 있었다. 그녀는 서울에서 음식점을 하나 갖고 있었는데 몇 달 전만 해도 사평댁은 주방에서 일을 했었다. 갓 서른이 넘은 나이에 성깔도 고와 뵈고 믿을 수 있을 것 같아서 그녀는 남다른 신뢰와 애정을 베풀어 주었노라고 지금도 자부하고 있는 터였다. 한데, 믿는 뭣에 뭐가 핀다더니 바로 그 사평댁에게 가게를 맡기고 단풍놀이를 갔다가 돌아와 보니 사평댁은 돈을 챙겨 넣은 채 온다간다 말도 없이 사라져 버리고 없던 거였다. 이상한 건 금고에 돈이 더 있었는데도 없어진 것은 다만 삼십여 만 원 정도였다. 하지만 그녀가 분해하는 것은 없어진 돈 때문만은 아니었다. 세상이 아무리 막되었기로소니 친언니보다도 더 극진히 믿고 위해 주었던 은혜를 사평댁이 감쪽같이 배신했다는 사실이 더욱 분했다. 처음엔 그저 잊어버리고 말지, 했으나 생각하면 할수록 부아가 치밀어 올라 급기야는 어설픈 기억을 더듬어 사평댁의 고향으로 이날 쫓아 내려온 거였다.

사평댁이 살고 있는 마을은 지독한 빈촌이었다. 겨우 이십여 호 남짓한 흙벽돌 집들은 대부분이 초가였고, 한결같이 금방이라도 귀신이 나올 듯한 험상 맞은 꼬락서니를 하고 있었다. 산비탈 여기저기에 밭을 일구어 간신히 입에 풀칠이나 하고 살아가는 화전민촌이라는 사실을 첫눈에 쉽사리 알 수 있었다.

세상에, 이눔의 동네는 그 요란한 새마을 운동인가 뭔가도 여태 구경 못 했담.

발 디딜 자리 없이 쇠똥이 지천으로 내갈겨진 고샅을 더듬어 올라가며 그녀는 내내 오만상을 구겨야 했다. 엄청나게 큰 아가리를 벌리고 있는 똥통이며 두엄더미, 그리고 어쩌다 마주치는 시골 사람들의 몰골은 하나같이 수세미처럼 거칠고 쭈그러져 있었다.

금방 주저앉을 듯한 초가 사립을 들어섰을 때 그녀는 이미 그때까지 등등하던 기세가 사그라져버리고 없었다. 기척을 들었는지 누구요, 하고 방문을 연 것은 바로 사평댁이었다. 순간 그녀를 보자마자 사평댁은 그 자리에서 풀썩 주저앉고 마는 거였다. 처음에 그녀는 송장같이 핼쑥한 그 여자가 바로 사평댁이라는 사실을 깨닫지 못했다. 그만큼 사평댁은 오랜 병석의 기색이 완연했다.

에그머니나. 이게 무슨 꼴이야, 곱던 얼굴이 세상에 이렇게 못쓰게 될 수가 있담. 아니, 정말 네가 사평댁이 틀림없니, 틀림없어?

머리채를 박박 쥐뜯어 놓겠다고 벼르던 일은 까맣게 잊고 뚱뚱이 여자는 사평댁의 허깨비 같은 몸뚱이를 부둥켜안고 안타까워 어쩔 줄을 몰랐다.

속사정이야 제쳐 두고 우선 두 여자는 한참 동안 울음보를 풀었다. 서울 여자는 일찍이 젊어 과부가 된 제 팔자가 새삼 서러웠을 테고, 송장같이 말라 빠진 사평댁 또한 기구한 제 설움에 겨워 눈물을 쭐쭐 쏟아 내었다.

한바탕 소란이 끝나고 차츰 그간의 경위를 들어보니 사평댁의 소행이 이해가 갈 만도 했다. 본디 사평댁은 결혼 후 그 마을에서 죽 살아왔노라고 했다. 주정뱅이에다가 노름꾼인 건달 남편과의 사이에 아이 둘을 낳았으나, 갈수록 심해지는 남편의 손찌검에 못 견뎌 집을 나온 거였다. 물론 그런 사실을 사평댁은 까맣게 숨기고 있었다. 그런 어느 날 식당에 우연히 들어온 고향 사람을 만났고, 그에게서 지난 겨울 술 취한 남편이 밤길 눈밭에서 얼어 죽었다는 소식을 들었다. 부모 없이 거지 신세가 되어 이집 저집에 맡겨져 있다는 아이들을 생각하니 한시도 머물러 있을 수가 없었노라고 사평댁은 울먹이며 자초지종을 털어놓았다. 그러고 보니 방 한쪽 구석에는 사평댁의 아이들이 눈이 휘둥그레져서 그녀들을 쳐다보고 있었다. 머리통은 부스럼딱지로 더껑이(더께의 잘못된 표현. 몹시 찌든 물건에 달라붙은 거친 때)가 져 있고 영양실조로 낯빛이 눌눌한 아이들은 유난히 배만 불쑥 튀어나온 기이한 모습들이었다. 다시 한바탕 설움에 겨운 넋두리를 퍼붓다가 뚱뚱이 여자는 몸에 지닌 몇 푼의 돈까지 쓸어모아 한사코 마다하는 사평댁의 손에 쥐어 준 채 황황히 그 집을 나오고 말았다.

젠장맞을. 하여간 나는 정이 많은 게 탈이라구. 그 꼴을 하고 있는 줄 알았으면 애당초 여기까지 찾아오지도 않았을 거 아냐. 쯔쯔쯔.

서울 여자는 분풀이라도 하듯 북어를 어금니로 쭉 찢어서 씹기 시작한다.

짧은 순간, 사람들은 모두 바깥의 어둠에 귀를 모은다. 분명히 기적 소리다.

야아, 오는구나.

저마다 눈빛을 빛내며 그들은 서둘러 짐꾸러미를 찾아 들고 플랫폼을 향해 종종걸음을 친다. 그러나 맨 앞장선 서울 여자가 유리문에 미처 다다르기도 전에 문이 드르륵 열리며 역장이 나타났다.

"그대로들 계십시오. 저건 특급 열찹니다."

그렇게 말하고 역장은 문을 다시 닫더니 플랫폼으로 바삐 사라진다.

참, 그러고 보니 저건 하행선이구나. 대합실 안의 사람들은 일시에 맥이 빠진다. 이번에도 특급이야? 뚱뚱이는 짜증스레 내뱉았고 아낙네들은 욕지거리를 섞어가며 툴툴대었으며, 노인은 더 심하게 기침을 콜록거렸고, 농부는 이번엔 늙은이의 가슴을 쓸어 줄 생각을 하지 못했다. 중년 사내와 청년도 말없이 난롯가로 되돌아갔고 맨 뒤로 몇 발짝 따라 나왔던 미친 여자는 쭈뼛쭈뼛 눈치를 살피며 도로 의자 위로 엉덩이를 주저앉힌다.

그 사이, 열차는 쿵쾅거리며 플랫폼을 통과하고 있다. 차 내부의 불빛과 승객들의 미이라 같은 형상들이 꿈속에서 보듯 현란한 흔적으로 반짝이다가 이내 사라져 버리고 말았다. 사위는 아까처럼 다시금 고요해졌고, 창밖으로 칠흑의 어둠이 잽싸게 제자리를 찾아 들어온다. 열차가 사라진 어둠 저편에서 늙은 역장의 손전등 불빛이 휘적휘적 걸어오고 있는 게 보인다. 그 모든 것이 아까와 똑같이 반복되고 있는 것이다.

대학생은 방금 눈앞에 나타났다가 사라진 열차의 불빛이 아직 자신의 망막에 남아 있는 듯한 느낌이다. 그것은 어느 찰나에 피어올랐다가 소리 없이 스러져버린 눈물겨운 아름다움 같은 거였다고 청년은 생각한다. 어디일까. 단풍잎 같은 차창들을 달고 밤 열차는 또 어디로 흘러가고 있는 것일까. 그것이 마지막 가 닿는 곳은 어디쯤일까. 그런 뜻 없는 질문을 홀로 던지며 청년은 깊숙이 가라앉은 시선을 창밖 어둠을 향해 던지고 있다.

사람들은 누구도 입을 열지 않는다. 대합실 벽에 붙은 시계가 도착 시간을 한 시간 반이나 넘긴 채 꾸준히 재깍거리고 있었지만 누구 하나 눈여겨보는 사람은 없다. 창밖엔 싸륵싸륵 송이눈이 쌓여 가고 유리창마다 흰보라빛 성에가 톱밥 난로의 불빛을 은은하게 되비추어 내고 있을 뿐.

사람들은 약속이나 한 듯 말을 잊었다. 어쩌면 그들은 열차를 기다리고 있다는 사실조차 망각하고 있는 것인지도 모른다. 중년 사내는 담배를 입에 문 채 성냥불을 당기려다 말고 멍하니 난로의 불빛을 들여다보고 있다. 노인을 안고 있는 농부도, 대학생도, 쭈그려 앉은 아낙네들도, 서울 여자도, 머플러를 쓴 춘심이도 저마다 손바닥들을 불빛 속에 적셔 두고 망연한 시선을 난로 위에 모은 채 모두들 아무 말도 하지 않았다. 저만치 홀로 떨어져 앉아 있는 미친 여자도 지금은 석고상으로 고요히 정지해 있다. 이따금 노인의 기침 소리가 났고, 난로 속에서 톱밥이 톡톡 튀어 올랐다.

"흐유, 산다는 게 대체 뭣이간디……."

불현듯 누군가 나직이 내뱉었다.

그러자 사람들은 그 말꼬리를 붙잡고 저마다 곰곰히 생각해 보기 시작한다. 정말이지 산다는 게 도대체 무엇일까…….

중년 사내에겐 산다는 일이 그저 벽돌담 같은 것이라고 여겨진다. 햇볕도 바람도 흘러들지 않는 폐쇄된 공간. 그곳엔 시간마저도 아무런 흔적을 남기지 않는다. 마치 이 작은 산골 간이역을 빠른 속도로 무심히 지나쳐 가 버리는 특급 열차처럼……. 사내는 그 열차를 세울 수도 탈 수도 없다는 것을 잘 알고 있다. 그러면서도 여전히 기다릴 도리밖에 없다는 것, 그것이 바로 앞으로 남겨진 자기 몫의 삶이라고 사내는 생각한다.

농부의 생각엔 삶이란 그저 누가 뭐해도 흙과 일뿐이다. 계절도 없이 쳇바퀴로 이어지는 노동. 농한기(農閑期 추수를 끝낸 뒤의 한가로운 기간)라는 겨울철마저도 융자금 상환과 농약값이며 비료값으로부터 시작하여 중학교에 보낸 큰아들놈의 학비에 이르기까지 이런저런 걱정만 하다가 보내고 마는 한숨철이 되고 만 지도 오래였다. 삶이란 필시 등뼈가 휘도록 일하고 근심하다가 끝내는 늙고 병들어 죽는 것이리라고 여겨졌으므로, 드디어 어려운 문제를 풀어냈다는 듯이 농부는 한숨을 길게 내쉰다.

서울 여자에겐 돈이다. 그녀가 경영하고 있는 음식점 출입문을 들어서는 사람들은 모조리 그녀에겐 돈으로 뵌다. 어서 오세요. 입에 붙은 인사도 알고 보면 손님에게가 아니라 돈에게 하는 말일 게다. 그래서 뚱뚱이 여자는 식사를 마치고 나가는 손님들에게 결코 안녕히 가세요, 라는 말은 쓰지 않는다. 또 오세요다. 그녀는 가난을 안다. 미친 듯 돈을 벌어서, 가랑이를 찢어 내던 어린 시절의 배고픈 기억을 보란 듯이 보상받고 싶은 게 그녀의 욕심이다. 물론 남자 없이 혼자 지새워야 하는 밤이 그녀의 부대 자루 같은 살덩이를 이따금 서럽게 만들기도 한다. 하지만 그녀는 두 아들을 끔찍이 사랑했다. 소중한 두 아들과 또 그들을 행복하게 만드는 데에 쓰여 질 돈, 그 두 가지만 있으면 과부인 그녀의 삶은 그런대로 만족할 것도 같다.

춘심이는 애당초 그런 골치 아픈 얘기는 생각하기도 싫어진다. 산다는 게 뭐 별것일까. 아무리 허덕이며 몸부림을 쳐 본들, 까짓 것 혀 꼬부라진 소리로 불러대는 청승맞은 유행가 가락이나 술 취해 두들기는 젓가락 장단과 매양 한가지일걸 뭐. 그래서 춘심이는 술이 좋다. 아무것도 생각나지 않게 해 주는 술님이 고맙다. 그래도 춘심이는 취하면 때로 울기도 하는데 그 까닭이야말로 춘심이도 모를 일이다.

대학생에겐 삶은 이 세상과 구별할 수 없는 그 무엇이다. 스물셋의 나이인 그에게는 세상 돌아가는 내력을 모르고, 아니 모른 척하고 산다는 것은 절대로 용서할 수 없다. 그런 삶은 잠이다. 마취 상태에 빠져 흘려보내는 시간일 뿐이라고 청년은 믿고 있다. 하지만 그는 얼마 전부터 그런 확신이 조금씩 흔들리기 시작하는 걸 느끼고 있다. 유치장에서 보낸 한 달 남짓한 기억과 퇴학. 끓어오르는 그들의 신념과는 아랑곳없이 이루어지고 있는 강의실 밖의 질서…… 그런 것들이 자꾸만 청년의 시야를 어지럽히고 혼란을 일으키고 있는 중이다.

행상꾼 아낙네들은 산다는 일이 이를테면 허허한 길바닥만 같다. 아니면, 꼭두새벽 장사치들이 때로 엉켜 아우성치는 시장에서 허겁지겁 보따리를 꾸려나와, 때로는 시골 장터로 혹은 인적 뜸한 산골 마을로 돌아다니며 역시 자기네 처지보다 나을 것이라곤 눈곱만큼도 없는 시골 사람들 앞에서 거짓말 참말 다 발라가며 펼쳐놓는 그 싸구려 옷가지 같은 것인지도 모른다. 어쨌든 그녀들에겐 그따위 사치스런 문제를 따지고 말고 할 능력도 건덕지도 없다. 지금 아낙네들의 머릿속엔 아이들에게 맡겨둔 채로 떠나온 집 생각으로 가득 차 있다. 어린것들이 밥이나 제때에 해 먹었을까. 연탄불은 꺼지지 않았을까. 며칠째 일거리가 없어 빈둥대고 있는 십 년 노가다 경력의 남편이 또 술에 취해서 집구석에 법석을 피워 놓진 않았을까…….

그러는 사이에도, 밖은 간간이 어둠 저편으로부터 바람이 불어왔고, 그때마다 창문이 딸그락거렸다. 전신주 끝을 물고 윙윙대는 바람 소리, 싸륵싸륵 눈발이 흩날리는 소리, 난로에서 톡톡 튀어 오르는 톱밥, 그런 크고 작은 소리들이 간헐적(얼마 동안의 시간 간격을 두고 되풀이하여 일어나는)으로 토해 내는 늙은이의 기침 소리와 함께 대합실 안을 채우고 있을 뿐, 사람들은 각기 골똘한 얼굴로 생각에 빠져 있다.

대학생은 문득 고개를 들어 말없이 모여 있는 그들의 얼굴을 하나하나 눈여겨본다. 모두의 뺨이 불빛에 발갛게 상기되어 있다. 청년은 처음으로 그 낯선 사람들의 얼굴에서 어떤 아늑함이랄까 평화스러움을 찾아내고는 새삼 놀라고 있다. 정말이지 산다는 것이란 때로는 저렇듯 한 두름의 굴비, 한 광주리의 사과를 만지작거리며 귀향하는 기분으로 침묵해야 하는 것인지도 모른다.

청년은 무릎을 굽혀 바께쓰 안에서 톱밥 한 줌을 집어 든다. 그리고 그것을 난로의 불빛 속에 가만히 뿌려 넣어 본다. 호르르르. 삐비꽃('삘기꽃'의 호남 사투리)이 피어나듯 주황색 불꽃이 타오르다가 이내 사그라져들고 만다. 청년은 그 짧은 순간의 불빛 속에서 누군가의 얼굴을 본 것 같다. 어머니다. 어머니가 주름진 얼굴로 활짝 웃고 있었다.

다시 한 줌 집어넣는다. 이번엔 아버지와 동생들의 모습이 보였다. 또 한 줌을 조금 천천히 흩뿌려 넣는다. 친구들과 노교수의 얼굴, 그리고 강의실의 빈 의자들과 잔디밭과 교정의 풍경이 차례로 떠오르기 시작한다.

음울한 표정의 중년 사내는 대학생이 아까부터 톱밥을 뿌려대고 있는 모습을 곁에서 줄곧 지켜보고 있는 참이다. 대학생의 얼굴은 줄곧 상기되어 있다.

이 젊은 친구가 어쩌면 꿈을 꾸고 있는지도 모르겠군. 그러면서도 사내 역시 톱밥을 한 줌 집어낸다. 그리고는 대학생이 하듯 달아오른 난로에 톱밥을 뿌려준다. 호르르르. 역시 삐비꽃 같은 불꽃이 환히 피어오른다. 사내는 불빛 속에서 누군가의 얼굴을 얼핏 본 듯하다. 허 씨 같기도 하고 전혀 낯모르는 다른 사람인 것도 같은, 확실치 않은 얼굴이었다. 사내의 음울한 눈동자가 간절한 그리움으로 반짝 빛나기 시작한다. 사내는 다시 한 줌의 톱밥을 집어 불빛 속에 던져넣고 있다.

어느새 농부도, 아낙네들도, 서울 여자와 춘심이도 이젠 모두 그 두 사람의 치기(稚氣 어리고 유치한 기분이나 감정) 어린 장난을 지켜보고 있다. 누구도 입을 열지 않았다.

사평역을 경유하는 야간 완행열차는 두 시간이나 지난 후에야 도착했다.

막상 열차가 도착했을 때, 대합실에서 그때까지 기다리고 있던 승객들은 반가움보다는 차라리 피곤함과 허탈감에 젖은 모습으로 열차에 올라탔다. 늙은 역장은 하얗게 눈을 맞으며 깃발을 흔들어 출발 신호를 보냈고, 이어 열차는 천천히 미끄러져가기 시작했다. 얼핏, 누군가가 아직 들어가지 않고 열차 난간에 기대어 서 있는 게 보였다. 역장은 그 사람이 재 너머 오 씨 큰아들임을 알았다. 고개를 반쯤 숙인 채 난간 손잡이에 위태로운 자세로 기대어 있는 청년의 모습이 역장은 왠지 마음에 걸렸다. 이내 열차는 어둠 속으로 길게 기적을 남기며 사라져버렸다.

한동안 열차가 달려가 버린 어둠 저편을 망연히 응시하고 서 있던 늙은 역장은 옷에 금방 수북이 쌓인 눈을 털어 내며 대합실로 들어섰다. 난로를 꺼야 하기 때문이었다. 거기서 역장은 뜻밖에도 아직 기차를 타지 않고 남아 있는 한 사람을 발견했다. 미친 여자였다. 지금껏 난로 곁에 가지 않았던 유일한 사람이었던 그녀는 이제 난로를 독차지한 채, 아까 병든 늙은이가 앉았던 의자에 비스듬히 앉아 잠들어 있었다.

그녀의 집이 어디며, 또 어디서 왔는지 역장은 전혀 모른다. 다만 이따금 그녀가 이 마을을 찾아왔다가는 열차를 타고 떠나곤 했다는 정도만 기억할 뿐이었다. 오늘은 왜 이 여자가 다른 사람들을 따라 열차를 타지 않았을까 하고 역장은 의아하게 생각했다. 아마 그 여자에겐 갈 곳이 없었을지도 모른다. 그녀에게 있어서 출발이란 것은 이 하룻밤, 아니 단 몇 분 동안이나마 홀로 누릴 수 있는 난로의 따뜻한 불기만큼의 의미조차도 없는 까닭이리라.

역장은 문득 그녀가 걱정스러웠다. 올겨울 같은 혹독한 추위에 아직 얼어 죽지 않고 여기까지 흘러들어왔다는 사실이 신기했다. 꿈이라도 꾸는 중인지 땟국물에 젖은 여자의 입술 한 귀퉁이엔 보일락말락 웃음이 한 조각 희미하게 남아 있었다.

이거 참 난처한걸. 난로를 그대로 두고 갈 수도 없고…….

하지만 결국 역장은 김 씨를 깨우러 가기 전에 톱밥을 더 가져다가 난로에 부어 줘야겠다고 생각하며 천천히 사무실로 돌아가고 있었다. 눈은 밤새 내내 내릴 모양이었다.

해산 바가지

작가와 작품 세계

박완서(1931~2011)

경기도(현 황해북도) 개풍군 출생. 어린 시절을 조부모와 숙부모 밑에서 보내고, 1944년 숙명여고에 입학했다. 1950년 서울대학교 국문과에 입학했으나 전쟁으로 중퇴했다. 1970년 마흔이 되던 해에 〈여성동아〉 장편 소설 공모전에 『나목』이 당선되어 등단했다. 『그 가을의 사흘 동안』으로 한국문학작가상, 『엄마의 말뚝』으로 이상문학상 등을 수상했다. 1998년 문화 관광부에서 수여하는 보관 문화 훈장에 이어 2011년 사후에 금관 문화 훈장이 추서되었다.

데뷔작 『나목』을 비롯해 「세모」, 「부처님 근처」, 「카메라와 워커」, 『엄마의 말뚝』을 통해 6 · 25 전쟁으로 인한 작가 자신의 혹독한 시련을 냉철한 리얼리즘에 입각해 형상화했다. 1980년대에 들어서는 『살아 있는 날의 시작』, 『서 있는 여자』, 『그대 아직도 꿈꾸고 있는가』 등의 장편 소설을 통해 여성의 억압 문제를 다루었다. 박완서는 유려한 문체와 여성 특유의 섬세한 감각으로 현실을 그려 냈을 뿐 아니라, 물질 중심주의와 가부장제에 대한 비판적 의식을 보여 주면서 여성 문학의 대표적 작가로 주목받았다.

작품 정리

갈래: 단편소설, 액자 소설, 세태 소설

배경: 시간 – 1980년대 / 공간 – 도시

시점: 1인칭 주인공 시점

주제: 탄생의 고귀함과 생명 존중의 가치

출전: 〈세계의문학〉(1985)

✎ **구성과 줄거리**

발단 '나'는 딸만 낳은 며느리를 구박하는 친구의 모습을 목격함

'나'는 외며느리가 둘째 딸을 낳아 속상해하는 친구와 함께 병원에 간다. 그곳에서 '나'는 다른 산모와 문병 온 사람들이 나누는 대화를 듣고 남아 선호 사상과 성차별을 느낀다. 이에 혐오감을 느낀 '나'는 병원 밖으로 나와 '나'가 결혼할 당시의 과거를 떠올린다.

전개 '나'의 시어머니는 남녀 구별 없이 정성스럽게 아기를 돌봐줌

'나'가 결혼하려고 했을 때 남편이 외아들에 홀시어머니라 일가친척들은 모두 걱정했다. 걱정과 달리 시어머니는 성품이 인자하고 온화하였다. '나'는 별다른 시집살이 없이 살면서 네 명의 딸을 낳고 다섯째로 아들을 낳았다. 시어머니는 손주들을 차별하지 않고 정성껏 길러 주었다.

위기 시어머니의 치매로 인해 '나'의 심신이 황폐해짐

'나'와 시어머니는 좋은 관계를 유지하며 살아간다. 그러나 시어머니가 치매에 걸리면서 상황이 달라진다. '나'는 다른 사람들의 눈을 의식하여 효부인 척 위선을 떨다가 신경 안정제를 복용할 만큼 힘들어진다.

절정 요양원을 보러 가던 중 지붕 위 박을 보며 해산 바가지를 떠올림

친척들과 상의 끝에 '나'와 남편은 시어머니를 요양원에 모시기로 한다. 남편과 함께 요양원을 보러 가던 길에 '나'는 초가지붕 위에 열린 박을 보고 해산 바가지를 떠올린다.

결말 시어머니의 생명 존중 태도를 깨닫고 임종 때까지 곁을 지킴

'나'는 손주가 태어날 때마다 정성껏 해산 바가지를 준비하고 한결같이 사랑을 주던 시어머니의 아름다운 정신을 깨닫는다. 감동한 '나'는 좀 더 편안해진 마음과 태도로 시어머니를 돌보며 임종 때까지 곁을 지킨다.

생각해 볼 문제

1. 이 이야기에서 작가는 어떤 주제를 전달하고 있는가?

   전반부에서는 당시 사회에 만연했던 남아 선호 사상을 비판한다. 후반부에서는 시어머니의 사랑과 생명 존중의 가치를 이야기한다. 전반부와 후반부의 이야기는 서로 대비되면서 주제를 더욱 효과적으로 드러낸다. 당대 사회의 왜곡된 가치를 비판적으로 바라보고 생명 존중의 가치를 다시 한번 깨닫게 한다.

2. 작품의 제목이기도 한 '해산 바가지'의 의미는 무엇인가?

   '나'는 시어머니를 모실 요양원에 가던 중 탐스럽게 열린 박을 본다. 시어머니가 '나'와 손주들을 위해 정성스럽게 준비했던 해산 바가지를 떠올리며 깨달음을 얻는다. 이러한 해산 바가지는 '나'의 내적 갈등이 해소되고 행동이 변화하는 매개체가 된다. 해산 바가지를 떠올린 후 '나'가 시어머니에 대한 마음을 바꾸고 예전보다 편안한 마음으로 시어머니를 대하게 되기 때문이다. 해산 바가지는 생명 존중의 상징으로서 '나'에게 인간의 생명은 그 자체로 소중하다는 깨달음을 준다.

인물 관계도

저(나)는 며느리가 딸을 낳아 속상해하는 친구를 위로해 주다가 시어머니를 떠올려요. 시어머니는 제가 딸 넷과 아들 하나를 낳는 동안 정성껏 해산 바가지를 준비하고 아낌없는 사랑을 준 분이셨어요. 시어머니의 치매로 힘들었던 저는 시어머니의 아름다운 정신에 감사하며 솔직하고 편안한 마음으로 시어머니를 모셔요.

해산 바가지

서로 깊이 좋아하면서도 일부러 만날 기회를 만들 필요 없이 생각만으로도 푸근해지는 친구가 있는가 하면 며칠만 목소리를 못 들어도 궁금증이 나서 전화질이라도 해야 배기는 친구도 있다. 오늘 아침 설거지를 하다 말고 나중 경우에 속하는 친구 목소리를 못 들은 지가 일주일은 된다는 데 생각이 미치자 불현듯 좀이 쑤셔서(마음이 들뜨거나 초조하여 가만히 있지 못하여) 일손을 놓고 허겁지겁 전화통에 매달렸다. 용건 같은 건 따로 없었다. 애써 용건을 꾸며대자면 나의 고질적이고 주기적인 우울증이 듣기만 해도 절로 세상만사가 별거 아닌 것으로 여겨질 만큼 낙천적인 그녀의 목소리에 의해 무산될 수 있길 은근히 바랐다고나 할까.

하마터면 전화 잘못 건 줄 알고 끊을 뻔하게 친구의 목소리는 침울하게 가라앉아 있었다.

"느이 파산했구나?"

나는 그 친구와의 평소의 버릇대로 이렇게 농지거리부터 해 보았다. 생판 농지거리만은 아닌 것이 씀씀이가 헤프고, 해놓고 사는 게 친구들 사이에선 가장 화려해서 우리가 샘을 낼라치면 언제 파산할지도 모르는 신세라고 엄살을 떨곤 했었기 때문이다. 그녀의 남편은 중소기업 정도의 사업체를 갖고 있는 유능한 사업가지만 대기업도 하루아침에 물거품처럼 꺼지는 세상이니 그 정도의 엄살은 부릴 만도 했다.

"아냐, 차라리 파산이라도 했으면 좋게……."

"뭐라구, 그럼 더 나쁜 일이 생겼단 말이니?"

"글쎄 더 나쁜 일이라면 좀 이상하지만, 파산을 했다고 해도 이렇게 서운하진 않을 것 같아. 그까짓 돈이야 있다가도 없고 없다가도 있는 거 아니니?"

"난 또 뭐라고. 조 사장이 바람을 피웠나 보구나? 맞지?"

"얘는, 생각하는 것하고…… 바람은커녕 어제부터 맥이 빠져 회사에도 못 나가고 지금도 내 옆에 쓰고 드러누워 있단다."

"무슨 일이야? 그럼."

"내가 또 손녀를 봤단다. 또 딸을 낳을 게 뭐니."

"이번이 참 둘째지? 약간은 섭섭하겠지만 곧 나아져. 낳을 때 섭섭한 거 벌충하고도 남을 만큼 예쁘게 구는 게 딸 아니니?"

"남의 일이니까 그렇게 말할 수 있는 게지. 당해 보면 심각하다 너. 우리 영감은 숫제 쓰고 드러누웠다니까. 맥이 풀려 사업이고 돈이고 다 귀찮대."

"알 만해, 네 목소리만 들어도. 그렇지만 어쩌겠니? 임의로 할 수 있는 노릇이 아니니 며느리한테도 행여 그런 내색 하지 마."

"왜 임의로 못 하니? 양수 검사니 초음파 검사니 아들딸 미리 알 수 있는 방법이 얼마든지 있는데 제가 뭐 잘났다고 그런 것도 안 해 보고 겁 없이 또 딸년을 덜컥 낳아놓느냐 말야. 시집을 우습게 봐도 분수가 있지!"

"아들딸을 미리 알 수 있을지는 몰라도, 딸을 아들 만들 수는 없는 거라면 그거 안 해 본 걸 나무랄 수는 없잖니."

"딸을 아들 만들지는 못해도 딸인 줄 알면 안 낳을 수는 얼마든지 있잖느냐 말야. 다들 그러려고 양수 검사하지, 미리 궁금증이나 풀어 보려고 하는 사람이 어딨니? 요새 애 떼는 게 무슨 큰일이라고."

"얘, 우리 피차 살날이 창창한 것도 아닌 늘그막에 그런 하늘 무서운 소린 안 하도록 하자."

"넌 왜 꼭 나만 나무라려고 그러니? 우리 며늘애 걔가 보통 애 아닌 건 너도 알지."

"그럼 소문난 재원(才媛)이지. 외며느리 그만큼 보기 어렵다고 다들 얼마나 부러워했니."

"애 얘, 듣기 싫다. 그건 다 옛날 고릿적 얘기고, 걔 콧대 세고, 시집 어려운 줄 모르는 고약한 성깔 말야."

"여직껏 잘 지내고서 지금 와서 그게 무슨 소리니? 성깔 때문에 딸을 낳은 것도 아니겠다."

"걔가 딸만 내리 둘 낳은 것 때문에만 내 속이 이렇게 상하겠니? 나도 말이다, 딸 낳으면 아들 낳는 날도 있겠지 마음 눅쳐 먹고 기다릴 아량도 있는 시에미다 너. 근데 적반하장도 분수가 있지, 이번 애 뱄을 적부터 시부모 앞에서 고개를 꼿꼿이 세우고 한다는 소리가 '아들이고 딸이고 둘까지만 낳아보고 그만 낳을 테니 그런 줄 아세요' 글쎄 이러지 뭐니? 제가 남의 집 외며느리로 들어와서 그게 글쎄 할 소리니? 그래도 그때만 해도 속으로 필시 재가 양수 검사라도 해서 아들 밴 걸 미리 알고 저렇게 큰소리치려니 하는 한 가닥 희망이 있었기에 나무라고 싶은 것을 꾹 참을 수가 있었는데, 딸년을 배고 시부모 앞에서 감히 그런 발칙한 소리를 한 생각을 하면 괘씸하고 분해서 미칠 지경이지 뭐니. 앞으로 그 고집을 어떻게 꺾어 또 아이를 갖게 할 것이며 억지로 하나를 더 갖게 한들 그게 아들이란 보장이 있는 것도 아니고…… 글쎄 이런 법도 있니? 외며느리 입에서 딸이라도 둘만 낳겠다는 소리가 감히 어떻게 나올 수가 있느냐 말야."

"얘야, 좀 진정을 해. 세상이 그런 걸 어떡허니. 아들딸 가리지 말고 둘만 낳자가 둘도 많다로 변한 것도 몰라? 꼭 그대로 해야 된다는 법적 제약이 있는 건 아니지만 요즈음 젊은 부부라면 의당 인구문제를 모른 척할 순 없는 거 아니니? 내버려둬. 그 애들 자녀의 수는 그 애들 스스로 알아서 결정하게 내버려둬야지, 우리네 부모가 선불리 나설 일이 아니라고 생각한다, 나는."

나는 꽤 조심스럽게 내 생각을 말했는데도 기가 팍 죽었던 친구의 목소리가 별안간 귀청이 째지게 날카로워졌다.

"넌, 넌 아들 하나 낳으려고 딸을 넷씩이나 낳았기에 내 이 속 타는 걸 알아줄 줄 알았더니 어쩜 그렇게 남 복장 찧을 소리만 골라서 하니. 나는 지금 우리 집안의 손이 끊길지도 모르는 중대한 고비를 맞아 미치고 환장을 할 지경인데 인구문제가 나하고 무슨 상관이야. 지는 아들 하나 낳으려고 딸을 넷씩이나 내리 낳은 주제에 누구한테 인구문제를 뒤집어씌우려고……."

이렇게 마구 지껄이더니 분에 못 이겨 전화를 끊고 마는 게 아닌가. 나의 오남매는 주시는 대로 낳을 수밖에 없었던 시대의 오남매일 뿐인데, 그중 딸 넷을 마치 막내로 아들 하나를 얻기 위한 네 번의 시행착오에 불과한 것으로 단정하는 친구의 말투가 어이없었지만 변명할 겨를도 없었고, 또 그러고 싶지도 않았다. 아무 데나 마구 싸움을 걸고 싶게 착란돼 있는 친구의 상태가 측은하기도 했지만 남자 여자 문제라면 더욱 갈피를 못 잡는 이 시대의 우리 의식의 갈등과 혼란이 한동안 나를 우울하게 했다. 다음 날 그 친구로부터 전화가 왔다.

"오늘 나한테 시간 좀 내주지 않을래?"

"왜? 아들딸 푸념 더 하고 싶어서? 미안하지만 사양하겠다."

"오늘 퇴원한다니까 한번 가봐야지 않겠니?"

"가보긴 가봐야 한다니, 누구 말야?"

"누군 누구야, 우리 잘난 며느리 말이지?"

"그럼 여직껏 한 번도 안 가봤단 말이니? 그리고 퇴원한다니까 가봐야겠다니, 집으로 퇴원하는 거 아냐?"

"그동안 가 볼 기운이 어딨니? 밥해 먹을 기운도 없어서 정 배고프면 아무거나 한 그릇 시켜 먹으면서 산걸. 우리 영감도 오늘 겨우 출근했다. 그것도 나갈래 나간 게 아니라 사장님 아니면 안 되는 일이 있다고 야단법석들을 해서 마지못해 나간걸. 퇴원은 즈이 친정으로 하지 왜 우리 집으로 하니? 그건 딸을 낳았대서가 아니야. 아들을 낳았어도 마찬가진데 다만 사돈집에서 면목이 있고 없고의 차이는 있겠지."

"딸이 딸을 낳으면 친정에서까지 면목이 없어야 하니?"

"그래, 그걸 몰라서 묻니? 그러니까 딸은 애물이고 어떡허든 아들은 있어야 한다는밖에."

"몰랐어. 모를 수밖에. 딸이 넷씩 되지만 다 아직 출가 전이잖니?"

"그러니까 네가 세상 물정 모르는 소리만 탕탕 해서 남의 기통을 터뜨려 놓아도 내가 봐주는 거야. 하나만 출가를 시켜 보렴. 어떤 맛인가. 딸 아들이 똑같단 생각이 하루아침에 회까닥 뒤집힐 테고, 내 섭섭한 심정도 이해가 될걸. 정말이야. 네가 몰라서 그러지 나 조금도 심한 시에미 아니다 너."

"알았어, 알았으니 용건이나 빨리 말해."

"병원에 같이 가 보자구. 시간 있으면 말야."

"시간은 있지만 좀 우습다."

"뭐가?"

"축하가 될지 문병이 될지 모르지만 그런 걸 네 쪽에서 요청한다는 게 말야."

"혼자 가기가 암만해도 어색해서 그래. 친정어머니도 와 있고 할 텐데 좋지 않은 기색 드러내기도 그렇고, 아무렇지 않은 척할 자신도 없고 네가 중간에서 이쪽저쪽 위로도 좀 해주고 분위기를 좀 잡아주라. 친구 좋다는 게 뭐니?"

나는 내키지가 않았지만 승낙을 하고 말았다. 그쪽에서 청하지 않아도 가서 축하해줄 만한 사이였지만 축하가 아닌 심심한 위로를 해야 할 판이고 보니 우선 자신의 감정 처리가 문제였다. 한편 호기심도 없지 않아 있었다. 친구 며느리가 얼마나 당당한 여자라는 걸 잘 알고 있는 나는 그녀가 시어머니의 부당한 죄인 취급으로부터 어떻게 자신을 지키나, 또 사돈끼리는 그런 문제에 어떻게 대처하나, 좀 안된 얘기지만 구경해보고 싶었다.

우리는 K대학 부속 병원 일층 엘리베이터 앞에서 만나기로 약속을 했는데 피차 어찌나 시간을 잘 지켰던지 앞서거니 뒤서거니 거의 동시에 닿은 택시에서 나란히 내렸다. 친구는 생각보다 더 초췌하고 늙어 보였다.

"화장이라도 좀 하지 않구……."

자기가 얼마나 속상하다는 걸 한껏 과장하려는 친구의 속셈을 은근히 경멸하면서 나는 이렇게 핀잔을 주었다. 그리고 조금 웃었다. 화장 타령은 친구가 나를 만날 때마다 하던 소리였기 때문이다. 친구는 웃지도 않고 대꾸도 안 하고 앞장섰다.

면회 시간 중의 신생아실 유리창엔 사람들이 다닥다닥 붙어 있었다. 미키마우스 그림이 붙은 쇼윈도 너머론 신생아실이 훤히 들여다보였지만 아기를 보여주는 간호사는 한 명밖에 없어서 차례로 잠깐씩만 보여 주는 것 같았다. 자연히 감질(疳疾 바라는 정도에 아주 못 미쳐 애타는 마음)이 난 가족들이 유리창에 잔뜩 얼굴을 갖다 대고 저만치 소쿠리 같은 침대에서 새근새근 잠든 아이들 중에서 자기네 아기를 찾아내려고, 또는 방금 유리창 옆에서 선을 보이고 있는 남의 아기와 자기의 아기를 비교하려고 눈을 빛내고 있었다. 아기 아버지인 듯싶은 젊은 남자는 어찌나 유리창에 얼굴을 바싹 갖다 댔는지 코가 짜부라져 바보같이 보였지만 눈빛만은 진지하고 심각했다.

"어쩜, 무슨 애가 저렇게 클까. 신생아 같지도 않네."

"글쎄 3.5킬로래. 저 눈 뜨고 두리번대는 것 좀 보게나."

"3.5킬로나요. 조그만 엄마가 어쩌면 저렇게 크게 낳았을까. 그것도 첫아들을. 형님, 앞으로 며느리한테 더 쩔쩔맬 테니 눈꼴시어서 어찌 보지."

"왜 샘나나?"

나는 친구의 손녀는 어디쯤 누워 있나 찾는 것도 아니면서 그 큰 유리창 앞에서 멈칫대며 빙글대고 있었다. 참으로 즐거운 쇼윈도였다. 나는 새롭고 이상한 행복감이 스멀대며 전신에 퍼지는 걸 느꼈다.

"우리도 아기 먼저 보고 나서 산모 보러 가자."

나는 응석 부리듯이 친구에게 동의를 구했다.

"안 돼. 싫어."

친구가 단호하게 신생아실을 외면하고 입원실 쪽으로 앞장섰다. 나는 그 이상한 행복감에서 갑자기 깨어난 것도 아까웠지만 신생아실에 전혀 매혹당하지 않는 친구의 미욱스러움(매우 어리석고 미련함)이 혐오스러워 거기까지 따라온 것을 후회했다. 무엇보다도 나는 곧 목격해야 할 지긋지긋하고도 잔혹한 대결이 두려워서 잠시라도 유예의 시간을 얻고 싶었던 것이다.

병실은 예상과는 달리 시끌시끌하고 명랑하게 들떠 있었다. 젊고 교양 있어 보이는 한 떼의 남녀가 산모의 침대를 에워싸고 주스 깡통으로 막 축배를 들려는 찰나였다. "득남을 축하하네." "첫아들이라니 짜아식 홈런 깠잖아." "정말 장하십니다." "득남 턱은 언제 낼 건가." 그런 소리들이 어울려 축제 분위기가 한껏 고조돼 있었다.

"방을 잘못 알았나 봐."

친구가 씹어뱉듯이 말하며 내 소매를 잡아끌었다. 나 역시 그렇게 생각하고 멈칫 돌아서려는데 초췌한 노부인이 울상을 하면서 친구를 가로막았다.

"사부인 나오셨습니까? 뵐 면목이 없습니다."

그 병실은 2인실이었던 것이다. 사태는 내가 예상했던 것보다 더욱 나빠질 게 뻔했다. 남이야 어찌 됐건 깡통을 서로 요란하게 부딪치고 난 득남 축하객들은 계속해서 떠들기 시작했다. "그 녀석 장군감이던데. 백날 아기만 해." "몇 킬로나 되나?" "3.8킬로야. 아마 그 신생아실에선 우리 아들이 1등일걸." "이 친구 벌써부터 1등 바치는 것 좀 보게." "내가 뭐라던, 배가 두루뭉실한 게 아들 낳겠다고 안 하던?" "그래도 우리 시어머니는 자꾸만 딸이라고 그러시잖니? 뭐 태점에 딸이라고 나왔다나." "그게 시어머니 곤조라는 거야." "그래도 제일 기뻐하시는 게 시어머니더라." "친정어머니가 더 기뻐하시는 거 아니니?" "그건 기뻐하는 것하곤 다르지. 큰 근심 하나 덜어서 개운하신 것뿐이지." "하긴 우리 어머니도 내가 첫딸 낳고 두 번째 아기 가졌을 때 어찌나 조바심을 하시는지 정말 못 봐주겠더라." "딸이 시집가서 아기 낳을 때까지 그렇게 속을 태워야 하니 딸이 애물일 수밖에." "정말 딸 낳을 건 아냐. 헛수고 중에도 그렇게 고약한 헛수고는 없을걸." "헛수고면 좋게. 헛수고는 아무것도 안 남는 거지, 딸이 왜 아무것도 안 남니? 딸이 또 딸 낳을까 봐까지 전전긍긍해야 할 생각을 하면 악순환이야." "얘 그만해 두라. 남자들 좋아할라." "우린 똑똑히 들어두었습니다. 김 선생님의 중대한 실언을." "제가 무슨 실언을 했다고 그러세요?" "김 선생님처럼 우리나라에서 알아주는 남녀평등주의자가 그런 보수적인 발언을 하시다니."

그들은 서로 잘 아는 사이인 듯 남자는 남자끼리 여자는 여자끼리 지껄이다가 이번엔 남녀가 공방전을 펼 낌새였다. 나도 김 선생이라고 불리는 우리나라에서 알아주는 남녀평등주의자라는 여자를 눈여겨보았다. 그럴싸해서 그런지 신문이나 잡지 같은 데서 많이 본 듯싶은 얼굴이었다. 소위 명사(名士 세상에 널리 알려진 사람)가 하나 끼여 있다고 생각하니 그 명사와 흉허물 없이 지껄이는 그들이 모조리 어딘지 명사다운 데가 있어 보였다. 젊은 나이에 교양과 옹졸함이 너무 드러나 보이는 사람들이었다.

"있는 그대로의 현실을 말했을 뿐이에요. 현실을 외면하고 어떻게 주의나 운동이 있을 수가 있겠어요." "그렇지만 주의나 운동의 본뜻이 현실 개조에 있는 거라면 주의자가 앞장서서 그릇된 현실을 바로잡아야 하는 거 아닙니까?" "그런 면으론 이름난 여권운동자보다 간호사가 한 수 위더군. 아들은 아드님이에요 하고 딸은 공주님이에요 하니 말야." "자넨 모를 걸세, 그 공주님이에요 소리를 처음 들었을 때, 아버지가 된 남자의 속이 얼마나 철썩 내려앉나를. 그 아찔한 실망을 모르면 가히 복 받은 남자라 할지어다." "어머머, 저 남자들 말하는 것 좀 봐." "남자들보다 김 선생, 당신을 성토해야 할까 봐. 당신 여권운동 거꾸로 하는 거 아냐? 우리 때만 해도 첫딸은 세간 밑천이라고 해서 그래도 대우를 해주었는데 요샌 어떻게 된 세상이 첫애 때부터 아들 아들 아들만 바치니." "어떡허든 남보다 앞서가고 이겨야 된다는 경쟁사회적인 심리 아닐까?" "결국 아들은 이기는 거고 딸은 지는 거라는 남성 우위이구먼." "남성 우위라기보다는 경제성 우위 아닐까. 딸이 얼마나 손해라는 것은 길러본 사람 아니라도 다 아는 사실 아냐? 시집보낼 때 봐, 기둥 하나씩 빼 가던 건 옛날 얘기고 네 기둥을 다 빼 가니 말야. 집 한 채 값은 우습게 든다지, 아마." "설마." "설마가 뭐야. 그야 집도 집 나름이긴 하지만 아무튼 호화 주택에 살 만한 사람이면 호화 주택 값이, 오막살이에 살면 오막살이 값이, 셋집에 살면 전세값 만치는 들어야 딸 하나를 치우는 모양이니 경제 제일주의 사회에서 손해가 내다보이는 게 환영 못 받는 건 당연하잖아." "아무렴, 인간의 가치라는 게 별거야, 돈을 얼마나 벌 수 있느냐는 경제적 가치를 빼면 뭐 남을 게 있다구." "어머머 그건 너무했잖아요, 윤 선생님." "뭐가 너무합니까. 탁 까놓고 말해서 우리가 일생 공부하고 노력해서 추구하는 게 뭡니까. 이상? 학문적 완성? 자기 성취? 그건 다 그럴듯한 속임수고 실상은 자신의 경제적 가치를 높이는 일 아닙니까? 난 미국 가서 전공까지 바꾸었습니다. 왠 줄 아시죠? 처음 전공 가지고 학위 따봤댔자 돌아와서 취직하기도 어려울 것 같아서였죠." "남의 경사에 와서 왜 언성들을 높이고 야단일까." "놔둬, 그것도 축하야. 절대로 취직이 보장 안 된 딸을 안 낳아 얼마나 다행이냐고 득남의 기쁨을 새삼스럽게 할 수 있잖아?" "정말 아들 낳기 잘했어." "공주면 어쩔 뻔했니?" "아들이란 소리 들으니까 제일 먼저 떠오르는 생각이 다신 그 무서운 고생 안 해도 되겠다는 해방감이더라." 산모가 응석이 섞인 소리로 말했다.

"그러니까 너도 딸이면 더 낳을 작정이었구나? 아들딸 가리지 않고 하나 이상 절대로 안 낳는다고 큰소리 땅땅 치더니." "마냥 낳겠다는 것보다 더 지독한 각오지, 아들 낳을 때까지는 낳아야겠다고 생각했으니." "어쩜 남편이 외아들도 아닌데 그런 생각을 할 수가 있니?" "아들을 갖고 싶다는 건 본능 같은 거지 누가 시켜서 되는 거 아니잖아." "본능이자 남편에 대한 의무 아닙니까? 아들이 이렇게 좋은 건 줄은 나도 애 아버지가 되기 전엔 미처 몰랐댔죠. 최상의 기쁨이에요. 아들이 소중한 나머지 내 몸 소중한 걸 알겠더라니까요. 습관적으로 차를 마구 몰다가도 아서라, 우리 아들을 위해 오래 살아야지, 이러면서 살살 몰면서 느끼는 벅찬 기쁨, 아내는 남편에게 그 정도의 기쁨은 선사할 의무가 있는 거 아닙니까?" "그만해두게. 징그럽네 징그러워, 젊은 사람이." "왜 샘나나?"

새로 아버지가 된 남자와 그의 친구가 여자들끼리처럼 서로 옆구리를 간질이며 킬킬댔다. 그제서야 비로소 내가 정작 문병 온 산모도 잊고 팔려 있던 그들의 화제에 구역질 같은 혐오감을 느꼈다. 친구의 며느리는 모포를 머리끝까지 뒤집어쓰고 누워 있었다. 늘 당당하고 쾌활한 태도에 어울리게 늘씬하고 볼륨 있는 그녀의 몸매를 알고 있는 나는 반쯤 침대 속으로 잦아든 것처럼 얄팍하게 위축된 모습에 가슴이 찡한 연민을 느꼈다.

"안녕하세요. 어머니께서 애 많이 쓰십니다. 산모는 어떻습니까? 미역국이나 잘 먹는지요."

나는 겨우 이렇게 뒤늦은 인사치레를 사돈한테 했다. 내 친구는 아직도 저쪽 이야기에 깊이 빠져 며느리는 알은척도 안 하고 있었다. 친구의 표정이 폭풍 전야처럼 암울하고 험악했다. 산모를 보러 오기까지 가까스로 억제했던 분통이 그들의 철딱서니없는 화제 때문에 다시 지글지글 끓어오르고 있음이 분명했다. 그들이 다시 한번 왁자지껄 목청 높고 과장된 축하 인사를 남기고 한꺼번에 병실을 나갔다. 남자가 네 명, 여자가 세 명 도합 일곱 명의 축하객은 서로 나이뿐 아니라 풍기는 것도 엇비슷해서 동창이나 직장 동료쯤 되는 관계로 보였다.

"뭐 저렇게 무식한 사람들이 다 있어요?"

나는 그동안 안쓰럽도록 몸 둘 바를 모르고 쩔쩔매고 있는 사돈 마님한테 위로 겸 이렇게 그쪽 흉을 봤다. 한방 산모가 두 번째 딸을 낳고 누워 있다는 걸 모르지 않을 텐데 첫아들 축하를 너무도 거침없이 대대적으로 하는 그들의 몰인정과 잔혹성을 나로서는 그렇게밖에 표현할 길이 없었다.

"무식하긴요. 다 이 대학 교수들일 텐데요. 아기 아빠가 이 대학 공대 교수라니까요. 온종일 겪음내기로(겨끔내기. 서로 번갈아서) 저렇게들 드나든다니까요. 재나 나나 못 할 노릇이죠 뭐."

사돈 마님이 쓰고 누운 딸한테 눈물이 그렁한 눈길을 보내며 한숨처럼 말했다.

"천하에 무식한 것들 같으니라구."

사돈 마님은 극구 부정했지만 나는 계속해서 입속으로 그들의 무식을 강조했다. 전엔 그렇게 생각한 바가 전혀 없었음에도 불구하고 그 자리에선 왠지 무식함과 잔혹함이 한 치의 어긋남도 없는 동일한 것으로 여겨졌다. 산모의 어깻죽지가 세차게 흔들리는 게 모포 밖으로 여실히 드러났다. 그녀의 자존심이 죽자꾸나 억제하고 있으련만, 미미하지만 철저한 흐느낌도 밖으로 새어 나오고 있었다.

친구의 눈길이 잠깐 이런 며느리의 모습을 스치고 나서 사돈 마님을 똑바로 봤다. 험악하다 못해 살기가 등등한 눈빛이었다. 나는 앞으로 일어날 일에 지레 겁을 내며 원망스럽게 옆의 침대를 건너다보았다. 앞으로 일어날 일의 책임의 반 이상은 그쪽에 있다 싶었다. 그러나 방금 축하객을 전송하고 난 그쪽 산모는 나른하게 포만한 표정으로 머리맡의 가습기의 방향을 조절하고 나서 창 쪽으로 모로 누웠다.

이웃에 대한 철저한 무관심 때문에 그 여자는 일자무식보다 훨씬 더 답답해 보였다.

"재가 시에미 대접을 어찌 이리 할 수가 있습니까? 한 번쯤은 쳐다봐도 제가 시에미 같은 건 안중에도 없다는 걸 모를 내가 아닌데."

친구가 착 가라앉은 그러나 떨리는 소리로 사돈 마님한테 이렇게 쓰고 드러누운 며느리를 나무랐다.

"저도 면목이 없어서 안 그럽니까. 잘 먹지도 않고 시시때때로 저렇게 울고 속을 끓이니 저 애 꼴이 말이 아닙니다."

"아니죠, 재가 시에미 알기를 워낙 개떡같이 아는 앱니다. 벼르고 별러서 한마디 해도 어느 바람이 부나 하는 식이죠. 그러니 말해 뭘 하겠습니까. 그래도 이번 일만은 어른 된 입장에서 한마디 다짐을 받고 넘어가야겠다 싶어 이렇게 왔더니만 바로 내가 하고 싶은 말을 아까 그 사람들이 다 해주지 뭡니까? 저도 귀가 있으니까 들었겠죠. 더 보태지도 덜지도 않을 테니 그 사람들한테서 들은 소리를 고스란히 명심하고 있으라 이르세요. 나 절대로 심한 시에미 아닙니다. 이번에 또 딸 낳은 것 가지고 뭐라지 않아요. 이 친구는 딸을 넷 낳고 기어이 아들을 낳았답니다. 딸 둘이 흉될 것 하나 없어요. 그렇지만 남의 집 대를 끊어 놓겠다는 걸 어떻게 가만히 보고만 있습니까. 그건 안 될 말이죠. 부처님 가운데 토막도 눈을 부라릴 일입니다. 알아들으셨죠, 사돈 마님? 더 긴 말은 안 하겠어요. 아까 그 사람들이 내 속에 들어갔다 나온 것처럼 내 하고 싶은 말 다 해줬으니까. 그 사람들처럼 젊고 교양 있는 사람들이 그렇게 말했으니 이 시에미 생각을 덮어놓고 구닥다리 낡은 생각으로 치지도외(置之度外 마음에 두지 아니함)하지는 못하겠죠. 이만 가보겠습니다. 지가 시에미 꼴 안 보려고 흉물을 떨고 있는데 시에미라고 제 꼴 보고 싶겠습니까? 얘, 가자."

친구가 서슬이 퍼렇게 말하고 나서 내 소매를 잡아끌었다.

"이대로 가면 어떡허니? 안 오니만도 못하게."

나는 친구 눈치를 봐가며 모포 위로 슬며시 산모의 어깨를 잡았다. 격렬한 떨림이 손아귀에 닿자마자 나는 미리 준비한 축하와 위로를 겸한 인사말을 까먹고 말았다.

"가자니까, 시에미 우습게 아는 게 시에미 친군들 안중에 있을라구."

친구는 내 등을 떠다밀다시피 해서 먼저 문밖으로 내쫓고 따라 나왔다. 뒤쫓아 나온 사돈 마님은 참회하는 죄인보다 더 기운 없이 고개를 떨구고 파리한 입술을 간신히 들먹여 면목 없다는 소리만 되풀이했다.

면회 시간이 끝나갈 무렵의 부속병원 택시 정류장은 들어오는 차는 드물고 기다리는 손님은 밀려 끝이 보이지 않게 긴 줄을 이루고 있었다. K대학 본부로 넘어가는 고갯길가엔 앵도꽃인지, 키 작은 나무에 흰 꽃이 만발해 먼먼 한적하고 평화로운 마을로 이어진 듯한 착각을 일으켰다. 그 환상적인 길을 뒤통수가 준수한 청년이 환자복을 입은 소녀가 탄 휠체어를 천천히 밀면서 거닐고 있었다. 소싯적에 가졌던 병이니 입원이니 하는 것에 대한 감미로운 동경이 아련하게 되살아났다. 그들이 고개를 넘어 보이지 않자 아름다운 환각에서 깨어난 것처럼 정신이 아뜩하면서 속이 메슥거렸다. 친구의 희끗희끗하고 부스스한 파마머리와의 간격을 바싹바싹 좁혀 가며 택시를 기다리는 일이 별안간 참을 수 없이 고역스럽게 여겨졌다. 정문까지의 비스듬하고 드넓은 잔디밭은 아직은 군데군데만 파릇파릇했다. 유난히 파란 부분은 곧 구박받고 제거당할 토끼풀 무더기인지도 몰랐다. 거기 삼삼오오 모여 앉은 흰 가운의 젊은이들의 머리카락이 미풍에 나부끼는 게 참으로 보기 좋았다.

"저기서 좀 쉬었다 가지 않을래?"

나는 미풍처럼 친구의 귓전에 속삭였다. 딴 뜻은 없었다. 그냥 쉬고 싶었고 바람이 허락한다면 희끗희끗한 머리나마 나부껴보고 싶었다. 나는 친구의 동의를 기다릴 것 없이 그 지루한 기다림의 행렬에서 이탈했다. 친구도 순순히 뒤따라왔다. 우리는 누가 야단칠까 봐 감히 잔디밭에 들어가지 못하고 가장자리에 걸터앉았다. 할 말을 다 한 친구도 그닥 유쾌해 보이진 않았다. 그러나 사나워 보였다. 요즈음 아이들은 생명에 대한 존엄성을 모르거든. 점점 미워져가는 요즘 아이들을 보면서 한탄하던 상투어가 밑도 끝도 없이 문득 생각났다.

"무슨 말이든지 좀 해 봐."

친구가 사나움이 많이 가신 목소리로 말했다. 아마 나의 말없음을 자신에 대한 비난으로 받아들인 모양이다. 무슨 말이든지? 나는 친구의 말을 속으로 되뇌면서 불쑥 하고 싶은 얘기가 생각났다. 그 이야기는 내가 살아온 이야기 중의 한 토막이어서 당연히 시시할 수밖에 없었고 친구도 대강은 다 아는 이야기였다. 그럼에도 불구하고 나는 그 시시한 이야기 속에 우리가 이 세상을 살아가며 허구한 날 맺는 온당한 인연, 온당치 못한 인연이 훗날 무엇이 되어 돌아오나를 풀 수 있는 암시 같은 게 들어 있는 것처럼 느꼈다. 아니 그렇게 복잡한 까닭이 아닌지도 몰랐다. 나는 친구에게 그저 겁을 주고 싶었다. 친구가 이 세상에 두려운 거라곤 없는 것처럼 구는 게 견딜 수가 없었다. 나는 마치 아이에게 겁을 주기 위해 손가락으로 제 입을 찢고 제 눈을 까뒤집어 도깨비 형상을 만들듯이 과장법을 써야겠다고 마음먹었다. 그렇게 해봤댔자 이 겁 없는 친구가 무서움을 타게 되리란 보장은 물론 없었다. 그러나 생각만으로 미리 즐거웠다.

내가 시집갈 때, 신랑이 하필 과부의 외아들이라고 해서 친정에선 참 걱정들을 많이 했다. 그러나 나는 그 과부 시어머니를 처음 뵈었을 때부터 싫지가 않았다. 친정어머니는 신식 학력은 없었지만 아는 것이 많으셨다. 한글은 물론 한학에도 조예가 깊으셨고 어쩌다 하루 신문이 안 오면 신문사에 전화를 걸어 호통을 치실 만큼 세상 돌아가는 일에도 관심이 많으셨다. 지식욕이 강한 사람이 흔히 그렇듯이 어머니도 꼬치꼬치 따지길 좋아했고, 꼬치꼬치 따질 대상이 집안일과 자식들 일밖에 없는지라 당하는 자식들은 피곤할 밖에 없었다. 그래 그런지 친정어머니가 지닌 일종의 지적인 분위기가 빠진 어수룩한 시어머니에게 나는 단박 호감을 느꼈다. 편하게 시집살이할 수 있을 것 같은 확실한 예감이 왔다. 이모나 고모들이 예로부터 전해 내려오는 갖은 해괴망측한 외아들의 홀시어머니 노릇을 수집해다가 나를 위협했지만 내 마음은 변하지 않았다. 어머니는 워낙 똑똑한 분이라 말려 봤댔자 소용없다는 걸 미리 알고 계셨는지 그것도 네 팔자지 하는 태도로 일관했다. 어머니는 그런 분이셨다. 나는 어려서 등잔불을 만지고 싶어 안달을 했다고 한다. 식구들은 다 그런 나를 등잔불로부터 멀리 떼어놓으려고 조심했지만 어머니는 어린 내가 등잔불을 만져 볼 수 있도록 도와줌으로써 불이 얼마나 뜨겁다는 걸 체험하게 해 그 버릇을 고쳤다는 걸 자랑스럽게 말씀하시곤 했다.

시어머님은 내 관상이 적중해 나는 마음 편히 시집살이를 할 수가 있었다. 실상 시집살이랄 것도 없었다. 나는 두 살 터울(한 어머니의 먼저 낳은 아이와 다음에 낳은 아이와의 나이 차이)로 아이를 다섯씩이나 낳았지만 젖만 먹였다 뿐 기른 건 시어머님이셨다. 그때만 해도 식모가 흔할 때여서 우리도 식모를 두고 살았지만 그분은 식모에게 절대로 기저귀를 빨리거나 아이를 업히는 법이 없었다. 왜 내 천금 같은 손자 똥을 남이 더러워하고 찡그리게 하느냐는 것이었다. 업히는 것도 질색이었다. 업고 갈 데 안 갈 데 가는 것도 싫지만 혹시 아기를 떨어뜨리거나 부딪혀도 안 그랬던 척 속일지도 모른다는 거였다. 젖만 떨어지면 데리고 자는 것도 그분의 일이었다. 아이가 에미애비하고 한방 쓰면 아이에게도 부모에게도 이로울 게 하나도 없다는 게 그분의 생각이었다. 그분은 한글도 제대로 해독을 못 했다. 한때 언문은 깨쳤었지만 써먹을 데가 없다 보니 거의 다 잊어버리고 말았다는 것이었다. 깨친 글도 써먹을 바를 모를 만치 지적인 호기심이 결여된 분이었지만 자기 나름의 확고한 사랑법을 가지고 있었다.

그분은 안방을 쓰고 우리는 건넌방을 썼었는데 작은 집이라 귀를 기울이면 그분이 칭얼대는 손자를 잠재우려고 토닥거리는 소리와 함께 나직하고 그윽한 자장가 소리를 들을 수 있었다.

자장 자장 우리 아기, 잘도 잔다 우리 아기. 금자동아 은자동아, 금을 주면 너를 사랴, 은을 주면 너를 사랴, 자장 자장 우리 아기, 잘도 잔다 우리 아기. 멍멍 개야 짖지 마라, 꼬꼬 닭아 우지 마라, 우리 아기 잠을 잔다.

그분의 자장가를 듣고 있노라면 나도 착하고 무구(無垢)한 아기가 되어 너그럽고 큰 손에 안겨 온갖 세상 시름과 악으로부터 보호받고 있는 듯한 편안감에 잠기곤 했다. 고모나 이모한테서 들은 해괴한 홀시어머니 노릇이란 거의가 아들의 침실을 엿본다든가 아들을 데리고 자고 싶어 한다든가 하는 다분히 성적인 거여서 신혼 초엔 내 쪽에서 문득 침실 밖을 살피기도 했었다. 강박관념에서라기보다는 일종의 호기심이었다. 그러나 그런 일은 처음부터 일어나지 않았고, 앞으로 일어날 가망도 없었다. 그렇게 서로 구순하고(사이가 좋아 화목하고) 편안하게, 서로 사랑한달 순 없어도 자꾸만 늘어나는 새 식구를 더불어 사랑하고 예뻐 어쩔 줄을 모르면서 어느새 그분은 일흔 고개의 정상에, 나는 마흔 고개의 정상에 다다랐으니 말이다. 일흔다섯까지도 그분은 정정해서 손자들 도시락 찬을 챙기고 싶어 했고, 입시가 있을 때마다 절에 가서 천 번이나 절을 하고 그 생색을 내고 싶어 했고, 증손자 볼 때까지 살고 싶다는 생의 의욕에 충만해 있었다. 좀 지나치리만치 건강하시어 고혈압으로 쓰러지실 때까지도 우리는 그분의 혈압이 높다는 것도 모르고 있었다. 반신불수가 될 것 같다는 우려와는 달리 그분은 얼굴이 약간 비뚤어졌을 뿐 신속하게 건강을 회복했다. 식욕은 더욱 왕성해졌고, 목소리는 더욱 쨍쨍해졌고 아침잠은 더욱 엷어졌다. 나는 일흔다섯 살의 이런 정력적인 재기를 경탄해 마지않았지만 때때로 배은망덕하게도 부담스러워하기도 했던 것 같다. 우리 시어머님은 아마 백 살은 사실 거예요, 이러면서 입술을 삐쭉댔으니 말이다.

그분의 망가진 부분이 육신보다는 정신이었다는 걸 알아차린 건 그 후였다. 우리는 그걸 서서히 알아차리게 됐다. 처음엔 아이들 이름을 헷갈려 부르는 정도였다. 노인들이 흔히 그러는 걸 봐온지라 대수롭지 않게 알았다. 그러나 바로 가르쳐드려도 믿지를 않고 한사코 자기가 옳다고 주장하는 건

묘하게 신경에 거슬렸다. 숫제 치지도외하기로 했다. 어쩌면 나는 그걸 기화(奇貨 뜻밖의 이익을 얻을 수 있는 물건이나 기회)로 그때까지도 그분이 한사코 움켜쥐고 있던 살림 권리를 빼앗을 수 있어서 은근히 기뻤는지도 모르겠다. 그러니까 그분의 노망을 근심하는 소리는 집 안에서보다 집 밖에서 먼저 났다. 오랜만에 고모님을 뵈러 온 당신 조카한테 당신 누구요? 하며 낯선 얼굴을 해서 조카를 당황하게 하더니 어찌어찌해서 그가 조카라는 걸 알아보고 나서 아이가 몇이냐고 물었다. 아들이 둘이라고 하자 아이구 대견해라 일찌거니 농사 잘 지었구나라고 정상적인 대답을 했다. 그러나 곧 똑같은 질문을 하고 똑같은 덕담을 했다. 똑같은 질문은 한없이 되풀이됐다. 그는 내가 애써 차려준 점심을 뜨는 둥 마는 둥 진저리를 치며 달아나버렸다. 그렇게 해서 그분이 노망났다는 소문은 그분의 친정 쪽으로부터 먼저 퍼졌다.

집에서도 같은 말의 되풀이가 점점 심해졌다. 그 대신 그분의 주된 관심사에서 제외된 어휘는 급속도로 잊히는 것 같았다. 쌀 씻어 놓았냐? 빨래 걷었냐? 장독 덮었냐? 빗장 걸었냐? 등 주로 의식주에 관한 기본적인 관심이 온종일 되풀이되는 대화 내용이었다. 하루 이틀도 아니고 허구한 날 같은 말에 같은 대꾸를 해야 된다는 것도 쉬운 일은 아니었다. 더구나 그 빈도가 하루하루 잦아지고 있었다. "쌀 씻어 놓았냐?" "네." "쌀 씻어 놓아라. 저녁때 다됐다." "네, 씻어 놓았다니까요." "쌀 씻어 놓았냐?" "씻어 놓았대두요." "쌀 씻어 놓았냐?" "쌀 안 씻어 놓으면 밥 못 할까 봐 그러세요. 진지 안 굶길 테니 제발 조용히 좀 계세요." 이렇게 짜증이 나게 마련이었다. 그렇다고 그 줄기찬 바보 같은 질문이 조금이라도 뜸해지거나 위축되는 것도 아니었다. 남들은 몇 년씩 똥오줌 싸는 노인도 있는데 그만하면 곱게 난 망령이라고 나를 위로했지만 나는 온종일 달달 볶이고 있는 것처럼 신경이 피로했다. 차라리 똥오줌 치는 게 온종일 같은 말대꾸하는 것보다 덜 지겨울 것 같았다.

사태는 점점 더 나빠졌다. 언제부터인지 우리 방문 창호지에 손가락에 침 묻혀 뚫은 것 같은 구멍이 하나둘 생겨났다. 어느 날 밤, 인기척도 같고 야기(夜氣 밤공기의 차고 눅눅한 기운)와도 같은 섬뜩한 느낌에 깬 나는 그 구멍에서 음험하게 반짝이는 눈빛을 보았다. 시집오기 전 고모와 이모한테서 들은 해괴망측한 외아들의 홀시어머니 노릇을 이 나이에 당할 줄이야. 억압된 성(性)이 얼마나 무서운 화근이라는 걸 어설프게 얻어들은 프로이트까지 떠올리며 재확인한 것처럼 느꼈다. 그렇다고 그분의 소싯적의 불행과 고독을 손톱만큼이라도 동정할 수 있었던 것은 아니다. 오직 소름이 끼치게 혐오스러울 뿐이었다. 우리 부부는 이미 누가 침실을 엿본다고 해서 우리 자신의 성적 불만이 축적될 만큼 젊지가 않았다. 그러나 그분이 징그럽고 혐오스러운 것은 성적 불만보다 더 참기가 힘들었다. 때때로 혐오감이 고조될 땐 살의를 방불케 해 섬찟한 전율을 느끼곤 했다. 이런 정서적인 불균형을 은폐하고, 아이들 앞에서나 이웃이나 친척 보기에 여전히 좋은 며느리처럼 보이려니 여간 힘이 들지 않았다. 나는 점점 못쓰게 돼갔고 때로는 자신의 몸과 마음이 망가져가는 걸 즐기기도 했다. 저 늙은이가 저렇게 며느리를 못살게 굴다가 필시 며느리를 앞세우고 말걸. 두고 보라지. 이렇게 악담을 함으로써 복수의 쾌감 같은 걸 느꼈다. 그러나 그건 어디까지나 내 비밀스러운 속마음일 뿐 겉으론 음전한(얌전하고 점잖은) 효부 노릇을 해야 했으므로 나는 어느 틈에 신경 안정제를 상습적으로 복용하고 있었다. 그러나 그 음험하고 초롱초롱한 눈동자는 문밖에만 머물러 있으려 하지 않았다. 언제고 문 안에 들어오려고 호시탐탐 노리고 있다는 걸 나도 알고 있었다. 어느 날 밤, 화장실에 가려고 미닫이를 열던 남편이 억 소리를 지르며 주춤했다. 그때까지도 우리의 침실을 지키고 있는 밤눈이 있다는 걸 모르고 있던 남편이 흰머리를 산발하고 내복 바람으로 문밖에서 떨고 있는 귀신 같은 노인을 보고 비명을 지른 건 당연했다. 그러나 그다음에 놀란 건 오히려 나였다. 시어머님은 기다리고 있었다는 듯이 밤눈에도 반짝반짝 빛나는 놋요강을 남편한테 내밀면서 말했다.

"내 이럴 줄 알고 요강을 닦아놓았느니라. 요강을 놓아두고 뭣 하러 그 먼 뒷간에 가냐 가길. 감기 들려고."

남편이 반짝거리는 놋요강에 소피(오줌)보는 소리를 들으며 나는 이불을 뒤집어쓰고 오래도록 진저리를 쳤다. 화장실이 시골집처럼 멀달 순 없어도 구옥이라 마루를 지나 댓돌을 내려서 대문간까지 나가야 있었다. 그러나 나는 요강은 야만적이라고 시집올 때 해 온 놋요강을 마루 밑에 처박아두고 쓰지 않았다. 남편이나 나나 밤중에 화장실에 가는 일은 어쩌다나 있었으므로 조금도 불편한 줄 몰랐다. 아마 이사를 한 대도 그 요강이 거기 있는 걸 잊어버렸을 테고 생각났다고 해도 버리고 떠났을 것이다. 그런 요강을 언제 어떻게 꺼내서 무슨 생각과 무슨 기운으로 그렇게 반짝반짝 광을 냈을까? 나는 진저리를 치다가 기어코 몸부림을 치면서 울기 시작했다. 뭔가 견딜 수가 없어서 미칠 것 같았다. 자신이 미쳐가고 있다는 것을, 정신에도 미친 세포가 있어 정상적인 온당한 세포를 마구 잡아먹고 마침내 그 질서를 증오와 광란의 도가니로 만들어가고 있음을 역력히 감지한다는 것은 무서운 일이었다. 오밤중에 그런 일이 있은 다음 날부터 시어머님은 큰 구실이 하나 생긴 셈이었다. 아침 일찍 우리 방으로 건너와 요강을 내가고 밤이 이슥해 어리어리 잠이 들 만하면 요강을 받쳐 들고 와서 머리맡에 놓고 나갔다. 우리 부부는 이상하게도 그날부터 밤 오줌을 누기 시작했다. 나도 남편이 잠들었건 말건 궁둥이를 허옇게 까고 놋요강에다 사뭇 요란스럽게 방뇨를 했다. 행여 그 일을 누구한테 빼앗길세라 첫새벽에 요강을 비우러 들어올 때나 이슥한 밤에 요강을 들고 들어올 때의 그분의 표정은 아무도 흉내 낼 수 없을 만치 특이했다. 가장 신령스러운 일에 영혼이 부림을 당하고 있는 무당처럼 요괴스러워 보이기도 하고 자기 아니면 안 되는 일에 헌신한다고 생각하는 독재자처럼 고집스럽고 당당해 보이기도 했다. 나는 내가 숨쉬기 위해 매일 밤 그분을 죽였다. 밝은 날엔 간밤의 내 잔인한 소망을 부끄러워했지만 내 잔인한 소망은 매일 밤 살쪄갔다. 그 기운을 조금이라도 죽일 수 있는 방법은 신경 안정제밖에 없었다. 은밀히 먹던 그 약을 남편 앞에서 당당히 입에 털어 넣었고 분량도 여봐란듯이 늘려 갔다. 그가 약을 빼앗으려는 시늉을 하면 마귀처럼 무섭게 이를 갈며 덤볐다.

"괜히 이러지 말아요. 이 약 없으면 내가 당신 어머니를 죽일 거예요. 그래도 좋아요? 그것보다는 당신 어머니가 나를 죽이는 게 나을걸요. 그게 낫다는 걸 알기 때문에 이 약을 먹는단 말예요. 이래도 당신 말릴 수 있어요?"

요강을 계기로 시작된 시어머님의 우리 방 밤출입은 그 빈도가 점점 잦아졌다. 문 창호지 구멍으로 엿보다가 미풍처럼 가볍게 문을 열고 들어와 머리맡에서 속삭였다.

"아범 대문 빗장 걸었나?" "어멈아, 아범 자리끼 떠다놨냐?" 이렇게 하찮은 걸 물어보기도 하고 방이 차서 발을 녹이러 왔다고 요 밑에다 하얀 맨발을 넣으며 부르르 진저리를 치기도 했다.

"그럴 리가 있습니까? 안방이 제일 외풍 없는 방이고 연탄불이 괄하던데요."

참다못해 이렇게 말하면 내가 거짓말시켰나 가보자고 굳이 우리 두 사람을 다 끌어내어 당신 방 요 밑을 만져보게 했다. 절절 끓어도 소용이 없었다.

"아범 봤지? 냉골이지? 내가 얼마나 서러운 세상 산다는 걸 아범도 이제 알았지? 세상에 이런 법은 없는 게야. 젊으나 젊은 것들은 절절 끓는 방에서 자고 외로운 홀시에민 냉골로 혼자 내치다니."

이러면서 앙상한 몸을 돌돌 말아 일으켜 세운 양 무릎 사이에 산발한 머리를 파묻고 훌쩍훌쩍 울었다. 그런 그분의 모습은 늙었다기보다는 열서너 살 먹은 소녀처럼 미숙해 보여 남편의 얼굴엔 비통한 연민이 어렸다.

"왜 이러세요, 어머니! 절 봐서라도 망령 좀 그만 부리세요. 네, 어머니!"

그러나 내 눈엔 그분의 그런 짓이 평범한 망령으로 보이지 않았다. 빌어먹을 프로이트 때문인지 성적인 연상을 하고 내 속에 또 하나의 지옥을 만들었다. 그분은 점점 더 자주 우리 방으로 야행을 하였다. 당신 방으로 아들을 불러냈다. "아범, 추워 죽겠어. 정말이야, 냉골이라니까, 늙은이 얼어 죽는 꼴 안 보려면 한 번만 와서 만져봐." "아범, 나 배고파 죽겠어. 어멈이 나를 굶겨. 정말이야, 배가 등갓에 붙었어. 와서 한 번만 만져보라니까." 이렇게 새록새록 구실을 만들어냈다. 구실만 새로워지는 게 아니라 망령 노릇도 새록새록 새로워졌다. 겨울에서 봄이 되어도 엷은 옷으로 갈아입기를 한사코 마닸고, 가을에서 겨울로 접어들어도 두터운 옷으로 갈아입히기가 며칠은 걸릴 만큼 힘든 일이 되었다. 그런 증세가 점점 심해져 옷 자체를 안 갈아입으려 들어 어쩔 수 없이 강제로 내복을 갈아입히려면 동네가 떠나가게 비명을 지를 만큼 망령은 날로 심해졌다. 갈아입기를 싫어하고부터는 씻지도 않았다. 목욕을 시키기는 갈아입히기보다 더 힘이 들었다. 순순히 몸을 맡겨도 애정이 없는 분의 속살을 만진다는 건 극기를 요하는 일인데 길길이 뛰며 마다는 걸 씻길 엄두가 나지 않았다. 그분이 정성과 힘을 다해 하루도 빠지지 않고 닦아 주는 건 오로지 아들의 놋요강밖에 없었다.

이렇게 나는 구원의 가망이 조금도 안 보이는 지옥을 살면서도 아이들이나 친척과 이웃들에겐 여전히 무던하고 참을성 있는 효부로 보이길 바랐다. 내가 양다리를 걸친 두 세계 사이의 심한 격차로 미구에(얼마 지나지 않아) 자신이 분열되고 말 것을 번연히 알면서도 나는 나의 이중성에 악착같이 집착했다. 어쩌면 나는 내가 처한 고통으로부터 벗어날 수 있는 길이 자신의 분열밖에 없다는 자포자기한 생각을 하고 있었는지도 모른다.

그 무렵 집에 드나들던 파출부가 어느 날 나한테 이런 소리를 했다.

"세상 사람들이 눈이 멀어도 분수가 있지. 왜 사모님 같은 분을 효부 표창에서 빠뜨리느냐 말예요. 별거 아닌 사람들이 다 효자 효녀 효부라고 신문에 나고 상금도 타던데."

그 여자가 순진하게 분개하는 소리를 들으며 나는 나의 완벽한 위선에 절망했다. 나는 막다른 골목에 쫓긴 도둑이 살의를 품고 돌아서듯이 그 여자에게 돌아서서 무서운 얼굴로 말했다.

"오늘 우리 어머님 목욕을 좀 시키고 싶은데 아줌마가 좀 도와줘야겠어요."

"그러믄요, 도와 드리고 말고요."

"목욕탕에 물 받으세요."

나는 벌써부터 내 속에서 증오와 절망적인 쾌감이 지글지글 끓어오르는 걸 느끼고 있었다. 아줌마 보는 앞에서 시어머님의 옷부터 벗기기 시작했다. 조금도 인정사정 두지 않고 거칠게 함부로 다루었다. 목욕 한번 시키려면 아이들까지 온 집안 식구가 총동원되어 좋은 말로 어르고 달래가며 아무리 참을성 있고 부드럽게 다루다가도 종당엔 다소 폭력적으로 굴어야 겨우 그게 가능했다. 그러나 이번엔 처음부터 폭력적으로 다루기로 작정하고 있었다. 그분도 내 살기등등한 태도에 뭔가 심상치 않은 걸 느끼고 그 어느 때보다도 심한 반항을 했다. 믿을 수 없을 만큼 강한 힘으로 저항했지만 나 역시 거침없이 증오를 드러내니까 힘이 무럭무럭 솟았다. 옷 한 가지를 벗겨낼 때마다 살갗을 벗겨내는 것처럼 절절한 비명을 질렀다. 보다 못한 아줌마가 제발 그만 해두라고 애걸했다. 알지 못하면 가만있어요. 이 늙은이는 이렇게 해야 돼요. 나는 씨근대며 말했다. 그리고 아줌마도 내 일을 도울 것을 명령했다. 노인은 겁에 질려 목쉰 소리로 갓난아기처럼 울었다. 발가벗긴 노인을 반짝 들어다 탕 속에 집어넣고 다짜고짜 때를 밀기 시작했다. 나 죽는다, 나 죽어. 저년이 나 죽인다. 노인이 온 동네가 떠나가게 비명을 질렀다. 나는 그러면 그럴수록 더 모질게 때를 밀었다.

"너무하세요. 그렇게 아프게 밀게 뭐 있어요?"

아줌마가 노인 편을 들었다. 그녀는 이제 아무 도움도 안 됐다. 혼비백산한 얼굴로 구경만 했다.

"알지 못하면 가만히나 있으라니까요. 아무리 살살 밀어도 죽는시늉할 게 뻔해요."

골치가 빠개질 듯이 띵하고 귀에서 잉잉 소리가 났다. 나는 남의 일처럼 내가 미쳐가고 있다고 생각했다. 골속에 아니 온몸에 가득 찬 건 증오뿐이었다. 그런데도 나는 자꾸자꾸 증오를 불어넣고 있었다. 마치 터뜨릴 작정을 하고 고무풍선을 불듯이. 자신이 고무풍선이 된 것처럼 파멸 직전의 고통과 절정의 쾌감을 동시에 느끼고 있었다. 별안간 아찔하면서 온몸에서 힘이 쭉 빠졌다. 그런 중에도 나는 냉혹한 미소를 잃지 않았다. 이래도 나를 효부라고 할 테냐고 묻고 싶었다.

그날 이후 나는 몸져누웠다. 파출부도 다시는 우리 집에 오지 않았다. 몸살에 신경 안정제의 후유증까지 겹쳐 정신과 치료까지 받지 않으면 안 되었다. 집 안 꼴이 엉망이 되었다. 정신과 의사도 그런 귀띔을 했지만, 시어머님을 한동안 어디로 보낼 수 있었으면 하는 논의가 본격화된 것은 그분의 친정 조카들로부터였다. 그런 분을 잠시라도 맡아줄 만한 아들이나 딸이 또 있는 것도 아니니까 입원을 일단 생각해 보았던 것 같다. 그러나 그때만 해도 의료보험 제도는 없을 때고 쉬 나을 병도 아니고 아직도 몇 년을 더 사실지 모르게 몸은 정정하시니, 우리가 부자가 아니란 걸 아는 그들이 비용 문제를 생각 안 할 수가 없었으리라. 달리 여기저기 수소문해본 끝에 양로원과 정신 치료를 겸한 수용 기관이 꽤 있다는 걸 알아내서 우리에게 권했다. 물론 유료였고 그게 그닥 싸달 수 없는 상당한 액수인 게 되레 우리를 솔깃하게 했다. 경치 좋고 공기 좋은 한적한 시골 정갈한 거처에서 비슷한 처지끼리 가벼운 운동과 이런저런 이야기로 소일하며 적절한 치료도 받을 수 있는 노인들의 천국이 꼭 있을 것 같았다. 우리는 물론 자주 면회를 갈 테고 또 자주 그분을 가정으로 초대할 테고, 상태를 봐가며 퇴원도 시킬 수 있으리라. 이런 꿈을 꾸며 남편이 직접 일요일마다 그런 수용 기관 중 시설이 괜찮다고 소문난 데를 찾아 나섰다. 그러나 번번이 기대에 어긋나는지 남편은 일요일마다 초주검(피곤에 지쳐서 꼼짝을 할 수 없게 된 상태)이 돼서 돌아왔다. 어떻더냐고 캐물으면 몬도가네야 몬도가네, 하는 대답이 고작이었다. 남편이 노인들의 천국을 단념하고 나도 십자가를 다시 질 만큼 건강을 회복해갈 무렵 역시 시어머님의 친정 쪽에서 스님이 하는 아주 좋은 수용 기관이 있다는 소문을 들었다고 일러주었다. 왠지 남편이 또 솔깃해했다.

"불교 쪽보다는 기독교 쪽에서 하는 기관이 안 낫겠어요?"

"그건 또 왜?"

"그냥요, 기독교 계통이 학교도 더 많이 짓고 경영도 더 잘하는 것 같아서요."

나는 약간 근거가 희박한 소리를 했다.

"모르는 소리 말아요. 여직껏 내가 다녀온 데가 다 무슨 기도원 이름이 붙은 덴데 망령 난 노인이나 정신병자를 다 함께 마귀 들린 걸로 취급하면서 마귀 쫓는 기도를 하는데, 마귀 쫓는 기도가 왜 꼭 마귀 목소리처럼 소름이 끼치던지……"

처음으로 남편한테서 그런 기관에 대한 구체적인 얘기를 들은 셈이었다.

"시설은 어때요? 살 만해요? 주위 환경은요?"

"그렇게 궁금하면 같이 가볼래? 우리가 무슨 일을 저지르려는지 당신도 어차피 알아야 할 테니까."

이렇게 해서 오래간만에 동부인(同夫人 아내와 함께 동행함)해서 기차를 탔고, 완행열차나 서는 작은 역에서 내린 우리는 다시 버스를 타고 포장 안 된 시골 길을 한 시간이나 달렸다. 기도원 대신 무슨 암자라는 이름이 붙은 그곳은 거기서도 한참을 더 가야 한다고 했다. 마침 가을이었다. 논에서는 벼가 누렇게 익어가고 경운기가 겨우 다닐 정도의 소롯가엔 코스모스가 한창 보기 좋게 끝도 없이 피어 있었다. 우선 코스모스 길을 말없이 타박타박 걸었다. 남편이 윗도리를 벗어 들었다. 알맞은 기온인데도 그의 와이셔츠 등허리에 동그랗게 땀이 배어 있는 게 보였다. 나도 괜히 진땀이 났다. 조그만 마을이 나타났다. 마을 어귀엔 구멍가게도 있었다. 구멍가게 좌판엔 비닐통에 든 부연 막걸리와 라면이 진열돼 있을 뿐 주인은 보이지 않았다. 남편이 그 앞에서 걸음을 멈추었다. 그의 얼굴엔 막걸리가 먹고 싶다고 씌어져 있었다. 나는 너그럽게 웃었지만 속으론 까닭 없이 낭패스러웠다. 남편이 좌판에 털썩 주저앉았다. 그리고 주인도 찾지 않고 막걸리 병 마개를 비틀었다. 등허리뿐 아니라 이마에도 번드르르 땀이 배어 있었다. 서늘한 미풍이 숲을 이루다시피 한 길가의 코스모스를 잠시도 가만 놔두지 않았다. 색색가지 꽃이 오색의 나비 떼처럼 하늘댔다. 쾌적한 날씨였다. 그런데도 우린 둘 다 달군 프라이팬에 들볶이고 있는 것처럼 안절부절을 못했다. 막걸리를 병째 마시는 그가 조금도 호방해 보이지 않고 조바심만이 더욱 드러나 보이는 걸 나는 쓰라린 마음으로 곁눈질했다.

"라면이라도 하나 끓여 달랠까요?"

"당신 시장하오?"

"아뇨, 당신 술안주 하게요."

"안주는 무슨……."

나는 주인을 찾아 가게터 뒤로 돌아갔다. 좀 떨어진 데 초가가 보였다. 초가지붕 위엔 방금 떠오른 보름달처럼 풍만하고 잘생긴 박이 서너 덩이 의젓하게 자리 잡고 있었다.

"여보, 저 박 좀 봐요. 해산 바가지 했으면 좋겠네."

나는 생뚱한 소리로 환성(歡聲 기쁘고 반가워서 지르는 소리)을 질렀다.

"해산 바가지?"

남편이 멍청하게 물었다.

"그래요. 해산 바가지요."

실로 오래간만에 기쁨과 평화와 삶에 대한 믿음이 샘물처럼 괴어오는 걸 느꼈다.

내가 첫애를 뱄을 때 시어머님은 해산달(아이를 낳을 달)을 짚어보고 선달(음력으로 한 해의 맨 끝 달)이구나, 좋을 때다, 곧 해가 길어지면서 기저귀가 잘 마를 테니, 하시더니 그해 가을 일부러 사람을 시켜 시골에 가서 해산 바가지를 구해오게 했다.

"잘생기고, 여물게 굳고, 정한 데서 자란 햇바가지여야 하네. 첫 손자 첫 국밥(아이를 낳은 뒤에 산모가 처음으로 먹는 국과 밥. 주로 미역국과 흰밥을 먹음) 지을 미역 빨고 쌀 씻을 소중한 바가지니까."

이러면서 후한 값까지 미리 쳐주는 것이었다. 그럴 때의 그분은 너무 경건해 보여 나도 덩달아서 아기를 가졌다는 데 대한 경건한 기쁨을 느꼈었다. 이윽고 정말 잘 굳고 잘생기고 정갈한 두 짝의 바가지가 당도했고, 시어머니는 그걸 신령한 물건인 양 선반 위에 고이 모셔 놓았다. 또 손수 장에 나가 보얀 젖빛 사발도 한 쌍을 사다가 선반에 얹어두었다. 그건 해산 사발이라고 했다.

나는 내가 낳은 첫아기가 딸이라는 걸 알자 속으로 약간 켕겼다. 외아들을 둔 시어머니가 흔히 그렇듯이 그분도 아들을 기다렸음직하고 더구나 그분의 남다른 엄숙한 해산 준비는 대를 이를 손자를 위해서나 어울림직했기 때문이다. 그러나 퇴원한 나를 맞아들이는 그분에게서 섭섭한 티 따위는 조금도 찾아볼 수 없었다. 그 잘생긴 해산 바가지로 미역 빨고 쌀 씻어 두 개의 해산 사발에 밥 따로 국 따로 퍼다가 내 머리맡에 놓더니 정성껏 산모의 건강과 아기의 명과 복을 비는 것이다. 그런 그분의 모습이 어찌나 진지하고 아름답던지, 비로소 내가 엄마 됐음에 황홀한 기쁨을 느낄 수가 있었고, 내 아기가 장차 무엇이 될지는 몰라도 착하게 자라리라는 것 하나만은 믿어도 될 것 같은 확신 같은 게 생겼다. 대문에 인줄을 걸고 부정을 기(忌)하는 삼칠일 동안이 끝나자 해산 바가지는 정결하게 말려서 다시 선반 위로 올라갔다. 다음 해산 때 쓰기 위해서였다. 다음에도 또 딸이었지만 그 희색(喜色 기뻐하는 얼굴빛)이 만면하고도 경건한 의식은 조금도 생략되거나 소홀해지지 않았다. 다음에도 딸이었고 그다음에도 딸이었다. 네 번째 딸을 낳고는 병원에서 밤새도록 울었다. 의사나 간호사까지 나를 동정했고 나는 무엇보다도 시어머니의 그 경건한 의식을 받을 면목이 없어서 눈물이 났다. 그러나 그분은 여전히 희색이 만면했고 경건했다. 다음에 아들을 낳았을 때도 더도 아니고 덜도 아닌 똑같은 영접을 받았을 뿐이었다. 그분은 어디서 배운 바 없이, 또 스스로 노력한 바 없이도 저절로 인간의 생명을 어떻게 대접해야 하는지를 알고 있는 분이었다. 그분이 아직 살아 있지 않은가. 그분의 여생도 거기 합당한 대우를 받아 마땅했다. 나는 하마터면 큰일을 저지를 뻔했다. 그분의 망가진 정신, 노추한(늙고 추한) 육체만 보았지 한때 얼마나 아름다운 정신이 깃들었었나를 잊고 있었던 것이다. 비록 지금 빈 그릇이 되었다 해도 사이비 기도원 같은 데 맡겨 있지도 않은 마귀를 내쫓게 하는 수모와 학대를 당하게 할 수는 없는 일이었다.

나는 남편이 막걸리 병을 다 비우기도 전에 길을 재촉해 오던 길을 되돌아섰다. 암자 쪽을 등진 남편은 더 이상 땀을 흘리지 않았다. 시어머님은 그 후에도 3년을 더 살고 돌아가셨지만 그동안 힘이 덜 들었단 얘기는 아니다. 그분의 망령은 여전히 해괴하고 새록새록해서 감당하기 힘들었지만 나는 효부인 척 위선을 떨지 않음으로써 조금은 숨구멍을 만들 수가 있었다. 너무 속상할 때는 아이들이나 이웃 사람의 눈치 볼 것 없이 큰 소리로 분풀이도 했고 목욕시키거나 옷 갈아입힐 때는 아프지 않을 만큼 거칠게 다루기도 했다. 너무했다 뉘우쳐지면 즉각 애정 표시에도 인색하지 않았다.

위선을 떨지 않고 마음껏 못된 며느리 노릇을 할 수 있고부터 신경 안정제가 필요 없게 됐다. 시어머니도 나를 잘 따랐다. 마치 갓난아기처럼 천진한 얼굴로 내 치마꼬리만 졸졸 따라다녔다. 외출했다 늦게 돌아오면 그분은 저녁도 안 들고 어린애처럼 칭얼대며 골목 밖에서 나를 기다리고 있곤 했다. 임종 때의 그분은 주름살까지 말끔히 가셔 평화롭고 순결하기가 마치 그분이 이 세상에 갓 태어날 때의 얼굴을 보는 것 같았다. 나는 마치 그분의 그런 고운 얼굴을 내가 만든 양 크나큰 성취감에 도취했었다.

소음 공해

작가와 작품 세계

오정희(1947~)

서울 출생. 이화여자고등학교를 거쳐 서라벌예술대학 문예창작과를 졸업했다. 1968년 〈중앙일보〉 신춘문예에 단편 소설 「완구점 여인」이 당선되면서 등단했다. 1979년 「저녁의 게임」으로 이상문학상을, 1982년 「동경」으로 동인문학상을 수상했다. 2003년에는 독일에서 번역 출간된 장편 『새』로 리베라투르상을 수상했는데, 해외에서 한국인이 문학상을 받은 최초의 사례이다. 오정희는 『새』에서 어린 아이를 화자로 내세워 암울하고 황폐한 현실을 섬세한 문체로 담아냈다.

그녀는 인간의 존재론적 불안과 내면의 고뇌를 자의식적인 측면에서 예리하게 묘사하는 데 능숙한 작가이다. 창작 초기에는 타인과 단절되고 고립된 인물들의 굴절된 파괴 충동을 주로 그렸다. 이후 중년 여성들을 주인공으로 삼아 본질적이고 근원적인 여성성을 탐구했다. 주요 작품으로는 「불의 강」, 「중국인 거리」, 「유년의 뜰」, 「불망비」, 「파로호」, 「옛 우물」 등이 있다.

작품 정리

갈래: 단편 소설, 현대 소설
배경: 시간 - 현대 / 공간 - 도시의 아파트
시점: 1인칭 주인공 시점
주제: 이웃에 무관심한 현대 도시인의 삶에 대한 비판
출전: 〈술꾼의 아내〉(1993)

구성과 줄거리

발단 휴식 중에 소음 문제가 발생함

심신장애인 시설에 자원봉사 활동을 다녀온 '나'는 피곤하지만 뿌듯함을 느낀다. '나'는 음악을 들으며 휴식을 취하던 중 위층에서 들리는 소음에 신경이 날카로워진다.

전개 소음으로 인해 '나'와 가족들은 고통을 느낌

'나'는 한 달 전부터 정체를 알 수 없는 위층 소음에 시달려 왔다. 처음에는 대수롭지 않게 생각하고 농담하던 아들도 나중에는 짜증을 낸다. 좀처럼 남의 험담을 하지 않는 남편도 공동생활의 기본 수칙을 모르는 이웃을 나무란다. 가족 전체가 고통받는 상황에서 참다못한 '나'는 인터폰을 들어 경비원에게 연락한다. '나'는 경비원을 통해 윗집에 주의시킬 것을 당부한다.

위기 위층 소음을 해결하려고 직접 항의함

경비원에게 연락했지만 소음은 멈추지 않는다. '나'는 인터폰을 들어 위층 여자에게 직접 항의한다. 이웃과의 갈등이 고조되고, '나'는 신경질적으로 응답하는 위층 여자가 뻔뻔하다고 생각한다. '나'는 위층에서 들리는 소음에 불쾌하기만 하고 왜 소음이 발생했는지에 대해서는 알려 하지 않는다.

절정 위층 여자가 장애인임을 알게 됨

'나'는 위층 여자에게 소음을 줄여 달라고 부탁하기 위해 슬리퍼를 선물로 준비한다. 발소리를 죽이는 슬리퍼를 전달함으로써 '나'의 의사를 간접적으로 전달하기 위해서다. 공동생활의 규범에 대해 타이를 생각으로 위층에 직접 찾아간 '나'는 위층 여자가 휠체어를 타는 장애인임을 알고 놀란다.

결말 이웃에 무심했던 자신에게 부끄러움을 느낌

'나'는 소음의 원인이 휠체어 때문임을 알게 되고, 주변 사람들에게 경솔하고 무심했던 자신에 대해 부끄러움을 느낀다. 할 말을 잃은 '나'는 슬리퍼를 등 뒤로 감춘다.

생각해 볼 문제

1. 이 작품의 주제와 그 주제를 강조하기 위해 작가가 사용하고 있는 기법은 무엇인가?

이 소설은 도시의 아파트를 배경으로 소음 공해에 대한 갈등을 다루고 있다. 아래층에 사는 주인공은 위층에서 들리는 소음과 자신의 항의에 달갑지 않게 반응하는 위층 여자에 대해서 불쾌한 감정을 가지게 된다. 결국 주인공은 소음 문제를 원만히 해결하기 위해 슬리퍼를 들고 위층 여자를 찾아가게 되고, 위층 여자가 휠체어에 앉아 있는 장애인이라는 사실을 알게 된다. 주인공은 자신의 경솔한 행동을 부끄러워하며 들고 있던 선물을 등 뒤로 숨긴다. 주인공이 겪은 이러한 사건은 이웃의 처지와 입장에 무관심한 현대인들의 세태를 드러내고 있으며, 이에 대한 비판과 반성의 계기를 독자에게 제공한다. 특히 결말에서 보이는 극적인 반전이 이러한 주제 의식을 강하게 드러내기 위한 효과적인 장치로 사용되었다.

2. '인터폰'과 '실내용 슬리퍼'의 의미와 작품 전개상의 역할은 무엇인가?

'인터폰'은 현대인들의 의사소통 단절을 상징하는 소재이다. 현대에는 직접적인 대면이라는 전통적인 소통 방식이 사라지고 인터폰을 통한 편의적이고 간접적인 의사소통만 이루어지고 있다. 인터폰은 결국 인간적인 소통을 불가능하게 하는 것이다. '실내용 슬리퍼'는 현대인들의 상호 무관심을 상징하는 소재이다. 주인공인 나는 새로 이사 온 이웃에게 슬리퍼를 선물해서 소음을 줄일 계획을 가지고 있지만, 막상 위층 이웃은 하반신을 쓸 수 없는 장애인이다. 이웃에 대한 정보가 부족하다는 것은 곧 관심이 부족하다는 의미로 해석될 수 있다.

인물 관계도

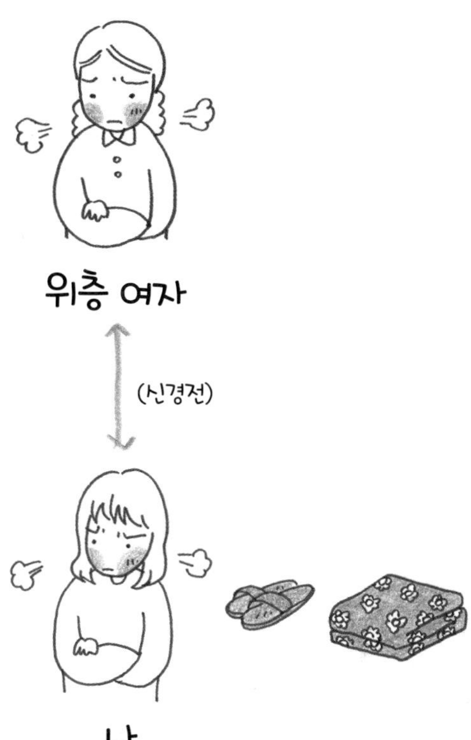

저(나)는 심신장애인 시설에 자원 봉사를 다녀온 후 온전한 휴식을 취하고 싶었어요. 하지만 위층 소음 때문에 그럴 수 없었지요. 여러 번 주의해 달라고 항의했지만 소음은 멈추지 않았어요. 참다못한 저는 슬리퍼를 선물로 들고 직접 위층을 방문했어요. 문이 열리는 순간 위층 여자가 휠체어를 탄 장애인이라는 사실을 알게 되었어요. 어찌나 부끄럽던지요.

소음 공해

집에 돌아오자마자 뜨거운 물로 샤워를 하고 실내복으로 갈아입었다. 목요일, 심신장애자 시설에서 자원봉사자로 일하는 날은 몸이 젖은 솜처럼 피곤하고 무거웠다. 그래도 뇌성마비나 선천적 기능 장애로 사지가 뒤틀리고 정신마저 온전치 못한 아이들을 씻기고 함께 놀이를 하고 휠체어를 밀어 산책을 시키는 등 시중을 들다 보면 나를 요구하는 곳에서 시간과 힘을 내어 일한다는 뿌듯함이 느껴졌다. 고등학생인 두 아들은 아침에 도시락을 두 개씩 싸들고 가서 밤 11시나 되어야 올 것이고 남편은 3박 4일의 출장 중이니 날이 저물어도 서둘 일이 없었다. 더욱이 나는 한나절 심신이 지치게 일을 한 뒤라 당당히 휴식을 즐길 권리가 있다. 아이들은 머리가 커져 치마폭에 감기거나 귀찮게 치대는 일이 없이 "다녀왔습니다." 한마디로 문 닫고 제 방에 들어앉기 마련이지만 가족들이 집에 있을 때는 아무리 거실이나 방에 혼자 있어도 혼자 있다는 기분을 갖기 어려웠다. 사방 문 열린 방에서 두 손 모두어 쥐고 전전긍긍 24시간 대기하고 있는 형국이었다. 거실 탁자의 갓등을 켜고 커피를 진하게 끓여 마시며 슈베르트의 아르페지오네 소나타를 틀었다. 첼로의 감미로운 선율이 흐르고 나는 어슴푸레하고 아득한 공간, 먼 옛날로 돌아가는 듯한 기분에 잠겨 들었다. 몽상과 시와 꿈과 불투명한 미래가 약간은 불안하게, 그러나 기대와 신비한 예감으로 존재하던 시절, 내가 이러한 모습으로 살아가리라는 것은 상상할 수도 없었던 시절로.

사람이 단돈 몇 푼 잃는 것은 금세 알아도 본질적인 것을 잃어가는 것에는 무감각하다던가? 눈을 감고 하염없이 소나타의 음률에 따라 흐르던 나는 그 감미롭고 슬픔에 찬 흐름을 압도하며 끼어든 불청객에 사납게 눈을 치떴다. 드륵드륵드르륵, 무거운 수레를 끄는 듯 둔탁한 그 소리는 중년 여자의 부질없는 회한과 감상을 비웃듯 천장 위에서 쉼 없이 들려왔다. 십 분, 이십 분. 초침까지 헤아리며 천장을 노려보다가 나는 신경질적으로 전축을 껐다. 그 사실적이고 무지한 소리에 피아노와 첼로의 멜로디는 이미 소음에 지나지 않았다. 하루 이틀의 일이 아니었다. 위층 주인이 바뀐 이래 한 달 전부터 나는 그 정체 모를 소리에 밤낮없이 시달려왔다. 진공청소기 소리인가, 운동 기구를 들여놓았나, 가내 공장을 차렸나. 식구들마다 온갖 추측을 해 보았으나 도시 알 수 없는 일이었다. 도깨비가 사나 봐요, 롤러스케이트를 타는 도깨비. 아들 녀석이 처음에는 머리에 뿔을 만들어 보이며 히히덕거렸으나 자정 넘도록 들려오는 그 소리에 드디어 짜증을 내기 시작했다. 좀체 남의 험구를 하지 않는 남편도 한 지붕 아래 함께 못 살 사람들이군, 하는 말로 공동생활의 기본적인 수칙을 모르는 이웃을 나무랐다. 일주일을 참다가 나는 인터폰을 들었다. 인터폰으로 직접 위층을 부르거나 면대하지 않고 경비원을 통해 이쪽 의사를 전달하는 간접적인 방법을 택한 것은 상대방과 자신에 대한 품위와 예절을 지키기 위해서였던 것이다. 나는 자주 경비실에 전화를 걸어, 한밤중 조심성 없이 화장실 물을 내리는 옆집이나 때 없이 두들겨 대는 피아노 소리, 자정 넘어서까지 조명등 켜들고 비디오 찍어 가며 고래고래 악을 써 삼동네 잠을 깨우는 함진아비의 행태 따위가 얼마나 무교양하고 몰상식한 짓인가 등등을 일깨워 주었다. 그러고는 소음 공해와 공동생활의 수칙에 대해 주의를 줄 것을, 선의의 피해자들을 대변해서 강력하게 요구하곤 했었다. 직접 대놓고 말한 것은 아래층 여자의 경우뿐이었다. 부부 싸움을 그만두게 하라고 경비실에 부탁할 수는 없는 것이 아닌가. 남편이 오퍼상을 한다는 것, 돈과 여자 문제로 부부 싸움이 잦다는 것은 부엌 옆 다용도실의 홈통을 통해 들려온 소리 때문에 알게 된 일이었다. 홈통은 마이크처럼 성능이 좋았다. 부엌에서 일을 할라치면 남자를 향해 퍼붓는 여자의 앙칼진 소리들을 싫어도 들을 수밖에 없었다. 엘리베이터에 단둘이 타게 되었을 때 나는 여자에게, 부엌이나 다용도실에선 남이 알면 거북할 얘기는 안 하는 게 좋다고 조용히 말했다. 여자가 자꾸 남편의 자존심을 건드리고 약점을 잡아 몰아대면 남자는 더욱 밖으로 돌기 마련이라고, 알고도 모르는 채 속아 주기도 하는 게 좋을 때도 있는 법이라는 충고를 덧붙인 것은 나이 많은 인생 선배로서의 친절이었다. 여자는 차갑게 굳은 얼굴로 명심하겠노라고 말했지만 다음부터는 인사는커녕 마주치면 괴물을 보듯 아예 고개를 돌려 버리곤 했다.

위층의 소리는 멈추지 않았다. 드르륵거리는 소리에 머리카락 올이 진저리를 치며 곤두서는 것 같았다. 철없고 상식 없는 요즘 젊은 엄마들이 아이들에게 집 안에서 자전거나 스케이트보드 따위를 타게도 한다는데 아무래도 그런 것 같았다. 인터폰의 수화기를 들자 경비원의 응답이 들렸다. 내 목소리를 알아채자마자 길게 말꼬리를 늘이며 지레 짚었다. 귀찮고 성가셔 하는 표정이 눈앞에 역력히 떠올랐다.

"위층이 또 시끄럽습니까? 조용히 해 달라고 말씀드릴까요?"

잠시 후 인터폰이 울렸다.

"충분히 주의하고 있으니 염려 마시랍니다."

경비원의 전갈이었다. 염려 마시라고? 다분히 도전적인 저의가 느껴지는 전언이었다. 게다가 드륵드륵 소리는 여전하지 않은가. 이젠 한판 싸워 보자는 얘긴가. 나는 인터폰을 들어 다짜고짜 909호를 바꿔 달라고 말했다. 신호음이 서너 차례 울린 후에야 신경질적인 젊은 여자의 응답이 들렸다.

"아래층인데요. 댁이 그런 식으로 말할 건 없잖아요? 나도 참을 만큼 참았다구요. 공동 주택에는 지켜야 할 규칙들이 있잖아요. 난 그 소리 때문에 병이 날 지경이에요."

"여보세요. 난 날아다니는 나비나 파리가 아니에요. 내 집에서 맘대로 움직이지도 못하나요? 해도 너무하시네요. 이틀거리로 전화를 해 대시니 저도 피가 마르는 것 같아요. 저더러 어쩌라는 거예요?"

"하여튼 아래층 사람 고통도 생각하시고 주의해 주세요."

나는 거칠게 수화기를 내려놓았다. 뻔뻔스럽긴. 이젠 순 배짱이잖아. 소리 내어 욕설을 퍼부어도 화가 가라앉지 않았다. 그렇다고 언제까지 경비원을 사이에 두고 '하랍신다', '하신다더라' 하며 신경전을 펼 수도 없는 일이었다. 화가 날수록 침착하고 부드럽게 처신해야 한다는 것은 나이가 가르친 지혜였다. 지난겨울 선물로 받은, 아직 쓰지 않은 실내용 슬리퍼에 생각이 미친 것은 스스로도 신통했다. 선물도 무기가 되는 법, 발소리를 죽이는 푹신한 슬리퍼를 선물함으로써 소리를 죽이라는 메시지와 함께 소리로 인해 고통 받는 내 심정을 간접적으로 나타낼 수 있으리라. 사려 깊고 양식 있는 이웃으로서 공동생활의 규범에 대해 조곤조곤 타이르리라.

위층으로 올라가 벨을 눌렀다. 안쪽에서 누구세요, 묻는 소리가 들리고 십 분 가까이 지나 문이 열렸다. '이웃사촌이라는데 아직 인사도 없이…….' 등등 준비했던 인사말과 함께 포장한 슬리퍼를 내밀려던 나는 첫마디를 뗄 겨를도 없이 우두망찰했다. 좁은 현관을 꽉 채우며 휠체어에 앉은 젊은 여자가 달갑잖은 표정으로 나를 올려다보았다.

"안 그래도 바퀴를 갈아 볼 작정이었어요. 소리가 좀 덜 나는 것으로요.

어쨌든 죄송해요. 도와주는 아줌마가 지금 안 계셔서 차 대접할 형편도 안 되네요."

여자의 텅 빈, 허전한 하반신을 덮은 화사한 빛깔의 담요와 휠체어에서 황급히 시선을 떼며 나는 할 말을 잃은 채 슬리퍼 든 손을 등 뒤로 감추었다.

종탑 아래에서

작가와 작품 세계

윤흥길(1942~)

전북 정읍 출생. 원광대학교 국어국문학과를 졸업했다. 1968년 〈한국일보〉 신춘문예에 「회색 면류관의 계절」로 등단했다. 1977년 「아홉 켤레의 구두로 남은 사내」로 제4회 한국문학작가상, 1983년 「꿈꾸는 자의 나성」으로 제15회 한국창작문학상, 1983년 「완장」으로 제28회 현대문학상 등을 수상했다. 윤흥길의 작품은 우리 민족 고유의 정한을 6 · 25와 같은 역사적 격동기에서 다루거나 지식인의 입장에서 민중의 삶을 다룬 내용이 주를 이룬다. 그는 절도 있는 문체를 사용하여 삶의 고난을 극복하고자 노력하는 인간의 모습을 묘사한다. 문단의 주목을 받기 시작한 것은 1973년에 발표한 「장마」를 통해서이다. 주요 작품으로는 「황혼의 집」(1970), 「아홉 켤레의 구두로 남은 사내」(1977), 「완장」(1983)등이 있다.

작품 정리

갈래: 전후 소설, 세태 소설, 액자 소설

배경: 시간 – 6 · 25 전쟁 당시 / 공간 – 전북 익산

시점: 1인칭 주인공 시점

주제: 6 · 25 전쟁으로 인한 비극과 극복 가능성 탐색

출전: 〈숨소리〉(2003)

✐ 구성과 줄거리

발단 시각 장애인 소녀를 만남

하굣길에 지에밥을 훔칠 요량으로 돌아서 가던 '나'는 익산 군수 관사의 철책 안에서 고양이와 공놀이를 하는 시각 장애인 소녀를 발견한다. 이튿날 '나'는 학교가 파하자마자 관사로 달려가지만 소녀의 외할머니를 보고는 놀라 줄행랑을 놓는다.

전개 소녀가 시각 장애인이 된 사연을 들음

사흘 만에 군수 관사를 찾은 '나'는 소녀의 외할머니로부터 소녀가 고아가 된 처지, 시각 장애인이 된 내력을 듣는다. 또 소녀에게 하지 말아야 할 세 가지 이야기를 전해 듣는다.

위기 명은은 전쟁 이야기를 들으며 괴로워함

'나'는 병원에 입원한 명은에게 좋은 선물이 될 거라는 생각에 시청 앞 벽보에 적힌 전쟁 이야기를 들려준다. 명은은 소리를 지르며 고통스러워한다. '나'는 그제야 소녀의 외할머니가 전한 세 가지 당부를 떠올린다.

절정 명은이 교회 종소리에 귀를 기울임

다시 관사를 찾은 '나'는 교회 종소리에 귀를 기울이는 명은의 모습에 감동을 받는다. 주일 저녁, '나'는 교회에서 명은에게 종소리를 들려준다.

결말 명은이 소원을 빎

다음 날 명은의 부탁에 '나'는 명은을 데리고 밤에 종지기 몰래 종을 친다. '나'는 종지기에게 맞으면서도 명은에게 소원을 빌라고 말하며 종탑의 밧줄을 놓지 않는다.

생각해 볼 문제

1. 윤흥길의 작품에서 서술자나 관찰자로 어린이가 자주 등장하는 이유는 무엇인가?

   6 · 25를 직접 경험한 윤흥길은 어른으로서 6 · 25를 경험한 것이 아니라 어린이로서 그 주변에 머물러 있었다. 다시 말해 초등학교 1학년 학생의 눈으로 6 · 25를 바라본 것이다. 이로 인해 전쟁의 공포를 느낄 수는 있어도 동족상잔의 아픔을 뼈아프게 느끼지는 못했을 것이다. 따라서 그의 작품에서는 전쟁으로 인한 비극이 깊이 있게 다루어지지는 않는다. 하지만 어린이를 서술자나 관찰자로 내세움으로써 6 · 25의 비극적인 상황을 효과적으로 드러낸다.

2. 명은에게 '종소리'의 상징적 의미는 무엇인가?

   교회의 종은 절의 북과 그 기능이 다르다. 교회의 종은 단지 사람들을 교회로 불러오는 기능을 할 뿐이지만, 절에서 승려가 두드리는 북은 구도의 수단으로 여겨지기 때문이다. 따라서 명은이 종소리에 관심을 보이는 것은 그것이 교회의 종소리이기 때문이 아니라 종소리 그 자체가 지닌 매력 때문이라고 할 수 있다. 하지만 궁극적으로 교회의 종소리는 절의 북소리와 마찬가지로 사람들의 잠든 육체와 정신을 깨운다는 점에서 소원을 비는 도구로 확대되기도 한다.

3. 이 작품에서 '종'의 모티프가 된 것은 무엇인가?

   조선 시대에는 민의상달(民意上達)의 가장 대표적인 상소 고발 제도로 신문고(申聞鼓) 제도가 있었다. 신문고는 임금의 직속 기관인 의금부 당직청에서 주관했는데, 북을 치는 사람의 소리를 임금이 직접 듣고 그 개인적인 억울함을 해결했다. 이 작품에서 종을 치는 행위는 문제의 해결을 신적인 존재에게 의뢰하는 것으로 볼 수 있다. 종소리가 하늘 끝에라도 닿을 기세로 올라갔다는 표현에서도 이를 유추할 수 있다.

인물 관계도

저(최건호)는 어릴 적 하굣길에 군수 관사 근처에서 시각 장애인 소녀 명은을 만났습니다. 저는 입원한 명은이에게 전쟁 이야기를 해 주었는데 정말 싫어했지요. 명은이 종소리를 좋아하는 것 같아 교회에 가서 종소리를 들려주고, 다음 날 명은과 함께 종탑에 종을 치러 갔어요. 저는 이 이야기를 세월이 지난 지금도 순애보로 기억하고 있어요.

종탑 아래에서

1

"대미(大尾 어떤 일의 맨 마지막)를 장식헐 만헌 순애보라고 내 입으로 말허기는 약간 거시기헌 구석이 있지마는……."

인테리어 전문점을 운영하는 최건호였다. 묵비권이라도 행사하는 듯 내내 잠자코 앉아 남의 이야기를 듣고만 있던 그가 뜻밖에도 자진해서 마지막 이야기 순번을 떠맡고 나서자 그에게도 입이 달려 있었음을 뒤늦게 깨닫고 좌중은 깜짝 반가워했다.

"반세기가 지나가드락 영 잊혀지지 않는 소녀가 있다면 혹시 순애보 계열에 턱걸이로라도 낄 수 있지 않을까 싶어서……."

묵적보살(입이 무거운 보살)처럼 입이 천 근이기로 소문난 최건호가 절대로 허튼소리를 할 리 없다고, 최건호가 순애보라 주장하면 그건 백발백중 순애보임이 틀림없다고 모두들 이구동성으로 떠들어 댔다. 순애보 여부를 판별하는 첫 번째 기준은 아무래도 발화자(發話者 이야기를 하는 사람)의 과묵성인 듯했다.

"열 살짜리 머시매, 지지배가 사랑을 알면은 뭣을 얼매나 알 것이냐. 아름다운 러브 스토리허고는 애당초 거리가 먼 얘기라서 혹시라도 낭중에 실망허지 않을까 겁난다."

고백 성사라도 하려는 사람처럼 최건호의 표정은 그지없이 진지해 보였다. 그 진지한 태도로 미루어, 본론을 들어 보나 마나 벌써 순애보가 틀림없는 줄 알겠다고 한바탕 또 떠들어 댔다. 순애보 여부를 판별하는 두 번째 기준은 아무래도 발화자의 진지성인 듯했다. 모처럼 어렵게 입을 연 최건호가 일껏(모처럼 애써서) 꺼낸 이야기를 도로 주워 담는 불상사가 일어나지 않게끔 좌중은 온갖 발림으로 충동질했다.

"낭중에라도 순애보가 기네, 아니네, 허고 우리 건호한티 시비 거는 놈이 나타났다 허면 당장 내가 가만 안 놔둔다!"

동창생들의 전폭적인 성원에 힘입어 최건호가 마침내 이야기를 풀어내기 시작했다.

"만세 주장(酒場 술을 파는 곳) 근방에서 살 적에 있었던 일인디……."

2

만세 주장 뒷골목에 살고 있었다. 유명한 술도가를 옆구리에 끼고 산다 해서 특별히 득 볼 것도, 해될 것도 없었다. 날만 궂을라치면 주장 건물 전체가 모주망태로 흠씬 취해서 문뱃내(술 취한 사람의 입에서 나는 냄새)를 펑펑 풍기듯 찌든 막걸리 냄새를 사방에 퍼뜨리는 바람에 비위가 많이 상하긴 했지만, 그렇다고 그 집에 따로 유감이 있는 건 아니었다. 다만 문제가 있다면 그것은 지에밥(찹쌀이나 멥쌀을 물에 불려 찐 밥)이었다. 볕이 좋은 날 만세 주장에서는 도롯가에 멍석을 여러 개 나란히 펴 놓고 술밑으로 쓸 엄청난 양의 지에밥을 말리곤 했다. 입에 넣고 씹기 딱 알맞을 만큼 꼬들꼬들 마른 상태에서 단내를 확확 풍기는 그 고두밥(아주 되게 지어져 고들고들한 밥)이 배곯는 아이들을 환장하게끔 만드는 것이었다. 멍석 근처에 가까이 다가갈 적마다 배 속에서 회가 동하는(구미가 당기는) 바람에 참말이지 미칠 지경이었다.

목구멍 안쪽에서 마구 고무래질하는(고무래 따위로 무엇을 펴거나 그러모으거나 하는) 것 같은 유혹을 견디다 못한 아이들이 학교를 오가는 길에 한 줌씩 지에밥을 슬쩍하다가 주장 일꾼인 짝눈이 아저씨한테 들켜 경을 치기 일쑤였다. 나 역시 짝눈이 아저씨한테 붙잡혀 두 차례나 혼뜸(단단히 혼냄)을 당했다. 서로 빤히 얼굴을 아는 이웃지간이라서 나는 다른 아이들보다 훨씬 더 불리한 처지였다. 지에밥을 멍석 위에 고루 펼 때 사용하는 고무래 자루를 휘두르며 세상 이쪽 끝에서 저쪽 끝까지라도 그악스레(끈질기고 억척스럽게) 뒤쫓아 올 성싶은 그 성미 고약한 일꾼의 눈을 피하기 위해서는 다른 아이들보다 더 영악스러워질 필요가 있었다. 짝눈이 아저씨가 짝눈을 한껏 지릅뜨고(눈을 크게 부릅뜨고) 주로 감시하는 쪽은 학교가 파해서 집으로 돌아가는 아이들이었다. 주장을 사이에 두고 학교와는 반대 방향에서 하굣길의 아이들 행렬을 거슬러 움직이며 기회를 엿보는 것이 고무래의 위협에서 벗어날 수 있는 가장 효과적인 방법이었다. 그러려면 학교에서 집으로 향할 때 부러(일부러) 가까운 길을 두고 시내 쪽으로 먼 길을 에돌아가는(곧바로 가지 않고 피해서 멀리 돌아가는) 수고를 감수해야만 했다.

내가 그 계집애를 맨 처음 본 것은 봄볕이 당양(當陽 햇볕이 잘 들어 밝고 따뜻함) 하게 내리쬐는 한낮이었다. 아침에 등교하면서 길가에 멍석을 펴는 짝눈이 아저씨를 봤기 때문에 나는 그날도 하굣길에 일부러 네거리 하나를 더 지나 먼 길을 에돌아 집으로 향하고 있었다.

경찰서 앞을 지난 다음 시청 앞에서 잠시 발걸음을 멈추었다. 시청 담벼락을 따라 길게 잇대어 세워 놓은 게시판이 큼지막한 벽보들로 더덕더덕 도배되어 있었다. 벽보에는 최근의 전황(戰況 전쟁 상황)들이 주먹 덩이만 한 붓글씨로 짤막짤막하게 적혀 있어 지나가던 행인들을 게시판 앞에 한참씩 붙들어 세우곤 했다. '국군 1사단 평양 입성', '국군과 유엔군 청천강 도하, 압록강 향해 진격 중', '중공군 참전 사실 밝혀져' 따위 새로운 소식들을 내가 차례로 접하게 된 것도 그 게시판을 통해서였다. 만세 주장 고두밥을 훔쳐 먹기로 작정한 날은 덤으로 최근의 전황에 접하는 날이기도 했다.

최전방에서는 중공군의 춘계 대공세가 한창이었다. 국군 또는 유엔군 몇 사단이 무슨 고지 전투에서 북괴군 몇 개 연대를 섬멸했고, 무슨 고지 전투에서 중공군 몇 개 사단을 궤멸시켰다는 등등의 내용을 담은 벽보들이 게시판에 어지럽게 나붙어 있었다. 1 · 4 후퇴를 거쳐 전쟁은 처음 시작되었던 그 자리로 얼추 되돌아와 삼팔선을 사이에 두고 오랫동안 교착 상태에 빠져 있었다. 빼앗아 새로 차지한 땅은 거의 없는 셈인데 국군과 유엔군은 날마다 승승장구하는 반면 북괴군과 중공군은 날마다 무더기로 죽어 나자빠진다는 내용만 벽보에 적히는 그 속내를 나는 당최 이해할 수 없었다.

낡은 양복 차림에 중절모를 눌러쓴, 꽤 유식해 뵈는 아저씨가 곁에서 소리 내어 벽보를 읽고 있는 중이었다. 나는 그 아저씨에게, 섬멸이 무슨 뜻이냐고 물어보았다. 몽땅 씨를 말린다는 뜻이라고 아저씨가 시원스레 대답했다. 그럼 궤멸은 또 무슨 뜻이냐고 다시 물었다. 아저씨는 잠시 뜸을 들이더니만, 겨우 씨만 남기고 나머지는 모조리 다 때려잡는 거라고 일러 주었다. 언젠가 벽보에 자주 등장하는 그 말들의 뜻을 아버지한테 물어본 적이 있었다. 아버지는 다짜고짜 화부터 버럭 내면서, 쥐방울만 한 녀석이 그런 건 알아서 얻다 쓰려고 묻느냐고, 욕설이나 다름없는 상스러운 말이니까 굳이 알 필요도 없다고 사정없이 윽박지르는 것이었다. 아버지는 매번 그런 식이었다.

시청 앞을 떠나 시 공관 네거리에서 오른쪽으로 꺾어 돌면 곧바로 익산 군청이었다. 나는 군청 입구에서 길바닥에 떨어진 나뭇개비를 찾느라 사방을 두리번거렸다. 그다음 차례가 익산 군수 관사이기 때문이었다. 관사 정원과 도로 사이에 담장 대신 내부가 훤히 들여다보이는 철책이 쳐져 있었다. 철책에 나뭇개비를 대고 이쪽 끝에서 저쪽 끝까지 힘껏 달리면 따발총

같이 타타타타 소리가 요란하게 울리곤 했다.

관사 철책에 나뭇개비를 막 갖다 대려다 말고 나는 갑자기 손놀림을 멈칫했다. 며칠 전까지만 해도 나무 몇 그루와 잔디밭만 휑하니 드러내 보이던 정원에서 인기척이 났다. 나하고 동갑 또래로 보이는 계집애였다. 화사한 꽃무늬 원피스 차림에 정갈하게 단발머리를 한 계집애가 한 손에 하얀 고무공을 쥔 채 양팔을 앞으로 나란히 뻗은 괴상야릇한 자세로 도로 쪽을 향해 소리 없이 다가오는 중이었다. 계집애가 황금빛 잔디밭 위로 하얀 공을 도르르 굴리면서 말했다.

"나비야! 나비야!"

공은 잔디밭과 철책이 만나는 지점에서 정확히 구르기를 멈추었다. 내가 철책 틈새로 손을 집어넣으면 충분히 공에 닿을 만한 자리였다. 뜬금없이 웬 나비 타령인가 의아해서 나는 계집애의 행동거지를 주의 깊게 살폈다. 그때였다. 얼룩 고양이 한 마리가 정원수 가지에서 잔디밭 위로 햇솜(그해에 새로 난 솜) 뭉치처럼 사뿐히 내려앉더니만 공을 향해 달려왔다. 고양이는 철책 너머에 버티고 서 있는 웬 낯선 사람을 뒤늦게 발견하고는 갑자기 달음질을 멈추었다. 녀석은 노란 눈동자에 잔뜩 경계의 빛을 담아 나를 노려보았다. 나는 뾰족한 근거도 없으면서 옷차림과 용모만으로 계집애를 대뜸 서울 아이라고 단정해 버렸다. 그리고 서울내기들은 제아무리 똑똑한 척해봤자 모르는 게 너무 많아 탈이라고 속으로 비웃었다. 멀쩡한 고양이를 나비라 부르다니, 그렇다면 팔랑팔랑 공중을 날아다니는 진짜배기 나비는 대관절 무슨 이름으로 불러야 옳단 말인가.

"거기 누구……."

뭔가 수상쩍은 낌새를 챘는지 계집애가 내 쪽을 멀뚱멀뚱 건너다보며 위아래 입술을 연방 달막거렸다. 계집애의 행동을 훔쳐보다 들킨 것이 창피해서 나는 슬금슬금 뒷걸음질을 치기 시작했다. 계집애의 눈길이 내 움직임을 제때제때 따라잡지 못했다.

"거기 누구?"

내가 처음 서 있던 그 자리에 아직도 눈길을 고정한 채 계집애는 날카로운 목소리로 다시 물었다. 나는 손에 든 나뭇개비를 아무렇게나 땅바닥에 팽개치면서 담박질을 놓기 시작했다. 당달봉사(청맹과니. 겉으로 보기에는 눈이 멀쩡하나 앞을 보지 못하는 눈)다! 집 쪽을 향해 정신없이 뛰면서 나는 속으로 부르짖었다. 계집애가 눈뜬장님이란 사실을 최초로 알아차리던 순간의 놀라움이 나로 하여금 만세 주장 지에밥을 훔쳐 먹으려던 애초의 계획을 깜빡 잊도록 만들었다. 그날 밤이 깊도록 서울 계집애의 그 희고도 곱상한 얼굴이, 그 화사한 옷맵시가, 어딘지 모르게 굼뜨고 어설퍼 보이던 그 행동거지 하나하나가 내 머릿속에서 줄곧 떠나지 않았다.

이튿날 나는 학교가 파하기 무섭게 곧장 익산 군수 관사로 달려갔다. 관사 정원에서는 전날과 똑같은 상황이 되풀이되고 있었다. 계집애는 양팔을 앞으로 나란히 뻗은 부자연스러운 자세로 거리를 재기 위함인 듯 몇 발짝 조심스레 걷다가는 공을 잔디밭 위로 도르르 굴렸다.

"나비야! 나비야!"

아마도 철책 너머 낯선 사람에 대한 경계심 때문인 듯 나비란 놈은 정원수 가지들 사이에 몸을 숨긴 채 꼼짝도 않고 냐옹냐옹 울어 대기만 했다. 공은 전날과 마찬가지로 잔디밭과 철책이 만나는 지점에 거의 정확히 멎어 있었다. 나는 통탕거리는 가슴을 애써 누르면서 철책 틈새로 손을 넣어 공을 집어 들었다. 그리고 계집애를 향해 던져 주었다. 공이 발치 가까이에 떨어지는 순간 계집애의 얼굴에는 놀라움인지 반가움인지 모를 괴상야릇한 표정이 떠올랐다.

"거기 누구?"

"사람이여."

"아, 어제 바로 그 애!"

계집애는 말 한마디로 상대방을 단박에 알아맞혔다. 뿐만이 아니었다.

"난 널 알아. 나이는 나랑 비슷해. 키는 나보다 조금 더 커. 그리고 얼굴이 아주 못생긴 애야."

마치 두 눈으로 똑똑히 본 것처럼 자신 있게 말하는 것이었다. 심지어 얼굴 못생긴 것까지 정확히 알아맞히는 바람에 나는 가슴 복판이 뜨끔 쑤셨다. 계집애가 내 앞으로 천천히 다가오기 시작했다. 양팔을 앞으로 나란히 뻗지 않은 정상적인 자세로 걷느라고 철책까지 다다르는 데 반나절은 족히 걸리는 듯했다.

"못생겼다고 해서 미안해. 그냥 괜히 해 본 소리야."

못생긴 게 사실이라고 나는 하마터면 실토정(實吐情 사정이나 심정을 솔직하게 말함)할 뻔했다. 생기다 만 얼굴 같다고 모두들 나를 놀려 대곤 했으니까.

"느그 아버지가 군수냐?"

얼굴 문제에서 빨리 벗어나고 싶어 나는 엉뚱한 데로 말머리를 돌렸다.

"군수가 뭔데?"

"니가 익산 군수 딸이냔 말여."

"익산 군수가 뭔데?"

군수 관사에 살면서 군수가 뭔지도 모르다니. 역시 서울내기들은 아는 것보다 모르는 것이 훨씬 더 많은 무지렁이(아무것도 모르는 어리석은 사람)들이라고 생각했다. 서울내기들한테는 잠자리면 무조건 다 그냥 잠자리에 지나지 않을 뿐이었다. 실잠자리, 기생잠자리, 비단잠자리, 고추잠자리, 된장잠자리, 쌀잠자리, 보리잠자리, 밀잠자리, 말잠자리, 호랑잠자리 등등 가지각색의 수많은 잠자리가 세상에 있는 줄 꿈에도 모르는 버꾸('바보'의 방언)들이었다.

"난 그런 거 잘 몰라. 외갓집 식구들이 가자는 대로 그냥 여기까지 따라왔을 뿐이야."

계집애가 심드렁한 어조로 중얼거렸다.

"으쩌다가 그러코롬 당달봉사는 되야 뿌렀다냐?"

나는 마침내 용기를 내어 간밤부터 줄곧 품어 나온 의문을 입 밖으로 불쑥 털어 냈다.

"당달봉사가 뭔데?"

역시 서울내기라서 별수가 없었다. 나는 당달봉사가 어떤 건지 설명해 주려고 철책에 바싹 달라붙었다. 그 순간 뭔가 이상한 낌새가 퍼뜩 느껴졌다. 나는 반사적으로 고개를 홱 돌려 관사 쪽을 살펴보았다. 머리가 희끗희끗한 노파가 유리창 안쪽에서 무시무시한 눈초리로 나를 쏘아보는 중이었다. 어마 뜨거라 하고 나는 전날처럼 또 담박질을 놓기 시작했다. 얘, 얘, 하고 다급히 부르는 소리가 등 뒤에서 들려왔지만 나는 뒤도 안 돌아다보고 진둥한둥(매우 급하거나 바빠서 몹시 서두르는 모양) 줄행랑을 놓았다.

이튿날은 군수 관사 근처에 얼씬도 하지 않았다. 그 이튿날도 마찬가지였다. 관사 쪽을 외면한 채 지낸 그 이틀 동안에는 만세 주장 앞길 멍석 위에 널린 지에밥을 봐도 배 속의 회가 전혀 동하지 않았다. 서울 계집애의 그 새하얀 낯꽃(감정의 변화에 따라 얼굴에 드러나는 표시)이 끊임없이 눈에 밟히는 바람에 그러잖아도 재미를 못 붙여 애를 먹던 학교 공부가 한결 더 부실해졌다.

이틀 동안이 내 인내심의 한계였다. 좀이 쑤셔서 더 버티지 못하고 나는 사흘 만에 또다시 군수 관사를 찾아갔다. 정원에는 아무도 안 보였다. 나비란 놈도 안 보였다. 하얀 고무공 하나만이 잔디밭 한가운데 동그마니 놓여 있을 따름이었다. 한참 더 기다려 보다가 관사 안에 아무런 기척도 없음을 거듭 확인하고 나서 무척이나 아쉬운 마음으로 발길을 돌렸다. 바로 그 순간, 누군가 내 퇴로를 우뚝 가로막고 있다는 사실을 비로소 알아차렸다. 머리가 희끗희끗한 노파였다. 내가 또 달아나려 하자 노파가 갑자기 내 팔을 덥석 붙들었다.

"널 혼내 주려는 게 아니다. 아가, 겁낼 것 없다."

할머니는 몬존한(성질이 차분한) 말씨로 나를 안심시키려 했다.

"우리 명은이, 지금 병원에 있다. 그저께 밤부터 갑자기 신열(身熱 병으로 인해 오르는 몸의 열)이 끓고 헛소리가 우심(尤甚 더욱 심함)해서 병원에 입원시켰다."

노파한테 단단히 붙들려 있던 내 팔이 갑자기 자유로워졌다.

"나는 명은이 외할미다. 우리 명은이 말동무가 돼 줘서 고맙구나. 명은이는 아마 내일쯤 퇴원할 게다."

일단 되찾은 팔을 또다시 뺏길까 봐 나는 뒷짐을 진 채 명은이 외할머니의 말에 무턱대고 고개를 주억거렸다.

"너는 어디 사는 누구냐? 집이 어디냐?"

나는 대충 만세 주장께를 어림하고는 턱짓으로 그쪽을 가리켰다. 그러자 명은이 외할머니가 대뜸 앞장을 섰다.

"나랑 같이 가 보자."

집까지 가는 동안 명은이 외할머니는 별의별 시시콜콜한 것들을 다 물었다. 이름은? 나이는? 부모님은? 형제자매는? 전쟁 때문에 혹시 불행을 당한 가족이나 일가친척은?

"건호야, 학교 끝나면 우리 관사에 자주 놀러 와도 괜찮다. 그 대신 너한테 신신당부할 게 있다. 우리 명은이 듣는 데서는 절대로 입 밖에 꺼내지 말아야 될 말들이 있단다."

첫째, 부모 이야기. 둘째, 사람이 죽고 사람을 죽이는 이야기. 셋째, 장님 이야기.

"더군다나 당달봉사 같은 말은 아주 좋지 않은 말이니까 우리 명은이 앞에서 다시는 꺼내지 않도록 단단히 입조심해야 된다. 알겠냐?"

나는 홧홧 달아오른 낯꽃을 들키지 않으려고 부러 두어 발짝 뒤로 처져서 걸었다. 명은이 외할머니는 만세 주장 뒷골목까지 나랑 동행해서 기어이 우리 집을 확인한 다음에야 발길을 돌렸다.

"건호야!"

대문간에 막 발을 들여놓으려는 나를 명은이 외할머니가 등 뒤에서 큰 소리로 다시 불러 세웠다.

"우리 명은이, 참 불쌍한 아이다. 제 엄마, 아빠가 한꺼번에 죽창에 찔려서 죽는 처참한 꼴을 두 눈 번히 뜨고 지켜본 아이다. 그날부터 제 눈엔 아무것도 안 보인다면서, 저는 아무것도 못 봤다면서 하루아침에 장님이 되는, 아주 몹쓸 병에 걸려 버렸단다. 의사도 못 고치고 약으로도 못 낫는, 아주 고약한 병이란다."

눈물 구덩이에 퐁당 빠져 허우적대는 눈동자로 명은이 외할머니는 내 얼굴을 간신히 건너다보았다. 때깔이 고운 한복 차림에 기품이 넘쳐 나던 명은이 외할머니의 모습이 한순간에 와르르 허물어져 내리는 순간이었다. 마땅히 그래야만 될 성싶어 나는 덮어놓고 고개를 끄덕이는 동작만 되풀이했다. 명은이 외할머니가 내 손을 덥석 움켜쥐었다.

"우리 명은이한테 말동무라고는 세상천지 달랑 고양이 새끼 한 마리밖에 없었단다. 앞을 못 보게 된 뒤로 우리 명은이가 고양이 말고 사람을 말동무로 삼은 건 건호, 니가 맨 처음이란다."

명은이의 퇴원이 예정된 날은 때마침 주일이었다. 우리 식구들은 서울에서 피란 내려온 막내 이모의 전도 덕분에 수복 직후부터 신광 교회에 다니기 시작했다. 교회 사찰인 딸고만이(딸을 그만 낳고 아들을 낳고 싶다는 희망의 표시) 아버지가 힘차게 울려 대는 종소리에 이끌려 나는 주일 아침에 신광 교회로 향했다.

주일 학교 반사(班師 교회 학교 선생)의 지시에 따라 나는 예배 도중 죄를 고백하는 기도를 드렸다. 이북 피란민 출신으로 중앙 시장에서 철물점을 경영하는 홀아비 반사는 매주 공과 공부가 끝날 때마다 한 주일 동안 저지른 죄를 모조리 고백할 것을 어린 제자들에게 강요하곤 했다. 전에는 만세 주장 지에밥을 훔쳐 먹은 죄와 어쩌다 길에서 주운 돈을 주전부리에 사용한 죄 따위가 내 고백 기도의 주된 내용이었는데, 명은이를 만난 후 당달봉사라는 나쁜 말을 사용한 죄 하나가 내 기도 속에 덧붙여졌다.

나는 주일 학교를 마치기 무섭게 신광 교회에서 곧장 시청을 향해 달려갔다. 명은이에게 건넬 선물을 장만하기 위해서였다. 전황에 대한 새로운 소식은 앞 못 보는 명은이에게 의미 있는 선물이 될 뿐만 아니라 내가 결코 시골뜨기라고 만만히 볼 상대가 아님을 서울내기 계집애한테 일깨워 주는 확실한 증거물이 될 것이었다.

아무도 없는 정원 내부를 기웃거리며 철책 앞에서 서성거리는 참인데 관사 현관문이 빠끔히 열렸다. 명은이 외할머니가 손짓으로 나를 불렀다. 나는 난생처음 익산 군수 관사 안으로 주뼛주뼛 발을 들여놓았다. 잔뜩 겁을 집어먹은 채 낯선 구조의 양옥집 거실을 통과하는 나를 액자 속의 이승만 대통령이 근엄한 표정으로 내려다보고 있었다. 나는 명은이가 들어 있는 작은 방으로 안내되었다. 명은이 머리맡을 지키고 있던 나비란 놈이 나를 보더니만 냐옹 소리와 함께 냉큼 책상 위로 튀어 오르면서 경계의 눈초리를 보냈다. 명은이는 얇고 보드라운 차렵이불(솜을 얇게 두어 지은 이불)로 턱밑까지 가린 채 반듯한 자세로 드러누워 있었다. 며칠 사이에 눈에 띄게 야윈 모습이었다. 그래서 전보다 더욱 새하얗고 전보다 더욱 예뻐 보였다. 멋쩍고 쑥스러운 나머지 나는 괜스레 히죽히죽 웃기부터 했다. 명은이는 보이지 않는 눈을 내 얼굴에 맞추려고 내 웃음소리를 좇아 머리를 움직거렸다.

"재미있는 얘기 나누면서 천천히 놀다 가거라."

명은이 외할머니가 잣알이 동동 뜬 수정과 그릇과 과자가 수북이 담긴 쟁반을 방바닥에 내려놓았다. 명은이 외할머니가 방에서 나가기를 기다려 나는 준비해 온 선물 보따리를 다짜고짜 풀어놓기 시작했다. 트루먼 대통령이 맥아더 원수를 유엔군 총사령관직에서 해임한 소식부터 먼저 전했다. 연이어 의정부 전투에서 국군 1사단과 미군 3사단이 연합 작전으로 북괴군 1군단을 포위해서 1개 연대를 섬멸한 소식을 숨차게 전했다.

"명은이 너, 섬멸이 무신 말인지 알어? 모르지? 몽땅 씨를 말린다는 뜻이여."

초점을 잃은 채 내 얼굴 근처를 헤매던 명은이의 눈이 갑자기 회동그라졌다. 명은이의 그 같은 반응을 이를테면 저보다 훨씬 아는 게 많은 상대에 대한 우러름의 표시로 받아들이면서 나는 더욱더 신떨음(신이 나는 대로 실컷 함)에 고부라졌다(열중하다). 내친김에 나는 미군 9군단이 '철의 삼각지' 전투에서 중공군 대부대를 궤멸시킨 이야기를 들려주었다.

"명은이 너, 궤멸이 무신 뜻인지 알어? 모르지? 씨만 빼놓고 몽땅 다 때려

잡는다는 뜻이여."

"과자 안 먹니?"

"뭣이라고?"

"과자나 먹으라고!"

명은이는 핼쑥하게 핏기가 가신 입술을 바르르 떨면서 눈꺼풀을 아래로 착 내리깔았다. 명은이가 눈을 꼭 감자 그때껏 숨어 있던 속눈썹이 기다랗게 드러났다. 명은이의 권유를 받아들여 나는 아무 눈치코치도 없이 쟁반 위의 과자들을 마구 입안으로 걸터들이기(이것저것 가리지 않고 휘몰아 들이기) 시작했다. 명은이는 끝내 과자에 손도 대지 않았다.

명은이는 단 하루 사이에 놀라우리만큼 기력을 되찾아 이튿날 또다시 정원에서 나비와 함께 공놀이를 시작했다. 나를 피해 정원수 위로 숨어 버린 나비를 대신해서 얼른 공을 집어 명은이에게 돌려준 다음 나는 득의에 찬 목소리로 그날 치의 선물을 전했다.

"영국군 29여단 글로스터 대대가 육십여 시간 사투 끝에 중공군을 무찌르고 적성 고지를 사수혔디야."

시청 앞 게시판에서 공들여 외워 온 벽보 내용을 뜻도 모르는 채 앵무새처럼 고스란히 옮기면서 나는 명은이의 반응을 살폈다. 아니나 다를까, 명은이의 손아귀에서 스르르 힘이 풀리면서 공이 잔디밭으로 굴러떨어졌다. 명은이의 그런 반응을 나는 일종의 감동의 표시로 받아들였다. 서울내기 계집애를 감동시킨 내 솜씨에 자부심을 느끼면서 나는 곧장 다음 소식으로 넘어갔다.

"중부 전선 임진강 전투에서 우리 국군이 중공군 63군 3개 사단을 격퇴허고 대승을 거두었디야."

"듣기 싫단 말야! 제발 그만두란 말야!"

명은이가 쇠꼬챙이 같은 소리를 내지르며 갑자기 잔디밭에 퍼더버리고 앉았다. 전혀 예상치 못한 돌발 사태에 별안간 어안이 벙벙해져서 나는 어찌할 바를 몰랐다.

"꼴도 보기 싫어! 가 버려! 가란 말야!"

제 손으로 제 머리칼을 마구 쥐어뜯으며 명은이는 거푸 쇠꼬챙이 소리를 질러 댔다. 명은이 외할머니가 해끔하게(조금 하얗고 깨끗하게) 놀란 표정으로 관사 안에서 허둥지둥 달려 나왔다. 가라니까 가는 수밖에 달리 도리가 없었다.

아직 영문을 모르는 채로 나는 부리나케 관사를 빠져나왔다. 무엇이 서울 계집애의 성깔머리를 그토록 버르집어(크게 벌려) 놓았는지 당최 알다가도 모를 일이었다. 내 호의가 무시당한 관사 근처엔 앞으로 두 번 다시 얼씬도 하지 않겠다고 다짐하면서 나는 길바닥의 돌멩이를 발부리로 힘껏 걷어차 버렸다.

명은이 외할머니의 신신당부를 기억에서 언뜻 되살려 낸 것은 집에 거반 다다랐을 무렵이었다. 사람이 죽고 사람을 죽이는 이야기는 절대로 입 밖에 꺼내지 말 것. 세 가지 당부 가운데서 나도 모르게 두 번째 당부를 어긴 셈이었다. 시청 앞 게시판을 기웃거리는 버릇이 내게서 영영 떠나게 되리라는 것을 나는 그때 퍼뜩 예감할 수 있었다.

혼자서 다짐했던 대로 나는 하루 동안 관사 근처에 얼씬하지 않았다. 그러나 집 안에 머물러 지내는 동안에도 내 마음은 관사 언저리를 줄곧 배회하고 있었다. 꼴도 보기 싫다고 명은이가 지르던 쇳소리가 내 귓바퀴를 끊임없이 맴돌았다. 더는 참을 수가 없어 나는 결국 다음 날 해 질 녘에 관사를 또다시 찾아가고 말았다.

저녁놀에 물든 발그레한 낯꽃으로 명은이는 정원 한복판에 오도카니(넋이 나간 듯이 가만히) 서 있었다. 손에 공이 쥐여 있고 곁에 나비란 놈도 알짱거리고 있었지만 공놀이는 아예 시작할 생각조차 하지 않았다. 하릴없이 먼산바라기가 되어 언제까지고 꼼짝도 하지 않는 명은이 모습을 나는 철책 밖에서 한참이나 몰래 지켜보았다.

바로 그때였다. 종소리가 데엥, 하고 묵중하게 울렸다. 한번 울리기 시작한 종소리는 짧은 쉴 참을 거친 후 뎅그렁 뎅, 뎅그렁 뎅, 연달아 기세 좋게 울렸다. 명은이는 느닷없는 종소리에 움찔 놀라는 기색이었다. 종소리가 들려오는 신광 교회 쪽을 향해 명은이의 고개가 천천히 돌아갔다. 저녁놀에 함빡 젖은 채 종소리에 다소곳이 귀를 기울이는 명은이 모습에서 나는 가슴이 철렁 내려앉으리만큼 묘한 감동을 받았다.

"삼일 종이여."

나는 철책 밖에 내가 와 있다는 사실을 그예 큰 소리로 기별하고 말았다. 명은이가 화들짝 놀라는 몸짓을 취했다.

"나비야! 나비야!"

하마터면 잊을 뻔했다는 듯이, 마치 내가 나타나기 전까지 줄곧 나비와 함께 공놀이를 하고 있었던 것처럼 명은이는 공을 잔디밭 위로 도르르 굴리면서 부산을 떠는 시늉을 했다. 겨냥이 지나쳐 공은 철책 밑을 통과해서 내 발치까지 데굴데굴 굴러 왔다. 나는 공을 주워 철책 안으로 던졌다.

"왔으면 얼른 들어와야지 왜 거기 서 있니?"

거기 누구, 하고 묻는 대신 명은이는 나를 책망하는 척했다. 때맞춰 관사 현관문이 활짝 열렸다. 명은이 외할머니가 꾸짖음 반 반가움 반의 어정쩡한 기색으로 나를 맞아들였다. 잔뜩 낯꽃을 붉힌 채 나는 관사 내부를 빠른 걸음으로 통과해서 정원으로 나갔다.

"삼일 종이 뭔데?"

"수요일에 치는 종이여. 교회 사람들은 수요일 저녁 예배를 삼일 예배라고 불러. 저것은 초종이여. 한참 있다가 재종을 칠 거여."

명은이한테 미안해하던 참에 나는 도롱태(사람이 밀거나 끌게 된 나무 수레) 굴리듯 빠른 말씨로 한바탕 정신없이 지껄였다.

"어머나, 건호 너 교회 다니니?"

"엉. 딸고만이 아부지가 시방 초종을 치고 있는 중이여. 명은이 너, 딸고만이 아부지가 누군지 몰르지? 딸고만이 아부지는……."

야트막한 언덕 위 신광 교회 종탑 밑에서 종 줄 끝에 대롱대롱 매달려 허공 속을 연방 오르락내리락하면서 신나게 종을 치고 있을 사찰 아저씨의 앙바틈한(짤막하고 딱 바라진) 모습을 머리에 떠올리니까 절로 웃음이 비어졌다. 다섯 번째로 또 딸을 낳고 나서 지어 준 이름이 딸고만이였다.

"딸내미 이름을 그러코롬 엉터리없이 지어 놓으면 요담 번엔 틀림없이 아들을 낳게 된디야."

명은이는 한바탕 기분 좋게 깔깔거렸다. 아, 명은이가 웃는다! 내가 서울내기 지지배를 웃게코롬 맨들었다! 나는 득의양양해서 넋이야 신이야 하며 마구잡이로 떠벌렸다.

"딸고만이 아부지가 종 치는 걸 보면 너도 아매 배꼽을 잡고 웃을 거여. 얼매나 괴상허게 생겼는지 알어? 키는 나보담 쬐꼼 더 크고, 머리는 훌러덩 벳겨지고……."

말을 하다 말고 나는 갑자기 입을 다물었다. 명은이가 앞을 못 본다는 점에 뒤늦게 생각이 미친 까닭이었다. 종소리의 꼬리 부분이 긴 여운을 끌면서 저녁 하늘 속으로 천천히 사라지고 있었다.

"딸고만이 아버지 얘길 계속해 봐."

명은이가 잔디밭 위에 아무렇게나 퍼벌하고(겉모양을 꾸미지 아니하고) 앉으면서 재촉했다. 나도 덩달아 명은이 앞에 펵석 주저앉았다.

딸고만이 아버지는 정말 괴짜였다. 교회 종을 치기 위해 이 세상에 태어난 사람 같았다. 종을 치지 않을 때는 우리에게 놀림감이 되지만 종을 치는 동안만큼은 언제나 존경의 대상이 되곤 했다. 마치 종 줄의 일부분인 양 앙바틈한 몸집이 굵은 밧줄 끝에 매달려 발바닥이 땅에 닿을 새가 없으리만큼 위로 솟구쳤다 아래로 곤두박질치기를 되풀이하면서 힘차게 종소리를 울려 대는 동안 그는 얼굴이 온통 시뻘겋게 상기한 채 꿈을 꾸는 듯한 표정을 짓곤 했다. 종 치는 일이 거반 끝나 갈 무렵쯤 되면 그는 자기 주위로 새까맣게 몰려들어 찬탄 어린 눈빛으로 구경하는 조무래기들 가운데서 딱 한 명만 골라 딱 한 차례만 종 줄을 잡아당기는 영광을 안겨 주곤 했다. 그악스레 뒤쫓아 다니며 딸고만이 아버지라고 놀려 먹은 적이 없는 착한 아이한테 대개 특혜를 베푸는 것이었다.

"딸고만이 아버지를 한번 봤으면 좋겠다."

"나랑 같이 교회 가면 얼매든지 볼 수 있어."

말을 주고받다 보니 뭔가 좀 이상하다는 생각이 퍼뜩 들었다. 앞을 못 보는 명은이가 무슨 재주로 딸고만이 아버지를 본단 말인가.

"눈엔 안 보여도 마음으로는 얼마든지 볼 수 있어."

내 속마음을 읽었는지 명은이가 얼른 어른스럽게 말했다. 기왕 말이 나온 김에 우리는 주일 저녁에 함께 신광 교회에 가기로 약속을 정했다.

주일 저녁이 오기까지 시간은 굼벵이 걸음처럼 더디 흘러갔다. 외할머니의 허락을 받고 명은이와 나는 딸고만이 아버지가 초종을 울릴 시간에 맞추어 관사를 출발했다. 명은이 손을 잡고 조심조심 길을 인도하는 탓에 관사에서 신광 교회까지 평상시보다 곱절 이상 거리가 멀게 느껴졌다. 먼 길을 걷는 동안 나는 전에 주일 학교 반사한테서 들은 이야기를 재탕해서 명은이에게 들려주는 일로 시간을 때웠다.

옛날 어느 성에 용감한 기사와 바람처럼 빨리 달리는 백마가 살고 있었다. 기사는 사랑하는 백마를 타고 전쟁터마다 다니며 번번이 큰 공을 세워 성주로부터 푸짐한 상을 받곤 했다. 전쟁이 끝났다. 세월이 흘러 백마는 늙고 병들게 되었다. 그러자 기사는 자기와 오랫동안 생사고락을 함께한 백마를 외면한 채 전혀 돌보지 않았다. 늙고 병든 백마는 성내를 이리저리 떠돌다가 어떤 종탑 앞에 이르렀다. 누구든지 종을 쳐서 억울한 사연을 호소할 수 있게끔 성주가 세워 놓은 종탑이었다. 백마의 눈에 종탑을 휘휘 감고 올라간 칡넝쿨이 보였다. 배고픔에 못 이겨 백마는 칡넝쿨을 뜯어 먹기 시작했다. 그러다 종 줄을 잘못 건드리는 바람에 그만 종소리를 울리고 말았다. 종소리를 들은 성주가 무슨 사연인지 자세히 알아보도록 부하에게 지시했다. 그리하여 백마의 억울한 사연을 알게 된 성주는 은혜를 저버린 기사를 벌주고 백마를 죽을 때까지 따뜻이 보살펴 주었다.

"억울한 사람은 누구든지 종을 칠 수 있다고?"

느슨히 잡고 있던 내 손을 갑자기 꽉 움켜쥐면서 명은이가 물었다. 나는 괜스레 우쭐해진 나머지 얼김에(정신이 얼떨떨한 상태에) 말갈망(자기가 한 말의 뒷수습)도 못할 허세를 부리고 말았다.

"그렇다니께. 아무나 다 종을 침시나 맘속으로 소원을 빌으면은 그 소원이 죄다 이뤄진디야."

마침내 신광 교회 입구로 들어섰다. 아직 이른 시간이라서 그런지 우리 말고 다른 교인들 모습은 교회 근처에서 전혀 찾아볼 수 없었다. 하늘로 오르는 사닥다리인 양 높고 가파른 돌계단이 우리 앞을 떡하니 막아섰다. 발을 헛디디지 않게끔 명은이를 단단히 부축한 채 천천히 돌계단을 오르기 시작했다. 돌계단이 거의 끝나가는 지점에서 나는 명은이가 들을 수 있게끔 돌 위에 새겨진 글씨를 큰 소리로 읽어 주었다.

"내가 곧 길이요 진리요 생명이니 나로 말미암지 않고는 아버지께로 올 자가 없느니라."(요 14:6)

그게 무슨 말이냐고 명은이가 물었다. 명은이는 툭하면 내가 설명하기 곤란한 것들만 골라 밑두리콧두리(확실히 알기 위해 자세히 자꾸) 캐묻는, 아주 좋지 않은 버릇을 지니고 있었다. 예수님은 동정녀 마리아에게서 나신 여호와 하나님의 아들이란 뜻이라고 나는 엉이야벙이야(일을 얼렁뚱땅해 교묘히 넘기는 모양) 제멋대로 둘러댔다. 명은이는 더욱 무슨 말인지 모르겠다는 표정이었다.

돌계단을 다 오르자 비낀 저녁 햇살을 듬뿍 받아 아름답게 빛나는 웅장한 석조 교회당이 시야를 그득 메웠다. 우리는 종탑 앞에서 손을 맞잡은 채 때가 되기를 기다렸다. 잠시 후에 교회당 뒤편 사택 쪽에서 딸고만이 아버지가 모습을 드러냈다.

"딸고만이 아부지다."

나는 명은이에게 귀엣말로 가만히 속삭였다. 길게 뻗은 교회당 건물 옆구리를 따라 통로에 깔린 자갈을 밟으며 딸고만이 아버지가 걸어왔다. 명은이는 몹시 긴장한 자세로 저벅저벅 다가오는 발소리에 조용히 귀를 기울였다. 저녁 햇살을 함빡 뒤집어쓴 딸고만이 아버지의 민머리가 알전구처럼 반짝거렸다. 나는 최대한 허리를 굽혀 예바르게 꾸뻑 인사를 올렸다. 딸고만이 아버지는 나를 금세 알아보았다. 그러나 낯선 얼굴인 명은이 쪽에 짤막한 눈길을 던졌을 뿐, 여느 때와 딴판으로 모범생처럼 구는 나를 거들떠도 안 보면서 그는 되우 빼겨 대는 걸음걸이로 종탑에 다가섰다. 그는 몸에 익은 솜씨로 종탑 쇠기둥을 타고 뽀르르 위로 기어오른 다음 아이들 손이 닿지 않을 높직한 자리에 매어 놓은 종 줄을 밑으로 풀어 내렸다. 그가 굵은 밧줄을 힘차게 아래로 잡아당기자 종탑 꼭대기 그 까마득한 높이에 매달려 있던 거대한 놋 종이 한쪽으로 휘우뚱 기울어졌다. 또 한 차례 줄을 잡아당기자 이번에는 반대편으로 놋 종이 휘우뚱 넘어갔다. 오른쪽, 왼쪽, 번차례로 기울어지기를 두 번, 세 번…….

"인제 종소리가 울릴 차례여."

내 말이 끝남과 동시에 데엥, 하고 첫 번째 종소리가 묵직하게 울려 퍼졌다. 갑자기 귀를 먹먹하게 만드는 둔중한 종소리에 놀라 명은이는 눈살을 찌푸리며 잽싸게 손바닥으로 귀를 막았다. 종소리가 차츰 빨라지기 시작했다. 딸고만이 아버지의 앙바틈한 몸집은 어느새 종 줄과 한 몸을 이루어 쉴 새 없이 허공을 오르락내리락하느라 발바닥이 땅에 닿을 겨를도 없을 지경이었다. 뎅그렁 뎅, 뎅그렁 뎅, 기세 좋게 울리는 종소리가 귀싸대기를 사정없이 갈겨 댔다. 나는 명은이 손바닥을 붙잡아 귀에 붙였다 뗐다 하는 동작을 되풀이했다. 기다란 종소리의 중동을 뚝 잘라 동강을 내었다가 다시 이어 붙이기를 되풀이하는 그 장난이 명은이 얼굴에 발갛게 꽃물(불그스름한 혈색을 비유적으로 이르는 말)이 배게끔 핏기를 돋우었다.

건공중(乾空中 땅으로부터 그리 높지 아니한 허공)에 둥둥 떠 있던 딸고만이 아버지의 발바닥이 어느새 슬그머니 땅으로 되돌아와 있었다. 종 치는 작업을 마무리하기 위해 종 줄 잡아당기는 힘을 적당히 조절하는 중이었다. 나는 실오라기 같은 희망을 품은 채 딸고만이 아버지가 아닌 사찰 아저씨를 향해 최대한 존경의 눈빛을 띄워 보냈다. 하지만 아무 소용이 없는 아침이었다. 사찰 아저씨 아닌 딸고만이 아버지는 결국 나로 하여금 마지막 순간에 딱 한 차례 종 줄을 잡아당기게 하는 그 특혜를 베풀지 않은 채 매정하게 종 치기를 끝내 버렸다. 주일마다 뒤꽁무니를 밟고 다니며 딸고만이 아버지라고 그악스레 놀려 댄 지난날들이 여간만 후회되는 게 아니었다.

아쉬움을 달랠 요량으로 나는 얼른 고무신을 벗어 들었다. 여태껏 늘 해왔던 방식에 따라 나는 바야흐로 저녁 하늘 저 멀리 사라지려는 마지막 종소리를 고무신짝 안에 양껏 퍼 담았다. 그런 다음 잽싸게 고무신짝을 명은이 귓바퀴에 찰싹 붙여 주었다. 그러자 명은이 얼굴에 해맑은 미소가 가득 번져 나기 시작했다. 어미 종은 이미 움직임을 멈추었지만 고무신짝 안에는 새끼 종이 담겨 아직도 작은 움직임을 계속하고 있었다. 그 종이 꿀벌처럼 잉잉거리면서 대고(계속해 자꾸) 명은이 귀를 간질이고 있을 것이었다.

왔던 길과는 달리 돌아가는 길은 호사스러운 감동의 보자기에 감싸여 있어서 관사까지 걷는 시간이 조금 전보다 절반 이하로 짧게 느껴졌다. 명은이는 흥분한 기색을 여간해서 감추지 못했다. 관사 앞에서 헤어지기 직전에 명은이는 나에게 고맙다고 말했다. 깍쟁이 서울 계집애 입에서 고맙다는 인사가 나오기는 그때가 처음이었다.

"건호야."

일껏 내 이름을 불러 놓고도 명은이는 한참이나 더 뜸을 들인 다음에야 가까스로 뒷말을 이었다.

"네 얼굴이 어떻게 생겼는지 궁금해. 내 손으로 한번 만져 보고 싶어."

참으로 난처한 순간이었다. 틀림없이 집 안 어느 구석에서 우리를 지켜보고 있을 명은이 외할머니를 의식하면서 나는 잠시 망설였다. 에라, 모르겠다는 심정으로 나는 결국 명은이 손을 끌어다 내 얼굴에 대 주었다. 그리고 두 눈을 질끈 감아 버렸다. 축축이 땀에 젖은 손이 내 얼굴 윤곽을 천천히 더듬어 나가기 시작했다. 명은이는 내 이목구비 하나하나를 차례차례 신중히 어루만졌다.

"얼굴이 아주 잘생겼구나. 나한테 얼굴을 보여 줘서 고마워."

난생처음 잘생겼다는 소리를 들었다. 나는 확확 달아오르는 낯꽃을 주체할 수가 없어 도망치다시피 관사 앞을 떠나 버렸다. 관사로부터 멀어지자 나는 겅중겅중 뜀걸음을 놓기 시작했다. 비록 서투른 솜씨나마 휘파람을 후익후익 날리면서 나는 신나게 집으로 향했다.

명은이가 내게 무리한 부탁을 해 온 것은 신광 교회 종탑에서 색다른 경험을 한 바로 그다음 날이었다. 다시 만나자마자 명은이는 나를 붙잡고 엉뚱깽뚱한 소리를 했다.

"건호야, 날 다시 교회로 데려가 줘. 내 손으로 종을 쳐 보고 싶어."

"그랬다간 큰일 나! 딸고만이 아부지 손에 맞어 죽을 거여!"

나는 팔짝 뛰면서 그 청을 모지락스레(보기에 억세고 모질게) 거절했다. 하지만 명은이는 나한테 검질기게(성질이나 행동이 몹시 끈덕지고 질기게) 달라붙으면서 계속 비라리(구구한 말을 해 가며 남에게 무엇을 청하는 일) 치고 있었다.

"제발 부탁이야. 딱 한 번만 내 손으로 직접 종을 쳐 보고 싶어."

"종은 쳐서 뭣 헐라고?"

"그냥 그래! 내 손으로 울리는 종소리를 듣고 싶을 뿐이야."

말은 그렇게 했지만 나는 명은이의 진짜 속셈이 무엇인가를 금세 알아차릴 수 있었다. 동화 속의 늙고 병든 백마를 흉내 내고 싶은 것이었다. 버림받은 백마처럼 자신의 억울한 사정을 성주에게 호소하고 싶은 것이었다. 다름 아닌 눈을 뜨고 싶다는 소원을 하나님에게 전할 속셈임이 틀림없었다. 누구든지 종을 치면서 소원을 빌면 다 이루어진다고 명은이 앞에서 공연히 허튼소리를 지껄인 일이 새삼스레 후회되었다. 대관절 무슨 재주로 딸고만이 아버지 허락도 없이 교회 종을 무단히 울린단 말인가.

"알었다고. 알었다니께."

연방 도리머리(도리질)를 하는 내 마음과는 딴판으로 내 입에서는 승낙의 말이 잘도 흘러나왔다. 끝끝내 명은이의 간청을 뿌리칠 재간이 내게 없다는 사실을 나는 처음부터 잘 알고 있었다.

"일요일은 절대로 안 되야. 수요일도 절대로 안 되야."

"그럼 언제?"

보이지도 않는 눈을 반짝 빛내면서 명은이가 대답을 재촉했다. 예배 모임이 없는 평일이라면 어찌어찌 가능할 것 같기도 했다.

"목요일 밤중이라면 혹간 몰라도……."

목요일 아침이 밝았다. 목요일 낮이 지나갔다. 마침내 목요일 밤이 찾아왔다. 명은이는 시내 산보를 구실 삼아 외할머니한테 밤마을(밤에 이웃이나 집 가까운 곳에 놀러가는 일)을 허락받았다. 어둠길을 나서는 우리를 명은이 외할머니가 관사 밖 길가까지 따라 나와 걱정스러운 얼굴로 배웅했다. 앞 못 보는 외손녀를 걱정하는 백발 노파의 마음이 신광 교회까지 줄곧 우리와 동행하는 듯한 기분이었다.

명은이 손을 잡고 신광 교회 돌계단을 오르는 동안 내 온몸은 사뭇 떨렸다. 지레 흥분이 되는지, 아니면 두려움 때문인지 땀에 흠씬 젖은 명은이 손 또한 달달 떨리고 있었다. 명은이가 소원을 이룰 수만 있다면 딸고만이 아버지한테 맞아 죽어도 상관없다고 각오를 다지면서 나는 젖은 빨래를 쥐어 짜듯 모자라는 용기를 빨끈 쥐어짰다. 돌 위에 새겨진 낯익은 성경 구절이 어둠 속에서 조용히 우리를 맞았다.

내가 곧 길이요 진리요 생명이니…….

신광 교회는 어둠 속에 고자누룩이(한참 떠들썩하다가 조용히) 가라앉아 있었다. 이제부터 우리가 저지르려는 엄청난 짓거리에 어울리게끔 주변에 아무런 인기척이 없음을 거듭 확인하고 나서 나는 종탑 가까이 명은이를 잡아끌었다. 괴물처럼 네 개의 긴 다리로 일어선 철제의 종탑이 캄캄한 밤하늘을 향해 우뚝 발돋움을 하고 있었다. 깊은 물속으로 자맥질하기 직전의 순간처럼 나는 까마득한 종탑 꼭대기를 올려다보며 연거푸 심호흡을 해 댔다. 그런 다음 딸고만이 아버지가 항상 하던 방식대로 종탑 쇠기둥을 타고 뽀르르 위로 기어올라 철골에 매인 밧줄을 밑으로 풀어 내렸다.

"꽉 붙잡고 있어."

명은이 손에 밧줄 밑동을 쥐여 주고 나서 나는 양팔을 높이 뻗어 밧줄에다 내 몸무게를 몽땅 실었다. 그동안 늘 보아 나온 딸고만이 아버지의 종 치는 솜씨를 흉내 내어 나는 죽을힘을 다해 밧줄을 잡아당기기 시작했다. 종탑 꼭대기에 되똑(중심을 잃고 한쪽으로 기울어지게) 얹힌 거대한 놋 종이 천천히 한쪽으로 기울어지는 첫 느낌이 밧줄을 타고 내 손에 얼얼하게 전해져 왔다. 마치 한 풀 줄기에 나란히 매달려 함께 바람에 흔들리는 두 마리 딱따깨비(메뚜깃과의 곤충)처럼 명은이 역시 밧줄에 제 몸무게를 실은 채 나랑 한통으로 건공중을 오르내리는 동작에 어느새 눈치껏 장단을 맞추고 있었다. 어둠 때문에 잘 보이지 않았지만 내 코끝에 훅훅 끼얹히는 명은이의 거친 숨결에 섞인 단내로 미루어 명은이가 시방 어떤 표정을 짓고 있는지 너끈히 짐작할 수 있었다.

"소원 빌을 준비를 혀!"

내 말이 채 끝나기도 전에 데엥, 하고 첫 번째 종소리가 울렸다. 그 첫 소리를 울리기까지가 힘들었다. 일단 첫 소리를 울리고 나니 그다음부터는 모든 절차가 한결 수월해졌다. 뎅그렁 뎅, 뎅그렁 뎅. 기세 좋게 울려 대는 종소리에 귀가 갑자기 먹먹해졌다.

"소원을 빌어! 소원을 빌어!"

종소리와 경쟁하듯 목청을 높여 명은이를 채근하는 한편 나도 맘속으로 소원을 빌기 시작했다. 명은이가 소원을 다 빌 때까지 딸고만이 아버지를 잠시 귀먹쟁이('귀머거리'의 방언)로 만들어 달라고 빌고 또 빌었다. 명은이와 내가 한 몸이 되어 밧줄에 매달린 채 땅바닥과 허공 사이를 절굿공이처럼 오르락내리락하면서 온몸으로 방아를 찧을 적마다 놋 종은 우리 머리 위에서 부르르부르르 진저리를 치며 엄청난 목청으로 울어 댔다. 사람이 밧줄을 다루는 게 아니라 이젠 탄력이 붙을 대로 붙어 버린 밧줄이 오히려 사람을 제멋대로 갖고 노는 듯한 느낌이었다.

한창 종 치는 일에 고부라져(열중해) 있었던 탓에 딸고만이 아버지가 달려오는 줄도 까맣게 몰랐다. 되알지게(몹시 세게) 엉덩이를 한 방 걷어채고 나서야 앙바틈한 그의 모습을 어둠 속에서 겨우 가늠할 수 있었다. 기차 화통 삶아 먹은 듯한 고함과 동시에 그가 와락 덤벼들어 내 손을 밧줄에서 잡아떼려 했다. 그럴수록 나는 더욱더 기를 쓰고 밧줄에 매달려 더욱더 힘차게 종소리를 울렸다. 주먹질과 발길질이 무수히 날아들었다. 마구잡이 매타작에서 명은이를 지켜 주기 위해 나는 양다리를 가새질러(엇갈리게 X자로 매어) 명은이 허리를 감싸 안았다. 한데 엉클어져 악착스레 종을 쳐 대는 두 아이를 혼잣손으로 좀처럼 떼어 내기 어렵게 되자 나중에는 딸고만이 아버지도 밧줄에 함께 매달리고 말았다. 결국 종 치는 사람이 셋으로 불어난 꼴이었다. 그 어느 때보다 기운차게 느껴지는 종소리가 어둠에 잠긴 세상 속으로 멀리멀리 퍼져 나가고 있었다. 명은이 입에서 별안간 울음이 터져 나오기 시작했다. 때때옷(알록달록하게 곱게 만든 아이의 옷)을 입은 어린애를 닮은 듯한 그 울음소리를 무동 태운 채 종소리는 마치 하늘 끝에라도 닿으려는 기세로 독수리처럼 높이높이 솟구쳐 오르고 있었다.

뎅그렁 뎅 뎅그렁 뎅 뎅그렁 뎅…….

3

"아니, 벌써 다 끝난 거여?"

나서기 좋아하는 나 서방이었다. 최건호가 고개를 끄덕거렸다. 나중에 순애보가 기네, 아니네, 시비 거는 놈은 가만 안 놔두겠다고 엄포를 놓던 바로 그 나기형이 되레 노골적으로 시비를 걸고 나섰다.

"그것도 순애보 축에 든다고 여태까장 읊어 댔단 말여, 시방?"

"미안혀, 실망시켜서……."

"내 복에 무신 얼어 죽을 순애보!"

희붐히(날이 새려고 빛이 희미하게 돌아 약간 밝은 듯하게) 터 오는 갓밝이(날이 막 밝을 무렵) 속에서 홍성만이 끄응 소리와 함께 앵돌아앉는(토라져서 홱 돌아앉는) 시늉으로 자기가 느끼는 실망의 크기를 드러냈다. 이를테면 그것은 자신이 바로 앞 순번으로 이야기를 끝마친, 역사는 밤에 이루어진다는, 그 문화 영화 제목 같은, 소매치기와 창녀의 사랑이 보다 더 순애보에 가깝다고 주장하는 시위인 셈이었다.

"어째피 순애보는 벌써 물 건너간 꼴이니께 어쩔 수 없다 치고, 한 가지만 물어보자. 그 명은이란 지지배는 종소리 울려서 소원을 빈 덕택으로 결국 눈을 떴냐, 못 떴냐?"

나기형은 계속 검질기게 최건호를 물고 늘어졌다.

"잠깐만!"

최건호가 막 입을 열려는 순간, 미술 교사 이진원이 손을 번쩍 들어 대답을 중간에서 가로채 버렸다.

"진짜 순애보란 게 가물에 콩 나딧기 귀헌 세상에서 우리가 그 이상 뭘 더 바래? 내 기준으로는 오늘 밤 요 자리를 통틀어서 건호가 기중 아름다운 사랑 애기를 들려준 게 틀림없어. 순애보라 불러도 전연 손색이 없다고 믿어. 다만 그 순진무구헌 애들끼리 주고받은 동화적인 사랑을 우리가 왈칵 순애보로 받어들이지 못허는 이유는 반백 년 세월이 흘러가는 사이에 우리가 늙고 감정이 메마르고 세상 때가 많이 묻어 버린 탓에 우리네 심미안에 녹이 슬고 그만침 가치관이 멍들었기 때문이 아닐까?"

"오냐, 진원이 너 참말로 잘났다! 오냐, 니 똥 굵은지 다 안다! 칠십 미리 총천연색 시네마스코프다!"

작년에도 멍청했고 금년에도 여전히 멍청하다고 핀잔을 듣는 황만근이 또다시 빠드득 이를 가는 시늉으로 좌중을 웃기려 했다.

"좌우지간 건호는 입을 열면 못써."

이진원이 다시 한 번 손을 들어 최건호가 답변할 기회를 가로막았다.

"건호 입에서 사실 여부가 밝혀지는 순간 아름다운 동화는 밋밋헌 다큐멘터리로 변질되고 말어. 명은이가 눈을 떴는지 못 떴는지 그 문제는 각자가 자기 마음속에 여백으로 냉겨 두고 그 위에다 자기 상상력으로 그림을 그릴 수 있게코롬 내비 두는 것이 좋아."

이진원의 주장에 아무도 이의를 달지 않았다. 그것으로 순애보 여부를 둘러싼 시비는 일단락된 셈이었다. 죽사산 기슭 어디쯤에서 목청 좋은 수탉들이 잇달아 새날이 밝았음을 기운차게 고했다. 모기들이 슬금슬금 자취를 감추기 시작할 무렵에 맞추어 모깃불의 생명을 연장해 줄 생초목도 얼추 동이 나 버린 상태였다.

"제발 잠 좀 자자. 늙다리 첨지들이라고 인자는 잠도 다 없어졌냐?"

못 자게끔 누가 곁에서 밤새도록 발바닥에 불침이라도 놓은 듯이 이덕주가 불퉁거렸다(성을 내며 함부로 말하다).

"맞다. 고만 자러 들어가자. 나는 아직도 젊어서 그런지 하루 밤샘 고스톱을 치고 나면 사흘을 내리뻗는 체질이다."

삼군 소년단에 들어갈 자격을 얻으려는 일념으로 억지 전쟁고아가 되고자 했다던 조만형이 연방 하품을 꺼 가며 땅바닥에 뱉어 버리는 시늉을 했다. 야전 지휘관 격인 김 교장이 제일 먼저 자리에서 일어나더니만 엉덩이에 붙은 모래알들을 툭툭 털었다.

"이 시각 이후부텀 재향 동기 놈들이 떼로 몰려와서 기상나팔 불 때까장 전원 무제한 취침을 실시헌다!"

아무도 모르라고

작가와 작품 세계

성석제(1960~)

경북 상주 출생. 연세대학교 법학과를 졸업했다. 소설가이자 시인이다. 1986년 《문학사상》에서 '유리 닦는 사람'으로 시 부문 신인상을 수상하며 등단했다. 1995년 《문학동네》 여름호에 단편 「내 인생의 마지막 4.5초」를 발표하며 본격적인 소설가의 길로 들어섰다. 저서로는 소설집 『그곳에는 어처구니들이 산다』, 『황만근은 이렇게 말했다』 등과 수필집 『쏘가리』, 『칼과 황홀』 등이 있다. 성석제는 해학과 풍자, 과장 등을 통해 현대 사회의 다양한 인간상을 그려내는 작품을 주로 썼다. 평범한 사람들의 이야기를 독창적인 문체로 재미있게 풀어내 '타고난 이야기꾼'이라는 평을 받는다.

작품 정리

갈래: 장편소설(掌篇 '손바닥 소설'이라고도 하며, '손바닥처럼 짧은 소설'이라는 뜻), 성장 소설, 콩트(conte)
배경: 시간 - 현대 / 공간 - 고등학교
시점: 1인칭 관찰자 시점
주제: 열렬히 바라고 간절히 노력하면 밝은 미래가 찾아옴
출전: 『인간적이다』(2010)

✎ 구성과 줄거리

처음 고등학교 때의 음악 선생님을 떠올림

'나'에게는 어른이 된 지금까지도 인상 깊게 남아 있는 음악 선생님이 있다. 고등학생 때의 음악 선생님인 그는 노래를 잘하고 재미있는 이야기를 많이 들려주어 학생들에게 인기가 많았다.

중간 한 친구가 아무도 몰랐던 노래 실력을 뽐냄

어느 날 봄 소풍에서 한 친구가 노래를 불렀는데, 실력이 무척 뛰어나 모든 학생들이 놀랐다. 그 친구는 평소에 노래보다는 폭력계의 실력자로 알려져 있던 친구였다. '나'는 이 친구가 대학에 가고 싶은 마음에 음악 선생님께 노래 실력을 키워 달라고 부탁하여 열심히 노력했음을 알게 된다.

끝 음악 선생님의 말씀을 마음에 새김

어른이 된 '나'는 '열렬히 바라고 간절히 노력하면 밝은 미래가 찾아온다.'라고 말했던 음악 선생님의 말씀을 마음에 새기고 살아가고 있다.

✎ 생각해 볼 문제

1. 아주 짧은 분량인 이 소설을 왜 '장편소설'이라고 하는가?

이 작품은 길다는 뜻의 장편소설(長篇小說)이 아닌, 손바닥처럼 짧은 소설이라는 뜻의 장편소설(掌篇小說)이다. '손바닥 소설'이라 부르기도 한다. 단편소설(短篇小說)보다도 분량이 짧은 소설로, 삶의 인상적인 한 장면을 유머 있게 표현하여 주제를 전달하는 점이 특징이다.

2. 이 작품을 통해 작가가 전하려고 한 메시지는 무엇인가?

작가는 고등학교 시절의 음악 선생님과 얽힌 이야기를 통해 간절히 바라고 꿈을 이루기 위해 노력하면 밝은 미래가 찾아온다는 주제 의식을 드러낸다.

인물 관계도

저(나)의 고등학생 시절의 어느 날 한 친구가 뛰어난 노래 실력으로 모두를 놀라게 했어요. 알고 보니 대학을 가고 싶어 하는 그 친구를 위해 선생님이 대가 없이 노래 실력을 키우도록 도와준 것이었어요. 저는 간절히 바라면 밝은 미래가 찾아온다는 선생님의 말씀을 여전히 곱씹으며 살아가고 있어요.

아무도 모르라고

고등학교에 입학하고 나서 첫 번째 음악 시간에 들어온 선생님은 목소리가 정말 좋았다. 음역은 테너(남성의 가장 높은 음역의 가수)였고 오페라 가수로도 활동하고 있다고 했다. 음악 시간은 재미있는 이야기를 많이 들려주는 선생님 덕분으로 돌아오기를 기다리는 시간이 되었다.

"베르디의 〈아이다〉를 공연할 때였던가. 기사가 말을 타고 지나가는 장면이 있어서 경마장에 가서 훈련이 잘된 말을 한 마리 빌려왔어. 그런데 이 말을 타고 무대로 나오니까 말이 픽 쓰러져버리는 거야. 말에 타고 있던 기사도 떨어져서 나자빠지고. 알고 보니까 말은 전기에 굉장히 예민하대. 무대에는 조명 때문에 전선이 아래위로 지나가고 있거든. 그러니까 감전이 된 것처럼 일으켜 세워놔도 픽 쓰러지고, 픽 쓰러지고 해서 청중들은 웃고 박수 치고 난리가 났지. 『돈키호테』의 로시난테도 아니고."

무엇보다 매력적인 것은 선생님의 노래였다. 이따금 방과후에 운동장에서 축구를 하는 중에 음악실에서 연습하는 선생님의 노랫소리를 들을 수 있었다. 청아하고 가늘면서도 단단하게, 끝없이 올라갈 듯 아슬아슬하게 이어지는 그 목소리에 발밑에 굴러온 공을 차는 것도 잊을 정도였다.

선생님은 어려운 이야기를 하는 법이 없었다. 또한 언제나 구체적이었다. 이를테면 이런 식이었다.

"좋은 목소리를 가지고 싶어? 누구든지 그렇게 될 수 있어. 방법을 이야기해주겠다. 매일 아침, 잠에서 깨어 목이 풀리기 전에 도레미파솔라시도를 두 옥타브씩 세 번만 불러라. 빨리 좋아지기를 바라는 사람은 세 번이 아니라 열 번쯤 부르면 된다. 매일 세 옥타브 이상을 열 번을 부르면 유명한 가수도 될 수 있다. 중요한 건 하루도 빼먹지 말고 매일 하라는 거야. 그렇게 변성기 지나고 목소리가 정해지는 고등학교 3년 동안만 해도 누구한테나 좋은 인상을 주는 매력적인 목소리를 가지게 된다."

선생님의 말씀을 실천하는 일은 어렵지 않을 것 같았지만 나는 단 보름도 계속하지 못했다. 하지만 그것만으로도 목소리에 전에 없는 윤기가 생긴 것 같았다.

같은 반에 학교 주변 폭력계의 실력자로 알려진, 학교에서는 거의 말을 하지 않는 친구가 있었다. 그 친구와 단 한 번 마음속에 있는 이야기를 나눈 적이 있다. 그는 대학에 꼭 가고 싶다고 했다. 학교 성적으로는 불가능하고 싸움은 자신 있지만 싸움 실력으로는 체대에도 못 가니 예능 쪽으로 알아봐야겠다는 것이었다. 나는 그가 노래 부르는 것을 한 번도 들어본 적이 없었다. 음악 시간에도 평소처럼 입을 열지 않았기 때문이다.

그로부터 일 년쯤 뒤인 2학년 봄 소풍을 갔을 때였다. 장기자랑 시간에 음악 선생님이 갑자기 그 친구에게 나와서 노래를 불러보라고 하는 것이었다. 그러자 그 친구가 망설임 없이 나오더니 독일어로 된 가곡을 유창하게 불렀다. 아이들은 깜짝 놀랐다.

"앙코르 안 해? 니들 다 죽고 싶어?"

그가 미소를 머금고 어안이 벙벙한 우리를 향해 말했다. 그제야 박수가 나왔다. 의아함과 두려움, 수런거림이 섞인 약한 박수였다. 그는 두 번째 노래로 우리가 음악 시간에 배운 가곡 〈아무도 모르라고〉를 선택했다.

떡갈나무숲 속에 졸졸졸 흐르는
아무도 모르는 샘물이길래
아무도 모르라고 도로 덮고 내려오지요.
나 혼자 마시곤
아무도 모르라고
도로 덮고 내려오는 이 기쁨이여.

나는 그 노래가 그토록 우아하고 기품이 있으며 위트가 들어 있는 노래인 줄 몰랐다. 노래가 끝난 뒤 한 곡 더 하라는 아우성과 박수, 휘파람 소리가 요란했다. 그는 무대 위의 가수처럼 멋진 포즈로 사양을 하고 제자리로 돌아갔다.

나중에 알고 보니 그는 음악 선생님을 찾아가 대학에 가고 싶고 노래를 잘 부르고 싶다는 자신의 바람을 말했다고 한다. 선생님은 한번 마음먹은 것을 바꾸지 않는다, 시키는 대로 꾸준히 실천한다는 조건하에 아무런 대가 없이 음대에 진학할 수 있는 노래 실력을 갖출 수 있게 도와주었다.

고등학교 2학년, 생애 마지막 음악 시간이 되어버린 그 시간에 음악 선생님은 지금까지도 가끔 곱씹고 있는, 오래도록 여운이 남는 말씀을 해주었다.

"너희의 미래는 지금 너희가 되기를 열렬히, 간절하게 바라는 바로 그것이다."